L'ART FRANÇAIS DE LA GUERRE

ALEXIS JENNI

L'ART FRANÇAIS DE LA GUERRE

roman

GALLIMARD

Qu'est-ce qu'un héros ? Ni un vivant ni un mort, un [...] qui pénètre dans l'autre monde et qui en revient.

Pascal QUIGNARD

C'était tellement bête. On a gâché les gens.

Brigitte FRIANG

Le meilleur ordre des choses, à mon avis, est celui où j'en devais être ; et foin du plus parfait des mondes si je n'en suis pas.

Denis DIDEROT

COMMENTAIRES I

Le départ pour le Golfe des spahis de Valence

Les débuts de 1991 furent marqués par les préparatifs de la guerre du Golfe et les progrès de ma totale irresponsabilité. La neige recouvrit tout, bloquant les trains, étouffant les sons. Dans le Golfe heureusement la température avait baissé, les soldats cuisaient moins que l'été où ils s'arrosaient d'eau, torse nu, sans enlever leurs lunettes de soleil. Oh ! ces beaux soldats de l'été, dont presque aucun ne mourut ! Ils vidaient sur leur tête des bouteilles entières dont l'eau s'évaporait sans atteindre le sol, ruisselant sur leur peau et s'évaporant aussitôt, formant autour de leur corps athlétique une mandorle de vapeur parcourue d'arcs-en-ciel. Seize litres ! devaient-ils boire chaque jour, les soldats de l'été, seize litres ! tellement ils transpiraient sous leur équipement dans cet endroit du monde où l'ombre n'existe pas. Seize litres ! La télévision colportait des chiffres et les chiffres se fixaient comme se fixent toujours les chiffres : précisément. La rumeur colportait des chiffres que l'on se répétait avant l'assaut. Car il allait être donné, cet assaut contre la quatrième armée du monde, l'Invincible Armée Occidentale allait s'ébranler, bientôt, et en face les Irakiens s'enterraient derrière des barbelés enroulés serré, derrière des mines sauteuses et des clous rouillés, derrière des tranchées pleines de pétrole qu'ils enflammeraient au dernier moment, car ils en avaient, du pétrole, à ne plus savoir qu'en faire, eux. La télévision donnait des détails, toujours précis, on fouillait les archives au hasard. La télévision sortait des images d'avant, des images neutres qui n'apprenaient rien ; on ne savait rien de l'armée irakienne, rien de sa force ni de ses positions, on savait juste qu'elle était la quatrième armée du monde, on le savait parce qu'on le répétait. Les chiffres s'impriment car ils sont clairs, on s'en souvient donc on les croit. Et cela durait, cela durait. On ne voyait plus la fin de tous ces préparatifs.

Au début de 1991 je travaillais à peine. J'allais au travail lorsque j'étais à bout d'idées pour justifier mon absence. Je fréquentais des médecins qui signaient sans même m'écouter de stupéfiants arrêts maladie, et je m'appliquais encore à les prolonger par un lent travail de faussaire. Le soir sous la lampe je redessinais les chiffres en écoutant des disques, au casque, mon univers réduit au cercle de la lampe, réduit à l'espace entre mes deux oreilles, réduit à la pointe de mon stylo bleu qui lentement m'accordait du temps libre. Je répétais au brouillon, puis d'un geste très sûr je transformais les signes tracés par les médecins. Cela doublait, triplait le nombre de jours où je pourrais rester au chaud, rester loin du travail. Je n'ai jamais su si cela suffisait de modifier les signes pour changer la réalité, de repasser des chiffres au stylo-bille pour échapper à tout, je ne me demandais jamais si cela pouvait être consigné ailleurs que sur l'ordonnance, mais peu importe ; le travail où j'allais était si mal organisé que parfois quand je n'y allais pas on ne s'en apercevait pas. Quand le lendemain je revenais, on ne me remarquait pas plus que lorsque je n'étais pas là ; comme si l'absence n'était rien. Je manquais, et mon manque n'était pas vu. Alors je restais au lit.

Un lundi du début de 1991 j'appris à la radio que Lyon était bloquée par la neige. Les chutes de la nuit avaient coupé les câbles, les trains restaient en gare, et ceux qui avaient été surpris dehors se couvraient d'édredons blancs. Les gens à l'intérieur essayaient de ne pas paniquer.

Ici sur l'Escaut tombaient à peine quelques flocons, mais là-bas plus rien ne bougeait sauf de gros chasse-neige suivis d'une file de voitures au pas, et les hélicoptères portaient secours aux hameaux isolés. Je me réjouis que cela tombe un lundi, car ici ils ne savaient pas ce qu'était la neige, ils s'en feraient une montagne, une mystérieuse catastrophe sur la foi des images que la télévision donnait à voir. Je téléphonais à mon travail situé à trois cents mètres et prétendis être à huit cents kilomètres de là, dans ces collines blanches que l'on montrait aux journaux télévisés. Je venais de là-bas, du Rhône, des Alpes, ils le savaient, j'y retournais parfois pour un week-end, ils le savaient, et ils ne savaient pas ce qu'étaient des montagnes, ni la neige, tout concordait, il n'y avait pas de raison que je ne sois pas bloqué comme tout le monde.

Ensuite je me rendis chez mon amie, qui logeait en face de la gare.

Elle ne fut pas surprise, elle m'attendait. Elle aussi avait vu la neige, les flocons par la fenêtre et les bourrasques à la télé sur le reste de la France. Elle avait téléphoné à son travail, de cette voix fragile qu'elle pouvait prendre au téléphone : elle avait dit être malade, de cette grippe bien sévère qui ravageait la France et dont on parlait à la télévision. Elle ne pourrait pas venir aujourd'hui. Quand elle m'ouvrit elle était encore en pyjama, je me déshabillai et nous nous couchâmes dans son lit, à l'abri de la tempête et de la maladie qui ravageaient la France, et dont il n'y avait aucune raison, vraiment aucune raison, que nous soyons épargnés. Nous étions victimes comme tout le monde. Nous fîmes l'amour tranquillement pendant que dehors un peu de neige continuait de tomber, de flotter et d'atterrir, flocon après flocon, pas pressée d'arriver.

Mon amie vivait dans un studio, une seule pièce et une alcôve, et un lit dans l'alcôve occupait toute la place. J'étais bien auprès d'elle, enveloppé dans la couette, nos désirs calmés, nous étions bien dans la chaleur tranquille d'une journée sans heures pendant laquelle personne ne savait où nous étions. J'étais bien au chaud dans ma niche volée, avec elle qui avait des yeux de toutes les couleurs, que j'aurais voulu dessiner avec des crayons vert et bleu sur du papier brun. J'aurais voulu, mais je dessinais si mal, et pourtant seul le dessin aurait pu rendre grâce à ses yeux d'une merveilleuse lumière. Dire ne suffit pas ; montrer est nécessaire. La couleur sublime de ses yeux échappait au dire sans laisser de traces. Il fallait montrer. Mais montrer ne s'improvise pas, ainsi que les stupides télévisions le prouvaient tous les jours de l'hiver de 1991. Le poste était dans l'alignement du lit et nous pouvions voir l'écran en tassant les oreillers pour surélever nos têtes. À mesure qu'il séchait le sperme tirait les poils de mes cuisses, mais je n'avais aucune envie de prendre une douche, il faisait froid dans le réduit de la salle de bains, et j'étais bien auprès d'elle, et nous regardions la télévision en attendant que le désir nous revienne.

La grande affaire de la télé était Desert Storm, Tempête du Désert, un nom d'opération pris dans *Star Wars*, conçu par les scénaristes d'un cabinet spécialisé. À côté gambadait Daguet, l'opération française et ses petits moyens. Daguet, c'est le petit daim devenu un peu grand, Bambi juste pubère qui pointe ses premiers bois, et il sautille, il n'est jamais loin de ses parents. Où vont-ils chercher leurs noms, les militaires ? Daguet, qui connaît ce mot ? Ce doit être un officier supérieur qui l'a proposé, qui pratique la vénerie sur ses terres de famille. Desert Storm, tout le monde comprend d'un bout à l'autre de la Terre, ça claque dans la bouche, explose dans le cœur, c'est un titre de jeu vidéo. Daguet est élégant, provoque un sourire subtil entre ceux qui comprennent. L'armée a sa langue, qui n'est pas la langue commune, et c'est très troublant. Les militaires en France ne parlent pas, ou entre eux. On va jusqu'à en rire, on leur prête une bêtise profonde qui se passerait de mots. Que nous ont-ils fait pour que nous les méprisions ainsi ? Qu'avons-nous fait pour que les militaires vivent ainsi entre eux ?

L'armée en France est un sujet qui fâche. On ne sait pas quoi penser de ces types, et surtout pas quoi en faire. Ils nous encombrent avec leurs bérets, avec leurs traditions régimentaires dont on ne voudrait rien savoir, et leurs coûteuses machines qui écornent les impôts. L'armée en France est muette, elle obéit ostensiblement au chef des armées, ce civil élu qui n'y connaît rien, qui s'occupe de tout et la laisse faire ce qu'elle veut. En France on ne sait pas quoi penser des militaires, on n'ose même pas employer un possessif qui laisserait penser que ce sont les *nôtres* : on les ignore, on les craint, on les moque. On se demande pourquoi ils font ça, ce métier impur si proche du sang et de la mort ; on soupçonne des complots, des sentiments malsains, de grosses limites intellectuelles. Ces militaires on les préfère à l'écart, entre eux dans leurs bases fermées de la France du Sud, ou alors à parcourir le monde pour surveiller les miettes de l'Empire, à se promener outre-mer comme ils le faisaient avant, en costume blanc à dorures sur de gros bateaux très propres qui brillent au soleil. On préfère qu'ils soient loin, qu'ils soient invisibles ; qu'ils ne nous concernent pas. On préfère qu'ils laissent aller leur violence ailleurs, dans ces territoires très éloignés peuplés de gens si peu semblables à nous que ce sont à peine des gens.

C'est là tout ce que je pensais de l'armée, c'est-à-dire rien ; mais je pensais comme ceux, comme tous ceux que je connaissais ; cela jusqu'au matin de 1991 où je ne laissais émerger de la couette que mon nez, et mes yeux pour regarder. Mon amie lovée contre moi caressait doucement mon ventre et nous regardions sur l'écran au bout du lit les débuts de la troisième guerre mondiale.

Nous regardions la rue du monde, pleine de gens, mollement accoudés à la fenêtre hertzienne, installés dans l'heureuse tranquillité qui suit l'orgasme, qui permet de tout voir sans penser à mal ni à rien, qui permet de voir la télévision avec un sourire flottant aussi longtemps que se déroule le fil des émissions. Que faire après l'orgie ? Regarder la télévision. Regarder les nouvelles, regarder la machine fascinante qui fabrique du temps léger, en polystyrène, sans poids ni qualité, un temps de synthèse qui remplira au mieux ce qui reste du temps.

Pendant les préparatifs de la guerre du Golfe, et après, quand elle se déroula, je vis d'étranges choses ; le monde entier vit d'étranges choses. Je vis beaucoup car je ne quittais guère notre cocon d'Hollofil, ce merveilleux textile de Du Pont de Nemours, cette fibre polyester à canal simple qui remplit les couettes, qui ne s'affaisse pas, qui tient chaud comme il faut, bien mieux que les plumes, bien mieux que les couvertures, matière nouvelle qui permet enfin — vrai progrès technique — de rester longtemps au lit et de ne plus sortir ; car c'était l'hiver, car j'étais en pleine irresponsabilité professionnelle, et je ne faisais rien d'autre que de rester couché au côté de mon amie, regardant la télé en attendant que notre désir se reforme. Nous changions l'enveloppe de la couette quand notre sueur la rendait poisseuse, quand les taches du sperme que j'émettais en grande quantité — il faut dire : « à tort et à travers » — séchaient et rendaient le tissu râpeux.

Je vis, penchés à la fenêtre, des Israéliens au concert avec un masque à gaz sur le visage, seul le violoniste n'en portait pas, et il continuait de jouer ; je vis le ballet des bombes au-dessus de Bagdad, le féerique feu d'artifice de couleur verte, et j'appris ainsi que la guerre moderne se déroule dans une lumière d'écrans ; je vis la silhouette grise et peu définie de bâtiments s'approcher en tremblant puis exploser, entièrement détruits de l'intérieur avec tous ceux qui étaient dedans ; je vis de grands B52 aux ailes d'albatros sortir de leur emballage du désert d'Arizona et s'envoler à nouveau, emportant des bombes très lourdes, des bombes spéciales selon les usages ; je vis des missiles voler au ras du sol désertique de Mésopotamie et chercher eux-mêmes leur cible avec un long aboiement de moteur déformé par l'effet Doppler. Je vis tout ceci sans en ressentir le souffle, juste à la télé, comme un film de fiction un peu mal fait. Mais l'image qui me stupéfia le plus au début de 1991 fut très simple, personne sûrement ne s'en souvient plus, et elle fit de cette année, 1991, la dernière année du XXe siècle. J'assistai pendant le journal télévisé au départ pour le Golfe des spahis de Valence.

Ces jeunes garçons avaient moins de trente ans, et leurs jeunes femmes les accompagnaient. Elles les embrassaient devant les caméras, portant de petits enfants qui pour la plupart n'étaient pas en âge de parler. Ils s'étreignaient tendrement, ces jeunes gens musclés et ces jolies jeunes femmes, et ensuite les spahis de Valence montaient dans leurs camions couleur sable, leurs VAB, leurs Panhard à pneus. On ne savait pas alors combien reviendraient, on ne savait pas alors que cette guerre-là ne ferait pas de morts du côté de l'Occident, presque aucun, on ne savait pas alors que la charge de la mort serait supportée par les autres innombrables, par les autres sans nom qui peuplent les pays chauds, comme l'effet des polluants, comme les progrès du désert, comme le paiement de la dette ; alors la voix off se laissait aller à un commentaire mélancolique, on s'attristait ensemble du départ de nos jeunes gens pour une guerre lointaine. J'étais stupéfait.

Ces images-là sont banales, on les voit toujours aux télévisions américaine et anglaise, mais ce fut la première fois en 1991 que l'on vit en France des soldats partir serrant contre eux leur femme et leurs enfantelets ; la première fois depuis 1914 que l'on montrait des militaires français comme des gens dont on pouvait partager la peine, et qui pourraient nous manquer.

Le monde tourna brusquement d'un cran, je sursautai.

Je me redressai, je sortis de la couette davantage que mon nez. Je sortis ma bouche, mes épaules, mon torse. Il fallait que je m'assoie, il me fallait bien voir car j'assistais sur la chaîne hertzienne — en dehors de l'entendement mais au vu de tous — à une réconciliation publique. Je remontai mes jambes, les entourai de mes bras et, le menton posé sur les genoux, je continuai de regarder cette scène fondatrice : le départ pour le Golfe des spahis de Valence ; et certains essuyaient une larme avant de monter dans leur camion repeint de couleur sable.

Au début de 1991 il ne se passait rien : on préparait la guerre du Golfe. Condamnées à la parole sans rien savoir, les chaînes de télévision pratiquaient le bavardage. Elles produisaient un flux d'images qui ne contenaient rien. On interrogeait des experts qui improvisaient des supputations. On diffusait des archives, celles qui restaient, celles qu'aucun service n'avait censurées, et cela finissait par des plans fixes de désert pendant que le commentaire citait des chiffres. On inventait. On romançait. On répétait les mêmes détails, on cherchait de nouveaux angles pour répéter la même chose sans que cela ne lasse. On radotait.

Je suivis tout ceci. J'assistai au flot d'images, je m'en laissai traverser ; j'en suivis les contours ; il s'écoulait au hasard mais en suivant la pente ; dans les débuts de 1991 j'étais disponible à tout, je m'absentais de la vie, je n'avais rien d'autre à faire qu'à voir et sentir. Je passais le temps couché, au rythme de la repousse de mon désir et de sa moisson régulière. Peut-être plus personne ne se souvient-il du départ pour le Golfe des spahis de Valence, sauf eux qui partirent et moi qui regardais tout, car pendant l'hiver de 1991 il ne se passa rien. On commenta le vide, on remplit le vide de courants d'air, on attendit ; il ne se passa rien sauf ceci : l'armée revenait dans le corps social.

On peut se demander où elle avait pu être, pendant tout ce temps.

Mon amie s'étonna de mon intérêt soudain pour une guerre qui n'arrivait pas. Le plus souvent j'affectais l'ennui léger, un détachement ironique, un goût pour les frémissements de l'esprit, que je trouvais plus sûrs, plus reposants, bien plus amusants que le poids trop épuisant du réel. Elle me demanda ce que je regardais ainsi.

« J'aurais aimé conduire ces grosses machines, dis-je. Celles couleur sable avec des roues crantées.

— Mais c'est pour les petits garçons, et tu n'es plus un petit garçon. Plus du tout », ajouta-t-elle, en posant sa main sur moi, juste là sur ce bel organe qui vit pour lui-même, qui est muni d'un cœur pour lui-même et donc de sentiments, de pensées et de mouvements qui lui sont propres.

Je ne répondis rien, je n'étais pas sûr, et je m'allongeai à nouveau près d'elle. Nous étions légalement malades et bloqués par la neige, et ainsi à l'abri nous avions pour nous toute la journée, et la nuit suivante, et le lendemain ; jusqu'à épuisement des souffles et usure de nos corps.

Cette-année-là je pratiquai un absentéisme maniaque. Je ne pensais, nuit et jour, qu'aux moyens de biaiser, de me défiler, de tirer au flanc, de me planquer dans un coin d'ombre pendant que les autres, eux, marchaient en rang. Je détruisis en quelques mois tout ce que j'avais pu posséder d'ambition sociale, de conscience professionnelle, d'attention à ma place. Dès l'automne j'avais profité du froid et de l'humidité qui sont phénomènes naturels donc indiscutables : un froissement dans ma gorge suffisait à justifier un congé. Je manquais, je négligeais mes affaires, et je n'allais pas toujours voir mon amie.

Que faisais-je ? J'allais dans les rues, je restais dans les cafés, je lisais à la bibliothèque publique des ouvrages de sciences et d'histoire, je faisais tout ce que peut faire un homme seul, en ville, qui néglige de rentrer chez lui. Et le plus souvent, rien.

Je n'ai pas de souvenirs de cet hiver, rien d'organisé, rien à raconter, mais quand j'entends sur France Info l'indicatif du journal express, je plonge dans un tel état de mélancolie que je réalise que je n'ai dû faire que ça : attendre les nouvelles du monde à la radio, qui venaient tous les quarts d'heure comme autant de coups d'une grosse horloge, horloge de mon cœur qui battait alors si lentement, horloge du monde qui allait sans hésiter vers le pire.

Il y eut un remaniement à la direction de ma boîte. Celui qui me dirigeait ne pensait qu'à une chose : partir ; il y parvint. Il trouva autre chose, laissa sa place, et un autre vint, qui avait l'intention de rester, et il mit de l'ordre.

La compétence douteuse et le désir de fuite du précédent m'avaient protégé ; je fus perdu par l'ambition et l'usage de l'informatique de celui qui vint. Le fourbe qui partait ne m'avait jamais rien dit mais il avait tout noté de mes absences. Sur des fiches il relevait les présences, les retards, le rendement ; tout ce qui pouvait être mesurable, il l'avait gardé. Cela l'occupait pendant qu'il pensait à fuir, mais il n'en disait rien. Cet obsessionnel laissa son fichier ; l'ambitieux qui vint était formé comme un tueur de coûts. Toute information pouvait servir ; il s'empara des archives, et il me mit à pied.

Le logiciel Evaluaxe représenta ma contribution à l'entreprise par des courbes. La plupart stagnaient au ras des abscisses. Une — en rouge — s'élevait, montait en dents de scie depuis les préparatifs de la guerre du Golfe et se maintenait bien en l'air. Plus bas, l'horizontale en pointillés de même couleur marquait la norme.

Il tapota l'écran d'un crayon graphite soigneusement taillé, à gomme, qu'il n'utilisait jamais pour écrire mais pour désigner l'écran et insister sur certains points en tapotant. Face à de tels outils, face à un fichier méticuleux, face à un générateur de courbes si indiscutables, ma pratique du stylo-bille pour maquiller les mots du docteur ne faisait pas le poids. J'étais, c'est visible, un faible contributeur.

« Voyez l'écran. Je devrais vous virer pour faute. »

Il continuait de tapoter les courbes de sa gomme, semblait réfléchir, cela faisait un bruit de balle en caoutchouc prisonnière d'un bol.

« Mais il y a peut être une solution. »

Je retins ma respiration. Je passai du marasme à l'espoir ; on n'aime pas, même si on s'en moque, être chassé.

« À cause de la guerre la conjoncture s'est dégradée. Nous devons nous séparer d'une partie du personnel, et nous le ferons selon les règles. Vous serez de la charrette. »

J'acquiesçai. Qu'avais-je à répondre ? Je regardai les chiffres sur l'écran. Les chiffres traduits en formes montraient bien ce qu'il voulait montrer. Je voyais mon efficacité économique, cela ne se discutait pas. Les chiffres traversent le langage sans même s'apercevoir de sa présence ; les chiffres laissent coi, bouche ouverte, gorge affolée cherchant l'oxygène dans l'air raréfié des sphères mathématiques. J'acquiesçai d'une monosyllabe, j'étais heureux qu'il me vire selon les règles et pas comme un malpropre. Il sourit, il eut un geste mains ouvertes ; il avait l'air de dire : « Oh, ce n'est rien… Je ne sais pas pourquoi je le fais. Mais partez vite avant que je ne change d'avis. »

Je sortis à reculons, je partis. Plus tard j'appris qu'il faisait ce numéro à tous ceux qu'il virait. Il proposait à chacun l'oubli de ses fautes en échange d'une démission négociée. Plutôt que de protester, chacun remerciait. Jamais plan social ne fut plus calme : le tiers du personnel se leva, remercia et partit ; ce fut tout.

On attribua ces réajustements à la guerre, car les guerres ont de tristes conséquences. On n'y peut rien, c'est la guerre. On ne peut empêcher la réalité.

Le soir même je rassemblai mes biens dans des cartons récupérés à la supérette et décidai de retourner là d'où je venais. Ma vie était emmerdante alors je pouvais bien la mener n'importe où. J'aimerais bien une autre vie mais je suis le narrateur. Il ne peut pas tout faire, le narrateur : déjà, il narre. S'il me fallait, en plus de narrer, vivre, je n'y suffirais pas. Pourquoi tant d'écrivains parlent-ils de leur enfance ? C'est qu'ils n'ont pas d'autre vie : le reste, ils le passent à écrire. L'enfance est le seul moment où ils vivaient sans penser à rien d'autre. Depuis, ils écrivent, et cela prend tout leur temps, car écrire utilise du temps comme la broderie utilise du fil. Et de fil on n'en a qu'un.

Ma vie est emmerdante et je narre ; ce que je voudrais, c'est montrer ; et pour cela dessiner. Voilà ce que je voudrais : que ma main s'agite et que cela suffise pour que l'on voie. Mais dessiner demande une habileté, un apprentissage, une technique, alors que narrer est une fonction humaine : il suffit d'ouvrir la bouche et de laisser aller le souffle. Il faut bien que je respire, et parler revient au même. Alors je narre, même si toujours la réalité s'échappe. Une prison de souffle n'est pas très solide.

Là-bas, j'avais admiré la beauté des yeux de mon amie, celle dont j'étais si proche, et j'avais essayé de les dépeindre. « Dépeindre » est un mot adapté à la narration, et aussi à mon incompétence de dessinateur : je la dépeignis et cela ne fit que des gribouillis. Je lui demandai de poser les yeux ouverts et de me regarder pendant que mes crayons aux couleurs denses s'agitaient sur le papier, mais elle détournait son regard. Ses yeux si beaux s'embuaient et elle pleurait. Elle ne méritait pas que je la regarde, disait-elle, encore moins que je la peigne, ou dessine, ou représente, elle me parla de sa sœur, qui était beaucoup plus belle qu'elle, avec des yeux magnifiques, une poitrine de rêve, de celles que l'on sculptait à l'avant des vieux bateaux, tandis qu'elle... Je devais poser mes crayons, la prendre dans mes bras, et caresser doucement ses seins en la rassurant, en essuyant ses yeux, en lui répétant tout ce que je ressentais à son contact, à ses côtés, à la voir. Mes crayons posés sur mon dessin inachevé ne bougeaient plus, et je narrais, je narrais, alors que j'aurais voulu montrer, je m'enfonçais dans le labyrinthe de la narration alors que j'aurais juste voulu montrer comment c'était, et j'étais condamné encore et encore à la narration, pour la consolation de tous. Je ne parvins jamais à dessiner ses yeux. Mais je me souviens de mon désir de le faire, un désir de papier.

Ma vie emmerdante pouvait bien se déplacer. Sans attaches, j'obéis aux forces de l'habitude qui agissent comme la gravitation. Le Rhône que je connaissais m'allait mieux finalement que l'Escaut que je ne connaissais pas ; finalement, c'est-à-dire en fin, c'est-à-dire pour la fin. Je rentrai à Lyon pour en finir.

Tempête du Désert me foutit à la porte. J'étais une victime collatérale de l'explosion que l'on ne vit pas, mais dont nous entendions l'écho par les images vides de la télévision. J'étais si peu accroché à la vie qu'un soupir lointain m'en détacha. Les papillons de l'US Air Force battirent de leurs ailes de fer, et à l'autre bout de la Terre cela déclencha une tornade en mon âme, un déclic, et je revins là d'où je venais. Cette guerre fut le dernier événement de ma vie d'avant ; cette guerre fut la fin du XXe siècle où j'avais grandi. La guerre du Golfe altéra la réalité, et la réalité brusquement céda.

La guerre eut lieu. Mais qu'est-ce que ça peut faire ? Pour nous elle aurait pu être inventée, nous la suivions sur écran. Mais elle altéra la réalité en certaines de ses régions peu connues ; elle modifia l'économie, elle provoqua mon renvoi négocié, et fut la cause de mon retour vers ce que j'avais fui ; et les soldats retour de ces pays chauds ne retrouvèrent, dit-on, jamais toute leur âme : ils étaient mystérieusement malades, insomniaques, angoissés, et mouraient d'un effondrement intérieur du foie, des poumons, de la peau.

Cela valait la peine que l'on s'intéresse à cette guerre.

La guerre eut lieu, on n'en sut pas grand-chose. Il vaut mieux. Les détails que l'on en sut, pour peu qu'on les assemble, laissent entendre une réalité qu'il vaut mieux tenir cachée. Tempête du Désert eut lieu, le léger Daguet gambadant derrière. On écrasa les Irakiens sous une quantité de bombes difficile à imaginer, plus qu'on n'en lâcha jamais, chacun des Irakiens pouvait avoir la sienne. Certaines de ces bombes perçaient les murs et explosaient derrière, d'autres écrasaient à la suite les étages d'un immeuble avant d'exploser à la cave parmi ceux qui s'y cachaient, d'autres projetaient des particules de graphite pour provoquer des courts-circuits et détruisaient les installations électriques, d'autres consommaient tout l'oxygène d'un vaste cercle, et d'autres encore cherchaient elles-mêmes leur objectif, comme des chiens qui flairent, qui courent nez au sol, qui happent leur proie et explosent aussitôt qu'ils la touchent. Ensuite on mitrailla des masses d'Irakiens qui sortaient de leurs abris ; peut-être chargeaient-ils, peut-être se rendaient-ils, on ne le savait pas car ils mouraient, il n'en resta pas. Ils n'avaient de munitions que depuis la veille car le parti Baas, méfiant, qui liquidait tout officier compétent, ne donnait pas de munitions à ses troupes de peur qu'elles ne se révoltent. Ces soldats dépenaillés auraient tout aussi bien pu être équipés de fusils en bois. Ceux qui ne sortaient pas à temps étaient ensevelis dans leurs abris par des bulldozers qui chargeaient en ligne, qui repoussaient le sol devant eux et rebouchaient les tranchées avec ce qu'elles contenaient. Cela dura quelques jours, cette guerre étrange qui ressemblait à un chantier de démolition. Les chars soviétiques des Irakiens tentèrent une grande bataille sur terrain plat comme à Koursk, et ils furent déchiquetés par un passage simple d'avions à hélices. Les avions lents de frappe au sol les criblèrent de boulettes d'uranium appauvri, un métal nouveau, qui a la couleur verte de la guerre et pèse plus lourd que le plomb, et pour cela traverse l'acier avec encore plus d'indifférence. Les carcasses, on les laissa, et personne ne vint voir l'intérieur des chars fumants après le passage des oiseaux noirs qui les tuaient ; à quoi cela pouvait-il ressembler ? À des boîtes de raviolis éventrées jetées au feu ? Il n'en est pas d'images et les carcasses restèrent dans le désert, à des centaines de kilomètres de tout.

L'armée irakienne se décomposa, la quatrième armée du monde reflua en désordre par l'autoroute au nord de Koweït City, une colonne désordonnée de plusieurs milliers de véhicules, camions, voitures, autobus, tous surchargés de butin et roulant au pas, s'étirant pare-chocs contre pare-chocs. À cette colonne en fuite on mit le feu, par des hélicoptères je crois, ou par avions, qui vinrent du sud au ras du sol et lâchèrent des chapelets de bombes intelligentes, qui exécutaient leur tâche avec un manque très élaboré de discernement. Tout brûla, les machines de guerre, les machines civiles, les hommes, et le butin qu'ils avaient volé à la cité pétrolière. Tout coagula dans un fleuve de caoutchouc, métal, chair et plastique. Ensuite la guerre s'arrêta. Les chars coalisés de couleur sable s'arrêtèrent en plein désert, arrêtèrent leurs moteurs, et le silence se fit. Le ciel était noir et ruisselait de la suie grasse des puits en feu, il flottait partout l'odeur ignoble du caoutchouc brûlé avec de la chair humaine.

La guerre du Golfe n'a pas eu lieu, écrivit-on pour dire l'absence de cette guerre dans nos esprits. Il eût mieux valu qu'elle n'ait pas lieu, pour tous ceux qui moururent dont on ne connaîtra jamais le nombre ni le nom. Lors de cette guerre on écrasa les Irakiens à coups de savate comme des fourmis qui gênent, celles qui vous piquent dans le dos pendant la sieste. Les morts du côté occidental furent peu nombreux, et on les connaît tous, et on sait les circonstances de leur mort, la plupart sont des accidents ou des erreurs de tir. On ne saura jamais le nombre des morts irakiens, ni comment chacun mourut. Comment le saurait-on ? C'est un pays pauvre, ils ne disposent pas d'une mort par personne, ils furent tués en masse. Ils sont morts brûlés ensemble, coulés dans un bloc comme pour un règlement de comptes mafieux, écrasés dans le sable de leurs tranchées, mêlés au béton pulvérisé de leurs bunkers, carbonisés dans le fer fondu de leurs machines passées au feu. Ils sont morts en gros, on n'en retrouvera rien. Leur nom n'a pas été gardé. Dans cette guerre, il meurt comme il pleut, le « il » désignant l'état des choses, un processus de la Nature auquel on ne peut rien ; et il tue aussi, car aucun des acteurs de cette tuerie de masse ne vit qui il avait tué ni comment il le tuait. Les cadavres étaient loin, tout au bout de la trajectoire des missiles, tout en bas sous l'aile des avions qui déjà étaient partis. Ce fut une guerre propre qui ne laissa pas de taches sur les mains des tueurs. Il n'y eut pas vraiment d'atrocités, juste le gros malheur de la guerre, perfectionné par la recherche et l'industrie.

On pourrait n'y rien voir et n'y rien comprendre ; on pourrait laisser dire les mots : il guerre comme il pleut, et c'est fatalité. La narration est impuissante, on ne sait rien raconter de cette guerre, les fictions qui d'habitude décrivent sont restées pour celle-ci allusives, maladroites, mal reconstituées. Ce qui s'est passé en 1991, qui occupa les télévisions pendant des mois, n'a pas de consistance. Mais il s'est passé quelque chose. On ne peut le raconter par les moyens classiques du récit mais on peut le dire par le chiffre et par le nom. Je l'ai compris au cinéma, plus tard. Car j'aime le cinéma.

J'ai toujours regardé des films de guerre. J'aime bien, assis dans le noir, voir les films d'hélicoptères, avec le son du canon et le déchirement des mitrailleuses. C'est futuriste, beau comme du Marinetti, ça excite le petit garçon que je suis resté, petit, et garçon, et pan ! et pan ! et pan ! C'est beau comme de l'art brut, c'est beau comme les œuvres dynamokinétiques de 1920, mais avec en plus un gros son qui cogne, qui soulève les images, qui ravit le spectateur en le plaquant dans son siège par effet de souffle. J'aimais les films de guerre, mais celui-là, que je vis des années plus tard, me fit froid dans le dos, à cause des noms, et des chiffres.

Oh, comme le cinéma montre bien les choses ! Regardez ! Regardez comme deux heures montrent bien plus que des jours et des jours de télévision ! Image contre image : les images cadrées font rendre gorge au flot d'images. Le cadre fixe projeté au mur, ouvert sans ciller comme un œil d'insomniaque dans la nuit de sa chambre, permet à la réalité d'apparaître enfin, par effet de lenteur, de scrutation, de fixité impitoyable. Regardez ! Je me tourne vers le mur et je les vois, mes reines, disait-il, celui qui arrêta d'écrire, et qui toujours eut les pratiques sexuelles d'un adolescent. Il aurait aimé le cinéma, celui-là.

On est assis dans des fauteuils capitonnés dont le dossier est une coque, la lumière s'atténue, le siège surmonte les nuques et dissimule ce que l'on fait, ce que l'on pense par gestes. Par la fenêtre qui s'ouvre devant — et parfois encore on lève un rideau avant de projeter des images —, par cette fenêtre on voit le monde. Et lentement dans le noir je glisse ma main très douce dans l'anfractuosité de l'amie qui m'accompagne, et sur l'écran je vois ; je comprends enfin.

Je ne sais plus le nom de celle qui m'accompagnait alors. C'est une étrangeté de savoir si peu avec qui on couche. Mais je n'ai pas la mémoire des noms, et le plus souvent nous faisons l'amour en fermant les yeux. Moi, du moins ; et je ne me souviens plus de son nom. Je le regrette. Je pourrais me forcer, ou l'inventer. Personne n'en saurait rien. Je prendrais un nom banal pour faire vrai, ou bien un nom rare, pour faire bijou. J'hésite. Mais cela ne changerait rien d'inventer un nom ; ça ne changerait rien à l'horreur fondamentale de l'absence, et de l'absence d'absence. Car le cataclysme le plus terrifiant, le plus destructeur est bien celui-ci : l'absence que l'on ne remarque pas.

Dans ce film que je vis et qui m'effraya, dans ce film d'un auteur connu qui passa en salle, qui fut édité en DVD, que tout le monde vit, l'action se passait en Somalie, c'est-à-dire nulle part. Des forces spéciales américaines devaient traverser Mogadiscio, s'emparer d'un type, et revenir. Mais les Somaliens résistaient. Et les Américains se faisaient tirer dessus, et ils tiraient en retour. Cela faisait des morts, dont beaucoup d'Américains. Chaque mort américain était vu avant, pendant, après l'événement de sa fin, il mourait lentement. Ils mouraient un par un, avec un peu de temps pour eux au moment de mourir. Par contre les Somaliens mouraient comme au ball-trap, en masse, on ne les comptait pas. Quand les Américains se furent retirés, il en manquait un, prisonnier, et un hélicoptère alla au-dessus de Mogadiscio pour dire son nom, sono à fond, lui dire qu'on ne l'oubliait pas. À la fin, le générique donna le nombre et le nom des dix-neuf morts américains, et annonça qu'au moins mille Somaliens furent tués. Ce film-là ne choque personne. Cette disproportion ne choque personne. Cette dissymétrie ne choque personne. Bien sûr, on a l'habitude. Dans les guerres dissymétriques, les seules auxquelles l'Occident prend part, la proportion est toujours la même : pas moins de un à dix. Le film est tiré d'une histoire vraie — évidemment, cela se passe toujours comme ça. Nous le savons. Dans les guerres coloniales on ne compte pas les morts adverses, car ils ne sont pas morts, ni adverses : ils sont une difficulté du terrain que l'on écarte, comme les cailloux pointus, les racines de palétuviers, ou encore les moustiques. On ne les compte pas parce qu'ils ne comptent pas.

Après la destruction de la quatrième armée du monde, imbécillité journalistique que l'on répétait en chaîne, soulagés de voir revenir presque tout le monde, nous oubliâmes tous ces morts comme si la guerre effectivement n'avait pas eu lieu. Les morts occidentaux étaient morts par accident, on sait qui c'était et on s'en souviendra ; les autres ne comptent pas. Il fallut le cinéma pour me l'apprendre : la destruction des corps à la machine s'accompagne d'un effacement des âmes dont on ne s'aperçoit pas. Lorsque le meurtre est sans trace le meurtre lui-même disparaît ; et les fantômes s'accumulent, que l'on est incapable de reconnaître.

Ici, précisément ici, je voudrais élever une statue. Une statue de bronze par exemple car elles sont solides et on reconnaît les traits du visage. On la poserait sur un petit piédestal, pas trop haut pour qu'elle reste accessible, et on la borderait de pelouses permises pour que tous puissent s'asseoir. On la poserait au centre d'une place fréquentée, là où la population passe et se croise et repart dans toutes les directions.

Cette statue serait celle d'un petit homme sans grâce physique qui porterait un costume démodé et d'énormes lunettes qui déforment son visage ; on le montrerait tenir une feuille et un stylo, tendre le stylo pour que l'on signe la feuille comme les sondeurs dans la rue, ou les militants qui veulent remplir leur pétition.

Il ne paie pas de mine, son acte est modeste, mais je voudrais élever une statue à Paul Teitgen.

Physiquement rien en lui n'impressionne. Il était fragile, et myope. Quand il arriva prendre sa fonction à la préfecture d'Alger, quand il arriva avec d'autres réadministrer les départements d'Afrique du Nord laissés à l'abandon, à l'arbitraire, à la violence raciale et individuelle, quand il arriva, il vacilla de chaleur à la porte de l'avion. Il se couvrit en un instant de sueur malgré le costume tropicalisé acheté dans la boutique pour ambassadeurs du boulevard Saint-Germain. Il se tamponna le front avec un grand mouchoir, ôta ses lunettes pour en essuyer la vapeur, et il ne vit plus rien ; juste l'éblouissement de la piste et des ombres, les costumes sombres de ceux qui étaient venus l'accueillir. Il hésita à se retourner, à repartir, puis il remit ses lunettes et descendit la passerelle. Son costume collait sur toute l'étendue de son dos et il s'en fut, presque sans rien voir, sur le ciment ondulant de chaleur.

Il prit ses fonctions et les remplit bien au-delà de ce qu'il avait imaginé.

En 1957 les parachutistes eurent tous les pouvoirs. Des bombes explosaient dans la ville d'Alger, plusieurs par jour. On leur donna l'ordre de faire cesser l'explosion des bombes. On ne leur indiqua pas la marche à suivre. Ils revenaient d'Indochine, alors ils savaient courir dans les bois, se cacher, se battre et tuer de toutes les façons possibles. On leur demanda que les bombes n'explosent plus. On les fit défiler dans les rues d'Alger, où les Européens en foule les acclamèrent.

Ils commencèrent d'arrêter les gens, des Arabes, presque tous. À ceux qu'ils arrêtaient ils demandaient s'ils fabriquaient des bombes ; ou s'ils connaissaient des gens qui fabriquaient des bombes ; ou sinon s'ils connaissaient des gens qui en connaissaient ; et ainsi de suite. Si on demande avec force et à beaucoup de gens, on finit par trouver. On finit par prendre celui qui fabrique les bombes, si on interroge tout le monde avec force.

Pour obéir à cet ordre qu'on leur donna ils construisirent une machine de mort, un hachoir où ils passèrent les Arabes d'Alger. Ils peignirent des chiffres sur les maisons, ils firent de chaque homme une fiche, qu'ils épinglèrent au mur ; ils reconstituèrent l'arbre caché dans la Casbah. Ils traitaient l'information. Ce qui restait de l'homme ensuite, carton froissé taché de sang, ils le faisaient disparaître, car on ne laisse pas traîner ça.

Paul Teitgen était secrétaire général de la police, à la préfecture du département d'Alger. Il fut l'adjoint civil du général des parachutistes. Il fut l'ombre muette, on lui demandait juste d'acquiescer. Même pas d'acquiescer : on lui demandait juste rien. Mais lui, demanda.

Il obtint, Paul Teitgen — et ceci lui vaudrait une statue —, que les parachutistes signent avec lui, pour chacun des hommes qu'ils arrêtaient, une assignation à résidence. Il dut en user, des stylos ! Il signa toutes les assignations que lui présentaient les parachutistes, une grosse liasse chaque jour, il les signait toutes et toutes signifiaient mise au trou, interrogatoire, mise à la disposition de l'armée pour ces questions, toujours les mêmes, posées avec trop de force pour que toujours on survive.

Il les signait, en gardait copie, chacune portait un nom. Un colonel venait lui faire ses comptes. Quand il avait détaillé les relâchés, les internés, les évadés, Paul Teitgen pointait la différence entre ces chiffres-là et la liste nominative qu'il consultait en même temps. « Et ceux-là ? » disait-il, et il pouvait donner un nombre, et des noms ; et le colonel qui n'aimait pas ça lui répondait chaque jour en haussant les épaules : « Eh bien ceux-là, ils ont disparu, voilà tout. » Et il levait la réunion.

Paul Teitgen dans l'ombre comptait les morts.

À la fin, il sut combien. Parmi ceux qui avaient été sortis brutalement de chez eux, attrapés dans la rue, jetés dans une Jeep qui démarrait en trombe et tournait au coin, ou dans un camion bâché dont on ne savait pas où il allait — mais on le savait trop bien —, parmi tous ceux-là qui furent vingt mille, parmi les cent cinquante mille Arabes d'Alger, parmi les soixante-dix mille habitants de la Casbah, il en disparut 3 024. On prétendit qu'ils rejoignaient les autres dans la montagne. On retrouvait certains corps sur les plages, rejetés par la mer, déjà gonflés et abîmés par le sel, portant des blessures que l'on pouvait attribuer aux poissons, aux crabes, aux crevettes.

Pour chacun Paul Teitgen possédait une fiche à leur nom signée de sa main. Peu importe, direz-vous, peu importe aux intéressés qui disparurent, peu leur importe ce chiffon de papier à leur nom, puisqu'ils n'en sortirent pas vivants, peu leur importe cette feuille où en dessous de leur nom on peut lire la signature de l'adjoint civil du général des parachutistes, peu leur importe car cela ne changea pas leur sort terrestre. Le kaddish non plus n'améliore pas le sort des morts : ils ne reviendront pas. Mais cette prière est si forte qu'elle accorde des mérites à qui la prononce, et ces mérites accompagnent le mort dans sa disparition, et la blessure qu'il laisse parmi les vivants cicatrisera, et fera moins mal, moins longtemps.

Paul Teitgen comptait les morts, il signait de courtes prières administratives pour que le massacre ne soit pas aveugle, pour qu'on sache ensuite combien étaient morts, et comment ils s'appelaient.

Grâces lui soient rendues ! Impuissant, horrifié, il survécut à la terreur générale en comptant et en nommant les morts. Dans cette terreur générale où on pouvait disparaître dans une brève gerbe de flammes, dans cette terreur générale où chacun portait son destin sur les traits de son visage, où on pouvait ne pas revenir d'un tour en Jeep, où les camions transportaient des corps suppliciés encore vivants que l'on emmenait tuer, où on achevait au couteau ceux qui gémissaient encore dans le coin de Zéralda, où on jetait les hommes comme des déchets dans la mer, il fit le seul geste qu'il pouvait faire, car partir, il ne l'avait pas fait le premier jour. Il fit le seul geste humain dans cette tempête de feu, d'éclats tranchants, de poignards, de coups, de noyades en chambre, d'électricité appliquée au corps : il recensa les morts un par un et garda leur nom. Il détectait leur absence et en demandait compte au colonel qui venait lui faire son rapport. Et celui-ci, gêné, agacé, lui répondait qu'ils avaient disparu. Bon ; ils sont disparus, donc, reprenait Teitgen ; et il notait leur nombre, et leur nom.

On se raccroche à bien peu mais dans la machine de mort que fut la bataille d'Alger ceux qui considérèrent que les gens étaient des gens, munis d'un nombre et d'un nom, ceux-là sauvèrent leur âme, et ils sauvèrent l'âme de ceux qui le comprirent, et aussi l'âme de ceux dont ils se préoccupaient. Quand les corps souffrants et abîmés eurent disparu, leur âme resta et ne devint pas un fantôme.

Maintenant je sais le sens de ce geste, mais je l'ignorais lorsque je suivis Desert Storm à la télévision. Je le sais maintenant car je l'ai appris au cinéma ; et aussi je rencontrai Victorien Salagnon. De lui qui fut mon maître j'appris que les morts qui ont été nommés et comptés ne sont pas perdus.

Il m'éclaira, Victorien Salagnon, le rencontrer au creux de ma vie m'éclaira. Il me fit reconnaître ce signe qui parcourt l'Histoire, ce signe mathématique peu connu et pourtant visible, qui est toujours là, qui est un rapport, qui est une fraction, qui s'exprime comme suit : dix pour un. Cette proportion est le signe souterrain du massacre colonial.

Au retour, je m'établis à Lyon dans un lieu modeste. Je remplissais la chambre meublée avec le contenu de mes pauvres cartons. J'étais seul et ce n'était pas gênant. Je n'envisageais pas de rencontrer quelqu'un, comme on le pense quand on est seul : je ne cherchais pas l'âme sœur. Je m'en moque car mon âme n'a pas de sœurs, et non plus de frères, elle est fille unique à jamais, et de cet isolement aucun lien ne la fera sortir. Et puis j'aimais les célibataires de mon âge qui vivaient seules dans de petits appartements, et qui, quand je venais, allumaient des bougies et se lovaient sur leur canapé en entourant leurs genoux de leurs bras. Elles attendaient de sortir de là, elles attendaient que je dénoue leurs bras, que leurs bras puissent étreindre autre chose que leurs genoux, mais vivre avec elles aurait détruit cette magie tremblante de la flamme qui éclaire les femmes seules, cette magie des bras refermés qui enfin s'ouvraient pour moi ; alors une fois leurs bras ouverts je préférais ne pas rester.

Heureusement je ne manquais de rien. La gestion tortueuse des ressources humaines dans ce qui fut mon entreprise, alliée à l'excellence des services sociaux de mon pays — quoi qu'on en dise, quoi qu'ils soient devenus —, m'ouvrit un an de tranquillité. Je disposai d'un an. De quoi faire bien des choses. Je ne fis pas grand-chose. J'hésitais.

Mes ressources s'amenuisant je fus distributeur de journaux publicitaires. J'allais le matin un bonnet sur les oreilles poser des journaux gratuits dans les boîtes aux lettres. Je portais des mitaines de tricot un peu minables mais idéales pour cette tâche de presser des boutons et de saisir du papier. Je tirais un chariot de ménagère rempli des journaux que je devais épandre, très lourd car c'est lourd le papier, et je devais m'efforcer à n'en déposer qu'un exemplaire par boîte. La tentation pourtant s'imposait dès les cent premiers mètres : tout jeter en bloc plutôt que de l'éparpiller. J'étais tenté de remplir les poubelles, de bourrer les boîtes abandonnées, de me tromper souvent, d'en mettre des poignées de deux, cinq, dix au lieu d'un seul dans chacune ; mais il y aurait des plaintes, un contrôleur passait derrière moi, et j'aurais perdu ce travail qui me rapportait un centime par journal posé, quarante centimes par kilogramme transporté, et qui m'occupait le matin. Je parcourais la ville dès l'aube précédé du nuage de ma vapeur et traînant derrière moi un caddie de mémé très lourd. J'entrais dans les allées, je saluais humblement sans trop les fixer ceux que je croisais, ces habitants légitimes bien mis et propres qui descendaient vers leur travail. D'un œil très sûr formé à la guerre sociale ils jaugeaient mon anorak, mon bonnet, mes mitaines, hésitaient à dire quelque chose puis passaient et me laissaient faire ; rapidement, épaules baissées, à peine visible, je déposais un exemplaire par boîte et repartais. Je parcourais mon secteur dans un ordre logique, je le recouvrais avec soin d'une pollution publicitaire qui finirait à la benne, dès le lendemain, et en fin de parcours je m'arrêtais toujours au café sur le boulevard qui sépare Lyon de Voracieux-les-Bredins ; et je buvais des petits blancs autour de midi. À treize heures je repartais recharger. On me délivrait la tâche du lendemain à heures fixes, il fallait que j'y sois, il ne fallait pas que je traîne.

Je travaillais le matin car ensuite tout ferme. Personne ne vient fermer : les portes décident d'elles-mêmes quand s'ouvrir et se fermer. Elles contiennent des horloges qui comptent le temps nécessaire au facteur, aux services de nettoyage, aux livreurs, et à midi elles se bloquent, seuls peuvent encore entrer ceux qui possèdent la clé, ou le code.

Alors le matin j'exerçais mon parasitisme avec un bonnet sur la tête, je traînais le caddie de ménagère alourdi de papier et m'introduisais dans le nid des gens pour déposer mon œuf publicitaire avant que les portes ne se closent. C'est sinistre quand on y pense que les objets décident seuls d'un acte aussi important que clore ou ouvrir ; mais personne ne le ferait, sinon nous préférons déléguer aux machines les actes pénibles, que leur pénibilité soit physique ou morale. La publicité est un parasitisme, je m'introduisais dans les nids, je déposais au plus vite mes liasses d'offres mirobolantes mal coloriées, et je passais à côté pour en poser le plus possible. Pendant ce temps les portes décomptaient en silence la durée restante où elles seraient ouvertes. À midi le mécanisme s'enclenchait, j'étais dehors, je ne pouvais plus rien faire, alors j'allais fêter la fin de ma journée, courte journée, journée décalée, par quelques vins blancs au comptoir.

Le samedi je marchais plus vite. En écoulant mon stock au pas de course et le vidant pour finir dans les poubelles de tri sélectif, je gagnais une bonne heure, que je passais à ce même bistrot de la fin du parcours. D'autres venaient comme moi, qui exerçaient diverses professions précaires ou vivaient de pensions. Nous nous rassemblions dans le bistrot au bord de Lyon juste avant Voracieux-les-Bredins, tous gens finis ou en cours de fin, et le samedi nous étions trois fois plus nombreux que les autres jours. Je buvais avec les habitués, et ce jour-là je pouvais rester un peu plus longtemps. Je fis rapidement partie des meubles. J'étais plus jeune qu'eux, et je m'enivrais beaucoup plus visiblement, et cela les faisait rire.

La première fois que je rencontrai Victorien Salagnon ce fut dans ce bistrot, un samedi, à travers les grosses lentilles jaunes de myopes du vin de douze heures qui rendait la réalité plus vague et plus proche, qui la rendait enfin fluide mais insaisissable, ce qui à l'époque m'allait bien.

Il s'asseyait à l'écart à une vieille table en bois poisseuse dont on ne voit presque plus d'exemple dans la ville de Lyon. Il buvait tout seul une fillette de blanc qu'il faisait durer, et il lisait le journal local qu'il étalait entièrement. Les journaux locaux sont imprimés sur de grandes feuilles, et en le déployant ainsi il occupait quatre places, et personne ne venait jamais s'asseoir avec lui. Vers midi, dans le café bondé, il régnait avec indifférence sur la seule table libre de la salle alors que les autres se pressaient au comptoir, mais personne ne venait le déranger, c'était l'usage, et il continuait de lire les nouvelles infimes des localités périphériques sans jamais lever la tête.

On me fit un jour une confidence qui peut-être expliquait un peu cela. Mon voisin de comptoir se pencha sur moi, et assez fort pour que tout le monde entende il le désigna du doigt et me glissa à l'oreille : « Tu vois, l'homme au journal qui occupe toute la place, c'est un ancien d'Indochine. Et là-bas, il en a fait, des trucs. »

Il conclut avec un genre de clin d'œil, montrant qu'il en savait long, et qu'il expliquait bien des choses. Il se redressa et s'enfila une rasade de blanc.

L'Indochine ! On n'entendait plus jamais ce mot-là, sauf à titre d'injure pour qualifier d'anciens militaires, la région même n'existait plus ; le nom était au musée, sous vitrine, il était mal de le prononcer. Dans mon vocabulaire d'enfant de gauche, ce mot rare quand il survenait s'accompagnait d'une nuance d'horreur ou de mépris, comme tout ce qui était colonial. Il fallait bien se trouver dans un vieux bar près de s'éteindre, parmi des messieurs en qui cancer et cirrhose se livraient à une course, il fallait bien être tout au bord du monde, dans sa cave, parmi ces restes, pour entendre à nouveau ce mot-là prononcé dans sa musique d'origine.

Cette confidence était théâtrale, il m'y fallait répondre sur le même ton. « Oh ! L'Indochine ! dis-je. C'était un peu comme le Vietnam, non ? Mais à la française, sans moyens, à la débrouille ! Comme on n'avait pas d'hélicoptères, les types sautaient de l'avion, et si le parachute s'ouvrait, ils allaient à pied. »

L'homme entendit. Il releva la tête et voulut bien sourire. Il me regarda par des yeux d'un bleu froid dont je n'arrivais pas à déterminer l'expression, mais peut-être simplement me regardait-il. « Il y avait de ça ; surtout pour la pauvreté de moyens », et il continua la lecture de son journal étalé, dont il tournait une à une les grandes pages, jusqu'à la dernière sans en oublier une seule. L'intérêt passa à autre chose car au comptoir l'ambiance n'est pas au suivi. C'est tout l'intérêt de l'apéritif au vin blanc : la rapidité, l'absence de gravité, le manque d'inertie, l'adoption par tous de propriétés physiques qui ne sont pas celles du monde réel, celui qui nous pèse et nous englue. Par les gobilles jaunes des verres de mâcon alignés nous voyions un monde plus proche qui convenait mieux à nos faibles envergures. L'heure venant je m'en retournais avec mon caddie vide, je rentrais dans ma chambre pour cuver dans la sieste tout ce que j'avais bu le matin. Ce métier menaçait d'être fatal à mon foie et je me promettais toujours avant de m'endormir de bientôt faire autre chose, mais je m'endormais toujours avant d'avoir trouvé quoi.

Le regard de cet homme me resta. Couleur glacier, il ne portait ni émotion ni profondeur. Mais il en émanait une tranquillité, une attention transparente qui laissait venir à lui tout ce qui l'entourait. Observé par cet homme on pouvait se sentir proche de lui, sans rien entre nous qui ferait obstacle et empêcherait d'être vu, ou modifierait la façon d'être vu. Je m'illusionnais peut-être, trompé par l'étrange couleur de ses iris, par leur vide semblable à de la glace qui flotte sur l'eau noire, mais ce regard entrevu quelques instants me resta, et la semaine qui suivit je rêvai d'Indochine, et le rêve qui s'interrompit au matin me poursuivit la journée entière. Je n'y avais auparavant jamais pensé, à l'Indochine, et là j'en rêvais d'une façon explicite mais totalement imaginaire.

Je rêvais d'une maison immense. Nous étions à l'intérieur ; nous n'en connaissions pas les limites ni le dehors ; je ne savais pas quel était ce « nous ». Nous montions aux étages par un large escalier de bois grinçant qui s'élevait en spirale lente jusqu'à des paliers d'où partaient des couloirs bordés de portes. Nous montions en file d'un pas pesant, portant des sacs à dos bien chargés. Je ne me souviens pas d'armes mais de sacs à dos anciens de toile bise à armature métallique, leurs brides rembourrées de feutre. Nous étions vêtus en militaires, nous montions cet escalier interminable, nous suivions en silence, en file, de très longs couloirs. Rien n'éclairait correctement, les boiseries absorbaient la lumière, les fenêtres n'existaient pas, ou alors closes de volets intérieurs.

Derrière certaines portes entrouvertes nous voyions des gens assis autour de tables qui mangeaient en silence, ou qui dormaient allongés dans des lits profonds entre de gros coussins et sur des courtepointes à carreaux. Nous marchions beaucoup et sur un palier nous fîmes un tas de nos sacs. L'officier qui nous dirigeait nous indiquait les lieux où nous établir. Nous nous couchâmes derrière les sacs, fatigués, et lui seul restait debout. Maigre, jambes écartées, il tenait ses poings sur ses hanches, gardait toujours ses manches retroussées ; et son simple équilibre assurait notre défense. Nous barricadâmes les escaliers, nous fîmes un rempart de nos sacs, mais l'ennemi était dans les murs. Je le savais car plusieurs fois je vis par ses yeux. Je nous voyais en contrebas, par des fissures du plafond. Je ne donnais aucun nom à cet ennemi puisque je ne le vis jamais. Je voyais par lui. Je savais dès le début que cette guerre confinée était celle d'Indochine. Nous fûmes attaqués, nous étions en permanence attaqués, l'ennemi déchirait le papier peint, jaillissait des cloisons, tombait du plafond. Je ne me souviens pas d'armes ni d'explosions, juste de cette déchirure et de ce surgissement, du jaillissement du danger hors des cloisons et des plafonds qui nous confinaient. Nous étions débordés, nous étions héroïques, nous nous repliions sur des portions étroites du palier, derrière nos sacs, notre officier poings aux hanches restait toujours debout et nous indiquait d'un coup de menton où être lors des différents épisodes de l'invasion.

Je me débattis durant ce rêve et je me réveillai enduit d'une sueur qui sentait le vin qui s'évapore. Dans la journée qui suivit je ne pus me défaire de l'image étouffante d'une maison qui se refermait, et de l'arrogance de cet officier élancé, toujours debout, qui nous rassurait.

Quand la violence du rêve se fut dissipée, ce qui me resta fut le « nous » du récit. Un « nous » indécis parcourait ce rêve, parcourait le récit que j'en faisais et décrivait, faute de mieux, le point de vue général selon lequel le rêve avait été vécu. Car on vit les rêves. Le point de vue duquel il avait été vécu était général. J'étais parmi les militaires qui marchaient sac au dos, j'étais parmi les militaires couchés derrière leurs sacs qui tentaient de se protéger et se repliaient encore, mais j'étais aussi dans le regard subreptice qui les guettait dans les murs, j'étais dans le souffle d'ensemble qui me permettait d'en faire le récit. Le seul que je n'étais pas, le seul que n'intégrait pas ce « nous » et qui gardait son « il » était l'officier maigre toujours debout et sans armes, dont l'œil clair savait tout lire et dont l'ordre nous sauvait. Nous sauvait.

« Nous » est performatif ; « nous » à sa seule prononciation crée un groupe ; « nous » désigne une généralité de personne comprenant celui qui parle, et celui qui parle peut parler en leur nom, leurs liens sont si forts que celui qui parle peut parler pour tous. Comment ai-je pu dans la spontanéité de mon rêve employer un « nous » à ce point irréfléchi ? Comment puis-je vivre le récit de ce que je n'ai pas vécu, et que je ne connais même pas ? Comment puis-je moralement dire « nous » alors que je sais bien que des actes horribles furent commis ? Et pourtant « nous » agissait, « nous » savait, et je ne pouvais le raconter autrement.

Quand j'émergeais de mes siestes éthyliques je lisais des livres, je voyais des films. Dans la chambre que j'occupais sous les toits j'étais libre jusqu'au soir. Je voulus tout apprendre de ce pays perdu dont il ne reste qu'un nom, un mot seul avec majuscule, habité d'une vibration douce et maladive, conservé au fond du langage. J'appris ce que l'on peut apprendre sur cette guerre de peu d'images, car peu furent faites, et beaucoup furent détruites, et celles qui restaient ne se comprenaient pas, cachées par celles, si nombreuses et si faciles à lire, de la guerre américaine.

Comment appeler ces gens qui marchaient en file dans la forêt, avec des sacs à dos anciens de toile bise, les mêmes que je portais enfant car mon père m'avait légué celui qu'il portait enfant ? Faut-il les appeler les Français ? Mais qui serais-je alors ? Faut-il les appeler « nous » ? Suffirait-il alors d'être français pour être concerné par ce que firent d'autres Français ? La question semble oiseuse, elle est grammaticale, elle consiste à savoir de quel pronom on désigne ceux qui marchaient dans la forêt, avec des sacs dont j'ai senti au creux de mon dos d'enfant l'armature métallique. Je veux savoir avec qui je vis. Avec ces gens je partageais la langue, et c'est bien ce que l'on partage avec ceux que l'on aime. Avec eux je partageais des lieux, nous allâmes dans les mêmes rues, nous allâmes ensemble à l'école, nous entendîmes les mêmes histoires, nous mangeâmes ensemble certains plats que d'autres ne mangent pas, et nous trouvions ça bon. Nous parlâmes ensemble la seule langue qui vaille, celle que l'on comprend avant de réfléchir. Nous sommes les organes du même grand corps réuni par les caresses de la langue. Qui sait jusqu'où s'étend ce grand corps ? Qui sait ce que fait la main gauche pendant que la droite est occupée de caresses ? Que fait tout le reste quand l'attention est prise par les caresses de la langue ? me disais-je en caressant l'anfractuosité de celle qui était étendue contre moi. J'ai oublié son nom ; c'est étrange de savoir si peu avec qui on dort. C'est étrange mais la plupart du temps, étendu contre l'autre, nous fermons les yeux, et quand nous les ouvrons au hasard nous sommes bien trop près pour reconnaître ce visage. On ne sait pas qui est « nous », on ne sait pas décider de la grammaire, alors ce qui ne peut se dire, on le tait. Et ces gens qui marchent dans la forêt, on n'en parlera pas plus que du nom de celle allongée contre soi, que l'on oubliera.

On le sait si peu qui est auprès de soi. C'est terrifiant. Il importe d'essayer de savoir.

Je revis plusieurs fois l'homme au journal étalé. Je ne connaissais pas son nom mais cela n'avait pas d'importance dans ce café perdu. Chacun des habitués n'était qu'une ritournelle, chacun n'existait que par son détail que l'on répétait ; ce détail qui repasse, toujours le même, permettait d'être reconnu, aux autres de rire, et à tous de boire un verre. L'alcool est le carburant parfait pour de telles machines. Il explose, et le réservoir est vite vide. Départ brutal ; pas d'autonomie ; on recharge. Lui était l'ancien d'Indochine qui étalait son journal aux heures de pointe, et que personne ne dérangeait ; moi, le jeune homme sur la mauvaise pente qui ne se déplaçait pas sans son caddie de mémé, et qui tous les jours à treize heures allait se le faire remplir : on en faisait sans se lasser des blagues à double sens.

Cela pouvait durer longtemps. Cela pouvait durer jusqu'à épuisement. Cela pouvait durer jusqu'à son vieillissement et sa mort car il était bien plus âgé que moi, cela pouvait durer jusqu'à ma dégradation d'un degré supplémentaire, où je n'aurais plus l'argent, ni la force, ni l'élocution pour venir encore tenir ma place, plus la force de m'asseoir avec les autres sur l'étagère où nous sommes rangés en attendant la fin. Cela pouvait durer longtemps car ce genre de vie s'organise pour ne pas changer. L'alcool conserve le vivant dans la dernière posture qu'il se donne, on le sait bien dans les muséums où l'on conserve dans des bocaux le corps de ceux qui ont été vivants.

Mais dimanche nous sauva.

Certains s'ennuient le dimanche et le fuient, mais ce jour vide est la condition du mouvement ; il est l'espace conservé pour qu'advienne un changement. Dimanche je connus son nom ; et ma vie prit un autre tour.

Ce dimanche où j'appris son nom je me promenais au bord de la Saône dans le Marché aux Artistes. L'intitulé me fait rire, il résume bien ce dont il s'agit : une brocante des pratiques de l'art.

Que faisais-je là ? J'ai connu des jours meilleurs, je l'expliquerai un jour, j'ai eu des lettres, j'ai eu du goût, j'ai aimé les arts et m'y connaissais un peu. J'en garde un grand désabusement mais pas d'aigreur, et je comprends au plus profond l'aphorisme de Duchamp « Même le pet d'un artiste est de l'art ». Cela me paraît définitif ; cela sonne comme une boutade mais décrit à la perfection ce qui anime les peintres, et ceux qui viennent les voir.

Au Marché aux Artistes on ne trouve rien de très cher mais rien de très beau. On lentibardane sous les platanes, on regarde sans hâte les œuvres de ceux qui exposent, et ceux-ci derrière leur table toisent la tourbe des badauds qui glissent, de plus en plus méprisants à mesure qu'on ne leur achète rien.

Je préfère ici au monde clos des galeries, car ce qui est exposé est clairement de l'art : de la peinture sur toile, réalisée selon des styles connus. On reconnaît ce que l'on sait, on peut évacuer le sujet, et derrière les toiles indiscutables guette l'œil fiévreux des artistes. Ceux-là qui exposent se montrent eux-mêmes ; ils viennent sauver leur âme car ils sont artistes, pas badauds ; quant aux badauds, ils sauvent leur âme en venant voir des artistes. Celui qui peint sauve son âme à condition qu'on lui achète, et acheter sa peinture procure des indulgences, quelques heures de paradis gagnées sur la damnation quotidienne.

J'allais et m'amusais de vérifier, encore et encore, que les artistes ressemblent à leur œuvre. Paresseusement on croit à l'inverse, par un sainte-beuvisme de bazar : l'artiste s'exprimerait et donnerait forme à son œuvre, et celle-ci donc le refléterait. Allons ! Un tour sous les platanes du Marché aux Artistes révèle tout ! L'artiste ne s'exprime pas — car que dirait-il ? : il se construit. Et ce qu'il expose, c'est lui. Derrière son étal il s'expose au vu des badauds qu'il envie et méprise, sentiments qu'ils lui renvoient bien, mais autrement, à l'envers, et ainsi tout le monde est content. L'artiste fabrique son œuvre, et en retour l'œuvre lui donne la vie.

Regardez ce grand type maigre qui fait de terribles portraits à grandes touches d'acrylique : chacun est lui sous différents angles. Assemblez-les, ils le montrent tel qu'il voudrait être. Et ce qu'il voudrait est.

Regardez celui qui peint avec soin des aquarelles trop vives, trop tranchées, dont les couleurs crient, dont les masses articulent distinctement. Il est sourd et entend très mal ce que disent les curieux, il peint le monde tel qu'il l'entend.

Regardez cette femme très jolie qui ne peint que des portraits de belles femmes. Toutes lui ressemblent, et avec les années elle s'habille de mieux en mieux, se fane, et ces femmes peintes sont d'une beauté de plus en plus tapageuse. D'une façon prévisible elle signe « Doriane ».

Regardez ce Chinois timide qui propose des peintures d'une extrême violence, des visages en gros plan profondément défoncés de coups de brosse. Il ne sait jamais où mettre ses mains énormes et s'en excuse d'un sourire charmant.

Regardez celui-ci qui peint des miniatures sur des planches de bois ciré. Il arbore une coupe au bol que l'on ne voit que dans les marges des manuscrits, il a un teint de cire, et son répertoire de gestes se réduit progressivement jusqu'à n'être que celui de la statuaire médiévale.

Regardez cette grande femme aux cheveux noirs teints, qui eut de meilleures années, qui maintenant se flétrit mais reste droite et l'œil étincelant. Elle peint des corps enchevêtrés d'un trait souple d'encre de Chine, d'un érotisme assuré qui ne déroge pas, mais sans débordement.

Regardez cette Chinoise assise au milieu de toiles décoratives. Ses cheveux entourent ses épaules d'un rideau de soie noire qui est l'écrin de sa bouche d'un rouge éblouissant. Sa peinture clinquante n'est que de peu d'intérêt, mais quand elle s'assoit entre ses toiles elles deviennent le fond parfait du pourpre profond de ses lèvres.

J'allais, et je le reconnus, je reconnus sa raideur et sa grande taille. Il brandissait sa belle tête d'homme maigre comme plantée au bout d'une pique. Je reconnus de loin son profil épuré, ses cheveux blancs en brosse courte, son nez bien droit qui désignait l'avant. Son nez montrait un tel allant que ses yeux pâles semblaient en retard, hésitants. Son ossature était action, mais ses yeux contemplatifs.

Nous nous saluâmes d'un signe de tête, ne sachant pas jusqu'où devraient aller nos gestes et nos paroles en dehors de la routine du comptoir. Nous étions en civil en quelque sorte : mains dans les poches, debout, parlant avec mesure, sans avoir bu, sans verre à prendre, en dehors de l'habitude. Il me fixait. Dans ses yeux transparents je ne lisais que la transparence, il me semblait parvenir jusqu'à son cœur. Je ne savais que dire. Alors je feuilletai les feuilles d'aquarelle posées devant lui.

« Vous ne ressemblez pas du tout à un peintre, dis-je machinalement.

— C'est qu'il me manque la barbe. Sinon j'ai des pinceaux.

— Très beau, très beau », disais-je poliment en feuilletant, et je réalisai que je disais vrai. Je regardai enfin. J'avais cru à des aquarelles mais tout était peint à l'encre. Techniquement il s'agissait de lavis monochromes, réalisés à l'aide de dilutions d'encre de Chine. Du noir profond de l'encre pure il tirait une telle variété de nuances, des gris si divers, si transparents, si lumineux, que tout était là, couleurs comprises, même absentes. Avec du noir il faisait de la lumière, et de la lumière le reste découle. Je relevai la tête et l'admirai d'avoir réalisé cela.

En m'approchant de son étal je m'étais attendu à ce que produisent ceux qui se remettent à la peinture sur le tard, plus ou moins pour s'occuper. Je m'étais attendu à des paysages et des portraits d'une exactitude bien mesurée, à des fleurs, à des animaux, à tout ce que l'on croit pittoresque et que le peuple innombrable des amateurs s'obstine à reproduire, avec toujours plus de précision et toujours moins d'intérêt. Et puis je touchai les grandes feuilles qu'il avait peintes à l'encre, je les pris entre mes doigts une par une, des doigts de plus en plus délicats et sûrs, et je sentis leur poids, je sentis leur fibre, je les plaçai sous mon regard et ce fut une caresse. Je feuilletai en respirant à peine cette explosion de gris, ces fumées transparentes, ces grandes plages de blanc préservé, ces masses de noir absolument obscur qui pesaient sur l'ensemble de leur poids d'ombre.

Il en proposait des cartons pleins, mal rangés, mal fermés, à des prix ridicules. Les dates s'étendaient sur le dernier demi-siècle, il avait utilisé les papiers les plus divers, à aquarelles, à dessins, mais aussi d'emballage, des bruns et des blancs de toutes nuances, des vieux fibreux qui s'abîmaient et de tout neufs juste sortis d'une boutique pour artistes.

Il peignait d'après nature. Les sujets n'étaient que prétexte à la pratique de l'encre mais il avait vu ce qu'il avait peint. On pouvait reconnaître des montagnes caillouteuses, des arbres tropicaux, des fruits étranges ; des femmes penchées dans un paysage de rizière, des hommes en djellaba flottante, des villages de montagne ; des traces de brouillard sur des collines pointues, des fleuves bordés de forêt. Et des hommes en uniforme, beaucoup, héroïques et maigres, dont certains allongés, visiblement morts.

« Vous peignez depuis longtemps ?

— Une soixantaine d'années.

— Vous vendez tout ?

— Tout ceci m'encombre. Alors je débarrasse le grenier et je prends l'air le dimanche. À mon âge ce sont deux activités importantes. Accessoirement je retrouve des dessins oubliés, j'essaie de me souvenir de quand ils datent, et je parle peinture avec les passants. Mais la plupart ne disent que des âneries ; alors pour l'instant ne dites rien. »

Je continuai de feuilleter en silence, je suivais son conseil, j'aurais tellement aimé lui parler mais je ne savais pas de quoi.

« Vous y étiez vraiment, en Indochine ?

— Voyez. Je n'invente rien. C'est dommage d'ailleurs, car j'aurais pu peindre davantage.

— Vous y étiez, à l'époque ?

— Si la question est : avec l'armée ?, oui. Avec le Corps Expéditionnaire Français en Extrême-Orient.

— Vous étiez peintre aux armées ?

— Pas du tout : officier parachutiste. Je devais être le seul parachutiste dessinateur. On se foutait un peu de moi à cause de cette manie. Mais pas trop. Car si l'armée coloniale n'avait pas ce genre de délicatesses, on y trouvait de tout. Et puis je faisais le portrait des moqueurs. C'est mieux que les photos ; ils aimaient ça, ils venaient m'en redemander. J'ai toujours eu du papier et de l'encre ; partout où j'allais, je dessinais. »

Je feuilletais fiévreusement comme découvrant un trésor. Je passais d'un carton à l'autre, les ouvrais, en sortais les feuilles, et je suivais en moi les traits de son pinceau, j'en suivais le trajet et le désir dans mes doigts, dans mon bras, mon épaule, et mon ventre. Chaque feuille s'ouvrait devant moi comme un paysage au tournant d'un chemin, et ma main voletait par-dessus en décrivant des volutes, et je sentais en tous mes membres la fatigue d'avoir fait le parcours de tous les traits. Certains n'étaient que des croquis, d'autres de grandes compositions fouillées, mais tout baignait dans une lumière droite qui traversait les corps, leur rendait sur le papier cette présence qu'un instant ils avaient eue. En bas à droite il signait clairement de son nom, Victorien Salagnon. Près de la signature des dates étaient ajoutées au crayon, certaines précises au jour près, et parfois l'heure, d'autres très vagues, réduites à l'année.

« Je trie. J'essaie de me souvenir. J'en ai des cartons, des valises, des armoires pleines.

— Vous avez beaucoup peint ?

— Oui. Je peins vite. Quand j'avais le temps, c'était plusieurs par jour. Mais j'en ai aussi beaucoup perdu, égaré, oublié, abandonné. J'ai beaucoup battu en retraite dans ma vie de militaire, et dans ces moments-là on ne s'embarrasse pas de bagages, on n'emporte pas tout ; on abandonne. »

J'admirais sa peinture d'encre. Il restait debout devant moi, un peu raide, il n'avait pas bougé ; plus grand il me regardait de haut, très droit, un peu ironique, il me regardait avec ce visage d'os et ses yeux transparents dans lesquels l'absence d'obstacles m'apparaissait comme une tendresse. Ma théorie amusante sur l'art et la vie n'avait plus d'intérêt. Je posai alors le dessin que je tenais encore et je relevai les yeux vers lui.

« Monsieur Salagnon, vous voudriez m'apprendre à peindre ? »

Vers le soir la neige se mit à tomber ; de gros flocons flottaient vers le bas et se posaient après une hésitation. Au début on ne les voyait pas dans l'air gris, puis ils apparurent en blanc à mesure que la tombée du soir frottait le ciel de charbon. À la fin on ne voyait plus qu'eux, les flocons en l'air brillant sur le ciel noir, et la couche blanche au sol recouvrant tout d'un drap mouillé. Le petit pavillon étouffait sous la neige, dans la lueur violette d'une nuit de décembre.

Moi j'étais bien assis mais Salagnon regardait dehors. Debout devant la fenêtre, les mains croisées derrière lui, il regardait la neige tomber sur son pavillon avec jardin, sur sa maison de Voracieux-les-Bredins, sur le bord est de l'agglomération, où vient clapoter la molle étendue des champs de l'Isère.

« La neige recouvre tout de son blanc manteau. C'est ce que l'on disait, n'est-ce pas ? C'est ainsi que l'on parlait de la neige à l'école. Son blanc linceul étendu. Après, je l'ai perdue de vue, la neige ; et les linceuls aussi d'ailleurs : nous n'avions que des bâches dans le meilleur des cas, et sinon la terre vite refermée avec une croix dessus. Ou même on les laissait par terre ; mais rarement. Nous essayions de ne pas lâcher nos morts, de rentrer avec eux, de les compter et de nous en souvenir.

« J'aime la neige. Elle tombe si peu maintenant, alors je me mets à la fenêtre et j'assiste à ses chutes comme à des événements. Les pires moments de ma vie je les ai vécus dans la chaleur extrême et le vacarme. Alors pour moi la neige, c'est le silence, c'est le calme, et un froid revigorant qui me fait oublier l'existence de la sueur. J'ai horreur de la sueur, et pendant vingt ans j'ai vécu en nage, sans jamais pouvoir sécher. Alors pour moi la neige, c'est la chaleur humaine d'un corps sec à l'abri. Je me doute bien que ceux qui ont connu la Russie avec de mauvais vêtements et la peur de geler n'ont pas le même goût pour la neige. Tous ces vieux Allemands ne la supportent plus et ils partent pour le Sud dès les premiers froids. Mais moi, les palmiers, ça me dégoûte, et pendant les vingt ans de la guerre, je ne l'ai pas vue, la neige ; et maintenant le réchauffement global va m'en priver. Alors j'en profite. Je disparaîtrai avec elle. Pendant vingt ans j'ai été dans les pays chauds ; outre-mer si vous voulez. Pour moi la neige, c'était la France : les luges, les boules de Noël, les pulls à motifs norvégiens, les pantalons fuseaux et les après-skis, tous les trucs inutiles et tranquilles que j'ai fuis et auxquels je suis retourné un peu malgré moi. Après la guerre tout avait changé, et le seul plaisir que j'ai retrouvé intact est celui de la neige.

— C'est quoi, cette guerre dont vous parlez ?

— Vous ne l'avez pas remarquée, la guerre de vingt ans ? La guerre sans fin, mal commencée et mal finie ; une guerre bégayante qui peut-être dure encore. La guerre était perpétuelle, s'infiltrait dans tous nos actes, mais personne ne le sait. Le début est flou : vers 40 ou 42, on peut hésiter. Mais la fin est nette : 62, pas une année de plus. Et aussitôt on a feint que rien ne se soit passé. Vous n'avez pas remarqué ?

— Je suis né après.

— Le silence après la guerre est toujours la guerre. On ne peut pas oublier ce que l'on s'efforce d'oublier ; comme si l'on vous demandait de ne pas penser à un éléphant. Même né après, vous avez grandi entre les signes. Voyez, je suis sûr que vous avez détesté l'armée, sans rien en connaître. Voilà un des signes dont je parle : une mystérieuse détestation qui se transmet sans que l'on sache d'où elle vient.

— C'est une question de principe. Un choix politique.

— Un choix ? Au moment où il devenait sans conséquence ? Absolument indifférent ? Les choix sans conséquence ne sont que des signes. Et cette armée elle-même en est un. Vous ne la trouviez pas disproportionnée ? Vous ne vous êtes jamais interrogé sur le pourquoi d'une armée si considérable, sur le pied de guerre, piaffante, visiblement nerveuse, alors qu'elle ne servait à rien ? Alors qu'elle vivait en vase clos, sans qu'on lui parle, sans qu'elle vous parle ? Quel ennemi pouvait justifier une telle machine où tous les hommes, tenez-vous bien, tous les hommes passaient un an de leur vie, parfois plus. Quel ennemi ?

— Les Russes ?

— Balivernes. Pourquoi les Russes auraient-ils détruit la partie du monde qui marche à peu près, et qui leur fournissait tout ce dont ils manquaient ? Allons ! Nous n'avions pas d'ennemis. Si après 62 nous avions une armée en ordre de marche, c'était pour attendre que le temps passe. La guerre était finie, mais les guerriers étaient toujours là. Alors on a attendu qu'ils se cachent, qu'ils vieillissent et qu'ils meurent. Le temps guérit tout par décès du problème. On les a enclos pour éviter qu'ils ne s'échappent, pour éviter qu'ils utilisent à tort et à travers ce qu'ils avaient appris. Les Américains ont fait un drôle de film à ce sujet, où un homme préparé à la guerre erre dans la campagne. Il ne possède plus qu'un sac de couchage, un poignard, et le répertoire technique de toutes les façons de tuer, gravé dans son âme et ses nerfs. Je ne me souviens plus de son nom.

— Rambo ?

— C'est cela : Rambo. On en a fait une série assez stupide, mais je ne parle que du premier de ces films : il montrait un homme que je pouvais comprendre. Il voulait la paix et le silence, mais on lui refusait sa place, alors il mettait une petite ville à feu et à sang car il ne savait rien faire d'autre. Ceci, que l'on apprend à la guerre, on ne peut pas l'oublier. On croit cet homme loin, en Amérique, mais je l'ai connu en France à des centaines d'exemplaires ; et avec tous ceux que je ne connais pas, ils sont des milliers. On a maintenu l'armée pour leur permettre d'attendre ; qu'ils ne se répandent pas. Cela reste inconnu parce qu'on n'en fait pas une histoire : tout ce qui se passe en Europe concerne le corps social en entier, et il se traite dans le silence ; la santé est le silence des organes, dit-on. »

Ce vieux monsieur me parlait sans me regarder, il regardait la neige tomber par la fenêtre et parlait avec la même douceur en me tournant le dos. Je ne comprenais pas ce dont il parlait mais je pressentais qu'il savait une histoire que je ne savais pas ; qu'il était lui-même cette histoire, et par hasard je me retrouvais avec lui, dans l'endroit le plus perdu possible, nulle part, dans un pavillon de la banlieue est où la ville se défait dans la boue collante des champs de l'Isère ; et il était prêt à me parler. J'en avais le cœur battant. J'avais trouvé dans la ville où je vivais, dans la ville où j'étais revenu pour en finir, j'avais trouvé une pièce oubliée, une chambre obscure que je n'avais pas remarquée à mon premier passage ; j'en avais poussé la porte et devant moi s'étendait le grenier, pas éclairé, depuis longtemps fermé, et sur la poussière qui recouvrait le sol pas la moindre trace de pas. Et dans ce grenier, un coffre ; et dans le coffre, je ne savais pas. Personne ne l'ouvrait plus depuis qu'on l'avait placé là.

« Vous avez fait quoi dans cette histoire ?

— Moi ? Tout. France Libre, Indo, djebel. Un peu de taule, et depuis, rien.

— Taule ?

— Pas longtemps. Vous savez, ça a mal fini ; par le massacre, le renoncement et l'abandon. Vu votre âge, vos parents vous ont conçu sur un volcan. Le volcan tremblait, menaçait d'exploser, et de vaporiser tout le pays. Vos parents devaient être aveugles, ou alors optimistes, ou bien maladroits. Les gens à ce moment-là préféraient ne plus rien savoir, ne plus rien entendre, préféraient vivre sans souci plutôt que de craindre que le volcan explose. Et puis non, il s'est rendormi. Le silence, l'aigreur et le temps ont eu raison des forces explosives. C'est pour ça que maintenant ça sent le soufre. C'est le magma, en dessous il reste chaud et passe dans les fissures. Il remonte tout doucement sous les volcans qui n'explosent pas.

— Vous regrettez ?

— Quoi ? Ma vie ? Le silence qui l'entoure ? Je n'en sais rien. C'est ma vie : j'y tiens quoi qu'elle ait été, je n'en ai pas d'autre. Cette vie, ils en sont morts ceux qui l'ont tue ; et je n'ai pas l'intention de mourir.

— C'est ce qu'il dit depuis que je le connais, dit une voix forte derrière moi, une voix féminine et harmonieuse qui prit toute la place. Je lui dis bien qu'il a tort, mais je dois reconnaître que jusqu'ici il a raison. »

J'avais sursauté et m'étais levé du même geste. Avant même de la voir j'avais aimé sa façon de parler, son accent d'outre-mer, le tragique de sa voix. Une femme s'avança vers nous, très droite, très sûre de ses pas, la peau recouverte d'un fin réseau de rides comme de la soie froissée. Elle avait le même âge que Salagnon et se dirigea vers moi en me tendant la main. Devant elle je restai immobile et muet, les yeux fixes et la bouche ouverte. Nous nous serrâmes la main car elle me tendit la sienne, et j'eus la surprise de son contact très doux, direct et charmant, rare chez les femmes qui souvent ne savent pas serrer la main. Elle rayonnait de force, cela se sentait à sa paume, elle rayonnait d'une force juste, qui n'était pas empruntée à l'autre sexe mais avait la couleur de la pleine féminité.

« Je vous présente mon épouse, Eurydice Kaloyannis, une Judéo-Grecque de Bab el-Oued, la dernière de son espèce. Elle porte mon nom maintenant, mais je continue d'utiliser celui sous lequel je l'ai connue. Je l'ai écrit tant de fois, ce nom, sur tant d'enveloppes, avec tant de soupirs, que je ne peux plus penser à elle autrement. Le désir que j'ai d'elle s'appelle de ce nom-là. Et puis je n'aime pas que les femmes perdent leur nom, surtout que le sien n'a pas de descendance, et j'honorais fort son père malgré tous nos différends, sur la fin ; et surtout, Eurydice Salagnon, ça sonne plutôt mal, vous ne trouvez pas ? On croirait une liste de légumes, cela ne rend pas hommage à sa beauté. »

Oui, sa beauté. C'était cela ; juste cela. Elle était belle, Eurydice, je l'ai su aussitôt sans me le dire, ma main dans la sienne, mes yeux dans ses yeux, immobile, bête et muet, cherchant mes mots. La différence d'âge brouille les perceptions. On croit n'être pas du même âge, on croit être loin, alors que nous sommes si proches. L'être est le même. Le temps s'écoule, on ne se baigne jamais dans la même eau, les corps se déplacent dans le temps comme des barques au fil de l'eau. L'eau n'est pas la même, jamais la même, mais les barques si éloignées les unes des autres ignorent qu'elles sont identiques ; juste déplacées. À cause des différences d'âge on ne sait plus juger de la beauté, car la beauté se ressent comme un projet : est belle celle que je peux désirer embrasser. Eurydice avait le même âge que Salagnon, et une peau qui avait cet âge, et des cheveux qui avaient cet âge, et des yeux, des lèvres, des mains qui ne disaient rien d'autre. Il n'est rien de plus détestable que l'expression « de beaux restes », et aussi le ricanement de fausse modestie qui accompagne la constatation « ne pas faire » son âge. Eurydice faisait son âge, et était la vie même. Sa vie intense tout entière en même temps était présente dans chacun de ses gestes, toute sa vie dans la tenue de son corps, toute sa vie dans les inflexions de sa voix, et cette vie la remplissait, se laissait admirer, était contagieuse.

« Mon Eurydice est forte ; elle est si forte que lorsque je l'ai ramenée de l'enfer, je n'ai pas eu à regarder derrière moi pour vérifier qu'elle me suivait. Je savais qu'elle était là. Ce n'est pas une femme que l'on oublie, et on sent sa présence même derrière soi. »

Il mit son bras autour de son épaule, se pencha sur elle et l'embrassa. Il venait de dire ce que je pensais. Je leur souris, j'étais au clair maintenant et pus reprendre ma main, et mon regard ne plus trembler.

Victorien Salagnon m'apprit à peindre. Il me donna un pinceau de loup, un pinceau chinois à la touche vive qui rebondit sur le papier sans rien perdre de sa force. « De ceux-ci vous n'en trouverez pas dans les boutiques, juste des pinceaux en poils de chèvre qui valent pour la calligraphie, pour une touche plate de remplissage mais rien pour le trait. »

Il m'apprit à tenir le pinceau dans ma main creusée comme on tiendrait un œuf, d'une prise si instable que la respiration la fait dévier. « Il vous suffit donc de contrôler votre souffle. » Il m'apprit à apprécier les encres, à différencier les noirs, à juger de leur éclat et de leur profondeur avant de m'en servir. Il m'apprit la valeur du papier blanc, dont l'étendue intacte est aussi précieuse qu'un état de clarté. Il m'apprit que le vide est préférable au plein car le plein ne bouge plus, mais que le plein est existence et qu'il faut se résoudre à rompre le vide.

Mais il ne fit rien devant moi, il se contentait de me parler et de me regarder faire. Il se contentait de m'apprendre l'usage des outils. Les manier ensuite m'appartiendrait. Et ce que je voudrais peindre m'appartiendrait. À moi de peindre, et de lui montrer si je le souhaitais. Sinon il se contentait de voir comment je tenais le pinceau au moment de la touche, ou comment je filais le long du tracé d'un trait. Cela lui suffisait pour me voir sur le chemin de la peinture.

Je venais souvent. J'apprenais en faisant, lui me regardant. Lui-même ne peignait plus. Il m'apprit que profitant de son loisir il avait commencé sur des cahiers à rédiger ses mémoires.

Nous nous étions bien trouvés. Les hommes de guerre souvent se piquent de littérature. Ils veulent être efficaces en tout, ils ont agi et pensent savoir raconter comme personne. Et d'un autre côté les amateurs de littérature se piquent de stratégie, tactique, poliorcétique, toutes les disciplines qui se déploient dans la réalité d'une façon souvent catastrophique, d'une façon qu'il convient de regretter, mais bien plus densément que dans les livres, avouons-le.

Il me parla plusieurs fois de ces mémoires, comme en passant, et un jour n'y tenant plus il alla chercher son cahier. Il écrivait sur du Sieyès bleu d'une belle écriture d'école. Il respira fort et me lut. Cela commençait ainsi. « Je suis né à Lyon en 1926, d'une famille de petits commerçants dont j'étais le fils unique. »

Et il s'arrêta de lire, baissa le cahier et me regarda.

« Vous entendez l'ennui ? Déjà la première phrase m'ennuie. Je la lis, et je suis impatient d'arriver au bout ; et là, je m'arrête pour ne plus repartir. Il y en a encore plusieurs pages, mais je m'arrête.

— Enlevez la première phrase. Commencez par la deuxième, ou ailleurs.

— C'est le début. Il faut bien que je parte du début, sinon on ne va pas s'y retrouver. Ce sont des mémoires, pas un roman.

— De quoi vous souvenez-vous vraiment, au début ?

— Du brouillard ; du froid humide, et de ma haine de la sueur.

— Alors commencez par là.

— Il faut bien que je naisse d'abord.

— La mémoire n'a pas de début.

— Vous croyez ?

— Je le sais ; la mémoire vient n'importe comment, tout ensemble, elle n'a de début que dans la notice biographique des gens morts. Et vous n'avez pas l'intention de mourir.

— Je veux juste être clair. Ma naissance fait un bon début.

— Vous n'y étiez pas, elle n'est donc rien. Il y a plein de débuts dans une mémoire. Choisissez celui qui vous convient. Vous pouvez vous faire naître quand vous voulez. On naît à tout âge dans les livres. »

Perplexe, il rouvrit son cahier. Il parcourut en silence la première page, puis les autres. Le papier déjà jaunissait. Il avait consigné les détails, les circonstances et les péripéties de ce qu'il avait vécu, de ce qui lui semblait devoir ne pas être oublié. C'était bien rangé. Cela ne disait pas ce qu'il voulait dire. Il ferma le cahier et me le tendit.

« Je ne sais pas faire ces choses-là. Commencez vous-même. »

J'étais bien embêté qu'il prenne mon conseil à la lettre. Mais je suis le narrateur : il faut bien que je narre. Même si ce n'est pas ce que je veux, même si ce n'est pas ce à quoi j'aspire, car je voudrais montrer. C'est pour cette raison que je suis chez Victorien Salagnon, pour qu'il m'apprenne à tenir un pinceau mieux que je ne tiens un stylo, et qu'enfin je puisse montrer. Mais peut-être ma main est-elle faite pour le stylo. Et puis il faut bien que je le paie d'une façon ou d'une autre, que je me donne un peu de peine pour équilibrer cette peine qu'il se donne pour moi. L'argent faciliterait les choses, mais je n'en ai pas, et il n'en veut pas. Alors je pris son cahier et j'entrepris de le lire.

Je lus tout. Il avait raison, c'était ennuyeux ; cela ne dépassait pas les souvenirs de guerre que l'on publie à compte d'auteur. En lisant ces livres en gros caractères pleins d'alinéas, on se rend compte que dans une seule vie il ne se passe pas grand-chose quand on la raconte ainsi. Alors qu'un seul instant vécu contient plus que n'en peut décrire une caisse entière de livres. Il y a dans un événement quelque chose que son récit ne résout pas. Les événements posent une question infinie à laquelle raconter ne répond pas.

Je ne sais pas quelle compétence il me prête. Je ne sais pas en quoi il a cru en m'observant de ses yeux trop clairs, de ces yeux dans lesquels je n'identifie pas d'émotions, juste une transparence qui me laisse croire à la proximité. Mais je suis le narrateur ; alors je narre.

ROMAN I

La vie des rats

Dès le début Victorien Salagnon eut confiance en ses épaules. Sa naissance l'avait doté de muscles, de souffle, de poings bien lourds, et ses yeux pâles lançaient des éclats de glace. Alors il rangeait tous les problèmes du monde en deux catégories : ceux qu'il pouvait résoudre d'une poussée — et là il fonçait — et ceux auxquels il ne pouvait rien. Ceux-là il les traitait par le mépris, il passait en feignant de ne pas les voir ; ou alors il filait.

Victorien Salagnon eut tout pour réussir : l'intelligence physique, la simplicité morale, et l'art de la décision. Il connaissait ses qualités, et les connaître est le plus grand trésor que l'on puisse posséder à dix-sept ans. Mais pendant l'hiver de 1943 les richesses naturelles ne servaient de rien. Vu de France, cette année-là, l'Univers entier apparaissait minable ; intrinsèquement.

L'époque n'était pas aux délicats, ni aux jeux d'enfants : il en fallait pourtant, de la force. Mais les jeunes forces de France, en 1943, les jeunes muscles, les jeunes cervelles, les couilles ardentes, n'avaient d'autre emploi que nettoyeurs de chambres, travailleurs à l'étranger, hommes de paille au profit des vainqueurs qu'ils n'étaient pas, sportifs régionaux mais pas plus, ou grands dadais en short paradant avec des pelles qu'ils tenaient comme des armes. Alors qu'on savait bien pour les armes, que le monde entier en tenait de vraies. Partout dans le monde on se battait et Victorien Salagnon allait à l'école.

Quand il parvint au bord il se pencha ; et sous la Grande Institution il vit la ville de Lyon flotter en l'air. De la terrasse il voyait ce que le brouillard laissait voir : les toits de la ville, le vide de la Saône, et puis rien. Les toits flottaient ; et pas deux n'étaient semblables, ni de taille, ni de hauteur, ni d'orientation. Couleur de bois usé ils s'entrechoquaient mollement, échoués sans ordre dans une boucle de la Saône, où ils restaient à cause d'un courant trop faible. Vue d'en haut la ville de Lyon montrait le plus grand désordre, on ne voyait pas les rues, remplies de brouillard, et aucune logique dans la disposition des toits ne permettait d'en deviner le tracé : rien n'indiquait l'emplacement de passages. Cette ville trop ancienne est moins construite que posée là, laissée au sol par un éboulement. La colline à laquelle elle s'accroche n'a jamais fourni une base très sûre. Parfois ses moraines gorgées d'eau ne tiennent plus et s'effondrent. Mais pas aujourd'hui : le désordre que contemplait Victorien Salagnon n'était qu'une vue de l'esprit. La vieille ville où il vivait n'était pas bâtie droit, mais l'aspect indécis et flottant qu'elle prenait ce matin de l'hiver 1943 n'avait de causes que météorologiques ; bien sûr.

Pour s'en convaincre il tenta un dessin, car les dessins trouvent de l'ordre là où les yeux n'en trouvent pas. De chez lui il avait vu le brouillard. Par la fenêtre tout se réduisait aux formes, et ressemblait aux traces du fusain sur un papier grenu. Il avait pris un cahier de feuilles râpeuses et un crayon gras, il les avait glissés dans sa ceinture et avait serré ses affaires de classe dans un lien de toile. Il ne possédait aucune poche au format de son cahier, et n'aimait pas le mêler à du matériel scolaire, ni exhiber son talent en le portant à la main. Et puis cette gêne ne lui déplaisait pas : elle lui rappelait qu'il allait non pas là où on pouvait croire qu'il allait, mais vers un autre but.

Il ne dessina pas grand-chose. L'aspect graphique du brouillard s'était révélé par la fenêtre, qui offrait son cadre et la distance de sa vitre. Dans la rue l'image s'évanouissait. Il ne restait qu'une présence confuse, envahissante et froide, et bien difficile à traduire. Pour faire une image il ne faut pas rester dedans. Il ne sortit pas son cahier, resserra sa pèlerine pour empêcher l'air mouillé de l'atteindre et il alla simplement à l'école.

Il arriva à la Grande Institution sans avoir rien fait. Au bord de la terrasse il essaya de donner une idée du labyrinthe des toits. Il ébaucha un trait mais la feuille gonflée d'humidité se déchira ; cela ne ressemblait à rien, juste à du papier sali. Il ferma son cahier, le remit dans sa ceinture, et fit comme les autres : il revint sous l'horloge de la cour et battit la semelle en attendant la cloche.

À Lyon l'hiver est hostile ; pas tant par la température que par cette révélation que l'hiver accomplit : le matériau principal de cette ville est la boue. Lyon est une ville de sédiments, de sédiments compactés en maisons, enracinées dans le sédiment des fleuves qui la traversent ; et sédiment n'est qu'un mot poli pour dire la boue qui s'entasse. L'hiver à Lyon tout vire en boue, le sol qui flanche, la neige qui ne tient pas, les murs qui coulent, et même l'air que l'on sent épais, humide et froid, qui imprègne les vêtements de petites gouttes, les taches d'une boue transparente. Tout s'alourdit, le corps s'enfonce, il n'est aucune façon de s'en prémunir. Sauf de garder la chambre avec un poêle qui brûle jour et nuit, et dormir dans un lit dont les draps seraient passés à la bassinoire chargée de braises plusieurs fois par jour. Et pendant l'hiver de 1943, qui peut bien encore disposer d'une chambre, et de charbon, et de braises ?

Mais en 1943 justement il est inconvenant de se plaindre : ailleurs le froid est bien pire. En Russie par exemple, où se battent *nos troupes*, ou *leurs troupes*, où *les troupes*, on ne sait plus comment dire. En Russie le froid agit comme une catastrophe, une explosion lente qui détruit sur son passage. On dit que les cadavres sont comme des bûches de verre qui se cassent si on les porte mal, ou que perdre un seul gant équivaut à mourir car le sang gèle en aiguilles et déchire les mains ; ou que les hommes qui meurent debout restent ainsi tout l'hiver, comme des arbres, et au printemps ils fondent et disparaissent, et aussi que nombreux sont ceux qui meurent en baissant culotte, l'anus figé. On répète les effets de ce froid comme une collection d'horreurs grotesques mais cela ressemble aux racontars de voyageurs qui profitent de la distance pour en rajouter. Les bobards circulent, mêlés à du vrai sans doute, mais qui, en France, a le moindre intérêt, la moindre envie, ne serait-ce que le moindre reste de rigueur intellectuelle ou morale pour faire encore le tri ?

Le brouillard étend des linges froids en travers des rues, en travers des couloirs, des escaliers, jusque dans les chambres. Les draps mouillés collent à ceux qui passent, ils traînent sur les joues de celui qui marche, ils s'insinuent, lèchent le cou comme des larmes de rage refroidie, des égouttements de colères mortes, des baisers affectueux d'agonisants qui voudraient bien qu'on les rejoigne. Il faudrait pour ne rien sentir ne plus bouger.

Sous l'horloge de la Grande Institution les jeunes garçons résistent en bougeant aussi peu que possible : juste un peu contre le froid, mais pas plus car le brouillard s'insinuerait. Ils piétinent sur place, protègent leurs mains, font le gros dos, ils baissent leur visage vers le sol. Ils enfoncent leur béret et ferment leur pèlerine en attendant que la cloche les appelle. Cela serait beau, à l'encre, ces garçons tous pareils, enveloppés d'une pèlerine noire arrondie aux épaules, qui se détachent en groupes irréguliers sur l'architecture classique de la cour. Mais Salagnon n'avait pas d'encre, ses mains étaient à l'abri, et l'exaspération de l'attente le gagnait. Il fit comme les autres, il attendit la cloche. Il sentait avec une pointe de délices son cahier, rigide, le gêner.

La cloche sonna et les gamins se ruèrent vers la classe. Ils se bousculèrent en gloussant, ils firent mine de se taire et accentuèrent les bruits, ils passèrent avec des coups de coude, des grimaces et des rires rentrés devant les deux pions qui gardaient la porte de l'air le plus impassible, affectant la raideur militaire très en vogue cette année-là. Comment les appeler, les élèves de la Grande Institution ? Ils ont de quinze à dix-huit ans, mais dans la France de 1943 l'âge ne vaut rien. Jeunes gens ? C'est faire trop d'honneur à ce qu'ils vivent. Jeunes hommes ? C'est trop prometteur au vu de ce qu'ils vivront. Comment appeler ceux qui dissimulent un sourire en passant devant les pions qui les gardent, sinon gamins ? Ils sont des gamins à l'abri de l'orage, ils habitent une boîte en pierre nette et glacée, et ils s'y bousculent comme des chiots. Ils attendent que la vie passe, ils aboient en faisant le signe qu'ils n'aboient pas, ils font en montrant qu'ils ne font pas. Ils sont à l'abri.

La cloche sonna et les gamins se rassemblèrent. L'air à Lyon est si humide, l'air de 1943 était de si mauvaise qualité que les notes de bronze ne s'envolaient pas : elles tombaient avec un bruit de carton mouillé et glissaient jusque dans la cour, elles se mélangeaient aux feuilles déchirées, aux restants de neige, à l'eau sale, à la boue qui recouvrait tout et peu à peu remplissait Lyon.

En rang, les élèves allèrent vers leur salle par un grand couloir de pierre froid comme de l'os. Le claquement des galoches résonnait sur les murs nus, mais noyé d'un froissement continu de pèlerines et de ce babil des gamins qui pourtant se taisent mais ne savent pas faire silence. Cela formait aux oreilles de Salagnon une infâme cacophonie qu'il détestait, qu'il traversait en se raidissant comme on se bouche le nez en traversant une pièce qui pue. Le climat, Salagnon s'en moque ; la froideur des lieux, il s'en réjouit plutôt ; l'ordre ridicule d'une école, il le supporte. Ce sont des circonstances malheureuses dont on peut s'isoler, mais si cela au moins pouvait se faire en silence ! Le vacarme du couloir l'humilie. Il essaie de ne plus entendre, de fermer intérieurement ses tympans, de rentrer en lui dans son silence propre, mais toute sa peau perçoit le brouhaha qui l'entoure. Il sait alors où il est, il ne peut pas l'oublier : dans une classe de gamins qui accompagnent toutes leurs actions de bruits enfantins, et ces bruits leur reviennent en écho, et ce brouhaha les entoure comme une sueur. Victorien Salagnon méprise la sueur, elle est la boue que produit un homme inquiet, trop habillé, qui s'agite. Un homme libre de ses mouvements court sans transpirer. Il court nu, sa sueur s'évapore à mesure, rien ne lui revient ; il ne baigne pas en lui-même, il garde son corps sec. L'esclave est courbé sur lui-même et transpire dans sa galerie de mine. L'enfant transpire jusqu'à se noyer dans les épaisseurs de laine dont sa mère l'a entouré. Salagnon avait une phobie de la sueur ; il se rêvait un corps de pierre, qui ne coule pas.

Le père Fobourdon les attendait devant le tableau noir. Ils se turent et restèrent debout chacun à sa place tant que le silence ne fut pas parfait. Un froissement de tissu ou un craquement de bois prolongeait leur station debout. Cela durerait jusqu'au silence complet. Fobourdon leur indiqua enfin de s'asseoir et le raclement des chaises fut bref et stoppa aussitôt. Alors il se retourna, et sur le tableau, en belles lettres régulières, écrivit : « Commentarii de Bello Gallico : version. » Ils commencèrent. Telle était la méthode du père Fobourdon : pas un mot de plus qu'il n'en faut absolument, pas de bavardage pour redoubler l'écrit. Des gestes. Il enseignait par l'exemple la discipline intérieure, qui est un art de seule pratique, qui ne vaut que par l'action. Il se voyait romain, pierre massive taillée puis gravée. Il assénait parfois de brefs commentaires qui tiraient une leçon morale des incidents, toujours les mêmes, qui parsèment la vie scolaire. Cette vie, il la méprisait, tout en portant très haut sa vocation d'enseignant. Il estimait sa place sur l'estrade meilleure qu'une place en chaire, car de celle-ci on utilise la parole pour fustiger, alors que de celle-là on indique, on ordonne, on agit ; se révèle alors le seul aspect de la vie qui vaille, l'aspect moral, qui n'a pas la stupidité du visible. Et de cette mise au jour de l'os, le langage enfin est digne.

Il leur fallait traduire un récit de la bataille où l'ennemi est habilement cerné puis taillé en pièces. La langue permet de beaux effets de plume, songea Salagnon, des coquetteries qui réjouissent et que l'on dit, qui effleurent le papier sans conséquence, des délicatesses d'aquarelle qui rehaussent un récit. Mais dans les guerres de la Gaule celtique on combattait de la façon la plus sale, sans même le dire et sans penser à métaphore. À l'aide de glaives affûtés on détachait du corps de l'ennemi des pièces sanglantes qui tombaient au sol, puis on avançait par-dessus pour trancher un autre membre, jusqu'à la fin de l'ennemi, ou tomber soi-même.

César l'aventurier entrait dans la Gaule et la livrait aux massacres. César voulait, et sa force était grande. Il voulait briser les nations, fonder un empire, régner ; il voulait être, saisir le monde connu dans sa poigne, il voulait. Il voulait être grand, et ceci pas trop tard.

De ses conquêtes, de ces meurtres de masse, il faisait un récit enlevé, qu'il envoyait à Rome pour séduire le Sénat. Il décrivait les batailles comme des scènes d'alcôve où le *vir*, la vertu romaine, triomphait, où le glaive de fer se maniait comme un sexe triomphant. Par son récit habile il donnait par procuration à ceux qui étaient restés là-bas le frisson de la guerre. Il rétribuait leur confiance, il leur en donnait pour leur argent, il les payait d'un récit. Alors les sénateurs envoyaient hommes, subsides et encouragements. Cela leur reviendrait sous forme de chariots chargés d'or, et d'anecdotes inoubliables, comme celle des mains d'ennemis tranchées en tas gigantesques.

César par le verbe créait la fiction d'une Gaule, qu'il définissait et conquérait d'une même phrase, du même geste. César mentait comme mentent les historiens, décrivant par choix la réalité qui leur semble la meilleure. Et ainsi le roman, le héros qui ment fondent la réalité bien mieux que les actes, le gros mensonge offre un fondement aux actes, constitue tout à la fois les fondations cachées et le toit protecteur des actions. Actes et paroles ensemble découpent le monde et lui donnent sa forme. Le héros militaire se doit d'être un romancier, un gros menteur, un inventeur de verbe.

Le pouvoir se paye d'images, et s'en nourrit. César, génie en tout, menait le militaire, le politique et le littéraire, selon la même allure. Il s'occupait d'une même tâche aux différents aspects : mener ses hommes, conquérir la Gaule, en faire le récit, et chaque aspect renforçait l'autre en une spirale infinie qui le conduisit jusqu'à un sommet de gloire, jusqu'à la part des cieux où ne volent que les aigles.

La réalité suggère des images, l'image met en forme la réalité : tout génie politique est un génie littéraire. À cette tâche le Maréchal ne peut suffire : le roman qu'il exhibe à une foule française muette d'humiliation n'en est pas un ; à peine un livre de lecture pour petite classe, un *Tour de la France par deux enfants* expurgé de ce qui fâche, une suite de futiles coloriages que l'on remplit en tirant la langue. Le Maréchal parle en vieillard, il ne reste pas éveillé très longtemps, sa voix chevrote. Personne ne peut croire aux buts enfantins de la Révolution nationale. On acquiesce d'un air distrait et on pense à autre chose ; dormir, vaquer à ses affaires, ou s'entretuer dans l'ombre.

Salagnon traduisait bien mais lentement. Il rêvait sur les brèves phrases latines, il leur prêtait les prolongements qu'elles ne disaient pas, il leur redonnait vie. Dans la marge il griffonna un plan scénographique de la bataille. Ici le pré ; là les lisières obliques qui le ferment ; ici la pente qui donnera l'élan ; là les légions rangées coude à coude, chacun connaissant son voisin et n'en changeant pas ; et, devant, la masse celtique désordonnée et demi-nue, nos ancêtres les Gaulois enthousiastes et crétins, toujours prêts à en découdre pour ressentir le frisson de la guerre, juste le frisson, peu importe l'issue. Il prit une goutte d'encre violette sur son doigt, la mouilla de salive et posa des ombres transparentes sur son tracé. Il frotta doucement, les lignes dures fondirent, l'espace se creusa, la lumière vint. Le dessin est une pratique miraculeuse.

« Vous êtes sûr des emplacements ? » demanda Fobourdon.

Il sursauta, rougit, eut le réflexe de tout cacher de son coude et s'en voulut ; Fobourdon ébaucha le geste de lui tirer l'oreille mais renonça ; ses élèves avaient dix-sept ans. Ils se redressèrent tous les deux avec un peu de gêne.

« J'aimerais que vous avanciez votre traduction plutôt que de vous complaire en ces marginalia. »

Salagnon lui montra les lignes déjà faites ; Fobourdon n'y trouva pas de faute.

« Votre traduction est bonne, et la topographie exacte. Mais j'aimerais que vous ne mêliez pas de gribouillages à une langue latine qui est l'honneur de la pensée. Vous avez besoin de toutes les ressources de votre esprit, toutes, pour approcher ces sommets que fréquentaient les Anciens. Alors cessez de jouer. Formez votre esprit, il est le seul bien dont vous disposez. Rendez aux enfants ce qui leur revient, et à César ce qui lui est dû. »

Satisfait, il s'éloigna, suivi d'une brise de murmures qui parcourut les rangs. Il arriva sur l'estrade et se retourna. Le silence se fit.

« Continuez. »

Et les lycéens continuèrent de donner l'équivalent de la guerre des Gaules en langue scolaire.

« Tu l'as échappé belle. »

Chassagneaux parlait sans bouger les lèvres, avec une habileté de collégien. Salagnon haussa les épaules.

« Il est dur, Fobourdon. Mais on est quand même plus tranquille ici qu'ailleurs. Non ? »

Salagnon sourit en montrant les dents. Sous le pupitre il lui attrapa le gras de la cuisse et tordit.

« Je n'aime pas la tranquillité », souffla-t-il.

Chassagneaux gémit, poussa un cri ridicule. Salagnon continuait de pincer en souriant toujours, sans cesser d'écrire. Cela devait faire mal ; Chassagneaux couina un mot étranglé qui déclencha un rire général, les ondes de rire s'élargissaient autour de lui, caillou jeté dans le silence de la classe. Fobourdon les fit taire d'un geste.

« Qu'est-ce que c'est ? Chassagneaux, levez-vous. C'est vous ?

— Oui, monsieur

— Et pourquoi ?

— Une crampe, monsieur.

— Petit crétin. À Lacédémone, les jeunes gens se laissaient ouvrir le ventre sans un mot plutôt que de rompre le silence. Vous nettoierez brosses et tableau pendant une semaine. Vous vous concentrerez sur l'aspect exemplatif de ces tâches. Le silence est la propreté de l'esprit. J'espère que votre esprit saura retrouver la propreté du tableau noir. »

Il y eut des rires, qu'il interrompit d'un « Assez ! » très sec. Tous reprirent leur ouvrage. Chassagneaux, les lèvres molles, tâtait sa cuisse avec précaution. Un peu joufflu, peigné d'une raie bien droite, il ressemblait à un petit garçon prêt à pleurer. Salagnon lui fit passer un mot plusieurs fois plié. « Bravo. Tu as gardé le silence. Tu gardes mon amitié. » L'autre le lut et lui glissa un regard d'humide reconnaissance, qui provoqua chez Salagnon un grand dégoût : tout son corps se raidit, il trembla, il manqua vomir. Alors il plongea sa plume dans l'encre et commença de recopier ce qu'il avait déjà traduit. Il n'accorda plus d'attention qu'à son tracé, il ne pensa plus qu'à être à sa pointe, et dans l'encre qui s'écoulait le long de l'acier. Son corps se calmait. Animées par son souffle, les lettres se dessinèrent en courbes violettes, en courbes vivantes, leur rythme lent l'apaisait et il finissait ses lignes d'un paraphe enlevé, précis comme une touche d'escrime. La calligraphie classique procure le calme dont ont besoin les violents et les agités.

On voit l'homme de guerre à sa calligraphie, disent les Chinois ; dit-on. Les gestes de l'écriture sont en petit ceux du corps entier, et même ceux de l'existence entière. La posture et l'esprit de décision sont les mêmes quelle qu'en soit l'échelle. Il partageait cet avis, bien qu'il ne se souvînt pas où il avait pu le lire. De la Chine Salagnon ne savait presque rien, des détails, des rumeurs, mais cela suffisait pour que s'établisse en imagination un territoire chinois, lointain, un peu flou mais présent. Il l'avait meublé de gros bouddhas qui rient, de pierres contournées, de potiches bleues pas très jolies, et de ces dragons qui décorent les flacons d'encre dite de Chine, que la traduction anglaise, mensongère, fait venir d'Inde. Son goût de la Chine venait d'abord de là : d'un mot, juste un mot sur un flacon d'encre. Il aimait à ce point l'encre noire qu'elle lui semblait pouvoir fonder un pays entier. Les rêveurs et les ignorants ont parfois des intuitions très profondes sur la nature de la réalité.

Ce que savait Salagnon de la Chine tenait pour l'essentiel en les propos d'un vieux monsieur pendant une heure de philosophie. Et il avait parlé lentement, se souvient-il, et il s'était répété, et il s'était complu en longues généralités qui émoussaient l'attention de son public.

Le père Fobourdon avait invité dans sa classe un très vieux jésuite qui avait passé sa vie en Chine. Il avait échappé à la révolte des Boxers, assisté au sac du Palais d'Été, survécu à l'insécurité générale des luttes des seigneurs de la guerre. Il avait aimé l'Empire, même épuisé, s'était adapté à la République, accommodé du Kouo-min-tang, mais les Japonais l'avaient chassé. La Chine s'était enfoncée dans un chaos total, qui promettait d'être long ; son grand âge ne lui permettait pas d'en espérer la fin. Il était rentré en Europe.

Le vieil homme marchait courbé en soufflant fort, il s'appuyait sur tout ce qu'il pouvait atteindre ; il mit un temps infini à traverser la classe devant les élèves debout, et s'affala sur la chaise de bureau que le père Fobourdon n'utilisait jamais. Pendant une heure, une heure exactement entre deux cloches, il avait dévidé d'une voix atone des généralités que l'on aurait pu lire dans les journaux, ceux d'avant-guerre, ceux qui paraissaient normalement. Mais de cette même voix à bout de souffle, de cette voix fade qui ne suggérait rien, il lut aussi des textes étranges que l'on ne trouvait, eux, nulle part.

Il lut des aphorismes de Lao-tseu, par lesquels le monde devenait tout à la fois très clair, très concret, et très incompréhensible ; il lut des fragments du *Yi-king* dont le sens paraissait aussi multiple que celui d'une poignée de cartes ; il lut enfin un récit de Sun-tsu à propos de l'art de la guerre. Il montrait que l'on peut faire manœuvrer n'importe qui en ordre de bataille. Il montrait que l'obéissance à l'ordre militaire est une propriété de l'humanité, et que de ne pas y obéir est une exception anthropologique ; ou une erreur.

« Donnez-moi n'importe quelle bande de paysans incultes, je les ferai manœuvrer comme votre garde, disait Sun-tsu à l'empereur. En suivant les principes de l'art de la guerre je peux faire manœuvrer tout le monde, comme à la guerre. — Même mes concubines ? demanda l'empereur, cette volière d'évaporées ? — Même. — Je n'en crois rien. — Donnez-moi toute liberté et je les ferai manœuvrer comme vos meilleurs soldats. » L'empereur amusé accepta, et Sun-tsu fit manœuvrer les courtisanes. Elles obéirent par jeu, elles rirent, elles s'emmêlèrent dans leurs pas et rien de bon n'en sortit. L'empereur souriait. « Avec elles, je ne m'attendais pas à mieux, dit-il. — Si l'ordre n'est pas compris, c'est qu'il n'a pas été bien donné, dit Sun-tsu. C'est la faute du général, il doit expliquer plus clairement. »

Il expliqua à nouveau, plus clairement, les femmes recommencèrent la manœuvre et rirent encore ; elles se dispersèrent en dissimulant leur visage derrière leurs manches de soie. « Si ensuite l'ordre n'est toujours pas compris, c'est la faute du soldat », et il demanda que l'on fît décapiter la favorite, celle d'où partaient les rires. L'empereur protesta, mais son stratège insista respectueusement ; il lui avait accordé toute liberté. Et si Sa Majesté voulait voir réaliser son projet, il lui fallait laisser agir comme il l'entendait celui à qui il avait confié cette mission. L'empereur acquiesça avec un peu de regrets et la jeune femme fut décapitée. Une grande tristesse pesa sur la terrasse où l'on jouait à la guerre, même les oiseaux se turent, les fleurs n'émirent plus de parfum, les papillons cessèrent de voler. Les jolies courtisanes manœuvrèrent en silence comme les meilleurs soldats. Elles restaient ensemble, bien serrées, liées entre elles par la complicité des survivantes, par cette excitation que transmet l'odeur de la peur.

Mais la peur n'est qu'un prétexte que l'on se donne pour obéir : le plus souvent on préfère obéir. On ferait tout pour être ensemble, pour baigner dans l'odeur de trouille, pour boire l'excitation qui rassure, qui chasse l'horrible inquiétude d'être seul.

Les fourmis parlent par odeurs : elles ont des odeurs de guerre, des odeurs de fuite, des odeurs d'attirance. Elles y obéissent toujours. Nous, les gens, nous avons des jus psychiques et volatils qui agissent comme des odeurs, et les partager est ce que nous aimons le plus. Quand nous sommes ensemble, ainsi unis, nous pouvons sans penser à rien d'autre courir, massacrer, nous battre à un contre cent. Nous ne nous ressemblons plus ; nous sommes au plus près de ce que nous sommes.

Sur l'une des terrasses du palais, dans la lumière oblique du soir qui colorait les lions de pierre jaune, les courtisanes manœuvraient à petits pas devant l'empereur attristé. Le soir tombait, la lumière prenait la teinte sourde des tenues militaires, et sur les cris brefs de Sun-tsu elles continuaient de marcher à l'unisson, dans le tapotement rythmé de leurs socques, dans l'envol bruissant de leurs tuniques de soie éblouissantes dont plus personne ne songeait à admirer les couleurs. Le corps de chacune avait disparu, ne restait que le mouvement commandé par les ordres du stratège.

La boutique est haïssable. Elle fut toujours ignoble, elle est maintenant ignominieuse. Le dire aussi clairement vint à Salagnon le soir après les cours, un de ces jours d'hiver où ces heures-là sont des nuits.

Rentrer chez lui n'est pas le moment que Salagnon préfère. Dans l'obscurité un froid épais monte du sol, on croit marcher dans l'eau. Rentrer à ces heures-là en hiver revient à s'enfoncer dans un lac, aller vers un sommeil qui ressemble à la noyade, à l'extinction par engourdissement. Rentrer, c'est renoncer à être parti, renoncer à cette journée-là comme début d'une vie. Rentrer, c'est froisser ce jour et le jeter comme un dessin raté.

Rentrer le soir, c'est jeter le jour, pense Salagnon dans les rues de la vieille ville, où les gros pavés mouillés luisent plus que les pauvres lampes, accrochées aux murs à de trop longs intervalles. À Lyon dans les rues anciennes il est impossible de croire à une continuité de la lumière.

Et puis il déteste cette maison, qui est pourtant la sienne, il déteste cette boutique à devanture de bois, avec derrière un entrepôt où son père entasse ce qu'il vend et dessus un entresol où habite la famille, mère, père et lui. Il la déteste car la boutique est haïssable ; et parce qu'il y rentre chaque soir et laisse donc à penser que c'est chez lui, sa maison, sa source personnelle de chaleur humaine, alors que ce n'est que l'endroit où il peut ôter ses chaussures. Mais il rentre chaque soir. La boutique est haïssable. Il se le répète, et entre.

La clochette grelotte, la tension monte aussitôt. Sa mère l'interpella avant qu'il ferme la porte.

« Enfin ! File aider ton père. Il est débordé. »

La clochette grelotta encore, entra un client avec une bouffée de froid. Sa mère dans un réflexe étonnant se retourna et sourit. Elle a cette vivacité des messieurs qui croisent une jeune femme aux formes intéressantes : un mouvement qui précède toute pensée, une rotation du cou déclenchée par la clochette. Son sourire est parfaitement imité. « Monsieur ? » Elle est une belle femme au port élégant, qui toise la clientèle d'un air que l'on s'accorde à trouver charmant. On aimerait lui acheter quelque chose.

Victorien fila dans l'entrepôt, où son père était perché sur un escabeau. Il bataillait avec des cartons et soupirait.

« Ah ! Te voilà, toi. »

Du haut de l'escabeau, les lunettes avancées sur le nez, il lui tendit une liasse de formulaires et de factures. La plupart étaient froissés car le papier de 1943 ne résiste pas aux impatiences du père Salagnon, à ses gestes impulsifs quand il enrage de ne pas réussir, à la moiteur de ses mains dès qu'il s'énerve.

« Il m'en manque ; rien ne correspond ; je m'y perds. Toi qui sais parler aux chiffres, refais les comptes. »

Victorien reçut la liasse et vint s'asseoir sur la dernière marche de l'escabeau. De la poussière flottait sans retomber. Les lampes à faible voltage ne suffisent pas, elles luisent comme de petits soleils à travers le brouillard. Il ne voyait pas très bien mais cela n'avait pas d'importance. S'il ne s'agissait que de chiffres il suffirait de lire et de compter, mais ce que lui demande son père n'est pas une tâche de comptable. La maison Salagnon tient multiple comptabilité, et cela varie selon les jours. Les lois du temps de guerre forment un labyrinthe où il faut circuler sans se perdre ni se blesser ; il faut distinguer avec soin ce qu'il est permis de vendre, ce qui est toléré, ce qui est contingenté, ce qui est illégal mais pas très grave, ce qui est illégal et puni de mort, et ce sur quoi on a oublié de légiférer. Les comptes de la maison Salagnon intègrent toutes les dimensions de l'économie de guerre. On y trouve du vrai, du caché, du codé, de l'inventé, du plausible au cas où, de l'invérifiable qui ne dit pas son nom, et même des données exactes. Les limites sont bien sûr floues, arrangées en secret, connues seulement du père et du fils.

« Je ne vais pas m'y retrouver.

— Victorien, je vais subir un contrôle. Alors pas d'états d'âme, il faut que mes stocks correspondent aux comptes, et aux règles. Sinon, couic. Pour moi, et toi aussi. Quelqu'un m'a dénoncé. L'enflure ! Et il a fait ça si discrètement que je ne sais pas d'où vient le coup.

— D'habitude tu t'arranges.

— Je me suis arrangé : je n'ai pas été mis au trou. Ils vont simplement venir voir. Vu l'ambiance, c'est du favoritisme. Ils ont changé dans les bureaux à la préfecture : ils veulent de l'ordre, je ne sais plus avec qui m'entendre. En attendant, pas de faille dans ces tas de papier.

— Comment veux-tu que je m'y retrouve ? Tout est faux, ou bien vrai, je ne sais même plus. »

Son père se tut, le regarda fixement. Il le regardait de haut parce qu'il était plus haut sur l'escabeau. Il parla en détachant chacun de ses mots.

« Dis-moi, Victorien : à quoi ça sert que tu fasses des études au lieu de travailler ? À quoi ça sert si tu n'es pas capable de tenir un livre de comptes qui ait l'air vrai ? »

Il n'a pas tort : à quoi servent les études sinon à comprendre l'invisible et l'abstrait, à monter, démonter, réparer tout ce qui par-derrière régit le monde. Victorien hésita et soupira, et c'est de cela qu'il s'en veut. Il se leva avec les liasses froissées et prit sur l'étagère le grand cahier relié de toile.

« Je vais voir ce que je peux faire », dit-il. Et c'est à peine audible.

« Rapidement. »

Il s'arrête sur le seuil encombré de documents, interloqué :

« Rapidement, répète son père. Le contrôle peut avoir lieu cette nuit, demain, un jour imprévu. Et il y aura des Allemands. Ils s'y mettent car ils ont horreur que l'on détourne leur butin. Ils soupçonnent les Français de s'entendre sur leur dos.

— Ils n'ont pas tort. Mais c'est la règle du jeu, non ? De reprendre ce qu'ils prennent.

— Ils sont les plus forts donc le jeu n'a pas de règles. Nous n'avons pas d'autres moyens de survie que de nous montrer malins, mais discrètement. Nous devons vivre comme des rats : invisibles mais présents, faibles mais rusés, grignotant la nuit les provisions des maîtres, juste sous leur nez, quand ils dorment. »

Il n'est pas mécontent de son image et risque un clin d'œil. Victorien retrousse ses lèvres. « Comme ça ? » Il montre ses incisives, roule des yeux fourbes et inquiets, pousse de brefs petits cris. Le sourire de son père s'évanouit : le rat bien imité le dégoûte. Il regrette son image. Victorien remet son visage en place, le sourire est maintenant de son côté.

« Quitte à montrer les dents, je préférerais montrer des dents de lion plutôt que des dents de rat. Ou des dents de loup. C'est plus accessible et tout aussi bien. Voilà comme j'aimerais montrer les dents : avec des dents de loup.

— Sûrement, mon fils. Moi aussi. Mais on ne choisit pas sa nature. Il faut suivre le penchant de sa naissance, et désormais nous naîtrons rats. Ce n'est pas la fin du monde que d'être rat. Ils prospèrent aussi bien que les hommes, et à leurs dépens ; ils vivent bien mieux que les loups, même si c'est à l'abri de la lumière. »

À l'abri de la lumière, c'est bien ainsi que nous vivons, pensa Victorien. Déjà que cette ville n'est pas très éclairée avec ses rues serrées et ses murs noirs, son climat brumeux qui la cache à elle-même ; mais en plus on réduit la puissance des ampoules, on peint les vitres en bleu, et on tire les rideaux le jour comme la nuit.

Il n'y a plus de jour, d'ailleurs. Juste une ombre propice à nos activités de rats. Nous vivons une vie d'Esquimaux dans la nuit permanente de l'hiver, une vie de rats arctiques dans une succession de nuits noires et de vagues crépuscules. Tiens, j'irai là-bas, continuait-il de penser, j'irai m'établir au cercle polaire quand la guerre sera finie, au Groenland, quels que soient les vainqueurs. Il fera sombre et froid mais dehors tout sera blanc. Ici, c'est jaune ; d'un jaune dégoûtant. La lumière trop faible, les murs crépis de terre, les cartons d'emballage, la poussière des boutiques, tout est jaune, et aussi les visages en cire que n'irrigue aucun sang. Je rêve de voir du sang. Ici on le protège tellement qu'il ne coule plus. Ni par terre ni dans les veines. On ne sait plus où est le sang. Je voudrais voir des traînées rouges sur la neige, juste pour l'éclat du contraste, et la preuve que la vie existe encore. Mais ici tout est jaune, mal éclairé, c'est la guerre et je ne vois pas où je mets les pieds.

Il manqua de trébucher. Il rattrapa de justesse les papiers, et continua en marmonnant de traîner les pieds, de cette démarche des adolescents en famille qui tout à la fois avancent et reculent, et du coup ne bougent pas. Lui si énergique quand il est dehors adopte chez ses parents une mobilité réduite ; cela ne lui va pas mais il ne peut s'en défaire : entre ces murs il traîne, il ressent un malaise jaunâtre, un malaise hépatique qui a la couleur d'une peinture pisseuse sous un faible éclairage.

L'heure de fermeture a passé et Mme Salagnon a regagné l'arrière-boutique, qui sert d'appartement. Victorien la voit de dos, il voit la ligne courbe de ses épaules, son dos où fait saillie le gros nœud du tablier de ménage. Elle se penche sur l'évier — les femmes passent beaucoup de temps à mouiller des choses. « Ce n'est pas un lieu ni une posture pour un garçon », soupire-t-elle souvent ; et ce soupir change, parfois résigné, parfois révolté, toujours étrangement satisfait.

« Tu descendras tôt, dit-elle sans se retourner. Ton oncle dîne ici ce soir.

— Je dois travailler », dit-il en montrant le cahier au dos de sa mère.

C'est ainsi qu'ils se parlent, par gestes, sans se regarder. Il monte à l'entresol d'un pas léger car il aime bien son oncle.

Sa chambre était juste à sa taille ; debout il en effleurait le plafond ; un lit et une table suffisaient à la remplir. « Elle aurait pu servir de placard, et ce sera un débarras quand tu seras parti », disait son père en riant à peine. Une lampe à acétylène donnait sur la table une lumière vive de la taille d'un cahier ouvert. Cela suffisait. Le reste n'avait pas besoin d'éclairage. Il alluma, s'assit, et espéra que quelque chose arrive qui l'empêcherait de finir ce travail-là. Le sifflement de l'acétylène faisait un bruit de grillon continu qui rendait la nuit plus profonde. Il était tout seul devant ce rond clair. Il regarda ses mains immobiles posées devant lui. Victorien Salagnon possédait de naissance de grosses mains, au bout d'avant-bras solides. Il pouvait les fermer en gros poings, taper sur la table, cogner ; et frapper juste car il avait l'œil clair.

Ce trait physique aurait fait de lui un homme actif en d'autres circonstances. Mais il n'était pas d'occasion dans la France de 1943 d'user librement de sa force. On pouvait se montrer agité, et rigide, donner l'illusion d'être volontaire, parler d'action, mais ce n'était qu'un paravent. Chacun se contentait d'être souple, le moins large possible pour ne pas donner prise au vent de l'histoire. Dans la France de 1943, close comme une maison de campagne en hiver, on avait verrouillé la porte et accroché les volets. Le vent de l'histoire ne rentrait que par les fentes, en courants d'air qui ne gonfleraient pas une voile ; juste de quoi prendre froid et mourir d'une pneumonie, seul dans sa chambre.

Victorien Salagnon possédait un don qu'il n'avait pas souhaité. En d'autres circonstances il ne s'en serait pas aperçu, mais l'obligation de garder la chambre l'avait laissé face à ses mains. Sa main voyait, comme un œil ; et son œil pouvait toucher comme une main. Ce qu'il voyait, il pouvait le retracer à l'encre, au pinceau, au crayon, et cela réapparaissait en noir sur une feuille blanche. Sa main suivait son regard comme si un nerf les avait unis, comme si un fil direct avait été posé par erreur lors de sa conception. Il savait dessiner ce qu'il voyait, et ceux qui voyaient ses dessins reconnaissaient ce qu'ils avaient pressenti devant un paysage, un visage, sans qu'ils parviennent à s'en saisir.

Victorien Salagnon aurait voulu ne pas s'embarrasser de nuances et foncer, mais il disposait d'un don. Il ne savait pas d'où cela lui venait, c'était à la fois agréable et désespérant. Ce talent se manifestait par une sensation motrice : certains ont des acouphènes, des taches lumineuses dans l'œil, des fourmis dans les jambes, mais lui sentait entre ses doigts le volume d'un pinceau, la viscosité de l'encre, la résistance des grains du papier. Superstitieux, il attribuait ces effets aux propriétés de l'encre, qui était assez noire pour contenir une foule de sombres desseins.

Il possédait un énorme encrier taillé dans un bloc de verre ; il contenait une réserve de ce liquide merveilleux, il le laissait au milieu de sa table sans jamais le bouger. L'objet si lourd devait être à l'épreuve des bombes ; en cas de coup au but on l'aurait retrouvé intact parmi les débris humains, n'ayant rien perdu de son contenu, tout prêt à engluer de noir brillant les faits et gestes d'une autre victime.

La sensation de l'encre lui serrait le cœur. Condamné par l'ambiance de 1943 à passer de longues heures enfermé, il cultiva ce don dont il n'aurait sinon rien fait. Il laissa sa main s'agiter dans le seul espace d'une page. L'agitation servait de soupape à l'inertie du reste de son corps. Mollement il envisageait de transformer son talent en art mais ce désir restait dans sa chambre, ne dépassait pas le cercle de sa lampe, grand comme un cahier ouvert.

La sensation de l'encre lui échappait, il ne savait pas comment la poursuivre. Le meilleur moment restait le désir qui juste précède la saisie du pinceau.

Il souleva le couvercle. Dans le pavé de verre le volume obscur ne bougeait pas. L'encre de Chine n'émet ni mouvement ni lumière, son noir parfait a les propriétés du vide. Contrairement à d'autres liquides opaques, comme le vin ou l'eau boueuse, l'encre est rétive à la lumière, elle ne s'en laisse pas pénétrer. L'encre est une absence et il est difficile d'en savoir la taille : ce peut être une goutte que le pinceau absorbera, ou un gouffre dans lequel on peut disparaître. L'encre échappe à la lumière.

Victorien feuilleta les factures, ouvrit le cahier. Il sortit d'une pile le brouillon d'un thème latin. Au dos, il griffonna un visage. La bouche béait. Il n'avait pas envie de plonger dans les comptes frauduleux. Il savait bien ce qu'il fallait modifier pour que tout s'avère vraiment vraisemblable. Il traça des yeux ronds, qu'il ferma chacun d'une tache. Il lui suffisait de se souvenir de ce qui était faux dans les factures. Pas tout. C'est lui qui les avait faites. Il posa une ombre derrière la tête qui déborda d'un côté du visage. Le volume venait. Il excellait à faire deux choses à la fois. Comme contracter en même temps deux muscles antagonistes : cela fatigue autant que d'agir, et ne produit aucun mouvement ; cela permet d'attendre.

La sirène retentit brusquement, puis d'autres, la nuit céda comme un tissu qui se déchire, toutes gémissaient ensemble. On s'affola dans l'immeuble. Des portes claquaient, des cris dévalaient l'escalier, la voix trop aiguë de sa mère s'éloignait déjà : « Il faut appeler Victorien. — Il a entendu », disait la voix de son père, évanouissante, à peine audible ; puis plus rien.

Victorien essuya sa plume avec un chiffon. Sinon l'encre s'incruste ; la gomme liquide qui lui donne sa brillance la rend très solide en séchant. L'encre est vraiment une matière. Puis il éteignit et monta par l'escalier de l'immeuble. Il allait à tâtons, il ne croisa personne, il n'entendait rien d'autre que le chœur de cuivre des sirènes. Quand il arriva tout en haut elles se turent. Il ouvrit le fenestron qui donnait sur le toit, le dehors était éteint. Il franchit avec peine l'ouverture pas plus large que ses épaules, il avança sur le toit à pas précautionneux, jambes pliées, tâtant du pied les tuiles avant d'avancer. Quand il fut au bord il s'assit en laissant pendre ses jambes. Il ne sentait rien d'autre que son propre poids sur ses fesses et l'humidité glaciale de la terre cuite à travers son pantalon. Devant lui s'ouvrait un gouffre de six étages mais il ne le voyait pas. Le brouillard l'entourait, vaguement luminescent mais sans lui permettre de rien voir, diffusant juste assez de lumière pour lui assurer qu'il ne fermait pas les yeux. Il était assis dans rien. L'espace inexistant n'avait ni forme ni distance. Il flottait avec, dessous, l'idée du gouffre et, dessus, l'arrivée d'avions chargés de bombes. S'il n'avait pas ressenti un peu de froid, il aurait cru n'être plus là.

Un grondement lointain vint du fond du ciel, sans origine, la résonance générale de la voûte céleste frottée du doigt. Des lances de lumière surgirent d'un coup, par groupes, grands roseaux raides vacillants, tâtonnant l'espace. Des flocons orangés apparurent à leur sommet, des lignes pointillées les suivirent, des explosions étouffées et des crépitements lui parvenaient avec retard. Il voyait maintenant la ligne des toits et le gouffre sombre sous ses pieds, on tirait sur les avions remplis de bombes qu'il ne voyait pas encore.

Une main se posa sur son épaule ; il sursauta, glissa, une poigne solide le retint.

« Qu'est-ce que tu fous là ? souffla son oncle à son oreille. Tout le monde est à l'abri.

— À choisir je préfère ne pas mourir dans un trou. Tu imagines le coup au but ? L'immeuble s'effondre et on meurt tous à la cave. On ne distinguera pas mes débris de ceux de ma mère, de ceux de mon père et des boîtes de pâté qu'il a en réserve. On enterrera tout ensemble. »

L'oncle ne répondait pas, sans lâcher son épaule ; souvent il ne disait rien, il attendait que l'autre s'épuise.

« Et puis j'aime bien les feux d'artifice.

— Crétin. »

Le son des avions décrut, dériva vers le sud, s'éteignit. Les lances de lumière disparurent d'un coup.

La fin d'alerte sonna, la main de l'oncle se fit plus légère.

« Viens, on descend. Fais attention de ne pas glisser. Tout ce que tu risques c'est de tomber du toit. On t'aurait ramassé en bas et jeté dans le trou des victimes de causes inconnues, personne n'aurait rien su de ton indépendance. Viens. »

Dans l'escalier rallumé ils croisèrent des familles en pyjama. Les voisins s'interpellaient en remontant dans des paniers le dîner qu'ils n'avaient pu finir. Les enfants jouaient encore, râlaient de devoir rentrer, et une tournée de torgnoles les envoya au lit.

Victorien suivait son oncle. Il suffisait que celui-là soit présent et sans rien dire cela changeait. Quand il leur ramena leur fils ses parents ne dirent rien, ils passèrent à table. Sa mère avait mis une jolie robe et du rouge sur ses lèvres. Sa bouche palpitait, elle parlait en souriant. Son père détailla à voix haute l'étiquette d'une bouteille de vin rouge, soulignant le millésime d'un clin d'œil destiné à l'oncle.

« De ceux-là il n'en reste pas, assura-t-il. Les Français n'y ont pas accès. Les Anglais nous le buvaient avant guerre, et maintenant les Allemands le confisquent. J'ai pu leur refiler autre chose, ils n'y connaissent rien. Et garder quelques exemplaires de celles-ci. »

Il servit largement l'oncle, puis lui-même, et ensuite plus modestement Victorien et sa mère. L'oncle, peu bavard, mangeait avec indifférence, et les parents s'agitaient autour de sa masse butée. Ils babillaient, alimentaient la conversation avec un enthousiasme faux, ils se relayaient pour fournir anecdotes et saillies qui provoquaient chez l'oncle un vague sourire. Ils devenaient de plus en plus futiles, ils devenaient baudruches errantes, ils se propulsaient dans la pièce, sans but, par l'air qui fuyait de leur bouche. La masse de l'oncle changeait toujours la gravité. On ne savait pas ce qu'il pensait, ni même s'il pensait, il se contentait d'être là et cela déformait l'espace. On sentait autour de lui le sol pencher, on ne se tenait plus droit, on glissait, et on devait s'agiter d'une façon un peu ridicule pour garder l'équilibre. Victorien en était fasciné, il aurait voulu comprendre ce mystère de la présence. Comment expliquer ces déformations de l'atmosphère à qui ne connaissait pas son oncle ? Il essayait parfois : il disait que son oncle l'impressionnait physiquement ; mais comme l'homme n'était ni grand, ni gros, ni fort, ni rien de particulier, une description dans ce sens tournait court. Il ne savait pas comment poursuivre, il n'en disait pas plus. Il aurait fallu dessiner ; non pas l'oncle, mais autour de lui. Le dessin a ce pouvoir, il est un raccourci qui montre, au grand soulagement du dire.

Intarissable, son père racontait les subtilités du commerce de guerre, ponctuant d'un coup de coude et d'un clin d'œil les moments forts où l'occupant était grugé par l'occupé, sans même le savoir. Que l'Allemand ne s'aperçoive de rien déclenchait ses plus gros rires. Victorien participa à la conversation ; ne pouvant faire état de son aventure sur le toit il raconta par le menu la guerre des Gaules. Il s'enflamma, inventa des précisions, cliquetis d'armes, galop de cavalerie, tintement de fer entrechoqué ; il disserta sur l'ordre romain, la force celtique, l'égalité des armes et l'inégalité de l'esprit, le rôle de l'organisation et l'efficience de la terreur. L'oncle écoutait avec un sourire affectueux. Finalement il posa la main sur le bras de son neveu. Cela le fit taire.

« Ceci a deux mille ans, Victorien.

— C'est plein d'enseignements qui ne vieillissent pas.

— En 1943 on ne raconte pas la guerre. »

Victorien rougit, et ses mains, qui avaient accompagné son récit, se posèrent sur la table.

« Tu es courageux, Victorien, et plein d'élan. Mais il faut que l'eau et l'huile se séparent. Quand le courage se sera séparé des enfantillages, et si c'est bien le courage qui reste à la surface, tu viendras me voir et nous parlerons.

— Je te trouverai où ? Et pour parler de quoi ?

— À ce moment tu le sauras. Mais souviens-toi : attends que l'eau et l'huile se séparent. »

Sa mère acquiesçait, son regard passant de l'un à l'autre, elle semblait recommander à son fils de tout écouter et de faire comme dirait son oncle. Son père partit d'un gros rire et servit de nouveau à boire.

On frappa, tous sursautèrent. Le père maintint sa bouteille inclinée au-dessus de son verre et le vin ne coulait pas. On frappa encore. « Mais va donc ouvrir ! » Le père hésitait encore, il ne savait pas quoi faire de sa bouteille, de sa serviette, de sa chaise. Il ne savait pas dans quel ordre s'en débarrasser, et cela l'immobilisait. On frappa plus fort, les coups précipités indiquaient un ordre, l'impatience du soupçon. Il ouvrit, dans l'entrebâillement se glissa l'îlotier au petit visage pointu. Ses yeux mobiles firent le tour de la pièce, et il sourit de ses dents trop grosses pour sa bouche.

« Vous en mettez un temps ! Je remonte de la cave. Je viens voir si tout va bien depuis l'alerte. Je fais le tour. Pour l'instant tout le monde est là. Heureusement que ce soir ce n'était pas pour nous, certains n'ont pas pu se mettre à l'abri. »

Tout en parlant il salua Madame d'un signe de tête, s'attarda sur Victorien avec son sourire qui montrait les dents, et quand il eut fini il faisait face à l'oncle. Il l'avait vu dès le début mais il savait attendre. Il le fixa, il laissa s'installer un léger malaise.

« Monsieur ? Vous êtes ?

— Mon frère, dit la mère avec un empressement coupable. Mon frère, qui est de passage.

— Il dort chez vous ?

— Oui. Nous lui avons improvisé un lit sur deux fauteuils. »

Il la fit taire d'un geste : il connaissait le ton d'excuse. Cette façon que les autres avaient de lui parler lui donnait tout son pouvoir. Il voulait un peu plus : il voulait que cet homme-là qu'il ne connaissait pas baisse les yeux et accélère le débit de sa voix, qu'il s'essouffle à lui parler.

« Vous êtes déclaré ?

– Non. »

La musique de la phrase indiqua qu'il avait fini. Le mot, bille d'acier, tomba dans le sable et n'irait pas plus loin. L'îlotier, habitué aux flots bavards que déclenchait un seul de ses regards, faillit perdre l'équilibre. Ses yeux s'agitèrent, il ne savait comment poursuivre. Dans ce jeu où il était le maître il fallait que chacun collabore. L'oncle ne jouait pas.

Salagnon père mit fin à la gêne en partant d'un rire jovial. Il attrapa un verre, le remplit, le tendit à l'îlotier. La mère poussa une chaise derrière lui, heurtant ses genoux, le forçant à s'asseoir. Il put baisser les yeux et sauver la face, sourire largement. Il goûta avec une moue appréciative ; on pouvait parler d'autre chose. Il trouva le vin excellent. Le père eut un sourire modeste et relut l'étiquette à voix haute.

« Bien sûr. Il en reste de cette année-là ?

— Deux, dont celle-ci. L'autre est pour vous puisque vous savez l'apprécier. Vous vous donnez assez de mal dans cet immeuble pour accepter une petite récréation. »

Il sortit une bouteille identique et la lui fourra dans les bras. L'autre fit mine d'en être embarrassé.

« Allons, ça me fait plaisir. Vous la boirez à notre santé, en vous souvenant que la maison Salagnon fournit toujours le meilleur. »

L'îlotier goûtait avec des bruits de langue. Il ne regardait surtout pas du côté de l'oncle.

« C'est quoi, votre rôle exactement ? » demanda alors celui-ci d'une voix innocente.

L'îlotier fit un effort pour se tourner vers lui, mais ses yeux instables avaient du mal à le fixer.

« Je dois veiller à l'ordre public ; veiller à ce que chacun habite chez soi, à ce que tout se passe bien. La police a d'autres tâches, elle n'y suffirait pas. Des citoyens sérieux peuvent l'aider.

— Vous effectuez une tâche noble, et ingrate. Il faut de l'ordre, n'est-ce pas ? Les Allemands l'ont compris avant nous ; nous finirons par le comprendre. C'est bien le manque d'ordre qui nous a perdus. Plus personne ne voulait obéir, tenir sa place, faire son devoir. L'esprit de jouissance nous a perdus ; et surtout celui des classes inférieures, encouragé par des lois imbéciles et laxistes. Ils ont préféré les mirages de la vie facile aux certitudes de la mort prévue. Heureusement que des gens comme vous nous ramènent à la réalité. Je vous rends hommage, monsieur. »

Il leva son verre et but, l'îlotier ne put faire autrement que de trinquer malgré le sentiment que ce discours alambiqué devait contenir quelques pièges. Mais l'oncle affichait un air modeste, que Victorien ne lui connaissait pas. « Tu parles sérieusement ? » souffla-t-il. L'oncle eut un sourire d'une gentille naïveté, qui jeta une gêne autour de la table. L'îlotier se leva en serrant sa bouteille contre lui.

« Je dois finir mon tour. Vous, demain, vous aurez disparu. Et je ne me serai aperçu de rien.

— Ne vous inquiétez pas, je ne vous causerai pas d'ennuis. »

Le ton, simplement le ton, chassait l'îlotier. Le père ferma la porte, colla son oreille, feignit de guetter un pas qui s'éloigne. Puis il revint à table en affectant la pantomime du pas de loup.

« Dommage, rit-il. Nous avions deux bouteilles, et à cause des malheurs de la guerre nous n'en avons plus qu'une.

— C'est là le problème. »

L'oncle savait mettre mal à l'aise en parlant peu. Il n'en rajoutait pas. Victorien sut qu'un jour il suivrait cet homme-là ou ses semblables, où qu'ils aillent ; jusqu'où ils iraient. Il suivrait ces hommes qui par la justesse musicale de ce qu'ils disent obtiennent que les portes s'ouvrent, que les vents s'arrêtent, que les montagnes se déplacent. Toute sa force sans but il la confiera à ces hommes-là.

« Tu n'étais peut-être pas obligé de la lui donner, dit la mère. Il serait bien parti tout seul.

— C'est plus sûr comme ça. Il est un peu redevable. Il faut savoir compromettre. »

La mère ne poursuivit pas. Elle eut juste un sourire un peu narquois, un peu vaincu, sur ses belles lèvres rouges de ce soir-là. Dans la guerre, elle au moins était à sa place car elle n'en avait pas changé ; pour elle, l'ennemi était bien le mari.

Derrière la Grande Institution s'étendait un parc enclos de murs, planté d'arbres. De l'intérieur on n'en voyait pas le bord tant il était grand, et on pouvait croire que les allées qui s'enfonçaient sous les arbres parvenaient jusqu'aux sommets bleutés qui flottaient au-dessus de leur feuillage. Si on suivait le cours des allées dans l'intention de traverser le parc, on marchait très longtemps entre des buissons mal taillés, sous des branches basses laissées à elles-mêmes, on traversait des massifs de fougères qui se referment au passage et des fondrières qui creusent les chemins abandonnés ; plus loin encore on longeait des bassins vides, des fontaines à sec couvertes de mousse, des pavillons fermés de chaînes mais dont les fenêtres béaient, et on parvenait enfin à ce mur, que l'on avait oublié à force d'éviter les branches et de s'enfoncer dans un matelas de feuilles. Le mur allait sans fin, très haut, et seules de petites portes que l'on avait du mal à trouver permettaient de sortir ; mais leurs serrures encroûtées de rouille ne permettaient plus de les ouvrir. Personne n'allait si loin.

La Grande Institution accordait aux scouts l'usage de son parc. Cela valait une forêt, mais plus sûre, et dans cette enclave de nature et de religiosité athlétique, tout le monde se moquait bien de ce qu'ils pouvaient faire, tant qu'ils n'en sortaient pas.

La patrouille se rassemblait dans la maison du garde, que l'on avait meublée de bancs d'église. La fonction de garde n'existait plus, la maison se délabrait, elle accumulait du froid d'année en année. Les petits scouts en culottes courtes grelottaient en soufflant de la buée. Ils frottaient leurs mains sur leurs genoux et attendaient que soit donné le signal du grand jeu, qu'ils puissent enfin se réchauffer en s'agitant. Mais ils devaient attendre, et écouter le préambule du jeune prêtre à barbe fine, de ceux qui relevaient leur soutane dans la cour de l'Institution pour jouer avec eux au foot.

Il parlait toujours avant, et ses préliminaires étaient trop longs. Il leur fit un exposé des vertus de l'art gymnique. Pour les petits scouts aux genoux nus cela ne signifiait que « gymnastique », un synonyme pédant de « sport », et ils continuaient de grelotter patiemment, bien persuadés que l'exercice réchauffe et impatients de s'y mettre. Salagnon seul remarquait l'insistance avec laquelle le jeune prêtre employait ce terme de « gymnique » auquel il semblait tenir. À chaque occurrence sa voix restait suspendue, Salagnon acquiesçait d'un signe de tête, et les yeux du jeune prêtre prenaient un bref éclat métallique, comme une fenêtre que l'on ouvre et qui prend juste un instant l'éclat du soleil ; on ne le voit pas, c'est trop court pour qu'on l'aperçoive, mais on en sent l'éblouissement, sans que l'on sache d'où il vient.

Les petits scouts indifférents attendaient la fin du discours. Dans leur piètre équipement ils avaient froid comme s'ils avaient été nus. Dans cet après-midi d'hiver rien ne pouvait les vêtir, sauf bouger, courir, s'agiter d'une façon ou d'une autre. Seul le mouvement pouvait les protéger de l'intromission du gel, et ce mouvement on le leur interdisait.

Quand le jeune prêtre termina son discours les petits scouts se levèrent, comme quoi ils suivaient. Ils guettaient la fin des périodes, la voix qui tombe jusqu'au point final qui s'entend très bien. Les petits scouts formés à la musique des discours se dressèrent alors comme un seul homme. Le jeune prêtre s'émut de leur allant, si propre à cet âge fragile qui sort de l'enfance mais hélas ne dure pas, comme les fleurs. Il annonça une grande partie de toucher-vu.

Les règles du jeu sont simples : dans les bois, deux groupes se pourchassent ; l'un doit capturer l'autre. Dans un camp on attrape en touchant, dans l'autre en voyant. Pour les uns être vu est fatal, et pour les autres, être pris.

Le jeune prêtre désigna les équipes : Minos et Méduses, disait-il, car il avait des lettres ; mais les petits scouts parlaient de Toucheurs et Voyeurs, car ils avaient un langage plus direct ; et d'autres préoccupations.

Salagnon était le roi Minos, chef des Toucheurs. Il disparut avec son groupe dans les taillis du parc. Dès qu'ils eurent franchi la lisière il les mit au pas. Il les fit aller à petites foulées, en colonne ; et ils le firent car au début on suit toujours. Arrivé dans une clairière il les rangea, les divisa en trios, dont les membres toujours devaient aller ensemble. « Il suffit qu'ils nous voient, et nous perdons ; et nous devons nous approcher jusqu'à portée de main. Leur arme est de bien plus grande portée que la nôtre. Mais heureusement nous avons la forêt. Et aussi l'organisation. Ils sont trop confiants car ils croient gagner mais leur confiance les rend vulnérables. Notre faiblesse nous oblige à l'intelligence. Voici votre arme : l'obéissance à l'organisation. Il faut que vous pensiez ensemble, et que vous agissiez ensemble, très exactement, au moment précis où se présentera l'occasion. Il ne faudra pas hésiter car les occasions ne reviennent pas. »

Il les fit marcher du même pas autour de la clairière. Puis il fit répéter le même geste : au signal, se jeter à terre en silence, puis au signal suivant se lever d'un bond et courir ensemble dans la même direction. Et encore se jeter à terre. L'exercice les amusa d'abord, puis ils grognèrent. Salagnon le savait. Un des plus grands, qui avait un beau visage orné d'un peu de poils, des cheveux rangés par une raie brillantinée, mena la protestation.

« Encore ? dit-il quand Salagnon une fois de plus leur siffla le signal de se jeter à terre.

— Oui. Encore. »

L'autre resta debout. Les scouts s'étaient aplatis par groupes mais relevaient la tête. Les genoux nus dans les feuilles humides ils commençaient à avoir froid.

« Jusqu'à quand ?

— La perfection.

— J'arrête. Cela n'a rien à voir avec le jeu. »

Salagnon ne manifestait rien. Il le regardait et l'autre s'efforçait de soutenir son regard. Les scouts à plat ventre flottaient. Salagnon désigna deux grands, presque aussi grands que celui qui le bravait.

« Vuillermoz et Gilet, prenez-le. »

Ils se levèrent et le tinrent par les bras timidement, puis, après qu'il eut commencé à se débattre, fermement. Comme il résistait, ils le tinrent durement avec un sourire de triomphe.

Dans un creux poussaient des ronces. Salagnon s'approcha du prisonnier, lui défit la ceinture et le déculotta.

« Foutez-le là-dedans !

— Mais t'as pas le droit ! »

L'autre voulut fuir, déculotté il fut jeté aux ronces. Les lianes barbelées ne le lâchèrent pas, de petites perles de sang apparurent sur sa peau. Il fondit en larmes. Personne ne lui vint en aide. L'un des scouts ramassa ses culottes courtes et les jeta dans les ronces, elles s'emmêlèrent dans les griffes à mesure qu'il se débattait. Il y eut des rires.

« Si vous voulez gagner il faut que notre équipe soit une

machine, il faut que vous obéissiez comme obéissent les pièces de machines. Et si vous prétendez n'être pas des machines, si vous prétendez avoir des états d'âme : tant pis pour vous. Vous perdrez. Et il faut juste gagner. »

Dans chaque trio il établit une hiérarchie : il désigna l'homme de tête chargé d'entendre ses ordres, et de les transmettre par des mouvements des doigts ; et les hommes de jambe qui devaient suivre et courir, puis devenir hommes de bras, pour attraper. Il rassembla les trios en deux groupes qu'il confia chacun aux deux grands devenus ses sbires, prêts maintenant à lui obéir en tout. « Et toi, dit-il à sa victime sortie des ronces qui se reculottait en reniflant, tu rejoins ta place et je ne t'entends plus. »

L'entraînement se poursuivit et l'unité fut atteinte. Les hommes de tête rivalisaient d'enthousiasme. Quand ils furent prêts, Salagnon les plaça. Il les dissimula dans les buissons, derrière de grands arbres, aux bords de l'allée qui s'enfonçait dans les bois à partir de la maison du garde. Ils attendirent.

En silence ils attendaient mêlés aux feuilles, tapis sous les fougères, les yeux fixés sur cet espace découvert d'où ils viendraient. Ils attendaient. L'humidité remontait du sol par leurs vêtements, atteignait leur peau qui s'imprégnait de froid, comme une mèche s'imprègne de pétrole lampant. Des branches sèches perçaient la litière et s'enfonçaient dans leur ventre, leurs cuisses, et ils se déplaçaient tout doucement pour les éviter, puis en supportaient le contact. Devant leur visage pointaient les fougères en frondes velues, les crosses enroulées serré et prêtes à jaillir au premier signe d'un printemps. Ils pouvaient sentir leur parfum vert vif qui tranchait sur l'odeur blanchâtre des champignons mouillés. Leur respiration s'était calmée, ils entendaient maintenant ce qui résonnait dedans ; leurs grosses artères résonnaient, chacune tube d'un tambour dont la membrane vibrante était le cœur. Des arbres lentement se heurtaient, ils craquaient sans suite, des gouttes tombaient ici et là avec un bruit de papier qui craque, ou sur eux, et ils devaient se résoudre à faire un geste très lent, très silencieux, pour l'essuyer.

Les autres allaient venir.

Un bruit de bois résonna, très net, branche contre tronc : les Voyeurs passaient devant le premier groupe. Ils avaient frappé le tronc d'un arbre sec.

Les Voyeurs sursautèrent, et continuèrent leur chemin. La forêt a des bruits auxquels il ne faut pas faire attention ; d'autres aussi qu'il faut guetter mais on ne sait pas lesquels. Ils étaient quatre, marchant à pas comptés épaule contre épaule, chacun tourné vers une bordure du chemin. Les Toucheurs ne pourraient s'approcher sans être vus. Ils avançaient pas après pas, les narines frémissantes ; cela ne sert pas à grand-chose, mais quand les sens sont aux aguets tous les organes s'inquiètent ensemble. Ils passèrent devant Salagnon qui ne bougea pas, personne ne bougeait, ils passèrent tous les quatre. Alors Salagnon cria : « Deux ! » et le deuxième groupe tout proche se leva et courut, face aux Voyeurs. Ceux-ci firent face au bruit de brindilles cassées et crièrent avec une joie de vainqueurs : « Vu ! Vu ! » Les Toucheurs selon la règle s'immobilisèrent et levèrent les mains. Les Voyeurs oubliant toute prudence s'approchèrent pour se saisir de leurs prisonniers. Ils riaient d'aise de gagner si facilement, mais leur arme était tellement plus forte. Ils allaient dire le nom des prisonniers comme l'exige la règle mais leur sourire trop large les empêchait de parler. Ils perdirent du temps. « Trois ! » hurla Salagnon, et le troisième groupe jaillit des fougères, franchit d'un bond les quelques pas qui les séparaient des Voyeurs. Ils les saisirent de dos avant qu'ils ne se retournent. Sauf un, qui partit sans rien dire, courut de toutes ses jambes et prit le premier chemin qu'il trouva. « Quatre ! » cria Salagnon dans ses mains en porte-voix. Le fuyard essoufflé, qui s'était arrêté à la première allée un peu cachée, adossé à un arbre pour reprendre ses esprits, fut attrapé par le groupe déjà caché là, derrière ce même arbre où il avait cru trouver du réconfort.

D'autres cris retentirent vers la maison du garde. Le premier groupe arriva, ils tenaient par l'épaule les derniers Voyeurs, quinauds, saisis par-derrière alors qu'ils se précipitaient vers le vacarme. Ils avaient couru sans précaution, sûrs de faire en un clin d'œil beaucoup de prisonniers, sans risques, de loin, par la seule arme de leur regard. Mais non. Ils étaient tous pris.

« Voilà, dit Salagnon.

— Nous vous avions vus, protestèrent-ils.

— Vous n'avez pas dit les noms. Pas dit, perdu. Les perdants n'ont aucun droit, et ils se taisent. Rentrons. »

Le jeune prêtre s'était installé dans le local de la patrouille, près du poêle allumé avec des débris de bois. Ils entrèrent, ce qui le fit sursauter, il se leva brusquement en laissant tomber le livre dont il n'avait lu qu'une seule page. Il le ramassa et le tint à l'envers pour qu'on n'en puisse pas lire le titre.

« Nous avons gagné, mon père.

— Déjà ? Mais le jeu devait durer au moins deux heures. »

Les Toucheurs firent entrer les Voyeurs déconfits, chacun entre deux autres, fort sévèrement. Celui qui était passé par les ronces n'était pas le moins enthousiaste à ramener ses captures, et à les pousser un peu, juste un peu plus que nécessaire pour les guider ; et eux se laissaient pousser.

« Eh bien, félicitations, Salagnon. Vous êtes un grand capitaine.

— Tout ceci est ridicule, mon père. Ce sont des jeux d'enfants.

— Les jeux préparent à l'âge adulte.

— En France, il n'y a plus d'âge adulte, mon père, du moins pour les hommes. Notre pays n'est plus peuplé que de femmes et d'enfants ; et d'un unique vieillard. »

Le prêtre embarrassé hésita à répondre. Le sujet était mouvant, le ton de Salagnon peut-être provocateur. Ses yeux d'un bleu froid cherchaient à transpercer les siens. Les scouts se pressaient autour du poêle où le feu de brindilles réchauffait à peine.

« Bon. Puisque le jeu est fini, restons un moment. Envoyez les prisonniers faire une corvée de bois, voilà qui leur apprendra à perdre. Alimentez le feu, rassemblez-vous autour. Nous allons raconter quelques histoires. Je vous propose que nous racontions d'une façon qui convient les exploits du capitaine Salagnon. Avec bouts-rimés à sa gloire et amplification épique. Nous publierons ceci dans le journal de la patrouille, et il nous fera lui-même les illustrations de cette bataille, avec la verve de son pinceau. Car le héros est tout autant celui qui gagne que celui qui sait raconter sa victoire.

— Comme vous voudrez, mon père », dit Salagnon d'un ton ironique ou amer, il ne savait même plus ; et il répartit les tâches, désigna les groupes, supervisa l'activité. Bientôt le feu ronfla.

Dehors le jour s'épaississait. Il devint opaque et ceci arrivait dans le parc plus vite qu'ailleurs dans la ville. Le poêle ronflait, par sa porte laissée ouverte on voyait scintiller les tronçons de braise, parcourus de palpitations lumineuses comme la surface d'une étoile. Les scouts assis par terre, bien serrés, écoutaient les histoires que certains d'entre eux inventaient. Épaule contre épaule, cuisse contre cuisse, ils profitaient surtout de la chaleur qu'ils produisaient tous ensemble. Ils se laissaient aller à des rêves simples faits de perceptions élémentaires liées au groupe, au repos, à la chaleur. Salagnon s'ennuyait mais il aimait bien ces petits scouts. Les lueurs du feu formaient des ombres sur leur visage faisant ressortir leurs yeux grands ouverts, leurs joues rondes, leurs lèvres charnues de grands enfants. Il songea que si le scoutisme était une institution admirable, dix-sept ans étaient un âge étrange pour jouer à de tels jeux. Son directeur des études l'appréciait. Il pourrait devenir prêtre à son tour, et chef scout, s'occuper d'enfants, se consacrer à la génération suivante qui peut-être échapperait au sort de celle-ci. Il pourrait devenir comme cet homme assis parmi eux qui souriait aux anges, calé par les épaules des deux plus grands, ses bras entourant ses genoux enveloppés d'une soutane. Mais la lueur qu'il percevait parfois dans son œil l'en dissuadait. Il n'avait pas envie de la place de cet homme-là. Mais quelle place occuper dans la France de 1943 ?

Il fit comme on le lui avait demandé : il dessina pour le journal de la patrouille. Il prit du plaisir à le faire, on le félicita de son talent. C'est aussi cela, le dessin : se donner à soi-même la place où prendre plaisir, la délimiter soi-même, l'occuper de tout son corps ; et en plus recevoir des compliments. Mais il n'était pas sûr qu'un homme tout entier puisse tenir toute sa vie dans l'espace d'une feuille de dessin.

Le contrôle eut lieu. Ils vinrent le soir à quatre, comme des visiteurs ; un officier indifférent ouvrait la marche car il faisait des pas plus longs que les autres ; puis un fonctionnaire de la préfecture enveloppé d'un manteau, d'une écharpe, couvert d'un chapeau baissé, serrant une serviette en cuir souple ; deux soldats fusil à l'épaule les suivaient d'un pas régulier.

L'officier salua en claquant les talons et n'ôta pas sa casquette. Il était en service et s'en excusa. Le fonctionnaire serra la main de Salagnon père, un peu trop longtemps, et se mit à l'aise. Il posa son manteau, garda son écharpe, ouvrit sa serviette sur la table. On lui apporta les livres de comptes. Un soldat resta devant la porte l'arme à l'épaule pendant que l'autre alla dans l'entrepôt inspecter les rayonnages.

Juché sur l'escabeau il se couvrit de poussière brune. Il lisait les étiquettes et lançait des chiffres en allemand. Le fonctionnaire suivait de son stylo les colonnes de comptes et posait des questions précises, que l'officier traduisait dans sa langue brutale ; le soldat du fond de l'entrepôt répondait, et l'officier traduisait à nouveau dans un français mélodieux pour le fonctionnaire assis derrière lui, qu'il ne regardait pas. L'officier longiligne s'appuyait d'une seule fesse contre la table comme un oiseau prêt à partir, une main dans la poche, ce qui relevait le bas de sa veste. La ligne des épaules était nette, la casquette hardiment penchée, les plis du pantalon enfilé dans ses bottes semblaient sculptés. Il avait moins de trente ans sans que l'on puisse préciser davantage car tout en ses traits disputait entre la jeunesse et l'usure. Une cicatrice violette traversait sa tempe, sa joue, descendait le long de son cou et disparaissait dans le col de sa veste noire. Il faisait partie de la SS, une tête de mort brodée ornait sa casquette, mais personne n'avait retenu son grade. Posé ainsi, élégant oiseau de proie, athlète nonchalant, il ressemblait à une de ces affiches d'une grande beauté qui proclamait que la SS, dans toute l'Europe, décidait avec indifférence de la vie et de la mort.

Victorien assis derrière lui, face au fonctionnaire qui épluchait les comptes, rédigeait un thème latin ; dans la marge de son cahier de brouillon il croquait la scène : le soldat immobile, le fonctionnaire courbé, l'officier qui attendait avec un ennui très distingué que les tâches d'intendance prennent fin ; et son père souriant, franc, ouvert, accédant à toutes les demandes, discipliné mais sans bassesse, chaleureux sans coller, obéissant, avec juste la réserve que l'on peut accorder aux vaincus ; du grand art.

Le fonctionnaire ferma enfin le livre, recula sa chaise, soupira.

« Monsieur Salagnon, vous êtes en règle. Vous respectez les lois de l'économie de guerre. Ne croyez pas que nous en doutions, mais les temps sont terribles et nous devons tout vérifier. »

Derrière l'Allemand il conclut d'un clin d'œil appuyé. Salagnon père lui rendit son clin d'œil et se tourna vers l'officier.

« Je suis soulagé. Tout est si complexe maintenant... » Ses lèvres frémissaient de retenir un sourire. « Une erreur est toujours possible et ses conséquences en temps de guerre sont incalculables. Accepteriez-vous un verre de mon meilleur cognac ?

— Nous allons nous retirer sans rien accepter. Nous n'étions pas invités à l'apéritif, cher monsieur : nous vous imposions un contrôle. »

Le fonctionnaire referma sa serviette et enfila son manteau, aidé par un Salagnon inquiet qui n'osait plus rien dire. Que l'Allemand ne veuille rien prendre de ce qu'il puisse offrir le déstabilisait.

Le soldat revenu de l'entrepôt s'époussetait et rattacha avec soin la jugulaire de son casque. L'officier mains dans le dos faisait quelques pas distraits en attendant la fin du rhabillage. Il s'arrêta derrière Victorien, se pencha sur son épaule et pointa son doigt ganté sur une ligne.

« Ce verbe demande un accusatif plutôt que le datif, jeune homme. Vous devez faire attention aux cas. Vous autres Français, vous vous trompez souvent. Vous ne savez pas décliner, vous n'en avez pas la même habitude que nous. »

Il tapotait la ligne pour rythmer ses conseils et son geste déplaça la feuille. Il vit le croquis dans la marge du brouillon, le soldat de garde posé comme une borne, l'officier vu de dos en oiseau désabusé, le fonctionnaire courbé sur le livre, lunettes sur le nez mais regard par-dessus, et Salagnon père souriant lui envoyant un clin d'œil. Victorien rougit, ne fit aucun geste pour cacher, il était trop tard. L'officier posa sa main sur son épaule et serra.

« Traduis avec soin, jeune homme. Les temps sont difficiles. Consacre-toi à l'étude. »

Sa main s'envola, il se redressa, dit un ordre sec en allemand et tous ensemble ils partirent ; lui devant et les deux soldats fermant la marche d'un pas régulier. Sur le seuil il se retourna vers Victorien. Sans sourire il lui fit un clin d'œil et disparut dans la nuit. Salagnon père ferma la porte, attendit en silence quelques instants puis trépigna de joie.

« On les a eus ! Ils n'y ont vu que du feu. Victorien, tu as du talent, ton œuvre est parfaite !

— Sait-on pourquoi on survit à la bataille ? Le plus rarement par bravoure, souvent par indifférence ; indifférence de l'ennemi qui préféra par caprice frapper un autre, indifférence du sort qui cette fois-ci nous oublia.

— Qu'est-ce que tu dis ?

— C'est le texte que je traduis.

— Ce sont des âneries tes vers latins. Les plus malins survivent, rien de plus. Un peu de chance, du bagout, et on tient le bon bout. Laisse tes Romains à leurs tombeaux et va faire quelque chose d'utile. De la comptabilité par exemple. »

Victorien continua son travail sans plus oser regarder son père. Ce clin d'œil resterait toujours pour lui le pire souvenir de cette guerre.

L'oncle revint, il dîna et dormit, et repartit au matin. On n'osa pas lui parler du contrôle. On devinait que lui dire que tout se passait bien ne lui aurait pas fait plaisir, aurait provoqué son mépris, voire sa colère. L'oncle était brutal, l'époque le voulait ; les temps n'étaient plus aux tendres. Le monde entier depuis quinze ans connaissait une augmentation progressive de la gravité. Dans les années quarante ce facteur physique atteignit une intensité difficilement supportable pour l'être humain. Les tendres en souffraient davantage. Ils s'affaissaient, devenaient mous, perdaient leurs limites et collaient, ils finissaient en compost, qui est la purée nutritive idéale pour d'autres qui poussent plus vite, plus violemment, et gagnent ainsi la course au soleil.

L'oncle avait fait cette guerre pendant les deux mois où la France y avait participé. On lui avait confié un fusil, qu'il entretenait, contrôlait et graissait chaque soir, mais il n'avait tiré aucun coup de feu en dehors de l'enclos des champs de tir derrière la ligne Maginot. Il passa les trois quarts d'une année dans un blockhaus. L'arme à la bretelle il garda des fortifications si bien agencées qu'elles ne furent jamais prises. La France fut prise, pas ses murailles qui furent dignes de Vauban, qui furent abandonnées sans le moindre impact sur leur beau béton camouflé.

Dedans c'était bien. On avait tout prévu. Pendant la guerre d'avant on avait trop souffert de l'improvisation. Les tranchées avaient été un tel chaos de boue, un tel sommet d'inorganisation, tellement minables par rapport aux autres, on avait tant admiré les tranchées adverses une fois qu'on les eut prises, si propres, si étayées, si bien drainées, que l'on avait décidé de combler ce retard. Tous les problèmes qu'avait posés la guerre précédente furent méthodiquement résolus. En 1939 la France était prête à affronter dans d'excellentes conditions les batailles de 1915. Du coup, l'oncle vécut plusieurs mois sous terre dans des chambrées plutôt propres, sans rats, et moins humides que les cagnas d'argile où avait moisi son père ; moisi réellement, avec des champignons qui lui poussaient entre les orteils. Ils alternaient alertes, exercices de tir et bains de soleil dans une cave à UV où l'on entrait avec des lunettes noires. La médecine militaire estimait qu'au vu de la protection dont jouissaient les garnisons, le rachitisme serait bien plus meurtrier que les balles ennemies.

Aux premiers jours de mai, on les déplaça dans une zone forestière moins fortifiée. Le temps convenait aux travaux des bois, la terre restait sèche et sentait bon quand on la creusait. Ils s'enterrèrent autour d'artilleurs qui avaient caché leurs tubes dans des trous tapissés de rondins. À la mi-mai, sans jamais avoir rien entendu d'autre que les plaisanteries des copains, les oiseaux chanter ou le vent bruire dans les feuilles, ils apprirent qu'ils étaient débordés. Les Allemands avançaient dans un vacarme de moteurs et de bombes dont ils n'avaient pas la moindre idée, eux qui s'étendaient pour la sieste sur la mousse des sous-bois. Leurs officiers à mi-mots leur conseillèrent de partir, et en deux jours, par fragments, par copeaux, le régiment disparut.

Ils marchèrent sur les routes de campagne par groupes de plus en plus petits, de plus en plus distants les uns des autres, et enfin ils ne furent plus que quelques-uns, les potes, à marcher plus ou moins vers le sud-ouest sans rencontrer personne. Sauf parfois une voiture en panne sèche au bord de la route, ou une ferme abandonnée dont les habitants étaient partis des jours auparavant, laissant des animaux qui erraient dans les cours de terre battue.

La France était silencieuse. Sous un ciel d'été, sans vent, sans voitures, rien que leurs pas sur les gravillons, ils marchèrent sur les routes bordées d'arbres, entre des haies, embarrassés de leurs armes et de leurs uniformes. En mai 1940 il faisait merveilleusement chaud, la grande capote réglementaire les gênait, les bandes molletières collaient à leurs jambes, le calot de grosse toile provoquait la sueur sans l'absorber, les longs fusils ballottaient, se cognaient, et servaient difficilement de cannes. Ils jetèrent tout au fur et à mesure dans les fossés, ils marchèrent en pantalon libre, en bras de chemise, tête nue ; même leurs armes ils s'en débarrassèrent, car qu'en auraient-ils fait ? La rencontre d'une section ennemie les aurait tués. Certains d'entre eux auraient bien fait un carton sur des isolés mais, vu l'organisation des autres, ce petit plaisir ils l'auraient payé cher ; et même les plus hâbleurs savaient bien que ce n'était qu'une façon de dire, une façon de ne pas perdre la face ; verbalement, car la face ils l'avaient bien perdue. Alors ils jetaient leurs armes après les avoir rendues inutilisables par acquit de conscience, pour obéir une dernière fois au règlement militaire, et ils allaient plus légers. Quand ils passaient devant une maison vide ils fouillaient les placards et se servaient en vêtements civils. Peu à peu ils n'eurent plus rien de soldats, leur ardeur avait fondu comme le givre au matin, et ils ne furent plus qu'un groupe de jeunes gens fatigués qui rentraient chez eux. Certains coupèrent des bâtons, d'autres avaient une veste posée sur le bras, et c'était une excursion, sous le beau soleil de mai, sur les routes désertes de la campagne lorraine.

Cela dura jusqu'à croiser les Allemands. Sur une route plus large une colonne de chars gris arrêtés sous les arbres. Les tankistes torse nu prenaient le soleil sur leurs machines, fumaient, mangeaient en riant, tout bronzés et leur beau corps intact. Une file de prisonniers français remontait dans l'autre sens, guidée par des réservistes d'âge mûr qui tenaient leurs fusils comme des cannes à pêche. Les tankistes assis, pieds ballants, s'interpellaient, lançaient des plaisanteries et prenaient des photos. Les prisonniers semblaient plus vieux, mal bâtis et mal fagotés, ils traînaient les pieds pour avancer dans la poussière, adultes piteux marchant tête basse sous les quolibets de jeunes athlètes en costume de bain. Le groupe de l'oncle fut capturé d'un claquement de doigts, réellement. Un des gardiens bedonnant claqua des doigts dans leur direction avec une assurance d'instituteur et leur montra la colonne. Sans rien leur demander, sans même compter, on les y intégra. La colonne, grossissant de jour en jour, continuait sa marche vers le nord-est.

Là c'en était trop, l'oncle s'échappa. Beaucoup s'échappèrent : ce n'était pas sans risque mais ce n'était pas difficile. Il suffisait de profiter du faible nombre de gardiens, de leur indolence, d'un virage, de buissons bordant la route ; chaque fois quelques-uns filaient. Certains furent rattrapés et abattus sur place, laissés dans le fossé. Mais quelques-uns s'enfuirent. « Ce qui m'étonne, ce qui m'étonnera toujours, disait l'oncle, c'est que si peu s'enfuirent. Tout le monde obéissait. » La capacité d'obéir est infinie, c'est un des traits humains les mieux partagés ; on peut toujours compter sur l'obéissance. La première armée du monde accepta de se dissoudre, et puis elle se rendit d'elle-même dans des camps de prisonniers. Ce que des bombes n'auraient pas obtenu, l'obéissance l'a fait. Un claquement de doigts suffit : on a tellement l'habitude. Quand on ne sait plus quoi faire, on fait comme on nous dit. Il avait l'air tellement sûr de savoir quoi faire, lui, ce type qui avait claqué des doigts. L'obéissance est inscrite si profond dans le moindre de nos gestes qu'on ne la voit même plus. On suit. L'oncle ne se pardonna jamais d'avoir obéi à ce geste. Jamais.

Victorien ne comprenait pas ce que voulait dire son oncle. Il ne se voyait pas obéir. Il traduisait des textes, apprenait le latin en lisant de vieux livres, mais il s'agissait là de formation, pas d'obéissance. Et puis il dessinait ; ça, personne ne le lui avait demandé. Alors il écoutait les récits de son oncle comme des récits exotiques. Plus tard il partirait, en attendant il continuait sa vie d'école.

Il sortait parfois avec un groupe de lycéens. Sortir signifie à Lyon qu'ils arpentaient la rue centrale. Cela se fait en bande, bandes de garçons et bandes de filles séparées, pleines de gloussements, d'œillades et de rires sous cape, avec parfois l'héroïsme bref d'un compliment aussitôt englouti dans l'agitation gênée des jeunes gens. Cette agitation ils la dépensaient à parcourir la rue de la République, dans un sens puis dans l'autre, à Lyon tout le monde le fait, avant de boire un verre dans les cafés à auvent de toile qui donnent sur la place, la grande place vide qui est au centre. Il ne viendrait pas à l'idée d'un Lyonnais de dix-sept ans de faire autrement.

Parmi ses camarades qu'il fréquentait dans la rue et les cafés — fréquentait, c'est beaucoup dire — l'un d'eux l'avait invité à l'académie de dessin. « Viens donc au cours de nu, toi qui as des talents », ricanait-il en levant son verre, et Victorien rougissait, plongeait le nez dans le sien faute de savoir quoi répondre. L'autre était plus âgé, débraillé, artiste, il parlait par allusions, se moquait plutôt que de rire, et assurait qu'au cours de nu on n'entrait pas comme ça.

« Mon ami a des talents », avait-il dit au professeur en lui glissant les deux bouteilles fournies par Victorien, subtilisées dans la cave de son père. Une bouteille sous chaque coude, le monsieur à barbiche avait les mains prises, et le temps qu'il les pose pour retrouver l'usage de ses gestes, Victorien siégeait à côté de son ami — c'est beaucoup dire — devant sa feuille blanche punaisée sur un chevalet. C'était de bonne guerre, le professeur de dessin haussa les épaules et se désintéressa des sourires moqueurs que l'incident avait provoqués. Victorien très sérieux, crayons en main, commença d'observer la jeune fille au milieu des garçons, la jeune fille nue qui prenait des poses, des poses qu'il ignorait que l'on puisse prendre.

Il s'était fait tout un monde de voir enfin une fille nue. Son ami — c'est beaucoup dire — avait ricané en lui décrivant la scène, et l'anatomie secrète des jeunes femmes, et le regard globuleux des garçons, et celui apoplectique du vieux professeur de dessin dont la barbiche tremblait chaque fois que la jeune fille, appas à l'air, changeait de posture. « Mais pour cela, ajoutait-il, il faut payer un droit d'entrée. Bien sûr ! Qu'est-ce que tu crois ? »

Mais ce n'était pas ça. Il s'en était fait tout un monde de voir une jeune fille nue mais ce n'était pas ça du tout. Les seins par exemple, les seins d'une femme nue que l'on regarde ne sont pas du tout ceux d'une statue, ou de ces gravures que parfois il consultait : les seins vrais sont visiblement plus lourds que ceux que l'on imagine ; ils sont moins symétriques ; ils ont un poids et pendent ; ils ont une forme particulière qui n'obéit pas à la géométrie ; ils échappent à l'œil ; ils en appellent à la main pour être mieux perçus. Et les hanches aussi ont des plis et des rebonds que les statues n'ont pas. Et la peau a des détails, des petits poils, des taches que les statues n'ont pas. Bien sûr, car les statues n'ont pas de peau. La peau de cette jeune fille se hérissait, se couvrait de petites pointes, était parcourue de frissons car il faisait froid dans l'atelier.

Il s'était attendu à une féerie érotique, il s'était imaginé explosant, rampant, bavant, au moins tremblant, mais rien de tout ça : devant elle, devant cette statue moins bien faite, il ne savait quoi ressentir ; il ne savait où regarder. Son crayon lui donna une contenance. Il traça, suivit les lignes, frotta des ombres, et progressivement le dessin lui offrait le poids réel des hanches, des seins, des lèvres et des cuisses ; et progressivement vint l'émotion qu'il s'était imaginée, mais sous une forme très différente. Il eut envie de la serrer dans ses bras, de chercher sur tout son corps la chaleur et les frémissements, de la soulever et de la porter ailleurs. Sa ligne se fit de plus en plus fluide, il réussit en fin de séance quelques belles esquisses, qu'il roula très serré et dissimula dans sa chambre.

Sa fréquentation des étudiants d'art ne dura pas. Son oncle un soir attrapa cet ami — c'est beaucoup dire — au sortir de ce café où ils traînaient. Il attendait sur le trottoir, une épaule appuyée au mur, bras croisés. Quand le petit groupe sortit en riant il se dirigea droit sur le grand rapin et lui colla deux gifles. L'autre s'effondra sur place autant sous l'effet de la surprise et des baffes que de l'alcool qu'il avait bu. Tous s'égaillèrent et disparurent dans les rues latérales, sauf Victorien, hébété de cette brusque violence. Son ami — c'est beaucoup dire — restait prostré sur le sol, incapable de se relever, sanglotant aux pieds de l'oncle immobile qui le regardait les mains dans les poches. Mais ce qui effraya Victorien, bien plus que l'effondrement d'un jeune homme qui un quart d'heure auparavant apparaissait intouchable, si brillant, si malin, ce fut la ressemblance qu'eut à ce moment-là l'oncle avec sa sœur, dans les traits de son visage indifférent au-dessus d'un jeune homme à ses pieds, effondré parce qu'il venait de le gifler. Cela l'effraya car il ne comprenait pas ce qu'ils pouvaient avoir en commun, et pourtant cette ressemblance se voyait.

L'oncle le ramena jusqu'à la boutique sans rien dire. Il lui ouvrit la porte et lui désigna l'intérieur tout noir. Victorien eut un regard interrogateur. « Dessine. Dessine tant que tu veux. Mais laisse tomber cette ambiance et ces gens. Laisse tomber ces types-là, ces rapins qui se disent artistes mais qu'une paire de claques suffit à guérir de leur vocation. Il aurait dû se relever et m'assommer d'un coup de poing, ou du moins essayer. Ou me recouvrir d'injures, même d'une seule. Mais il n'a rien fait. Il a juste pleuré. Alors laisse-le. »

Il poussa Victorien dans la boutique et referma la porte sur lui. Dedans c'était sombre. Victorien traversa les lieux à tâtons et regagna sa chambre. Il dormit mal. Dans le noir de la pièce, redoublé de l'obscurcissement des yeux clos, il lui sembla que s'endormir était une faiblesse. La fatigue l'entraînait vers le bas, vers la résignation du sommeil, mais l'agitation cherchait l'envol, l'entraînait vers le haut, où il se heurtait au plafond trop bas. Ces deux mouvements se livraient en son corps à une guerre civile qui l'écartelait. Il s'éveilla au matin épuisé, pantelant et amer.

Victorien Salagnon menait une vie stupide et il en avait honte. Il ne voyait pas où aller une fois qu'il aurait fini de traduire les vieux textes qui maintenant occupaient ses jours. Il pourrait apprendre les chiffres et reprendre l'affaire de son père, mais la boutique est haïssable. La boutique a toujours été un peu ignoble, et en temps de guerre elle devient ignominieuse. Il pourrait étudier, obtenir les diplômes, et il travaillerait pour l'État français soumis aux Allemands, ou pour une entreprise qui participe à l'effort de guerre de l'Allemagne. L'Europe de 1943 est allemande, et *völkisch*, chacun enfermé dans son peuple comme dans la baraque d'un camp. Victorien Salagnon sera toujours un être de second ordre, un vaincu sans qu'il ait eu l'occasion de se battre, car il est né ainsi. Dans l'Europe allemande, ceux qui portent un nom français — et il ne peut dissimuler le sien — fourniront du vin et des jeunes femmes élégantes à ceux qui portent un nom allemand. Dans l'Europe nazie il ne sera jamais qu'un serf et cela est inscrit en son nom et durera toujours.

Ce n'était pas qu'il en veuille aux Allemands, mais si les choses continuaient ainsi sa naissance serait sa vie entière, et jamais il n'irait au-delà. Il était temps de faire quelque chose contre, un acte, une opposition, plutôt que de maugréer en baissant la tête. Il en parla à Chassagneaux et ils décidèrent — c'est-à-dire que Chassagneaux accepta sans réserve la proposition de Salagnon — d'aller peindre sur les murs des mots sans concession.

Ce n'était qu'un début et avait l'avantage d'être fait vite, et seuls. Un tel acte montrerait aux Français qu'une résistance couve au cœur des villes, là où l'occupant est le mieux installé. Le Français est vaincu, il marche droit mais n'est pas dupe : voilà ce que dira un graffiti, au vu et au su de tous.

Ils se procurèrent de la peinture et deux gros pinceaux. La maison Salagnon avait de si nombreux fournisseurs qu'il fut aisé de recevoir un gros seau de peinture pour métaux, bien épaisse et couvrante, et résistante à l'eau, précisa celui qui l'offrit au fils en croyant obliger le père. Ce n'était pas du blanc mais un rouge sombre. Mais trouver de la peinture en 1943 était déjà bien ; il ne fallait pas en plus espérer choisir la couleur. Cela irait. Ils décidèrent du soir, ils préparèrent les mots à écrire sur de petites feuilles qu'ils avalaient ensuite, et firent plusieurs dimanches des reconnaissances pour repérer un mur. Il devait être assez long pour accueillir toute une phrase, et assez lisse pour ne pas gêner la lecture. Il ne devait pas être trop isolé, pour qu'on le lise au matin, et pas trop fréquenté non plus, qu'une patrouille ne les dérange pas. De plus il devait être de couleur claire pour que le rouge puisse ressortir. Tout ceci éliminait le pisé, les moellons de mâchefer, et les galets appareillés. Restaient les usines des quartiers est, les longs murs pâles autour des entrepôts que les ouvriers suivent au matin pour aller au travail. La nuit ces rues sont vides.

La nuit dite, ils allèrent. Juste éclairés de la Lune ils traversèrent le Rhône et marchèrent droit vers l'est. Leurs pas résonnaient, il faisait de plus en plus froid, ils se guidaient aux noms des rues appris par cœur avant de partir. Les pinceaux les gênaient dans leur manche, le bidon tirait sur leurs bras, il fallait souvent changer de main et glisser vite l'autre dans la poche. La Lune avait tourné dans le ciel quand ils arrivèrent au mur qu'ils voulaient peindre. À chaque angle de rue ils se cachaient, guettant le pas rythmé d'une patrouille ou le grondement d'un camion militaire. Ils n'avaient rien croisé et se trouvèrent devant le mur. Il brillait sous la Lune comme un rouleau de papier blanc. Les ouvriers le liraient au matin. Salagnon n'avait pas d'idée précise de ce qu'étaient les ouvriers, sauf qu'ils étaient solides, butés, et communistes. Mais la communauté de nation compenserait la différence de classe : ils étaient français, et vaincus comme lui. Les mots qu'ils liraient au matin enflammeraient cette part qui n'avait pas de place dans l'Europe allemande. Les assujettis doivent se révolter, car s'ils sont assujettis par la race, ils n'obtiendront jamais rien. Il fallait bien sûr l'écrire avec des mots simples.

Ils ouvrirent le bidon et cela prit du temps. Le couvercle fermait bien et ils avaient oublié de prendre un tournevis. Ils firent levier avec les manches des pinceaux, trop gros, qui glissaient ; ils se firent mal, le sang secoué dans leurs veines faisait trembler leurs doigts, ils transpiraient d'inquiétude devant ce pot qu'ils ne savaient pas ouvrir. Ils enfilèrent un caillou plat sous les ergots du couvercle, ils s'escrimèrent en pestant à mi-voix, et finirent par l'ouvrir, ce bidon, en renversant de la peinture sur le sol, tachant leurs mains et le manche des pinceaux. Ils étaient en sueur. « Ouf ! » dirent-ils tout doucement. Le bidon ouvert répandait une odeur capiteuse de solvant ; dans le silence revenu Salagnon entendit son cœur. Il l'entendit vraiment, comme de l'extérieur. Il ressentit tout de suite une forte envie de pisser.

Il traversa la rue, fort large en cet endroit, et se mit dans l'angle d'un mur. Caché de la Lune il compissa la base d'un poteau de ciment. Cela le soulageait infiniment, voire l'exaltait, il allait pouvoir écrire ; il regardait les étoiles dans le ciel froid quand il entendit un « *Halt !* » qui le fit sursauter. Il dut mettre les deux mains pour maîtriser son jet. « *Halt !* » Ce mot vole comme une balle de fronde : le mot est en lui-même un acte, il se fait comprendre de toutes les âmes européennes : le H le propulse comme un moteur-fusée, le t abrupt percute la cible : *Halt !*

Salagnon qui n'avait pas fini de pisser tourna la tête avec précaution. Cinq Allemands couraient. La Lune faisait briller les parties métalliques de leur équipement, leur casque, leurs armes. Le bidon restait ouvert au pied du mur, sous un grand N déjà tracé dont il se sentait l'odeur de solvant jusque dans son coin d'ombre. Chassagneaux courait et l'écho de son pas sur les murs devenait aigu en s'éloignant. Un Allemand épaula et tira, cela fit un claquement bref et la course s'interrompit. Deux soldats ramenèrent le corps en le traînant par les pieds. Salagnon ne savait quoi faire, continuer de pisser, fuir, lever les mains. Il savait que l'on doit lever les mains quand on est pris, mais son activité l'en dispensait peut-être. Il ne savait même pas s'il avait été vu, il n'était caché derrière rien, seule l'ombre le dissimulait. Il ne bougea pas. Les Allemands posèrent le corps sous le N, rebouchèrent le bidon, échangèrent quelques mots dont la sonorité se grava pour toujours dans la cervelle de Salagnon amollie par l'effroi et la gêne. Ils ne virent rien. Ils laissèrent le corps sous la lettre et repartirent en colonne bien ordonnée, emportant le seau et les pinceaux.

Salagnon tremblait, il se sentait nu dans son coin, rien ne le cachait. Ils ne l'avaient pas vu. L'ombre l'avait caché, l'absence est plus protectrice que les murs. Quand il se reboutonna, cela collait. À force de trembler, il s'était mis de la peinture plein le sexe. Il alla voir Chassagneaux : la balle avait frappé en pleine tête. Le rouge s'étalait sous lui sur le trottoir. Il rentra, il suivit les rues vers l'ouest qui le ramenaient chez lui, sans plus prendre de précautions. Un brouillard se levait qui l'empêchait de voir et d'être vu. S'il avait croisé une patrouille, il n'aurait pas fui, aurait été arrêté ; avec les traces de peinture, il aurait fini au trou. Mais il ne rencontra rien, et au petit matin, après s'être nettoyé le sexe au dissolvant industriel, il se glissa dans son lit et dormit un peu.

Un véhicule alla prendre le corps, mais on n'effaça pas la lettre et on laissa le sang par terre. Les types du Propagandastaffel avait dû donner leur avis : laisser le signe de la révolte montrerait son écrasement immédiat. Ou bien personne n'avait pensé envoyer quelqu'un gratter le mur et laver le sang.

Le corps de Robert Chassagneaux fut exposé place Bellecour, allongé sur le dos et gardé par deux policiers français. Le sang avait noirci, sa tête penchait sur son épaule, il avait les yeux clos et la bouche ouverte. Un panneau imprimé annonçait que Robert Chassagneaux, dix-sept ans, avait contrevenu aux règles du couvre-feu ; et avait été abattu en fuyant à l'approche d'une patrouille, alors qu'il traçait des slogans hostiles sur les murs d'une usine stratégique. Étaient rappelées les règles du couvre-feu.

Les gens passaient devant le corps allongé sur la place. Les deux policiers un peu voûtés qui le gardaient essayaient de ne voir personne, cette garde leur pesait, ils ne savaient comment soutenir les regards. Sur cette place trop grande et silencieuse, occupée tout l'hiver d'inquiétudes et de brouillards, on ne s'attarde pas. On file en baissant la tête, on enfonce les mains dans ses poches, et on regagne au plus vite l'abri des rues. Mais autour du jeune homme mort se formaient de petits attroupements de ménagères à cabas et de vieux messieurs. Ils lisaient en silence l'affiche imprimée et regardaient le visage bouche ouverte aux cheveux collés de sang. Les vieux messieurs repartaient en grommelant, et certaines femmes apostrophaient les policiers en essayant de leur faire honte. Ils ne répondaient jamais, marmonnant sans relever la tête un « Circulez, circulez ! » à peine audible, comme un claquement de langue agacé.

Quand le corps commença à sentir on le rendit à ses parents. Il fut enterré au plus vite. Ce jour-là tous les élèves de sa classe portèrent un ruban de crêpe noir que Fobourdon s'abstint de commenter. Quand la cloche du soir retentit ils ne se levèrent pas ; ils restèrent assis en silence face à Fobourdon. Cela dura deux ou trois minutes sans que personne ne bouge. « Messieurs, dit-il enfin, demain est un autre jour. » Alors ils se levèrent sans remuer leurs chaises et partirent.

Comme tous, Salagnon se renseigna sur les circonstances de la mort. Des rumeurs circulaient, des histoires excessives qui pour beaucoup avaient l'air vraies. Il acquiesçait chaque fois, il les transmettait à son tour en ajoutant lui-même d'autres détails.

La mort de Chassagneaux devait être exemplaire. Salagnon produisit une lettre qu'il aurait écrite la veille de sa mort. Une lettre d'excuses à ses parents, d'adieu à tous et de tragique résolution. Il avait soigneusement imité l'écriture de son camarade et un peu fatigué le papier pour lui donner vie. Il fit circuler cette lettre et la donna aux parents de Chassagneaux. Ceux-ci le reçurent, l'interrogèrent longuement et pleurèrent beaucoup. Il répondit de son mieux, il inventa ce qu'il ne savait pas, dans un sens toujours agréable et on le croyait d'autant mieux. On le remercia, on le reconduisit à la porte avec beaucoup d'égards, on tamponna des yeux rougis et il prit congé. Dans la rue, il partit en courant, le rouge au front et les mains glissantes de sueur.

Pendant plusieurs semaines il s'occupa de dessiner. Il améliora son art en copiant les maîtres, debout devant les tableaux du musée des Beaux-Arts, ou assis à la bibliothèque devant des piles de livres ouverts. Il dessinait les postures des corps, d'abord les nus antiques puis cela l'ennuya : il reproduisit des Christ dénudés, des dizaines, tous ceux qu'il trouva, puis il en inventa. Il recherchait sa nudité, sa souffrance, son abandon. Quand un artifice de vêtements, des draperies ou des feuilles, dissimulaient la nudité intime, il ne dessinait pas. Il laissait vide, sans rien à la place, car il ne savait pas comment dessiner les couilles.

Un soir il déroba le petit miroir qu'utilisait sa mère pour sa toilette. Il attendit que tout le monde dorme, et se déshabilla. Il plaça le miroir entre ses jambes et dessina, les cuisses crispées, cet organe qui manquait aux statues. Il compléta ainsi ses dessins. Les corps de femmes qu'il avait aussi copiés, il ne leur ajouta rien, fermant le trait, et cela avait l'air d'être ça.

Ceci dura une partie de la nuit. Dessiner l'empêchait de dormir.

Comment vit-on ailleurs ? Ailleurs, des jeunes garçons du même âge, de même taille, de même corpulence, aux mêmes préoccupations quand on les laisse tranquilles, se tenaient dans la neige en espérant ne pas s'endormir et surtout que leur mitrailleuse ne gèle pas ; ou alors en plein désert remplissaient des sacs de sable pour fortifier des trous, sous un soleil dont on ne peut avoir idée quand on ne l'a pas connu ; ou se glissaient à plat ventre dans l'immonde boue tropicale qui bouge seule, en tenant au-dessus de leur tête l'arme dont le mécanisme peut s'enrayer, mais sans trop relever la tête pour ne pas offrir de cible. Certains finissaient leur vie en levant les mains au sortir de blockhaus léchés de flammes et on les abattait en rang comme on coupe des orties, ou d'autres disparaissaient sans rien laisser, en un éclair, dans le coup de marteau qui suit le sifflement des fusées parties ensemble, qui déchiraient l'air et tombaient ensemble ; et d'autres mouraient d'un simple coup de couteau à la gorge qui déchire l'artère et le sang gicle jusqu'à la fin. D'autres encore guettaient la secousse des explosions à travers les parois d'acier, qui les protègent de l'écrasement tout au fond des mers ; d'autres guettaient dans le viseur dirigé vers le bas le point où lâcher les bombes sur les maisons habitées qui défilent sous leur ventre, d'autres attendaient la fin dans des baraques en bois entourées de fil de fer dont ils ne pourraient jamais sortir. Vie et mort s'entrelaçaient au loin, et eux restaient à l'abri de la Grande Institution.

Bien sûr il ne faisait pas chaud. On réservait le combustible à la guerre, aux navires, aux chars, aux avions, et cela rendait impossible le chauffage des salles de classe, mais ils restaient assis sur des chaises devant des tables, derrière plusieurs épaisseurs de mur qui leur permettaient de conserver cette position assise. Pas au chaud, cela n'allait pas jusque-là, mais au calme.

La Grande Institution subsistait, ménageait la chèvre et le chou, toutes les chèvres. On ne prononçait jamais le mot « guerre », on ne s'inquiétait de rien d'autre que de l'examen.

Le père Fobourdon ne s'intéressait qu'au sens moral de sa tâche. Il s'exprimait en consignes sèches, et en quelques digressions érudites qui pouvaient laisser entendre plus qu'il ne disait.

Mais il fallait le chercher et le vouloir, et le lui aurait-on fait remarquer qu'il aurait affecté la surprise ; avant de se lancer dans une colère qui aurait clos la conversation.

Chaque hiver il regardait la neige tomber, le duvet qui voletait sans poids, et disparaissait au premier contact des pavés qui l'attendaient au sol. Alors brusquement, d'une voix vive qui faisait sursauter tout le monde, il clamait : « Travaillez ! Travaillez ! C'est tout ce qu'il vous reste. » Et ensuite il arpentait la classe à pas lents entre les rangées d'enfants plongés dans leurs travaux latins. Ils souriaient sans relever la tête, et ces sourires cachés étaient comme un clapotis léger, un écho des brusques phrases lancées dans l'air froid de la classe, puis revenait le calme éternel de l'étude : froissements de papier, crissements de plume, petits reniflements, et parfois une toux aussitôt étouffée.

Ou alors il disait : « Ce savoir-là sera tout ce que vous pourrez. » Ou encore : « Quand ce sera fini, dans cette Europe de brutes, vous serez les affranchis ; ceux qui gèrent sans rien dire les affaires de leur maître. »

Il ne développait jamais. Ne reprenait jamais ce qu'il avait dit, ne le répétait pas. On connaissait les phrases de Fobourdon, une manie de professeur. Les élèves se les répétaient sans les comprendre, les collectionnaient pour en rire, mais s'en souvenaient par admiration.

Ils apprenaient qu'à Rome le travail n'était rien ; on laissait le savoir et les techniques aux esclaves et aux affranchis, pendant que le pouvoir et la guerre étaient l'exercice des citoyens libres. Même libre l'affranchi ne se détachait pas de son origine répugnante, son activité le trahissait toujours : il travaillait, et il était compétent.

Ils apprenaient que pendant le haut Moyen Âge, pendant l'effondrement de tout dans la guerre générale, les monastères comme des îles préservaient l'usage de l'écrit, en conservaient le souvenir par le grand silence méditatif du travail, à l'écart. Ils apprenaient.

Alors quand au printemps un homme en uniforme noir vint dans leur classe leur parler de l'avenir, cela parut une surprenante intrusion. Il portait un uniforme de fantaisie, mais noir, qui n'appartenait à aucune armée existante. Il se présenta comme membre de l'une des nouvelles organisations qui encadraient le pays. Il portait des bottes, mais plus belles que celles des Allemands, qui ressemblent à des chaussures de chantier ; il portait les bottes droites et brillantes des officiers de cavalerie français, ce qui le plaçait sans hésitation dans la tradition d'élégance nationale.

« La frontière de l'Europe est sur la Volga », commença-t-il d'un ton coupant. Il parlait les mains dans le dos, épaules déployées vers le plafond. Le père Fobourdon se gratta la gorge et fit un pas pour se placer devant la carte fixée au mur. Il la dissimula de ses larges épaules.

« Sur cette frontière il neige, il fait moins trente, le sol est mêlé de glace et si dur que l'on ne peut pas enterrer les morts avant l'été. Sur cette frontière-là nos troupes se battent contre celles de l'Ogre rouge. Je dis *nos* troupes, il faut le dire ainsi car ce sont les nôtres, les troupes européennes, les jeunes gens de dix nations qui se battent en camarades pour sauver la culture du déferlement bolchevique. Le bolchevique est la forme moderne de l'Asiate, messieurs, et pour l'Asiate l'Europe est une proie depuis toujours. Cela cesse, car nous nous défendons. Pour l'instant c'est l'Allemagne, plus avancée sur le chemin de l'Ordre nouveau, qui encadre ce soulèvement des nations. La vieille Europe doit lui faire confiance et suivre. La France était malade, elle s'épure, elle revient à son génie propre. La France s'engage dans la Révolution nationale, elle tiendra sa place dans l'Europe nouvelle. Cette place, il n'est pas d'autre moyen de la conquérir que la guerre. Si nous voulons une place dans l'Europe des vainqueurs, nous devons être parmi les vainqueurs. Messieurs, vous devrez rejoindre nos troupes qui combattent à nos frontières. Vous recevrez bientôt une convocation aux Chantiers de Jeunesse, où vous suivrez la formation nécessaire. Suivra une intégration à l'armée nouvelle qui assurera notre place dans le monde. Nous renaîtrons par le sang. »

La classe stupéfaite écoutait en silence. Puis un élève, bouche béante, sans penser à demander la parole, bredouilla d'un ton plaintif :

« Mais nos études ?

— Ceux qui reviendront pourront les poursuivre. S'ils le trouvent encore nécessaire. Ils verront bien que l'Europe nouvelle a besoin de soldats, d'hommes forts, pas d'intellectuels aux mains fragiles. »

Le père Fobourdon se dandinait d'un pied sur l'autre devant la carte de géographie. Personne n'osait prendre la parole, mais on s'agitait, cela gonflait en un brouhaha qui lui faisait horreur. Il parcourut la classe des yeux. Il fallait en finir avec ce désordre. Il désigna l'un dont la tête droite dépassait les autres.

« Vous, Salagnon. Vous semblez avoir quelque chose à dire. Faites, mais restez laconique.

— Nous ne pourrons donc pas passer notre baccalauréat.

— Non. Une session vous sera réservée ensuite. C'est un accord passé avec l'Institution.

— Nous n'en savions rien. »

L'apparemment militaire ouvrit les bras, d'un geste d'impuissance simulée, ce qui augmenta le brouhaha dans la classe ; ce qui élargit son sourire entendu et augmenta le désordre.

« Ça a toujours été comme ça, hurla le père Fobourdon en renonçant aux belles phrases. Et maintenant, vos gueules ! »

Le silence se fit aussitôt. Tous fixaient le père Fobourdon qui hésitait à développer par un bel exemple érudit. Il détournait les yeux, ses mains tremblaient, il les cacha derrière son dos.

« Ça a toujours été comme ça, murmura-t-il. Si vous n'en saviez rien, c'est que vous n'écoutiez pas. »

Tous tremblaient. Le froid leur parut plus pénible que d'habitude. Ils se sentaient nus. Irréparablement nus.

Le printemps de 44 se déclara en quelques jours. Mars explosa en boules jaunes alignées le long de la rivière, en chapelet de flammes fraîches tombées du ciel, en boules de fleurs solaires dans les jardins au bord de la Saône. En mars tous ensemble les forsythias s'allumaient comme une traînée de feu vif, une ligne d'explosions jaunes remontant en silence vers le nord.

L'oncle vint frapper un soir, et sur le seuil il hésita avant d'entrer. Il portait une tenue neuve, chemisette et short large à grosse ceinture, chaussettes remontant jusqu'aux genoux et godillots de marche. Il eut un sourire confus. Lui, confus ! Il savait bien que l'on remarquerait sa tenue. Elle ne lui tenait pas assez chaud pour la température de ce soir-là, mais elle annonçait l'été, l'exercice dans l'ordre, la vie au grand air ; elle le montrait avec une naïve ostentation. Derrière son dos il chiffonnait un béret, un de ces plats à tarte ornés d'un écusson qui se portent penchés sur l'oreille.

« Eh bien entre ! dit enfin Salagnon père. Montre-nous comme tu es beau. Il vient d'où, ton uniforme ?

— Chantiers de Jeunesse, grommela l'oncle. Je suis officier aux Chantiers de Jeunesse.

— Toi ? Avec ta tête de bourrique ? Qu'est-ce que tu vas foutre aux Chantiers ?

— Mon devoir, Salagnon, rien que mon devoir. »

L'oncle regardait droit devant lui, sans bouger ni rien dire de plus. Le père hésita à poursuivre sur ce ton puis renonça ; avec les sous-entendus on ne savait jamais où l'on allait. Il vaut mieux souvent ne pas savoir. Ayons l'air endormi, ayons l'air de rien. N'est-ce pas ?

« Allez entre. Viens boire un coup, on va fêter ça. »

Le père s'affaira, sortit une bouteille, entreprit avec un peu trop de lenteur et de soin d'en enlever le capuchon, puis le bouchon. Les gestes simples enchaînés lui donnaient une contenance. Le monde était agité, et une bonne part de cette agitation lui échappait. C'était même une sacrée tempête, et on ne pouvait se fier à personne. Mais lui devait continuer, mener sa barque sans qu'elle ne coule. Continuer : voilà un projet suffisant. Il remplit les verres et prit un peu de temps pour les admirer.

« Goûte. Aux Chantiers tu n'auras qu'une piquette allongée d'eau, servie dans des quarts en aluminium. Profite. »

L'oncle but, comme on boit de l'eau quand on a soif. Il prit et reposa son verre dans le même geste.

« En effet, dit-il vaguement. Je vois que les affaires marchent.

— Ça va ; si on s'en donne la peine.

— Toujours fermé, Rosenthal ? Son rideau de fer n'a pas bougé. Faillite ?

— Ils sont partis un matin, comme on part en vacances. Ils avaient une valise chacun. Je ne sais pas où. Avec Rosenthal, c'était bonjour bonsoir. On se voyait à l'ouverture, et le soir en fermant. Il m'a parlé de la Pologne un jour, avec son accent qui ne rendait pas la conversation facile. Ils ont dû aller en Pologne.

— Tu crois qu'en ce moment on fait du tourisme en Pologne ?

— Je n'en sais rien. J'ai du boulot. Et encore plus depuis qu'ils ont fermé. Un matin, pffffuit, ils sont partis, et je ne sais pas où. Je ne vais pas remuer ciel et terre pour retrouver des Rosenthal que je ne connais ni d'Ève ni d'Adam. »

L'expression le fit rire.

« Et toi, Victorien, tu connaissais le petit Rosenthal ?

— Plus petit. Pas la même classe. »

L'oncle soupira.

« Tu ne vas pas t'attrister pour un type dont tu ne connais que le nom et le rideau fermé. Bois un coup, je te dis.

— Personne ne s'occupe de personne, Salagnon. La France disparaît parce qu'elle est devenue une collection de problèmes personnels. Nous crevons de ne pas être ensemble. Voilà ce qu'il nous faudrait : être fier d'être ensemble.

— La France ! elle est belle, la France ! Mais c'est pas elle qui me nourrit. Et puis Rosenthal n'était pas français.

— Ils parlent français comme toi, ses enfants sont nés là, ses gosses sont allés à la même école que le tien. Alors...

— Il n'est pas français, je te dis. Ses papiers le montrent, c'est tout.

— Tu me fais rire avec les papiers, Salagnon. Les tiens, c'est ton fils qui te les fait. Plus vrais que les vrais. »

Salagnon père et fils rougirent ensemble.

« Allez, on ne va pas s'engueuler. Bois un coup. De toute façon, je n'en ai rien à foutre de Rosenthal. Moi, je travaille. Et si tout le monde travaillait comme moi, eh bien les problèmes dont tu parles, il n'y en aurait plus ; on n'aurait même pas le temps d'y penser.

— Tu as raison. Travaille. Et moi je pars. Buvons un coup. C'est peut-être la dernière fois. »

Dans la nuit Victorien raccompagna son oncle pompette, pour lui éviter la mauvaise rencontre d'une patrouille, qu'il n'aurait pu éviter et qu'il aurait même provoquée, c'est bien son genre quand il boit. Il avait éclusé le vin sans prendre garde à ce qu'il buvait, en avait redemandé, puis avait voulu rentrer là où il logeait avec les autres qui partaient le lendemain pour les Chantiers de Jeunesse. « Raccompagne-le, Victorien », demanda sa mère. Et Victorien soutint son oncle par le coude pour lui éviter de trébucher à l'angle des trottoirs.

Ils se séparèrent sur la Saône, tranchée noire traversée d'un vent de glace. L'oncle dégrisé se redressa, il pouvait finir tout seul. Il serra gravement la main de son neveu, et quand il eut commencé à traverser le pont, Victorien le rappela, le rejoignit en courant, et lui confia le projet de la Grande Institution. L'oncle l'écouta jusqu'au bout, malgré sa chemise et son short qui laissaient passer le vent. Quand Victorien eut fini, il frissonna ; ils se turent.

« Je t'enverrai une feuille de route pour mon camp, dit-il enfin.

— C'est possible ?

— Une fausse, Victorien, une fausse. Tu as l'habitude, non ? Dans ce pays il se fabrique plus de faux papiers que de vrais. Une vraie industrie ; et si les faux ressemblent tellement aux vrais, c'est qu'ils sont faits par les mêmes qui selon les heures font les vrais et des faux. Donc ne t'inquiète pas, le papier que tu auras fera foi. Je vais filer. Je n'aimerais pas crever d'une pneumonie. Vu l'époque que nous vivons, ce serait trop bête, je ne m'en remettrais pas de crever d'une pneumonie. Je ne m'en remettrais vraiment pas », répéta-t-il avec un rire d'ivrogne.

Il embrassa Victorien avec un enthousiasme maladroit et fila. L'ombre était telle dans la ville éteinte qu'au milieu du pont il avait disparu.

Victorien rentra, les mains profondément dans les poches, le col relevé, mais sans grelotter. Il ne craignait pas le froid.

COMMENTAIRES II

J'eus des jours meilleurs et je les laissai

J'habite maintenant un élément de clapier posé sur un toit. J'ai vu sur une gravure ancienne l'abondance à Lyon des cabanes sur les toits, toutes les mêmes, briques et colombages, crépi terreux, toit d'un seul pan, et tout un mur dirigé vers l'est de fenêtres à petits carreaux. Il n'est point besoin d'autre fenêtre : la vieille ville est bâtie au bas d'une colline, presque une falaise, qui cache le soleil de l'après-midi. Par ma fenêtre mal jointoyée je suis ébloui tous les matins de soleil neuf. Je ne vois rien devant, rien autour, rien derrière, je flotte par-dessus les toits dans une lumière directement venue du ciel. Avant d'être là j'en rêvais. J'y suis, maintenant. D'habitude on progresse, on désire et on obtient une maison plus grosse, plus confortable, avec davantage de gens dedans. On se relie mieux. Là où je suis maintenant est à peine vivable, personne ne m'y vient visiter, j'y suis seul et j'en suis heureux. Heureux du bonheur de n'être rien.

Car j'ai eu des jours meilleurs ; j'ai eu une maison. J'ai eu une femme aussi. Maintenant j'habite dans un pigeonnier. C'est drôle où j'habite, une simple bosse sur le chaos des toits, dans cette ville bricolée où l'on n'a jamais rien détruit, où l'on ne change jamais rien, où l'on accumule, où l'on empile. J'habite dans une caisse, dans une malle posée par-dessus des immeubles qui au cours des siècles se sont accumulés en bord de Saône, comme s'accumulent les alluvions de ce fleuve qui durcissent et font sol.

J'aime bien vivre dans une boîte au-dessus des toits. Avant j'en avais envie. Je regardais d'en bas ces pièces supplémentaires ajoutées en l'air, ces bourgeons d'une ville que l'on ne construit pas mais qui pousse. Je les désirais, tête en l'air, je ne savais pas comment y entrer. Je soupçonnais qu'aucun escalier n'y mène vraiment ; ou alors un boyau étroit qui se referme au premier passage. Je rêvais d'être face à la fenêtre, face à rien, et je savais bien que dans cette ville en désordre, il est des lieux où l'on ne peut parvenir, qui sont juste des morceaux de rêve. J'y suis.

La vie y est simple. Assis n'importe où je vois toutes mes propriétés. Pour la chaleur je vois directement avec le ciel : l'hiver, le chaud s'évapore et on gèle ; l'été, le soleil pèse de si près que l'on étouffe. Je le savais avant, je l'ai vérifié depuis, mais je vis dans un de ces cabanons que je voulais vraiment habiter, et je ne me lasse toujours pas du plaisir de vivre là. Je vis dans une chambre devenue maison. Par la fenêtre je vois l'étendue des tuiles et les balcons intérieurs, les galeries à balustre et les tours d'escalier, cela fait un horizon très bas et confus, et tout le reste est le ciel. Quand je suis assis devant ce ciel, derrière moi il n'y a rien d'autre : un lit, une armoire, une table grande comme un livre ouvert, un évier qui fait tout, et surtout le mur.

Je me réjouis d'avoir atteint le ciel. Je me réjouis d'avoir atteint le logement misérable que d'habitude l'on fuit, que l'on fait tout pour quitter quand on progresse dans la vie. Je ne progresse pas. Je m'en réjouis.

J'avais travail, maison et femme, qui sont trois visages d'un réel unique, trois aspects d'une même victoire : le butin de la guerre sociale. Nous sommes encore des cavaliers scythes. Le travail c'est la guerre, le métier un exercice de la violence, la maison un fortin, et la femme une prise, jetée en travers du cheval et emportée.

Cela n'étonnera que ceux qui croient vivre selon leurs choix. Notre vie est statistique, les statistiques décrivent mieux la vie que tous les récits que l'on peut faire. Nous sommes cavaliers scythes, la vie est une conquête : je ne décris pas une vision du monde, j'énonce une vérité chiffrée. Regardez quand tout s'effondre, regardez dans quel ordre cela s'effondre. Quand l'homme perd son travail et n'en retrouve pas, on lui prend sa maison, et sa femme le quitte. Regardez comment cela s'effondre. L'épouse est une conquête, elle se vit ainsi ; l'épouse du cadre au chômage abandonnera le vaincu qui n'a plus la force de s'emparer d'elle. Elle ne peut plus vivre avec lui, il la dégoûte, à traîner pendant les heures de bureau à la maison, elle ne supporte plus cette larve qui se rase moins, s'habille mal, regarde la télévision pendant le jour et fait des gestes de plus en plus lents ; il lui répugne ce vaincu qui tente de s'en sortir mais échoue, fait mille tentatives, s'agite, s'enfonce, et sombre sans recours dans un ridicule qui amollit son regard, ses muscles, son sexe. Les femmes s'éloignent des cavaliers scythes tombés au sol, de ces cavaliers démontés maculés de boue : c'est une réalité statistique, qu'aucun récit ne peut changer. Les récits sont tous vrais mais ils ne pèsent rien devant les chiffres.

J'avais bien commencé. Au temps de la Ire République de Gauche nous étions gouvernés par un Léviathan doux, embarrassé par sa taille et son âge, trop occupé à mourir de solidification pour songer à dévorer ses enfants. Le Léviathan patelin offrait une place à tous, dans l'État de la Ire République de Gauche. Il s'occupait de tout ; il s'occupait de tous. Je travaillais dans une institution de l'État. J'avais une belle situation, je vivais dans un bel appartement, avec une femme fort belle que l'on avait prénommée Océane. J'aimais beaucoup ce prénom qui ne voulait rien dire, dépourvu qu'il est de toute mémoire ; on donne ces prénoms par superstition comme un cadeau de fée, pour que l'enfant ait ses chances dès le début. J'avais une place dans l'ascenseur social. Il montait. Il était exclu qu'il puisse descendre, cela aurait été une contradiction dans les termes. On ne peut pas concevoir ce que la langue ne dit pas.

Quels temps héroïques ce furent, les premiers temps de la Ire République de Gauche ! On l'attendait depuis si longtemps. Combien cela dura-t-il ? Quatorze ans ? Trois mois d'été ? Juste la soirée du dimanche où il fut élu ? Dès le lendemain, dès le lendemain peut-être, cela se dégrada, comme la neige qui déjà se tasse dès le dernier flocon tombé du ciel. L'ascenseur se mit à descendre ; et en plus je sautai. La chute est une forme de jouissance. On le sait bien dans le rêve : lorsqu'on tombe, cela provoque un léger détachement du ventre, qui flotte comme un ballon d'hélium dans le ciel abdominal. Cela ressemble, ce flottement, à ce qu'était l'excitation sexuelle avant que l'on sache que le sexe lui-même est excitable. La chute est une forme très archaïque de plaisir sexuel ; alors j'ai aimé choir.

Je suis presque arrivé. Je crèche dans une portion de la ville ancienne que l'on ne rénove pas, car on ne trouve pas les escaliers pour y aller. Je suis par-dessus les toits ; je vois les immeubles par leurs dessus anonymes, je ne peux pas reconstituer le tracé des rues tant les toits sont désordonnés. Les installations électriques datent de l'invention de l'électricité, avec des interrupteurs que l'on tourne et des fils isolés d'une gaine de coton. L'enduit des couloirs n'est pas peint et se couvre d'algues qui vivent de la lueur des lampes. Le sol est recouvert de carreaux de terre cuite qui se fendent, se cassent, s'effritent, et dégagent le parfum d'argile des tessons de poterie dans un champ de fouilles.

Quand je sors, je le vois ! Il est allongé au pied du panneau qui signifie de ne pas stationner, enfermé dans un sac de couchage d'où ne dépasse que la mèche crasseuse du sommet de son crâne. Devant ma porte, le clochard du quartier ne laisse rien paraître. Quand il dort il ne montre qu'une ébauche de forme humaine, cette forme qu'essaient de cacher les *body bags*, les sacs à corps en plastique noir où l'on range les pertes militaires.

Les trottoirs sont étroits, je dois l'enjamber pour le franchir. Il se plie autour du panneau indicateur qui interdit de stationner. Il ressemble à une proie tombée dans une toile d'araignée. Il est conservé vivant, suspendu dans un cocon, il attend qu'elle le mange. Il est au terme de sa chute, mais au ras du sol on met très longtemps à mourir.

Je comprendrais que l'on s'étonne de mon attirance pour la

chute. J'aurais pu faire simple : sauter par la fenêtre. Ou prendre un sac, et aller dans la rue. Mais que ferais-je dans la rue ? Autant être mort ; et ce n'est pas ce que je veux. Je veux tomber et non pas être tombé. J'espère tomber lentement et que la durée de la chute me dise la hauteur où j'étais. N'est-ce pas injurieux, comme sont injurieux les dégoûts de nantis ? Injurieux pour ceux qui vraiment chutent et ne le voulaient pas ? La vraie souffrance n'impose-t-elle pas de se taire ? Oui : de se taire.

Jamais ceux qui souffrent ne demandent de se taire. Ceux qui ne souffrent pas, en revanche, tirent avantage de la souffrance. Elle est un coup sur l'échiquier du pouvoir, une menace voilée, une incitation à faire silence. Allez dans la rue si vous y tenez ! Si vous n'êtes pas contents : dehors ! Si cela ne vous convient pas : la porte ! Il y en a qui attendent derrière ; ils seraient très contents de votre place. Et même d'une place un peu moins bonne ; ils s'en contenteraient. On va leur proposer une place un peu moins bonne et ils vont se taire. Bien contents de l'avoir. On va négocier les places à la baisse, on va négocier l'échelle sociale au raccourcissement. On va négocier l'ascenseur social à la descente. Il faut bouger, se taire. Se réduire. Demander moins. Se taire. Les clochards sont comme les crânes plantés sur des pieux à l'entrée de territoires contrôlés par la guerre : ils menacent, ils imposent le silence.

Je me désinstalle. Je vis maintenant dans une seule chambre où je fais tout ; je fais bien peu. Je peux rassembler tout ce que je possède en deux valises ; je peux les porter ensemble, une dans chaque main. Mais c'est encore trop, je n'ai plus de main libre, il faudrait que je tombe encore. Je voudrais me réduire à mon enveloppe corporelle, pour en avoir le cœur net. Net de quoi, le cœur ? Je ne sais pas ; mais alors je le saurai.

Patience, mon cœur : la grande nudité ne tardera pas. Et là je saurai.

J'ai eu des jours meilleurs, et je les ai laissés.

Avec ma femme tout allait mal sans bruit, rien n'explosait jamais. Les grincements que nous percevions nous les attribuions à l'incompréhension des sexes, si avérée que l'on en écrit des livres, ou à l'usure du quotidien, si avérée que l'on en écrit d'autres livres, ou encore aux aléas de la vie, qui n'est pas facile, on le sait. Mais notre oreille nous trompait, ces grincements étaient des grattements, nous entendions le bruit continu du creusement d'une galerie de mine juste sous nos pieds. La mine explosa à son heure, un samedi. Les fins de semaine sont favorables aux effondrements. On se voit davantage, et on a beau resserrer l'emploi du temps il reste du jeu. Il reste toujours un peu de vide dans ces deux jours où l'on ne travaille pas. Quel beau massacre ce fut !

Cela commença comme d'habitude par un programme très précis. N'allez pas croire que le temps libre soit libre : il est juste organisé autrement. Samedi matin donc, courses ; après-midi, shopping. Les mots diffèrent car ce n'est pas du tout la même chose. Le premier est une obligation, l'autre un plaisir ; le premier une contrainte utilitaire, l'autre un loisir que l'on recherche.

Le soir : des amis, chez nous. D'autres couples, avec lesquels nous dînerons. Le dimanche matin, grasse matinée, c'est un principe. Un probable moment de sensualité, un peu d'exercice, une tenue détendue, un peu de brunch, puis dans l'après-midi je ne me souviens plus. Car nous ne sommes pas allés jusqu'à l'après-midi. Ce jour-là nous n'avons rien fait et l'après-midi elle pleura tout le temps. Elle ne faisait que pleurer, devant moi qui ne disais rien. Et je suis parti.

En tant que couple nous pratiquions surtout l'achat. L'achat fonde le couple ; le sexe également, mais le sexe ne nous inscrit que personnellement, alors que l'achat nous inscrit comme unité sociale, acteurs économiques compétents qui meublent leur temps, occupent de meubles ce temps que ne remplit pas le travail ni le sexe. Entre nous, nous parlions d'achats et nous les faisions ; entre amis nous parlions de nos achats, ceux que nous avions faits, ceux à faire, ceux que nous souhaitions faire. Maisons, vêtements, voitures, équipements et abonnements, musique, voyages, gadgets. Cela occupe. On peut, entre soi, décrire indéfiniment l'objet du désir. Celui-ci s'achète car il est un objet. Le langage le dit, et cela rassure que le langage le dise ; et cela procure un désespoir infini que l'on ne peut même pas dire.

Le samedi où tout explosa nous allâmes à l'hypermarché. Nous poussâmes notre chariot dans une foule d'autres couples joliment vêtus. Ils venaient ensemble, comme nous, et certains emmenaient de jeunes enfants assis sur le siège du chariot. Et même certains apportaient leur petit bébé dans sa coque de transport. Couché sur le dos, les yeux ouverts, le bébé regardait les faux plafonds d'où pendaient des images, il s'entendait cerné d'une agitation, d'un vacarme qu'il ne comprenait pas, ébloui de lumière que les autres ne voient pas, mais lui, si, car il est sur le dos et les yeux ouverts. Alors le bébé fondait en larmes, il hurlait sans pouvoir s'arrêter. Les parents s'engueulaient très vite. Lui toujours s'impatientait : cela allait trop lentement, elle voulait tout voir, elle hésitait ostensiblement, elle marquait avec compétence le moment du choix et cela traînait ; et elle toujours s'offusquait : il traînait les pieds comme si cela l'ennuyait d'être ici en famille, il achetait n'importe quoi, à la va-vite. Il prenait l'air excédé et affectait de regarder ailleurs. L'engueulade fusait, avec les mêmes phrases pour tout le monde, déjà formées avant qu'ils n'ouvrent la bouche. L'engueulade de couple est aussi codifiée que les danses symboliques de l'Inde : mêmes poses, mêmes gestes, mêmes mots qui font signe. Tout renvoie à des habitudes de représentation, et tout est dit sans qu'on ait besoin de le dire. Cela se déroule ainsi, nous ne faisions pas exception. Seulement entre nous le conflit n'explosait pas, il suintait comme une sueur car nous n'avions pas d'enfant pour le mettre au jour.

Ce samedi où la mine qui se creusait explosa, nous allâmes pousser ensemble un chariot à l'hypermarché. J'allai aux viandes refroidies et restai stupide devant les bacs alignés éclairés de l'intérieur. Je me penchai et restai immobile, éclairé par-dessous, et ainsi je devais faire peur avec des ombres inversées sur mon visage, la mâchoire qui pendait, l'œil fixe. Mon haleine produisait un brouillard blanc. Je saisis d'une main une barquette blistée pleine de viande en cubes, et lentement je la passai dans l'autre main ; puis je la posai, et j'en pris une autre, et ainsi de suite, pas très vite, je fis passer les paquets de viande devant moi dans un mouvement ralenti de tapis roulant, un mouvement circulaire sans début ni fin, entravé par le froid. Le geste allait sans que j'y aie de part. Je devais choisir mais je ne savais pas quoi. Comment ne pas hésiter devant des rayons si pleins ? Il aurait suffi de tendre la main dans cette abondance, de la refermer au hasard, et j'aurais résolu le problème du menu du soir ; mais ce jour-là il ne s'agissait pas que de manger. J'entretenais au-dessus du bac un mouvement que j'étais incapable d'interrompre, je passais la viande en cubes d'une main à l'autre, je la prenais et je la déposais, toujours le même geste, je faisais tourner la viande, incapable de cesser, incapable d'en sortir, représentant sans que je le veuille, oh non ! sans que je le veuille ! une caricature de temps qui ne passe plus. Je ne savais pas où aller.

Je devais faire peur éclairé par-dessous, entouré d'un brouillard issu de ma bouche, figé au-dessus du bac, mes mains seules agitées mais toujours du même geste, touchant sans me décider la viande que l'on avait découpée sans haine, de la façon la plus raisonnable, de la façon la plus technique, de manière qu'elle ne soit plus chair mais viande. Ceux qui me remarquaient s'éloignaient de moi.

Je ne savais où aller car je ne sentais rien ; je ne savais pas choisir car ceci que je voyais ne me disait rien. Les viandes restaient muettes, parlaient par étiquettes, elles n'étaient que des formes d'un rose soutenu, des cubes blistés de polyuréthane, elles n'étaient plus que formes pures ; et pour décider d'entre les formes il faut user de la raison discursive ; et la raison discursive ne permet de décider de rien.

Les viandes formaient un tas sous moi, dans le bac refroidi qui conserve si bien la chair, dans la lumière sans ombre du néon qui donne à tout une coloration égale ; je ne savais où aller. Je ne parvenais plus à deviner vers quoi se dirigeait le temps. Alors je répétais le même geste de prendre et de voir, puis je posais.

J'aurais pu continuer ainsi jusqu'à mourir de froid, basculer tout gelé dans le bac refroidi et rester parmi les viandes, forme trop mal coupée, trop organique, trop approximative, posée par-dessus le tas bien en ordre des chairs prédécoupées.

Ce fut la voix d'Océane qui m'évita de mourir gelé ou emporté par les vigiles du magasin. Sa voix me réveillait toujours, toujours légèrement trop haute, car toujours trop forcée par trop de décision.

« Regarde, disait-elle. Qu'est-ce que tu en penses ? »

Et elle passa sous mon nez une barquette noire remplie de cubes rouges, comme pour me les faire sentir, mais je ne sentais rien. Je ne voyais pas bien non plus car j'avais les yeux dans le vague, ayant cessé de distinguer ce qui était loin de ce qui était proche.

« Un bon bourguignon, dit-elle, avec des carottes. Et puis une petite salade en entrée, j'en ai pris deux sachets, un beau plateau de fromages, j'y vais. Tu te charges du vin ? »

Elle continuait de passer la viande devant moi d'une main machinale, sous mon nez, sous mes yeux, attendant une approbation, un signe d'enthousiasme, n'importe quoi qui montre que je l'avais comprise, que j'étais d'accord, qu'elle avait eu là une vraiment bonne idée ; mais j'admirais la géométrie de la viande. Les cubes souples bien orthogonaux faisaient un beau contraste avec le noir mat du polystyrène. Un petit mouchoir au fond de la barquette absorbait le sang ; un film tendu isolait le tout de l'air et des doigts. La coupe était nette et le sang invisible.

« Ce sont des cubes. Il n'existe aucun animal de cette forme-là.

— Quel animal ?

— Celui qu'on a tué pour découper la viande.

— Arrête, tu es sinistre. Ça te va, le menu de ce soir ? »

Je repris le chariot, ce qui passa pour une forme d'approbation masculine, un signe détestable mais que l'on comprend. Levant les yeux au plafond, elle jeta la barquette dans le chariot de grillage. Elle tomba sur les sachets de feuilles de salade découpées lavées triées, à côté d'un sac couvert de givre rempli de carottes gelées.

Poussant le chariot nous allions le long des frigos à ciel ouvert. Une grande baie vitrée montrait la boucherie du magasin. L'éclairage uniforme se reflétait sur les murs de carrelage, ne laissant point d'ombres, exhibant tous les détails de l'activité de découpe. Des carcasses pendaient à des rails fixés au plafond, certaines au centre de la pièce et d'autres en attente derrière des rideaux de plastique. Il s'agissait de grands mammifères, je le voyais à leur forme, à la disposition de leurs os et de leurs membres, nous avons les mêmes. Des hommes masqués allaient et venaient en portant de grands couteaux. Ils étaient chaussés de bottes en plastique où glissaient des taches rouges, enveloppés de combinaisons blanches flottant par-dessus des vêtements de travail, et coiffés de charlottes qui couvraient leurs cheveux, comme on en porte quand on prend une douche. Des masques de tissu dissimulaient leur nez et leur bouche, on ne pouvait les reconnaître, on voyait juste s'ils portaient des lunettes ou pas. Certains avaient à leur main gauche un gantelet de mailles de fer, ils tenaient le couteau de l'autre main ; de la main gantée ils guidaient le roulement des carcasses suspendues pour les mettre en lumière et dans leur autre main le couteau brillait. D'autres fantômes poussaient des chariots remplis de seaux, et dans les seaux flottaient des débris rouges marbrés de blanc. Des silhouettes plus jeunes passaient le sol au jet, dans les coins, sous les meubles, puis frottaient avec des raclettes de caoutchouc. Tout étincelait d'une propreté parfaite, tout brillait de vide, tout n'était que transparence. Ils manipulaient des outils dangereux comme des rasoirs, et des jets d'eau nettoyaient le sol en permanence. On ne reconnaissait personne.

Pourquoi ne supportons-nous plus la chair ? Qu'avons-nous fait ? Qu'avons-nous fait que nous ne savons pas, pour ne plus la supporter ? Qu'avons-nous oublié qui concerne le traitement de la chair ?

Ils firent rouler un demi-bœuf suspendu à un crochet qui en perçait les membres. Je pensais à un bœuf du fait de sa taille, mais je ne pouvais en être sûr car on avait enlevé la peau et la tête, tout ce qui permet une vraie reconnaissance. Il ne restait de lui que les os recouverts de rouge, les tendons blancs au bout des muscles, les articulations bleues à l'angle des pattes, les muscles gonflés de sang où flottait l'écume blanche de la graisse. Armé d'une scie électrique un homme masqué s'attaqua au corps de chair. La carcasse vibrait sous la lame, il en détacha un vaste quartier qui trembla, vacilla, puis bascula d'un coup. Il l'attrapa au vol et le jeta sur la table d'acier où d'autres, masqués et munis du gant de fer, le travaillèrent au couteau. Je ne percevais pas les bruits. Ni le hurlement de la scie, ni son bruit de rongeur sur l'os, ni les impacts de la viande qui tombe, ni le glissement léger des couteaux, ni le cliquetis léger des gants, ni les jets d'eau qui lessivaient en permanence toute l'étendue du sol, qui ne laissaient pas se former sous la table des flaques de sang. Je voyais juste l'image. Une image trop détaillée, trop parfaite ; trop éclairée et trop nette. J'avais l'impression de visionner un film sadique car il manquait le bruit, l'odeur, le contact, le toucher mou de la viande et son abandon au couteau, son parfum fadasse de vie abandonnée, son claquement flasque quand elle tombe sur une surface dure, sa souplesse fragile de corps privé de peau. Il manquait tout ce qui pouvait m'assurer de ma présence. Ne restait plus que la pensée cruelle, appliquée au découpage de la chair en cubes. J'eus un haut-le-cœur. Non pas de voir ceci, mais de seulement le voir sans rien sentir d'autre. L'image seule flottait, et chatouillait désagréablement le profond de ma gorge.

Je baissai les yeux, me détournai des grandes vitres où l'on affirmait la propreté de l'abattage, et j'allai le long des frigos où les viandes étaient rangées par catégories. Abats, bœuf, agneau, animaux, porc, enfants, veau.

« Animaux », j'imagine bien. C'est une phrase tronquée : on voulait dire viande pour animaux. Mais « enfants ». Entre porc et veau. J'examinai de loin ces barquettes sans oser en prendre de peur de la réprobation. Sous le film plastique bien tendu, la viande apparaissait fine et rose. Cela correspondait au nom. Viande, enfants. Je montrai l'étiquette à Océane, avec une ébauche de sourire tremblant prête à s'ouvrir en rire franc si elle m'en avait donné le signal, mais elle comprenait toujours tout, elle. Elle balaya cet enfantillage d'un haussement d'épaules, d'une secousse de tête un peu lasse, et nous repartîmes dans les longues allées. Nous poursuivîmes nos achats, elle consultait la liste à haute voix, et moi, poussant le chariot, je méditais sans but sur la nature des viandes et leur usage.

Nous rentrions en voiture quand nous fûmes ralentis par des embouteillages au bord de la Saône. Le long du marché les camions en double file mordaient sur les voies de circulation. Les feux restaient longtemps au rouge, nous attendions bien plus que nous ne le voulions, les voitures entassées en grand nombre sur le quai avançaient à peine, par à-coups, dans un bouillonnement de gaz délétères que le vent léger du fleuve heureusement chassait. Je tapotais le volant, mes yeux erraient, et Océane peaufinait son menu.

« Que pourrions-nous imaginer de neuf pour le dessert ? Que voudrais-tu ? »

Que voudrais-je ? Je repris le contrôle de mes yeux et la regardai fixement. Que voudrais-je ? Mon regard devait être inquiétant, je ne répondais rien, elle se troubla. Que voudrais-je ? J'ouvris la portière et sortis. Le moteur ronronnait, nous attendions dans la file que le feu verdisse.

« Je vais voir ce que je peux trouver », dis-je en désignant le marché.

Je claquai la portière et me glissai entre les voitures arrêtées. Le feu passa au vert, elles redémarraient, je gênais. Je les évitai de quelques bonds, saluant d'un geste de la main ceux qui klaxonnaient et faisaient vrombir leurs moteurs. J'imagine qu'Océane avait pris le volant, préférant ne pas bloquer le passage plutôt que de me suivre en abandonnant les courses. Dérapant sur les légumes jetés, me rétablissant sur un carton humide, écrasant une cagette à grand bruit, je parvins au marché.

Je m'insérai dans la foule des porteurs de paniers qui très lentement circule entre les étals. Je cherchai les Chinois. Je les trouvai à l'odeur. Je suivis l'odeur étrange de la nourriture des Chinois, cette odeur si particulière qu'au début on ne connaît pas, mais que l'on n'oublie plus par la suite car elle est si reconnaissable, toujours la même, due à l'usage répété de certains ingrédients et de certaines pratiques, que je ne connais pas mais dont je peux repérer l'effet de loin, par l'odeur.

À force de manger ainsi les Chinois gardent-ils cette odeur-là ? Je veux dire : la portent-ils sur eux, en eux, dans leur bouche, leur sueur, sous leurs bras, aux alentours de leur sexe ? Il faudrait pour le savoir embrasser longuement une belle Chinoise, ou moins belle, peu importe, mais la lécher continûment en toutes ses parties pour en avoir le cœur net. Pour savoir si la différence entre les races humaines consiste en une différence de cuisine, une différence de pratiques alimentaires qui à l'usage imprègnent la peau, et tout l'être, jusqu'aux paroles et enfin la pensée, il faudrait étudier minutieusement la chair.

Grâce à ce parfum autour d'eux je trouvai vite le boucher chinois. Sous son auvent de toile pendaient en ligne des tripaillons laqués. Je ne sais pas le nom de cette pièce de viande, je ne sais même pas si cela a un nom en français ou dans une langue européenne : il s'agit d'entrailles, mais entières, sans rien oublier, d'entrailles de couleur rouge, suspendues par la trachée à un crochet de fer. Comme je sais un peu d'anatomie je vois vaguement de quels organes il s'agit et, sans pouvoir donner un nom exact à l'animal, je soupçonne un oiseau ; tout au moins un volatile.

Je ne sais pas ce qu'ils en font. Les livres de cuisine chinoise que l'on trouve en France n'en disent jamais rien. Dans ces livres on ne parle que des morceaux nobles, coupés au couteau, selon les règles d'un abattage mesuré, selon les découpes naturelles de l'animal. On ne montre jamais d'horribles abats, qui pourtant se mangent. Ceux-ci sont d'un réalisme à faire frémir, et je frémis encore davantage à l'idée de la manière dont on les prélève. Il n'est pas de moyens je crois de dissoudre la peau, la chair, les os, et de ne garder intactes que les entrailles dans leur disposition naturelle. Il faut bien alors introduire sa main dans le gosier de la bête, vivante sûrement, pour que les viscères soient encore gonflés de souffle, puis saisir le nœud aortique, ou toute autre prise solide, et tourner pour arracher, et tirer pour que ça vienne : ça cède, et tout le dedans vient dans la main, encore fumant et respirant. On le plonge vite dans le caramel rouge pour figer les formes telles qu'elles sont, pour les montrer sans rien inventer ; mais qui inventerait de tels organes ? Comment pourrait-on inventer de la tripaille ? Peut-on inventer l'intérieur du corps, la chair la plus profonde, palpitante, mourante, pendue ? Comment pourrait-on inventer le vrai ? On se contente juste de le saisir et de le montrer.

Je m'arrêtai donc sous l'auvent de toile du boucher chinois, admirant les tripaillons pendants laqués de rouge. Oh génie chinois ! Appliqué aux gestes, et à la chair ! J'ignore comment on les mange, ces viscères peints, j'ignore comment on les accommode, je ne l'imagine même pas ; mais chaque fois que je passe ici et les vois pendre, si réalistes, si vrais, si rouges, je m'arrête et j'en rêve, et cela provoque en moi un peu de salive que je n'ose pas avaler. Je décidai enfin d'en acquérir une grappe. Le boucher vêtu de blanc parlait un français difficile à comprendre. Avec la plupart de ses clients il n'utilisait que le chinois. Je résolus de ne rien demander, les explications seraient fastidieuses, sûrement décevantes, et puis l'imagination me porterait. Plein d'assurance je désignai un tripaillon d'un air entendu et il me l'enveloppa dans un plastique étanche.

Je repris mon chemin dans la foule serrée, je traversai la bousculade, les cris des marchands, le bavardage incessant, les odeurs de tout ce qui se mange, et je portais ce sac en plastique bien lourd avec un bonheur inexplicable.

Mais cela ne suffirait pas à nourrir nos invités ; je cherchai autre chose, narine frémissante. Une vapeur m'arrêta. Grasse et fruitée, d'une richesse affolante, elle émanait d'une marmite ventrue posée sur la flamme d'un trépied à gaz. Un gros homme ceint d'un tablier qui traînait à terre brassait son contenu. La marmite lui venait à la taille et sa cuiller en bois avait un manche de gourdin ; j'aurais eu du mal à la tenir d'une seule main et lui la tournait sans effort comme une cuiller à café dans une tasse. Ce qu'il brassait était rouge, presque noir, en ébullition au centre, et dessus flottaient en cercle des herbes et des lamelles d'oignons. « Le boudin ! hurlait-il. Le boudin ! Le vrai boudin ! » Il insistait sur « vrai ». « Pas un truc de fillettes, ça, le vrai boudin de cochon ! »

Cela sentait atrocement bon, cela frémissait délicieusement, cela bouillonnait à petit bruit comme on ricane d'aise en faisant des choses horribles mais délectables. Un freluquet avec de grandes oreilles et du poil follet apportait des seaux en titubant sous la charge. Dans les seaux, il apportait le sang ; bien rouge, moussu au bord, sans transparence. Quand le petit aide avec peine lui tendait sa charge, le maître chaircuttier l'attrapait d'une seule main, une grosse main velue teintée de pourpre, et d'un seul geste vidait le seau dans la marmite. Il versait un seau entier de sang épais, il versait tout le sang d'un porc égorgé d'un seul geste, et le bouillon reprenait. Il brassait une marmite de sang d'une cuiller dont le manche était un gourdin. De ce qui avait cuit il remplissait des boyaux à les faire craquer. Il travaillait dans une vapeur lourde qui sentait bon. Je lui achetai plusieurs mètres de boudin noir. Quand je lui demandai de ne pas couper mais de le laisser d'un seul tenant, il s'étonna, mais sans rien demander il l'enroula avec soin. Il m'en fit un grand sac, qu'il mit à double pour qu'il ne cède pas, et me le tendit avec un clin d'œil. Ce sac-là équilibra le premier et décupla mon plaisir.

Cela était bon mais ne suffirait pas ; l'intérieur ne fait pas tout. Il me fallait me procurer d'autres parties pour que le banquet soit à son comble.

Un Africain m'inspira. Il parlait très fort d'une voix de basse, il interpellait les hommes en les appelant patron, il en riait, et les femmes il les saluait d'un clin d'œil et lançait un compliment à chacune adapté, et elles passaient leur chemin en souriant. Il vendait des mangues mûres à croquer et de petites bananes, des tas pointus d'épices, des fruits aux couleurs violentes et de la découpe de volaille : carcasses nues, ailes tronquées, pattes avec encore les griffes. Je lui achetai des crêtes de coq d'un rouge trop vif, comme gonflées d'hydrogène, prêtes à flamber ou à s'envoler. Il les emballa en me prodiguant des conseils complices, elles avaient des vertus. Il me les tendit avec un sourire qui me remplit de joie.

Je n'ai pas toute ma tête, pensai-je. La tête, n'est-ce pas capital, comme dit le mot ? Je la retrouvai chez un Kabyle. Le vieux boucher en blouse grise, les manches remontées sur les avant-bras où muscles et ligaments apparaissaient comme autant de cordes, désossait un mouton à coups de tranchoir. Derrière lui d'autres viandes regardaient. Dans une rôtissoire close cuisaient des rangées de têtes. On voyait leur manège à travers une vitre pas très propre ; elles tournaient à petites secousses, posées en rang, caramélisant à feu doux. Leurs yeux fixes avaient basculé, elles tiraient la langue sur le côté ; alignées, tranchées au ras du larynx, les têtes de mouton tournaient depuis des heures dans la rôtissoire close, brunes et grésillantes, appétissantes, chaque individu reconnaissable. J'en achetai trois. Il me les enveloppa dans du papier journal, mit le tout dans un sac plastique, et avec un hochement de tête qui en disait long il me les tendit. Ceci d'habitude ne plaît qu'aux vieux Arabes gourmands, ceux qui se contentent d'attendre la fin. Cela me réjouit encore.

Chargé de bagages odorants, je rentrai. Je les jetai sur la table, cela fit un bruit mou d'écrasement. J'ouvris les sacs et l'odeur s'en échappa. Les odeurs sont des particules volatiles, elles s'enfuient des formes matérielles pour constituer en l'air une image que l'on perçoit par le creux de l'âme. Des aliments que j'avais rapportés émanait une odeur physique : je vis la vapeur bleutée qui sortait des sacs, le gaz lourd qui coulait au sol, collait au mur, envahissait.

Océane le voyait aussi, ses yeux grands ouverts ne bougeaient plus, je ne savais pas si elle allait hurler ou vomir ; elle non plus ne le savait pas. Du coup, elle ne dit rien. Devant elle ceci s'affaissait sur la table ; ceci bougeait seul. Je déballai mes viandes, quand j'eus fini elle eut un hoquet ; mais elle se reprit.

« Tu as trouvé ça au marché ? En plein air ? C'est dégueulasse !

— Quoi ? Le plein air ?

— Mais non : ça ! Ce n'est pas interdit ?

— Je n'en sais rien. Mais regarde les couleurs. Du rouge, de l'or. Des brillances, des bronzes, toutes les couleurs de la chair. Laisse-moi faire. »

Je ceignis un grand tablier et la guidai par les épaules hors de la cuisine.

« Je m'occupe de tout, dis-je, rassurant. Prends du temps pour toi, fais-toi belle comme tu sais le faire. »

Mon enthousiasme intérieur n'était pas de ces sentiments que l'on discute : je refermai la porte derrière elle. Je me versai un verre de vin blanc. La lumière qui passait au travers avait la couleur du bronze neuf ; et son parfum était celui d'un coup de pioche au soleil sur un caillou calcaire. Je le vidai pour m'en imprégner et m'en versai un autre. Je sortis les instruments ; le manche des couteaux s'adaptait à ma paume ; l'inspiration venait. Je disposai les abats sur la table. Je les reconnaissais tous comme des fragments de bêtes abattues. Mon cœur s'emballa de les voir si reconnaissables, et je leur étais reconnaissant de se montrer tels qu'ils étaient. Après quelques secondes d'hésitation, celles qu'on a devant la page blanche, j'y portai le couteau.

Dans une brume orangée, alcool et sang, je pratiquai une cuisine alchimique ; je transmutai le souffle de vie qui gonflait ces abats en couleurs symboliques, textures désirables, parfums reconnaissables comme étant ceux d'aliments.

Quand je rouvris la porte de la cuisine, mes doigts hésitaient, tout ce que je touchais glissait et je laissais dessus une trace rougeâtre. Et ce que je voyais aussi, quand cela bougeait, laissait une traînée lumineuse, un halo orienté qui mettait du temps à s'éteindre.

Océane apparut devant moi et aucun reproche ne pouvait lui être fait. Une robe blanche l'enveloppait d'un seul geste et ses formes modelées brillaient de reflets. Son corps exhibé sur le présentoir de chaussures pointues se gonflait de courbes : fesses, cuisses, poitrine, ventre délicieux, épaules, tout brillait des reflets nouveaux de la soie à chacun de ses mouvements. Ses mains aux ongles peints s'agitaient en légers mouvements d'oiseaux, caresses de l'air, effleurement d'objets, leur donnant sans réfléchir une place un peu plus parfaite. Elle marchait sans hâte autour de la table qu'elle dressait et sa lenteur me troublait. Sa coiffure complexe luisait d'une lumière de chêne ciré, dégageait sa nuque, montrait ses oreilles arrondies ornées de brillants. Ses paupières poudrées battaient comme les ailes d'un papillon indolent, et chacun de ces battements provoquait l'ébranlement parfumé de tout l'espace autour d'elle. Elle dressait la table au compas, elle plaçait les assiettes à intervalles parfaits, les couverts alignés selon leur tangente, les verres par trois, sur une ligne. Au centre de la table, sur une bande de broderie blanche, les bougies posaient des ombres et des reflets doux sur le métal, le verre et la porcelaine. Les petites flammes moiraient sa robe de touches éphémères, aussi délicates que des caresses.

Quand je vins avec mon tablier sanglant, mes mains noircies jusque sous les ongles, avec des taches étranges au coin des lèvres, les petites flammes tremblèrent et me couvrirent de contrastes terribles. Elle ouvrit très grand les yeux et la bouche, mais on sonna. Le mouvement de recul qu'elle eut devint un déplacement vers la porte.

« Je finis, dis-je. Fais entrer et asseoir. »

Je me précipitai à nouveau dans la cuisine, porte close. Elle sera impeccable, jamais on ne pourra lui faire le moindre reproche ; elle accueillera parfaitement nos amis dont j'ai maintenant oublié le nom, elle orientera habilement la conversation, sera d'humeur égale et légère, justifiera avec tact mon absence jusqu'à mon retour. Elle sera parfaite. Elle s'efforce toujours de l'être. Elle y parvient toujours. Ce qui, quand on y pense, est un miracle effrayant.

Les odeurs que produisaient mes préparations passaient la porte, poussaient les gonds, fendaient les panneaux de bois tendre, s'immisçaient dans l'interstice du dessous pour partout se répandre. Mais quand je sortis pour hurler « À table ! » d'une voix trop forte, ils semblaient ne se douter de rien. Assis dans nos fauteuils ils buvaient du champagne en conversant à basse intensité, affichant dans leur posture détendue une indifférence très convenable.

L'enthousiasme dévalait mes veines, alimenté du vin blanc dont j'avais vidé la bouteille. Ma voix trop poussée érailla le fond sonore neutre, bavardage et musique, qu'habilement Océane avait mis en place. Je n'avais pas ôté mon tablier ni nettoyé mes lèvres. Quand je surgis dans le halo tamisé du salon, l'atmosphère devint si lourde et si figée que j'eus du mal à articuler ; mais c'était là peut-être l'alcool, ou l'inadéquation de mon enthousiasme. J'eus du mal à continuer d'avancer, sous leur regard, du mal à actionner mes poumons, dans l'air raréfié, pour produire quelques mots qu'ils pourraient comprendre.

« Venez, dis-je, un ton au-dessous. Venez vous installer. C'est prêt. »

Océane souriante les plaça ; j'apportai d'énormes plateaux. Je posai devant eux un horrible amas d'odeurs fortes et de formes ensanglantées.

J'avais, pour présenter les tripaillons chinois, reconstitué le chou mythologique d'où nous venons tous, ce légume génératif que l'on ne trouve pas dans les jardins. À l'aide de feuilles de chou vert j'avais recréé un nid, et en son cœur, bien serré, j'avais mis la tripe rouge, trachée en l'air, disposée comme elle est quand elle est dedans. Je l'avais préservée de la découpe car sa forme intacte en était tout le sel.

J'avais fait frire les crêtes de coq, juste un peu, et cela les avait regonflées et avait fait jaillir leur rouge. Je les servis ainsi, brûlantes et turgescentes, sur un plat noir qui offrait un terrible contraste, un plat lisse où elles glissaient, frémissaient, bougeaient encore.

« Prenez-les avec des baguettes, des pincettes allais-je dire, et trempez-les dans cette sauce jaune. Mais attention, ce jaune-là est chargé de capsaïcine, bourré de piment, teinté de curcuma. Vous pouvez aussi choisir celle-là si elle vous convient mieux. Elle est verte, couleur tendre, mais tout aussi forte. Je l'ai chargée d'oignon, d'ail et de radis asiatique. La précédente ravage la bouche, celle-ci ravage le nez. Choisissez ; mais dès que vous essayez il est trop tard. »

Les crêtes frites dont je n'avais pas épongé l'huile glissaient vraiment trop dans le plat noir ; un mouvement brusque au moment de les poser en fit déraper une qui jaillit comme d'un tremplin et heurta la main d'un convive, il gémit, la retira vivement, mais ne dit rien. Je continuai.

Je n'avais pas coupé le boudin et ne l'avais pas trop cuit non plus. Je l'avais enroulé en spirale dans un grand plat hémisphérique, et juste parsemé de curry jaune et de gingembre en poudre, qui à la chaleur dégageaient leur parfum piquant.

Enfin je plaçai au centre les têtes tranchées, les têtes de moutons laissées intactes posées sur un plat surélevé, disposées sur un lit de salade émincée, chacune regardant dans une direction différente, les yeux en l'air et la langue sortie, comme une parodie de ces trois singes qui ne voient rien, n'entendent rien, ne disent rien. Ces cons.

« Voilà », dis-je.

Il y eut un silence, l'odeur envahissait la pièce. S'ils n'avaient pas tous en même temps ressenti ce sentiment d'irréalité, nos convives auraient pu être incommodés.

« Mais c'est dégueulasse ! » dit l'un d'eux d'une voix de fausset. Je ne sais plus qui, car ensuite je ne les vis jamais plus, je les oubliai tous et allai même vivre ailleurs pour ne plus jamais les croiser dans la rue. Mais je me souviens de la musique exacte de ce mot qu'il prononça pour dire son malaise : le *d* comme un hoquet, le *a* long, et le *sse* traînant comme un bruit d'atterrissage sur le ventre. La musique de ce mot, je m'en souviens bien plus que de son visage car il avait prononcé « dégueulasse » comme dans un film des années cinquante, lorsque c'était le mot le plus violent que l'on pouvait se permettre en public. Dans notre merveilleux salon, en la présence d'Océane à qui on ne pouvait faire le moindre reproche, c'était tout ce qu'il pouvait dire. Ils firent ce qu'ils purent pour me désapprouver mais, blindé d'alcool et de bonheur fou, réduit à moi-même, je n'entendais rien. Il aurait fallu qu'ils me parlent clairement, or dépourvus de vocabulaire qu'ils étaient — car dans nos sphères le vocabulaire se dégrade tant il ne sert à rien —, ils tentèrent de me regarder dans les yeux pour me désapprouver, de cet air de faire semblant de foudroyer qui d'habitude suffit. Mais tous détournèrent leur regard du mien et ils n'essayèrent plus. Je ne sais pas pourquoi ; mais ce qu'ils voyaient dans mes yeux devait les inciter à se détourner de mon visage pour ne pas être aspirés, puis blessés, puis engloutis.

« Je vais vous servir », dis-je avec une gentillesse dont ils se seraient bien passés.

Je les servis à la main car aucun outil ne peut convenir, seule la main, et surtout nue. J'ouvris de mes doigts le chou génératif, empoignai la tripaille luisante, en rompit les cœurs, les rates, désagrégeai les foies, ouvris d'un pouce bien rouge les trachées, les larynx, les côlons pour rassurer mes hôtes quant au degré de cuisson : pour de telles viandes seule une flamme modérée peut convenir, la flamme doit être une caresse, un effleurement coloré, et l'intérieur doit saigner encore. Le feu culinaire ne doit pas être le feu du céramiste : celui-ci va au cœur et transmute la pièce en sa masse ; le feu culinaire sert juste à piéger les formes, à figer les couleurs en leur délicatesse naturelle, il ne doit pas altérer le goût, le goût des fonctions animales, le goût du mouvement maintenant suspendu, le goût de la vie qui doit rester fluide et volatil sous son immobilité apparente. Sous la fine surface colorée restait le sang. Goûtez. De ce goût-là, le goût du sang, on ne se détache plus. Les chiens qui ont goûté le sang, dit-on, doivent être abattus avant qu'ils ne deviennent des monstres assoiffés de meurtre. Mais les hommes sont différents. Le goût du sang on l'a, mais on le maîtrise ; chacun le garde secret, le chérit sur un feu intérieur et ne le montre jamais. Quand l'homme goûte le sang, il ne l'oublie pas plus que le chien ; mais le chien est un loup émasculé et il faut l'abattre s'il change de nature, tandis que l'homme après avoir goûté le sang est enfin un être complet.

Je servis des crêtes à chacun, un peu plus aux hommes qu'aux femmes, avec un certain sourire qui expliquait ces différences. Mais les têtes je ne les servis qu'aux hommes, avec un clin d'œil appuyé qu'ils ne comprirent pas mais qui les empêchait de refuser. Je posais la tête dans leur assiette et j'en orientais le regard vers les femmes, et chacune des têtes, les yeux blancs défaillis, tirait la langue dans un effet burlesque du plus haut comique. J'éclatai de rire, mais seul. Je multipliais les clins d'œil, les coups de coude, les sourires entendus, mais cela ne dissipait pas l'effarement. Ils ne comprenaient pas. Ils soupçonnaient mais ils ne comprenaient rien.

Quand j'attaquai le boudin j'y portai le fer un peu violemment, et un jet de sang noir s'élança avec un soupir et retomba dans le plat, mais aussi sur la nappe, sur l'assiette, deux gouttes dans un verre où il disparut aussitôt dans le vin, indiscernable, et une goutte minuscule sur la robe d'Océane, sous la courbe de son sein gauche. Elle s'effondra comme frappée au cœur d'un très fin stylet. Les autres se levèrent en silence, prirent le temps de replier leur serviette et se dirigèrent vers le portemanteau. Ils se rhabillèrent en s'aidant les uns les autres sans un mot, juste des acquiescements polis effectués des yeux. Océane, étendue sur le dos sans raideur, respirait calmement. La table continuait de n'être éclairée que de bougies. Le vacillement des petites flammes agitait des ombres sur sa robe qui enveloppait comme un souffle son corps merveilleux ; ça brillait comme une étendue d'eau agitée d'un petit ressac, d'une brise du soir, d'un zéphyr de soleil couchant, toute la surface de son corps bougeait et le seul point fixe était la tache de sang noir sous la courbe de son sein, au-dessus de son cœur.

Ils prirent congé d'un signe de tête et nous laissèrent enfin. Je portai Océane et la posai sur notre lit. Elle ouvrit les yeux aussitôt et commença de pleurer ; elle gargouilla, reprit son souffle, hurla, sanglota, s'étouffa de glaires et de larmes, incapable d'articuler un mot. Les larmes sur ses joues coulaient noires, gâtaient sa robe. Elle pleurait sans discontinuer, et elle se tournait et se retournait, pleurait à l'étouffée, la face plongée dans l'oreiller. La grande taie blanche se maculait à mesure de ses pleurs, elle se tachait de rouge, de bruns, de noir, de gris pailleté dilué, d'eau chargée de sel, et le carré de toile devenait tableau. Je restai auprès d'elle avec je crois un sourire idiot. Je n'essayai pas de la consoler, ni même de parler. Je me sentais enfin proche d'elle, plus que je ne l'avais jamais été. Je rêvais que cela dure, je savais que tout cela s'évanouirait avec le tarissement de ses pleurs.

Quand elle se tut enfin et sécha ses yeux je sus qu'entre nous tout était fini. Tout ce qui avait eu lieu avant et tout ce qui aurait pu avoir lieu après. Nous nous endormîmes côte à côte sans nous toucher, elle lavée, coiffée, sous les draps, et moi tout habillé par-dessus.

Le dimanche matin elle pleura encore au réveil puis durcit comme un béton qui prend. Le dimanche dans l'après-midi je m'en allai.

Le lundi matin je vivais une autre vie.

Je ne la revis jamais, et aucun des amis que nous avions ensemble. Je disparus quelque temps à l'autre bout du pays, à son extrémité nord bien plus misérable, où j'eus une place modeste, bien plus modeste que celle que j'avais quittée en abandonnant ma femme.

Je me désinstallai, comme on désinstalle un programme, je désactivai une à une les idées qui m'animaient, essayant de ne plus agir pour éviter d'être agi. J'espérais que mon dernier acte serait celui que l'on fait avant de mourir : attendre.

Victorien Salagnon était celui pour qui, sans le connaître, j'avais préparé cette attente.

ROMAN II

Monter au maquis en avril

Quel bonheur de monter au maquis en avril ! Quand il n'est pas de guerre aiguë, quand l'ennemi est occupé ailleurs, quand on n'est pas poursuivi par ses chiens et qu'on n'a pas encore utilisé des armes, alors monter au maquis c'est comme en rêver, en plus fort.

Avril pousse, avril s'ouvre, avril s'envole ; avril se rue vers la lumière et les feuilles se bousculent pour parvenir au ciel. Quel bonheur de monter au maquis en avril ! On dit toujours « monter », car pour aller au maquis on monte. La forêt secrète où l'on se cache se trouve en haut des pentes ; le maquis c'est l'autre moitié du pays, au-dessus des nuages.

La colonne de jeunes garçons s'élevait dans le sous-bois encombré de buissons. Les feuilles en tremblaient, de la montée de la sève, et sautaient au cœur du bois les petits bouchons qui l'hiver en ont bloqué le passage. Avec un peu d'enthousiasme on pourrait l'entendre, la sève, et sentir son frémissement en posant la main sur les troncs.

La colonne de jeunes garçons montait dans un sous-bois si touffu que chacun n'en voyait que trois marcher devant lui, et en se retournant il n'en voyait que trois marcher derrière ; chacun pouvait se croire au nombre de sept à aller dans la forêt. La pente était forte, et celui que l'on voyait en tête posait ses pieds au-dessus des yeux de ceux qui le suivaient. Ils avaient l'allure militaire comme le voulait l'air du temps, avec les oripeaux de 40 dont on avait fait l'uniforme des Chantiers de Jeunesse. On avait ajouté le grand béret qui se portait penché, comme signe de l'esprit français. Les couvre-chefs différencient les armées, leur forme est fantaisiste, ils mettent une touche de génie national dans des vêtements sans couleur faits pour l'utilité.

Ils montaient. Les arbres frémissaient. Et ils souffraient des pieds dans leurs croquenots au cuir épais qui ne se font jamais au pied. Le cuir militaire ne s'amollit pas et ce sont les pieds qui se font à la chaussure une fois les lacets refermés comme les mâchoires d'un piège.

Ils portaient des sacs de toile sur le dos et cela sciait leurs épaules. Les armatures de fer frottaient à de mauvais endroits, le poids tirait, ils peinaient et la sueur commençait de couler dans leurs yeux, poissaient leurs aisselles et leur nuque, et ils souffraient dans la pente malgré leur jeune âge et toutes les semaines de plein air aux Chantiers de Jeunesse.

Ils en avaient fait, des marches, à l'école du soldat sans armes ! Faute de tir ils marchaient, ils portaient des cailloux et apprenaient à ramper, ils apprenaient à se couler dans les trous, à se cacher derrière les buissons, et surtout ils apprenaient l'attente. Ils apprenaient l'attente car l'art de la guerre est surtout d'attendre sans bouger.

Salagnon excellait en ces jeux, il les pratiquait sans rechigner, mais il espérait la suite ; une suite où le sang plutôt que de tourner en rond dans des corps trop étroits pourrait enfin se répandre.

« La sueur épargne le sang », répétait-on. La devise des Chantiers de Jeunesse on l'avait peinte sur une banderole à l'entrée du camp de la forêt. Salagnon comprenait la beauté raisonnable d'un tel mot d'ordre, mais il exécrait davantage la sueur que le sang. Le sang il l'avait toujours gardé, il battait inépuisable dans ses veines et le répandre n'était qu'une image ; tandis que la sueur il en connaissait la colle, l'horrible glu qui poissait les caleçons, la chemise, les draps dès que l'été venait, et cette colle il ne pouvait pas s'en défaire, elle le poursuivait, elle l'étouffait en le dégoûtant comme la bave d'un baiser non souhaité. Il ne pouvait rien faire qu'attendre que le temps refroidisse, que le temps passe, sans rien faire, et cela l'exaspérait. Cela l'étouffait encore davantage. La devise ne convenait pas, ni l'uniforme d'une armée vaincue, ni l'absence d'armes, ni l'esprit de duplicité qui dirigeait les actions, les paroles, et même les silences.

Quand il arriva au Chantier avec une fausse feuille de route on s'étonna de son retard, mais il présentait des excuses écrites et tamponnées. On ne les lut pas ; on passa juste de l'en-tête imprimée aux signatures illisibles recouvertes de tampons ; car peu importent les raisons — tout le monde a les siennes et elles sont excellentes —, l'important est de savoir si on les appuie. On classa sa feuille et on lui attribua un lit de camp dans une grande tente bleue. Cette première nuit il eut du mal à dormir. Les autres, épuisés de plein air, dormaient mais en bougeant. Il guettait les frôlements d'insectes sur la toile. L'obscurité refroidissait, l'odeur de terre humide et d'herbe devenait de plus en plus forte jusqu'à lui serrer le cœur, et surtout cette première aventure le mettait mal à l'aise. Ce n'était pas la peur d'être confondu qui le gênait, mais que l'on accepte ses faux papiers sans plus lui poser de questions. Bien sûr, dans l'ensemble c'était une réussite ; mais c'était faux. Le plan fonctionnait, mais il n'y avait pas de quoi être fier ; or il avait besoin d'être fier. Son esprit s'irritait à ces détails, se perdait en absurdités, revenait sur ses pas, cherchait d'autres issues, n'en trouvait pas, et il s'endormit.

Le lendemain il fut employé au forestage. Les jeunes garçons travaillaient sous les arbres avec des haches ; torse nu ils frappaient de grands hêtres qui résistaient. À chaque coup ils poussaient un cri sourd, en écho au choc de la hache dont le manche vibrait dans leurs mains, et à chaque coup sautaient de gros copeaux d'un bois clair, très propre, frais comme l'intérieur d'un cahier neuf. De l'humidité jaillissait des entailles et les éclaboussait ; ils pouvaient croire abattre un être rempli de sang. L'arbre basculait enfin et tombait dans un craquement de poutre, accompagné du froissement de toutes les brindilles et des feuilles qui tombaient avec.

Ils s'essuyaient le front appuyés au manche de la hache, et regardaient en l'air le trou dans le feuillage. Ils voyaient le ciel tout bleu et les oiseaux recommençaient de chanter. Avec de grands passe-partout, souples et dangereux comme des serpents, ils tronçonnaient les arbres à deux, coordonnant leurs gestes par des chants de scieurs de long qu'ils avaient appris d'un homme de vingt-cinq ans qu'ils appelaient chef, et qui leur semblait posséder toute l'expérience d'un sage ; mais un sage selon les temps modernes, c'est-à-dire souriant, en short et sans mots inutiles.

Du bois coupé ils faisaient des stères, qu'ils alignaient le long de la piste carrossable. Des camions viendraient les prendre plus tard. On fournit à Salagnon un bâton bien droit, gradué, qui lui servirait de règle pour la découpe. Avant qu'il ne commence le chef lui effleura l'épaule : « Viens voir. » Il l'entraîna vers les stères. « Tu vois ? — Quoi ? » Il prit l'un des rondins, le tira, et ce qui vint fut un tronçon de quinze centimètres, laissant un trou rond dans le cube de bois rangé. « Mets la main. » Dedans était vide. Le chef remplaça le faux rondin comme on remet un bouchon.

« Tu comprends, le travail est mesuré en volume, pas au poids. Alors ici on dépasse les exigences, et on se fatigue moins. Tu vas découper judicieusement pour faire des stères creux. Regarde la règle : les marques sont prévues. »

Salagnon regarda la règle, puis le chef, et les stères.

« Mais quand on viendra les prendre ? On verra bien qu'ils sont creux.

— Ne t'en occupe pas. Nous on travaille au volume, et les normes sont dépassées. Les types des camions, c'est le poids, mais ils chargent à moitié avec des pierres, toujours les mêmes d'ailleurs, leurs normes aussi sont dépassées. Quant aux types des charbonnages, ils savent expliquer que la moitié du poids est partie en fumée. Car tout cela fait du charbon de bois pour les gazogènes, pour faire rouler des voitures. Nous travaillons pour l'effort de guerre ; mais cet effort n'est pas tout à fait le nôtre. » Il termina d'un clin d'œil auquel Salagnon ne répondit pas. « Et surtout, pas un mot. »

Salagnon haussa les épaules et fit comme on le lui disait.

Il alla chercher des bûches. Dans la clairière d'abattage les chefs avaient disparu. Les jeunes gens avaient posé leur scie ; plusieurs, allongés, dormaient. Deux chantaient la chanson des scieurs, assis au pied d'un arbre en tripotant des herbes odorantes. Un autre imitait à la perfection le bruit de la scie en tordant la bouche, couché sur le dos, les mains croisées derrière la nuque. Une bûche dans chaque main Salagnon les regardait sans bien comprendre.

« Les chefs sont partis, dit l'un des allongés, qui semblait dormir. Laisse tomber tes bûches. On freine un peu l'effort de guerre, l'air de rien », dit-il en ouvrant un seul œil, qu'il cligna avant de refermer les deux.

Ils continuèrent d'imiter les bruits du travail. Salagnon, bras ballants, rougissait. Quand tous éclatèrent de rire, il fut surpris ; il comprit ensuite qu'ils riaient du bon tour qu'ils jouaient.

Aux Chantiers de Jeunesse il fit comme on lui disait. Il ne chercha rien de plus ; il n'osa pas demander jusqu'à quel niveau de commandement on savait que les travaux de forestage produisaient des stères creux. Il ne savait pas jusqu'où s'étendait le secret. Il observait les chefs. Certains ne s'intéressaient qu'au bon cirage des croquenots, ils traquaient l'empoussiérage et le punissaient sévèrement. De ceux-là on se méfiait, car les maniaques du détail sont dangereux, ils se moquent bien du côté où ils sont, ils veulent de l'ordre. D'autres chefs organisaient avec soin les activités physiques : marches, portages, séries de pompes. Ceux-là inspiraient confiance car ils semblaient préparer à autre chose, dont ils ne pouvaient parler ; mais on ne les interrogeait pas car ce pouvait être le maquis comme le front de l'Est. De ceux qui ne s'intéressaient qu'aux formes militaires, perfection du salut, correction du langage, on ne pensait rien ; ils appliquaient le règlement juste pour passer le temps.

Les jeunes gens des Chantiers se désignaient par « on », le pronom indéfini qui prenait une valeur de « nous », figure vague du groupe qui ne précisait rien de lui-même, ni son nombre, ni son avis. On attendait, on passait inaperçu, et en attendant on penchait pour la France ; une France jeune et belle, mais toute nue car on ne savait pas comment l'habiller. En attendant on tâchait de ne pas évoquer qu'elle était nue ; on faisait comme si de rien n'était, on n'était pas regardant. On était en avril.

L'oncle vint, avec une nouvelle colonne de jeunes gens. Il ne vint pas saluer son neveu, ils firent mine de ne pas se connaître, mais chacun savait toujours où était l'autre. Sa présence rassurait Salagnon ; les Chantiers n'étaient donc qu'une attente, et les discours sur la Révolution nationale n'étaient donc qu'une imitation ; ou devaient l'être. Comment savoir ? Le drapeau ne disait rien. Le drapeau tricolore montait chaque matin et tous alignés le saluaient, et chacun voyait dans ses plis des visages espérés, tous différents. Dont on n'osait pas parler tant on n'était pas sûr, comme on n'ose pas parler d'une intuition, ou d'une rêverie trop intime, de peur d'être moqué. Mais là, c'était de peur d'être tué.

Ils mangeaient assez mal. Ils raclaient de pain les ignobles ratas de légumes et de fayots qui mijotaient trop longtemps sur une cuisinière en fonte. La plonge se faisait dans un abreuvoir de pierre, sous l'eau froide d'une source captée. Un soir selon leur tour Salagnon et Hennequin furent affectés au nettoyage des gamelles. Les pauvres purées qui ne tenaient pas au ventre s'accrochaient férocement au fond d'aluminium. Hennequin, grand type costaud et radical, frottait à la paille de fer. Il rabotait le métal et ôtait toutes les traces, cela formait un jus ignoble vert-de-gris, verdâtre d'épinards, grisâtre d'aluminium, qu'il rinçait d'eau claire.

« C'est la vaisselle au rabot, la seule qui vaille, riait Hennequin. Encore six mois comme ça et je passe à travers le fond. »

Et il se mit à siffloter en rabotant de plus belle, avant-bras rougi par l'eau froide, épaules saillant sous l'effort. Il siffla plusieurs chansonnettes, des connues, des moins connues puis des coquines, et enfin *God Save the King*, très fort et plusieurs fois. Salagnon qui ne savait guère la musique l'accompagna tout de même, et fit avec de graves petits pom pom une ligne de basse très convenable. Cela encouragea son camarade à siffler plus fort, plus nettement, et même à chantonner, mais juste les notes, pas les paroles, car il ne connaissait pas l'anglais, juste le titre. Ils frottèrent plus fort et en rythme, les taches incrustées disparaissaient à vue d'œil, l'hymne se détachait nettement des frottements de métal, du roucoulement de la fontaine et de ses éclaboussures dans l'abreuvoir. Un chef accourut, un de ces types qui leur paraissaient si attachés aux petits détails de l'ordre, comme les parents ou les instituteurs.

« Ici, on ne chante pas ça ! » Il avait l'air furieux.

« Lully ? Lully est interdit ? Je ne savais pas, chef.

— Quel Lully ? Je te parle de ce que tu chantes.

— Mais c'est de Lully. Il n'est pas subversif, il est mort.

— Tu te fous de moi ?

— Pas du tout, chef. »

Hennequin sifflota à nouveau. Avec des ornements, cela semblait tout à fait Grand Siècle.

« C'est ce que tu chantais ? J'avais cru autre chose.

— Quoi, chef ? »

Le chef grommela et tourna les talons. Quand il fut hors de vue, Hennequin rit sous cape.

« Tu es gonflé, fit Salagnon. C'est vrai, ton histoire ?

— Musicalement exact. J'aurais pu argumenter note par note, et ce maniaque du cirage aurait été incapable de me prouver que je sifflais quelque chose d'interdit.

— Il n'est pas besoin de preuve pour tuer quelqu'un. »

Ils sursautèrent et se retournèrent ensemble, la paille de fer dans une main, une grande gamelle dans l'autre : l'oncle était là comme s'il inspectait les popotes, mains derrière le dos en marchant d'un pas tranquille.

« Dans certaines situations une balle dans la tête suffit très bien comme argument.

— Mais, c'était Lully…

— Ne fais pas l'imbécile avec moi. En d'autres lieux, une simple réticence, un simple début de discussion, un simple mot qui serait autre chose qu'un "Oui monsieur", ou même un simple geste qui serait autre chose que des yeux baissés, entraînerait un abattage immédiat. Comme on élimine les animaux qui gênent. Face à une petite connerie comme la tienne, celui qui commande ouvre son étui à revolver, prend l'arme sans se presser, et sans même t'entraîner à l'écart il te tue sur place, d'une seule balle, et laisse là ton corps, à charge pour les autres de l'emporter ailleurs, où ils veulent, il s'en moque.

— Mais on ne tue pas les gens comme ça.

— Maintenant, si.

— On ne peut pas tuer tout le monde, ça ferait trop de corps ! Comment se débarrasserait-on des corps ?

— Les corps, ce n'est rien. Ils n'ont l'air solides que lorsqu'ils vivent. Ils occupent du volume parce qu'ils sont gonflés d'air, parce qu'ils brassent du vent. Quand c'est mort, ça se dégonfle et ça se tasse. Si tu savais combien de corps on peut entasser dans un trou quand ils ne respirent plus ! Ça coule, ça s'enfonce ; ça se mélange très bien à la boue ou ça brûle. Il n'en reste rien.

— Pourquoi vous dites ça ? Vous inventez tout. »

L'oncle montra ses poignets. Une cicatrice circulaire les entourait comme si la peau avait été mastiquée par des mâchoires de rats qui auraient voulu lui détacher les mains.

« Je l'ai vu. J'ai été prisonnier. Je me suis évadé. Ce que j'ai vraiment vu, je préfère que vous ne l'imaginiez pas. »

Hennequin rougissant oscillait d'un pied sur l'autre.

« Vous pouvez vous remettre à la vaisselle, dit l'oncle. Il ne faut pas que l'épinard sèche, sinon il colle. Croyez mon expérience de scout. »

Les deux jeunes gens s'y remirent en silence, tête baissée, trop gênés pour se regarder. Quand ils relevèrent la tête, l'oncle avait disparu.

Tout se joua dans le début d'une matinée. Les chefs s'agitèrent, se firent méfiants, rassemblèrent leurs affaires et se tinrent prêts à partir. Certains disparurent. Une colonne de camions arriva au camp pour le vider. On avait démonté les tentes, on chargea le matériel. Il fallait embarquer et descendre jusqu'au train du val de Saône. On les envoyait participer à l'effort de guerre.

Les garçons assistèrent à une étrange dispute entre les chefs. L'objet en était le remplissage des camions et leur place dans la colonne. Cela semblait important pour eux d'être devant ou derrière, et ils en discutaient vivement, et cela menait à de brusques éclats de voix et à des gestes de colère ; mais tous restaient évasifs quant aux raisons de désirer telle place plutôt que telle autre. Ils insistaient, sans donner d'arguments. Les garçons alignés le long du chemin, leur sac plein à leurs pieds, attendaient, et riaient de voir tant de mesquinerie, tant de sens de la préséance appliquée à des camions poussifs garés sur un chemin de terre.

L'oncle, tendu, insistait pour monter dans le dernier camion, avec un groupe qu'il avait désigné et rassemblé à part. Les autres grommelaient, et surtout un officier de même grade avec lequel il ne s'entendait pas. L'autre voulait lui aussi être en dernier, en serre-file, disait-il. Il répéta plusieurs fois le mot avec une certaine emphase, cela lui semblait être un argument suffisant, un mot assez important, assez militaire pour emporter la décision, et il désignait à l'oncle le camion de tête.

Salagnon attendait, l'oncle passa près de lui, tout près, à l'effleurer, et au passage lui parla entre ses dents : « Tu restes auprès de moi et tu ne montes que si je te le dis. »

La négociation se poursuivit et l'autre céda. Furieux, il prit la tête ; il donna le départ avec des gestes trop appuyés. « Gardez le contact visuel ! » hurla-t-il du premier camion, sortant à demi de la portière, droit comme un conducteur de char. Salagnon s'installa, et au dernier moment Hennequin vint le rejoindre. Il se fit de la place à côté de lui et s'assit en riant.

« Ils sont dingues. C'est l'armée du San Theodoros : trois cents généraux et cinq caporaux. Tu leur donnes une barrette d'officier et ils se font des manières avec la bouche en cul de poule ; on dirait des rombières devant une porte qui se font des politesses pour ne pas passer la première. »

Quand l'oncle dans la cabine s'aperçut de la présence de Hennequin, il ébaucha un geste, ouvrit la bouche mais la colonne était partie. Les camions avançaient dans un vacarme de suspensions à ressort et de gros moteurs ; secoués par les cahots ils s'accrochaient tous aux ridelles ; ils traversèrent la forêt pour rejoindre la route de Mâcon.

Sur le chemin creusé d'ornières, envahi de pierres et de branches, les camions n'allaient pas vite. Les écarts se creusaient, les premiers furent bientôt hors de vue et, avant de sortir de la forêt, les trois derniers obliquèrent sur un sentier étroit, qui montait vers les crêtes dont ils auraient dû s'éloigner.

Tous accrochés ils se laissaient conduire. Hennequin s'inquiéta. Ses yeux ronds allèrent de l'un à l'autre et il ne lut sur les visages pas la moindre surprise. Il se leva, tapa à la vitre. Le chauffeur continuait de conduire et l'oncle tourné vers lui le regardait avec indifférence. Hennequin s'affola, voulut sauter, on l'attrapa. On le saisit par les bras, la nuque, les épaules, et on le rassit de force. Salagnon réalisa qu'il n'avait rien compris, mais tout avait l'air si évident qu'il se comporta comme tout le monde. Il contribua à tenir Hennequin qui se débattait et criait. On ne le comprenait pas car il bavait un peu.

L'oncle tapota la vitre et indiqua d'un geste qu'on lui bande les yeux. On acquiesça et on le fit, à l'aide d'un foulard de scout. Hennequin bredouillait de la façon la plus pénible. « Pas les yeux, pas les yeux. Je vous assure que je ne dirai rien. Laissez-moi aller, je me suis juste trompé de camion. Ce n'est pas grave de se tromper de camion. Je ne dirai jamais rien, mais ne me bandez pas les yeux, c'est trop horrible, laissez-moi voir, je ne dirai jamais rien. »

Il transpirait, pleurait, cela puait. Les autres le tenaient à bout de bras pour ne pas l'approcher. Il se débattait de plus en plus mollement, se contentait de gémir. Le camion s'arrêta, l'oncle monta à l'arrière.

« Laissez-moi aller, dit Hennequin tout doucement. Enlevez-moi ce bandeau. C'est trop horrible.

— Tu n'étais pas prévu.

— Je ne dirai rien. Enlevez-moi ce bandeau.

— Savoir te met en danger. La police des Allemands brise les corps comme on brise les noisettes, pour prendre les secrets qui sont dedans. Il faut que tu ne voies rien, pour toi-même. »

Hennequin pissa carrément sous lui, et pire. Cela pua trop, on le laissa sur le bord du chemin, juste assez ligoté pour qu'il mette un peu de temps à se défaire de ses liens. Le camion repartit et on se tint à l'écart de la place humide de celui que l'on avait chassé.

Les camions les laissèrent là où le chemin devient un sentier qui monte entre les arbres. Ils redescendirent à vide, protégés par des astuces administratives trop longues à expliquer mais qui à l'époque suffisaient.

Ils coupèrent à travers bois, ils allèrent tout droit, ils montèrent au maquis. Ils montèrent longtemps et le ciel apparut enfin entre les troncs ; la pente s'atténua, la marche devint moins pénible, ce fut plat. Ils débouchèrent sur un long pré d'altitude bordé de bosquets. Le sol maigre résonnait sous leurs pieds, la roche sous l'herbe affleurait en grosses pierres moussues, des hêtres râblés s'y appuyaient, tordus par toute une vie d'alpage.

Ils s'arrêtèrent en sueur, posèrent leurs gros sacs, se laissèrent tomber dans l'herbe avec des gémissements forcés, des soupirs sonores. Un type les attendait au milieu du pré, svelte et solide, appuyé sur un bâton de marche. Il portait autour du cou un chèche colonial et sur la tête le képi bleu ciel des méharistes repoussé en arrière ; il était armé d'un revolver dans son étui de cuir attaché devant, ce qui ôtait à l'arme son air réglementaire et lui rendait son usage meurtrier. On l'appelait Mon Colonel. Pour la plupart des jeunes gens il fut le premier militaire français qu'ils virent à n'avoir pas l'air d'un garde champêtre, d'un chargé d'intendance ou d'un chef scout ; il pouvait celui-là être comparé à ceux qui gardaient les barrages dans les rues, à ceux impeccables qui gardaient les Kommandanturs, à ceux inquiétants qui sillonnaient les routes en camion à chenilles. Il était comme les Allemands, lui, un guerrier moderne, avec en plus cette touche de panache français qui redonnait du cœur au ventre. Seul, il peuplait l'alpage ; les garçons essoufflés se remplirent d'enthousiasme silencieux, ils sourirent, et un par un se redressèrent quand il s'approcha.

Il vint à eux d'une démarche souple, il salua tous les chefs en les appelant lieutenant, ou capitaine selon leur âge. Il adressa à tous les garçons un regard et un bref signe de tête. Il fit un discours d'accueil dont aucun ne se rappela les détails mais qui disait : « Vous êtes là ; c'est le moment. Vous êtes exactement là où il faut en ce moment. » Il rassurait et laissait place au rêve ; il était à la fois l'institution et l'aventure, on sentait qu'avec lui maintenant ce serait sérieux ; mais on ne s'ennuierait pas.

Ils s'installèrent. Un grangeon servait de quartier général. Une ruine fut remise en état, son toit recouvert de pierres fines réparé avec soin ; des tentes furent dressées avec des bâches de toile verte et des baliveaux coupés dans la forêt. Il faisait beau, frais, tout ceci était sain et amusant. On installa des réserves, une cuisine, des points d'eau, de quoi vivre longtemps loin de tout, entre soi.

Parsemée de grosses pierres et d'arbres vigoureux, l'herbe poussait à vue d'œil ; elle gonflait, lente et acidulée comme des œufs que l'on bat. Une multitude de fleurs jaunes brillait au soleil ; cela formait sous un certain angle une plaque d'or continue qui reflétait le soleil. Le premier soir ils firent des feux, veillèrent tard, rirent beaucoup, et s'endormirent ici et là.

Le lendemain il plut. Le soleil se leva à contrecœur, il resta tellement caché derrière le couvercle de nuages que l'on ne savait pas dans quelle partie du ciel il était. L'enthousiasme juvénile est un carton qui ne résiste pas à l'humidité. Fatigués, transis, mal protégés par leur campement improvisé, ils hésitèrent. Ils regardaient en silence l'eau goutter des tentes. Des brumes rampaient sur l'alpage et peu à peu le noyaient.

Le colonel fit le tour du camp avec sa canne de buis torsadé, avec ce ressort de bois dur dont il maîtrisait la puissance. La pluie ne le mouillait pas, elle coulait sur lui comme de la lumière. Il brillait davantage. Les traits de son visage suivaient l'os au plus près, les rides traçaient une carte des ruissellements qui laissaient à nu la structure du roc. Il était en tout l'essentiel. Son chèche saharien négligemment noué, le képi bleu ciel penché en arrière, son arme réglementaire accrochée devant, il alla d'abri en abri en balançant sa canne, heurtant des branches, déclenchant derrière lui des averses qui ne l'atteignaient pas. Par temps de pluie sa raideur indifférente était précieuse. Il rassembla les garçons dans la grande ruine dont on avait rafistolé le toit. De la paille sèche recouvrait le sol. Un gros type que l'on appelait cuistot leur distribua une boule de pain à partager en huit, une boîte de sardines à partager à deux (ce fut la première de la série des innombrables boîtes de sardines que Salagnon ouvrit) et pour chacun un quart fumant de vrai café. Ils le burent avec bonheur, et stupeur, car il ne s'agissait ni de lavasse ni de succédané, mais bien d'un café d'Afrique, odorant et chaud. Ce fut par contre la seule fois qu'ils en burent de toute leur présence au maquis — pour fêter leur arrivée, ou bien conjurer les effets de la pluie.

On les forma, dans le but précis de la guerre. Un officier d'infanterie évadé d'Allemagne leur enseignait l'usage des armes. L'uniforme toujours boutonné, rasé de près, les cheveux coupés au millimètre, il ne montrait en rien par sa tenue qu'il vivait depuis deux ans caché dans les bois ; si ce n'est sa façon de poser le pied quand il marchait, sans faire craquer une branche, sans froisser une feuille, sans heurter le sol.

Quand il donnait ses leçons les garçons s'asseyaient dans l'herbe autour de lui, et leurs yeux brillaient. Il apportait des caisses de bois peintes en vert, les posait au centre du cercle, les ouvrait lentement, et en sortait les armes.

La première qu'il leur montra les déçut ; sa forme n'était pas sérieuse. « Le FM 24/29, dit-il. Le fusil mitrailleur ; la mitrailleuse légère de l'armée française. » Un voile passa sur les yeux des garçons. « Fusil » leur déplaisait, « légère » aussi, et « française » éveillait leur méfiance. Cette arme paraissait fragile, avec un chargeur inséré de travers comme par maladresse. Elle était moins sérieuse que les machines allemandes qu'ils voyaient au coin des rues, droites et directes, avec leurs museaux perforés prêts à l'aboiement, leurs bandes de cartouches inépuisables et la crosse ergonomique en métal qui n'avait rien à voir, mais rien, avec ces pièces de bois qui ridiculisent les fusils. Le chargeur, petite boîte, ne devait pas tirer bien longtemps. Et n'est-ce pas le rôle d'une mitrailleuse, tirer tout le temps ?

« Détrompez-vous », sourit l'officier. Rien n'avait été dit mais il savait lire les regards. « Cette arme est celle de la guerre que nous allons mener. On la déplace à pied, on la porte sur l'épaule, on s'en sert à deux. Un qui cherche les cibles et place le chargeur, l'autre qui tire. Vous voyez la petite fourche sous le canon : elle permet de poser l'arme et de viser. On loge très loin, exactement où l'on veut, des séries de balles de gros calibre. Dans le chargeur on trouve vingt-cinq cartouches, que l'on peut lâcher une par une ou en rafales. Vous trouvez le chargeur petit ? On le vide en dix secondes. Mais dix secondes c'est très long quand on tire ; en dix secondes on hache une section, et on file. On ne reste jamais longtemps au même endroit, cela attirerait la riposte, cela permettrait à l'ennemi de reprendre ses esprits. On lui fait perdre une section en dix secondes, et on file. Le FM est l'arme parfaite pour apparaître et disparaître, l'arme parfaite de l'infanterie qui marche avec souplesse, de l'infanterie mordante et manœuvrière. Le costaud du groupe la porte à l'épaule, et les autres se répartissent les chargeurs. Les grosses machines ne sont pas tout, messieurs. Et les machines, ce sont les Allemands qui les ont. Nous n'avons d'autres richesses que d'hommes et nous allons mener une guerre d'infanterie. Ils tiennent le pays ? Nous serons la pluie et les ruisseaux qu'ils ne peuvent tenir. Nous serons le flot qui use, les vagues qui frappent la falaise, et la falaise n'y peut rien car elle est immobile ; ensuite, elle s'effondre. »

Il leva une main ouverte qui attira tous les regards ; il la ferma et il l'ouvrit plusieurs fois.

« Vous serez des groupes unis, légers comme des mains. Chacun sera un doigt, indépendant mais inséparable. Les mains se glissent partout en douceur, et fermées elles sont un poing qui frappe ; et ensuite redeviennent mains légères qui s'échappent et disparaissent. Nous nous battrons avec nos poings. »

Il mimait ses paroles devant les garçons enivrés, ses mains puissantes se fermaient en marteaux puis s'ouvraient en offrandes inoffensives. Il captivait l'attention, il assurait l'instruction sans le ridicule d'une baderne au cantonnement. Deux ans dans les bois l'avaient dégraissé, avaient affiné ses gestes, et quand il parlait c'était par images physiques que l'on voudrait vivre.

Il montra aussi des fusils Garand dont ils avaient reçu plusieurs caisses et beaucoup de munitions. Et les grenades, dangereuses d'emploi, car leurs éclats vont plus loin que la distance à laquelle on les lance si on les lance comme des cailloux ; il faut réapprendre le geste simple que connaissent les petits garçons : il faut apprendre à lancer avec le bras tendu en arrière ; il leur montra le plastic, cette pâte à modeler très douce aux doigts, qui explose si on la contrarie. Ils apprirent à monter et démonter la mitraillette Sten, faite de tubes et de barres, qui tire quoi qu'on lui fasse subir. Ils apprirent à tirer dans un vallon bordé de broussailles qui étouffaient les bruits, sur des cibles en paille déjà tout abîmées.

Salagnon découvrit qu'il tirait bien. Allongé dans les feuilles mortes, l'arme contre sa joue, la cible loin devant dans l'alignement de la mire, il se contentait de penser à une ligne qui atteint la cible pour que celle-ci s'abatte. Cela marchait toujours : une petite contraction du ventre, la pensée d'une ligne droite tracée jusqu'au but, et la cible s'abattait ; tout dans le même instant. Il fut tout content de manier si bien le fusil, il rendit l'arme avec un grand sourire. « C'est bien de tirer juste, dit l'officier instructeur. Mais ce n'est pas ainsi que l'on se bat. » Et il passa le fusil au suivant sans plus lui accorder d'attention. Salagnon mit du temps à comprendre. On n'a pas dans le combat le temps de s'allonger, de viser, de tirer ; et puis la cible aussi se cache, vous vise et tire. On tire comme on peut. Le hasard, la chance et la peur tiennent le plus grand rôle. Cela lui donna envie de dessiner.

Chez lui, lorsque son âme était agitée, ses doigts fourmillaient. L'atmosphère du maquis où l'on rêve de guerre au printemps agitait ses doigts sans but. Il tâtonnait autour de lui. Il trouva du papier. On leur avait envoyé des caisses de munitions et d'explosifs, la nuit. Les avions étaient passés au-dessus d'eux et ils avaient allumé une ligne de feux dans l'ombre ; des corolles blanches s'étaient ouvertes dans le ciel noir pendant que le bruit des avions s'éloignait. Il avait fallu retrouver les containers accrochés dans les arbres, démêler et replier les parachutes, ranger les caisses dans la ruine réparée, éteindre les feux, soupirer d'aise et entendre à nouveau les grillons cachés dans l'herbe.

En ouvrant une caisse de munitions Salagnon était tombé en arrêt devant le papier brun. Ses doigts avaient tremblé et sa bouche avait été envahie d'une brève émission de salive. Les balles de fusils étaient rangées dans des boîtes de carton gris, et les boîtes emballées d'un papier fibreux, doux comme une peau retournée. Il défit l'emballage sans rien déchirer. Il déplia chaque feuille, qu'il lissa, il les découpa aux pliures et obtint une petite liasse de la taille de deux mains ouvertes, ce qui est un format agréable. Roseval et Brioude qui effectuaient les mêmes tâches observaient ce soin maniaque. Ils avaient déballé sans ménagement les boîtes de balles, déchirant le papier qu'ils gardaient pour le feu.

« On peut savoir ce que tu fais ? demanda enfin Brioude.

— Un cahier. Pour dessiner. »

Ils rirent.

« C'est le moment de dessiner, mon vieux ? Moi, les crayons et les livres, je les ai laissés à l'école. Je ne veux même plus savoir ce que c'est. Fini. Tu veux dessiner quoi ?

— Vous.

— Nous ? » Ils rirent davantage. Puis s'arrêtèrent. « Nous ? »

Salagnon s'exécuta. Il avait dans une boîte métallique plusieurs crayons Conté de duretés différentes. Il les sortit enfin et les tailla au couteau. Il n'enleva de la mine que le nécessaire pour l'épointer. Roseval et Brioude prirent une pose : ils se firent héroïques, visage de trois quarts, poing sur la hanche ; Brioude mit le coude sur l'épaule de Roseval, qui avança la jambe en un déhanchement classique. Salagnon les croqua ; il travaillait avec bonheur. Les crayons laissaient des traces onctueuses sur le gros papier d'emballage. Quand il eut fini, il leur montra, et ils restèrent bouche bée. De l'argile tendre du papier jaillissaient deux statues d'ardoise. On pouvait les reconnaître, et l'héroïsme de parodie qu'ils affectaient s'était dépouillé de son ridicule : ils étaient deux héros fraternels, et sans rire ni faire rire, ils allaient de l'avant, construire un avenir.

« Fais-en un deuxième, demanda Brioude. Un chacun. »

Ils finirent de déballer les caisses sans abîmer le papier. Salagnon cousit un cahier qu'il relia de carton fort, celui d'une boîte de ration alimentaire envoyée d'Amérique ; le reste du papier, il le laissa libre : pour donner.

Ce fut à la fin de mai que les prés et les bois atteignirent leur plénitude. Les végétaux gonflés de lumière occupèrent enfin toute la place qu'ils pouvaient occuper. Leur vert allait s'uniformiser, les infinies nuances du vert allaient se réduire, et converger vers un émeraude plutôt sombre, terni et général. Aux verts électriques d'avril et de mai succédait enfin une douce pénombre d'eau profonde qui avait la force d'un âge de stabilité.

Les groupes de combat étaient formés et leurs membres se connaissaient bien. Chacun savait sur qui il pouvait compter, qui marchait devant, qui portait les munitions, qui donnait l'ordre de plonger à terre ou de courir. Ils savaient marcher en file sans distancer personne, ils savaient au signal disparaître dans les trous des chemins, derrière les pierres, derrière les troncs, ils savaient faire feu ensemble et s'arrêter ensemble, ils savaient vivre en groupe. Le colonel veillait à tout, à l'instruction militaire comme à l'entretien du camp. Il les persuadait d'un seul regard qu'un campement en ordre était déjà une arme contre l'Allemagne. Ils se sentaient grandir et s'assouplir, devenir forts.

Salagnon continua de dessiner ; cela se sut et on lui demanda des portraits. Le colonel décida que ce serait l'une de ses tâches.

Aux heures de l'après-midi consacrées à la sieste on venait poser devant lui. Il traçait dans son cahier des esquisses qu'il reprenait ensuite sur des feuilles libres. Il modelait des portraits héroïques de jeunes garçons montrant leurs armes, portant leurs bérets inclinés, leur chemise ouverte, des jeunes garçons sûrs d'eux-mêmes et souriants, fiers de leur allure, de leurs cheveux un peu trop longs, de leurs jeunes muscles frémissants qu'ils aimaient laisser voir.

On ne déchirait plus le papier d'emballage, on le traitait avec soin et on le portait à Salagnon en piles de feuillets bien lisses, au format le plus grand que permettaient les plis.

Il dessina aussi des scènes de camp, des jeunes gens endormis, le ramassage du bois et le nettoyage des casseroles, le maniement des armes et les rassemblements le soir autour du feu. Le colonel afficha plusieurs dessins au mur du grangeon qui servait de poste de commandement. Il les regardait souvent en silence, assis à son petit bureau fait de caisses parachutées, ou debout, rêveur, appuyé sur sa canne torsadée. Le spectacle de ces jeunes héros simplifiés par le dessin lui gonflait la poitrine. Il trouvait Salagnon précieux. Les crayons et le papier donnaient du cœur au ventre.

Il confia à Salagnon une série complète de Faber-Castell, une boîte de métal plat contenant quarante-huit crayons de couleurs différentes. Elle provenait de la serviette d'un officier allemand, volée à la préfecture avec les documents qu'elle contenait. Plusieurs suspects avaient été arrêtés, sans discernement, et tous torturés. Le responsable du vol fut dénoncé, puis exécuté. Les documents envoyés à Londres avaient servi au bombardement de plusieurs nœuds ferroviaires au moment où se triaient de précieux convois. Salagnon utilisa sans rien en savoir ces crayons payés de sang. Il mit davantage de profondeur dans les ombres, et utilisa des couleurs. Il fit des paysages, dessina des arbres, et les gros rochers couverts de mousse couchés à leurs pieds.

Comme l'encre lui manquait, il en improvisa à l'aide de graisse d'armes et de noir de fumée. D'un noir brillant, appliquée avec une spatule de bois, cette encre grossière donnait à certaines scènes et à certains visages un tour dramatique. Dans le camp, les jeunes gens se regardaient différemment ; Salagnon contribuait à ce qu'ils soient heureux de vivre ensemble.

Un soir du début de juin le ciel resta bleu foncé très longtemps. Les étoiles eurent du mal à apparaître, elles ne s'allumaient pas, une douce luminosité générale rendait inutile d'allumer des lanternes. Une tiédeur bleue empêchait les jeunes gens de dormir. Allongés dans l'ombre ou adossés aux rochers, ils picolaient du vin rouge volé dans l'après-midi. Le colonel avait autorisé l'expédition à condition qu'ils ne se fassent pas prendre, qu'ils appliquent les règles tant répétées, qu'ils ne laissent personne derrière eux.

Munis de seaux, de chignoles et de chevilles en bois, ils étaient descendus à la gare du bord de Saône. Ils s'étaient glissés entre les trains à l'arrêt sur l'aire de triage. Ils avaient repéré des wagons-citernes marqués d'un nom allemand, qui devait être leur destination. Les robinets en étaient scellés mais les citernes en bois ; alors ils avaient percé à la chignole et le vin avait jailli dans leur seau avec un bruit qui les avait fait rire. Les chevilles avaient servi à refermer les trous et ils étaient remontés, sans avoir été vus, transpirant sous un soleil vif, renversant un peu de vin et riant de plus en plus fort à mesure qu'ils s'étaient éloignés de la gare. Ils n'avaient perdu personne, étaient rentrés ensemble, et le colonel n'eut rien à redire. Il fit mettre le vin au frais dans la source et leur demanda d'attendre un peu pour le boire.

Dans la nuit qui ne se décidait pas à tomber vraiment, ils picolaient sans hâte, ils riaient par intermittence de quelques blagues et du récit plusieurs fois recommencé et enjolivé de leur expédition du jour. Les étoiles ne parvenaient pas à s'illuminer, le temps ne passait pas. Il était bloqué comme se bloque le balancier des horloges quand il arrive au bout de sa course : il reste immobile juste avant de repartir.

Dans le grangeon qui servait de poste de commandement brillait une lampe à pétrole dont la lueur jaune filtrait par les fentes de la porte. Le colonel avait rassemblé son état-major de fantaisie formé des chefs de groupe, ces très jeunes adultes en qui les garçons avaient confiance comme en de grands frères ou de jeunes professeurs, et ils discutaient à huis clos depuis des heures.

Salagnon passablement ivre était couché sur le dos à côté du seau. Il grattait l'herbe sous lui, l'herbe humide de rosée et de sève, ses doigts s'enfonçaient entre les radicelles et il sentait l'haleine froide qui montait du sol. Il sentait du bout des doigts la nuit monter en dessous de lui. Quelle idée de dire que la nuit tombe, alors qu'elle monte du sol et peu à peu envahit le ciel qui reste jusqu'au dernier moment la dernière source de lumière ! Il fixait une étoile unique suspendue au-dessus de lui, et il eut le sentiment de la profondeur du ciel, et il sentit contre son dos la Terre comme une sphère, une sphère géante contre laquelle il était plaqué, et cette sphère tournait dans l'espace, tombait indéfiniment dans l'immensité bleu sombre qui contient tout, au même rythme que l'étoile immobile au-dessus de lui. Ils fonçaient ensemble, plaqués à une grosse boule à laquelle ils s'accrochaient, les doigts enfoncés dans les racines de l'herbe. Cette présence de la Terre sous lui creusa en lui une joie profonde. Il pencha la tête, et les arbres se détachèrent en noir sur la nuit claire avec chacun un poids infini, et les rochers immobiles à leurs pieds brillaient légèrement, ils déformaient le sol de leur poids, et tout l'espace comme un drap était tendu du poids de toutes les présences des garçons couchés dans l'herbe, des arbres trapus et des rochers couverts de mousse, et cela lui procurait cette même joie profonde qui durait.

Il éprouva une bienveillance éternelle, sans limite, pour tous ceux qui, dans l'herbe autour de lui, puisaient avec lui dans un même seau de vin ; et la même bienveillance teintée d'espoir confiant pour ceux qui étaient rassemblés dans le grangeon, et pour ce colonel qui ne quittait jamais son képi bleu pâle de méhariste. Depuis des heures ils discutaient porte close autour de la seule lampe éclairée de tout le campement, dont dehors on voyait la lumière filtrer par les fentes de la porte, lumière jaune alors que tout dehors était bleu, ou noir.

La lampe à pétrole s'éteignit. Les chefs de groupe se joignirent à eux, burent avec eux jusqu'à ce que la nuit soit vraiment noire et que l'herbe soit trempée d'eau froide.

Le lendemain le colonel leur annonça avec cérémonie, devant eux tous alignés, devant le drapeau hissé en haut d'une perche, que la bataille de France venait de commencer. Il fallait descendre maintenant, et se battre.

COMMENTAIRES III

Une prescription d'antalgiques à la pharmacie de nuit

Ceci eut lieu une nuit dans la rue ; une nuit d'été où je marchais, où j'étais malade, où je ne pouvais plus, mais plus du tout, à cause des ravages causés en ma gorge par un rezzou viral, avaler ma propre salive. Je devais parler pour qu'elle s'évapore, bavasser sans cesse pour ne pas me noyer. Je marchais dans la nuit d'été, bouche ouverte, et j'entrevis une réalité qui jamais ne m'était apparue. Elle m'était restée cachée, je marchais dedans depuis toujours, je ne l'avais jamais reconnue. Mais cette nuit-là j'étais malade, la gorge déchirée par l'incursion d'un virus et je devais marcher bouche ouverte pour évaporer ma salive, je ne pouvais rien avaler ; je parlais tout seul dans les rues de Lyon en allant chercher des médicaments à la pharmacie de nuit.

Nous aimons l'émeute ; nous en aimons le frisson. Nous rêvons de guerre civile, pour jouer. Et si ce jeu occasionne des morts cela ne fait que le rendre intéressant. La douce France, le pays de mon enfance, est ravagée depuis toujours d'une terrible violence, comme ma gorge labourée de virus qui me fait tant souffrir, et je ne puis rien avaler. Alors je marche, bouche ouverte, et je parle.

Comment osé-je parler de tout mon pays ?

Je ne parle que de ma gorge. Le pays, c'est juste la pratique de la langue. La France est l'espace de la pratique du français, et ma gorge dévastée en est le lieu le plus matériel, le plus réel, le plus palpable, et cette nuit-là j'allais dans les rues pour la soigner, pour chercher des médicaments à la pharmacie de nuit. Dehors c'était juin, la nuit était douce, il n'était aucune raison de prendre froid. J'avais dû tomber malade à la manif, à cause des gaz et des cris.

En France nous savons organiser de belles manifestations. Personne au monde n'en fait de si belles car elles sont pour nous la jouissance du devoir civique. Nous rêvons de théâtre de rue, de guerre civile, de slogans comme des comptines, et du peuple dehors ; nous rêvons de jets de tuiles, de pavés, de boulons, de barricades mystérieuses érigées en une nuit et de fuites héroïques au matin. Le peuple est dans la rue, les gens sont en colère, et hop ! descendons, allons dehors ! allons jouer l'acte suprême de la démocratie française. Si pour d'autres langues la traduction de « démocratie » est « pouvoir du peuple », la traduction française, par le génie de la langue qui bat dans ma bouche, est un impératif : « Le pouvoir au peuple ! » et cela se joue dehors, par la force ; par la force classique du théâtre de rue.

Depuis toujours notre État ne discute pas. Il ordonne, dirige, et s'occupe de tout. Jamais il ne discute. Et le peuple jamais ne veut discuter. L'État est violent ; l'État est généreux ; chacun peut profiter de ses largesses, mais il ne discute pas. Le peuple non plus. La barricade défend les intérêts du peuple, et la police militarisée s'entraîne à prendre la barricade. Personne ne veut écouter ; nous voulons en découdre. Se mettre d'accord serait céder. Comprendre l'autre reviendrait à accepter ses paroles à lui en notre bouche, ce serait avoir la bouche toute remplie de la puissance de l'autre, et se taire pendant que lui parle. C'est humiliant, cela répugne. Il faut que l'autre se taise ; qu'il plie ; il faut le renverser, le réduire à quia, trancher sa gorge parlante, le reléguer au bagne dans la forêt étouffante, dans les îles où personne ne l'entendra crier, sauf les oiseaux ou les rats fruitiers. Seul l'affrontement est noble, et le renversement de l'adversaire ; et son silence, enfin.

L'État ne discute jamais. Le corps social se tait ; et quand il ne va pas bien il s'agite. Le corps social dépourvu de langage est miné par le silence, il marmonne et gémit mais jamais il ne parle, il souffre, il se déchire, il va manifester sa douleur par la violence, il explose, il casse des vitres et de la vaisselle, puis retourne à un silence agité.

Celui qui fut élu dit sa satisfaction d'avoir obtenu tous les pouvoirs. Il allait pouvoir gouverner, dit-il, enfin gouverner, sans perdre de temps à discuter. Aussitôt on répondit que ce serait grève générale, le pays paralysé, les gens dans la rue. Enfin. Le peuple, qui en a assez de l'ennui, des ennuis et du travail, se mobilise. Nous allons au théâtre.

Quand on voit les Anglo-Saxons protester, cela prête à sourire. Ils viennent un par un avec des pancartes en carton, des pancartes individuelles qu'ils tiennent par le manche, avec un texte qu'ils ont écrit et qu'il faut lire pour comprendre. Ils défilent, les Anglo-Saxons, et ils montrent aux caméras de la télé leur pancarte rédigée avec du soin et de l'humour. Ils sont encadrés de policiers débonnaires en tenue habituelle. On pourrait croire que leur police ne dispose pas de boucliers, de jambières, de longues matraques et de camions à lance d'eau pour dégager la rue. Leurs manifestations dégagent de la bienséance et de l'ennui. Nous avons les plus belles manifestations du monde, elles sont un débordement, une joie.

Nous descendons dans la rue. Les gens à la rue, c'est la réalité de tous les jours ; les gens dans la rue, c'est le rêve qui nous unit, le rêve français des émotions populaires. Je descendis dans la rue avec des chaussures qui courent vite et un tee-shirt serré qui ne laisse pas prise à qui voudrait m'attraper. Je ne connaissais personne, je rejoignis les rangs, je me plaçai derrière la banderole et repris en chœur les slogans. Car nous portons à plusieurs de grandes banderoles avec des phrases brèves en grosses lettres, avec de gros trous pour diminuer la prise au vent. Il faut être plusieurs à les porter, ces paroles de plusieurs mètres, et elles ondulent, elles sont difficiles à lire ; mais il n'est pas besoin de les lire, il faut qu'elles soient grandes, et rouges, et ce qui est écrit dessus nous le crions ensemble. Quand on manifeste, on crie et on court. Oh ! Joie de la guerre civile ! Les hoplites de la police barrent les rues, rangés derrière leur bouclier, leurs cnémides, leur casque, la visière rabattue qui les rend identiques ; ils battent leur bouclier de leur matraque et cela provoque un roulement continu, et bien sûr cela tourna mal. Nous étions venus pour ça.

La caillasse vola, un jet de grenades y répondit, un nuage s'éleva et se répandit dans la rue. « Tant mieux, nous combattrons à l'ombre ! » rirent ceux d'entre nous qui étaient venus casqués, cagoulés, armés de barres et de frondes, et ils commencèrent à descendre les vitrines. Notre gorge déjà brûlait, de gaz et de cris. Sous le vol de boulons lancés à la fronde, des vitrines tombaient en chute cristalline, dans un miroitement d'éclats.

Les policiers harnachés d'armes anciennes avancèrent dans la rue, manœuvrant avec un ordre de légion, la caillasse grêlant sur les boucliers de polycarbonate ; des salves de grenades explosaient avec un bruit cotonneux et chargeaient l'air de gaz urticants, des brigades de voltigeurs en civil fonçaient dans le tas, coxaient quelques agités et les ramenaient derrière le mur des boucliers qui avançait dans le roulement implacable des matraques. Quel bruit ! La banderole tomba, je la ramassai, la relevai, la tint au-dessus de moi avec un autre et nous fûmes en tête de cortège, puis nous la lançâmes et courûmes. Oh ! Joie de la guerre civile ! joie du théâtre ! Nous courûmes à côté des vitrines qui s'effondraient à mesure de notre passage, nous courûmes le long de magasins éventrés où des jeunes gens masqués d'une écharpe se servaient comme dans leur cave, avant de fuir eux aussi, devant d'autres jeunes gens à la mâchoire volontaire. Et ceux-ci couraient plus vite, ils portaient des brassards orange et quand ils avaient plaqué au sol un jeune homme masqué ils sortaient de leur poche des menottes. Moi je courais, j'étais venu pour cela, une manif sans course éperdue est une manif ratée, je m'échappais par les rues de traverse.

Le ciel virait au rose, le soir tombait, un vent froid balaya les effluves de gaz. La sueur coulait le long de mon dos et ma gorge me faisait mal. Dans le quartier où avait eu lieu le cortège des voitures roulaient au pas, occupées de quatre hommes à la mâchoire volontaire, chacun regardant par une fenêtre différente ; ils roulaient sur des débris de verre. Il flottait là une odeur de brûlé, traînaient à terre des vêtements, des chaussures, un casque de moto, des taches de sang.

Moi, j'avais mal, affreusement mal.

Le gouvernement qui s'était trop avancé recula ; il neutralisa les mesures prises dans la précipitation par des contre-mesures prises dans l'affolement. L'ensemble s'équilibra comme à l'habitude : le compromis que l'on ne discute pas fut inefficace, et encombrant. Le génie français construit ses lois comme il construit ses villes : les avenues du code Napoléon en constituent le centre, admirable, et autour s'étendent des bâtisses au hasard, mal faites et provisoires, reliées d'un labyrinthe de ronds-points et de contresens inextricables. On improvise, on suit plus le rapport de forces que la règle, le désordre croît par accumulation des cas particuliers. On garde tout ; car ce serait provocant que d'appliquer, et perdre la face que de retirer. Alors on garde.

Oh comme j'ai mal !

Il était juin pourtant, et j'avais mal d'une maladie de froid, ma gorge me faisait souffrir, ma gorge était atteinte, la gorge qui est l'organe, la gorge qui est la cible. Ordonnance en poche j'allais à pied dans les rues de Lyon chercher des médicaments à la pharmacie de nuit. Je traversais la ville en pleine nuit, en gardant la bouche ouverte pour que ma salive s'évapore. Je ne pouvais rien avaler, même venu de moi, les fonctions naturelles de la bouche étaient bloquées par la douleur, alors je marchais bouche ouverte et je parlais pour évaporer ma salive, pour ne pas périr noyé de moi, trop rempli de sécrétions qui ne passent pas.

Je marchais sur les trottoirs de la nuit où erraient des ombres ; je m'écartais pour ne pas les heurter ces bois flottés, ces couples serrés, ces solitaires errants, ces groupes agités. Je les croisais sans les voir, tout occupé de ma douleur, et je croisais des voitures blanches au ralenti décorées de bandes bleues et rouges et chargées d'hommes en combinaison qui regardaient par les vitres. Le mot POLICE était peint en grosses lettres sur ces voitures, et aussi sur les camionnettes garées au bord du trottoir, décorées de la même façon et chargées de ces mêmes jeunes gens qui surveillaient les ombres.

Ô douce France ! Mon cher pays de fraîcheur et d'enfance ! Ma douce France si calme et si policée… passe encore une voiture au ralenti chargée de jeunes gens athlétiques… dans l'aquarium de la nuit elle nage sans aucun bruit jusqu'à moi, me regarde puis repart. Les nuits d'été sont lourdes et dangereuses et les rues du centre sont quadrillées, toute la nuit ils circulent : la présence policière affichée permet la pacification. Oui, la *pacification* ! Nous pratiquons la *pacification* au cœur même des villes de France, au cœur même de l'autorité, car l'ennemi est partout. Nous ne connaissons pas d'adversaire, juste l'ennemi, nous ne voulons pas d'adversité qui engendrerait des paroles sans fin, mais de l'inimitié, car celle-ci nous savons la traiter par la force. Avec l'ennemi on ne parle pas. On le combat ; on le tue, il nous tue. Nous ne voulons pas parler, nous voulons en découdre. Au pays de la douceur de vivre et de la conversation comme l'un des beaux-arts, nous ne voulons plus vivre ensemble.

Moi je m'en moque, j'ai mal, je marche et je parle, je parle pour dissiper ce qui sinon me noierait ; et si je pense à mon pays c'est pour me donner à parler, car je ne dois pas m'interrompre de tout mon trajet à travers les rues de Lyon, sinon j'en serais réduit à baver pour ne pas mourir étouffé.

Je pense à la France ; mais qui peut dire sans rire, qui peut dire sans faire rire, qu'il pense à la France ? Sinon les grands hommes, et seulement dans leurs mémoires. Qui, sinon de Gaulle, peut dire sans rire qu'il pense à la France ? Moi j'ai juste mal et je dois parler en marchant jusqu'à ce que j'atteigne la pharmacie de nuit qui me sauvera. Alors je parle de la France comme de Gaulle en parlait, en mélangeant les personnes, en mélangeant les temps, confusant la grammaire pour brouiller les pistes. De Gaulle est le plus grand menteur de tous les temps, mais menteur il l'était comme mentent les romanciers. Il construisit par la force de son verbe, pièce à pièce, tout ce dont nous avions besoin pour habiter le XXe siècle. Il nous donna, parce qu'il les inventa, les raisons de vivre ensemble et d'être fiers de nous. Et nous vivons dans les ruines de ce qu'il construisit, dans les pages déchirées de ce roman qu'il écrivit, que nous prîmes pour une encyclopédie, que nous prîmes pour l'image claire de la réalité alors qu'il ne s'agissait que d'une invention ; une invention en laquelle il était doux de croire.

Chez soi est la pratique du langage. La France est le culte du livre. Nous vécûmes entre les pages des *Mémoires* du Général, dans un décor de papier qu'il écrivit de sa main.

Je marchais dans la rue, la nuit, la gorge à vif, et la violence muette qui toujours nous accompagne m'accompagnait aussi. Elle allait par en dessous, sous mes pas, sous le trottoir : la taupe cannibale de la violence française rampait sous mes pas sans se faire voir. De temps à autre elle sort pour respirer, prendre l'air, happer une proie, mais elle est toujours là, même quand on ne la voit pas. On l'entend gratter. Le sol est instable, il peut céder à tout moment, la taupe peut sortir.

Trêve ! Trêve de tout cela ! Mais je ne peux rien avaler. Ma salive s'évacue au-dehors, se diffuse en bavardage, j'échange ma douleur contre un flot de paroles, et ce flot qui sort de moi me sauve de la noyade en mes propres liquides. Je suis habité du génie français, je trouve des solutions verbales à mes douleurs, et ainsi en parlant je survis à des maladies de froid que j'attrape durant les mois d'été.

J'arrivai enfin à la pharmacie de nuit. Je ferais mieux de me taire. En public, dans la queue, je ravalai ma douleur.

La queue tendue formait un arc dans l'officine bien fermée qui pouvait à peine nous contenir. Nous essayions de ne pas croiser nos regards, et ce que nous pensions nous le gardions pour nous. Il s'agissait de soupçons. Car qui vient à la pharmacie de nuit sinon les épaves qui ne savent plus quand est le jour ? sinon les drogués qui cherchent des molécules qu'ils connaissent bien mieux qu'un étudiant en médecine ? sinon des malades qui ne peuvent attendre le lendemain, donc des malades en état d'urgence, donc de grands corps purulents qui contaminent tout ce qu'ils touchent ? Et cela dure, cela dure toujours trop, car les gens se traînent dans la pharmacie de nuit, les mouvements ralentissent, le mouvement existe à peine, n'existe plus, et l'inquiétude grossit, l'inquiétude occupe le petit espace où nous sommes trop nombreux, où nous faisons la queue, portes closes.

Un préparateur au nom africain assurait le service sans jamais élever la voix ni accélérer son geste. Son visage rond, noir et bien lisse, ne laissait aucune prise aux regards impatients. Nous ne nous regardions pas de peur de nous contaminer, et nous le regardions, lui qui délivrait les médicaments, et il n'allait pas assez vite. Il lisait les ordonnances avec soin, il vérifiait plusieurs fois, il hochait la tête sans rien dire mais avec un air de soupçon, il questionnait dans un soupir, il jaugeait l'allure de son client ; puis il partait dans l'arrière-boutique aux étagères et rapportait ceci de très urgent que le malade attendait en se balançant d'une jambe sur l'autre, muet, bouillonnant d'une colère impossible à dire, malade.

Derrière la porte à vitrage blindé que l'on avait close à 22 h 30, de jeunes garçons athlétiques allaient et venaient en groupe, s'interpellaient, hurlaient au téléphone, s'esclaffaient en se tapant dans les mains. Ils venaient la nuit et jouaient à marcher sur le trottoir, à tenir les murs, à se bousculer avec des rires et regarder les passants de haut ; ils venaient la nuit juste ici, devant la pharmacie de nuit, dans le carré de lumière que découpait sur le trottoir la porte vitrée, épaisse, close et verrouillée dès 22 h 30. Ils venaient comme des papillons de nuit, ils s'agitaient derrière la porte fermée, fermée pour eux car ils étaient sans ordonnance. Ils ne connaissaient pas la fatigue. Ils passaient en jetant chaque fois un regard, ils s'exclamaient, ils se tapaient dans les mains avec des rires. Le flux des victimes les excitait, le flux d'argent les excitait, le flux des médicaments qui sortaient de là les excitait ;

ils regardaient les passants de haut, et même sans rien dire tout le monde comprenait. Cela les faisait rire l'inquiétude des malades qui devaient passer entre les chahuteurs, les clients tête baissée et l'ordonnance à la main, qui tâchaient de ne rien voir et devaient traverser leur groupe pour sonner à la porte, et attendre, pour quémander, l'air de ne rien espérer d'autre que l'ouverture de la pharmacie de nuit.

Une dame à l'intérieur, une dame dans la queue, dit : « Je ne sais pas ce qu'ils ont, mais je les trouve bien excités ces jours. » Une ondulation d'acquiescement parcourut la queue. Tout le monde comprenait sans se regarder, sans relever les yeux, sans qu'il soit besoin de préciser. Mais personne ne voulait en parler, car ceci ne se parle pas : ceci s'énonce, et se croit.

La tension montait au début de l'été ; la tension montait dans les brèves nuits tièdes. De jeunes garçons athlétiques allaient dans la rue torse nu. Le préparateur au nom africain vérifiait la validité des ordonnances, demandait des preuves d'identité, des garanties de paiement. Du coin de l'œil il surveillait le carré de lumière projeté sur le trottoir, traversé encore et encore par des jeunes gens hilares qui roulaient les épaules.

Quand un client était servi, il lui ouvrait la porte à l'épreuve des balles avec un gros trousseau de clés. Il entrebâillait, laissait le passage, et refermait derrière avec un bruit de clés qui s'entrechoquent et de joint caoutchouc qui ferme sans même laisser passer l'air. Le client se trouvait enfermé dehors, seul sur le trottoir, serrant contre son ventre un sac de papier blanc marqué d'une croix verte, et cela provoquait une agitation chez les jeunes gens qui allaient et venaient sur le trottoir, une agitation ironique comme celle des moustiques qui s'approchent et repartent, sans se poser, sans être vus, avec un petit vrombissement qui est un rire, et le client tout seul dans la nuit devait traverser le groupe de garçons athlétiques en serrant son petit sac plein de petits cartons, plein de précieux principes actifs qui devaient le guérir, il devait traverser le groupe, éviter leurs trajectoires, échapper à leurs regards, mais il ne se passait jamais rien ; juste l'inquiétude.

Le préparateur ne laissait entrer que ceux dont il jugeait la mine convenable, ceux qui sonnaient et montraient leur ordonnance. Il acceptait d'ouvrir, ou pas. Il ne disait rien de plus. Il lisait les ordonnances, vérifiait l'étiquette des petites boîtes, contrôlait les moyens de paiement. Rien de plus. Il effectuait les gestes du commerce, il n'était pas plus là qu'une machine, il distribuait des boîtes de principes actifs. Dans la pharmacie de nuit pleine de grands malades, qui faisaient la queue en essayant de ne pas se voir, la tension montait. Son visage rond et noir, les yeux baissés sur l'écran de sa caisse, ne laissait aucune prise.

Une petite femme maigre s'avança croyant son tour arrivé. Un bel homme aux yeux intenses s'interposa, nez conquérant et belle mèche en travers du front. Il fut cassant, profitant de sa taille et de son élégance : « Vous n'avez pas remarqué que j'étais avant vous ? » Elle bredouilla, mais sans rougir — sa peau toute sèche ne le pouvait pas. Elle tremblait. Elle céda le passage avec des excuses inaudibles. Il avait l'air intelligent, prospère, vêtu de lin élégamment froissé, et elle, petite et maigre, montrait de partout son usure, et je ne me souviens pas de ses vêtements. Il fut aussitôt féroce, prêt à la frapper, elle était craintive.

L'immensité liquide tout obscure battait les flancs de la pharmacie de nuit. Le carnaval imprévisible avait lieu autour, des ombres errantes allaient dans les rues, qui ressemblaient à des gens mais c'étaient des ombres ; les ombres errantes venaient se faire voir dans le carré de lumière, un instant devant la porte close, leurs dents brillaient un instant, leurs yeux dans leurs visages sombres, et nous nous serrions à l'intérieur de l'officine close, attendant notre tour, furieux qu'il n'arrive pas ; craintifs qu'il n'arrive pas. On nous distribuait des calmants.

L'homme sûr de lui posa son ordonnance en la frappant sur le comptoir, il la déplia, il maugréait que ce n'était pas possible, vraiment pas possible, mais c'était toujours comme ça. Il montra une ligne en la tapotant de l'index, plusieurs fois.

« Je veux seulement ça.

— Et le reste ? Le médecin vous a prescrit l'ensemble.

— Écoutez, le médecin est un ami. Il sait ce dont j'ai besoin. Il me donne le reste pour m'arranger avec les remboursements. Mais je sais ce que je fais. Je sais ce que je prends. Donnez-moi ce que je demande. »

Il segmentait ses phrases, il martelait la ponctuation, il parlait de l'air entendu de celui qui a décidé, il parlait du ton de celui qui en sait autant que le médecin, et toujours plus qu'un préparateur africain qui assure les permanences de la nuit. Il avait l'air de vouloir en découdre. La petite femme usée avait reculé de plusieurs pas. Elle prenait l'air soumis qui pourrait lui éviter les coups, et l'autre lui jetait des regards furieux qui s'accumulaient sur ses épaules fragiles d'os et de carton. Nous étions tous dans la queue silencieuse de la pharmacie de nuit, nous ne voulions pas nous parler car nous étions peut-être fous ou déviants ou malades, nous ne voulions rien savoir car pour savoir il aurait fallu le contact, et le contact est dangereux, il irrite, il contamine, il blesse. Nous voulions nos médicaments, qui calment nos douleurs.

Elle avança un petit peu, sans y penser, la petite femme usée ; elle avait peur sans doute de perdre encore plus que la place qu'elle avait cédée, alors elle fit un pas sur la zone vide qui entourait cet homme tendu, cet homme hérissé de pointes comme les détonateurs autour des mines qui flottent. Elle effleura son espace, elle aurait pu lire l'ordonnance, alors il posa la main dessus comme une gifle, il la désintégra de son regard, elle battit en retraite.

« Mais ce n'est pas possible ! hurla-t-il. C'est toujours comme ça ! Ils ne restent jamais à leur place ! Toujours à resquiller ! Il faut avoir les yeux dans le dos ! »

Il frappa plusieurs fois l'ordonnance. Il remonta sa mèche d'un beau geste ; ses vêtements de lin fluide suivaient ses mouvements.

« Je veux ceci », dit-il avec toute la menace dont il était capable.

Le préparateur ne laissait rien paraître, ses traits ronds ne bougeaient pas, sa peau noire ne montrait rien, et l'homme en colère balaya encore sa belle mèche. Ses yeux étincelaient, son teint virait au rouge, sa main tremblait sur le comptoir ; il aurait voulu frapper encore, frapper le comptoir, frapper l'ordonnance, frapper encore autre chose pour se faire entendre de cet indifférent.

« Alors tu le donnes, ce médicament ! » hurla-t-il au visage du préparateur, qui ne frémit pas.

Le gros type devant moi, un grand à moustaches dont la bedaine tirait les boutons de sa chemise, se mit à respirer plus fort. Par la vitre épaisse on voyait les jeunes gens oisifs passer et repasser, jeter à chaque passage un regard sur nous enfermés, un regard qui nous provoquait. Cela tournait mal. Mais je ne disais rien, j'avais mal.

Le bel homme arrogant vêtu de lin tremblait de rage d'être assimilé à la tourbe des malades dans une pharmacie de nuit, et la petite femme usée derrière lui, le plus loin possible maintenant, tremblait comme elle avait toujours dû trembler. Peut-être allait-il se retourner et la gifler, comme on gifle une enfant qui agace, juste pour se calmer et montrer qui domine la situation. Et elle, après la gifle, hurlerait d'un ton suraigu et se roulerait par terre en tremblant de tous ses membres ; ou bien elle relèverait pour une fois la tête et se précipiterait sur lui et le martèlerait de ces petits coups de poing que donnent les femmes en pleurant ; elle pourrait aussi ne rien dire : juste supporter la gifle avec un craquement dans son dos, qui la ferait se tenir plus courbée encore, secouée de sanglots silencieux, encore plus repliée, encore plus usée.

Et l'autre type, le grand moustachu à bedaine, qu'aurait-il fait devant une petite femme qui s'effondre, ou devant une petite femme qui se révolte avec des pleurs de fausset, ou devant une petite femme qui s'efface encore un peu plus de la surface de la Terre ? Qu'aurait-il fait ? Il aurait respiré plus fort, son souffle aurait atteint le régime d'un aspirateur à pleine puissance, il aurait pu avancer, mouvoir sa masse et coller une mandale au sale type. L'élégant serait tombé le nez en sang en hurlant des protestations, il aurait entraîné dans sa chute l'étagère aux gélules amaigrissantes et le grand moustachu serait resté là, à se masser le poing et respirer encore plus fort, avec peine, comme une mobylette en côte manque d'étouffer, sa bedaine tremblant entre les boutons de sa chemise dont peut-être un sauterait. L'autre à quatre pattes l'aurait agoni de menaces juridiques mais sans se relever, et le préparateur africain, impassible car il en avait vu d'autres, aurait tenté de calmer le jeu. « Allons. Messieurs. Du calme. » Aurait-il dit. Et la petite femme aurait eu le mouvement de porter secours à l'arrogant sanguinolent à quatre pattes en jetant des regards de lourds reproches à la brute à moustaches qui décidément respirerait de plus en plus mal, très mal, et il risquerait l'engorgement du cœur, l'obstruction des bronches, l'arrêt de tout trafic dans ses étroites artères, bien trop réduites, trop resserrées, de bien trop faible capacité pour la violence dont il était capable.

Le préparateur continuerait de gérer son stock sur sa caisse électronique en tapotant l'écran d'un doigt léger, et il continuerait d'appeler au calme d'une voix mesurée : « Allons, messieurs ! Voyons, madame ! », tout en songeant à la bombe lacrymogène dans le tiroir sous la caisse dont il aurait bien aspergé tout le monde. Mais ensuite il aurait fallu aérer, et la seule porte possible était celle qui donne sur la rue, et celle-là on ne pouvait l'ouvrir, car dans la rue traînaient des gens qu'il fallait garder dehors. Alors il appelait au calme, en rêvant de mitrailler tout le monde, pour que cela s'arrête.

Qu'aurais-je fait dans cette explosion de violence française ? J'avais mal. Le virus dévastait ma gorge, j'avais besoin d'un antalgique, j'avais besoin qu'on transforme ma douleur en une absence feutrée dont je ne saurais plus rien. Alors je ne dis rien ; j'attendis mon tour ; j'attendis que l'on me donne.

Bien sûr il ne se passa rien. Que voulez-vous qu'il se passe dans une pièce fermée, cadenassée avec une porte en verre à l'épreuve des balles ? Quoi, sinon l'étouffement ?

Le commerce continua. Le préparateur en soupirant donna ce que l'autre demandait. Il s'en lavait les mains. Quand l'autre eut obtenu ce qu'il exigeait, il lança un « Tout de même ! » excédé et sortit à grands pas en fusillant la queue d'un regard adressé à tous. Le préparateur lui ouvrit et regagna le comptoir. « C'est à qui ? » La nuit pour lui s'écoulait sans incidents. La file avança. La petite femme donna une ordonnance chiffonnée qui avait beaucoup servi, elle pointa une ligne d'un doigt tremblant, quémanda, et il accepta d'un haussement d'épaules. Il distribuait des psychotropes, il distribuait des somatotropes ; à celui qui connaissait son médecin il donnait ce qu'il voulait, aux autres il donnait ce qui était écrit, à certains il accordait un supplément ; la légalité fluctuait, la violence l'infléchissait, les faveurs distribuées adoucissaient les heurts.

Je sortis enfin avec les médicaments. On m'ouvrit et on referma, je traversai le groupe agité sur le trottoir et il ne se passa rien.

Dans la nuit passaient des ombres ; des gens parlent tout seuls dans la nuit mais on ne sait plus maintenant s'il s'agit de fous ou s'ils portent des téléphones cachés. La chaleur du jour sortait des pierres, une tension lourde vibrait dans l'air, deux voitures de police chargées d'hommes jeunes se croisèrent au ralenti, se firent un discret appel de phares et continuèrent leur glissement sans remous. Ils cherchaient la source de la violence, et lorsqu'ils la trouveraient, ils seraient prêts à bondir.

Oh, comme tout va mal ! Je ne peux rien avaler. Je me demande de quelle maladie je souffre qui m'oblige ainsi à parler pour évaporer cette salive qui sinon me noierait. Quelle maladie ? Un rezzou de virus, venu du grand désert extérieur ? Et suite à cette attaque c'est ma propre défense qui ravage ma propre gorge ; mon système immunitaire épure, il pacifie, il extirpe, il liquide mes propres cellules pour en extraire la subversion. Les virus ne sont qu'une parole, un peu d'information véhiculée par la sueur, la salive ou le sperme, et cette parole s'introduit en mes cellules, se mêle à ma parole propre, et ensuite mon corps parle la langue du virus. Alors le système immunitaire exécute mes propres cellules une par une, pour les nettoyer de la langue de l'autre qui voudrait murmurer tout au cœur de moi.

On éclaire partout les rues mais elles font toujours peur. On éclaire tant que l'on pourrait lire au pied des lampadaires, mais personne ne lit car personne ne reste. Rester dans la rue ne se fait pas. On éclaire bien, partout, l'air lui-même semble luire, mais cet éclairage est une tromperie : les lampes créent plus d'ombre que de lumière. Voilà le problème des lumières : l'éclairage renforce toutes les ombres qu'il ne dissipe pas aussitôt. Comme sur les plaines désolées de la Lune, le moindre obstacle, la moindre aspérité crée une ombre si profonde qu'on ne peut la distinguer d'un trou. Alors dans la nuit contrastée on évite les ombres au cas où il s'agirait vraiment de trous.

On ne reste pas dehors, on file, et des voitures au ralenti passent le long des trottoirs à l'allure des passants, elles les dévisagent de tous leurs yeux à travers leurs vitres sombres, et vont plus loin, glissent le long des rues, cherchent la source de la violence.

Le corps social est malade. Alité il grelotte. Il ne veut plus rien entendre. Il garde le lit, rideaux tirés. Il ne veut plus rien savoir de sa totalité. Je sais bien qu'une métaphore organique de la société est une métaphore fasciste ; mais les problèmes que nous avons peuvent se décrire d'une manière fasciste. Nous avons des problèmes d'ordre, de sang, de sol, des problèmes de violence, des problèmes de puissance et d'usage de la force. Ces mots-là viennent à l'esprit, quel que soit leur sens.

J'allais dans la nuit comme une ombre folle, un spectre parlant, une logorrhée qui marche. Je parvins enfin chez moi et dans ma rue un groupe de jeunes gens s'agitait sous un lampadaire. Ils tournaient autour du scooter de l'un d'eux garé sur le trottoir, et lui torse nu avait gardé son casque, la bride défaite battant sur ses épaules.

Dans ma rue déserte, fenêtres éteintes, j'entendais de loin leurs éclats de voix sans distinguer leurs mots ; mais leur phrasé précipité me révélait ce que j'avais besoin de savoir : d'où ils venaient. J'apprenais de loin, par le rythme, de laquelle de nos strates sociales héréditaires ils étaient issus. Aucun n'était assis, sauf le casqué, sur la selle de son scooter. Ils s'appuyaient au mur, arpentaient le trottoir, balayaient l'air avec des gestes de basketteurs ; ils exploraient la rue en quête d'une aventure, même infime. Ils faisaient tourner une grande bouteille de soda à laquelle ils buvaient tour à tour avec de longs gestes appuyés, la tête très en arrière.

Je les traversai, ils s'écartèrent. Ils eurent des sourires d'ironie, ils dansèrent autour de moi, mais je passai, je n'avais pas peur, je ne dégageais pas la moindre odeur de peur, j'avais mal, trop occupé à ne pas étouffer. Je les traversai en marmonnant comme je marmonnais depuis le début de la nuit, grommelant pour moi-même ces paroles évaporantes que personne ne pouvait comprendre ; cela les fit rire. « Eh, monsieur, vous allez exploser votre forfait à parler comme ça dans la nuit. »

J'avais mal, je souffrais d'angine nationale, d'une grippe française qui tord la gorge, d'une maladie qui enflamme l'intérieur du cou, qui attaque l'organe précieux des paroles et fait jaillir ce flot de verbe, le verbe qui est le vrai sang de la nation française. La langue est notre sang, elle s'écoulait de moi.

Je dépassai le groupe sans répondre, j'étais trop occupé, et je n'avais pas compris les allusions à l'objet technique. Le rythme de leur langue n'était pas tout à fait le mien. Ils s'agitaient sans bouger, ces garçons, comme des casseroles laissées sur le feu, et leur surface ondulait de bulles venues de l'intérieur. Je les dépassai, allai vers ma porte. Je me foutais de l'extérieur. J'avais juste mal et je serrais dans ma main le petit sachet de médicaments de plus en plus froissé à chacun de mes pas. Dans le papier, dans les petits cartons, était ce qui allait me soigner.

Une voiture sous-marine décorée de bandes bleues et rouges glissa le long de la rue. Elle s'arrêta au niveau du groupe. Quatre jeunes gens en combinaison sortirent ensemble. Ils étirèrent leurs muscles, ils remontèrent d'un même geste leur ceinture cliquetante d'armes. Ils étaient jeunes, forts, quatre, les membres comme des ressorts, et pas un n'était plus vieux que les autres pour les tenir en laisse. Pas un seul n'était plus âgé, plus lent, pas un seul n'était un peu détaché du monde comme le sont ceux qui ont un peu vécu, pas un seul qui puisse ne pas réagir aussitôt, pas un qui puisse retarder la mise en œuvre de cette puissance de feu. Ils étaient quatre de même âge, ces hommes d'armes dont on a aiguisé les mâchoires de fer, très jeunes, et personne n'était là pour leur tenir la bride. Les hommes plus âgés ne veulent plus patrouiller dans les nuits de juin, alors on laisse rouler dans la rue des grenades dégoupillées, on laisse des jeunes gens tendus chercher à tâtons dans la nuit d'autres jeunes gens tendus qui jouent à leur échapper.

Les jeunes gens aux vêtements sobres et bleus s'approchèrent des jeunes gens vêtus de flou multicolore, et même l'un d'eux torse nu. Ils saluèrent d'une ébauche de gestes et demandèrent les papiers de tout le monde et ceux du scooter. Ils détaillèrent les cartons plastifiés, en inspectant l'alentour, les gestes ralentissaient. De l'index sans se baisser ils désignèrent un mégot au sol ; ils le firent ramasser pour examen. Les gestes devinrent encore plus lents, plus précautionneux. Chacun dut vider ses poches et fut palpé par un homme en bleu, pendant qu'un autre guettait les gestes, une main sur sa ceinture d'armes. Cela durait. Ils cherchaient ; et chercher longtemps mène toujours à trouver. Les gestes encore ralentis s'approchaient de l'immobilité. Cela ne pouvait durer. L'immobilité ne peut durer longtemps. Le corps est un ressort et répugne à l'immobilité. Il y eut une secousse, des cris, le scooter tomba. Les jeunes gens s'enfuirent dans l'ombre et il n'en resta qu'un, torse nu, étendu à terre, son casque ayant roulé un peu plus loin, maîtrisé par deux athlètes en bleu. Menotté il fut conduit dans la voiture. Dans le silence de ma rue la nuit j'entendis clairement ce qu'ils disaient dans la radio. Sur les façades de ma rue quelques fenêtres s'allumèrent, des visages apparurent dans l'embrasure des rideaux. J'entendis l'énoncé du motif : « Entrave au contrôle. Résistance à agent. Délit de fuite. » Entendis-je parfaitement. J'étais dans la rue mais on ne me demanda rien. Enfermé dans ma physiologie je ne redoutais rien, enfermé en moi je n'avais rien d'autre à faire que d'effacer ma douleur. Les fenêtres une par une s'éteignirent, la voiture repartit avec un passager de plus, le scooter resta couché sur le trottoir, le casque resta dans le caniveau.

On arrête pour résistance à l'arrestation : le motif est merveilleusement circulaire. D'une logique juridique impeccable, mais circulaire. Le motif est rationnel aussitôt qu'il est apparu ; mais comment apparaît-il ?

Il ne s'était sûrement rien passé ce soir-là dans ma rue. Mais la situation est si tendue qu'un choc infime produit un spasme, une défense brutale de tout le corps social comme lors d'une vraie maladie ; sauf qu'ici il n'est point d'ennemis, sauf une certaine partie de soi.

Le corps social tremble de mauvaise fièvre. Il ne dort pas, le corps social malade : il craint pour sa raison et son intégrité ; la fièvre l'agite ; il ne trouve pas sa place dans son lit trop chaud. Un bruit inattendu compte pour lui comme une agression. Les malades ne supportent pas que l'on parle fort, cela leur fait aussi mal que si on les frappait. Dans la chaleur déréglée de leur chambre les malades confondent l'idée et la chose, la crainte et l'effet, le bruit des mots et les coups. Je fermai derrière moi, je n'allumai pas, la lumière du dehors suffirait bien. J'allai au robinet me verser un verre d'eau, j'avalai les médicaments que l'on m'avait prescrits, et je m'endormis.

L'esprit tient par un fil. L'esprit chargé de ses pensées est un ballon d'hélium tenu par un enfant. L'enfant est heureux de tenir ce ballon, il a peur de le lâcher, il tient fort le fil. Les psychosomatotropes vendus en pharmacie délient de l'inquiétude, les médicaments ouvrent la main. Le ballon s'envole. Les psychosomatotropes achetés en pharmacie favorisent un sommeil détaché du monde physique, où les idées légères apparaissent comme vraies.

Comment arrivent-ils à les reconnaître dans la nuit ?

La grammaire vécue n'est pas la grammaire théorique. Quand j'use d'un pronom, il est une boîte vide, me dit la grammaire que je lis dans les livres ; rien, absolument rien ne me dit de qui il s'agit. Le pronom est une boîte, rien ne dit son contenu, mais le contexte le sait. Tout le monde le sait. Le pronom est une boîte fermée, et tout le monde sans avoir besoin de l'ouvrir sait ce qu'elle contient. On me comprend.

Comment font-ils pour les reconnaître ? La tension aiguise les sens. Et la situation en France est plutôt tendue. Un ticket jeté, et une gare est mise à sac, livrée aux flammes. J'exagère ? Je suis en deçà. Je pourrais aligner de pires horreurs, toutes vraies. La situation en France est tendue. Un ticket de métro jeté sur le sol d'une gare a déclenché une opération militarisée de maintien de l'ordre.

Une étincelle et tout brûle. Si la forêt brûle, c'est qu'elle était sèche, et embroussaillée. On traque l'étincelle ; on veut coxer le contrevenant. On veut l'avoir, celui qui produisit l'étincelle, l'attraper, le nommer, démontrer son ignominie et le pendre. Mais des étincelles il s'en produit sans cesse. La forêt est sèche.

Un contrôleur demanda un jour son ticket à un jeune homme. Celui-ci venait de le jeter. Il proposa de revenir en arrière pour le retrouver. Le contrôleur voulut le tirer à l'écart pour constater le délit. Le jeune homme protesta ; le contrôleur insista brutalement, il n'avait pas à négocier la loi. Il s'ensuivit une confusion que l'ensemble des témoignages ne parvint pas à expliquer. Sur le début des violences les témoignages se contredisent toujours. Les actes apparaissent par sauts quantiques, les événements sont d'une nature nouvelle, dont l'advenue est probabiliste. L'acte aurait pu ne pas avoir lieu, il eut lieu, il fut donc inexplicable. On peut juste le raconter.

Les événements s'enchaînèrent dans une logique d'avalanche : tout tomba car tout était instable, tout était prêt. Le contrôleur essayait de tirer à l'écart le contrevenant ; et celui-ci protestait. Des jeunes gens s'agglutinèrent. La police arriva. Les jeunes gens hurlèrent des insanités. La police militarisée chargea pour dégager la gare. Les jeunes gens coururent et lancèrent de petits objets, puis des gros qu'ils descellèrent à plusieurs. La police se disposa selon les règles. Les hommes en armure se rangèrent en ligne derrière leurs boucliers. Ils lancèrent des grenades, chargèrent, interpellèrent. Les gaz remplirent la gare. Le métro déversait de nouveaux jeunes gens. Il n'était point la peine de leur décrire la situation : ils choisissaient leur camp sans qu'on leur explique. Tout est si instable ; l'affrontement est prêt.

La gare fut jonchée de verre, remplie de gaz, dévastée. Des gens sortirent en pleurs, courbés, se tenant les uns aux autres par les épaules. Des cars bleus aux vitres grillagées stationnaient autour. La circulation fut interrompue, des barrières métalliques furent tirées en travers des rues, les accès furent filtrés par des policiers en tenue, et aussi par des piquets d'hommes athlétiques en civil tenant à la main des radios grésillantes.

Une fumée d'une épaisseur de bitume brisa une fenêtre et monta droit au ciel. La gare flambait. Une colonne de pompiers vint en renfort, escortés d'hommes qui les protégeaient de leurs boucliers. De petits objets grêlaient sur le plastique, sur le bitume autour d'eux ; ils aspergèrent la gare de neige carbonique.

Cela peut passer pour absurde : cela est incommensurable, un ticket et une gare. Mais il ne s'agit pas de désordre : ceux qui s'affrontaient connaissaient leur rôle à l'avance. Rien n'avait été préparé, mais tout était prêt ; si le ticket avait déclenché l'émeute, ce fut comme la clé démarre le camion. Il suffit que le camion soit là et il démarre dès que l'on introduit la clé. Personne ne s'offusque de la disproportion de la clé et du camion, parce que c'est l'organisation propre du camion qui lui permet de démarrer. Pas la clé ; ou si peu.

On imagine, c'est rassurant, qu'une belle gare au cœur des villes signifie l'ordre, et que l'émeute est un désordre ; on se trompe. On ne regarde pas assez les gares, on ne fait qu'y passer. Mais si on prend le temps d'observer, si l'on s'assoit et que l'on reste, soi immobile et les autres agités, alors il apparaît qu'il n'est point de lieu plus confus que le centre multimodal où se croisent trains, métros, bus, taxis, piétons, chacun allant selon une logique qui ne concerne que lui, tâchant de suivre son chemin sans heurter les autres, chacun courant selon une ligne brisée, à la façon des fourmis sur la surface des grandes fourmilières d'aiguilles de pin. Il suffit d'un choc, il suffit du trébuchement sur une aspérité, d'une impureté dans ce milieu fluide, et l'ordre que la paix ne laissait pas voir aussitôt réapparaît. Le flux des gens pressés qui remplit la gare prend en masse, s'organise en lignes, prend forme. Les gens s'apparient, les groupes se forment, les regards qui allaient au hasard ne prennent plus que certaines directions, des espaces vides apparaissent là où tout était plein, des lignes bleues bien droites se construisent là où tout n'était que mollesse multicolore, les objets s'envolent dans des directions privilégiées.

Les forces de l'ordre ne maintiennent pas l'ordre, elles l'établissent ; elles le créent car il n'est rien de plus ordonné que la guerre. Lors du conflit chacun connaît sa place sans qu'il soit besoin d'explication : il suffit d'un principe organisateur. Chacun sait, et fait ; pendant la guerre chacun connaît son rôle, chacun est à sa place. Ceux qui ne savent pas quittent les lieux en pleurant. Ceux qui ne connaissent pas leur place affectent de ne rien comprendre, ils croient le monde insensé et se lamentent, ils regardent derrière eux la gare brûler. Ils ne comprennent pas cette absurdité, ils croient à un effondrement de l'ordre. Ils meurent ou non, au hasard.

Une fois le ticket jeté, la gare flamba. Il y eut des corps affrontés, et des fuyards. Les gens s'organisèrent. Le principe organisateur était la race.

Le jeune homme contrôlé pour son ticket jeté était noir. La gare flamba.

La race n'existe pas. Elle existe suffisamment pour qu'une gare flambe, et que des centaines de personnes qui n'avaient rien en commun s'organisent par couleurs. Noirs, bruns, blancs, bleus. Après le choc qui eut lieu dans la gare les groupes de couleur étaient homogènes.

Après les troubles des policiers passaient dans les voitures des trains terrorisés. Leurs mains posées sur leur ceinture d'armes, ils marchaient lentement dans le couloir central en dévisageant les passagers assis. Ils montraient l'armement des bataillons de choc, ils étaient souples et fermes dans la tenue militarisée. Ils ne portent plus la tenue des anciens pandores, pantalon droit, chaussures basses, pèlerine et képi ; mais un pantalon serré aux chevilles, propre au saut, des chaussures lacées haut, qui permettent la course, des blousons amples et des casquettes bien vissées sur les crânes. À leur ceinture pendent des outils d'impact et de contrôle. On a changé leur tenue. On s'est inspiré de celle des bataillons parachutistes.

Ils vont dans les trains bigarrés d'un pas tranquille, et ils contrôlent les identités. Ils ne contrôlent pas au hasard, ce serait de l'incompétence. Ils utilisent un code couleur que tout le monde connaît. Cela se sait. Cela fait partie de cette capacité humaine à percevoir les ressemblances. Dans les gares où les trains s'arrêtent on entend le grésillement nasillard des haut-parleurs, on entend ce son ancien qui accompagne le quadrillage des zones urbaines. « Populations fidèles à la France, la police veille à votre sécurité. La police poursuit les hors-la-loi. Acceptez les contrôles, soyez vigilants, suivez les consignes. Populations fidèles à la France, la police veille sur vous. Facilitez son action. Il en va de votre sécurité. »

Sécurité. Nous en connaissons un rayon.

Ayant abandonné mon corps aux psychosomatotropes, je dormais.

Du dehors, rien ne pourrait différencier ce sommeil de la mort ; mon corps ne bouge pas, il est enveloppé d'un linge qui peut servir de drap, ou de linceul, qui peut me faire traverser la nuit ou passer le fleuve des morts. L'esprit libéré du corps devient un gaz plus léger que l'air. Il s'agit d'hélium, il s'agit d'un ballon ; il ne faut pas le lâcher. Dans le sommeil neurochimique, l'esprit est un ballon d'hélium qui ne tient qu'à un fil.

Le vacarme de la pensée continue toujours, le verbe éternellement s'écoule. Cet écoulement est l'Homme. L'Homme est un mannequin bavard, un petit pantin tiré de ficelles. Gavé de médicaments jusqu'à ne plus souffrir, délié de mon corps sensible, je laissais aller le ballon d'hélium. Le langage va seul, il rationalise ce qu'il pense, et il ne pense à rien d'autre qu'à son propre écoulement. Et il n'est qu'un fil qui retient au sol le ballon gonflé d'inquiétudes.

Avec qui puis-je parler ? De qui descends-je ? De qui puis-je dire que je tiens ?

J'ai besoin de la race.

La race a la simplicité des grandes folies, de celles qu'il est simple de partager car elles sont le bruit de nos rouages quand plus rien ne les dirige. Laissée à elle-même, la pensée produit la race ; car la pensée classe, machinalement. La race sait me parler de mon être. La ressemblance est mon idée la plus simple, je la quémande sur les visages, j'explore le mien à tâtons. La race est une méthode de classement des êtres.

À qui parlerai-je ? Qui me parlera ? Qui m'aimera ? Qui prendra le temps d'écouter ce que je dis ?

La race me répond.

La race parle de l'être de façon folle et désordonnée, mais elle en parle. Rien d'autre ne me parle de mon être d'une façon aussi simple.

Qui m'accueillera sans rien me demander ?

La race répond aux questions trop lourdes qui font ployer mon cœur. La race sait alléger les graves questions par des réponses délirantes. Je veux vivre parmi les miens. Mais comment les reconnaîtrai-je sinon par leur aspect ? Sinon par leur visage qui ressemble au mien ? La ressemblance me montre d'où ils viennent, ceux qui m'entourent, et ce qu'ils pensent de moi, et ce qu'ils veulent. La ressemblance on ne la mesure pas : elle se sait.

Quand la pensée tourne à vide, elle classe ; quand le cerveau pense, même à rien, il classe. La race est classement, basé sur la ressemblance. Tout le monde comprend la ressemblance. Nous la comprenons ; elle nous comprend. Nous ressemblons à certains, moins à d'autres. Nous lisons la ressemblance sur tous les visages, l'œil la cherche, le cerveau la trouve, avant même que nous sachions la chercher, avant même que nous pensions la trouver. La ressemblance aide à vivre.

La race survit à toutes ses réfutations, car elle est le résultat d'une habitude de pensée antérieure à notre raison. La race n'existe pas, mais la réalité ne lui donne jamais tort. Notre esprit la suggère sans cesse ; cette idée-là revient toujours. Les idées sont la part la plus solide de l'être humain, bien plus que la chair, qui elle se dégrade et disparaît. Les idées se transmettent, identiques à elles-mêmes, dissimulées dans la structure de la langue.

Le cerveau suit son cours. Il cherche les différences, et les trouve. Il crée des formes. Le cerveau crée des catégories utiles à sa survie. Machinalement, il classe, il cherche à prédire les actes, il cherche à savoir à l'avance ce que feront ceux qui l'entourent. La race est idiote, et éternelle. Point n'est besoin de savoir ce que l'on classe, il suffit de classer. La pensée raciale ne nécessite ni mépris ni haine, elle s'applique simplement avec la minutie fébrile du psychotique, qui range dans des boîtes différentes et bien étiquetées les ailes de la mouche, ses pattes, et son corps.

D'où suis-je ? me dis-je.

Le ballon d'hélium allait au vent ; le fil du langage ne retenait plus rien. Quelle race en moi reconnaît-on ?

J'ai bien une ascendance, mais peu. Si je remonte à la source de ce sang qui me parcourt, je ne remonte pas plus loin qu'à mon grand-père. Il est la montagne d'où jaillissent les sources et qui barre la vue. Je ne vois pas au-delà ; il est l'horizon, si proche. Lui-même se posait la question de l'ascendance ; et il n'y répondait pas. Il parlait sans jamais se lasser de la génération. Il parlait de tout, il parlait beaucoup, il avait sur toute chose des idées bien arrêtées, mais sur aucun autre sujet il n'était aussi bavard et catégorique qu'au sujet de la génération. Il s'emballait dès qu'on en effleurait l'idée. « Regardez », disait-il en levant la main. De l'index droit il comptait les articulations de la main gauche, majeur tendu. Il pointait les phalanges, le poignet, le coude. Chaque articulation figurait un degré de parenté. « Chez les Celtes, disait-il, l'interdiction d'alliance remontait jusque-là. » Et il pointait son coude. « Les Germains acceptaient l'alliance aux poignets. Et maintenant, on en est là », disait-il en montrant de son index les phalanges de son majeur dressé. « C'est une décadence progressive », disait-il en passant avec dégoût son index le long de son bras, du coude jusqu'au doigt, figurant la progression inexorable de la promiscuité. Il localisait sur son corps le lieu de l'interdit, selon les époques et selon les peuples. Il y avait tant d'assurance dans ses paroles qu'il me laissait sans voix. Il possédait dans le domaine de la génération une culture universelle. Il connaissait tout de la transmission des biens, des corps, des noms. Il parlait d'une voix qui m'effrayait un peu, la voix nasillarde et théâtrale que l'on utilisait avant pour parler le français, que l'on n'entend plus sinon dans les films anciens, ou dans les enregistrements de ces radios grésillantes où l'on tâchait de bien parler. Sa voix résonnait du son métallique du passé, j'étais assis plus bas que lui, sur un tabouret à ma taille, et cela m'effrayait un peu.

Mon grand-père parlait sous un couteau. Il s'asseyait sur son fauteuil de velours bleu, situé dans l'angle du salon. D'un côté de l'angle pendait au mur un couteau dans sa gaine. Il oscillait parfois aux courants d'air sans jamais faire de bruit. On l'avait décroché devant moi, et on en avait sorti la lame du fourreau de cuir usé. Sur la lame des incrustations rouges pouvaient être de la rouille ou du sang. On laissait le doute, on riait de moi. On évoqua un jour du sang de gazelle, et on rit davantage. Sur l'autre mur pendait un grand dessin encadré, qui montrait une ville que je n'ai jamais pu situer. Les maisons étaient courbes, les passants voilés, les rues encombrées d'auvents de toile : on confondait les formes. Ce dessin je m'en souviens comme d'une odeur, et je n'ai jamais su à quel continent on pouvait l'attribuer.

Mon grand-père s'asseyait là pour parler, dans son grand fauteuil de velours bleu, que personne d'autre que lui n'utilisait. Il relevait ses pantalons avant de s'asseoir pour éviter de les déformer aux genoux. Le dossier rond dépassait de ses épaules et entourait sa tête d'une auréole de bois clouté. Il se tenait droit, utilisait les accoudoirs, ne croisait jamais les jambes. Bien assis, il nous parlait. « Il est important de savoir l'origine de notre nom. Notre famille vit aux frontières, mais j'ai retrouvé trace de son nom au cœur de la France. Ce nom est très ancien et il signifie le travail de la terre, l'enracinement. Les noms naissent des lieux comme des plantes qui ensuite se répandent par leurs graines. Les noms disent l'origine. »

Je l'écoutais, assis sur un tabouret à ma taille. Il possédait une culture immense sur le sujet de la génération. Il savait dire le passé à travers l'orthographe. Il savait suivre les déformations phonologiques qui permettaient de passer du nom d'un lieu à celui d'un clan.

Plus tard, bien plus tard, quand j'eus reconquis ma voix, je ne retrouvai jamais trace de tout ce qu'il m'avait raconté, dans aucun livre, dans aucune des conversations que j'ai pu avoir. Je crois qu'il inventait. Il puisait dans la rumeur, il enjolivait, et poussait jusqu'à son terme la moindre coïncidence. Il prenait au sérieux son désir d'explication, mais les réalités qu'il nous décrivait n'avaient d'existence qu'au pied de son fauteuil bleu, pendant la seule durée de son récit. Ce qu'il disait n'avait d'existence que dans sa parole, mais celle-ci fascinait, par le son nasillard du passé qu'elle permettait d'entendre. À propos de la génération, son désir de règles était inextinguible, et sa soif de connaissances inconsolable. Jamais les encyclopédies n'auraient pu combler un tel gouffre d'appétit, alors il inventait tout ce dont il souhaitait l'existence.

Sur la fin de son âge, il se passionna pour la génétique. Il en apprit les principes par des revues de vulgarisation. La génétique enfin lui donnait la réponse claire qu'il avait toujours voulu entendre. Il fit lire son sang. Je mis vingt ans et des études pour comprendre comment on pouvait lire le sang. Mon grand-père s'était adressé à un laboratoire qui typait les molécules fixées aux globules blancs. Les molécules ne meurent jamais, elles se transmettent, comme les mots. Les molécules sont les mots dont nous sommes les phrases. En comptant la fréquence des mots dans la parole on peut connaître la pensée secrète au cœur des gens.

Il fit analyser par un laboratoire tous les groupes sanguins qu'il portait. Il nous expliqua ce qu'il cherchait. Je me trompai de mots et parlai de groupes sanglants. Cela fit rire, mais alluma dans les yeux de mon grand-père une lueur d'intérêt. « Le sang, disait-il, est l'ingrédient majeur. On en hérite, on le partage, et on le voit du dehors. Le sang que vous portez vous donne couleur et forme, car il est le bouillon dans lequel on vous a cuit. L'œil humain sait voir la différence des sangs. »

Mon grand-père fit prélever son sang, et celui de son épouse. Les flacons bien fermés furent marqués de leur nom. Il les envoya au laboratoire ; il fit lire dans un peu de son sang le mystère de la génération. Regardez autour de vous le monde qui s'agite. Quelque chose se devine qui le mettrait en ordre. Il s'agit de la ressemblance ; et cela peut se prononcer « race ».

Le résultat revint par une enveloppe épaisse comme celle d'un document officiel, il l'ouvrit le cœur battant. Sous le logo très moderne du laboratoire, on lui communiquait le résultat des mesures qu'il avait commandées. Mon grand-père était celte, et ma grand-mère hongroise. Il l'annonça un jour d'hiver, lors d'un repas qui nous rassemblait tous. Lui celte, elle hongroise. Je me demande comment il avait pu persuader ma grand-mère de livrer un peu de son sang. Le laboratoire avait lu, par un procédé dont il ne nous expliqua pas les détails, il s'en moquait bien. Il se moquait des détails. Le résultat lui était parvenu dans une enveloppe, et cela seul importait : elle hongroise, lui celte.

Il n'avait retenu des sciences de la vie qu'un aspect mineur, absent des manuels académiques mais qui revient toujours dans les revues faciles à lire, qui sont les seules que l'on lise vraiment. Il ne s'intéressait pas à l'abstraction, il voulait des réponses, ces réponses il les appelait des faits. Il retint de la science du XXe siècle cette idée fantomatique qui la hante depuis toujours. On l'extirpait, cette idée, les traités universitaires la réfutaient, mais elle revenait toujours, par la rumeur, par le non-dit, par le désir de comprendre enfin : pour peu qu'on le veuille assez fort, pour peu que l'on interprète un peu, l'analyse moléculaire permet de retrouver l'idée du sang. À demi-mots, l'étude des molécules et de leur transmission semble confirmer l'idée de race. On n'y croit pas, on la désire, on la chasse. Et l'idée revient encore tant est puissant notre désir d'ordonner les mystères confus de la ressemblance.

Ma grand-mère fut donc hongroise et mon grand-père celte. Elle cavalier ogre aux yeux fendus, lui colosse nu tatoué de bleu. Elle courant la steppe dans la poussière que soulèvent ses chevaux, cherchant des villages à détruire, des enfants à enlever et manger, des constructions à abattre pour rendre tout l'espace à l'herbe et à la terre nue ; lui ivre s'enfermant dans une cabane malodorante, ronde et bien close, pour suivre des rites malsains liés à la musique, dont le corps ne sort pas intact.

Comment se fit-il, leur accouplement ? Leur accouplement. Car ils s'accouplèrent, ce sont mes grands-parents. Comment firent-ils ? Elle hongroise, lui celte, peuples sauvages de la vieille Europe, comment firent-ils pour même s'approcher ? S'approcher. Comment firent-ils pour être au même endroit, immobiles assez longtemps, eux qui ne parcouraient pas l'Europe selon le même rythme ? Cela se fit-il sous la menace ? Sous la menace de lances à lame dentelée, d'épées de bronze, de flèches frémissantes posées sur la corde d'arcs à double courbure ? Comment firent-ils pour être immobiles assez longtemps l'un contre l'autre, avant que l'un d'eux ne se vide entièrement de son sang ?

Se protégeaient-ils ? Se protégeaient-ils du froid, du froid glacé de la vieille Europe parcourue de peuples anciens, se protégeaient-ils des coups de lame dont ils se frappaient dès qu'ils étaient suffisamment proches pour s'atteindre ? Ils portaient des vêtements de cuir qui sentaient la putréfaction, et des fourrures arrachées aux bêtes, des cuirasses de peau bouillie parsemées de clous, et des boucliers peints de grosses têtes de taureau entourées de signes rouges, et dont les naseaux ruisselaient de sang. Pouvaient-ils se protéger ?

Ils le firent tout de même cet accouplement car je suis là, mais où cela put-il avoir lieu ? Où purent-ils s'étreindre alors qu'ils ne partageaient aucun lieu où ils auraient pu s'allonger ensemble, sauf un pré de bataille ? Car les uns montaient jour et nuit sur des chevaux ruisselant de sueur, et les autres se rassemblaient dans de grands enclos parsemés d'ossements, fermés d'une palissade de pieux épointés.

Où cela put-il avoir lieu sinon sur de l'herbe piétinée, parmi les ruines fumantes et des armes brisées répandues autour ? Comment cela put-il avoir lieu entre deux peuples incommensurables sinon dans les débris de la guerre, sinon à l'ombre frémissante de grands étendards plantés en terre à des fins de conjuration ; ou bien sur le sol de mousse d'une forêt d'arbres géants ; ou bien sur le sol de pierre d'un château monolithique ? Comment ?

J'ignore tout de leur accouplement. Je ne comprends que ces deux mots, « celte », et « hongroise ». Je ne comprends pas ce qu'il me suggère en me disant à moi comme aux autres les résultats de son test sanguin. Il prononce ces mots dans l'air chaud du salon d'hiver, « celte », « hongroise », et il laisse le silence après les avoir dits. Ils grossissent. Il avait fait lire son sang, et j'ignore ce qu'il voulait savoir, j'ignore pourquoi il nous le racontait, nous tous autour de lui, moi sur un tabouret à ma taille, pendant une journée d'hiver où nous étions tous rassemblés. « Celte, dit-il, et hongroise. » Il lâchait ces deux mots comme on ôte la muselière de deux molosses et il les laissait aller parmi nous. Il nous révélait ce que l'on peut lire dans une goutte de sang. Il nous le disait à nous, rassemblés autour de lui : le sang nous relie. Pourquoi le raconte-t-il, devant moi enfant ? Pourquoi veut-il sans le dire décrire l'accouplement qui fut la source du sang ?

Il suggéra à chacun de faire lire une goutte de son sang pour que nous sachions tous, nous réunis dans ce salon d'hiver, de quel peuple nous descendions. Car chacun d'entre nous devait descendre d'un peuple ancien. Et ainsi nous comprendrions ce que nous étions, et nous expliquerions enfin le mystère des tensions terribles qui nous animaient dès que nous étions ensemble.

La table autour de laquelle nous nous réunissions serait alors ce continent glacé parcouru de figures anciennes, chacune munie de ses armes et de son étendard, si étranges aux yeux des autres.

Sa proposition n'eut pas d'écho. Elle me terrifia. J'étais assis plus bas que les autres sur un tabouret à ma taille, et d'en bas je percevais bien leur gêne. Personne ne répondit, ni pour dire oui, ni pour dire non. On le laissait dire ; on le laissait sans écho ; et on laissait aller parmi nous les deux molosses qu'il avait lâchés, « celte », « hongroise », lécher par terre, baver sur nous, menacer de nous mordre.

Pourquoi voulait-il recréer en ce jour d'hiver, parmi nous tous rassemblés, une Europe ancienne de peuples sauvages et de clans ? Nous étions rassemblés autour de lui, une même famille assise autour de lui sur son fauteuil de velours bleu, lui auréolé de clous, sous ce couteau qui pendait au mur et bougeait sans aucun bruit. Il voulait que nous lisions une goutte de notre sang, et que nous lisions en ce sang le récit de figures affrontées, le récit de différences irréductibles figurées par nos corps. Pourquoi voulait-il nous séparer, nous qui étions rassemblés autour de lui ? Pourquoi voulait-il nous voir sans rapport ? Alors que nous étions, le plus que l'on puisse l'être, du même sang.

Je ne veux rien savoir de ce que l'on peut lire dans une goutte de mon sang. De leur sang je suis barbouillé, cela suffit, je n'en veux rien dire de plus. Je ne veux rien savoir du sang qui coule entre nous, je ne veux rien savoir de ce sang qui coule sur nous, mais lui, il continue de parler de la race que l'on peut lire en nous, et qui échappe à la raison.

Il continuait. Il prétendait savoir lire le fleuve qui figure la génération. Il nous invitait à suivre son exemple, à nous enivrer comme lui de cette lecture, à nous baigner ensemble dans le fleuve qui constitue le temps humain. Il nous invitait à nous baigner ensemble, avec lui, dans le fleuve de sang ; et ceci serait notre lien.

Mon grand-père se délectait. Il brodait à mots couverts sur des résultats de laboratoire où rien n'était dit mais où il voyait tout suggéré. Le récit racial n'est jamais loin du délire. Personne n'osait commenter, tous regardaient ailleurs, moi je regardais d'en bas, silencieux comme toujours assis sur un tabouret à ma taille. Dans l'air confit du salon d'hiver il déroulait d'un ton gourmand son théâtre des races, et il nous fixait, tour à tour, voyant à travers nous, entre nous, l'affrontement sans fin de figures anciennes.

Je ne sais pas de quel peuple je descends. Mais peu importe, n'est-ce pas ?

Car il n'est pas de race. N'est-ce pas ?

Elles n'existent pas ces figures qui se battent.

Notre vie est bien plus paisible. N'est-ce pas ?

Nous sommes bien tous les mêmes. N'est-ce pas ?

Ne vivons-nous pas ensemble ?

N'est-ce pas ?

Répondez-moi.

Dans le quartier où je vis la police ne vient pas ; ou rarement ; et quand ils viennent, les policiers, c'est par petits groupes qui bavardent sans hâte, qui marchent mains dans le dos et s'arrêtent devant les vitrines. Ils garent leurs cars bleus au bord du trottoir et attendent bras croisés en regardant passer les jeunes femmes, comme tout le monde. Ils sont athlétiques, armés, mais se comportent comme des gardes champêtres. Je peux croire mon quartier tranquille. La police ne me voit pas ; je la vois à peine. J'assistais quand même à un contrôle d'identité.

J'en parle comme d'un spectacle, mais là où je vis les contrôles sont rares. Nous habitons au centre, nous sommes protégés du contrôle par la distance qui sépare la ville de ses bords. Nous n'allons jamais sur les bords, ou alors en voiture, vers des supermarchés clos, et nous ne descendons pas les vitres, nous fermons bien les portières.

Dans la rue personne ne me demande jamais de justifier de mon identité. Pourquoi me le demanderait-on ? Ne sais-je pas qui je suis ? Si on me demande mon nom, je le dis. Quoi d'autre ? La petite carte où est écrit mon nom, je ne la porte pas sur moi, comme beaucoup des habitants du centre. Je suis tellement sûr de mon nom que je n'ai pas besoin d'un pense-bête qui me le rappellerait. Si on me le demande poliment, je le dis, comme je donnerais un renseignement à qui se serait perdu. Personne ne m'a jamais demandé dans la rue de produire ma carte, la petite carte couleur France où est porté mon nom, mon image, mon adresse et la signature du préfet. À quoi servirait-il que je l'aie ? Je sais tout cela.

Bien sûr le problème est ailleurs ; la carte nationale d'identité n'a pas usage de pense-bête. Cette petite carte pourrait être vide, juste couleur de France, bleue avec la signature illisible du préfet. C'est le geste qui compte. Tous les enfants le savent. Quand des fillettes jouent à la marchande c'est le geste de donner l'argent imaginaire qui fonde le jeu. L'agent qui contrôle l'identité se moque bien du contenu, de déchiffrer l'écriture, de lire les noms ; le contrôle d'identité est un enchaînement de gestes, toujours les mêmes. Cela consiste en une approche directe, un salut éludé, une demande toujours ferme ; la carte est cherchée puis tendue, elle n'est jamais loin dans les poches de ceux qui savent devoir la donner ; la carte est longuement regardée d'un côté puis de l'autre, bien plus longtemps que ne le nécessitent les quelques mots qu'elle porte ; le rendu est réticent, comme à regret, une fouille peut s'ensuivre, le temps s'arrête, cela peut prendre du temps. Le contrôlé se doit d'être patient et silencieux. Chacun connaît son rôle ; seul compte l'enchaînement des gestes. On ne me contrôle jamais, mon visage est évident. Ceux à qui on demande cette carte que je ne porte pas se reconnaissent à quelque chose sur leur visage, que l'on ne peut mesurer mais que l'on sait. Le contrôle d'identité suit une logique circulaire : on vérifie l'identité de ceux dont on vérifie l'identité, et la vérification confirme que ceux-là dont on vérifie l'identité font bien partie de ceux dont on la vérifie. Le contrôle est un geste, une main sur l'épaule, le rappel physique de l'ordre. Tirer sur la laisse rappelle au chien l'existence de son collier. On ne me contrôle jamais, mon visage inspire confiance.

Donc j'assistai de près à un contrôle d'identité, on ne me demanda rien, on ne me contrôla pas. Je connais parfaitement mon nom, je n'ai même pas sur moi cette petite carte bleue de France qui le prouve. J'avais un parapluie. J'assistai à un contrôle d'identité grâce à l'orage. Les gros nuages lâchèrent, et les cascades de l'averse tombèrent toutes ensemble au moment où je franchissais le pont. L'eau de bronze de la Saône fut martelée de gouttes, envahie de milliers de cercles qui s'entremêlaient. Il n'est aucun abri sur un pont, rien jusqu'à l'autre rive, mais j'avais mon parapluie ouvert et je traversais sans hâte. Les gens couraient sous des trombes, ils tiraient leur veste par-dessus leur tête, ou leur sac, ou un journal qui bientôt se liquéfierait, ou même leur main, n'importe quoi qui fasse le signe de se protéger. Ils conjuraient la pluie ; ils couraient tous, tout en montrant qu'ils s'abritaient, et je traversais le pont en savourant le luxe de ne pas courir. Je tenais fermement la toile qui me protégeait des gouttes, elles grêlaient avec un martèlement de tambour et elles s'écrasaient au sol tout autour de moi. Un jeune homme trempé me prit le bras ; hilare il se serra tout contre moi, et nous marchâmes ensemble. « Tu me prêtes ton parapluie jusqu'au bout du pont ? » Rigolard et mouillé il se serrait contre moi ; il était parfaitement sans-gêne et sentait bon ; son culot joyeux prêtait à rire. Nous allâmes bras dessus bras dessous d'un même pas, nous traversâmes le pont jusqu'au bout. Je n'avais gardé de mon parapluie qu'une moitié et je me mouillai tout un côté, et lui invectivait la pluie, me parlait sans cesse. Nous rîmes de ceux qui couraient en faisant au-dessus de leur tête des signes contre la pluie, je souriais de son entrain, son extraordinaire toupet me faisait rire, ce type ne tenait pas en place.

Quand nous eûmes franchi le pont l'orage parvint à son terme. L'essentiel était tombé, et s'écoulait maintenant dans les rues, il ne restait plus qu'un peu de bruine suspendue dans un air lavé. Il me remercia avec cet élan qu'il mettait en toutes choses ; il me laissa une tape sur l'épaule et partit en courant sous les dernières gouttes. Il passa trop vite devant le car bleu qui stationnait au bout du pont. Les beaux athlètes statuaires surveillaient la rue bras croisés sous l'auvent d'un magasin. Il passa trop vite, il les vit, cela infléchit sa course ; l'un d'eux s'avança, fit un salut un peu vif, lui adressa la parole ; il s'embrouilla dans sa course, il allait vite ; il ne comprit pas aussitôt. Ils bondirent tous et coururent après lui. Il ne s'arrêta pas, par réflexe, par loi de conservation du mouvement. Ils l'alpaguèrent.

Je continuai d'avancer du même pas, mon parapluie noir au-dessus de ma tête. Je fus devant eux, accroupis sur le trottoir. Les jeunes gens en combinaison bleue plaquaient au sol le jeune homme avec qui j'avais traversé le pont. J'esquissai le geste de ralentir, même pas de m'arrêter, juste ralentir, et peut-être de dire quelque chose. Je ne savais pas exactement quoi.

« Veuillez circuler, monsieur.

— Ce jeune homme a fait quelque chose ?

— Nous savons ce que nous faisons, monsieur. Circulez, s'il vous plaît. »

À plat ventre il avait un bras dans le dos et la bouche écrasée d'un genou. Ses yeux basculèrent dans leurs orbites, remontèrent jusqu'à moi. Et il eut un regard insondable où je lus la déception. C'est ce que je pensai y lire. Je circulai, ils le relevèrent menotté.

À moi ils n'avaient rien demandé ; à lui, ils avaient demandé d'un geste de présenter une carte qui prouve son identité. Aurais-je dû dire quelque chose ? On hésite à discuter avec les athlètes de l'ordre, ils sont tendus comme des ressorts, et armés. Ils ne discutent jamais. Ils sont dans l'action, le contrôle, la maîtrise. Ils font. Je les entendis derrière moi énoncer à la radio les motifs de l'interpellation. « Refus d'obtempérer. Délit de fuite. Défaut de pièce d'identité. » D'une œillade discrète alors que je m'éloignais je le vis assis dans le car les mains dans le dos. Sans plus rien dire il assistait au déroulement de son sort. Je ne le connaissais pas, ce jeune homme. Son affaire suivait son cours. Nos routes se séparaient. Peut-être savaient-ils ce qu'ils faisaient, les hommes en bleu, les plombiers de l'ordre social, peut-être savaient-ils ce que je ne savais pas. J'eus l'impression d'une affaire entre eux, où je n'avais pas ma place.

C'est cela qui me poursuivit la journée durant. Pas l'injustice, ni ma lâcheté, ni le spectacle de la violence à mes pieds : ce qui me poursuivit jusqu'à provoquer l'écœurement ce furent ces deux mots mis ensemble qui me vinrent spontanément. « Entre eux. » Le plus horrible de cette histoire s'inscrivait dans la matière même de la langue. Ces deux mots m'étaient venus ensemble, et le plus répugnant était leur lien, que j'ignorais porter en moi. « Entre eux. » Comme toujours ; comme avant. Ici, comme là-bas.

Dans le malaise général, dans la tension générale, dans la violence générale, un fantôme vient errer que l'on ne peut définir. Toujours présent, jamais bien loin, il a cette grande utilité de laisser croire que l'on peut tout expliquer. La race en France a un contenu mais pas de définition, on ne sait rien en dire mais cela se voit. Tout le monde le sait. La race est une identité effective qui déclenche des actes réels, mais on ne sait pas quel nom leur donner à ceux dont la présence expliquerait tout. Aucun des noms qu'on leur donne ne convient, et on sait aussitôt pour chacun de ces noms qui les a dits, et ce que veulent ceux qui les leur donnent.

La race n'existe pas, mais elle est une identité effective. Dans la société sans classes, dans la société moléculaire livrée à l'agitation, tous contre tous, la race est l'idée visible qui permet le contrôle. La ressemblance, confondue avec l'identité, permet le maintien de l'ordre. Ici comme là-bas. Là-bas, nous mîmes au point le contrôle parfait. Je peux bien dire « nous », car il s'agit du génie français. Ailleurs, dans le monde en paix, on développait les idées abstraites de M. von Neumann pour construire des machines. La société IBM inventait la pensée effective, par un ensemble de fiches. La société IBM, promise à un immense avenir, produisait des fiches à trous, et simulait des opérations logiques en manipulant ces fiches trouées, à l'aide d'aiguilles, de longues aiguilles métalliques et pointues que l'on appelait pour rire aiguilles à tricoter. Pendant ce temps, dans la ville d'Alger, nous appliquions cette pensée à l'homme.

Il faut rendre ici hommage au génie français. La pensée collective de ce peuple qui est le mien sait tout à la fois élaborer les systèmes les plus abstraits, les plus complets, et les appliquer à l'homme. Le génie français sut prendre le contrôle d'une ville orientale, en appliquant de la manière la plus concrète les principes de la théorie de l'information. Ailleurs, on en fit des machines à calculer ; là-bas on l'appliqua à l'homme.

Sur toutes les maisons de la ville d'Alger on traça un numéro à la peinture. On rédigea une fiche pour chaque homme. On traça sur la ville d'Alger tout entière un réseau de coordonnées. Chaque homme fut une donnée, on procéda à des calculs. Nul ne pouvait faire de gestes sans que bouge la toile. Un trouble par rapport à l'habitude constituait un octet de soupçon. Les tremblements de l'identité remontaient les fils jusqu'aux villas des hauteurs, où on veillait sans jamais dormir. Au signal de méfiance, quatre hommes sautaient dans une Jeep. Ils fonçaient dans les rues en se tenant au plat-bord d'une main, le pistolet-mitrailleur dans l'autre. Ils pilaient au bas de l'immeuble, sautaient en même temps, ils avalaient les marches en courant, ils frémissaient d'énergie électrique. Ils coxaient le suspect dans son lit, ou dans l'escalier, ou dans la rue. Ils l'emportaient en pyjama dans la Jeep, remontaient sur les hauteurs sans jamais ralentir. Ils trouvaient toujours, car chaque homme était une fiche, chaque maison était marquée. Ce fut le triomphe militaire de la fiche. Ils ramenaient toujours quelqu'un, les quatre athlètes armés qui filaient en Jeep sans jamais ralentir.

Les aiguilles à tricoter que l'on utilisait par ailleurs pour pêcher les fiches, on les utilisa dans la ville d'Alger pour pêcher les hommes. Grâce à un trou dans un homme, avec la longue aiguille on pêchait un autre homme. On appliqua l'aiguille à tricoter à l'homme, alors que la société IBM ne l'appliquait qu'au carton. On plantait des aiguilles dans les hommes, on les perçait de trous, on fouillait dans ces trous, et à travers un homme on pêchait d'autres hommes. À partir des trous percés dans une fiche, à l'aide de longues aiguilles on attrapait d'autres fiches. Ce fut un beau succès. Tout ce qui bougeait fut arrêté. Tout arrêta de bouger. Les fiches une fois utilisées ne pouvaient resservir.

Des fiches en cet état ne pouvaient plus être utilisées, on les jetait. Dans la mer, dans une fosse que l'on recouvrait, pour un bon nombre on ne sait pas. Les gens disparurent comme dans une corbeille à papier.

L'ennemi est comme un poisson dans l'eau ? Eh bien que l'on vide l'eau ! Et pour faire bonne mesure, hérissons le sol de pointes, que l'on électrifiera. Les poissons périrent, la bataille fut gagnée, le champ de ruines nous resta acquis. Nous avions gagné par une exploitation méthodique de la théorie de l'information ; et tout le reste fut perdu. Nous restâmes les maîtres d'une ville dévastée, vidée d'hommes à qui parler, hantée de fantômes électrocutés, une ville où ne restaient plus que la haine, la douleur atroce, et la peur générale. La solution que nous avions trouvée montrait cet aspect très reconnaissable du génie français. Les généraux Salan et Massu appliquèrent à la lettre les principes de géniale bêtise de Bouvard et Pécuchet : dresser des listes, appliquer la raison en tout, provoquer des désastres.

Nous allions avoir du mal à vivre encore ensemble.

Oh, ça recommence !

Ça recommence ! Il l'a dit, je le lui ai entendu dire ; il l'a dit par les mêmes mots, dans les mêmes termes, sur le même ton. Oh ! ça recommence ! La pourriture coloniale nous infecte, elle nous ronge, elle revient à la surface. Depuis toujours elle nous suit par en dessous, elle circule sans qu'on la voie comme les égouts suivent le tracé des rues, toujours cachés et toujours présents, et lors des grandes chaleurs on se demande bien d'où vient cette puanteur.

Il l'a dit, je le lui ai entendu dire, dans les mêmes termes.

J'achetais le journal. Celui à qui je l'achetais était un sale type. Je ne le démontre pas mais je le sais, par impression immédiate de tous les sens. Il sentait le bon cigare mêlé d'effluves d'après-rasage. J'aurais préféré qu'il soit avachi, dégarni, cigarillo qui pend, derrière un comptoir où se cache le nerf de bœuf. Mais ce buraliste-là soignait sa calvitie par une coupe rase, il fumait un cigare rectiligne qui devait être de qualité. Il annonçait posséder une cave à hygrométrie réglée, il devait en être amateur, il devait s'y connaître et savoir apprécier. Je pouvais lui envier sa chemise, il la portait bien. Il avait aux environs de mon âge, pas empâté, juste lesté de quoi bien tenir au sol. Il montrait une belle rondeur, une belle peau, une tranquille assurance. Sa femme qui tenait la seconde caisse brillait d'un érotisme commercial mais charmant. Il pérorait, le cigare planté droit entre ses dents.

« Ils me font rire. »

Le journal ouvert devant lui, il commentait l'actualité ; il lisait un quotidien de référence, pas une feuille populiste. On ne peut plus compter sur les caricatures pour se protéger des gens. Trente ans de com appliquée au quotidien font que tout un chacun présente au mieux, on ne trahit plus si facilement ce que l'on pense. Il faut chercher de petits signes pour savoir à qui l'on a affaire ; ou alors écouter. Tout se communique par la musique, tout se dit dans la structure de la langue.

« Ils me font rire, là, avec leurs CV anonymes. »

Car récemment on eut l'idée de ne plus donner son nom quand les demandes d'embauche se faisaient par écrit. On proposa d'interdire la mention du nom sur les CV. On suggéra de discuter à l'aveugle, sans jamais prononcer le nom. Le but était de rationaliser l'accès à l'emploi, car la couleur sonore des noms pouvait troubler l'esprit. Et l'esprit troublé prend alors des décisions que la raison ne justifierait pas. Les éléments de la langue qui transportent trop de sens, on veut les taire. On voudrait, par évaporation, que la violence ne soit plus dite. On voudrait, progressivement, ne plus parler. Ou avec des mots qui seraient des chiffres ; ou parler anglais, une langue qui ne nous dit rien d'important.

« Des CV anonymes ! Ils me font rire ! Encore de la poudre aux yeux ! Comme si le problème était là. »

J'allais acquiescer, car on acquiesce toujours vaguement à un buraliste qui tient un nerf de bœuf sous son comptoir. On ne le reverra jamais, on ne reviendra plus, cela n'engage à rien. J'allais acquiescer, et je trouvais aussi que le problème n'était pas là.

« C'est avant qu'il aurait fallu agir. »

Je restai vague. Je ramassai ma monnaie, mon journal, je flairais l'embûche. Car un sourire qui s'arrondit autour d'un cigare planté trop droit ne recèle-t-il pas une embûche ? Son regard amusé me scrutait ; il me reconnaissait.

« S'il y a dix ans, quand il était encore temps, on avait frappé fort sur ceux qui bougeaient, on aurait la paix maintenant. »

Je m'y repris à plusieurs fois pour ramasser ma monnaie, les pièces m'échappaient. Les objets résistent toujours quand on veut s'en débarrasser au plus vite. Il me retenait. Il savait faire.

« Il y a dix ans ils se tenaient encore tranquilles. Quelques-uns s'agitaient : c'est là qu'il aurait fallu être ferme. Très ferme. Frapper fort sur les têtes qui dépassent. »

J'essayai de partir, je m'éloignai à reculons, mais il savait y faire. Il me parlait sans me quitter des yeux, il me parlait à moi directement et s'amusait d'attendre mon approbation. Il me reconnaissait.

« Avec toutes leurs conneries, voilà le résultat. Voilà où on en est. Ils règnent, ils ne craignent plus personne, ils se croient chez eux. On ne contrôle plus rien, sauf dans l'entreprise. Les CV anonymes, c'est une manière de les faire rentrer sans peine là où on les contrôlait encore un peu. Alors tu parles, ils rigolent : on leur ouvre les portes. Ni vus ni connus ils entrent dans les derniers lieux préservés. »

J'essayais de partir. Je tenais la porte entrouverte d'une main, mon journal de l'autre, mais il ne me lâchait pas. Il savait y faire. Regard fixé sur le mien, sans cesser de parler, cigare planté avec satisfaction, il usait de l'hypnose du rapport humain. Il aurait fallu couper court et sortir. Et pour cela il aurait fallu qu'au cours de l'une de ses phrases je me détourne, mais ceci constituait un affront que je voulais éviter. Nous écoutons toujours ceux qui nous parlent en nous regardant ; c'est un réflexe anthropologique. Je ne voulais pas me lancer dans un débat sordide. J'aurais voulu que cela prenne fin sans horreur. Et lui riait, il m'avait reconnu.

Il n'affirmait rien de précis, je comprenais ce qu'il disait, et cette compréhension seule valait déjà approbation. Il le savait. Nous sommes unis par la langue, et lui jouait des pronoms sans jamais rien préciser. Il savait que je ne dirais rien, à moins d'entrer en conflit avec lui, et il m'attendait de pied ferme. Si j'entrais en conflit avec lui, je lui montrais avoir compris, et j'avouais ainsi posséder en moi le même langage que lui : nous pensions en les mêmes termes. Il affirmait, je feignais de ne pas voir : celui qui accepte ce qui est prétend à un meilleur accord avec la réalité, il prend déjà l'avantage.

Je restais à la porte, n'osant m'arracher et sortir. Il me maintenait bouche ouverte, il me gavait comme une oie blanche jusqu'à l'éclatement de mon foie. Sa femme à l'apogée de son âge brillait de sa blondeur parfaite. Elle rangeait avec indifférence les revues en belles piles, dans des gestes gracieux d'ongles rouges et des tintements de bijoux. Il m'avait reconnu, il en profitait. Il avait reconnu en moi l'enfant de la Ire République de Gauche, qui se refuse de dire et se refuse à voir. Il avait reconnu en moi celui qui se félicite de l'anonymat, celui qui n'emploie plus certains mots de peur de la violence, qui ne parle plus de peur de se salir, et qui du coup reste sans défense. Je ne pouvais le contredire, à moins d'avouer comprendre ce qu'il avait dit. Et ainsi montrer dès mon premier mot que je pensais comme lui. Il riait de son piège en fumant avec grâce son gros cigare rectiligne. Il me laissait venir.

« On s'y serait pris à temps, on ne verrait pas ce qu'on voit. Si on avait tapé le poing sur la table au moment où ils n'étaient que quelques-uns à s'agiter, si on avait frappé très fort, mais vraiment très fort, sur ceux qui redressaient la tête, eh bien on aurait la paix maintenant. On aurait eu la paix pour dix ans. »

Oh, ça recommence ! La pourriture coloniale revient dans les mêmes mots. « La paix pour dix ans », il l'a dit devant moi. Ici, comme là-bas. Et ce « ils » ! Tous les Français l'emploient de connivence. Une complicité discrète unit les Français qui comprennent sans qu'on le précise ce que ce « ils » désigne. On ne le précise pas. Le comprendre fait entrer dans le groupe de ceux qui le comprennent. Comprendre « ils » fait être complice. Certains affectent de ne pas le prononcer, et même de ne pas le comprendre. Mais en vain ; on ne peut s'empêcher de comprendre ce que dit la langue. La langue nous entoure et nous la comprenons tous. La langue nous comprend ; et c'est elle qui dit ce que nous sommes.

D'où tient-on qu'être ferme calme ? D'où tient-on qu'une bonne paire de gifles nous donne la paix ? D'où la tient-on cette idée simple, si simple qu'elle en semble spontanée, si ce n'est de là-bas ? Et « là-bas », point besoin n'est de le préciser : chaque Français sait bien où cela se trouve.

Les gifles rétablissent la paix ; cette idée est si simple qu'elle est en usage dans les familles. On torgnole les enfants pour qu'ils se calment, on élève la voix, on roule de gros yeux, et cela semble avoir un peu d'effet. On continue. Dans le monde clos des familles cela ne prête guère à conséquence, car il s'agit le plus souvent d'un théâtre de masques, avec cris, menaces jamais tenues et agitation des bras, mais cela devient toujours, transposé au monde libre des adultes, d'une violence atroce. D'où vient-elle, cette idée que les gifles rétablissent la paix telle qu'on la souhaite ? si ce n'est de là-bas, de l'illégalisme colonial, de l'infantilisme colonial ?

D'où vient-elle cette croyance en la vertu de la gifle ? D'où vient-elle donc cette idée qu'« ils s'agitent » ? Et qu'« il faut leur montrer » ; pour qu'ils se calment. D'où, si ce n'est de « là-bas » ? Du sentiment d'assiègement qui hantait les nuits des pieds-noirs. De leurs rêves américains de défricheurs de terres vierges parcourues de sauvages. Ils rêvaient d'avoir la force. La force leur semblait la solution la plus simple, la force semble toujours la solution la plus simple. Tout le monde peut l'imaginer puisque tout le monde a été enfant. Les adultes géants nous tenaient en respect avec leur force inimaginable. Ils levaient la main et nous les craignions. Nous courbions la tête en croyant que l'ordre tenait à la force. Ce monde englouti subsiste encore, des formes flottantes errent dans la structure de la langue, il nous vient à l'esprit sans qu'on le leur demande certaines associations de mots que l'on ignorait connaître.

J'arrivai enfin à me détourner. Je franchis la porte et filai. J'échappai au sale type qui sentait le cigare, j'échappai au sourire moqueur, cigare planté droit, de celui prêt à tout pour que chacun reste à sa place. Je filai sans rien répondre, il ne m'avait posé aucune question. Je ne vois pas de quoi j'aurais pu discuter. En France nous ne discutons pas. Nous affirmons notre identité de groupe avec toute la force que nécessite notre insécurité. La France se désagrège, les morceaux s'éloignent les uns des autres, les groupes si divers ne veulent plus vivre ensemble.

Je filai dans la rue, j'avais les yeux flous pour ne regarder personne, les épaules courbées pour mieux pénétrer l'air, et le pas rapide pour éviter les rencontres. Je m'enfuis loin de ce sale type qui m'avait fait gober des horreurs, sans rien dire de précis et sans que je ne proteste. Je filai dans la rue, emportant avec moi une bouffée de puanteur, celle des égouts de la langue un instant entrouverts.

Je me souviens très bien de l'origine de cette phrase, je me souviens de quand elle fut prononcée, et par qui. « Je vous donne la paix pour dix ans », dit le général Duval en 1945. Les villages de la côte kabyle furent bombardés par la marine, ceux de l'intérieur le furent par l'aviation. Pendant les émeutes cent deux Européens, nombre exact, furent étripés à Sétif. Étripés au sens propre, sans métaphore : leur abdomen ouvert à l'aide d'outils plus ou moins tranchants et leurs viscères sortis à l'air et répandus au sol encore palpitants, eux hurlant toujours. On donna des armes à qui en voulait. Des policiers, des soldats, et des milices armées — c'est-à-dire n'importe qui — se répandirent dans les campagnes. On massacra qui on trouvait, au hasard. Des milliers de musulmans furent tués par le mauvais sort d'une rencontre. Il fallait leur montrer la force. Les rues, les villages, les steppes d'Algérie furent trempés de sang. Les gens rencontrés furent tués s'ils avaient la tête à l'être. « Nous avons la paix pour dix ans. »

Ce fut un beau massacre que celui que nous perpétrâmes en mai 1945. Les mains barbouillées de sang nous pûmes rejoindre le camp des vainqueurs. Nous en avions la force. Nous contribuâmes in extremis au massacre général, selon les modalités du génie français. Notre participation fut enthousiaste, débridée, un peu débraillée, et surtout ouverte à tous. Le massacre fut brouillon, alcoolisé sûrement, tout empreint de *furia francese*. Au moment de faire les comptes de la grande guerre mondiale, nous participâmes au massacre général qui donna aux nations une place dans l'Histoire. Nous le fîmes avec le génie français et cela n'eut rien à voir avec ce que firent les Allemands, qui savaient programmer les meurtres et comptabiliser les corps, entiers ou par morceaux. Non plus avec ce que firent les Anglo-Saxons, désincarnés par la technique, qui confiaient à de grosses bombes lâchées d'en haut, la nuit, toute la tâche de la mort, et ils ne voyaient aucun des corps tués, vaporisés dans des éclairs de phosphore. Cela n'eut rien à voir avec ce que faisaient les Russes, qui comptaient sur le froid tragique de leur grande nature pour assurer l'élimination de masse ; ni avec ce que firent les Serbes, animé d'une robuste santé villageoise, qui égorgeaient leurs voisins au couteau comme ils le faisaient du cochon que l'on connaît pour l'avoir nourri ; ni même avec ce que firent les Japonais, embrochant à la baïonnette d'un geste d'escrime, en poussant des hurlements de théâtre. Ce massacre fut le nôtre et nous rejoignîmes in extremis le camp des vainqueurs en nous enduisant les mains de sang. Nous avions la force. « La paix pour dix ans », annonça le général Duval. Il n'avait pas tort, le général. À six mois près nous eûmes dix ans de paix. Ensuite, tout fut perdu. Tout. Eux et nous. Là-bas. Et ici.

Je parle encore de la France en marchant dans la rue. Cette activité serait risible si la France n'était justement une façon de parler. La France est l'usage du français. La langue est la nature où nous grandissons ; elle est le sang que l'on transmet et qui nous nourrit. Nous baignons dans la langue et quelqu'un a chié dedans. Nous n'osons plus ouvrir la bouche de peur d'avaler un de ces étrons de verbe. Nous nous taisons. Nous ne vivons plus. La langue est pur mouvement, comme le sang. Quand la langue s'immobilise, comme le sang, elle coagule. Elle devient petits caillots noirs qui se coincent dans la gorge. Étouffent. On se tait, on ne vit plus. On rêve d'utiliser l'anglais, qui ne nous concerne pas.

On meurt d'engorgement, on meurt d'obstruction, on meurt d'un silence vacarmineux tout habité de gargouillements et de fureurs rentrées. Ce sang trop épais ne bouge plus. La France est précisément cette façon de mourir.

ROMAN III

L'arrivée juste à temps du convoi de zouaves portés

Les zouaves portés arrivèrent à temps. Il n'aurait pas fallu que cela se prolonge. Les fusils-mitrailleurs avaient connu leur limite : les balles envoyées par l'arme française rebondissaient comme des noisettes sur le blindage des chars Tigre. Les onze centimètres d'acier étaient impénétrables à ce que tirait la main d'un homme seul. Il aurait fallu ruser : creuser des fosses à éléphant en travers des routes et en garnir le fond de pieux de fer ; ou brûler pendant des jours les convois qui leur apportaient de l'essence, et attendre que leur moteur sèche dans un dernier hoquet.

Couché sur les tomettes d'une cuisine encombrée de gravats, au bord du trou dans le mur qui donnait sur les prés, Victorien Salagnon rêvait à des plans incohérents. Les tourelles carrées des chars Tigre glissaient entre les haies, les franchissaient sans effort en les écrasant. Le long canon terminé d'un bulbe — il ne savait pas à quoi cela servait — tournait comme le museau d'un chien qui cherche, et tirait. L'impact faisait baisser la tête et il entendait l'effondrement d'un mur et d'un toit, le déchirement de boiseries d'une maison qui s'effondre, et il ne savait pas si l'un des jeunes gens qu'il connaissait y avait trouvé refuge.

Il était temps que cela s'arrête. Les zouaves portés arrivèrent à point.

Les maisons en s'effondrant font une poussière épaisse qui met du temps à retomber, les chars avançaient en laissant traîner les grosses fumées noires de leur moteur à fioul. Salagnon se rencoignit encore davantage derrière le gros montant de la porte, le morceau de pierre le plus fiable du mur éventré, dont les petits morceaux cassés jonchaient le sol ou branlaient, près de se détacher. Machinalement il dégageait un peu de sol autour de lui. Il dégageait les tomettes. Il rassemblait les éclats d'assiettes tombées du bahut. Le décor de fleurs bleues lui aurait permis de les recoller. Le coup au but avait dévasté la cuisine. Il cherchait du regard les morceaux qui s'emboîteraient. Il s'occupait, pour ne pas tourner les yeux vers les silhouettes derrière lui recouvertes de gravats blancs. Les corps étaient allongés n'importe comment, parmi les débris de la table et les chaises renversées. Un vieux monsieur avait perdu sa casquette, une femme disparaissait à moitié sous la nappe déchirée et brûlée, deux filles gisaient côte à côte, de même taille, deux petites filles dont il n'osait évaluer l'âge. Combien cela dure un coup au but ? Un éclair pour arriver, un instant pour que tout s'effondre, et encore cela paraît se dérouler au ralenti ; pas plus.

Il serrait très fort sa mitraillette Sten dont il avait plusieurs fois recompté les balles. Il surveillait dans les prés les tourelles des chars Tigre qui approchaient du village. Il n'aurait vraiment pas fallu que cela se prolonge.

Au milieu des débris Roseval blessé au ventre respirait mal. Chaque passage du souffle, dans un sens puis dans l'autre, provoquait un gargouillis, comme une boîte qui se vide. Salagnon le regardait le moins possible, au bruit il le savait encore vivant ; il tripotait autour de lui des débris d'assiettes, il serrait le manche métallique de son arme qui lentement devenait chaud. Il surveillait l'avancée des chars gris comme si une attention sans faille pouvait le protéger.

Et cela eut lieu comme il le souhaitait si fort. Les chars repartirent. Alors qu'il ne les quittait pas des yeux, il vit les chars tourner et disparaître derrière les prés quadrillés de haies. Il n'osait y croire. Puis il vit apparaître les chars des zouaves portés, de petits chars verts, globuleux, munis d'un canon court, et nombreux ; des Sherman, apprit-il plus tard, et ce premier jour où il les vit ce fut avec un soulagement immense. Il ferma enfin les yeux et respira enfin à fond, sans plus de crainte d'être vu et détruit. Roseval couché pas très loin de lui ne s'apercevait de rien. Il n'était plus conscient de rien sinon de sa douleur, il geignait à petits coups précipités et n'en finissait pas de mourir.

Cela avait pourtant bien commencé ; mais les zouaves portés arrivèrent juste à temps. Quand leurs chars s'arrêtèrent sous les arbres, entre les haies, entre les maisons à demi détruites du village, ils purent lire sur leur coque verte des mots en français. Ils étaient arrivés à temps.

Cela avait bien commencé pourtant. Le mois de juin leur avait redonné vie. Ils vécurent quelques semaines de liberté armée qui les consolèrent de longs hivers de grisaille. Le Maréchal lui-même leur avait donné ce courage à base de narquoiserie dont ils usèrent sans précaution. Le 7 juin il fit un discours qui fut distribué et placardé dans toute la France. Le colonel leur en fit la lecture, devant eux alignés, les maquisards armés en culottes de scouts. Ils avaient ciré leurs chaussures usées, bien remonté leurs chaussettes, et incliné crânement sur l'oreille le béret pour faire preuve de génie français.

> *Français, n'aggravez pas nos malheurs par des actes qui risqueraient d'appeler sur vous de tragiques représailles. Ce serait d'innocentes populations françaises qui en subiraient les conséquences. La France ne se sauvera qu'en observant la discipline la plus rigoureuse. Obéissez donc aux ordres du gouvernement. Que chacun reste face à son devoir. Les circonstances de la bataille peuvent conduire l'armée allemande à prendre des dispositions spéciales dans les zones de combat. Acceptez cette nécessité.*

Un cri de joie insolente accueillit la fin du discours. D'une main ils retenaient leur mitraillette à leur côté, de l'autre ils jetèrent leur béret en l'air. « Hourra ! hurlèrent-ils, on y va ! » Et la lecture du discours se conclut par un joyeux désordre, chacun cherchant, ramassant et remettant son béret de travers, sans lâcher l'arme contre son flanc qui s'entrechoquait avec celle des autres. « Vous entendez ce qu'il dit, l'enformolé ? Il nous fait des signes de derrière sa vitre, des signes de poisson dans son bocal ! Mais on n'entend rien ! C'est qu'il a du formol plein la bouche, l'épave ! »

Le soleil de juin faisait briller l'herbe, une brise agitait le nouveau feuillage des hêtres, ils riaient en faisant assaut de rodomontades. « Que nous dit-il ? De faire les morts ? Sans l'être ? Sommes-nous morts ? Que dit-il, le figé dans le bocal ? De faire comme si de rien n'était ? De laisser les étrangers se battre entre eux, chez nous, de baisser la tête pour éviter les balles, et dire "Oui monsieur" à l'Allemand ? Il nous demande de faire les Suisses, chez nous, alors qu'on se bat dans notre jardin ! Allons ! Nous aurons bien le temps de faire les morts plus tard. Quand nous le serons tous. »

Cela fit du bien.

Ils descendirent en colonne pédestre par les sentiers de la forêt, adultes pondus du jour, vierges de violence militaire mais gorgés de cette volonté d'en découdre qui agit sur les membres comme une vapeur sous pression. Il plut dans l'après-midi, d'une belle pluie d'été aux larges gouttes. Elle les rafraîchit sans les mouiller et fut aussitôt absorbée par les arbres, les fougères, l'herbe. Cette gentille pluie les entoura de parfums de terre musquée, de résine et de bois chauffé, comme un nimbe sensible, comme si on les encensait, comme si on les poussait à la guerre.

Salagnon portait le FM en travers de ses épaules, et Roseval derrière lui des chargeurs dans une musette. Brioude ouvrait la marche et derrière lui ses vingt hommes respiraient à fond. Quand ils débouchèrent du bois, les nuages s'ouvrirent et laissèrent voir le fond bleu du monde. Ils s'alignèrent dans les buissons de fougères au-dessus d'une route. Des gouttes bien formées perlaient aux frondes, tombaient dans leur cou et roulaient dans leur dos, mais sous leur ventre la litière sèche leur tenait chaud.

Quand la Kübelwagen grise apparut au virage, précédant deux camions, ils ouvrirent le feu sans attendre. D'un appui continu de l'index Salagnon vida le magasin de l'arme, puis en changea, cela dura quelques secondes, et il continua de tirer en changeant à peine l'axe de tir. L'approvisionneur allongé à côté de lui gardait une main posée sur son épaule et de l'autre lui tendait déjà un chargeur plein. Salagnon tirait, cela faisait un grand vacarme, ceci serré contre lui chauffait et tressautait, et quelque chose au loin situé dans l'axe bien droit du regard se délitait en copeaux, se repliait sous l'effet de coups invisibles, s'effondrait comme aspiré de l'intérieur. Salagnon éprouvait un grand bonheur à tirer, sa volonté sortait de lui par son regard et, sans contact, cela découpait la voiture et les camions comme une bûche à coups de hachette. Les véhicules se repliaient sur eux-mêmes, les tôles se gondolaient, les vitres s'effondraient en nuages d'éclat, des flammes commençaient d'apparaître ; une simple intention du ventre, dirigée par le regard, accomplissait tout cela.

Après le halte-au-feu, il n'y eut plus aucun bruit. La voiture dévastée penchait sur le bas-côté, un camion gisait sur la route avec ses roues brisées, et l'autre brûlait écrasé contre un arbre. Les maquisards se glissèrent de buisson en buisson puis vinrent sur la route. Plus rien ne bougeait sauf les flammes, et une colonne de fumée très lente. Les chauffeurs hachés de balles étaient morts, ils s'accrochaient à leur volant dans des positions inconfortables, et l'un d'eux brûlait en dégageant une horrible odeur. Sous leur bâche les camions transportaient des sacs de courrier, des caisses de rations, et d'énormes ballots de papier hygiénique gris. Ils laissèrent tout. La voiture avait été conduite par deux hommes en uniforme, l'un de cinquante ans et l'autre de vingt, maintenant renversés en arrière, la nuque sur le siège, bouche ouverte et les yeux clos. Ils auraient pu être le père et le fils pendant la sieste, dans une voiture garée au bord du chemin. « Ce ne sont pas leurs meilleures troupes qui sont ici, marmonna Brioude penché sur eux. Ce sont les vieux, ou les très jeunes. » Salagnon marmonna un acquiescement, il se donnait une contenance en examinant les morts, faisant mine de chercher sous leurs pieds il ne savait quoi mais qui aurait de l'importance. Le jeune homme n'avait été atteint que d'une balle au flanc, qui ne laissait qu'un petit trou rouge, et semblait dormir. C'était étonnant car l'homme mûr au volant avait la poitrine hachée ; sa vareuse semblait arrachée à coups de dents et laissait voir une chair rougeâtre violemment mastiquée, d'où dépassaient des os blanc rangés de travers. Salagnon essaya de se souvenir s'il s'était acharné sur le côté gauche de l'automobile. Il ne savait plus, et cela n'avait pas d'importance. Ils remontèrent sans joie dans la forêt.

On leur largua des armes la nuit ; le son d'avions invisibles passa au-dessus d'eux, ils allumèrent des feux d'essence sur le grand pré, et du ciel noir s'ouvrirent d'un coup une série de corolles blanches. Les feux furent éteints, le bruit des avions s'évapora et ils coururent récupérer les tubes de métal tombés dans l'herbe. La rosée mouillait la soie des parachutes, qu'ils plièrent avec soin. À l'intérieur des containers ils trouvèrent des caisses de matériel et de munitions, des mitraillettes et des chargeurs, une mitrailleuse anglaise, des grenades et une radio portable.

Et au milieu des corolles de soie dégonflées ils virent apparaître des hommes debout, qui se décrochaient de leur harnais avec des gestes tranquilles. Quand ils s'approchèrent pour les mieux voir, ils furent salués dans un français approximatif. Ils les conduisirent au grangeon qui servait de PC. Dans la lueur tremblante de la lampe à pétrole, ils paraissaient très jeunes, blonds et roux, les six commandos anglais qu'on leur avait envoyés. Les jeunes Français se pressaient autour d'eux l'œil brillant, le rire facile, s'apostrophant avec bruit, guettant l'effet que pourraient produire leur allant et leurs cris sonores. Indifférents, les jeunes Anglais expliquaient au colonel le but de leur mission. Leurs uniformes décolorés leur allaient parfaitement, la toile usée suivait tous leurs gestes, ils vivaient avec depuis si longtemps, c'était leur peau. Leurs yeux dans leur visage très jeune bougeaient à peine, gardaient un éclat fixe très étrange. Ils avaient survécu à déjà autre chose, ils venaient former les Français à des techniques de meurtre très nouvelles, que l'on avait élaborées en dehors de la France, ces derniers mois, pendant qu'ils étaient cachés dans les bois, pendant qu'ailleurs on se battait. Ils surent très bien leur expliquer tout ceci. Leur français sommaire hésitait sur les mots mais s'écoulait assez lentement pour qu'ils puissent comprendre, et même imaginer au fur et à mesure de quoi il s'agissait vraiment.

Assis en rond, ils écoutèrent la leçon de l'Anglais. Le jeune homme aux mèches follettes qui flottaient à la moindre brise leur présenta le couteau à énuquer dont ils avaient reçu toute une caisse. On aurait dit un couteau de poche à plusieurs lames. On pouvait l'utiliser pour pique-niquer, déplier la lame, l'ouvre-boîte, la lime, la petite scie, des outils bien utiles pour une vie dans les bois. Mais aussi on pouvait sortir du manche un poinçon très solide long comme le doigt. Le poinçon servait à énuquer, c'est-à-dire, comme le montra le jeune homme blond en mots très lents, s'approcher de l'homme que l'on veut tuer, plaquer la main sur sa bouche pour éviter les cris, puis de la main droite, qui tient solidement le couteau à énuquer, plonger avec décision l'outil dans le trou à la base du crâne, juste entre les colonnes de muscles qui le soutiennent ; ce trou, que l'on peut trouver à l'arrière de son crâne en le cherchant du doigt, semble fait exprès pour qu'on le perfore, comme un opercule que l'on aurait placé là. La mort est immédiate, les souffles s'échappent par la porte des vents, l'homme tombe en silence, tout ramolli.

Salagnon fut troublé par cet objet si simple. Il tenait dans la main comme un couteau pliant, et sa forme parfaite montrait le sens pratique dont pouvait faire preuve l'industrie. Un ingénieur en avait tracé le profil, déterminé sa longueur exacte en fonction de l'usage, et peut-être travaillait-il avec un crâne sur sa table à dessin pour tester les mesures. Il devait les reporter à l'aide d'un pied à coulisse bien entretenu qu'il ne laissait manipuler par personne d'autre que lui. Quand ses crayons étaient émoussés par le dessin, il les taillait avec soin. On avait ensuite réglé les machines-outils d'une usine du Yorkshire ou de Pennsylvanie selon les cotes portées sur le plan, et le couteau à énuquer avait été produit en masse, de la même façon qu'un gobelet en aluminium. Avec cet objet dans sa poche, Salagnon vit tous les gens qui l'entouraient d'une façon différente : une petite porte à l'arrière de leur crâne, fermée mais qui pouvait s'ouvrir, laissait sortir le souffle et entrer les vents. Tous pouvaient mourir, à l'instant, de sa main.

Un autre commando, roux et rose comme une caricature d'Anglais, leur expliqua le poignard de commando. L'objet pouvait se lancer et tombait toujours du côté de la pointe. Acéré, il se plantait profond ; il tranchait aussi. Et si on l'utilisait sans le lâcher, on ne devait pas le tenir comme le tient Tarzan quand il affronte les crocodiles, mais la lame dans la direction du pouce, pas très différemment d'un couteau à viande. La fonction n'est-elle pas la même, trancher ? Alors les gestes se ressemblent.

La lenteur des explications, leur français hésitant, leur volonté d'être bien compris, laissait tout loisir de se représenter ce dont on parlait vraiment : un malaise diffus imprégnait l'atmosphère. Plus aucun des jeunes gens ne crânait ni ne tentait de boutade : ils manipulaient ces objets simples avec un peu de gêne. Ils faisaient attention de ne pas toucher les lames. Ils accueillirent avec soulagement l'étude des explosifs. Le plastic, douce pâte à modeler, avait un contact onctueux sans rapport avec son usage. Et on le déclenchait avec une abstraction de fils. Ils se concentrèrent sur les connexions et ce fut bien rassurant. Heureusement que l'on ne pense pas à tout, tout le temps. Les détails techniques sont les bienvenus pour occuper l'attention.

Quand ils attaquèrent la colonne de camions qui remontaient le val de Saône, ce fut plus sérieux. Cela ressembla davantage à une bataille. Les trente camions chargés de fantassins furent pris sous le feu des fusils-mitrailleurs embusqués sur la pente au-dessus d'eux, derrière des haies et des souches. Sautant des camions, plongeant dans les fossés, les soldats aguerris ripostèrent, tentèrent une contre-attaque, qui fut repoussée. Des corps jonchaient l'herbe et le bitume entre les carcasses qui brûlaient. Quand les chargeurs furent vides, l'attaque cessa. La colonne fit marche arrière dans un certain désordre. Les maquisards laissèrent faire, comptèrent les dégâts à la jumelle, et se retirèrent. Quelques minutes après deux avions volant très bas vinrent mitrailler la pente. Leurs grosses balles hachèrent les buissons, retournèrent le sol, des troncs larges comme le bras furent déchiquetés et tombèrent. La cuisse de Courtillot fut traversée d'une grosse écharde humide de sève, longue comme le bras, pointue comme une lame. Les avions revinrent plusieurs fois au-dessus de la route fumante puis repartirent. Les maquisards remontaient dans les bois en portant leur premier blessé.

Sencey fut pris. Ce fut facile. Il suffisait d'avancer et de baisser la tête pour éviter les balles. Les balles de mitrailleuses suivaient l'axe de la grand-rue. Elles passaient haut, un faux plat les gênait, on distinguait dans la lumière éblouissante l'abri de sacs de sable, le museau perforé de la mitrailleuse allemande et les casques ronds qui dépassaient, hors d'atteinte. Les balles se précipitaient dans l'air chaud avec une vibration suraiguë, une longue déchirure qui se terminait par un claquement sec contre la pierre. Ils baissaient la tête, les pierres blanches au-dessus d'eux éclataient avec de petits nuages de poussière crayeuse et une odeur de calcaire cassé à la pioche en plein soleil.

Sencey fut pris, car il fallait qu'il fût pris. Le colonel insista pour marquer une progression sur la carte. Prendre ville est le principal acte militaire, même s'il s'agit d'une bourgade mâconnaise assoupie à l'heure de la sieste. Ils avançaient en baissant la tête, évitant les balles que la mitrailleuse tirait trop haut. Ils se cachaient en ligne dans l'encoignure des portes. Ils rampaient à la base des murs, se réduisaient derrière une borne au point de n'en plus dépasser, mais devant la grand-rue ils ne pouvaient aller plus loin.

Brioude avançait par petits sauts, les jambes pliées et le dos horizontal, les doigts de sa main gauche appuyés au sol ; sa main droite serrait sa mitraillette Sten, et ses doigts blanchissaient aux jointures tant il la serrait, cette arme qui avait encore si peu servi. Roseval derrière marchait aussi bas, et Salagnon ensuite, et les autres, en file, s'égrenant le long des façades derrière les obstacles, derrière les coins de mur, derrière les bancs de pierre, les encoignures de porte. Les rues de Sencey étaient de cailloux, les murs de pierre claire, tout reflétait la lumière blanche. On voyait la chaleur comme une ondulation de l'air, et ils avançaient en plissant les yeux, suant du dos, suant du front, suant des bras, suant des mains aussi mais ils les essuyaient sur leur short pour qu'elles ne glissent pas sur la poignée de leur arme.

Portes et volets du village étaient clos, ils ne virent personne, ils se débrouillèrent avec les Allemands sans qu'aucun habitant ne s'en mêle. Mais parfois quand ils passaient devant une porte, colonne d'hommes en chemise blanche avançant par petits bonds, cette porte s'ouvrait et une main — ils ne virent jamais que la main — posait sur le seuil une bouteille pleine, et ensuite la porte se refermait avec un bruit ridicule, un petit claquement de serrure au milieu du crépitement des balles. Ils buvaient, passaient au suivant, c'était du vin frais ou de l'eau, et le dernier posait avec soin la bouteille vide sur une fenêtre. Ils continuaient d'avancer le long de la rue principale. Il aurait fallu la franchir. Les pierres rayonnaient de chaleur blanche qui leur brûlait les mains et les yeux. La mitrailleuse des Allemands postée au bout tirait au hasard, au moindre mouvement. De l'autre côté s'ouvraient des ruelles ombreuses qui auraient permis de s'en approcher à l'abri. Deux bonds suffisaient.

Brioude par gestes indiqua la rue. Il fit deux rotations de poignet figurant les deux bonds et pointa la ruelle de l'autre bord. Les autres acquiescèrent, accroupis, en silence. Brioude bondit, plongea, et roula à l'abri. Les balles suivirent, mais trop tard et trop haut. Il était de l'autre côté de la rue, il leur fit signe. Roseval et Salagnon partirent ensemble, coururent brusquement, et Salagnon crut sentir le vent des balles derrière lui. Il n'était pas sûr que des balles fassent du vent, ce n'était peut-être que leur bruit, ou bien le vent de sa propre course ; il tomba assis contre le mur à l'ombre, la poitrine prête à éclater, mis hors d'haleine par deux bonds. Le soleil écrasait les pierres, la rue était difficile à regarder, de l'autre côté les hommes accroupis hésitaient. Dans ce silence surchauffé où tout devenait plus épais et plus lent, Brioude fit des gestes insistants sans aucun bruit, qui paraissaient ralentis comme au fond d'une piscine. Mercier et Bourdet se lancèrent et la rafale prit Mercier au vol, le frappa en l'air comme la raquette frappe une balle, et il tomba à plat ventre. Une tache de sang se déploya sous lui. Bourdet ne pouvait s'arrêter de trembler. Brioude fit un geste d'arrêt, les autres en face restèrent accroupis au soleil, ceux qui étaient passés s'enfoncèrent dans la ruelle à sa suite.

Le corps de Mercier resta allongé. La mitrailleuse tira à nouveau, plus bas, et les cailloux sautèrent autour de lui, plusieurs balles le frappèrent avec un bruit de marteau sur de la chair, le corps bougeait avec de petits jets de sang et de tissu déchiré.

Dans les ruelles entre les maisons de pierre, dans l'ombre et le silence, sans plus de précautions ils coururent. Ils tombèrent sur deux Allemands couchés derrière un puits, leur fusil pointé sur la grand-rue. Ils interdisaient le passage dans le mauvais sens. Ils furent alertés par les pas précipités derrière eux mais trop tard, ils se retournèrent, Brioude qui courait tira par réflexe, sa mitraillette Sten tenue devant lui à bout de bras comme s'il se protégeait de quelque chose, comme s'il avançait dans le noir en craignant de se cogner, les lèvres pincées, les yeux réduits à des fentes. Les deux Allemands s'affaissèrent en se vidant de leur sang, le casque de travers, et ils ne ralentirent pas, ils sautèrent par-dessus les corps, ils s'approchaient de la mitrailleuse cachée.

Ils parvinrent tout près, ils virent les casques par-dessus les sacs de sable et le canon perforé qui oscillait. Roseval lança très vite une grenade et se jeta à terre ; il avait lancé trop court, l'objet roula devant les sacs et explosa, des débris de terre et de cailloux volèrent par-dessus les têtes, des débris métalliques retombèrent avec des tintements. Quand la poussière se fut dissipée, les quatre hommes regardèrent à nouveau. Les casques et l'arme avaient disparu. Ils vérifièrent, avancèrent lentement, contournèrent, jusqu'à s'assurer que la place était vide. Alors ils se redressèrent, Sencey était pris.

Du porche de l'église ils virent en contrebas la campagne quadrillée de haies. Les prés descendaient en pente douce jusqu'à Porquigny dont on apercevait la gare, et au-delà la Saône bordée d'arbres, et la plaine délavée de lumière, presque dissoute dans l'air éblouissant. Sur la route de Porquigny trois camions s'éloignaient en cahotant. Au hasard des virages et des bosses ils envoyaient des éclairs brefs quand le soleil se reflétait sur leurs vitres. Deux fumées verticales montaient au-dessus des voies, là où devaient être des trains.

Devant le porche de l'église, tout au bout du village d'où l'on voyait la campagne alentour, Salagnon dut s'asseoir ; ses muscles tremblaient, ses membres ne le portaient plus, il transpirait. L'eau coulait hors de lui comme si sa peau n'était qu'une gaze de coton, il ruisselait, et cela puait, il collait. Assis, les mains serrées sur son arme pour qu'elle au moins ne tremble pas, il pensa à Mercier laissé dans la rue, tué au vol, par malchance. Mais il fallait bien que quelqu'un d'entre eux meure, c'était la règle immémoriale, et il ressentit l'immense joie, l'immense absurdité d'être resté vivant.

Prendre Porquigny était facile. Il suffisait de descendre par les chemins, de se cacher entre les haies. À Porquigny ils atteindraient la voie ferrée, la grande route, la Saône ; et alors viendrait la nouvelle armée française, et les Américains qui remontaient vers le nord aussi vite que le leur permettaient leurs gros paquetages.

Ils se glissèrent dans les prés, atteignirent les premières maisons. Abrités aux angles des murs ils écoutaient. De grosses mouches lentes venaient les agacer, ils les chassaient de petits gestes. Ils n'entendaient rien à part le vol des mouches. L'air vrombissait autour d'eux ; mais l'air vibrant de chaleur ne fait pas de bruit : cela se voit juste, cela déforme les lignes et l'on voit mal, on papillote des cils pour les décoller, alors on s'essuie les yeux d'une main mouillée de sueur. L'air chaud ne fait aucun bruit, ce sont les mouches. Dans le bourg de Porquigny les mouches formaient des essaims paresseux, qui vrombissaient continûment. Il fallait les chasser de grands gestes, mais elles ne réagissaient pas, à peine, elles s'envolaient pour se reposer au même endroit. Elles ne craignaient pas les menaces, rien ne pouvait les écarter, elles collaient au visage, aux bras, aux mains, partout où coulait un peu de sueur. Dans le bourg, l'air vibrait d'une chaleur désagréable, et de mouches.

Le premier corps qu'ils virent fut celui d'une femme couchée sur le dos ; sa jolie robe s'étalait autour d'elle comme si elle l'avait déployée avant de s'étendre. Elle avait trente ans et l'air d'une citadine. Elle aurait pu être ici en vacances ou l'institutrice du village. Morte elle avait les yeux ouverts, et elle gardait un air de tranquille indépendance, d'assurance et d'instruction. La blessure à son ventre ne saignait plus mais l'encroûtement rouge qui déchirait sa robe frémissait d'un gros velours de mouches.

Ils trouvèrent les autres sur la place de l'église, disposés en ligne contre les murs, certains effondrés en travers de portes entrouvertes, plusieurs entassés sur une charrette légère, attelée d'un cheval qui restait là sans bouger, clignant juste des yeux et agitant les oreilles. Les mouches allaient d'un corps à l'autre, elles formaient des tourbillons au hasard, leur bourdonnement emplissait tout.

Les maquisards avançaient à pas précautionneux, ils restaient en colonne parfaite, respectant les distances comme jamais ils ne l'avaient fait. L'air vibrant ne laissait place à aucun autre son, ils en oubliaient être dotés de parole. Ils se couvraient machinalement la bouche et le nez, pour se protéger de l'odeur et de l'entrée des mouches ; et pour se montrer, comme à leurs camarades autour, qu'ils avaient le souffle coupé et qu'ils ne pouvaient rien dire. Ils comptèrent et trouvèrent vingt-huit cadavres dans les rues de Porquigny. Le seul homme jeune était un garçon de seize ans en chemise blanche ouverte, une mèche blonde lui barrant le front, les mains dans le dos attachées d'une corde. Sa nuque avait explosé d'une balle tirée de près, qui avait épargné son visage. Les mouches ne rampaient qu'à l'arrière de sa tête.

Ils sortirent de Porquigny en direction de la gare construite en contrebas, au-delà de prés parsemés de bosquets, derrière un alignement de peupliers. Il y eut un sifflement dans le ciel et une série d'explosions bien en ligne souleva le sol devant eux. Le sol trembla et les fit trébucher. Ils entendirent ensuite le choc sourd des coups de départ. Une seconde salve partit et les explosions les entourèrent, les couvrant de terre et d'échardes humides. Ils s'égaillèrent derrière les arbres, remontèrent en courant dans le village, certains restant couchés à terre. « Le train blindé », dit Brioude, mais personne ne l'entendit, dans le tonnerre du bombardement sa voix ne portait pas, et ce fut une fuite. Le sol tremblait, la fumée mêlée de terre n'en finissait pas de retomber, une pluie de petits débris grêlait autour d'eux, sur eux, tous étaient sourds, aveugles, affolés, et ils coururent vers le village au plus vite sans s'occuper de rien d'autre que de fuir.

Quand ils furent entre les maisons, certains manquaient. Les salves s'interrompirent. Ils distinguèrent des grondements de moteur. Traversant le rideau de peupliers trois chars Tigre remontaient la pente vers Porquigny. Ils laissaient derrière eux des ornières de terre retournée, et des hommes en gris les suivaient, abrités par les gros blocs de métal dont ils entendaient le grincement continu.

Le premier tir perça une fenêtre et explosa dans une maison dont le toit s'effondra. Les poutres craquèrent, les tuiles dégringolèrent avec des tintements de terre cuite et une colonne de poussière rougeâtre s'éleva au-dessus de la ruine, se répandit dans les rues.

Les maquisards cherchaient l'abri des maisons. Derrière les chars, les soldats en gris avançaient courbés pour ne pas faire cible. Ils avançaient ensemble, ne tiraient pas, ne se découvraient pas, les machines leur ouvraient le chemin. Les jeunes Français en chemise blanche qui voulaient en découdre allaient être écrasés comme des coquilles par les mâchoires de fer d'un casse-noix. Non pas tant par les machines que par l'organisation.

Quand ils furent à portée, les balles de fusils-mitrailleurs rebondirent sur le gros blindage sans même l'entamer. Les chars Tigre avançaient en écrasant l'herbe. Quand eux tiraient, leur masse se soulevait d'un gros soupir, et en face un mur s'effondrait.

Roseval et Salagnon s'étaient réfugiés dans une maison dont ils avaient ouvert la porte à coups de pied. Une famille sans mari ni garçon était tapie au fond de la cuisine. Roseval alla les rassurer pendant que Salagnon par la porte surveillait la tourelle carrée aux belles lignes qui lentement avançait, qui lentement tournait, pointant partout son œil noir. Le coup au but détruisit la cuisine. Salagnon fut couvert de poussière ; ne restaient intacts que les montants de la porte arrachée de ses gonds. Salagnon protégé des grosses pierres ne fut pas touché. Il ne regarda pas derrière lui le fond de la pièce. Il surveillait le char qui avançait suivi de soldats aguerris dont il pouvait distinguer l'équipement ; pas encore le visage ; mais ils avançaient vers lui. Couvert de poussière, derrière des pierres branlantes, il les surveillait avec attention comme si l'attention pouvait le sauver.

Les trois avions vinrent du sud, le corps peint d'une étoile blanche. Ils ne volaient pas très haut et firent en passant le bruit d'un ciel qui se déchire. Ils firent le bruit auquel on s'attend si le ciel se déchire ; car il n'y a que la déchirure du ciel dans toutes ses épaisseurs qui puisse produire ce bruit-là, qui fasse rentrer la tête dans les épaules en pensant qu'il n'existe rien de plus fort ; mais si. Ils passèrent une deuxième fois et tirèrent de grosses balles sur les chars Tigre, des balles explosives qui soulevaient la terre et les cailloux autour d'eux, rebondissaient à grand bruit sur leur blindage. Ils virèrent sur l'aile avec des vrombissements d'énormes scies circulaires et filèrent vers le sud. Les chars firent demi-tour, les soldats aguerris toujours abrités derrière eux. Les maquisards restèrent dans leurs abris miraculeux qui avaient tenu jusque-là, l'oreille aux aguets, guettant l'évanouissement du bruit des moteurs. Revint alors le bourdon continu des mouches qu'ils avaient oubliées.

Quand les premiers zouaves portés arrivèrent au village, les maquisards sortirent en clignant des yeux ; ils serraient leurs armes tièdes et gluantes de sueur, titubaient comme après un gros effort, une grosse fatigue, une nuit passée à boire et maintenant c'était le jour. Ils firent de grands gestes aux soldats verts qui avançaient entre des chars Sherman, engoncés dans leur paquetage, le fusil en travers des épaules, le casque lourd dissimulant leurs yeux.

Les jeunes garçons embrassèrent les soldats de l'armée d'Afrique, qui leur rendirent avec patience et gentillesse leurs effusions, habitués qu'ils étaient depuis des semaines à déclencher la joie sur leur passage. Ils parlaient français, mais avec un rythme dont ils n'avaient pas l'habitude, avec une sonorité qu'ils n'avaient encore jamais entendue. Il leur fallait tendre l'oreille pour comprendre, et cela faisait rire Salagnon qui n'avait pas imaginé que l'on puisse parler ainsi. « C'est drôle, comme ils parlent, dit-il au colonel. — Vous verrez, Salagnon, les Français d'Afrique sont parfois difficiles à comprendre. On est souvent surpris, et pas toujours pour le mieux », marmonna-t-il en resserrant son écharpe saharienne, et replaçant son képi bleu ciel selon l'inclinaison exacte que demandait sa couleur bleu ciel.

Salagnon épuisé se coucha dans l'herbe, au-dessus de lui flottaient de gros nuages bien dessinés. Ils se tenaient en l'air avec une majesté de montagne, avec le détachement de la neige posée sur un sommet. Comment autant d'eau peut donc rester en l'air ? se demanda-t-il. Couché sur le dos, attentif au reflux qui parcourait ses membres, il n'avait pas de meilleure question à poser. Il se rendait compte maintenant qu'il avait eu peur ; mais si peur que plus jamais il n'aurait peur. L'organe qui le lui permettait avait été brisé d'un coup, et emporté.

Les zouaves portés s'installaient autour de Porquigny. Ils disposaient d'une quantité extravagante de matériel qui venait par camions et qu'ils déballaient dans les prés. Ils dressèrent des tentes, les alignèrent au cordeau, empilèrent des caisses en énormes tas, vertes et marquées en blanc de mots anglais. Des chars se garaient en rangs aussi naturellement que des automobiles.

Salagnon épuisé assis dans l'herbe regardait le camp se monter, les véhicules venir, les centaines d'hommes se livrer à des tâches d'installation. Devant lui passaient les chars arrondis en forme de batraciens, les voitures tout-terrain sans angles vifs, les camions renfrognés aux muscles de bovins, les soldats en tenue ample sous un casque rond, le pantalon bouffant par-dessus la chaussure lacée. Tout était couleur grenouille foncée, un peu bourbeuse comme au sortir de l'étang. Le matériel américain est construit selon des lignes organiques, pensa-t-il ; on l'a dessiné comme une peau par-dessus les muscles, on lui a donné des formes bien adaptées au corps humain. Alors que les Allemands pensent en volumes gris, mieux dessinés, plus beaux, inhumains comme des volontés ; anguleux comme des raisonnements indiscutables.

L'esprit vide, Salagnon voyait des formes. Dans son esprit sans occupation, son talent revenait. Il voyait d'abord en lignes, il les suivait d'une attention muette et sensible comme peut l'être une main. La vie militaire permet de telles absences, ou les impose à ceux qui ne le souhaiteraient pas.

Le colonel, homme rien moins que contemplatif, rassembla ses hommes. Il fit chercher les morts laissés dans le pré labouré d'obus et sous les maisons effondrées. Ils portèrent les blessés jusqu'à la tente-hôpital. Salomon Kaloyannis s'occupait de tout. Le médecin-major accueillait, organisait, opérait. Ce petit homme affable semblait soigner par le simple contact de ses mains, douces et volubiles. Avec son accent rigolo — ce fut le mot qui vint à Salagnon — et avec trop de phrases, il fit installer les plus gravement atteints dans la tente, et fit aligner les autres sur des sièges de toile posés dans l'herbe. Il interpellait sans cesse un grand type moustachu qu'il appelait Ahmed, et qui lui répondait sans cesse d'une voix très douce : « Oui, docteur. » Il répétait ensuite les ordres dans une langue qui devait être de l'arabe à d'autres gaillards bistre comme lui, brancardiers, infirmiers, qui s'occupaient des blessés avec des gestes efficaces et simplifiés par l'habitude. Ahmed, qu'une moustache et de gros sourcils rendaient terrible, donnait ses soins avec une grande douceur. Un jeune maquisard au bras abîmé, qui n'avait rien dit depuis des heures en serrant contre lui son membre sanglant, soutenu par la colère, fondit en larmes dès qu'à l'aide d'une compresse, à petits coups délicats, il commença de le lui laver.

Une infirmière en blouse apportait de la tente des pansements et des flacons de désinfectant. Elle s'inquiétait des blessés d'une voix chantante, elle transmettait d'un ton ferme aux infirmiers les instructions du médecin-major occupé à l'intérieur ; ils acquiesçaient avec leur accent prononcé et souriaient à son passage. Elle était très jeune, et tout en courbes. Salagnon qui pensait en formes la suivit des yeux, d'abord rêveusement en se laissant aller à son talent. Elle s'efforçait à la neutralité mais n'y parvenait pas. Une mèche dépassait de ses cheveux tirés, ses formes dépassaient de sa blouse boutonnée, ses lèvres rondes dépassaient de l'air sérieux qu'elle essayait de se donner. La femme dépassait d'elle, rayonnait d'elle à chacun de ses gestes, s'échappait d'elle à la moindre respiration ; mais elle essayait de jouer le mieux possible son rôle d'infirmière.

Tous les hommes du régiment de zouaves portés la connaissaient par son nom. Comme eux tous, elle faisait de son mieux dans cette guerre d'été où l'on gagnait toujours, elle méritait sa place parmi eux, elle était Eurydice, la fille du docteur Kaloyannis, et personne n'omettait jamais de la saluer en la croisant. Victorien Salagnon ne saurait jamais si tomber amoureux d'Eurydice à ce moment-là avait tenu aux circonstances, ou à elle. Mais peut-être les individus ne sont-ils que les circonstances dans lesquelles ils apparaissent. L'aurait-il vue dans les rues de Lyon où il allait sans rien voir, parmi mille femmes qui passaient autour de lui ?

Ou alors jaillit-elle à ses yeux parce qu'elle était la seule femme parmi un millier d'hommes fatigués ? Peu importe, les gens sont leur environnement. Donc un jour de 1944, alors que Salagnon ne rêvait que de lignes, alors que Victorien Salagnon épuisé ne percevait rien d'autre que la forme des objets, alors que son prodigieux talent revenait en ses mains enfin libres, il vit Eurydice Kaloyannis passer devant lui ; et il ne la quitta plus jamais des yeux.

Le colonel se fit connaître de l'autre colonel, Naegelin, celui des zouaves portés, un Français d'Oran très pâle qui l'accueillit avec politesse, comme il accueillait tous les combattants de la liberté qui le rejoignaient depuis Toulon ; mais aussi avec un peu de méfiance quant à son grade, son nom, ses états de service. Le colonel rangea ses hommes et les fit saluer, il se présenta en bombant le torse, il criait d'une voix forcée qu'aucun de ses jeunes gens ne lui connaissait. Ils avaient pourtant fière allure ainsi alignés au soleil, équipés d'armes anglaises dépareillées, vêtus de l'uniforme des chantiers un peu usé, un peu sales, un peu approximatifs dans leur garde-à-vous, mais tremblant d'enthousiasme dans leur posture, et relevant le menton avec une ardeur que l'on ne trouve plus chez les militaires, ni ceux qu'une longue paix avait ramollis, ni ceux qu'une trop longue guerre désabusait.

Naegelin salua, lui serra la main, et déjà il regardait ailleurs et s'occupait à d'autres tâches. Ils furent intégrés comme compagnies supplétives, sous les ordres de leur commandement habituel. Le soir sous la guitoune le colonel leur distribua des grades imaginaires. En pointant du doigt à la ronde il nomma quatre capitaines et huit lieutenants. « Capitaine ? Vous n'y allez pas un peu fort ? s'étonna l'un d'eux, perplexe, retournant entre ses doigts le morceau de ruban doré qu'il venait de recevoir. — Et alors, vous ne savez pas coudre ? Mettez-moi ces galons sur votre manche et vite ! Sans galon, vous fermez votre gueule ; avec le galon sur la manche, vous pourrez l'ouvrir. Les choses vont vite. Malheur à ceux qui traînent. »

Salagnon en fut, parce qu'il était là et parce qu'il fallait du monde. « Vous me plaisez bien, Salagnon. Vous avez une bonne tête, bien pleine, et bien sur les épaules. Et maintenant, cousez. »

Cela dura le temps de le dire. En 1944 les décisions ne traînaient pas. Si depuis 40, personne n'avait décidé de rien sinon de se taire, en 44 on se rattrapait. Tout était possible. Tout. Dans tous les sens.

Toute la nuit des chars montèrent vers le nord par la route. Ils éclairaient le précédent de leurs phares baissés, poussant chacun devant eux une portion de route illuminée. Au matin ce furent des avions qui passèrent bas, très vite, par groupes de quatre bien rangés. Ils entendirent selon les vents des grondements et des impacts, un bruit de forge qui semblait venir par le sol, le fracas sourd des échanges d'obus. La nuit des halos de flammes tremblaient à l'horizon.

On les laissait à part. Le colonel acceptait toutes les missions mais ne décidait de rien. Il allait marcher le soir dans les chemins, et par de brusques moulinets de sa canne il décapitait les chardons, les orties ou toutes les hampes florales un peu hautes qui dépassaient de l'herbe.

Les blessés arrivaient par camions, abîmés, mal pansés, ensanglantés, cachés pour les plus atteints sous des couvertures, et on les installait dans la tente-hôpital de Kaloyannis qui les aidait à survivre ou à mourir avec une douceur égale. La compagnie supplétive du colonel aidait aux transports, portait des civières, alignait au sol les morts que l'on sortait un par un de la tente verte marquée d'une croix rouge. Sinon ils passaient de longues heures à ne rien faire, car la vie militaire se répartit ainsi, alternance de périodes trop actives qui épuisent, et de périodes vides que l'on remplit par la marche et le ménage. Mais là, en campagne, par rien. Beaucoup dormaient, nettoyaient leurs armes jusqu'à en connaître la moindre éraflure, ou cherchaient de quoi un peu mieux manger.

Pour Salagnon le temps vide était celui du dessin ; le temps qui ne bouge pas produisait un picotement de ses yeux et de ses doigts. Sur le papier d'emballage américain qui lui restait il dessinait des mécanos torse nu qui fouillaient dans le moteur des chars, d'autres qui réparaient les pneus des camions à l'ombre de peupliers, d'autres sous les feuillages mouvants qui transvasaient de l'essence avec de gros tuyaux qu'ils prenaient à bras-le-corps ; il dessina les maquisards semés dans l'herbe, couchés entre les fleurs, donnant forme aux nuages traversant le ciel. Il dessina Eurydice qui passait. Il la dessina plusieurs fois. Alors qu'il la dessinait, encore une fois, sans exactement y penser, toute son âme concentrée entre son crayon et la trace qu'il laissait, une main se posa sur son épaule mais si douce qu'il ne sursauta pas. Kaloyannis sans rien dire admirait la silhouette de sa fille sur le papier. Salagnon immobilisé ne savait pas comment il devait réagir, s'il devait lui montrer le dessin, ou bien le cacher en lui présentant des excuses.

« Vous dessinez merveilleusement ma fille, dit-il enfin. Ne voudriez-vous pas venir plus souvent à l'hôpital ? Pour faire son portrait, et me le donner. »

Salagnon accepta dans un soupir de soulagement.

Salagnon venait souvent auprès de Roseval. Quand il ferma les yeux il le dessina. Il lui fit un visage très pur où l'on ne voyait pas la sueur, où l'on n'entendait pas la respiration sifflante, où l'on ne devinait pas les crispations des lèvres ni les tremblements qui remontaient de son ventre bandé et le parcouraient tout entier. Il ne montra pas sa pâleur qui tirait sur le vert, il ne montra aucune des paroles incohérentes qu'il bredouillait sans ouvrir les yeux. Il fit le portrait d'un homme presque alangui qui reposait sur le dos. Avant de fermer les yeux, il lui avait agrippé la main, l'avait serrée très fort, et avait parlé très bas mais de façon claire.

« Tu sais, Salagnon, je ne regrette qu'une chose. Pas de mourir ; cela, tant pis. Il le faut bien. Ce que je regrette, c'est de mourir puceau. J'aurais bien aimé. Tu le feras pour moi ? Quand ça t'arrivera, tu penseras à moi ?

— Oui. Je te le promets. »

Roseval lui lâcha la main, ferma les yeux, et Salagnon le dessina au crayon sur le gros papier brun qui emballait les munitions américaines.

« Vous le dessinez comme s'il dormait, dit Eurydice par-dessus son épaule. Alors qu'il souffre.

— Il est plus ressemblant quand il ne souffre pas. Je voudrais le garder comme il était.

— Que lui avez-vous promis ? J'ai entendu en entrant que vous lui promettiez quelque chose avant qu'il ne vous lâche la main. »

Il rougit à peine, posa quelques ombres sur son dessin, qui creusèrent un peu les traits, comme un dormeur qui rêve, un dormeur qui vit encore à l'intérieur même s'il ne bouge plus.

« De vivre pour lui. De vivre pour ceux qui meurent et qui ne verront pas la fin.

— Vous la verrez, vous, la fin ?

— Peut-être. Ou non ; mais alors quelqu'un d'autre la verra pour moi. »

Il hésita à ajouter quelque chose à son dessin, puis renonça à le gâcher. Il se tourna vers Eurydice, leva les yeux vers elle, elle le regardait de tout près.

« Voudriez-vous vivre pour moi, si je mourais avant la fin ? »

Sur le dessin, Roseval dormait. Paisible et beau jeune homme étendu dans un champ de fleurs, attendant, attendu.

« Oui », souffla-t-elle en rougissant comme s'il l'avait embrassée. Salagnon sentit ses mains trembler. Ils sortirent ensemble de la tente-hôpital, et sur un simple signe de tête s'éloignèrent chacun dans une direction différente. Ils marchaient sans se retourner et sentaient autour d'eux comme un voile, un manteau, un drap, l'attention de l'autre qui le couvrait tout entier, et suivait ses mouvements.

Dans l'après-midi ils allèrent chercher les morts en camion. Brioude savait conduire et tenait le volant, les autres se serraient sur la banquette : Salagnon, Rochette, Moreau, et Ben Tobbal, ce qui était le patronyme d'Ahmed. Brioude le lui avait demandé avant qu'ils ne montent tous ensemble dans le camion. « Je ne vais pas t'appeler par ton prénom, j'aurais l'impression de m'adresser à un enfant. Et avec les moustaches que tu as... » Ahmed le lui avait dit : Ben Tobbal, souriant sous ses moustaches. Brioude ne l'avait plus jamais appelé qu'ainsi, mais il était le seul. Ce n'était qu'un effet de son goût de l'ordre, de son égalitarisme un peu brusque, et il n'y pensait plus. L'air d'été soufflait par les fenêtres avec des odeurs d'herbes chaudes ; ils roulaient sur la prairie qui longe la Saône, ils cahotaient sur la piste caillouteuse, ils s'accrochaient comme ils pouvaient, ils rebondissaient sur la banquette, se cognaient les uns aux autres en tâchant de ne pas heurter la main de Brioude sur le levier de vitesses, tous échevelés de l'air chaud qui tourbillonnait dans la cabine.

Brioude conduisait en chantonnant, ils allaient chercher les corps, ramener les morts. C'était l'une des missions que Naegelin confiait aux irréguliers du colonel, et lorsqu'il disait son grade, il prononçait des guillemets autour, avec une petite pause avant le mot et comme un clin d'œil après.

Ils traversèrent en camion le tableau flamand du val de Saône, où des champs d'un vert vif sont découpés par les brins de laine un peu plus foncée des haies. Sur le bleu de ciel passaient des nuages à fond plat, très blancs, et dessous allait la Saône qui s'étale plus qu'elle ne coule, miroir de bronze qui flue, mêlant des reflets de ciel à de l'argile.

Au bord de l'eau plusieurs chars verts brûlaient. La grande prairie n'avait rien perdu de sa beauté ni de ses vastes proportions ; on avait juste posé des choses atroces sur le paysage intact. Des chars brûlaient dans l'herbe, comme de gros ruminants abattus à l'endroit où ils broutaient. Sur une éminence qui dominait la prairie, un char Tigre basculé dépassait d'une haie, sa trappe d'accès béante et noircie.

Rebondissant sur les bosses du pré, ils firent le tour des chars verts, tous atteints d'un coup au but à la base de leur tourelle ; et chaque fois, sous l'effet de la charge creuse, les Sherman trop peu blindés avaient hoqueté puis explosé de l'intérieur. Leurs carcasses abandonnées dans l'herbe brûlaient encore. Il flottait autour d'eux une odeur grasse qui râpait la gorge, une fumée où se mêlaient le caoutchouc, l'essence, le métal chauffé, les explosifs et autre chose encore. Cette odeur restait à l'intérieur du nez comme une suie.

Ils avaient espéré en venant chercher les morts que ceux-ci seraient des corps étendus comme endormis, marqués d'estafilades, ou alors de l'arrachement bien net d'une partie du corps, de l'effacement d'un membre quelconque. Ce qu'ils ramassèrent ressemblait à des animaux tombés dans le feu. Leur volume avait réduit, la raideur de leurs membres rendait leur transport facile, mais leur rangement malaisé. Toutes les parts fragiles du corps avaient disparu, les vêtements ne ressemblaient à rien. Ils les prirent comme des bûches. Quand un de ces objets bougea et qu'un filet de voix en sortit — d'ils ne savaient où, car aucune bouche ne permettait plus d'articuler — ils le laissèrent tomber de saisissement. Ils restèrent autour, le visage blanc et les mains tremblantes. Ben Tobbal s'approcha, s'agenouilla près du corps avec à la main une seringue aiguille en l'air. Il le piqua, injecta un peu de liquide dans la poitrine, où l'on reconnaissait sur le tissu brûlé des débris de galon. Le mouvement et le bruit s'interrompirent. « Vous pouvez le mettre dans le camion », dit Ben Tobbal très doucement.

Ils allèrent jusqu'au char Tigre et grimpèrent sur sa carcasse pour voir dedans. À part un peu de suie sur sa trappe d'accès, il semblait intact, juste basculé avec une chenille en l'air. Ils furent curieux de savoir comment était l'intérieur des Panzer invincibles. Dedans stagnait une odeur pire que la fumée des chars brûlés. L'odeur ne débordait pas, elle restait dedans, liquide, lourde, et tachait l'âme. Une gelée ignoble tapissait les parois, engluait les commandes, couvrait les sièges ; une masse fondue d'où dépassaient des os tremblotait au fond de l'habitacle. Ils reconnurent des fragments d'uniforme, un col intact, une manche entourant un bras, la moitié d'un casque de tankiste englué d'un liquide épais. L'odeur remplissait l'intérieur. Sur le flanc de la tourelle ils virent quatre trous bien en ligne aux bords bien nets : les impacts des fusées tirées du ciel.

Brioude vomit carrément ; Ben Tobbal lui tapa dans le dos comme pour l'aider à se vider. « Tu sais, on ne réagit qu'au premier. Les autres ne te feront rien. »

Salagnon en rentrant dessina les chars sur le pré. Il les fit de petite taille sur l'horizon, dispersés sur la prairie, et une énorme fumée occupait toute la feuille.

De fait ils furent affectés à la tente-hôpital, sous l'autorité bonhomme du médecin-major. Le colonel piaffait mais Naegelin affectait de ne pas se souvenir de son nom, et d'oublier sa présence. Alors ils s'occupaient des blessés qui dans l'ombre de la tente attendaient sur des lits de camp. Ils attendaient de partir vers les hôpitaux des villes libres, ils attendaient de guérir, ils attendaient dans l'ombre trop chaude de la tente-hôpital ; ils chassaient les mouches qui tournaient autour des draps, ils regardaient pendant des heures le plafond de toile pour ceux qui pouvaient encore le voir, et laissaient reposer à côté d'eux des membres emmaillotés, parfois tachés de rouge.

Salagnon venait s'asseoir à côté d'eux et dessinait leur visage, leur torse nu entouré de drap, leurs membres blessés bandés de blanc. Poser les soulageait, leur immobilité avait un but, et dessiner occupait. Il leur donnait ensuite le dessin qu'ils gardaient précieusement dans leur paquetage. Kaloyannis l'encourageait à venir souvent et lui fit délivrer par l'intendance du beau papier granuleux, des crayons, des plumes, de l'encre, et même de petits pinceaux souples qui servaient à huiler les pièces des systèmes de visée. « Mes blessés guérissent mieux quand on les regarde », disait-il à l'officier fourrier qui s'inquiétait de devoir donner le beau papier blanc des ordres officiels et des citations ; et il obtenait pour Salagnon de quoi dessiner, activité sans but bien clair qui étrangement intéresse tout le monde.

Sous la tente-hôpital Kaloyannis opérait, pansait, soignait ; il confiait aux infirmiers musulmans le soin de ces injections, qui si elles sont administrées avec tact, valent pour une prière des morts. Il s'était aménagé un coin de tente où il se reposait aux heures chaudes, bavardant avec quelques officiers, surtout des Français de France. Il se faisait servir du thé par Ahmed, qui sentait la menthe. L'aménagement se résumait à un tapis et des coussins pour s'asseoir, une tenture autour, et un plateau de cuivre posé sur une caisse de munitions ; mais quand le colonel eut franchi la tenture, il s'exclama avec une joie sincère : « Mais vous avez emporté un coin de là-bas ! » Et il repoussa en arrière son képi bleu ciel ; cela lui donna un air crâne qui fit sourire Kaloyannis.

Le colonel revint souvent dans le salon maure du docteur, avec des maquisards désœuvrés et surtout Salagnon. Ils buvaient du thé, appuyés sur les coussins, ils écoutaient le bavardage de Kaloyannis qui aimait rien tant que parler. Il habitait Alger, ne sortait guère de Bab el-Oued, et ne connaissait pas du tout le Sahara ; cela semblait rassurer le colonel qui ne raconta de sa vie d'avant que de sommaires anecdotes.

Salagnon dessinait Eurydice et elle ne se lassait pas d'être ainsi regardée. Kaloyannis attentif couvait sa fille d'un air de tendre admiration, et le colonel silencieux mesurait le tout de son œil aigu. Dehors, aux heures chaudes, le paysage ne se voyait plus, écrasé d'un énorme soleil blanc ; les bords relevés de la tente laissaient passer de petits courants d'air qui soulageaient la peau en soufflant sur la sueur. « C'est le principe des tentes bédouines », disait le colonel. Et il se lançait dans l'explication ethnographique et physique de ces tentes noires en plein désert, dont il allait sans dire qu'il les avait personnellement fréquentées ; sans dire. Kaloyannis s'amusait, il prétendait n'avoir jamais vu de bédouins, et même ne pas savoir si l'Algérie en abritait. Il n'avait jamais fréquenté d'Arabe que dans la rue, à part Ahmed et ses infirmiers, et il ne pouvait, comme exotisme, que raconter des histoires de petits cireurs de chaussures. Et il les racontait. Par la grâce de sa bonhomie et de sa verve on était ailleurs.

Salagnon raconta ce qu'ils avaient vu dans la prairie. Il se souvenait de l'odeur comme d'une courbature à l'intérieur, il en avait le nez et la gorge blessés.

« Ce que j'ai vu dans le char allemand était ignoble. Je ne sais même pas comment le décrire.

— Un seul de leurs Tigre peut dézinguer plusieurs d'entre les nôtres, dit le colonel. Il faut les abattre.

— Il n'était même pas abîmé, et dedans, plus rien ; que ça.

— Heureusement que nous avons des machines, dit Kaloyannis. Tu imagines devoir faire ça à la main ? Liquider les quatre passagers d'une voiture au chalumeau, en passant par un trou dans la portière ? Il faudrait s'en approcher, les voir derrière la vitre, introduire la buse du chalumeau par le trou de la serrure et allumer. Cela durerait longtemps de remplir tout l'habitacle de flammes ; on suivrait tout par les vitres, en tenant bien le chalumeau ; on les verrait brûler juste derrière la vitre, on tiendrait fermement la buse jusqu'à ce que tout soit fondu à l'intérieur, et à la fin la peinture extérieure ne serait même pas cloquée. Tu imagines pouvoir suivre ça d'aussi près ? Vous entendriez tout, et le spectacle pour celui qui tient le chalumeau serait insupportable. On ne le ferait pas.

« Les pilotes américains, qui sont pour la plupart des types très convenables, dotés d'un sens moral assez strict dû à leur bizarre religion, ne supporteraient pas du tout de tuer des gens s'ils n'avaient pas de machines. Le pilote qui a fait ça n'a rien vu. Il a visé le char dans une mire géométrique, il a appuyé sur une touche rouge de son manche et il n'a même pas vu l'impact, il filait déjà. Grâce aux machines on peut passer plein de types dans des voitures au chalumeau. Sans l'industrie nous n'aurions pas pu tuer tant de gens, nous ne l'aurions pas supporté.

— Vous avez un humour particulier, Kaloyannis.

— Je ne vous vois jamais rire, colonel. Ce n'est pas un signe de force. Ni de bonne santé. Raide comme vous l'êtes, si on vous pousse vous cassez. Vous aurez l'air de quoi avec vos morceaux en désordre ? D'un puzzle en bois ?

— On ne peut pas vous en vouloir, Kaloyannis.

— C'est le génie pataouète, colonel. En faire toujours un peu trop, et ça passe toujours mieux.

— Mais votre histoire de machines, je la trouve grinçante.

— Je ne dis que la vérité philosophique de cette guerre, colonel ; et si la vérité grince, qu'y puis-je ?

— Vous philosophez de façon paradoxale.

— Vous voyez ça, colonel ? Humour, médecine, philosophie : je suis partout. Nous sommes partout ; c'est un peu ce que vous vouliez dire ?

— Je ne l'aurais pas dit le premier, mais puisque cela vient de vous...

— Et voilà, il est prononcé, le grand paradoxe : je suis seul, et partout. Gloire à l'Éternel ! qui compense mon tout petit nombre par le don d'ubiquité. Cela me permet de taquiner les messieurs animés de passions tristes. Peut-être parviendrai-je à les faire rire d'eux-mêmes ? »

Ahmed était toujours là, un peu en retrait, accroupi devant le réchaud ; en silence il faisait infuser le thé, et souriait parfois aux saillies du médecin. Il remplissait de petits verres en versant de très haut, dans un geste que le colonel ne chercha pas à imiter, mais qu'il assura bien connaître. Quand ils eurent bu le thé brûlant, les pans de la tente bougèrent, un peu de sueur s'évapora, cela les fit soupirer d'aise.

« À cette heure-ci, je serais plutôt anisette, ajouta Kaloyannis. Mais avec ces maniaqueries que l'on trouve dans l'islam, Ahmed est contre, et cela me gênerait de boire sans lui. Alors, messieurs, ce sera thé pour tout le monde, et pour toute la guerre, au nom du respect des lubies de chacun.

— Dites-moi, Kaloyannis, demanda enfin le colonel, vous êtes juif ?

— Je voyais bien que cela vous tracassait. Bien sûr, colonel ; je me prénomme Salomon. Vous pensez bien que par les temps qui courent, on ne s'encombre pas d'un prénom pareil sans de solides raisons familiales. »

Le colonel fit tourner son verre pour que le thé fasse un petit tourbillon, les débris de feuilles à son ombilic et le tour de plus en plus rapide remontant dangereusement vers le bord. Il but d'un coup et posa à nouveau la question sous une autre forme.

« Mais Kaloyannis, c'est grec, non ? »

Salomon Kaloyannis éclata d'un rire joyeux qui fit rougir le colonel. Puis il se pencha sur lui en pointant l'index, l'air de le gourmander.

« Je vois bien ce qui vous inquiète, colonel. C'est le thème du Juif caché ; je me trompe ? »

Le colonel ne répondit rien de clair, gêné comme un enfant pris à menacer un adulte d'une épée en bois.

« L'angoisse du Juif caché, continua Kaloyannis, c'est juste un problème de classification.

« J'ai un ami rabbin qui habite Bab el-Oued, comme moi. Je ne pratique rien de la religion mais il est toujours mon ami, car nous avons fait l'école buissonnière ensemble. Ne pas aller à l'école ensemble crée bien plus de lien que d'y être allés. Nous nous connaissons si bien que nous savons les dessous de nos vocations respectives ; rien de glorieux, alors cela nous évite bien des disputes. À jeun, il m'explique avec une belle logique l'impureté de certains animaux, ou alors l'ignominie de certaines pratiques. La casherout a la précision d'un livre de sciences naturelles, et cela, je le comprends. Est pur ce qui est classé, est impur ce qui déborde des classifications ; car l'Éternel a construit un monde en ordre, c'est le moins que l'on pouvait espérer de lui ; et ce qui n'entre pas dans ses catégories ne mérite pas d'y figurer : ce sont les monstres.

« Bien sûr, après quelques verres, nous ne voyons plus aussi bien les limites. Elles ont l'air solubles. Les rayons de l'étagère divine ne vont plus très droit. Les casiers s'emboîtent mal, certains n'ont pas tous leurs bords. À l'heure de l'anisette, le monde ressemble moins à une bibliothèque qu'au plateau de kémia dans lequel nous picorons : un peu de tout, sans trop d'ordre, juste pour le plaisir.

« Quelques verres de plus, et nous laissons là le scandale, l'indignation, et l'effroi devant les monstres. Nous adoptons la seule réaction saine face au désordre du monde : le rire. Un rire inextinguible qui nous fait regarder avec bienveillance par nos voisins. Ils savent bien que quand le rabbin et le docteur se mettent à discuter la Torah et les sciences place des Trois-Horloges, cela se termine toujours ainsi.

« Le lendemain j'ai mal au crâne et mon ami culpabilise un peu. Nous évitons de nous voir pendant quelques jours, et nous exerçons nos métiers avec beaucoup de soin et de compétence.

« Mais je vais répondre à votre question, colonel. Je m'appelle Kaloyannis parce que mon père était grec : il s'appelait Kaloyannis, et les noms se transmettent par le père ; il a épousé une Gattégno de Salonique, et comme la judéité se transmet par la mère, ils m'appelèrent Salomon. Quand Salonique disparut en tant que ville juive, ils vinrent à Constantine comme des naufragés qui changent de bateau quand le leur coule. Eh oui, nous quittons le navire quand il coule : voilà une métaphore que vous avez sans doute déjà entendue, sous une forme un peu différente, plus zoologique. Mais quand le bateau coule, il faut partir ou se noyer. À Constantine, je fus français : et j'épousai une Bensoussan, parce que je l'aimais ; et aussi parce que je ne voulais pas prendre sur moi d'interrompre une transmission millénaire. Une fois médecin, je me suis établi à Bab el-Oued, qui est un joyeux mélange, car si j'aime la communauté, la vie dans la communauté m'exaspère. Voilà, colonel, tout le secret du nom grec qui recouvre un Juif caché.

— Vous êtes cosmopolite.

— Parfaitement. Je suis né ottoman, ce qui n'existe plus, et me voilà français, car la France est la terre d'accueil de tous les inexistants, et nous parlons le français, qui est la langue de l'Empire des Idées. Les empires ont du bon, colonel, ils vous foutent la paix, et vous pouvez toujours en être. Vous pouvez être sujet de l'empire à peu de conditions : juste accepter de l'être. Et vous garderez toutes vos origines, même les plus contradictoires, sans qu'elles ne vous martyrisent. L'empire permet de respirer en paix, d'être semblable et différent en même temps, sans que cela soit un drame. Par contre, être citoyen d'une nation, cela se mérite, par sa naissance, par la nature de son être, par une analyse pointilleuse des origines. C'est le mauvais aspect de la nation : on en est, ou on n'en est pas, et le soupçon court toujours. L'Empire ottoman nous foutait la paix. Quand la petite nation grecque a mis la main sur Salonique, il a fallu mentionner sa religion sur ses papiers. Voilà pourquoi j'aime la République française. C'est une question de majuscule : la République n'a pas à être française, cette belle chose peut changer d'adjectif sans perdre son âme. Parler comme je vous parle, en cette langue-là, me permet d'être citoyen universel.

« Mais je vous avoue avoir été déçu quand j'ai été confronté avec la vraie France. J'étais citoyen de la France universelle, bien loin de l'Île-de-France, et voilà que la France nationale s'est mise à me chercher des noises. Notre Maréchal, en bon garde champêtre, a hérité d'une métropole et veut en faire un village. »

Le colonel eut un geste d'agacement comme s'il s'agissait d'une question dont on ne débat qu'entre soi.

« Vous êtes pourtant venu vous battre pour la France.

— Pensez donc : si peu. Je suis juste venu récupérer quelque chose dont on m'a spolié.

— Des biens ?

— Mais non, colonel. Je suis un petit Juif tout nu, sans capitaux ni biens. Je suis médecin à Bab el-Oued, ce qui est très loin de Wall Street. Je menais une vie tranquille, citoyen français au soleil, quand des événements obscurs ont eu lieu très loin au nord de mon quartier. Il s'ensuivit que l'on me retira ma qualité de Français. J'étais français, je ne fus plus que juif, et on m'interdit de pratiquer mon métier, d'apprendre, de voter. L'École, la Médecine, la République, tout ce en quoi j'avais cru, on me l'a retiré. Alors je suis monté dans le bateau avec quelques autres pour venir le reprendre. Quand je reviendrai, je distribuerai ceci que j'ai récupéré à mes voisins arabes. La République Élastique, notre langue, peut accueillir un nombre infini de locuteurs.

— Vous croyez les Arabes capables ?

— Comme vous et moi, colonel. Avec l'éducation je me fais fort de vous transformer un Pygmée en physicien atomique. Regardez Ahmed. Il est né dans un gourbi en terre qui ferait honte à une taupe. On l'a formé, il m'accompagne, et il vous prodiguera des soins infirmiers d'une qualité parfaite. Mettez-le dans un hôpital français, il passera inaperçu. Sauf la moustache bien sûr ; on la porte plus petite en métropole, ce qui nous a surpris. N'est-ce pas Ahmed ?

— Oui, docteur Kaloyannis. Beaucoup surpris. »

Et il le servit de thé, lui apporta un verre, Salomon le remercia gentiment. Le docteur Kaloyannis s'entendait très bien avec Ahmed.

COMMENTAIRES IV

Ici et là-bas

Le lendemain de ma nuit de douleur, cela allait mieux. Merci.

Cette douleur était la mienne, ravageant ma gorge ; pas grave, mais la mienne. Je ne pouvais m'en défaire. Ma douleur restait avec moi comme une souris que l'on aurait enfermée dans mon scaphandre, moi cosmonaute, nous lancés dans une capsule qui doit faire plusieurs tours de la Terre avant de revenir. Il ne peut qu'attendre, le cosmonaute, et il sent la souris ici et là le long de son corps, elle est enfermée avec lui, il traverse l'espace et elle le traverse avec lui. Il n'y peut rien. Elle redescendra avec lui à l'heure dite, et d'ici là il ne peut qu'attendre.

Ma douleur au matin je ne la sentais plus. J'avais pris des antalgiques, des anti-inflammatoires, des vasomodificateurs, et ils l'avaient dissipée. La souris avait disparu de mon scaphandre, dissoute. Les antalgiques sont la grande gloire de la médecine. Et aussi les anti-inflammatoires, les antibiotiques et les psychotropes calmants. Faute de bien guérir les douleurs de vivre, la science produit les moyens de ne pas avoir mal. Les pharmaciens débitent par caisses, jour après jour, les moyens de ne pas réagir. Médecins et pharmaciens exhortent le patient à plus de patience, à toujours plus de patience. La priorité des sciences appliquées au corps est non pas de guérir mais de soulager. On aide celui qui se plaint à supporter ses réactions. On lui conseille la patience et le repos ; on lui administre des atténuateurs en attendant. On résoudra le mal ; mais plus tard. En attendant il faut se calmer, ne pas se mettre dans ces états-là ; dormir un peu pour continuer à vivre dans cet état désastreux.

Je mangeai les remèdes et le lendemain j'allais mieux. Merci.

Je n'avais plus mal grâce aux antalgiques. Mais tout va mal.

Tout va mal.

Je rendais visite à Salagnon une fois par semaine. J'allais prendre un cours de pinceau à Voracieux-les-Bredins. Prononcez le nom devant un Lyonnais et il frémit. Ce nom-là fait se rétracter, ou bien sourire, et dans ce sourire on se raconte des histoires.

Cette ville de tours et de pavillons se trouve à l'extrémité des ligne de transport. Après, les bus ne vont plus, la ville est finie. Le métro me posa devant la gare des bus. Les quais s'alignent sous des toits de plastique ternis par la lumière et la pluie. De gros numéros orange sur fond noir disent les destinations. Les bus pour Voracieux-les-Bredins ne partent que rarement. J'allai m'asseoir sur un siège décoloré, son fond tout griffé, adossé au paravent de verre étoilé d'un impact. Dans le merveilleux flottement antalgique je ne touchais pas tout à fait le sol. Le siège mal conçu ne m'y aidait pas ; trop profond, le bord trop haut, il relevait mes jambes et mes pieds effleuraient à peine le goudron incrusté de taches. L'inconfort du mobilier urbain n'est pas une erreur : l'inconfort décourage la station et favorise la fluidité. La fluidité est la condition de la vie moderne, sinon la ville meurt. Mais j'étais fluide en moi-même, gavé de psychosomatotropes, je touchais à peine à mon corps, mes yeux seuls flottaient au-dessus de mon siège.

J'étais loin de chez moi. À Voracieux-les-Bredins le gens comme moi ne vont pas. Du côté Est, la dernière station de métro est la porte de service de l'agglomération. Une foule pressée en sort, y entre, et ils ne me ressemblent pas. Ils me frôlaient sans me voir en flux pressé, tirant de gros bagages, tenant des enfants, guidant des poussettes dans le labyrinthe des quais. Ils marchaient seuls tête baissée ou en tout petits groupes très serrés. Ils ne me ressemblaient pas. J'étais réduit à mon œil, mon corps absent, sans contraintes car détaché de mon poids, déconnecté de mon tact, flottant dans ma peau. Nous ne nous ressemblons pas ; nous nous frôlons sans nous voir.

Tout autour de moi j'entendais parler, mais ce qu'ils disaient non plus je ne le comprenais pas. Ils parlaient trop fort, ils découpaient leurs dires en segments trop courts, en brèves exclamations qu'ils accentuaient d'étrange façon ; et quand je réalisais enfin qu'il s'agissait de français, je le voyais tout transformé. J'entendais autour de moi, moi dans un siège qui peinait à me contenir, un état de ma propre langue comme déformé d'échos. J'avais du mal à suivre cette musique-là, mais les antalgiques qui calmaient ma gorge m'exhortaient à l'indifférence. Dans quelle étrange caverne en plastique m'étais-je retrouvé ! Je n'y reconnaissais rien.

J'étais malade, sûrement contagieux, fiévreux encore et tout me paraissait étrange. Ils allaient, ils venaient, et je ne comprenais rien. Ils ne me ressemblaient pas. Tous ces gens qui passaient autour de moi se ressemblaient entre eux et ne me ressemblaient pas. Là où je vis, je perçois l'inverse : ceux que je croise me ressemblent et ils ne se ressemblent pas entre eux. Au centre, là où la ville mérite son nom, là où on est le plus sûr d'être soi, l'individu prime sur le groupe, je reconnais chacun, chacun est soi ; mais ici au bord c'est le groupe qui me saute aux yeux, et je confonds tous ses membres. Nous identifions toujours des groupes car c'est un besoin anthropologique. La classe sociale héréditaire se voit de loin, elle se porte sur le corps, elle se lit sur le visage. La ressemblance est une appartenance, et ici je n'appartiens pas. Je flotte dans mon siège-coque en attendant le bus, mes pieds ne touchent pas le sol, je ne vois que par mes yeux qui flottent sans plus rien savoir de mon corps. La pensée sans engagement du corps ne s'occupe plus que de ressemblances.

Eux se reconnaissaient, ils se saluaient, mais ce salut je ne le reconnaissais pas. Les garçons entre eux se frappaient les doigts, cognaient leurs poings selon des séquences dont je me demandais comment ils pouvaient les retenir. Des hommes plus âgés se prenaient la main avec componction et ensuite de l'autre bras s'attiraient l'un à l'autre, et s'embrassaient sans utiliser leurs lèvres. Quand ils saluaient avec moins d'effusion ils portaient la main qui venait de toucher l'autre à leur cœur, et ceci même ébauché produisait en moi une émotion capiteuse. Des jeunes gens instables attendaient les bus, ils formaient des groupes de bousculade, vacillant au bord du cercle qu'ils formaient, regardant vers l'extérieur et revenant vers eux en changeant de jambe, en ondulant des épaules. Les jeunes femmes passaient au large entre elles, ne saluant personne. Et quand l'une le faisait, quand une jeune fille de quinze ans saluait un garçon de quinze ans qui sortait de son groupe instable, elle le faisait d'une manière qui me stupéfiait, moi flottant au-dessus de mon siège-coque décoloré, touchant à peine le sol : elle lui serrait la main comme une femme d'affaires, la main bien droite au bout d'un bras tendu, et son corps n'y était pas, tout roidi pendant le contact avec la main d'un garçon. Et elle disait tout fort, à celles qui l'accompagnaient, que c'était un cousin ; assez fort pour que moi je l'entende, et tous ceux qui attendaient les bus de Voracieux-les-Bredins.

Je ne connais pas ces règles. Au bout du métro, on se salue autrement, alors comment vivre ensemble si les gestes qui permettent le contact ne sont pas les mêmes ?

Deux voiles noirs passèrent qui renfermaient des gens. Ils marchaient de conserve flottant au vent, cachant tout. Des gants satinés cachaient les doigts, seuls les yeux n'étaient pas couverts. Ils marchaient ensemble, ils passèrent devant moi, je ne pouvais pas plus voir en eux qu'à travers un morceau de nuit. Deux foulards avec des yeux traversèrent la gare des bus. Ce devaient être des femmes qu'il est interdit de voir. Mon regard les aurait déshonorées tant il contient de concupiscence. Car voir la forme des femmes aurait réveillé mon corps, m'aurait fait sentir ma solitude, l'inconfort de mon assise sur le siège-coque de plastique éraillé, m'aurait poussé à me lever, à toucher et embrasser cet autre que je voudrais comme moi-même. Ne pas les voir laisse mon corps en lui-même, insensible comme endormi, et tout consacré à d'abstraites computations. Le règne seul de la raison fait de moi un monstre.

Comment supporterais-je cet encombrement qu'est l'autre, si le désir que j'ai de lui ne me fait tout lui pardonner ? Comment vivre avec ceux que je croise si je ne peux les effleurer des yeux, les suivre des yeux, aimer et souhaiter leur passage, car simplement les voir réveille déjà mon corps ? Comment ? Si l'amour n'est pas possible entre nous, que reste-t-il ?

L'autre voilé d'un sac noir privatise un peu de l'espace de la rue. Il enferme de clôtures un peu de l'espace public. Il m'ôte de la place. Il occupe la place où je pourrais être ; et je ne peux que me cogner à lui, par maladresse, ou l'éviter en grognant, et il me fait perdre mon temps. L'autre que je ne peux plus contempler ne fait que me gêner. Il est de trop. Avec celui qui ne laisse rien paraître, je ne peux avoir que des rapports raisonnables, et rien n'est plus erratique que la raison. Que nous reste-t-il, si nous ne pouvons nous désirer, au moins du regard ? La violence ?

Les deux voiles noirs traversèrent les quais dans l'indifférence sans toucher personne. Ils consultèrent les horaires et montèrent dans un bus. Les voiles alors se soulevèrent et je vis mieux leurs pieds. L'un portait des chaussures de femme décorées de dorures, et l'autre des chaussures d'homme. Le bus démarra et je me réjouis de ne pas l'avoir pris. Je me réjouis de ne pas être enfermé dans un bus avec deux foulards obscurs, dont l'un portait des chaussures de femme et l'autre des chaussures d'homme. Le bus disparut dans l'échangeur et je ne sus pas ce qu'il advint par la suite. Rien, sûrement. Je repris un psychosomatotrope car ma tête recommençait de me faire mal, ma gorge ne supportait plus que j'avale. Je souffrais des muqueuses et du crâne. Je souffre de l'organe de la pensée et de l'organe du contact. Le voisinage devient douloureux, la proximité phobique, on se prend à rêver de ne plus avoir de voisin, de tout supprimer si ce n'est soi. La violence s'exerce à la surface de contact, là apparaît la douleur, de là se répand l'envie de destruction, à la même vitesse que la peur d'être détruit. Les muqueuses s'enflamment.

Pourquoi se dissimuler sous un si grand foulard ? Si ce n'est pour préparer de noirs desseins, pour annoncer la disparition des corps : par relégation ; par dénégation ; par la fosse commune.

Salagnon me sourit. Il prit ma main dans sa main, sa main tout à la fois douce et ferme, et il me sourit. Oh, ce sourire ! Pour ce sourire on lui pardonne tout. On oublie la dureté de ses traits, sa coiffure militaire, son regard froid, son passé terrible, on oublie tout le sang qu'il a sur les mains. Ce sourire qui adoucit ses lèvres quand il m'accueille efface tout. Au moment de son sourire, Victorien Salagnon est nu. Il ne dit rien, juste l'ouverture, et il permet l'entrée dans une pièce vide, dans une de ces merveilleuses pièces vides des appartements avant que l'on emménage, juste remplies du soleil. Ses traits secs flottent sur les os de son visage, rideau de soie devant une fenêtre ouverte, et le soleil derrière joue dans ses plis, une brise l'agite, elle porte jusqu'à moi les bruits heureux de la rue, le murmure des arbres ombreux pleins d'oiseaux.

Quand il serre ma main je suis prêt à entendre tout ce qu'il me dira. Moi je ne dirai rien. Le désir de ma langue est tout entier descendu dans mes mains, je n'ai plus d'autre désir de langage que de prendre entre mes doigts le pinceau, de le tremper dans l'encre, de le poser sur la feuille ; ma seule envie est un frémissement des mains, un désir physique d'accueillir le pinceau, et la première trace noire qui apparaîtra sur la feuille sera un soulagement, un relâchement de tout mon être, un soupir. Je voudrais qu'il me guide dans la voie de l'unique trait de pinceau, que je puisse me redresser, et déployer entre mes mains la splendeur de l'encre.

Cela ne dure pas, bien sûr ; de telles choses ne durent pas. Il m'ouvre et me salue, puis nos mains se séparent, son sourire s'efface et je rentre. Il me précède dans le couloir et je le suis, lorgnant au passage les cochonneries qu'il suspend aux murs.

Il décore par des tableaux les murs de sa maison. Il expose aussi d'autres objets. Le papier peint est si chargé, l'éclairage si sombre, que le couloir où il me précède ressemble au tunnel d'une grotte, les angles en apparaissent arrondis, et sur le fond de motifs répétés on ne distingue pas tout de suite ce qui pend. Dans ce couloir je ne m'arrête pas, je me contente de le suivre, j'ai identifié au passage un baromètre à aiguille bloqué sur « variable », une horloge à chiffres romains dont je compris après des mois que les aiguilles n'en bougeaient pas, et même une tête de chamois naturalisée dont je me suis demandé comment elle était arrivée là, s'il l'avait achetée — mais où ? —, s'il en avait hérité — mais de qui ? —, s'il l'avait tranchée lui-même sur une bête qu'il avait tuée — mais comment ? Je ne sais laquelle des trois possibilités me donnait le plus grand haut-le-cœur. Sinon, dans des cadres, dans d'horribles cadres en bois contournés et dorés, dormaient des paysages pseudo-hollandais très sombres dont il aurait fallu s'approcher pour en distinguer le sujet, et l'indigence, ou bien braillaient des vues provençales emplies de fausses joies et de discordances désagréables.

De Salagnon j'aurais imaginé autre chose pour son intérieur ; des bibelots asiatiques, une ambiance de casbah, ou alors rien, un vide blanc et des fenêtres sans rideau. J'aurais imaginé un intérieur en rapport avec lui-même, même un peu, même par petites touches, en rapport avec son histoire. Mais pas cette banalité poussée jusqu'à l'ivresse, jusqu'à l'étouffement. Si l'intérieur de chacun reflète son âme, comme on le prétend, alors Eurydice et Victorien Salagnon avaient le bon goût de ne rien laisser paraître.

Quand j'osai enfin lui désigner une misérable marine à l'huile dans un cadre de bois ciré, une vue de tempête sur une côte rocheuse, dont les rochers semblaient de la pierre ponce et les vagues des coagulats de résine (et je ne dis rien du ciel, qui ne ressemblait à rien), il se contenta d'un sourire désarmant.

« Ce n'est pas de moi.

— Vous aimez ça ?

— Non. C'est juste au mur. C'est la décoration. »

La décoration ! Cet homme dont le pinceau vibrait, dont le pinceau s'animait du souffle de l'être au moment où il le nourrissait d'encre, cet homme-là s'entourait de « décoration ». Il vivait dans des pièces décorées. Il reconstituait chez lui le catalogue d'une grande surface d'ameublement, d'il y a vingt ans, ou trente, je ne sais pas. Le temps n'avait pas d'importance, il était nié, il ne passait pas.

« Tu sais, ajouta-t-il. Ces peintures-là sont faites en Asie. Les Chinois depuis toujours excellent en la pratique, ils plient leur corps selon leur volonté, par polissage. Ils apprennent les gestes de la peinture à l'huile, et dans de grands ateliers ils produisent des paysages hollandais, anglais, ou provençaux, pour l'Occident. Plusieurs à la fois. Ils peignent mieux et plus vite que nos peintres du dimanche, et cela vient ici par cargo, roulé dans des containers.

« Ils sont fascinants ces tableaux : leur laideur n'appartient à personne, ni à ceux qui les font, ni à ceux qui les regardent. Cela repose tout le monde. J'ai été bien trop présent toute ma vie, j'ai été trop là ; j'en suis fatigué.

« La pensée des Chinois me fait du bien ; leur indifférence est un soin. Toute ma vie j'ai tourné autour de leur idéal, mais en Chine je n'ai jamais mis les pieds. Je n'ai vu la Chine qu'une fois, de loin. C'était la colline d'en face, de l'autre côté d'une rivière dont nous avions fait sauter le pont. Plusieurs camions Molotova brûlaient, et derrière la fumée de l'incendie je voyais ces collines abruptes couvertes de pins, exactement celles des peintures, entre des nuages qui dérivent. Mais ce jour-là, les nuages d'essence qui brûle étaient d'un noir trop profond, faute de goût. Je me disais : c'est donc cela la Chine ? c'est à deux pas, et je n'irai pas parce que j'ai fait sauter le pont. Je ne me suis pas attardé, parce qu'il fallait filer. On est rentré en courant pendant plusieurs jours. Un type qui était avec moi est mort de fatigue à l'arrivée. Vraiment mort ; on l'a enterré avec les honneurs.

— Vous n'exposez pas vos peintures ?

— Je ne vais pas mettre au mur quelque chose que j'ai fait. C'est fini. Ce qui reste de ces moments-là m'encombre.

— Vous n'avez jamais pensé à exposer, vendre, devenir peintre ?

— Je dessinais ce que je voyais, pour qu'Eurydice le voie. Quand elle l'avait vu, le dessin était fini. »

Quand nous entrâmes dans le salon, deux types nous attendaient ; et quand je les vis vautrés sur le canapé, l'absurdité du décor me dégoûta à nouveau. Comment pouvaient-ils vivre, elle et lui, dans cet ameublement factice ? Comment pouvaient-ils vivre, dans ce décor de série télé qui pourrait être du polystyrène découpé et peint ? À moins qu'ils ne veuillent plus rien savoir, ne plus rien dire, plus jamais.

Mais la ruse de la banalité n'était pas de taille devant la violence physique que dégageaient les deux types. Ils se vautraient sur le canapé comme deux familiers qui voulaient faire là comme chez eux. Sur le fond de mièvrerie des faux meubles, sur le fond d'imbécillité du papier peint, ils ressortaient comme deux adultes dans un mobilier d'école maternelle. Ils ne savaient pas où mettre leurs jambes, ils menaçaient par leur poids d'effondrer leur siège.

Le plus âgé ressemblait à Salagnon mais en plus gras et ses traits commençaient de s'affaisser malgré l'énergie qu'il mettait dans ses gestes. Je distinguais mal ses yeux car il portait des lunettes teintées, aux verres larges bordés d'un filet d'or. Derrière les parois verdâtres ses yeux allaient et venaient, poissons d'aquarium, et j'identifiais mal leur expression dissimulée de reflets. Tout dans sa tenue paraissait étrange : une veste ample à carreaux, une chemise au col trop large, une chaîne en or dans l'échancrure, un pantalon élargi en bas, des mocassins trop brillants. Il ressemblait à ce qu'avait été l'élégance tapageuse d'il y a trente ans, avec des couleurs qui n'existent plus, et on croyait vraiment la réapparition d'une image. Seule la déformation du canapé sous le poids de ses fesses assurait de sa présence.

L'autre avait trente ans tout au plus, il portait un blouson de cuir d'où sortait un petit ventre, les cheveux rasés sur son crâne rond, crâne posé sur un cou très large qui faisait des plis ; des plis devant, sous le menton quand il se penchait, et des plis derrière, sur la nuque quand il se redressait.

Salagnon nous présenta en restant évasif. Mariani, un vieil ami ; et un de ses gars. Moi, son élève ; son élève dans l'art du pinceau. Ce qui fit bien rire le type à la veste de 1972.

« L'art du pinceau ! Toujours dans tes ouvrages de dames, Salagnon ! Broderie et tricot : voilà comment tu occupes ta longue retraite plutôt que de nous rejoindre ? »

Il rit très fort comme s'il trouvait ça vraiment drôle, et son gars ricana en écho mais avec plus de méchanceté. Salagnon apporta quatre bières et des verres et Mariani au passage lui tapa les fesses.

« Jolie soubrette ! Déjà, dans le crapahut il se levait avant les autres et nous faisait le café. Il n'a pas changé. »

Le gars de Mariani ricana encore, attrapa une bouteille et, négligeant le verre avec affectation, il but directement au goulot. Il amorça un rot viril en me regardant droit dans les yeux, mais les vieux messieurs le foudroyèrent du regard et il le ravala, le fit disparaître à l'intérieur en marmonnant une excuse. Salagnon nous servit dans un silence qui me gênait, avec l'indifférence polie d'un maître de maison.

« Rassurez-vous, me dit enfin Mariani. Je le taquine depuis un demi-siècle. Ce sont des blagues entre nous qu'il ne supporterait de personne d'autre. Il me fait l'amitié de rester d'humeur égale quand je me laisse aller à ma bêtise naturelle. Il a pour moi l'indulgence que l'on accorde aux survivants.

— Et puis j'ai plusieurs siècles d'avance dans le domaine des outrances, ajouta Salagnon. Il m'a brancardé dans la forêt. Il m'a fait tellement mal en me portant que je l'ai couvert d'injures tout le temps où je n'étais pas évanoui.

— Le capitaine Salagnon a un vrai talent. Je n'y connais rien, mais il a un jour fait de moi un portrait alors que nous étions ensemble à veiller, en d'autres temps et en d'autres lieux ; et ce portrait qu'il a fait en quelques secondes sur la page d'un carnet, qu'il a détachée et qu'il m'a donnée, c'est la seule image de moi qui soit vraie. Je ne sais pas comment il fait, mais c'est ainsi. Il ne le sait peut-être pas lui-même. Je me moque de ses talents de salon, mais c'est juste pour me rattraper, pour lui renvoyer les injures du brancardage qui furent assez ordurières. Je n'ai aucun doute sur la force de caractère de mon ami Salagnon, il l'a assez prouvé. Son talent de peintre, c'est juste une étrangeté dans ces milieux et ces temps que nous avons fréquentés ensemble, et où l'on ne pratiquait pas beaucoup les arts. Comme s'il avait eu des boucles blondes parmi ces crânes rasés. Il n'y est pour rien, et cela ne change rien à la vigueur de son âme. »

Salagnon assis buvait au verre, ne disait rien. Il avait repris son masque d'os qui pouvait faire peur, qui ne montrait rien de plus qu'une feuille de papier froissée : l'absence de signes et le blanc préservé. Mais je voyais, juste visible pour qui saurait le voir, un mouvement sur ses lèvres fines ; je sentais l'ombre d'un sourire affleurer, comme l'ombre d'un nuage glisse sur le sol sans rien déranger, je voyais passer comme une ombre sur la chair, le sourire indulgent de celui qui laisse dire. Je pouvais le voir, je connaissais le moindre de ses gestes. J'avais observé jusqu'à m'en brouiller la vue tous les dessins qu'il avait bien voulu me montrer. Je connaissais chacun de ses mouvements car la peinture d'encre, bien plus que d'encre est faite de ceci : de mouvements intérieurs réalisés par des gestes. Et je les retrouvais tous sur son visage.

« Nous avions tous la plus grande estime pour Salagnon ; là-bas. »

Le gars de Mariani s'agita et remua sa bouteille. Les vieux messieurs se tournèrent vers lui en même temps, avec le même sourire sur leurs lèvres ridées. Ils prirent l'air attendri de ceux qui voient un jeune chien s'agiter dans son sommeil, et trahir par de légers coups de patte et des frémissements du dos les scènes de chasse qu'il vit en rêve.

« Eh oui, petit gars ! Là-bas ! s'exclama Mariani en lui tapotant la cuisse. Voilà un monde que tu n'as pas connu. Et vous non plus, d'ailleurs, continuait-il en me désignant, sans que je puisse identifier le sentiment de ses yeux derrière ses lunettes vertes.

— Tant mieux, dit Salagnon parce que là-bas on y laissait sa peau, de la façon la plus idiote ou la plus atroce. Et même ceux qui sont revenus ne sont pas revenus entiers. Là-bas, on perdait des membres, des morceaux de chair, des pans entiers de l'esprit. Tant mieux pour votre intégrité.

— Mais dommage, car dans votre vie il n'est rien qui ait pu servir de forge. Vous êtes intact comme au premier jour, on voit encore l'emballage d'origine. L'emballage protège, mais vivre emballé n'est pas une vie. »

L'autre s'agitait, l'air mauvais, mais sa posture restait empreinte de respect. Quand les deux papis s'arrêtèrent pour sourire largement et s'envoyer un clin d'œil, il put enfin en placer une.

« La vie de la rue, ça vaut bien vos colonies. » Il se recula dans les coussins pour apparaître plus important. « Je peux vous dire que ça décape, on sort vite fait de l'emballage. On apprend des trucs qu'on n'apprend pas aux écoles. »

Voilà qui était pour moi, mais je ne tenais pas à me mêler de ce genre de conversation.

« Tu n'as pas tort, dit Mariani, amusé qu'il montre les dents. La rue devient comme là-bas. La forge se rapproche, petit gars, bientôt tout le monde pourra faire ses preuves à domicile. On verra les forts et les mous, et ceux qui paraissent durs mais cassent au premier choc. Comme là-bas. »

L'autre fulminait et serrait les poings. La douce moquerie des deux messieurs le mettait en rage. Ils jouaient à l'exclure, mais à qui s'en prendre ? À eux, qui représentaient tout pour lui ? À moi, qui ne représentais rien, sinon l'ennemi de classe ? À lui-même, dont il ne savait pas exactement, faute d'épreuve, de quelle étoffe il était fait ?

« Nous sommes prêts, grogna-t-il.

— J'espère que je ne vous choque pas en tenant de tels propos, me dit Mariani, avec un rien de perversité. Mais la vie dans les territoires périphériques évolue bien différemment de ce que vous connaissez. Car c'est bien là que nous sommes : dans les territoires extérieurs. La loi n'est pas la même, la vie est différente. Mais vous évoluez aussi, car les centres-ville sont maintenant sillonnés de leurs bandes armées ; infiltrés, jour et nuit. Vous ne voyez pas qu'ils sont armés, mais ils le sont tous. Si on les fouillait, si les lois de notre république molle permettaient de les fouiller, on trouverait sur chacun un couteau, un cutter, et chez certains une arme à feu. Quand la police nous lâchera, quand elle se repliera et laissera aller les territoires à vau-l'eau, comme nous l'avons fait là-bas, vous serez seuls, comme étaient seuls et cernés ceux que là-bas nous venions défendre. Nous sommes colonisés, jeune homme. »

Bien calé dans les coussins aplatis, son gars à côté de lui hochait la tête, sans rien oser ajouter car il retenait un rot, soulignant chaque idée-force d'une bonne gorgée de bière.

« Nous sommes colonisés. Il faut dire le mot. Il faut avoir le courage du mot car c'est celui qui convient. Personne n'ose l'utiliser mais il décrit exactement notre situation : nous sommes dans une situation coloniale, et nous sommes les colonisés. Cela devait arriver à force de reculer. Tu te souviens, Salagnon, quand on se tirait dans les bois avec les Viets au cul ? Il fallait laisser le poste, sous peine d'y passer, et nous l'avons laissé en courant. À l'époque, une bonne retraite sans trop de casse nous apparaissait comme une victoire, et cela pouvait mériter une médaille. Mais il faut appeler les choses par leur nom : il s'agissait d'une fuite. Nous avons fui, les Viets au cul, et nous sommes encore en fuite. Nous sommes presque au centre maintenant, au cœur même de nous-mêmes, et nous sommes toujours en fuite. Les centres-ville sont devenus les casemates de notre camp retranché. Mais quand je m'y promène, au centre-ville, quand je me promène au cœur de nous-mêmes, en me cachant les yeux comme tout le monde pour ne pas voir, quand je me promène en ville, j'entends. J'entends avec mes oreilles qui restent libres parce que je n'ai pas assez de mains pour tout fermer. Est-ce du français ? Du français tel que je devrais l'entendre en me promenant au cœur même de nous-mêmes ? Non, j'entends autre chose. J'entends le son de là-bas qui éclate avec arrogance. J'entends le français qui est moi-même en une version maltraitée, dégradée, à peine compréhensible. C'est pour cela qu'il faut employer les bons mots, car c'est à l'oreille que l'on juge. Et à l'oreille, il est bien clair que nous ne sommes déjà plus chez nous. Écoutez. La France se replie, elle se déglingue, on en juge à l'oreille ; seulement à l'oreille parce qu'on ne veut plus rien voir.

« Mais je vais arrêter. L'heure passe et ta bourgeoise ne va pas tarder. Je ne veux pas d'ennuis, et ne pas t'en attirer non plus. Nous allons vous laisser à vos cours de tricot. »

Il se leva avec un peu de peine, défroissa sa veste, et derrière le vitrage vert de ses lunettes ses yeux paraissaient fatigués. Son gars se leva brusquement et resta debout à côté de lui, il l'attendait avec respect.

« Tu te souviens de tout, Salagnon ?

— Tu le sais bien. Si je finis par mourir, on m'enterrera avec mes souvenirs. Il n'en manquera pas un.

— Nous avons besoin de toi. Quand tu te décideras à laisser tes ouvrages de dames pour revenir à des tâches dignes de toi, rejoins-nous. Il nous faut des types énergiques qui se souviennent de tout pour encadrer les jeunes. Pour que rien ne soit oublié. »

Salagnon acquiesça des paupières, ce qui est très doux et très vague. Il lui serra longuement la main. Il montrait qu'il serait toujours là ; pour quoi au juste, il ne le précisait pas. L'autre, il lui toucha la main en le regardant à peine. Quand ils furent partis je respirai mieux. Je m'adossai au fauteuil de velours, finis ma bière ; je laissai aller mon regard sur cet ameublement d'une laideur consciencieuse, dépourvu de toute âme. Les coussins de velours râpaient, ses fauteuils n'offraient aucun confort ; ils n'étaient pas là pour ça.

« Le paranoïaque et son chien, dis-je comme on crache.

— Ne dis pas ça.

— Il y en a un qui délire et l'autre qui aboie. Et celui-ci ne demande qu'à obéir. Ce sont vos amis ?

— Juste Mariani.

— Drôle d'ami qui tient de tels discours.

— Mariani est un drôle d'ami. Il est le seul de mes amis qui ne soit pas mort. Ils mouraient au fur et à mesure, et pas lui. Alors je dois à tous les autres de lui rester fidèle. Quand il vient, je le nourris, je lui sers à boire et à manger pour qu'il se taise. Je préfère qu'il avale plutôt que d'éructer. C'est une chance que nous n'ayons qu'un seul organe pour tout faire. Mais en ta présence il est reparti pour un tour. Il est très sensible, Mariani, il a détecté en toi ton origine.

— Mon origine ?

— Classe moyenne éduquée, volontairement aveugle aux différences.

— Je ne comprends pas cette histoire de différences.

— C'est ce que je dis. Mais il en rajoute devant toi. Sinon c'est un type intelligent, capable de profondeur.

— Ce n'est pas l'impression qu'il donne.

— Je sais, hélas. Il n'a jamais tué que ceux qui lui avaient d'abord tiré dessus. Mais il s'entourait de chiens qui avaient du sang jusqu'aux coudes, qui guettaient dans son regard quand ils devaient égorger. Il y a quelque chose de fou en Mariani. En Asie il s'est fait un accroc, il s'est déchiré de l'intérieur, un fil a rompu. Il serait un homme délicieux s'il était resté chez nous. Mais il est parti là-bas, et là-bas il n'a pas supporté la division des races. Il est parti là-bas les armes à la main, et quelque chose s'est rompu, qui a eu pour lui l'effet d'une prise d'amphétamines. Il n'est pas redescendu, cela a fait un trou dans son âme, et depuis ce trou ne fait que s'agrandir, il ne voit plus qu'à travers ce trou-là, à travers le trou de la différence des races. Ce que nous avons vécu là-bas pouvait rompre les toiles les plus solides.

— Pas vous ?

— Je dessinais. C'était comme recoudre ce que les événements déchiraient. Enfin c'est ce que je me dis maintenant. Il y avait toujours une part de moi qui n'était pas tout à fait là ; cette part que je gardais absente, je lui dois la vie. Lui, il n'est pas revenu entier. Je suis fidèle à ceux qui ne sont pas revenus, parce que j'étais avec eux.

— Je ne comprends pas. »

Il s'arrêta de parler ; il se leva et se mit à marcher dans son salon idiot. Il marchait les mains dans le dos en bougeant les mâchoires, comme s'il marmonnait, et cela faisait trembler ses vieilles joues et son vieux cou. Il s'arrêta brusquement devant moi et me regarda dans les yeux, de ses yeux très clairs dont la couleur était la transparence.

« Tu sais, cela tient à un seul geste. Un moment très précis, qui ne se reproduira pas, peut fonder une amitié pour toujours. Mariani, il m'a brancardé dans la forêt. J'étais blessé, je ne pouvais pas marcher, alors il m'a porté dans la forêt du Tonkin. Les forêts là-bas ont une sacrée pente, et il les a traversées avec moi sur le dos, et avec les Viets au cul. Il m'a emmené jusqu'au fleuve et nous avons été sauvés tous les deux. Tu ne sais pas ce que cela signifie. Lève-toi. »

Je me levai ; il s'approcha.

« Porte-moi. »

Je devais avoir l'air stupide. Maigre, même grand, il ne pesait sûrement pas bien lourd ; mais je n'avais jamais porté un adulte, jamais porté un homme, jamais porté quelqu'un que je ne connaissais pas si bien... Mais je m'embrouille : simplement, je n'avais jamais fait ce qu'il me demandait là.

« Porte-moi. »

Alors je le pris dans mes bras et le portai. Je le tenais en travers de mon torse, il passa un bras autour de mes épaules, ses pieds pendaient. Sa tête reposait sur ma poitrine. Il n'était pas trop lourd mais j'en étais tout envahi.

« Emmène-moi dans le jardin. »

J'allai où il me dit. Ses pieds ballaient, je traversai le salon, le couloir, j'ouvris les portes du coude, il ne m'aida pas. Il pesait. Il m'encombrait.

« Là-bas, nous ramenions nos morts, me dit-il tout près de mon oreille. Les morts c'est lourd et inutile, mais nous tâchions de les ramener. Et nous ne laissions jamais nos blessés. Eux non plus. »

La porte d'entrée ne fut pas facile à ouvrir. Je trébuchai un peu sur les marches du perron. Je sentais ses os dépasser de sa peau, contre mes bras, contre mon torse. Je sentais sa peau de vieillard glisser sous mes doigts, je sentais son odeur de vieil homme fatigué. Sa tête ne pesait rien.

« Ce n'est pas rien que de porter, et d'être porté », me dit-il tout près de moi.

Dans l'allée centrale de son jardin j'avais l'air idiot avec lui en travers de mes bras, sa tête au creux de ma poitrine. Il pesait lourd finalement.

« Imagine que tu doives me ramener chez toi, et à pied ; imagine ceci pendant des heures, dans une forêt sans chemins. Et si tu échoues, les types qui te poursuivent te tuent ; et me tuent aussi. »

Le portail grinça et Eurydice entra dans le jardin. Les portails grincent car il est bien rare que l'on prenne le temps de les graisser. Elle portait un cabas d'où dépassait un pain, elle marchait bien droite à grands pas et s'arrêta devant nous. Je déposai Salagnon.

« Vous faites quoi ?

— Je lui explique Mariani.

— Ce con ? Il est encore venu ?

— Il a pris soin de partir avant que tu ne rentres.

— Il a bien fait. À cause de types comme lui, j'ai tout perdu. J'ai perdu mon enfance, mon père, ma rue, mon histoire, tout ça à cause de l'obsession de la race. Alors quand je les vois réapparaître en France, je flambe.

— C'est une Kaloyannis de Bab el-Oued, dit Salagnon. Formée à l'invective de rue, d'une fenêtre à l'autre. Elle connaît des grossièretés que tu n'imagines pas. Et quand elle s'énerve, elle en invente.

— Mariani fait bien de ne pas me croiser. Qu'il aille finir ses guerres ailleurs. »

Son cabas rempli de légumes à la main, bien droite, elle rentra, et elle referma la porte avec une énergie juste en dessous du claquement, mais à peine. Salagnon me tapota l'épaule.

« Détends-toi. Cela s'est bien passé. Tu m'as porté dans mon jardin sans me laisser tomber, et tu as échappé à la tigresse de Bab el-Oued. C'est une journée enrichissante dont tu es sorti vivant.

— Mariani, je veux bien comprendre, mais qu'est-ce qu'il traîne avec ce genre de types ?

— Celui qui rote ? Il est des GAFFES, le Groupe d'Autodéfense des Français Fiers d'Être de Souche. Mariani est le responsable local. Et il a ses chiens autour de lui, comme là-bas.

— Mariani avec un *i* ? De souche ? dis-je avec l'ironie dont on use dans ces cas-là.

— La physiologie de la souche est complexe.

— On n'est pas des arbres.

— Peut-être, mais la souche s'entend. Cela se lit, cela se sait. L'appréciation de la souche procède d'un jugement très fin qu'il est impossible d'expliquer à celui qui ne le sentirait pas.

— Si on ne peut pas l'expliquer, c'est n'importe quoi.

— Ce qui est vraiment important ne s'explique pas. On se contente de le sentir, et de vivre avec ceux qui sentent pareil. La souche, c'est une question d'oreille.

— Alors je n'ai pas d'oreille ?

— Non. Question de mode de vie. Tu vis tellement parmi tes semblables que tu es aveugle aux différences. Comme Mariani avant qu'il parte. Mais que ferais-tu si tu vivais ici ? Ou si tu étais parti là-bas ? Le sais-tu à l'avance ? On ne sait pas ce qu'on devient quand on est vraiment ailleurs.

— Les racines, les souches, ce sont des imbécillités. L'arbre généalogique, c'est une image.

— Sûrement. Mais Mariani est comme ça. Une part de lui est folle, et une autre part de lui m'a porté. Juger les gens d'un seul trait, je ne sais le faire qu'au pinceau. À la guerre j'y arrivais aussi ; c'était simple et sans fioritures : nous et eux. Et dans le doute, on tranchait ; cela occasionnait quelques dégâts, mais c'était simple. Dans la vie en paix où nous sommes revenus, ce ne peut être aussi simple, à moins d'être injustes, et de détruire la paix. Voilà pourquoi certains voudraient revenir à la guerre. Tu ne veux pas que nous allions peindre, plutôt ? »

Il me prit par le bras et nous rentrâmes.

Ce jour-là il m'apprit à choisir la taille de mon pinceau. Il m'apprit à choisir l'encombrement de la trace que je laisserais sur la feuille. Cela ne nécessite pas de réfléchir, cela peut se confondre avec le geste de tendre la main vers l'outil, mais ce que l'on choisit est le rythme auquel on se tiendra. Il m'apprit à choisir la taille de mes traits ; il m'apprit à décider l'échelle de mon action dans l'étendue du dessin.

Il me le dit plus simplement. Il me faisait faire, et je comprenais que l'usage de l'encre est une pratique musicale, une danse de la main mais aussi de tout le corps, l'expression d'un rythme bien plus profond que moi.

Pour peindre à l'encre, on utilise de l'encre, et l'encre n'est rien d'autre que noire, un abolissement brutal de la lumière, son extinction tout au long de la trace du pinceau. Le pinceau trace le noir ; le blanc apparaît dans le même geste. L'apparition du blanc est exactement simultanée de celle du noir. Le pinceau chargé d'encre trace une masse sombre en la laissant derrière lui, il trace aussi le blanc en le laissant apparaître. Le rythme qui unit les deux dépend de la taille du pinceau. La quantité de poils et la quantité d'encre donnent l'épaisseur de la touche. Celle-ci encombre la feuille d'une certaine façon, et c'est la taille du pinceau qui règle l'équilibre entre le noir tracé et le blanc laissé, entre la trace que je fais et l'écho que je ne fais pas, qui existe tout autant.

Il m'apprit que le papier encore intact n'est pas blanc : il est tout autant noir que blanc, il n'est rien, il est tout, il est le monde encore sans soi. Le choix de la taille du pinceau est celui du tempo que l'on suivra, celui de l'encombrement que l'on s'accorde, celui de la largeur de la voie que suivra notre souffle. On peut maintenant quitter l'impersonnel, passer du « on » au « nous », et bientôt je dirais « je ».

Il m'apprit que les Chinois utilisent un seul pinceau conique, et choisissent à chaque instant le poids qu'ils lui appliquent. La logique est la même car appuyer ne diffère pas d'encombrer. D'un creusement du poignet ils choisissent à chaque instant l'intensité de la présence, à chaque instant l'échelle de l'action.

« J'ai vu dans Hanoï pendant la guerre, me dit-il, un de ces peintres démiurgiques. Il n'utilisait qu'un seul pinceau et une goutte d'encre dans une écuelle de stéatite. De ces outils minuscules il tirait la puissance et la diversité d'un orchestre symphonique. Il affectait de vouer un culte à son pinceau, qu'il baignait longuement d'eau claire après usage et couchait ensuite dans une boîte rembourrée de soie. Il lui parlait et prétendait n'avoir pas de meilleur ami. Je l'ai cru quelque temps mais il se moquait de moi. J'ai compris enfin que son seul instrument était lui-même, et plus exactement le choix qu'il faisait à chaque instant de l'ampleur qu'il s'accordait. Il connaissait exactement sa place, et la modulation très sûre de celle-ci était le dessin. »

Nous peignîmes jusqu'à n'en plus pouvoir. Nous peignions à deux et lui m'enseignait comment faire. C'est-à-dire que j'agissais par l'encre et le pinceau, et lui par l'œil et la voix. Il jugeait du résultat de mes gestes, et je recommençais ; cela n'avait pas de raison de finir. Quand je réalisai l'état de fatigue que j'avais atteint, le milieu de la nuit était bien passé. Mon pinceau n'étalait l'encre que pour tacher le papier, je n'atteignais plus à aucune forme. Il ne disait plus que oui, ou non, et sur la fin seulement non. Je résolus de rentrer chez moi, mon corps ne suivait plus mes désirs, voulait s'allonger et dormir malgré cet appétit d'encre qui aurait voulu poursuivre encore, et encore.

Au moment où je partis, il me sourit, et ses sourires me suffiraient pour ma vie entière. Au moment de partir, il me sourit encore comme au moment de m'accueillir, et cela m'allait. Il m'ouvrait ses yeux très clairs qui n'avaient d'autre couleur que la transparence, il me laissait venir à lui, il me laissait voir en lui, et j'y allais sans me demander où ; j'en revenais sans rien rapporter, sans même avoir rien vu, mais cet accès qu'il m'offrait à lui me comblait. Ce sourire-là qu'il m'offrait aux moments de mon arrivée et de mon départ ouvrait devant moi toute grande la porte d'une pièce vide. La lumière y entrait sans obstacles, j'y avais la place, cela m'agrandissait le monde. Il me suffisait de voir devant moi l'ouverture de cette porte ; cela me suffisait.

Je sortis dans les rues de Voracieux-les-Bredins. Des pensées confuses jaillirent en moi sur lesquelles je n'avais pas de prise ; je les laissai. Je pensais tout en marchant à Perceval le chevalier niaiseux, qui faisait ce qu'on lui disait de faire, car à tout ce qu'on pouvait lui avoir dit, il croyait dur comme fer.

Pourquoi y pensai-je ? À cause de cette pièce vide tout occupée de lumière, à laquelle m'ouvrait le sourire de Victorien Salagnon. Je restais sur le seuil et j'en étais heureux sans rien comprendre. *Le Conte du Graal* ne parle que de cet instant : il le prépare et l'attend, il l'élude au moment de le vivre, et ensuite le regrette et le cherche à nouveau. Que s'est-il passé ? Par le plus grand des hasards, Perceval qui ne comprend rien parvint jusqu'au Roi Pêcheur. Celui-ci pêchait de ses propres mains car il n'était plus rien d'autre qui l'amusât encore ; il pêchait dans une rivière que l'on ne peut franchir, à l'aide d'une ligne qu'il appâtait d'un poisson brillant, pas plus gros qu'un tout petit vairon. Hors de cette barque avec laquelle il pêchait sur la rivière que l'on ne franchit pas, il ne pouvait marcher. Pour regagner sa chambre, quatre serviteurs alertes et robustes saisissaient les quatre coins de la couverture où il se tenait assis, et on l'emportait ainsi. Il ne marchait plus de lui-même car un javelot l'avait blessé entre les deux hanches. Il ne faisait plus que pêcher, et il invita Perceval en son château que l'on ne voit pas de loin.

Perceval le niaiseux était devenu chevalier sans rien comprendre. Sa mère lui cachait tout de peur qu'il ne s'éloigne. Son père et ses frères furent blessés et moururent. Lui devint chevalier sans rien savoir. Il parvint au château que l'on ne voit pas et le Graal lui fut montré sans qu'il le sache. Pendant qu'il parlait au Roi Pêcheur, pendant qu'ils mangeaient ensemble, passèrent devant eux dans le plus grand silence des jeunes gens portant de très beaux objets. L'un, une lance, et il sortait de son fer une goutte de sang qui jamais ne sèche ; l'autre, un grand plat qui agréait à qui s'en sert tant il est large et profond, et dans lequel on sert les viandes précieuses avec leur jus. Ils traversèrent lentement la pièce sans rien dire, et Perceval les regardait sans comprendre, et il ne demanda pas qui ils allaient ainsi servir, qui était celui qu'il ne voyait pas. On lui avait appris à ne pas trop parler. Le moment fut un aboutissement, il ne verrait jamais le Saint Vaisseau de plus près, mais il ne le sut pas car il n'avait rien demandé.

Je pensais dans les rues de Voracieux-les-Bredins à Perceval le niaiseux, le chevalier absurde qui n'est jamais à sa place car il ne comprend rien. Pour tout autre, le monde est encombré d'objets, mais pour lui il est ouvert car il ne les comprend pas. Il ne connaît du monde que ce qu'en a dit sa mère, et elle ne lui a rien dit de peur de le perdre. Il est simplement empli de joie. Et rien ne le dérange, rien ne lui fait obstacle, rien ne l'empêche d'aller. Je pensais à lui car Victorien Salagnon s'était ouvert à moi, et j'avais vu sans rien voir, et cela m'avait rempli de joie sans rien demander. Peut-être cela pouvait-il suffire, me disais-je en marchant.

J'allai à l'abribus sur l'avenue, pour attendre le premier bus du matin qui ne tarderait pas. Je m'assis sur le banc de plastique, je m'adossai à la cage vitrée, je somnolai dans l'air froid d'une nuit qui lentement s'évaporait.

J'aspirais à manier un pinceau énorme sur une toute petite feuille. Un pinceau dont le manche serait fait d'un tronc, et les poils de plusieurs paquets de crin solidement assemblés. Il serait plus grand que moi et, trempé dans l'encre, dont il aurait absorbé tout un seau, il pèserait plus que je ne peux porter. Il faudrait des cordes et des poulies accrochées au plafond pour le manier. Avec cet énorme pinceau je pourrais d'un seul trait couvrir la toute petite feuille, et on distinguerait à peine la trace d'un geste à l'intérieur du noir. L'événement du tableau serait ce mouvement difficile à voir. La force emplirait tout.

Je rouvris les yeux, brusquement comme si je tombais. Devant moi passaient sans faire de bruit les engins d'une colonne blindée. En me levant j'aurais pu effleurer de la main leurs flancs métalliques, et leurs gros pneus à l'épreuve des balles aussi hauts que moi.

Ils me surplombaient, les engins de la colonne blindée, ils passaient sans autres bruits que l'écrasement de gravillons et le ronron de feutre des gros moteurs au ralenti, ils avançaient bien en ligne dans l'avenue de Voracieux-les-Bredins, trop large comme le sont les avenues là-bas, vides au petit matin, des engins bleus aux vitres grillagées suivis de camionnettes chargées de policiers, traînant chacune des carrioles, contenant sans doute le matériel lourd du maintien de l'ordre. La colonne se scindait en passant devant les barres d'habitation, une partie s'arrêtait, le reste continuait. Quelques véhicules vinrent se ranger en face de l'abribus où j'attendais que la nuit se dissipe. Les policiers militarisés descendirent, ils portaient le casque, des armes proéminentes, et le bouclier. Leurs protections de jambes et d'épaules modifiaient leur silhouette, leur donnant une stature d'hommes d'armes dans la pénombre métallique du tout petit matin. L'un tenait sur son épaule un gros cylindre noir à poignées avec lequel on défonce les portes. Devant l'entrée d'une barre ils attendaient. Plusieurs voitures arrivèrent, se garèrent précipitamment, et sortirent des hommes en civil portant des appareils photo et des caméras. Ils rejoignirent les policiers et attendirent avec eux. Des flashes tranchèrent par éclats la lumière orange de réverbères. Une lampe au-dessus d'une caméra fut allumée, un ordre bref la fit s'éteindre. Ils attendaient.

Quand le premier bus vint enfin me prendre, il était déjà plein de gens modestes qui partaient au travail en somnolant. Je trouvai une place et m'endormis ainsi, tête contre la vitre ; il me déposa devant le métro vingt minutes plus tard. Je rentrai chez moi.

La suite je l'appris par la presse. À l'heure légale très précisément constatée d'importantes forces de police avaient effectué un vaste coup de filet dans un quartier sensible. Des individus connus des services de police, des jeunes gens pour la plupart habitant chez leurs parents, avaient été surpris au saut du lit. Les groupes d'intervention avaient surgi dans le salon familial, puis dans leur chambre, après avoir fait sauter la porte. Personne n'avait eu le temps de fuir. L'affaire avait été vite bouclée, malgré quelques échauffourées domestiques, des injures bien senties, des gifles pour calmer, un peu de bris de vaisselle et des hurlements féminins très aigus, de mères et grands-mères essentiellement mais les plus jeunes filles s'y mettaient aussi. Des imprécations avaient jailli dans les montées d'escalier et par les fenêtres. Les suspects menottés avait été rapidement emportés, de gré pour la plupart, de force quand il avait fallu. Des cailloux tombèrent de nulle part. Dans un bruissement de polycarbonate rigide, les policiers relevèrent tous ensemble leur bouclier. Les projectiles rebondirent. On s'attroupait à distance, en tenue de nuit ou déjà en survêtement. Des lacrymogènes éclatèrent dans les appartements, que l'on dut évacuer. Les forces engagées se retirèrent en bon ordre. Ils emmenaient des jeunes gens portant babouches, pantoufles, baskets délacées. Ils les firent monter dans les véhicules en leur baissant la tête. Une machine à laver bascula d'une fenêtre et s'écrasa avec le choc sourd du contrepoids qui s'enfonça dans le sol ; le bruit de tôle fit sursauter tout le monde mais personne ne fut blessé ; du tuyau arraché répandu au sol coulait encore de l'eau savonneuse. Ils reculaient au ralenti, les hommes à pied se retiraient toujours en ligne derrière leurs boucliers ajustés, les gens dissimulés dans la pénombre confuse n'approchaient pas, frappaient au passage le flanc des engins blindés qui roulaient au pas. Les suspects appréhendés furent confiés à la justice. La presse — prévenue on ne sait comment — rapporta des images et décrivit les faits. On se concentra sur la présence de la presse. On ne commentait rien, sinon la présence de la presse. On se scandalisait de la mise en spectacle. On fut contre, on s'en accommodait, mais aux faits, personne ne trouva à redire. Tous furent relâchés le lendemain ; on n'avait rien trouvé.

Personne ne fit remarquer la militarisation du maintien de l'ordre. Personne n'eut l'air de remarquer les colonnes blindées qui au petit matin entrent dans les quartiers insoumis. Personne ne s'étonna de l'usage de la colonne blindée en France. On aurait pu en parler. On aurait pu en discuter, moralement : est-il bon que la police militarisée jaillisse dans un appartement après en avoir brisé la porte, pour se saisir de sales gosses ? Est-il bien de brutaliser tout le monde, d'en arrêter beaucoup, et de les relâcher tous car rien de bien grave ne pouvait leur être reproché ? Je dis « bon », et « bien », car la discussion devrait avoir lieu au niveau le plus fondamental.

On pourrait discuter la pratique : nous connaissons bien la colonne blindée ; cela explique que personne ne la remarque. Les guerres menées là-bas nous les menions ainsi, et nous les avons perdues par la pratique de la colonne blindée. Par le blindage nous nous sentions protégés. Nous avons brutalisé tout le monde ; nous en avons tué beaucoup ; et nous avons perdu les guerres. Toutes. Nous.

Les policiers sont jeunes, très jeunes. On envoie des jeunes gens en colonnes blindées reprendre le contrôle de zones interdites. Ils font des dégâts et repartent. Comme là-bas. L'art de la guerre ne change pas.

ROMAN IV

Les premières fois, et ce qui s'ensuivit

Victorien et Eurydice s'en allèrent entre les chars rangés. Il faisait nuit, mais une nuit d'été pas très sombre, au ciel éclairé d'étoiles et de Lune, pleine du crissement des insectes et des bruits du camp. Salagnon sensible aux formes s'émerveillait de la beauté des chars. Ils gisaient avec l'obstination de leurs cinq tonnes de fer, bœufs endormis qui rayonnaient d'ondes de masse, car simplement les voir, ou passer dans leur ombre, ou les effleurer du doigt, donnait la sensation de l'inébranlable, ancré au plus profond de la terre. Ils formaient autant de grottes où dedans rien ne peut arriver de grave.

Mais il savait bien, Salagnon, que cette force ne sauvait personne. Il avait passé des heures à ramasser les restes des tankistes morts, à les rassembler, à les entreposer dans des boîtes dont on ne savait plus à la fin combien de corps différents elles contenaient. Blindage, forteresses, armures, on se sent protégé mais le croire est stupide : la meilleure façon de se faire tuer est de se croire à l'abri. Victorien avait vu combien facilement se perçaient les blindages, car les outils existent qui passent au travers. On a une confiance enfantine en la plaque de fer derrière laquelle on se cache. Elle très épaisse, très lourde, très opaque, et derrière on est caché, alors on croit que rien n'arrive tant que l'on n'est pas vu. Derrière cette grosse plaque on est devenu la cible. Tout nu, on n'est rien ; protégé d'une coquille on devient le but. On se glisse à plusieurs dans une boîte en fer. On voit l'extérieur par une fente pas plus large que celle d'une boîte aux lettres. On voit mal, on va lentement, on est serré avec d'autres types dans une boîte en fer qui vibre. On ne voit rien, alors on croit que l'on n'est pas vu ; c'est enfantin. Cette grosse machine posée sur l'herbe, on ne voit qu'elle ; elle est la cible. On est dedans. Les autres s'acharnent à la détruire, ils inventent des moyens : le canon, les mines, la dynamite ; les trous creusés dans la route, les roquettes tirées d'un avion. Tout ; jusqu'à la détruire. On finit broyé dans la boîte, mêlé à des débris de fer, corned-beef ouvert à coups de masse et laissé par terre.

Salagnon avait vu ce qu'il restait des cibles. Ni la pierre ni le fer ne protègent des coups. Si l'on reste nu, on peut courir parmi les hommes identiques, et les balles au hasard peuvent hésiter et manquer leur but ; les probabilités protègent mieux que l'épaisseur d'un blindage. Nu, on est oublié ; mais protégé d'un char, on sera visé avec obstination. Les protections impressionnent, elles font croire à la puissance ; elles s'épaississent, elles s'alourdissent, elles deviennent lentes et visibles, et elles-mêmes appellent à la destruction. Plus la force s'affirme, plus la cible grossit.

Eurydice et Victorien se glissèrent entre les chars garés en lignes, dans le petit espace laissé entre eux, ils s'éloignèrent du camp par un chemin à ornières bordé de haies ; quand ils furent dans le noir ils se prirent la main. Ils voyaient toute l'étendue du ciel, qui brillait d'étoiles bien nettes comme si on les avait frottées. On devinait des dessins qui ne restent pas, qui apparaissent clairement puis se redistribuent en d'autres dès qu'on cesse de les fixer. L'air sentait la sève chaude, tiède comme un bain, les vêtements auraient pu disparaître et la peau n'aurait pas frémi. La main d'Eurydice dans celle de Victorien palpitait comme un petit cœur, il ne la sentait pas comme davantage de chaleur mais par un doux frémissement, par une respiration toute proche qui serait logée dans la paume. Ils marchèrent jusqu'à ne plus entendre les murmures du camp, les moteurs, les claquements du métal, les voix. Ils entrèrent dans un pré et s'y allongèrent. L'herbe avait été coupée en juin mais avait repoussé, un peu plus haute qu'eux couchés sur le dos, et cela formait autour de leur tête une enceinte de feuilles longilignes et d'inflorescences de graminées, une couronne de traits fins bien noirs détachés sur un ciel un peu moins noir. Ils le voyaient semé d'étoiles dont les dessins changeaient. Ils restèrent sans bouger. Les grillons autour d'eux se remirent à chanter. Victorien embrassa Eurydice.

Il l'embrassa d'abord avec sa bouche posée sur sa bouche, comme ces baisers que l'on sait devoir faire car ils marquent l'entrée dans une relation intime. Ils entrèrent tous les deux. Puis par sa langue il eut envie de goûter ses lèvres. L'envie venait sans qu'il n'y ait jamais pensé, et Eurydice dans ses bras s'animait des mêmes envies. Allongés dans l'herbe ils se redressèrent sur leurs coudes et leurs bouches s'ouvrirent l'une pour l'autre, leurs lèvres s'emboîtèrent ; leurs langues bien à l'abri allaient l'une le long de l'autre, merveilleusement lubrifiées. Jamais Victorien n'avait imaginé de caresse aussi douce. Le ciel vibra dans son ensemble, d'un bout à l'autre, avec un bruit de tôle souple que l'on secoue. Des avions invisibles passaient très haut, des centaines d'avions chargés de bombes qui marchaient ensemble sur le plancher d'acier du ciel. Le cœur de Victorien battit jusque dans son cou, là où sont les carotides pleines de sang, et le ventre d'Eurydice fut secoué de frissons. Leur être venait en surface comme les poissons quand on leur jette du pain ; ils étaient dans la profondeur du lac, la surface était calme, et d'un coup ils viennent en masse, bouche collée contre l'air, et la surface vibre. La peau d'Eurydice vivait et Victorien sentait cette vie venir tout entière sous ses doigts ; et quand il mit ses mains en creux pour contenir sa poitrine, il sentit Eurydice tout entière vivre là, pleine et ronde, tenue dans sa paume. Elle respirait vite, fermait les yeux, tout envahie d'elle-même. Le sexe de Victorien le gênait considérablement, embarrassant tous ses gestes ; et quand il ouvrit son pantalon il ressentit un grand soulagement. Ce membre nouveau, qui jamais ne sortait ainsi, effleura les cuisses nues d'Eurydice. Il était animé d'une vie propre, il flairait sa peau avec de petits halètements, remontait le long de sa cuisse à petits sauts. Il voulait se nicher en elle. Eurydice soupira très fort, et murmura :

« Victorien, je veux que ça s'arrête. Je ne veux pas perdre la tête.

— C'est bien, non ?

— Oui, mais c'est très grand. Je veux garder les pieds sur terre. Mais maintenant je ne sais même plus où est mon corps. Je voudrais le retrouver avant de m'envoler.

— Je sais où il est, le mien.

— Je vais le prendre tout près de moi. »

Avec une très grande gentillesse elle saisit son sexe, oui c'est bien le mot malgré l'apparence, le mot dans son sens le plus ancien, avec une grande noblesse elle lui caressa le sexe jusqu'à ce qu'il jouisse. Victorien sur le dos voyait les étoiles bouger, et brusquement elles s'éteignirent toutes ensemble, et ensuite se rallumèrent. Eurydice vint se nicher contre lui et l'embrassa dans le cou, derrière l'oreille, juste là où passent les carotides, et peu à peu ce tambour s'éteignit. Vers le nord le grondement restait comme un écho, dont il était impossible de discerner les détails ; un grondement continu ondulait sans jamais s'arrêter, et des lueurs rougeâtres à l'horizon apparaissaient à contre-rythme, et des éclats jaunes qui aussitôt disparaissaient.

Ce fut la première fois que quelqu'un s'occupait de son sexe. Cela le troubla tant qu'il ne pensa à plus rien d'autre. Quand Eurydice vint se blottir contre lui, il vit le temps s'ouvrir tout d'un coup : il sut que cette jeune fille serait à cette place là, toujours, même s'il arrivait qu'ils ne se voient plus jamais.

Il se demanda s'il avait tenu la promesse faite à Roseval. Il en eut l'idée aussitôt en revenant vers le camp tenant Eurydice par la main. Dans la nuit tiède il en rougit, ce qui ne fut remarqué par personne d'autre que lui. Mais la question, il se la posait. En tenant Eurydice par l'épaule, la serrant très fort, il en conclut que oui. Mais pas tout à fait. Mais il serait bien resté toujours ainsi. Il échappait à l'amertume du manque comme à la déception de l'accompli. Les tâches de la guerre lui permirent de rester dans ce merveilleux état qui sinon ne dure pas. Les blessés arrivaient chaque jour en grand nombre ; il fallait les ramasser par terre, toujours plus loin, et les ramener en camion ; on l'appelait à des tâches urgentes qui l'éloignaient d'Eurydice. À chacun de ses départs il lui glissait quelques mots, un dessin, des pensées aimantes ; et quand le départ était précipité, quand il fallait monter dans le camion en courant, il croquait d'un unique trait de pinceau sur du papier d'emballage un cœur, un arbre, la forme d'une hanche, des lèvres ouvertes, la courbe d'une épaule ; ceux-là, dessins elliptiques à peine tracés, à peine secs, qu'il lui donnait en courant, elle les chérissait plus que les autres.

L'arme blindée impressionne mais elle est un tombeau de fer. Le train blindé ? Il a la fragilité d'une bouteille en verre ; au choc, il casse. Deux hommes en espadrilles passant par un sentier, portant dans leurs sacs à dos des explosifs de la taille d'un savon, l'immobilisent sans même le regarder. En quelques minutes ils font sauter la voie. Et deux hommes, c'est pour que le travail soit plus agréable, pour qu'il puisse se faire en bavardant ; sinon un seul suffit.

Le train blindé du val de Saône n'alla pas plus loin que Chalon. La voie sabotée nuitamment le fit s'arrêter dans des hurlements de freins, un crissement insupportable de métal frotté, des jets horizontaux d'étincelles. Les rails pliés par l'explosion remontaient comme des défenses d'éléphant fossile, les traverses rompues s'éparpillaient en échardes sur le ballast creusé d'un cratère. Quatre avions américains, en deux passages, firent sauter la motrice et les wagons plats, celui de devant et celui de derrière où à l'abri de sacs de sable les canons multitubes tentaient de les suivre. Tout disparut dans une brusque boule de feu, les sacs déchirés, les canons tordus, les servants désarticulés brûlés déchiquetés et mêlés au sable en quelques secondes. Les occupants du train s'égaillaient sur la voie, coururent courbés, se penchaient pour éviter les éclats, se jetaient au sol pour éviter les traînées de balles qui martelaient le ballast. Les aviateurs en haut faisaient tourner le hachoir, passaient et repassaient le long de la voie, ensanglantaient les cailloux. Les survivants plongeaient dans les haies et tombaient aux mains des Français cachés là depuis la veille. Les premiers furent tués dans la confusion, et les autres couchés en ligne, à plat ventre, les mains croisées sur la nuque. Le train brûlait, des corps habillés de gris parsemaient le talus de la voie. Les avions agitèrent leurs ailes et repartirent. On ramena une colonne de prisonniers qui marchèrent sans se faire prier, plutôt détendus, la veste sur l'épaule, les mains dans les poches, heureux d'en avoir enfin fini, et vivants.

Le colonel alla voir Naegelin.

« Ce sont eux à Porquigny. Le massacre ; femmes, enfants, vieillards. Vingt-huit corps dans la rue, quarante-sept dans les maisons, abattus de sang-froid, certains avec les mains liées.

— Eh bien ?

— On les fusille.

— Vous n'y pensez pas.

— Alors on les juge. Et puis après, on les fusille.

— Et qui jugera ? Vous ? Ce sera une vengeance, un crime de plus. Nous ? Nous sommes des militaires, ce n'est pas notre métier. Les juges civils ? Il y a deux mois ils jugeaient les types de la Résistance pour le compte des Allemands. Je veux bien que la loi soit neutre, mais il ne faut pas pousser. Il n'y a personne en France pour juger en ce moment.

— Vous n'allez rien faire ?

— Je vais les envoyer aux Américains. En leur signalant une responsabilité dans un massacre de civils. Ils aviseront. C'est tout, "colonel". »

Les guillemets bien prononcés chassèrent le colonel aussi sûrement qu'un petit geste de la main.

On mit les Allemands capturés dans un pré à vaches. On délimita avec des rouleaux de barbelés un carré d'herbe où on les laissa. Débarrassés de leurs armes, de leur casque, dispersés dans le pâturage, sans l'organisation que les faisait agir tous ensemble, les prisonniers avaient l'air de ce qu'ils étaient : des types fatigués, d'âges divers, dont le visage montrait chez tous les marques de plusieurs années de tension, de peur et de fréquentation de la mort. Maintenant allongés dans l'herbe en groupes irréguliers, la tête sur leur coude replié ou sur le ventre d'un autre, sans ceinture ni couvre-chef, la vareuse déboutonnée, ils laissaient aller le soleil sur leur visage bronzé, les yeux clos. D'autres groupes informes se tenaient debout devant les barbelés en rouleaux, ils fumaient, une main dans la poche, sans rien dire et ne bougeant presque pas, regardant au-delà d'un air distrait, là où était la sentinelle française qui les gardait, fusil à l'épaule et s'efforçant à une rigide sévérité. Mais les gardiens, après s'être tous essayés à des regards foudroyants, ne savaient plus où poser les yeux. Les Allemands vaguement amusés regardaient sans voir, ruminaient sans hâte à l'intérieur de leur enclos, et les gardiens finalement regardaient par terre, les pieds de ceux qu'ils gardaient, et cela leur paraissait absurde.

Les maquisards, que l'on habillait d'uniformes américains, venaient voir ces soldats déshabillés qui prenaient le soleil. Ceux-ci plissaient les yeux et attendaient. Un officier à l'écart frappait Salagnon par son élégance hautaine. Son uniforme ouvert lui allait comme un costume d'été. Il fumait avec indifférence en attendant la fin de la partie. Il avait perdu, tant pis. Salagnon éprouvait pour ce visage une attirance étrange. Il crut à une attirance et n'osait pas le regarder fixement ; il comprit enfin qu'il s'agissait d'une familiarité. Il se planta devant lui. L'autre les deux mains dans les poches continuait de fumer, le regardait sans le voir, plissait juste les yeux au soleil et à la fumée de la cigarette entre ses lèvres. Ils étaient sur le même pré, face à face, et les deux mètres qui les séparaient étaient infranchissables, occupés par un rouleau de fils hérissé de pointes, mais ils n'étaient pas plus distants que s'ils étaient assis à la même table.

« Vous avez contrôlé la boutique de mon père. À Lyon, en 43.
— J'ai contrôlé beaucoup de boutiques. J'ai été affecté à ce poste stupide : contrôler des boutiques. Pour juguler le marché noir. Cela m'a beaucoup ennuyé. Je ne me rappelle pas monsieur votre père.

— Alors vous ne me reconnaissez pas ?

— Vous, si. Au premier coup d'œil. Voilà une heure que vous tournez autour de nous en feignant de ne pas me voir. Vous avez changé, mais pas tant. Vous avez dû découvrir l'usage de vos organes. Je me trompe ?

— Pourquoi avez-vous épargné mon père ? Il trafiquait, vous le saviez.

— Tout le monde trafique. Personne ne suit les règles. Alors j'épargne, je condamne. Cela dépend. Nous n'allions pas tuer tout le monde. Si la guerre avait duré, peut-être l'aurions nous fait. Comme en Pologne. Mais maintenant, c'est fini.

— C'est vous, Porquigny ?

— Moi, mes hommes, les ordres d'en haut : nous nous y sommes tous mis, personne en particulier. La Résistance, comme vous dites, était soutenue ; alors nous terrorisions pour briser les soutiens.

— Vous avez tué n'importe qui.

— Si l'on ne tuait que les combattants, ce ne serait que la guerre. La terreur est un instrument très élaboré, cela consiste à créer autour de nous un affolement qui dégage la route. Alors nous avançons tranquillement et nos ennemis perdent leur soutien. Il faut créer cette atmosphère de terreur impersonnelle, c'est une technique militaire.

— Vous l'avez fait vous-même ?

— Personnellement je n'ai pas le goût du sang. La terreur n'est qu'une technique, il faut pour l'appliquer des psychopathes, et pour l'organiser un qui ne le soit pas. J'avais des Turkmènes avec moi, que j'ai trouvés en Russie ; des nomades pour qui la violence est un jeu, et qui égorgent en riant leurs bêtes avant de les manger. Eux ils ont sûrement le goût du sang, il suffit de leur permettre de l'appliquer un peu plus largement qu'à leurs troupeaux. Ils sont capables de découper un homme vivant à la scie, je l'ai vu. Ils étaient avec moi dans le train blindé, comme une arme secrète qui produit la terreur. Ce sont mes chiens. Je les lâche ou les retiens, je ne m'occupe que de la laisse. Mais qu'auriez-vous fait si vous aviez été à ma place ? À notre place ?

— Je n'y suis pas. J'ai justement choisi de ne pas y être.

— La roue tourne, jeune homme. J'étais chargé de maintenir l'ordre, et peut-être demain ce sera vous. Hier je vous ai épargné pour un peu de vague à l'âme, pour une faute de déclinaison que vous aviez faite, et aujourd'hui je suis votre prisonnier. Nous étions les maîtres, et maintenant je ne sais pas ce que vous ferez de moi.

— Vous allez être livrés aux Américains.

— La roue tourne. Profitez, profitez de votre victoire toute neuve, profitez de votre bel été. L'année 1940 a été la plus belle de ma vie. Après, c'était moins bien. La roue a tourné. »

Cela devait arriver. À force que l'on veuille le tuer en lançant dans sa direction des engins explosifs, on y parvint presque. On le blessa. Au fil des missions de ramassage des morts, ils essuyaient des tirs. Des Allemands erraient dans la campagne, des obus suivant la courbure du ciel tombaient vingt kilomètres trop loin, un avion seul descendait parfois des nuages pour mitrailler ce qu'il voyait et disparaissait ensuite. On pouvait mourir par hasard.

Avec Brioude, Salagnon échappa au tireur caché sur le château d'eau. Les Allemands étaient partis et il était resté là, peut-être oublié, sur la dalle de béton à trente mètres de hauteur. Autour de lui des morts jonchaient les prés, et des machines détruites, vestiges d'une bataille à laquelle il avait dû assister et que l'on croyait finie. Quand les maquisards du colonel vinrent ramasser les corps, allant deux par deux en portant une civière, il commença de tirer, atteignant Morellet à la cuisse. Ils se jetèrent derrière une haie et ripostèrent, mais l'autre était hors d'atteinte. Brioude et Salagnon furent isolés. Il leur fallait sortir de ce grand pré au pied du château d'eau, encombré de corps allongés et de véhicules fumants. Le tireur les visait, il prenait son temps, il essayait de les tuer avant qu'ils ne se cachent. Le peloton derrière la haie tirait des rafales qui écornaient le béton sans le toucher. Il était hors d'atteinte ainsi posé en l'air ; il se reculait, puis revenait loger une balle là où il pensait que se tenaient ses cibles. Brioude et Salagnon plongeaient dans l'herbe haute et la balle frappait le sol, ils se cachaient derrière les morts et le corps tressautait avec un choc mou, ils se jetaient derrière une Jeep incendiée et la balle tintait sur le métal, les manquant encore. Ils rampaient, ils se relevaient, ils sautaient, ils alternaient les allures d'une façon irrégulière en se faisant des signes le cœur battant, et le tireur les manquait toujours. Ils avançaient mètre par mètre pour traverser le pré, chaque fois quelques mètres de vie en plus, le temps que l'autre les ajuste, et il se trompait toujours. Ils rejoignirent enfin le chemin creux où tout le peloton était allongé à l'abri du tireur. Quand ils traversèrent la haie et roulèrent parmi les autres, une ovation étouffée les accueillit. Ils restèrent couchés sur le dos, hors d'haleine, transpirant horriblement ; et éclatèrent de rire, heureux d'avoir gagné, heureux d'être vivants.

Et puis le ciel se déchira comme un rideau de soie, et au bout de la déchirure un grand marteau cogna le sol. La terre retomba, des cailloux et des débris de bois grêlèrent autour d'eux, suivis de cris. Salagnon sentit un choc à travers sa cuisse et ensuite ce fut chaud et liquide. C'était abondant, amollissant, il se vidait ; cela devait fumer sur le sol. On vint le prendre, il ne voyait rien qu'un tournoiement qui l'empêchait de marcher, on le transporta couché. Une sorte de fumée humide l'empêchait de voir, mais ce pouvait être des larmes. Il entendait des hurlements proches. À celui qui le transportait il essaya de dire quelque chose. Il le tira par le col, l'attira à lui, et murmura à son oreille, très lentement : « Il ne va pas très bien, celui-là. » Puis il le lâcha et s'évanouit.

Quand il se réveilla Salomon Kaloyannis était près de lui. On l'avait installé dans une petite chambre, avec un miroir au mur et des bibelots sur une étagère. Il était allongé sur un lit de bois, adossé à de gros oreillers brodés d'initiales, et il ne pouvait plier sa jambe. Un bandage serré la recouvrait de la cheville à l'aine. Kaloyannis lui montra un morceau de métal effilé, tordu, de la taille d'un pouce ; les bords en étaient aussi fins que ceux d'un éclat de verre.

« Regarde, c'était ça. Dans les bombardements on ne voit que la lumière, on croit à un feu d'artifice ; mais le but est d'envoyer ça, des éclats de fer. On envoie des lames de rasoir au lance-pierre sur des gens tout nus. Si tu savais quelles déchirures horribles je dois recoudre. La guerre m'apprend beaucoup sur comment découper l'homme, et sur les techniques de couture. Mais tu es réveillé, tu as l'air d'aller, je te laisse. Eurydice viendra te visiter.

— Je suis à l'hôpital ?

— À l'hôpital de Mâcon. Nous sommes bien installés maintenant. Je t'ai trouvé cette chambre parce que tout est bondé. On couche les types dans les couloirs, même dans le parc, sous des tentes. Je t'ai mis dans la chambre du gardien pour t'avoir sous la main. Je ne voudrais pas que l'on t'évacue avant de t'avoir guéri. Je ne sais pas où est le gardien, alors profite de ta petite chambre pour te remettre. Je t'ai même trouvé un vrai cahier. Repose-toi. Je tiens vraiment à ce que tu t'en sortes. »

Il lui pinça la joue en la secouant vivement, déposa sur son lit un grand cahier relié de toile, et le laissa, stéthoscope ballottant autour de son cou, les mains dans les poches de sa blouse blanche.

Le soleil de l'après-midi passait par les fentes obliques des volets de bois, et traçait des rayons parallèles sur les murs et le lit. Il entendait le brouhaha continu de l'hôpital, les camions, les cris, tous ces gens dans les couloirs, l'agitation de la cour. Eurydice vint changer son pansement, elle apporta sur un plateau métallique des bandages, du désinfectant, du coton et des épingles de sûreté toutes neuves, toute une boîte écrite en anglais. Elle attachait ses cheveux très serré et boutonnait sa blouse jusqu'en haut, mais il suffisait à Victorien un battement de ses cils, un frémissement de ses lèvres pour la deviner tout entière, son corps nu et toutes ses courbes, sa peau vivante. Elle posa le matériel de soin et s'assit sur le lit, elle l'embrassa. Il l'attira à lui, sa jambe blessée qu'il ne pouvait plier l'embarrassait, mais il sentait en ses bras et sa langue assez de force pour l'absorber. Elle s'allongea contre lui et sa blouse remonta le long de ses cuisses. « Je voudrais perdre la tête », murmura-t-elle à son oreille. Sa cuisse se serra très fort contre la cuisse blessée, leur sueur se mêlait, dehors le vacarme continu se calmait car c'était l'heure chaude de l'après-midi. Le sexe de Victorien n'avait jamais été si gros. Il ne le sentait même plus, il ne savait plus où il commençait ni finissait, il était tout entier gonflé et sensible, il s'emboîtait tout entier dans le corps sensible d'Eurydice. Quand il la pénétra elle se raidit puis soupira ; de larmes coulèrent, elle ferma les yeux puis les ouvrit, elle saignait. Victorien la caressait de l'intérieur. Ils allaient tous les deux en équilibre, ils tâchaient de ne pas tomber, ils ne se perdaient pas des yeux. Le bonheur qui vint fut sans précédent. Le mouvement, cet effort, réouvrirent la blessure de Victorien. Il saignait. Leurs sangs se mêlaient. Ils restèrent longtemps allongés l'un contre l'autre, ils regardaient les traits parallèles de lumière avancer très lentement sur le mur, et passer sur le miroir qui brillait sans rien refléter.

« Je vais te refaire ton pansement. J'étais venue pour ça. »

Elle le pansa en serrant moins fort, elle nettoya aussi ses cuisses, elle l'embrassa sur les lèvres et sortit. Il sentait sur sa cuisse battre sa blessure, mais elle s'était refermée. La douleur légère le maintenait éveillé. Il dégageait autour de lui une odeur musquée qui n'était pas entièrement la sienne, ou alors qu'il n'avait jamais émise jusque-là. Il ouvrit le beau cahier à feuilles blanches que lui avait apporté Salomon. Il fit des taches légères, des traits souples. Il essayait de rendre par l'encre la douceur des draps, leurs plis infiniment contournés, leur odeur, les rayons de lumière parallèles qui se reflétaient dans le miroir au mur, la chaleur enveloppante, le vacarme et le soleil dehors, le vacarme dehors qui est la vie même, le soleil qui est sa matière, et lui dans cette chambre ombragée, centrale et secrète, cœur battant d'un grand corps heureux.

Il guérit, mais moins vite que ne se poursuivait la guerre. Les zouaves portés continuèrent vers le nord, laissant les blessés à l'arrière. Quand Salagnon put se lever, il intégra un autre régiment avec un grade, et ils continuèrent leur voyage jusqu'en Allemagne.

Pendant l'été 44 il faisait beau et chaud, on ne restait pas entre soi : tout le monde dehors ! On se promenait en short trop large, serré autour de la taille mince par une ceinture de cuir, la chemise ouverte jusqu'au ventre. On criait beaucoup. On se tenait en foule dans les rues pleines, on défilait, on acclamait, on suivait le triomphe qui passait sans se hâter. Des camions militaires roulaient au pas en écartant la foule, chargés de soldats assis qui affectaient la raideur. Ils portaient des uniformes propres, des casques américains, ils s'efforçaient de garder leurs yeux à l'horizontale et de tenir virilement leurs armes, mais ils arboraient tous un sourire tremblant qui leur mangeait le visage. Des voitures repeintes chargées de jeunes garçons vêtus en scouts suivaient en agitant des drapeaux et des armes hétéroclites. Des officiers en Jeep distribuaient des poignées de main à des centaines de gens qui voulaient les toucher, ils ouvraient la voie à des chars baptisés à la peinture blanche de noms français. Ensuite passaient les vaincus, d'autres soldats qui levaient les mains très haut, sans casque, sans ceinture, veillant à ne pas faire de gestes brusques et à ne croiser le regard de personne. Venaient en dernier quelques femmes, entourées de la foule qui se refermait et suivait le cortège, des femmes toutes pareilles, au visage baissé raviné de larmes, au visage si fermé qu'on ne pouvait les reconnaître. Elles fermaient le triomphe, et derrière elles, alignées sur les trottoirs, des grappes hilares se rejoignaient au milieu de la rue pour suivre le cortège ; tous marchaient ensemble, tous participaient, la foule passait entre deux rangs de foule, la foule triomphait et acclamait sa gloire, foule heureuse précédée de femmes conspuées qui marchaient en silence. Avec les soldats vaincus, elles seules faisaient silence, mais elles on les bousculait, et d'elles on riait. Les hommes armés autour d'elles tenaient leurs armes à la rigolade, et ils laissaient faire, goguenards. Un brassard leur servait d'uniforme, ils portaient le béret penché et gardaient le col ouvert, un officier à képi les dirigeait vers la place où l'on s'arrêterait un moment pour effacer la honte. On repartirait ensuite sur d'autres bases, plus saines, plus austères, plus fortes. La foule carnavalesque respirait à longs traits l'air de l'été 44, tous respiraient l'air libre de la rue où tout se passe. Plus jamais la France ne serait la pute de l'Allemagne, sa danseuse vêtue de dessous coquins, qui vacille sur la table en se déshabillant quand elle est ivre de champagne ; la France était maintenant virile, athlétique, la France était renouvelée.

Pendant cet après-midi, dans des rues à l'écart du triomphe, dans des maisons aux portes ouvertes, dans des pièces vides — tout le monde dehors, voilages voletant devant les fenêtres, courants d'air chauds d'une chambre à l'autre —, des coups de feu isolés claquaient sans écho ; règlements de comptes, transferts de fonds, captations et transports ; des messieurs discrets partaient dans les rues latérales en portant des valises qu'il fallait mettre en lieu sûr.

Ce fut une belle fête française. Il faut, lorsqu'on cuit les viandes au pot, qu'arrive un moment d'ébullition où se constitue l'âme du bouillon ; il faut une vive agitation où tout se mélange, où les chairs se fondent, où se défont leurs fibres : là se constituent les arômes. L'été 44 fut le moment de feu vif sous la cocotte, le moment de création de ce goût qu'aura ensuite le plat qui mijotera des heures durant. Bien sûr très vite la paix réinstalla ses tamis, et les jours qui se succédèrent les secouaient patiemment ; les petites gens glissèrent entre les mailles et se retrouvèrent plus bas que les autres, au même endroit qu'avant. Tous furent rangés en fonction de leur diamètre. Mais quelque chose avait eu lieu, qui donna le goût d'ensemble. Il faut en France des émotions populaires, des fêtes régulièrement : tout le monde dehors ! et tous ensemble on va dehors, et il se crée un goût de vivre ensemble que l'on a pour longtemps. Car sinon les rues sont vides, on ne se mêle pas, on se demande bien avec qui on vit.

À Lyon, les feuilles des marronniers commençaient de se racornir, la boutique était à la même place, bien sûr, et intacte. Un grand drapeau français flottait sur la porte. On avait cousu trois pièces de tissu et ce n'étaient pas les bonnes nuances, sauf le blanc car c'était un drap ; mais le bleu était trop clair, et le rouge terni, on avait utilisé des tissus trop usés et trop lavés, mais au soleil, quand le grand soleil de l'été 44 passait au travers, les couleurs brillaient avec toute l'intensité qu'il fallait.

Son père sembla heureux de le revoir. Il le laissa embrasser sa mère, longuement et en silence, puis lui donna à son tour l'accolade. Il l'entraîna ensuite avec lui, ouvrit une bouteille poussiéreuse.

« Je l'avais gardée pour ton retour. Bourgogne ! c'est bien là où tu étais ?

— Je t'ai un peu désobéi.

— De toi-même tu prenais le bon chemin. Donc je n'ai rien dit ; et maintenant, tout est clair. Vois donc, dit-il en montrant le drapeau dont on voyait le bleu mal choisi s'agiter par la porte ouverte.

— Tu étais sur ce chemin-là ?

— Les chemins bifurquent, ne vont pas là où l'on croit… et maintenant nos chemins se rejoignent. Regarde. »

Il ouvrit un tiroir, fouilla sous des liasses de papiers, et posa sur la table un ceinturon d'arme portant un revolver, et un brassard FFI.

« Tu n'as pas été inquiété ?

— Par qui ? Par les Allemands ?

— Non… les autres…. pour ce que tu faisais avant…

— Ah… j'ai tous les documents secrets nécessaires qui montrent que je ravitaillais les bonnes personnes. Et ce, depuis assez longtemps pour que mon appartenance au bon côté ne puisse être mise en doute.

— Tu faisais ça ?

— J'en ai toutes les preuves.

— Tu les as eues comment, ces preuves ?

— Tu n'es pas le seul à savoir faire des preuves. C'est même un talent très répandu. »

Et il lui fit un clin d'œil. Le même, qui lui fit le même effet.

« Et le type de la préfecture ?

— Oh… dénoncé par je ne sais qui, et il a disparu en prison. Comme d'autres qui fréquentaient trop les Allemands. »

Il sortit le revolver de sa gaine de cuir usé, l'examina avec une grande douceur.

« Tu sais, il a servi. »

Victorien le regarda, incrédule.

« Tu ne me crois pas ?

— Si. J'imagine qu'il a dû servir. Mais je ne sais pas comment.

— Les revolvers bien maniés sont bien plus utiles que toutes vos pétarades militaires. Tu as des projets ? »

Victorien se leva et partit sans se retourner. En sortant il s'empêtra dans le drapeau qui flottait au-dessus de la porte. Il tira, les coutures trop lâches craquèrent, et c'est un drapeau trifide, une langue pour chaque couleur, qui s'agita derrière lui pour saluer son départ.

Victorien traversa l'été en uniforme de la France Libre, on l'embrassa, on lui serra les mains, on le fit boire, on lui proposa des contacts intimes que parfois il refusa et parfois accepta. On lui fit intégrer une école de cadres, à l'issue de laquelle il serait affecté comme lieutenant dans la nouvelle armée française.

À l'automne il fut en Alsace. Dans une forêt de sapins il garda une forteresse de troncs colmatés de terre. Les sapins poussaient droit malgré la pente, par une torsion vigoureuse à la base de leur tronc. Les nuits s'épaississaient vers quatre heures, et le jour ne revenait jamais vraiment. Il faisait toujours plus froid. Les

Allemands ne fuyaient plus, ils s'étaient enterrés de l'autre côté de la bosse, sur l'autre pente, et il fallait guetter vers le haut. Ils patrouillaient enveloppés de capes couleur de feuillage, accompagnés de chiens qui savaient se taire et montrer du museau ce qu'ils sentaient. Ils lançaient des grenades, faisaient sauter des casemates, capturaient de jeunes Français qui s'étaient engagés quelques semaines auparavant, eux qui ne savaient même plus ce que c'était, depuis tant d'années, que de dormir sans une arme chargée contre soi.

Quand il plut l'eau coula en torrent sous le sol tapissé d'aiguilles, le fond des casemates fut englué de boue, le colmatage de terre entre les troncs commença de se dissoudre. L'enthousiasme des jeunes Français se brisait devant des Allemands guère plus âgés mais forgés par cinq années de survie. Des assauts massifs furent ordonnés, décidés par des officiers qui concouraient entre eux, qui avaient beaucoup à prouver ou à faire oublier. Ils lancèrent leurs troupes légères sur les Allemands cachés dans des trous et elles se brisèrent. Beaucoup moururent dans le froid, vautrés par terre, sans que les Allemands ne reculent. Les grades reprirent leur importance. Il fallait être patients, méthodiques, coordonnés. On utilisa au mieux le matériel, les hommes devinrent calmes et prudents. La guerre n'amusait plus personne.

Les zouaves portés repartirent pour l'Afrique. Victorien alla jusqu'au cœur de l'Allemagne, lieutenant d'un groupe de jeunes gens qui logeaient dans des fermes abandonnées, se battaient brutalement et brièvement contre des débris de la Wehrmacht qui ne savaient plus où aller. Ils capturaient tous ceux qui voulaient se rendre et libéraient des prisonniers dont l'état de maigreur et d'abattement les effraya. Mais leurs os visibles les effrayaient moins que leur regard de verre ; comme le verre, le regard de ces prisonniers n'avait que deux états : cristallin et vide, ou brisé.

Le printemps 45 passa comme un soupir de soulagement. Salagnon était en Allemagne dévastée, une arme à la main, commandant un groupe des jeunes gens musclés qui n'hésitaient jamais dans leurs actes. Tout ce qu'il disait était aussitôt suivi d'effets. On fuyait devant eux, on capitulait, on leur parlait avec crainte en ânonnant ce que l'on savait de français. Puis la guerre se termina et il dut rentrer en France.

Il resta quelques mois militaire, puis revint à la vie civile. « Revenir » est le mot que l'on emploie, mais pour ceux qui n'ont jamais vécu civilement le retour peut apparaître comme un dénudement, un dépôt sur le bord du chemin, le renvoi vers une origine qu'on leur prête mais qui pour eux n'existe pas. Que pouvait-il faire ? Que pouvait-il faire de bien civil ?

Il s'inscrivit à l'Université, suivit des cours, tenta d'exercer sa pensée. Des jeunes gens toujours assis, baissant la tête dans un amphithéâtre, prenaient en note ce qu'un homme âgé lisait devant eux. Les locaux étaient glacés, la voix du vieil homme s'égarait dans les aigus, il s'interrompait pour tousser ; il laissa un jour tomber ses notes qui s'éparpillèrent sur le sol, et cela dura de longues minutes pour qu'il les ramasse et les remette en ordre, en marmonnant ; les étudiants en silence, leur stylo levé, attendaient qu'il reprenne. Il acheta les livres qu'on lui demandait de lire, mais il ne lut que l'*Iliade*, plusieurs fois. Il lisait allongé sur son lit, en pantalon de toile, torse nu et pieds nus lorsqu'il faisait chaud, et enroulé dans son manteau, sous une couverture, à mesure que l'hiver venait. Il lut encore et encore la description de l'atroce mêlée, où le bronze désarticule les membres, perce les gorges, traverse les crânes, entre dans l'œil et ressort par la nuque, entraînant les combattants dans le noir trépas. Il lut bouche bée, en tremblant, la fureur d'Achille quand il venge la mort de Patrocle. En dehors de toute règle, il égorge les Troyens prisonniers, maltraite les cadavres, rabroue les dieux sans jamais perdre sa qualité de héros. Il se conduit de la façon la plus ignoble, vis-à-vis des hommes, vis-à-vis des dieux, vis-à-vis des lois de l'univers, et il reste un héros. Il apprit par l'*Iliade*, par un livre que l'on se lit depuis l'âge du bronze, que le héros peut n'être pas bon. Achille rayonne de vitalité, il donne la mort comme l'arbre le fruit, et il excelle en exploits, bravoure et prouesses : il n'est pas bon ; il meurt, mais il n'a pas à être bon. Qu'a-t-il fait ensuite ? Rien. Que pouvait-on encore faire, après ? Il referma le livre, ne retourna pas à l'Université, et chercha du travail. Il en trouva, plusieurs, les quitta tous, cela l'ennuyait. En octobre de l'année de ses vingt ans il rassembla tout l'argent qu'il put et partit pour Alger.

Il plut toute la traversée, des nuages fuligineux se décomposaient sur l'eau brune, un vent constant rendait pénible d'être sur le pont. Les courtes vagues de la mer d'automne frappaient les flancs du navire avec des claquements brefs, des résonances sourdes qui faisaient peur, qui se répandaient dans toute la structure du bateau et jusque dans les os des passagers qui n'arrivaient pas à dormir, comme des coups de pied donnés à un homme à terre. Quand elle ne sourit pas de toutes ses dents, quand elle ne rit pas de son rire de gorge, la Méditerranée est d'une méchanceté affreuse.

Le matin ils s'approchèrent d'une côte grise où l'on ne voyait rien. Alger, ce n'est pas ce qu'on dit, pensa-t-il accoudé au bastingage. Il devinait juste la forme d'une ville terne accrochée à la pente, une ville de petite taille sur une pente médiocre, sans arbres, qui doit être de terre pelée quand il fait chaud, et en ce moment, boueuse. Salagnon aborda Alger en octobre, et le bateau de Marseille dut traverser des rideaux de pluie pour l'atteindre.

Heureusement la pluie cessa quand le bateau fut à quai, le ciel s'ouvrit en grand quand il franchit la passerelle, et quand il emprunta l'escalier qui permettait de remonter du port — car à Alger le port est en bas — il redevint bleu. Les façades blanches à arcades séchaient vite, une foule agitée remplit à nouveau les rues, des gamins tournaient autour de lui en lui proposant des services qu'il n'écoutait pas. Un vieil Arabe coiffé d'une casquette usée, peut-être officielle, voulut porter son bagage. Il refusa poliment, serra mieux la poignée de sa valise, et demanda son chemin. L'autre grommela quelque chose qui ne devait pas être aimable et lui désigna vaguement une partie de la ville.

Il suivit les rues en pente, dans les caniveaux une eau brune coulait vers la mer ; une bourbe rougeâtre descendait des quartiers arabes, traversait la ville européenne, simplement la traversait, et disparaissait dans la mer. Il remarqua que des débris coulaient dans ce flot, et certains étaient des flocons de sang coagulé, d'un pourpre presque noir. Les nuages avaient disparu, les murs blancs reflétaient la lumière, ils brillaient. Il se dirigeait en lisant les plaques de tôle bleue à l'angle des rues, des plaques françaises rédigées en français, ce qu'il ne remarqua pas tant cela était naturel : les mots qu'il pouvait lire étaient soulignés des ondulations aiguës de l'arabe qu'il ne savait pas lire, et cela n'était qu'un simple ornement. Il alla sans détour, il trouva la maison dont il avait si souvent écrit l'adresse, et Salomon l'accueillit avec joie.

« Viens, Victorien, viens ! ça me fait plaisir de te voir ! »

Salomon le tira par le bras, l'entraîna dans une petite cuisine un peu sale où de la vaisselle traînait dans l'évier. Il sortit une bouteille et des verres qu'il posa sur la toile cirée. D'un torchon douteux il en essuya vite fait les miettes et les plus grosses taches.

« Assois-toi, Victorien ! Je suis tellement content que tu sois là ! Goûte, c'est de l'anisette, c'est ce qu'on boit ici. »

Il remplit les verres, fit s'asseoir et s'assit, et regarda son hôte droit dans les yeux ; mais ses yeux bordés de rouge ne regardaient pas droit.

« Reste, Victorien, reste tant que tu veux. Tu es chez toi ici. Chez toi. »

Mais après les embrassades il se répétait, chaque fois un peu moins fort et enfin il se tut. Salomon avait vieilli, il ne riait pas, il parlait juste fort, il servait l'anisette avec des gestes mal assurés. Quelques gouttes tombaient à côté du verre, parce que ses mains tremblaient. Elles tremblaient tout le temps, ses mains, mais on pouvait ne pas s'en rendre compte car quand il ne tenait rien il les cachait, il les mettait sous la table ou dans ses poches. Ils échangèrent des nouvelles, se racontèrent un peu.

« Et Ahmed ?

— Ahmed ? Parti. »

Salomon soupira, but son verre et se resservit. Il ne riait plus du tout, les rides de rire qui marquaient son visage semblaient désaffectées, et d'autres, nouvelles, qui le vieillissaient, étaient apparues.

« Tu sais ce qui s'est passé ici l'année dernière ? D'un seul coup tout a basculé, ce que l'on croyait solide n'était plus que du carton, pffft, envolé, découpé, en charpie. Et pour cela il n'a fallu qu'un drapeau, et un coup de feu. Un coup de feu à l'heure de l'apéro, comme dans une tragédie pataouète.

« Les Arabes, ils voulaient manifester pour le jour de la victoire, quand les Allemands là-bas au nord ont décidé d'arrêter les frais. Les Arabes, ils voulaient dire tout ensemble qu'ils étaient contents que nous ayons gagné, nous, mais personne ici n'est d'accord sur ce que "nous" veut dire. Ils voulaient fêter la victoire et dire leur joie d'avoir gagné, et dire aussi que maintenant que nous avions gagné rien ne pourrait être plus pareil. Alors ils voulaient défiler, en bon ordre, et ils avaient sorti des drapeaux algériens, mais le drapeau algérien, il est interdit. Moi je trouve qu'il est surtout absurde, le drapeau algérien, je ne vois pas le drapeau de quoi c'est. Mais ils l'avaient sorti, et les scouts musulmans le portaient. Un type est sorti du café, un flic, et quand il a vu ça, la foule d'Arabes en rang avec ce drapeau, il a cru à un cauchemar, il a pris peur. Il avait une arme sur lui dans le café, il l'a sortie, il a tiré, et le petit scout musulman qui portait le drapeau algérien est tombé. Ce con de flic qui allait boire l'apéritif avec son arme, il a déclenché l'émeute. On aurait pu calmer les choses, ce n'est pas la première fois qu'un Arabe se fait tuer pour rien, par une réaction un peu vive ; mais là, ils étaient tous en rang, avec le drapeau algérien interdit, et c'était le 8 mai, le jour de la victoire, de notre victoire, mais personne n'est d'accord sur ce que "nous" désigne.

« Alors l'émeute s'est abattue sur tout ce qui passait, on s'est tué sur la foi du visage, on s'est étripé sur la mine que l'on avait. Des dizaines d'Européens ont été éventrés brusquement, avec des outils divers. J'ai recousu certaines de leurs blessures, elles étaient horribles et sales. Les blessés, ceux qui avaient échappé à la mise en pièces, souffraient le martyre parce que cela s'infectait ; mais surtout ils souffraient d'une terreur intense, d'une terreur bien pire que tout ce que j'ai vu à la guerre, quand ces Allemands méthodiques nous tiraient dessus. Ils vivaient un cauchemar, ces blessés, parce que les gens avec qui ils vivaient, les gens qu'ils croisaient sans les voir, qu'ils frôlaient chaque jour dans les rues, se sont retournés contre eux avec des outils tranchants et les ont frappés. Pire que de la blessure, ils souffraient d'incompréhension ; et pourtant elles étaient profondes leurs blessures horribles, parce qu'elles avaient été faites par des outils, des outils de jardinage et de boucherie qui avaient creusé les organes ; mais l'incompréhension était encore plus profonde, au cœur même des gens, là même où ils existaient. À cause de l'incompréhension, ils mouraient de terreur : celui avec qui on vit, eh bien il se retourne contre vous. Comme si ton chien fidèle se retournait sans prévenir et te morde. Tu y crois, toi ? Ton chien fidèle, tu le nourris, et il se jette sur toi, et il te mord.

— Les Arabes sont vos chiens ?

— Pourquoi tu me dis cela, Victorien ?

— C'est ce que vous dites.

— Mais je ne dis rien. J'ai fait une comparaison pour que tu comprennes la surprise et l'horreur de la confiance trahie. Et en quoi a-t-on plus confiance sinon en son chien ? Il possède dans sa bouche de quoi vous tuer, et il ne le fait pas. Alors quand il le fait, quand il vous mord avec ça qu'il avait toujours eu à disposition, et avec quoi il s'abstenait de vous mordre, la confiance est brusquement détruite, comme dans un cauchemar où tout se retourne, et contre vous, où tout recommence d'obéir à sa nature après qu'elle a été si longtemps apprivoisée. C'est à rien y comprendre ; ou alors on le savait sans oser se le dire. Dans le cas des chiens on évoque la rage, un microbe qui rend fou, que l'on attrape par morsure et qui fait mordre, et cela explique tout. Pour les Arabes on ne sait pas.

— Vous parlez de gens comme de chiens.

— Fous-moi la paix avec les écarts de langage. Tu n'es pas d'ici, Victorien, tu ne sais rien. Ce que nous avons vécu ici est si terrifiant que nous n'allons pas nous interdire des façons de parler pour épargner la délicatesse des Françaouis. Il faut voir les choses en face, Victorien. Il faut parler vrai. Et le vrai quand on le parle, il fait mal.

— Faut-il encore qu'il soit vrai.

— Je voulais parler de confiance alors j'ai parlé de chiens. Pour expliquer la fureur qui prend parfois les chiens, on dit qu'ils ont la rage ; ça explique tout et on les abat. Pour les Arabes, je ne sais pas. Je n'ai jamais cru à ces histoires de race, mais maintenant je ne vois pas comment dire autrement, si ce n'est que c'est dans le sang. La violence est dans le sang. La traîtrise est dans le sang. Tu vois une autre explication, toi ? »

Il se tut un moment. Il se versa un verre, en renversa un peu à côté, oublia de servir Salagnon.

« Ahmed, il a disparu. Au début, il m'aidait. On m'envoyait des blessés pour que je les soigne, et lui toujours il était avec moi. Mais quand les blessés le voyaient se pencher sur eux, avec son nez d'aigle, avec ses moustaches, avec son teint qui ne trompe pas, eh bien ils gémissaient d'une toute petite voix et ils voulaient que je reste. Ils me suppliaient de ne pas m'éloigner, de ne pas les laisser seuls avec lui, et la nuit ils voulaient que ce soit moi qui les veille, surtout pas lui.

« Maintenant je me souviens d'avoir oublié de demander à Ahmed ce qu'il en avait pensé, mais moi cela m'avait fait rire. J'avais tapé sur l'épaule d'Ahmed en lui disant : “Allez, laisse-moi faire, ils vont pas bien, ils ont l'angoisse de la moustache”, comme si c'était une blague. Mais ce n'en était pas une, les types à moitié ouverts par des outils de jardinage ne font pas de blagues.

« Et puis une nuit très tard, alors que nous nettoyions et stérilisions des instruments utilisés pendant le jour — car nous devions tout faire tant il y avait de travail et de troubles, mais cela ne nous changeait pas de nos années de guerre passées ensemble —, pendant donc que nous étions tous les deux devant l'étuve à nettoyer les outils, il me dit que j'étais son ami. D'abord cela m'a fait plaisir. J'ai cru que la fatigue le rendait bavard, et la nuit, et les épreuves vécues ensemble. J'ai cru qu'il voulait parler de tout ce que nous avions vécu, depuis des années, jusqu'à ce moment-là. J'acquiesçai et j'allai lui répondre que lui aussi, mais il a continué. Il m'a dit que bientôt les Arabes tueraient tous les Français. Et ce jour-là, comme j'étais son ami, il me tuerait lui-même, rapidement, pour que je ne souffre pas.

« Il parlait sans élever la voix, sans me regarder, tout à son travail, un tablier taché de sang autour des reins et les mains pleines de mousse dans cette nuit où nous étions les seuls éveillés, avec quelques blessés qui n'arrivaient pas à dormir, les seuls debout, les seuls valides, les seuls raisonnables. Il m'assurait qu'il ne laisserait pas faire ça par n'importe qui n'importe comment, et il me le disait en ôtant des traces de sang de lames très affûtées, il me le disait devant un étalage de scalpels, de pinces et d'aiguilles qui ferait peur à un boucher. J'ai eu la présence d'esprit de rire et de le remercier, et lui aussi m'a souri. Quand tout fut rangé nous sommes allés nous coucher, j'ai retrouvé la clé de ma chambre, une petite clé de rien du tout qui fermait une serrure de rien du tout mais je n'avais que ça, mais de toute façon ce ne pouvait être qu'un cauchemar, et j'ai fermé ma chambre. Il suffit de gestes rituels pour conjurer les cauchemars. Le lendemain je m'étonnai moi-même d'avoir fermé la porte avec un si petit verrou. Ahmed était parti. Des types du voisinage armés de fusils et de pistolets, des types en chemisette que je connaissais tous sont venus chez moi et m'ont demandé où il était. Mais je n'en savais rien. Ils voulaient l'emmener et lui faire son affaire. Mais il était parti. Cela m'a soulagé qu'il soit parti. Les types armés m'ont dit que des bandits couraient dans les montagnes. Ahmed, disaient-ils, les avait peut-être rejoints. Mais il y a eu tant de ratissages, de liquidations, d'enterrements à la va-vite, en masse, qu'il a peut-être disparu ; vraiment disparu, sans trace. On ne sait pas combien sont morts. On ne les compte pas. Tous les blessés que je soignais étaient européens. Car pendant ces semaines-là, des blessés il n'y en eut pas d'Arabes. Les Arabes on les tuait.

« Tu sais ce que c'est un ratissage ? On passe le râteau dans la campagne, et on débusque les hors-la-loi. Pendant des semaines on a traqué les coupables des horreurs du 8 mai. Il fallait qu'aucun n'en réchappe. Tout le monde s'y est mis : la police bien sûr, mais elle n'y suffisait pas, alors l'armée, mais elle n'y suffisait pas non plus, alors les gens de la campagne, qui ont l'habitude, et aussi les gens des villes, qui l'ont prise, et même la marine, qui de loin bombardait les villages de la côte, et l'aviation, qui bombardait les villages inaccessibles. Tous ont pris des armes, et tous les Arabes que l'on soupçonnait d'avoir trempé de près ou de loin dans ces horreurs ont été rattrapés, et liquidés.

— Tous, ça fait combien ?

— Mille, dix mille, cent mille, qu'en sais-je ? S'il avait fallu, un million ; tous. La traîtrise est dans le sang. Il n'y a pas d'autre explication car sinon, pourquoi ils se seraient jetés sur nous alors que nous vivions ensemble ? Tous, s'il avait fallu. Tous. Nous avons la paix pour dix ans.

— Comment on les reconnaissait ?

— Qui, les Arabes ? Tu rigoles, Victorien ?

— Les coupables.

— Les coupables étaient des Arabes. Et ce n'était pas le moment d'en laisser échapper. Tant pis si ça bave un peu. Il fallait éradiquer au plus vite, cautériser, et qu'on n'en parle plus. Les Arabes ont tous plus ou moins quelque chose à se reprocher. Il suffit de voir la façon dont ils marchent ou dont ils nous regardent. De près ou de loin, tous complices. Ce sont d'immenses familles, tu sais. Comme des tribus. Ils se connaissent tous, ils se soutiennent. Alors tous ils sont plus ou moins coupables. Il n'est pas difficile de les reconnaître.

— Vous ne parliez pas comme ça en 44. Vous parliez de l'égalité.

— M'en fous de l'égalité. J'étais jeune, j'étais en France, je gagnais la guerre. Maintenant je suis chez moi, j'ai la trouille. Tu y crois à ça ? Chez moi, et la trouille. »

Ses mains tremblaient, ses yeux étaient bordés de rouge, ses épaules ployaient comme s'il allait se replier et se coucher en boule. Il se reversa un verre et le regarda silence.

« Victorien, va voir Eurydice. Je suis fatigué maintenant. Elle est sur la plage avec des amis. Elle sera contente de voir.

— La plage en octobre ?

— Qu'est-ce que tu crois, Françaoui ? Que la plage on la démonte à la fin août, quand les gens de chez vous ils rentrent de vacances ? Elle toujours là, la plage. Allez, va, Eurydice sera contente de te voir. »

Sur la plage à Alger il n'est pas nécessaire de se baigner. La côte plonge vite dans la mer, la bande de sable est étroite, des vagues courtes giflent les roches qui dépassent de l'eau avec une brusque impatience. Le sable sèche vite sous un soleil vif, le ciel est d'un bleu doux sans aucun accroc, une ligne de nuages bien nets flotte au-dessus de l'horizon, tout au nord, au-dessus de l'Espagne, ou de la France.

Les jeunes gens en chemise ouverte sur un maillot de bain viennent s'asseoir devant la mer, sur la plage entourée de rochers. Ils emportent une serviette, un sac de plage, ils s'asseoient sur le sable ou bien aux buvettes hâtivement construites : auvent de béton, comptoir et quelques sièges, c'est tout. Ici on vit dehors, on s'habille à peine, on grignote de petites choses un peu piquantes en sirotant un verre, et on parle, on parle interminablement assis ensemble sur le sable.

Eurydice sur une serviette blanche occupait le centre d'un groupe de jeunes gens souples et bronzés, volubiles et drôles. En voyant Victorien elle se leva et s'approcha d'une démarche hésitante, car le sable n'est pas très stable ; elle courut tant bien que mal jusqu'à lui et l'embrassa, ses deux bras dorés autour de son cou. Ensuite elle le ramena et le présenta aux autres qui le saluèrent avec un enthousiasme surprenant. Ils le criblaient de questions, le prenaient à témoin de leurs blagues, lui touchaient le bras ou l'épaule pour s'adresser à lui comme s'ils le connaissaient depuis toujours. Ils riaient très fort, ils parlaient vite, ils s'énervaient pour un rien et riaient encore. Salagnon fut distancé. Il décevait vite, il manquait de vivacité ; il n'était pas de taille.

Eurydice rit avec ses amis qui jouaient à lui faire la cour. Quand le soleil se fit plus vif elle mit des lunettes de soleil qui supprimaient ses yeux, elle ne fut plus que ces lèvres qui plaisantent. Elle se tournait vers l'un, vers l'autre, ses cheveux dénoués roulaient sur ses épaules en suivant avec retard le moindre de ses mouvements ; à chacun de ses rires elle régnait sur une cour de singes. Salagnon se renfrogna. Il ne participait plus, il regardait de loin et pensa qu'il préférerait peindre la ligne onduleuse de nuages qui flottent au-dessus de l'horizon droit. Son talent le reprenait, par un picotement des mains ; il resta silencieux. Il se prit soudain à détester Alger, lui qui avait tant aimé cette bonhomie volubile de Salomon Kaloyannis ; à détester Alger et les Français d'Algérie, qui parlent trop vite une langue qui n'est plus la sienne, une langue trop aisée et qu'il ne peut suivre, à laquelle il ne peut participer. Ils gambadaient autour de lui, moqueurs, cruels, et creusaient autour d'Eurydice un fossé infranchissable.

Ils remontèrent enfin en ville par des marches de béton posées entre les rochers. Les jeunes gens les laissèrent, embrassèrent Eurydice, serrèrent la main de Victorien avec un enthousiasme qui n'était plus le même qu'au début, plus ironique lui sembla-t-il. Ils rentrèrent ensemble, épaule contre épaule dans les rues étroites mais il était trop tard. Ils se regardaient avec un peu de gêne, et le plus souvent regardaient devant eux. Ils échangèrent de lentes généralités sur le chemin qui parut très long, encombré d'une foule pressée qui les empêchait de marcher. Le repas du soir avec Salomon fut pesant de politesse. Eurydice fatiguée alla se coucher rapidement.

« Victorien, qu'est-ce que tu vas faire maintenant ?

— Rentrer, je crois. Peut-être continuer l'armée.

— La guerre est finie, Victorien. La vie reprend. Qu'avons-nous encore besoin de mousquetaires ? Enrichis-toi, fais quelque chose d'important. Eurydice n'a pas besoin d'un traîneur de sabre, ce n'est plus leur temps. Quand tu te seras fait, reviens. Les types d'ici ne sont que des babilleurs, mais toi tu n'es rien. Vis, et puis reviens-nous. »

Le lendemain il prenait le bateau de Marseille. Sur le pont arrière il commença d'écrire à Eurydice. La côte d'Alger diminuait, il la dessina. Le soleil bien net marquait des ombres, garnissait la Casbah de dents. Il dessina de petits détails du bateau, la cheminée, le bastingage, les gens accoudés qui regardaient la mer. Il dessinait à l'encre sur de petits cartons blancs. De Marseille il lui en envoya certains comme des cartes postales. Il lui en envoya souvent. Il notait au dos quelques nouvelles de lui, très succinctes. Elle ne répondait jamais.

Il revit son oncle, qui revenait d'Indochine ; il avait passé quelques semaines dans une chambre sans même défaire ses bagages, il attendait de repartir. Il n'avait rien à faire en France, disait-il. « J'habite dans une caisse maintenant. » Il le disait sans rire en regardant son interlocuteur dans les yeux, et celui-ci détournait le regard car il pensait à la boîte en sapin, et il ne savait pas s'il fallait en sourire ou frémir. Il parlait d'une cantine de métal, peinte en vert, pas très grande, qui contenait toutes ses affaires et le suivait partout où il allait. Il l'avait traînée en Allemagne, dans les Afrique, celle du Nord et l'équatoriale, en Indochine maintenant. La peinture s'écaillait, les parois en étaient cabossées. Il la tapotait avec affection et elle sonnait le creux.

« C'est ma vraie maison, car elle contient tout ce qui m'appartient. La caisse est notre dernière demeure mais j'y habite déjà. Je précède le mouvement. Il paraît que la philosophie consiste à se préparer à mourir. Je n'ai pas lu ces livres où on l'explique, mais je comprends cette philosophie en l'appliquant. C'est un gain de temps considérable, car je risque d'en manquer : avec la vie que je mène je risque d'y passer plus vite que la plupart d'entre nous. »

Son oncle ne riait pas. Victorien savait qu'il ne mettait pas d'humour dans ce qu'il disait : il disait juste ce qu'il avait à dire, mais d'une façon si directe que l'on pouvait croire à une blague. Il disait juste les choses comme elles sont.

« Pourquoi tu ne t'arrêtes pas ? demanda quand même Victorien. Pourquoi tu ne rentres pas, maintenant ?

— Rentrer où ? Depuis que je ne suis plus un enfant je ne fais que la guerre. Et même enfant, j'y jouais. Ensuite j'ai fait mon service militaire, et puis la guerre dans la lancée. J'ai été fait prisonnier et puis je me suis évadé, pour retourner faire la guerre. Toute ma vie d'adulte je l'ai passée à faire la guerre, sans en avoir jamais eu le projet. J'ai toujours vécu dans une caisse, sans imaginer plus, et elle est à ma taille. Je peux tenir ma vie dans mes bras, je peux la porter sans trop de fatigue. Comment voudrais-tu que je vive autrement ? Travailler tous les jours ? Je n'ai pas la patience. Me construire une maison ? Trop grand pour moi, je ne pourrais pas la soulever dans mes bras pour la déplacer. Avec soi, quand on bouge, on ne peut emporter qu'une caisse. Et on reviendra à la caisse, tous. Alors pourquoi un détour ? Je porte ma maison et je parcours le monde, je fais ce que j'ai toujours fait. »

Dans la petite chambre où il passait ces jours d'inaction il n'était de place que pour un lit, et une chaise sur laquelle était plié un uniforme ; Victorien l'avait déplacé avec soin, sans le froisser, pour s'asseoir au bord du siège sans s'adosser, tout raide. L'oncle allongé sur le lit lui parlait en regardant le plafond, pieds nus et chevilles croisées, mains derrière la nuque.

« Quel livre emporterais-tu sur une île déserte ? demanda-t-il.

— Je n'y ai jamais pensé.

— C'est une question idiote. Personne ne va sur une île déserte, et ceux qui s'y retrouvent, c'est sans avoir été prévenus : ils n'ont pas eu le temps de choisir. La question est bête parce qu'elle n'engage à rien. Mais moi j'ai joué au jeu de l'île déserte. Puisque cette caisse est mon île, je me suis demandé quel livre j'emporterais dans ma caisse. Les militaires coloniaux peuvent avoir des lettres, et ils ont le temps de lire avec leurs voyages en bateau, et les longues veilles dans des endroits trop chauds on ne peut pas dormir. J'emporte avec moi l'*Odyssée*, qui raconte une errance, très longue, d'un homme qui essaie de rentrer chez lui mais n'en retrouve pas le chemin. Et pendant qu'il erre de par le monde à tâtons, dans son pays tout est livré aux ambitions sordides, au calcul avide, au pillage. Quand il rentre enfin, il fait le ménage, par l'athlétisme de la guerre. Il débarrasse, il nettoie, il met de l'ordre.

« Ce livre, je le lis par morceaux, dans des endroits qu'Homère ne connaissait pas. En Alsace terré dans la neige, à la lueur d'un briquet pour ne pas m'endormir, car dormir dans ce froid m'aurait tué ; la nuit en Afrique dans une case de paille tressée, où par contre j'essaie de dormir, mais il fait si chaud que même la peau on voudrait l'enlever ; je le lis dans l'entrepont d'un bateau de transport, adossé à ma caisse, pour penser à autre chose qu'à vomir ; dans un bunker de troncs de palmiers qui tremblent à chaque coup de mortier, et un peu de terre tombe à chaque fois sur les pages et la lanterne pendue au plafond se balance et brouille les lignes. L'effort que je fais pour suivre les lignes me fait du bien, cet effort fixe mon attention et me fait oublier d'avoir peur de mourir. Il paraît que les Grecs savaient ce livre par cœur, l'apprendre constituait leur éducation ; ils pouvaient en réciter quelques vers ou un chant entier en toutes circonstances de la vie. Alors moi aussi je l'apprends, j'ai l'ambition de le savoir tout entier, et ce sera toute ma culture.»

Dans la toute petite chambre où il n'était presque pas de place, la caisse occupait le pied du lit devant la chaise, ils parlaient d'elle par-dessus elle, et Salagnon ne pouvait pas étendre ses jambes. La caisse de métal vert gagnait en importance à mesure qu'ils en parlaient. « Ouvre-la. » Elle était à moitié vide. Un coupon de tissu rouge plié avec soin en cachait le contenu.

« Soulève. » Dessous était le livre d'Ulysse, un volume broché qui commençait de perdre ses pages. Un autre coupon de tissu rouge plié serré lui servait de coussin. « Je le protège du mieux que je peux. Je ne sais pas si j'en trouverai un autre dans le haut Tonkin. » Dessous n'étaient que quelques vêtements, un pistolet dans un étui de cuir et des affaires de toilette. « Déplie-les, ces deux tissus. » Salagnon déplia deux drapeaux de bonne taille, tous deux d'un rouge soutenu. L'un portait dans un cercle blanc une croix gammée dont la teinture fatiguée virait au bleu, et l'autre une unique étoile d'or à cinq branches.

« Le drapeau boche, je l'ai pris en Allemagne, juste avant la fin. Il flottait à l'antenne radio d'une voiture d'officier. Il l'exhibait jusqu'au bout, à la tête de sa colonne blindée que nous avons arrêtée. Il ne se protégeait pas, il roulait en tête debout dans sa Kübelwagen, devant les chars bien en ligne qui roulaient en gardant leurs distances. Ils vidaient leur réservoir et après ils n'auraient plus jamais d'essence et leur guerre serait finie. Sa casquette le désignait personnellement, et il portait une veste d'uniforme bien repassée, reprisée mais très propre. Il avait astiqué sa croix de fer et la portait autour du cou. Il est tombé en premier, avec son arrogance intacte. Les blindés nous les avons arrêtés un par un. Le dernier s'est rendu, seulement le dernier. Il n'y avait plus personne pour les voir, alors ils pouvaient. Le drapeau sur la voiture d'officier, mes copains voulaient le brûler. Je l'ai gardé.

— Et l'autre ? Avec l'étoile d'or ? Je n'en ai jamais vu.

— Il vient d'Indochine. Le Viêt-minh s'est fait un drapeau à la manière des communistes, avec du rouge et des symboles jaunes. Celui-là je l'ai pris quand nous avons repris Hanoï. Ils attendaient notre retour et ils s'étaient fortifiés. Ils avaient creusé des tranchées en travers des rues, des trous d'homme dans les pelouses, ils avaient scié les arbres et construit des barricades. Ils s'étaient cousu des drapeaux pour montrer qui ils étaient, certains en coton et d'autres dans la soie magnifique qui sert aux vêtements et qu'ils avaient réquisitionnée chez des boutiquiers.

Ils voulaient nous montrer, et nous, après nous être fait chasser par les Japonais, nous voulions leur montrer aussi. Les drapeaux, on en était fiers de chaque côté. Cela a été très héroïque, et ensuite ils ont filé. J'ai récupéré le drapeau qu'un jeune type avait brandi devant nous, et maintenant il gisait mort sur la chaussée pleine de débris. Je ne crois pas que ce soit moi qui l'ai tué, mais on ne sait jamais, dans les combats de rue. Je l'ai pris pour protéger mon livre. Maintenant il est bien à l'abri.

« Ces types, ils m'effraient, tous les deux. L'officier nazi confit d'arrogance et le jeune Tonkinois exalté. Je les ai vus tous les deux vivants, et puis morts. Et aux deux j'ai pris leur drapeau, que je plie pour protéger mon Ulysse. Ils m'effraient ces types parce qu'ils préfèrent montrer du rouge vif plutôt que de sauver leur peau en se cachant. Ils n'étaient plus que la hampe qui tient le drapeau, et ils sont morts. C'est ça, l'horreur des systèmes, le fascisme, le communisme : la disparition de l'homme. Ils n'ont que ça à la bouche : l'homme, mais ils s'en foutent de l'homme. Ils vénèrent l'homme mort. Et moi qui fais la guerre parce que je n'ai pas eu le temps d'apprendre autre chose, j'essaie de me mettre au service d'une cause qui ne me paraît pas trop mauvaise : être un homme, pour moi-même. La vie que je mène est un moyen de l'être, et de le rester. Vu ce qu'on voit là-bas, c'est un projet à part entière ; cela peut occuper toute la vie, toutes les forces ; et on n'est pas sûr de réussir.

— C'est comment, là-bas ?

— L'Indochine ? C'est la planète Mars. Ou Neptune, je ne sais pas. Un autre monde qui ne ressemble à rien d'ici : imagine une terre où la terre ferme n'existerait pas. Un monde mou, tout mélangé, tout sale. La boue du delta est la matière la plus désagréable que je connaisse. C'est là où ils font pousser leur riz, et il pousse à une vitesse qui fait peur. Pas étonnant que l'on cuise la boue pour en faire des briques : c'est un exorcisme, un passage au feu pour qu'enfin ça tienne. Il faut des rituels radicaux, mille degrés au four pour survivre au désespoir qui vous prend devant une terre qui se dérobe toujours, à la vue comme au toucher, sous le pied comme sous la main. Il est impossible de saisir cette boue, elle englue, elle est molle, elle colle et elle pue.

« La boue de la rizière colle aux jambes, aspire les pieds, elle se répand sur les mains, les bras, on en trouve jusque sur le front comme si on était tombé ; la boue vous rampe dessus quand on marche dedans. Et autour des insectes vrombissent, d'autres grésillent ; tous piquent. Le soleil pèse, on essaye de ne pas le regarder mais il se réfléchit en paillettes blessantes qui bougent sur toutes les flaques d'eau, suivent le regard, éblouissent toujours même quand on baisse les yeux. Et ça pue, la sueur coule sous les bras, entre les jambes, et dans les yeux ; mais il faut marcher. Il ne faut rien perdre de l'équipement qui pèse sur nos épaules, des armes que l'on doit garder propres pour qu'elles fonctionnent encore, continuer de marcher sans glisser, sans tomber, et la boue monte jusqu'aux genoux. Et en plus d'être naturellement toxique, cette boue est piégée par ceux que l'on chasse. Parfois elle explose. Parfois elle se dérobe, on s'enfonce de vingt centimètres et des pointes de bambou empalent le pied. Parfois un coup de feu part d'un buisson au bord d'un village, ou de derrière une diguette, et un homme tombe. On se précipite vers le lieu d'où est parti le coup, on se précipite avec cette grosse boue qui colle, on n'avance pas, et quand on arrive, il ne reste rien, pas une trace. On reste con devant cet homme couché, sous un ciel trop grand pour nous. Il nous faudra maintenant le porter. Il semblait être tombé tout seul, d'un coup, et le claquement sec que nous avions entendu avant qu'il ne tombe devait être la rupture du fil qui le tenait debout. Dans le delta nous marchons comme des marionnettes, à contre-jour sur le ciel, chacun de nos mouvements paraît empoté et prévisible. Nous n'avons plus que des membres de bois ; la chaleur, la sueur, l'immense fatigue nous rendent insensibles et idiots. Les paysans nous regardent passer sans rien changer à leurs gestes. Ils s'accroupissent sur les talus qui surélèvent leurs villages, à faire je ne sais quoi, ou bien ils se penchent sur cette boue qu'ils cultivent avec des outils très simples. Ils ne bougent presque pas. Ils ne disent rien, ils ne s'enfuient pas, ils nous regardent juste passer ; et puis ils se plient à nouveau et continuent leurs pauvres tâches, comme si ce qu'ils faisaient valait l'éternité et nous rien, comme s'ils étaient là pour toujours, et nous de passage, malgré notre lenteur.

« Les enfants bougent davantage, ils nous suivent en courant sur les diguettes, ils poussent de petits cris bien plus aigus que ceux des enfants d'ici. Mais eux aussi s'immobilisent. Ils restent souvent couchés sur le dos de leur buffle noir, et celui-là avance, broute, bois dans les ruisseaux sans même remarquer qu'il porte un enfant endormi.

« Nous savons que tous renseignent le Viêt-minh. Ils lui indiquent nos déplacements, notre matériel, et notre nombre. Et même certains sont des combattants, l'uniforme des milices locales viêt-minhs est le pyjama noir des paysans. Ils enroulent leur fusil avec quelques balles dans une toile goudronnée et ils l'enfouissent dans la rizière. Ils savent où c'est, nous on ne le trouvera pas ; et quand nous sommes passés, ils le ressortent. D'autres, surtout les enfants, déclenchent des pièges à distance, des grenades reliées à un fil, attachées à un piquet planté dans la boue, à une touffe d'arbres sur la digue, à l'intérieur d'un buisson. Quand nous passons ils tirent le fil et ça explose. Alors nous avons appris à éloigner les enfants de nous, à tirer autour d'eux pour qu'ils ne nous approchent pas. Nous avons appris à nous méfier surtout de ceux qui semblent dormir sur le dos des buffles noirs. La ficelle qu'ils tiennent à la main et qui plonge dans la boue, ce peut être la longe de l'animal ou bien le déclencheur du piège. Nous tirons devant eux pour qu'ils s'éloignent, et parfois nous abattons le buffle à la mitrailleuse. Quand un coup de feu part, nous attrapons tout le monde, tous ceux qui travaillent dans la rizière. Nous sentons les doigts, nous dénudons l'épaule, et ceux qui sentent la poudre, ceux qui montrent sur leur peau l'hématome du recul, nous les traitons très durement. Devant les villages, nous mitraillons les buissons avant d'aller plus avant. Quand plus rien ne bouge nous entrons. Les gens sont partis. Ils ont peur de nous. Et puis le Viêt-minh aussi leur dit de partir.

« Les villages sont comme des îles. Des îles presque au sec sur un petit talus, des villes fermées d'un rideau d'arbres ; du dehors on ne voit rien. Dans le village la terre est ferme, on ne s'enfonce plus. Nous sommes presque au sec, devant des maisons. Nous voyons parfois des gens, et ils ne nous disent rien. Et ceci presque toujours déclenche notre fureur. Pas leur silence, mais d'être au sec. De voir enfin quelque chose. De pouvoir sentir enfin un peu de terre et qu'elle reste dans la main. Comme si dans le village nous pouvions agir, et l'action est une réaction à la dissolution, à l'engluement, à l'impuissance. Nous agissons sévèrement dès que nous pouvons agir. Nous avons détruit des villages. Nous avons la puissance pour le faire : elle est la marque même de notre puissance.

« Heureusement que nous avons des machines. Des radios qui nous relient les uns aux autres ; des avions qui bourdonnent au-dessus de nous, des avions fragiles et seuls mais qui voient d'en haut bien mieux que nous, collés au sol que nous sommes ; et des chars amphibies qui roulent sur l'eau, dans la boue, aussi bien que sur la route, et qui nous portent parfois, serrés sur leur blindage brûlant. Les machines nous sauvent. Sans elles nous serions engloutis dans cette boue, et dévorés par les racines de leur riz.

« L'Indochine c'est la planète Mars, ou Neptune, qui ne ressemble à rien que nous connaissions et où il est si facile de mourir. Mais parfois elle nous accorde l'éblouissement. On prend pied sur un village et pour une fois on ne mitraille rien. Au milieu s'élève une pagode, le seul bâtiment en dur. Souvent les pagodes servent de bunker dans les batailles contre le Viêt-minh ; pour nous, ou pour eux. Mais parfois on entre en paix dans l'ombre presque fraîche, et dedans, quand les yeux s'habituent, on ne voit que rouge sombre, bois profond, dorures, et des dizaines de petites flammes. Un bouddha doré brille dans l'ombre, la lueur tremblante des bougies coule autour de lui comme une eau claire, lui donne une peau lumineuse qui frissonne. Les yeux clos il lève la main, et ce geste fait un bien fou.

On respire. Des moines accroupis sont entortillés dans de grands draps orange. Ils marmonnent, ils tapent sur des gongs, ils font brûler de l'encens. On voudrait se raser le crâne, s'entortiller dans un linge et rester là. Quand on retourne au soleil, quand on s'enfonce à nouveau dans la boue du delta, au premier pas qui s'enfonce on en pleurerait.

« Les types là-bas ne nous disent rien. Ils sont plus petits que nous, ils sont souvent accroupis, et leur politesse déconseille de regarder en face. Alors nos regards ne se croisent pas. Quand ils parlent c'est avec une langue qui crie que nous ne comprenons pas. J'ai l'impression de croiser des Martiens ; et de combattre certains d'entre eux que je ne distingue pas des autres. Mais parfois ils nous parlent : des paysans dans un village, ou des citadins qui sont allés tout autant à l'école que nous, ou des soldats engagés avec nous. Quand ils nous parlent en français cela nous soulage de tout ce que nous vivons et commettons chaque jour ; en quelques mots nous pouvons croire oublier les horreurs et qu'elles ne reviendront plus. Nous regardons leurs femmes qui sont belles comme des voilages, comme des palmes, comme quelque chose de souple qui flotte au vent. Nous rêvons qu'il soit possible de vivre là. Certains d'entre nous le font. Ils s'établissent dans la montagne, où l'air est plus frais, où la guerre est moins présente, et dans la lumière du matin ces montagnes flottent sur une mer de brume lumineuse. Nous pouvons rêver de l'éternité.

« En Indochine nous vivons la plus grande horreur et la plus grande beauté ; le froid le plus pénible dans la montagne et la chaleur deux mille mètres plus bas ; nous souffrons de la plus grande sécheresse sur les calcaires en pointe et la plus grande humidité dans les marécages du delta ; la peur la plus constante dans les attaques nuit et jour et une immense sérénité devant certaines beautés que nous ne savions pas exister sur Terre ; nous oscillons entre le recroquevillement et l'exaltation. C'est une très violente épreuve, nous sommes soumis à des extrêmes contradictoires, et j'ai peur que nous nous fendions comme le bois quand on le soumet à ces épreuves-là. Je ne sais pas dans quel état nous serons ensuite ; enfin ceux qui ne mourront pas, car l'on meurt vite. »

Il regardait le plafond, mains croisées derrière la nuque.

« C'est fou ce que l'on meurt vite, là-bas, murmura-t-il. Les types qui arrivent, et il en arrive toujours par bateau de France, j'ai à peine le temps de les connaître ; ils meurent, et moi je reste. C'est fou ce que l'on meurt, là-bas ; on nous tue comme des thons.

— Et eux ?

— Qui ? Les Viets ? Ce sont des Martiens. Nous les tuons aussi, mais comment ils meurent nous ne le savons pas. Toujours cachés, toujours partis, jamais là. Et quand bien même nous les verrions, nous ne les reconnaîtrions pas. Trop semblables, habillés pareil, nous ne savons pas ce que l'on tue. Mais quand nous sommes dans une embuscade, eux dans les herbes à éléphant, dans les arbres, ils nous tuent avec méthode, ils nous abattent comme des thons. Je n'ai jamais vu autant de sang. Il y en a plein les feuillages, plein les pierres, plein les arroyos verts, la boue devient rouge.

« Tiens, c'est comme dans le passage de l'*Odyssée*. C'est ce passage qui m'a fait penser aux thons.

Là, je pillai la ville et tuai les guerriers.

Alors j'aurais voulu que nous songions à fuir du pied le plus rapide ; mais ces fous refusèrent.

À grands cris, nos Kikones couraient appeler leurs voisins. Ceux de l'intérieur, plus nombreux et plus braves, envoient leurs gens montés qui combattaient en selle ou, s'il fallait, à pied. Plus denses qu'au printemps les feuilles et les fleurs, aussitôt ils arrivent : Zeus, pour notre malheur, nous mettait sous le coup du plus triste destin ; quelle charge de maux !....

Tant que dure l'aurore et que grandit le jour sacré, nous résistons, sans plier sous le nombre ; mais quand le jour penchant vient libérer les bœufs, les Kikones vainqueurs rompent mes Achéens, et six hommes guêtrés succombent sans pouvoir regagner leur navire ; nous autres, nous fuyons le trépas et le sort.

Nous reprenons la mer, l'âme navrée, contents d'échapper à la mort, mais pleurant les amis : sur les doubles gaillards, avant de démarrer, je fais héler trois fois chacun des malheureux tombés en cette plaine, victimes des Kikones…

« Merde ! ce n'est pas là. J'aurais juré qu'il était question d'un massacre de thons. Passe-moi le livre. »

Il se redressa sur le lit, arracha le volume usé des mains de Victorien qui le tenait avec précautions, de peur que les pages n'en tombent, et il le feuilleta furieusement, sans égards.

« J'aurais juré… Ah ! Voilà ! Les Lestrygons. J'ai confondu les Lestrygons et les Kikones. Écoute. *Les chemins du Jour sont près des chemins de la Nuit…* Écoute…

Mais, à travers la ville, il fait donner l'alarme. À l'appel, de partout, accourent par milliers ses Lestrygons robustes, moins hommes que géants, qui, du haut des falaises, nous accablent de blocs de roche à charge d'homme : équipages mourants et vaisseaux fracassés, un tumulte de mort monte de notre flotte. Puis, ayant harponné mes gens comme des thons, la troupe les emporte à l'horrible festin.

« Voilà ! Écoute encore…

Et, deux jours et deux nuits, nous restons étendus,
accablés de fatigue et rongés de chagrin.

« Homère parle de nous, bien plus que les actualités filmées. Au cinéma ils me font rire, ces petits films pompeux : ils ne montrent rien ; ce que raconte ce vieux Grec est bien plus proche de l'Indochine que je parcours depuis des mois. Mais j'ai confondu deux chants. Tu vois, je ne sais pas encore ce livre. Quand je le saurai en entier par cœur, sans me tromper, comme un Grec, j'en aurai fini. Et je ne réponds plus de rien. »

Le livre refermé sur ses genoux, main posée sur la couverture, il récita les deux chants à mi-voix, les yeux clos. Il eut un sourire très heureux. « Ulysse est en fuite, poursuivi par des tas de types qui veulent sa peau. Ses compagnons y passent tous, mais lui reste en vie. Et quand il rentre chez lui, il met de l'ordre, il tue ceux qui ont pillé ses greniers, il liquide tous ceux qui ont collaboré. Après, c'est le soir, il n'y a plus grand monde, juste des dégâts. Et descend enfin une grande paix. C'est fini. La vie peut reprendre, vingt ans pour revenir à la vie. Victorien, tu crois que nous mettrons vingt ans à sortir de cette guerre ? — Ça me paraît long. — Oui, c'est long, trop long… » Et il s'allongea à nouveau, le livre sur la poitrine, et ne dit plus rien.

Novembre n'est favorable à rien. Le ciel se rapproche, le temps se referme, les feuilles sur les arbres se crispent comme les mains d'un mourant ; et tombent. À Lyon un brouillard s'élève au-dessus des fleuves comme montent les fumées lourdes au-dessus des tas de feuilles que l'on brûle, mais à l'envers. À l'envers tout ça, car il ne s'agit pas de fumées mais d'humidité, pas de flammes mais de liquide, pas de chaleur mais de froid, tout à l'envers. Cela ne monte pas, cela rampe, et s'étale. En novembre il ne reste plus rien de la joie d'être libre. Salagnon avait froid, son manteau ne le protégeait de rien, sa chambre sous les toits laissait entrer l'air du dehors, les murs humides le chassaient au dehors où il allait marcher sans but, mains dans les poches, manteau serré, col relevé, marcher à travers des langues de brouillard qui s'écoulaient le long des façades, qui s'en décollaient mollement comme des pans de papier mouillé.

Dessiner devenait difficile. Il faut s'arrêter ; il faut laisser venir à soi les formes qui adviendront sur le papier, il faut une sensibilité frémissante de la peau que l'on ne peut laisser nue par ce froid humide. Frissons et frémissements se confondent, se contrarient, et s'épuisent dans le seul acte de marcher, sans aucun but, juste pour dissiper l'agitation.

Du côté de Gerland il tomba en arrêt au pied d'un Christ mort. Il avait marché le long des Grands Abattoirs qui tuaient au ralenti, le long du Grand Stade ouvert où l'herbe poussait en désordre, il avait marché tout un jour de novembre sur cette avenue qui ne donne sur rien, et il s'arrêta devant une église de béton dont la façade jusqu'en haut portait le bas-relief d'un Christ géant. Il fallait lever les yeux pour le voir entier, il avait les pieds posés au sol, et ses chevilles atteignaient déjà la hauteur des têtes, et sa tête se dissolvait dans le brouillard vert qui ne permet plus de rien voir dès que cela s'étend un peu loin. D'être ainsi trop près et de devoir lever les yeux tordait la statue en une perspective qui déformait le corps comme d'un spasme, et la statue menaçait d'arracher les clous qui la tenaient aux poignets, et de basculer, et d'écraser Salagnon.

Il entra dans l'église où la température égale lui parut réconfortante. La pauvre lumière de novembre ne traversait pas les vitraux épais, elle s'égarait à l'intérieur des briques de verre qui luisaient comme des braises rouges, bleues, noires, prêtes à s'éteindre. Des vieilles dames allaient en silence à petits pas, elles s'affairaient à des tâches précises qu'elles connaissaient par cœur, sans relever la tête, avec l'application des souris.

Novembre n'est propre à rien, pensait-il en resserrant son manteau trop fin qui ne lui donnait pas suffisamment chaud. Mais ce n'est qu'un mauvais moment à passer. Cela le désolait de penser qu'être jeune, fort et libre soit un mauvais moment à passer. Il avait dû commencer sa vie un peu vite et ressentait maintenant une brusque fatigue. On conseille à ceux qui courent, et qui veulent courir longtemps, de ne pas commencer trop fort, de partir lentement, de se laisser des réserves sous peine d'essoufflement et d'un point de côté qui compromettra leur arrivée. Il ne savait pas quoi faire. Novembre, qui n'est favorable à rien, qui semble indéfiniment s'éteindre, lui semblait être sa propre fin.

Le prêtre sortit de l'ombre et traversa la nef ; ses pas sonnèrent sous les voûtes avec tant de vigueur que Salagnon le suivit des yeux sans le vouloir.

« Brioude ! »

Le nom résonna dans l'église et les vieilles dames sursautèrent. Le prêtre se retourna avec brusquerie, plissa les yeux, scruta l'ombre, et son visage s'éclaira. Il vint vers Salagnon main tendue, ses grands pas pressés contrariés par sa soutane.

« Tu tombes bien, dit-il directement. Je vois Montbellet ce soir. Il est à Lyon pour quarante-huit heures, ensuite il repart je ne sais où. Il ne faut pas le rater. Viens à huit heures. Tu sonneras en bas, à la cure. »

Il se retourna avec la même brusquerie, laissant Salagnon la main encore tendue.

« Brioude ?

— Oui ?

— Après tout ce temps… tu vas bien ?

— Mais oui. Nous en parlerons ce soir.

— Tu n'es pas surpris de ce hasard : moi ici, toi là ?

— La vie ne me surprend plus, Salagnon, je l'accepte. Je la laisse venir, et ensuite je la change. À ce soir. »

Il disparut dans l'ombre, suivi du claquement sonore de ses chaussures sur les dalles, puis un claquement de porte, et rien. Une vieille dame bouscula Salagnon avec un claquement de langue agacé, elle trottina jusqu'à un râtelier de fer devant une statue de saint. Elle planta sur une pointe un tout petit cierge, l'alluma et fit l'ébauche d'un signe de croix. Elle regarda ensuite en silence le saint avec ce regard d'exaspération que l'on réserve à ceux dont on attend beaucoup et qui ne font pas ; ou mal ; ou pas comme ils devraient.

Elle tourna la tête et jeta le même regard à Salagnon qui partait. Sur le parvis il tenta de remonter son col mais il était trop court ; il releva ses épaules, renfonça sa tête, et alla sans se retourner pour ne pas voir le Christ affreusement tordu. Il ne savait pas où aller d'ici au soir, mais le ciel lui semblait déjà moins malade ; il avait moins cet aspect de caoutchouc sale qui lentement s'affaissait. Il ferait bientôt nettement nuit.

La cure de cette église où logeait Brioude ressemblait à un pied-à-terre, un rendez-vous de chasse où personne ne reste, un gîte ou l'on ne fait que bivouaquer en s'apprêtant toujours à partir. La peinture des murs s'écaillait et laissait voir les couches plus anciennes, les grandes pièces froides étaient occupées de meubles entassés comme on les range dans un grenier, de planches empilées, de portes dégondées appuyées contre les murs. Ils mangèrent dans une pièce mal éclairée où le papier peint se décollait, et où le plancher poussiéreux aurait eu besoin de cire.

Avec indifférence ils mangaient des nouilles trop cuites, pas très chaudes, et un reste de viande en sauce que Brioude tirait d'une cocotte cabossée. Il faisait le service en laissant tinter brusquement sa louche sur l'assiette, et leur versa un côtes-du-rhône épais qu'il tirait d'un petit fût posé dans un coin d'ombre de la pièce.

« L'Église mange mal, s'exclama Montbellet, mais elle a toujours eu du bon vin.

— C'est pour ça qu'on lui pardonne, à cette vénérable institution. Elle a beaucoup péché, beaucoup failli, mais elle sait donner l'ivresse.

— Alors te voilà prêtre. Je ne te savais pas attiré par cette vie.

— Je ne le savais pas non plus. Le sang me l'a montré.

— Le sang ?

— Le sang dans lequel nous avons baigné. J'ai vu énormément de sang. J'ai vu des types dont les chaussures étaient mouillées du sang de ceux qu'ils venaient de tuer. J'ai tellement vu de sang que cela fut un baptême. J'ai été baigné de sang, et puis transformé. Quand le sang s'est arrêté de couler, il a fallu reconstruire ce que nous avions cassé, et tout le monde s'y est mis.

Mais il fallait également reconstruire nos âmes. Car vous avez vu dans quel état sont nos âmes ?

— Et nos corps ? Tu as vu nos corps ? »

Ils s'amusèrent de leur maigreur. Ils ne pesaient chacun pas grand-chose, Brioude transparent et tendu, Montbellet desséché par le soleil, et Salagnon hâve, le teint brouillé par la fatigue.

« Il faut dire qu'avec ce que tu manges…

— … tu oublies l'existence même des plaisirs de la table.

— Exactement, messieurs. C'est mauvais alors je ne mange rien de trop, juste le nécessaire pour assurer en ce monde une présence minimale. Notre maigreur est une vertu. Tout le monde autour de nous se goberge pour retrouver au plus vite son poids d'avant-guerre. La maigreur que nous conservons est le signe que nous ne faisons pas comme si rien n'avait été. Nous avons connu le pire, alors nous cherchons un monde meilleur. Nous ne reviendrons pas en arrière.

— Sauf que ma maigreur n'est pas voulue, dit Salagnon. Toi c'est l'ascétisme, et tu as la figure d'un saint ; Montbellet c'est l'aventure ; mais moi c'est la pauvreté, et j'ai juste l'air d'un pauvre type.

— Salagnon ! "Il n'est d'autres richesses que d'hommes." Tu connais cette phrase ? C'est vieux, quatre siècles, mais c'est une vérité qui ne change pas, merveilleusement dite en peu de mots. "Il n'est d'autres richesses que d'hommes", écoute bien ce que dit cette phrase en 1946. Au moment où l'on a utilisé les moyens les plus puissants pour détruire l'homme, physiquement et moralement, à ce moment-là on s'est aperçu qu'il n'était d'autre ressource, d'autre richesse, d'autre puissance que l'homme. Les marins enfermés dans des caisses métalliques que l'on coulait, les soldats que l'on enterrait vifs sous des bombes, les prisonniers que l'on affamait jusqu'à la mort, les hommes que l'on forçait à se conformer aux systèmes les plus morbides, eh bien ils survivaient. Pas tous, mais beaucoup survivaient à l'inhumain. Dans des situations matériellement désespérées ils survivaient à partir de rien, si ce n'est le courage. On ne veut plus rien savoir de cette survie miraculeuse, on a eu trop peur. Cela est effrayant de passer aussi près de la destruction, mais cela effraye encore plus cette vie invincible qui sort de nous au dernier moment. Les machines nous écrasaient, et in extremis la vie nous sauvait. La vie n'est rien, matériellement ; et elle nous sauvait de l'infinie matière qui s'efforçait de nous écraser. Alors comment n'y voir pas un miracle ? ou bien le surgissement d'une loi profonde de l'univers ? Pour que cette vie sorte, il faut regarder en face la terrifiante promesse de l'écrasement ; on peut comprendre que cela soit insupportable. La souffrance a fait jaillir la vie ; davantage de souffrance, davantage de vie. Mais c'est trop dur, on préfère s'enrichir, faire alliance avec ce qui a voulu nous écraser. La vie ne vient pas de la matière, ni des machines, ni de la richesse. Elle jaillit du vide matériel, de la pauvreté totale à quoi il faut consentir. Vivants, nous sommes une protestation contre l'espace encombré. Le plein, le trop-plein s'oppose à notre plénitude. Il faut laisser vide pour que l'homme advienne à nouveau ; et ce consentement au vide, qui nous sauve in extremis de la menace de l'écrasement, est la peur la plus terrible qui puisse se concevoir ; et il faut la surmonter. L'urgence de la guerre nous en donnait le courage ; la paix nous en éloigne.

— Les communistes ne disent-ils pas la même chose, qu'il n'est que l'homme ?

— Ils parlent de l'homme en général. D'un homme manufacturé, produit à l'usine. Ils ne disent même plus le peuple : les masses, disent-ils. Moi je pense chaque homme comme source unique de vie. Chaque homme vaut d'être sauvé, épargné, aucun ne peut être interchangé, car la vie peut jaillir de lui à tout moment, au moment surtout d'être écrasé, et la vie qui jaillit d'un seul homme est la vie tout entière. On peut appeler cette vie : Dieu. »

Montbellet sourit, ouvrit les mains dans un geste d'accueil, et dit :

« Pourquoi pas ?

— Tu crois en Dieu, Montbellet ?

— Je n'en ai pas besoin. Le monde va bien tout seul. La beauté m'aide davantage à vivre.

— La beauté aussi on peut l'appeler : Dieu. »

Il fit ce même geste d'accueil de ses mains ouvertes, et dit encore :

« Pourquoi pas ? »

La bague qu'il portait à l'annulaire gauche soulignait chacun des gestes. Très ornée, d'argent vieillie, ce n'était pas une bague féminine. Salagnon ignorait qu'il pût en exister de telles. Les ornements gravés dans le métal enchâssaient une grosse pierre d'un bleu profond ; des filets d'or la parcouraient qui semblaient bouger.

« Cette pierre, dit Brioude en la désignant, on croirait un ciel d'enluminure ; tout, dans un tout petit espace ; une chapelle romane creusée dans le roc où le ciel serait représenté en pierre.

— Comme tu y vas, c'est juste une pierre. Un lapis-lazuli d'Afghanistan. Je n'avais jamais pensé à une chapelle, mais au fond tu n'as pas tort. Je la regarde souvent, et quand je la regarde j'y trouve le plaisir d'une méditation. Mon âme vient s'y nicher et regarde le bleu, et il me paraît grand comme un ciel.

— Le Ciel est si grand qu'il se loge dans toutes les petites choses.

— Vous êtes terribles, vous autres prêtres. Vous parlez si bien que l'on vous entend toujours. Votre parole est si fluide qu'elle pénètre partout. Et avec ces belles paroles vous repeignez tout en vos couleurs, un mélange de bleu céleste et d'or byzantin, atténué d'un peu de jaunâtre de sacristie. La vie tu l'appelles Dieu, la beauté aussi ; ma bague, chapelle ; et la pauvreté, existence. Et quand tu le dis, on te croit. Et la croyance dure aussi longtemps que tu parles.

« Mais ce n'est qu'une bague, Brioude. Je parcours l'Asie Centrale pour le musée de l'Homme. Je leur envoie des objets, je leur en explique l'usage, et eux les montrent au public qui ne quitte jamais la France. Moi, je me promène. J'apprends des langues, je me fais des amis étranges, et j'ai l'impression d'arpenter le monde de l'an mille. Je frôle l'éternité. Mais je comprends ce que tu dis. Là-bas en Afghanistan, l'homme n'est pas de taille ; il n'est tout simplement pas à l'échelle. L'homme est trop petit sur des montagnes trop grandes, nues. Comment font-ils ? Leurs maisons sont en cailloux ramassés autour, on ne les voit pas. Ils portent des vêtements couleur de poussière, et quand ils se couchent sur le sol, quand ils s'enroulent dans la couverture qui leur sert de manteau, ils disparaissent. Comment fait-on pour exister dans un monde qui n'est même pas volontairement hostile, qui simplement vous nie ?

« Eux, ils marchent, ils parcourent la montagne, ils possèdent de minuscules objets où toute la beauté humaine vient se concentrer, et quand ils parlent, c'est en quelques mots qui foudroient le cœur. Les bagues comme celles-ci elles sont portées par des hommes qui allient la plus grande délicatesse à la plus grande sauvagerie. Ils prennent soin de souligner leurs yeux de khôl, de teindre leur barbe, et ils gardent toujours leur arme auprès d'eux. Ils portent une fleur à l'oreille, se promènent avec un ami les doigts entrelacés, et ils méprisent leurs femmes bien plus que leurs ânes. Ils massacrent sauvagement les intrus, et ils se mettront en quatre pour vous accueillir comme un lointain cousin très aimé qui revient enfin. Ces gens je ne les comprends pas, ils ne me comprennent pas, mais je passe maintenant ma vie avec eux.

« Le premier jour où j'ai mis cette bague, j'ai rencontré un homme. Je l'ai rencontré sur un col, un col pas très haut où poussait encore un arbre. Devant l'arbre était une maison au bord de la route. Et quand je dis "route", il faut comprendre une piste de cailloux ; et quand je dis "maison", vous devez imaginer un abri de pierre à toit plat, avec peu d'ouvertures, une porte et une fenêtre très étroites donnant sur un intérieur sombre qui sent la fumée. À cet endroit, sur le col, là où la route qui montait hésite un peu avant de redescendre de l'autre côté, s'est établie une maison de thé qui se consacre au repos du voyageur. L'homme dont je vous parle, que j'ai rencontré ce jour-là, s'occupait d'accueillir ceux qui montaient jusqu'ici, et de leur servir le thé. Il avait installé le lit de conversation sous l'arbre. Je ne sais pas si ce meuble peut avoir un nom en français. C'est un cadre de bois sur pieds, tendu de cordes. On peut y dormir, mais on s'y assoit plutôt jambes croisées, seul ou à plusieurs, et on regarde le monde qui se déroule en dehors du cadre du lit. On flotte comme sur un bateau sur la mer. On voit comme d'un balcon par-dessus les toits. On ressent sur ce meuble un calme merveilleux. L'homme qui s'occupait de la maison du col nous invita à nous asseoir, mon guide et moi. Sur un feu de brindilles il faisait chauffer de l'eau dans une bouilloire de fer. L'arbre fournissait l'ombre et fournissait les brindilles. Il nous a servi du thé de montagne, qui est une boisson épaisse, chargé d'épices et de fruits secs. Nous avons profité de l'ombre du dernier arbre qui poussait à cette altitude, soigné par un homme tout seul installé dans un abri de pierre. Nous avons contemplé les vallées qui s'ouvrent entre les montagnes, et qui sont dans ce pays-là des gouffres. Il m'a demandé de raconter d'où je venais. Non pas simplement de dire, mais de raconter. J'ai bu plusieurs tasses de ce thé-là et je lui racontais, l'Europe, les villes, la petite taille des paysages, l'humidité, et la guerre que nous avions finie. En échange, il m'a dit des poèmes de Ghazali. Il les scandait merveilleusement et le vent qui soufflait par-dessus le col emportait chaque mot comme un cerf-volant ; il les retenait par le fil vibrant de sa voix et ensuite les lâchait. Mon guide m'aidait à traduire les mots sur lesquels j'hésitais. Mais le rythme simple des vers et ce que je comprenais déjà faisaient trembler tous mes os, j'étais un luth avec des cordes de moelle. Ce vieil homme assis sur un lit de corde jouait de moi ; il faisait retentir en moi ma propre musique, que j'ignorais.

« En le quittant pour continuer mon voyage, j'étais éperdu de reconnaissance. Il m'a salué d'un petit signe de la main et s'est resservi de thé. Je croyais flotter dans l'air des montagnes, et quand nous sommes arrivés au jardin qui occupe le fond de la vallée, quand j'ai senti le parfum des herbes, l'humidité des arbres, j'ai eu le sentiment d'entrer dans un monde parfait, un éden que j'aurais voulu célébrer de poèmes ; mais j'en suis incapable. Alors là-bas il faut que j'y retourne. C'est à cela que cette bague m'a ouvert ; je ne m'en sépare plus.

— Je vous envie, dit Salagnon. Moi, je suis juste pauvre ; sans héroïsme ni désir. Ma maigreur est le résultat du froid, de l'ennui, et d'une alimentation insuffisante. Ma maigreur est un défaut dont j'aimerais me passer ; j'aimerais surtout m'en libérer.

— Ta maigreur est bon signe, Victorien.

— Peintre ecclésiastique ! hurla Montbellet. Il amène le seau de bleu et sa brosse à mettre de l'or ! Il va te repeindre, Victorien, il va te repeindre !

— Les signes sont obstinés, mécréants ! Ils résistent même à l'ironie !

— Tu vas lui vendre sa petite mine comme une bénédiction. Voilà tout le miracle de cette religion : de la peinture, te dis-je ! L'Église s'occupe du ravalement de la vie avec de la peinture bleue.

— Les signes sont réversibles, Montbellet.

— C'est en cela que la religion est forte.

— C'est là que la religion est grande : en mettant les signes dans le bon sens, de façon que le monde reparte après avoir trébuché. Et le bon sens c'est celui qui permet d'agrandir. »

Il remplit les verres, ils burent.

« D'accord, Brioude, je veux bien voir cela ainsi. Continue.

— Ta maigreur n'est pas le signe d'un esclavage dans lequel tu serais tombé. Elle est le signe d'un vrai départ, sans bagage d'avant, d'une table rase. Tu es prêt, Victorien ; tu ne tiens plus à rien. Tu es vivant, tu es libre, tu manques juste un peu d'air pour que cela s'entende. Tu es comme un instrument à cordes, comme le luth de Montbellet, mais enfermé dans une cloche à vide. Sans air on n'entend pas le son, la corde vibre pour rien car elle n'ébranle rien. Il faut une fissure dans la cloche, que le grand air vienne, et enfin l'on t'entendra. Il y a autour de toi quelque chose à briser pour que tu respires enfin, Victorien

Salagnon. Il s'agit peut-être de la coquille de l'œuf. La fêlure dans la coquille qui te donnera de l'air, ce sera peut-être l'art. Tu dessinais. Alors dessine. »

Montbellet se leva, brandit son verre qui brilla rouge sombre sous la pauvre lampe, chaleureux comme du sang dans la pénombre froide.

« L'art, l'aventure, et la spiritualité boivent à leur commune maigreur. »

Ils burent, ils rirent, burent encore. Salagnon repoussa en soupirant son assiette où les dernières nouilles froides avaient figé dans une colle de sauce.

« C'est dommage tout de même que la spiritualité mange si mal.

— Mais elle a un vin excellent. »

L'œil de Brioude étincelait.

Victorien entreprit de dessiner. C'est-à-dire qu'il s'assit devant une feuille avec de l'encre. Et rien ne venait. Le blanc restait blanc, le noir de l'encre restait entre soi, rien ne prenait forme. Mais qu'aurait-il pu dessiner, lui, simplement penché sur la feuille ? Le dessin est une trace, de quelque chose qui vit dedans, et sort ; mais en lui il n'y avait rien ; sinon Eurydice. Eurydice était loin, là-bas dans ce monde à l'envers qui marchait sur la tête, au-delà de la Méditerranée mortifère, dans son enfer de soleil mordant, de paroles évaporées, de cadavres enterrés à la va-vite ; elle était bien loin, derrière le fleuve trop large qui coupait la France en deux. Et dehors non plus il n'y avait rien, rien qui puisse se déposer sur la feuille ; rien qu'un brouillard vert, qui stagnait entre des immeubles prêts à se dissoudre dans leur propre humidité. Il aurait voulu pleurer, mais cela non plus n'était plus possible. La feuille était blanche, sans aucune trace.

Il resta assis, accoudé sans bouger, pendant des heures. Dans la chambre obscure seule la feuille intacte donnait de la lumière, une faible lueur qui ne s'éteignait pas. Cela dura toute la nuit. Le matin s'annonça par une aube métallique désagréable, où toutes les formes apparaissaient sans profondeur, ombres et lumières fondues à parts égales dans une luminescence uniforme. Cela n'accordait aucun relief, ne détachait rien, ne lui permettait de rien saisir de ce qui l'entourait. Sans avoir laissé aucune trace, sans tristesse ni regret, il s'allongea sur son lit et s'endormit aussitôt.

Quand il se réveilla, il fit le nécessaire pour qu'on l'envoie en Indochine.

COMMENTAIRES V

L'ordre fragile de la neige

« Mais écoute-moi ces conneries ! hurla Mariani devant la télévision. Tu entends ? Dis, tu entends ? Mais ils disent qu'il est irlandais celui qui vient de gagner !

— Gagner quoi ?

— Mais le cinq mille mètres devant toi depuis dix minutes ! Tu rêves, Salagnon.

— Et alors ? Il n'est pas irlandais ?

— Mais il est noir !

— Tu commences toutes tes phrases par "mais", Mariani.

— Mais parce qu'il y a un "mais", un gros "mais". Le "mais" est une conjonction entre deux propositions, marquant une réserve, un paradoxe, une opposition. J'oppose, et je m'oppose. Il est irlandais, mais noir. J'émets une réserve ; je pointe le paradoxe, je dénonce l'absurdité ; mais aussi la stupidité de ne pas voir l'absurdité.

— S'il court pour l'Irlande, c'est qu'il est légalement irlandais.

— M'en fous de la légalité ! M'en fous à fond, je l'ai vu brisée mille fois, et reconstruite comme on veut au gré des besoins. M'en fous et m'en suis toujours foutu. Je te parle de la réalité. Et dans la réalité il n'est pas plus d'Irlandais noir que de cercle carré. Tu as déjà vu un Irlandais noir ?

— Oui. À la télé. Il vient de gagner le cinq mille mètres, même.

— Salagnon, tu me désespères. Tu vois bêtement. Tu restes collé aux apparences. Tu n'es qu'un peintre. »

Je me demandais ce que je faisais là. J'étais assis en l'air, au dix-huitième étage, à Voracieux-les-Bredins, dans la tour qu'habitait Mariani. Le dos tourné aux fenêtres, nous regardions la télévision. Quelque part loin d'ici avait lieu un championnat d'Europe. Des types sur l'écran couraient, sautaient, lançaient des choses, et des voix de journalistes avec un savant mélange de ralentissements et d'exclamations essayaient de rendre le spectacle intéressant. Je précise que nous tournions le dos aux fenêtres car le détail a son importance : nous pouvions sans crainte leur tourner le dos, elles étaient sécurisées, obstruées d'un empilement de sacs de sable. Vautrés sur des canapés dodus, nous buvions des bières, lumières allumées. On m'avait assis entre Salagnon et Mariani, et autour, assis par terre, debout derrière, dans les autres pièces, se tenaient plusieurs de ses gars. Ils se ressemblaient tous, des gros types qui faisaient physiquement peur, taiseux le plus souvent, braillards quand il le fallait, allant et venant comme chez eux dans le grand appartement vide. Mariani se meublait avec la même indifférence que Salagnon, mais contrairement à celui-ci qui se remplissait d'objets sans raison, comme on bourre de chips de polystyrène les cartons qui contiennent les objets fragiles, lui voulait garder un peu d'espace, pour accueillir chez lui des colosses à bedaine qui ne tenaient pas en place.

À travers les sacs de sable qui bouchaient les fenêtres, ils avaient ménagé des meurtrières pour voir dehors. Lorsque nous étions arrivés, il m'avait montré, j'avais visité ses installations, il tapotait en me parlant les sacs de gros jute remplis de sable.

« Merveilleuse invention, avait-il dit. Touche donc. »

J'avais touché. Sous la toile brune et râpeuse le sable semblait dur si on le tapotait, mais fluide si on appuyait doucement ; il se comportait comme de l'eau, en plus lent.

« Le sable, pour la protection, c'est bien mieux que le béton ; surtout celui-là, de béton, ajouta-t-il en cognant le mur qui sonnait le creux. Je ne suis pas sûr que ces murs soient à l'épreuve des balles ; mais mes sacs, si. Ça arrête les balles et les éclats. Ils pénètrent un peu, ils sont absorbés, ça ne va pas plus loin. J'ai fait venir un camion de sable. Mes gars l'ont monté seau par seau dans l'ascenseur. D'autres en haut remplissaient les sacs à la pelle et les rangeaient selon les règles. Il y avait attroupement sur le parking, mais un peu loin, ils n'osaient pas demander. Ils voyaient qu'on bossait, ça les intriguait, ils se demandaient à quoi. On a laissé entendre qu'on refaisait la dalle, et les carrelages. Ils acquiesçaient, tous. “Y en a bien besoin”, ils disaient. On a bien ri. Ils n'imaginaient pas qu'en haut on remplissait des sacs et qu'on les disposait autour des angles de tir, comme là-bas. Voilà ce que c'est, l'art de fortifier : de la géométrie pratique. On dégage des lignes de feu, on évite les angles morts, on maîtrise la surface. Maintenant nous dominons le plateau de Voracieux. Nous organisons des tours de garde. Le jour de la reconquête, nous servirons d'appui-feu. Et j'ai mis une bonne couche de sable sous mon lit, pour servir de pare-éclats en cas d'attaque par en dessous. Je n'ai aucune confiance dans les plafonds. Je dors tranquille. »

Après, heureusement, il m'a servi à boire, nous nous sommes vautrés dans les canapés rebondis, nous avons regardé le sport à la télévision. Les gars de Mariani ne disaient pas grand-chose, moi non plus. Les journalistes assuraient le commentaire.

« Les Irlandais ne sont pas noirs, reprit Mariani. Sinon plus rien ne veut plus rien dire. Fait-on du camembert avec du lait de chamelle ? Et cela s'appellerait encore camembert ? Ou du vin avec du jus de groseilles ? Oserait-on sans rire appeler ça vin ? On devrait étendre la notion d'AOC aux populations. L'homme a plus d'importance que le fromage, et il est tout autant lié à la terre. Une AOC des gens, ça éviterait des absurdités comme un Irlandais noir, qui gagne les courses.

— Je t'assure, il doit être naturalisé.

— C'est ce que je dis : un Irlandais de papier. C'est le sang qui fait la nationalité, pas le papier.

— Le sang est rouge, Mariani.

— Bougre de peintre ! Je te parle d'un sang profond, pas de ce truc rouge qui coule à la moindre égratignure. Le sang ! Transmis ! Le seul qui vaille !

« Les mots ne veulent plus rien dire, soupira-t-il. Le dictionnaire est encombré de broussailles comme une forêt que l'on a trop coupée. On a abattu les grands arbres, et les arbustes prolifèrent à leur place, tous pareils, avec des épines, du bois tendre, de la sève toxique. Et qu'a-t-on fait des grands arbres ? qu'a-t-on fait des colosses qui nous abritaient ? qu'a-t-on fait des merveilles qui avaient mis des siècles à pousser ? on les a transformés en baguettes à riz jetables et en meubles de jardin. La beauté s'effondre dans le ridicule.

« Il faut arrêter de parler, Salagnon, parce qu'avec des ruines de mots on ne peut pas parler. Il faut revenir au réel. Il faut retourner aux réalités. Il faut y aller. Dans le réel, chacun au moins peut compter sur sa propre force. La force, Salagnon : celle qu'on avait, et qui nous a glissé des doigts. La force, qu'on a eue, qui s'échappait de tous les copains morts, et qui nous échappait encore quand on est rentré chez nous. C'est pour ça, les sacs de sable, et les armes : pour faire barrage à la force qui s'échappe.

— Tu as tes armes ici ? » La voix de Salagnon se voila d'inquiétude.

« Mais bien sûr ! Ne fais pas ta naïve ! Et des vraies, pas des carabines à plomb pour la chasse aux écureuils. Des vraies qui tuent avec des balles de guerre. » Il se tourna vers moi. « Tu as déjà approché une arme de guerre ? Tenu, manipulé, essayé ? Utilisé ?

— Laisse-le en dehors de ça, Mariani.

— Tu ne peux pas le laisser en dehors du réel, Salagnon. Apprends-lui le pinceau si tu veux, moi je vais lui montrer les armes. »

Il se leva et revint. Il portait un énorme flingue à barillet.

« Un pistolet, très exactement. C'est un Colt 45, je le garde sous mon lit pour ma protection rapprochée. Il tire des balles de 11,43. Je ne sais pas pourquoi on a adopté des mesures si tordues, mais ce sont de grosses balles. Je me sens mieux protégé par de grosses balles, surtout pendant mon sommeil. Il n'y a rien de pire que de dormir sans défense ; rien de pire que de se réveiller et d'être impuissant. Alors si tu sais que sous ton lit il y a la solution, si tu peux en un instant te saisir d'une arme automatique de gros calibre, prête à tirer aussitôt, alors tu as la possibilité de te défendre, de survivre, de revenir dans la réalité par la force ; alors tu dors mieux.

— Il est si dangereux de dormir ?

— On se fait égorger en quelques secondes. Là-bas nous ne dormions que d'un œil. Nous veillions alternativement les uns sur les autres. Fermer les yeux était toujours prendre un risque. Et maintenant, ici c'est là-bas. C'est pour ça que j'occupe les hauteurs. J'ai fortifié un poste avec mes gars, je les vois venir de tous les côtés. »

De sous le canapé il sortit une arme imposante, un fusil de précision équipé d'une lunette. « Viens voir. » Il m'entraîna vers la fenêtre, s'accouda aux sacs de sable, passa le canon par la meurtrière et visa dehors. « Tiens. » Je pris. Les armes sont des objets lourds. Leur métal dense pèse dans la main, il donne le sentiment du choc au moindre contact. « Regarde en bas. La voiture rouge. » Une voiture de sport rouge détonnait au milieu des autres. « C'est la mienne. Personne n'y touche. Ils savent que je veille dessus jour et nuit. J'ai une visée nocturne aussi. » La lunette grossissait bien. On voyait les gens dix-huit étages plus bas qui allaient sans rien soupçonner. Le champ de la lunette délimitait leur torse avec leur tête, et une croix gravée permettait de choisir là où irait la balle.

« Personne ne touche ma voiture. Elle a une alarme, et je loge une balle dans une tête jour et nuit, instantanément. Ils me connaissent. Ils se tiennent à carreau.

— Mais qui ?

— Tu ne les reconnais pas ? Moi je les reconnais d'un coup d'œil : à leur façon de se tenir, à l'odeur, à l'oreille. Je les reconnais aussitôt. Ils se disent français, et ils nous mettent au défi de prouver qu'ils ne le sont pas. Pour preuve ils brandissent ce papier qu'ils appellent la carte d'identité, et que j'appelle chiffon de papier. Chiffon de complaisance accordé par une administration ramollie et noyautée.

— Noyautée ?

— Salagnon, tu devrais lui apprendre davantage que le pinceau. Il ne sait rien du monde. Il croit que la réalité c'est ce que dit le papier.

— Mariani, arrête.

— Mais regarde, ils sont là ! Dix-huit étages plus bas, tout autour, mais je peux les suivre à la lunette. Heureusement, car au moment voulu : pof ! pof ! Tu vois, ils prolifèrent. On leur donne la nationalité aussi vite que les photocopieuses reproduisent le papier gribouillé, et ensuite on ne peut plus rien contrôler. Ils se multiplient à l'abri de ce mot creux qui nous domine tous comme un arbre mort : "nationalité française". On ne sait plus ce que cela veut dire, mais ça se voit. Je le vois bien, qui est français, je le vois par l'œilleton de la lunette, comme là-bas ; ça se voit facilement, et ça se règle facilement. Alors pourquoi bavarder pour ne rien dire ? Il suffit de quelques types décidés, et on envoie balader tout ce légalisme qui nous entrave, ces discours pernicieux qui nous embrouillent, et enfin on gouverne par le bon sens, entre gens qui se connaissent. Voilà mon programme : le bon sens, la force, l'efficace, le pouvoir aux types qui ont confiance les uns dans les autres ; mon programme, c'est la vérité toute nue. »

J'acquiesçais, j'acquiesçais par réflexe, j'acquiesçais sans comprendre. Il m'avait laissé l'arme dans les mains, et je regardais dans l'œilleton pour ne pas le regarder lui, et je suivais les gens dix-huit étages plus bas, je suivais leur tête en la gravant d'une croix noire. J'acquiesçais. Il continuait ; je le faisais rire à tenir l'arme avec tant de sérieux. « Tu y prends goût, pas vrai ? » Je savais que j'aurais dû poser le fusil mais je ne le pouvais pas, mes mains restaient collées sur le métal, mon œil sur la lunette, comme si par blague on avait badigeonné l'arme de colle rapide avant de me la donner. Je suivais les gens des yeux, et mon œil marquait leur tête d'une croix, une croix qu'ils ne soupçonnaient pas et qui ne les quittait pas. Le métal se réchauffait dans mes bras, l'arme obéissait à tous mes gestes, l'objet s'intégrait à mon regard. Le fusil, c'est l'homme. « Salagnon, regarde ! Il vient de prendre avec moi sa première leçon de fusil ! Qui aurait cru en le voyant qu'il puisse tenir sa place dans un poste ? On va le laisser à la fenêtre, avec lui en sentinelle on ne craint rien. » Les gars de Mariani rirent tous ensemble, d'un rire énorme qui fit trembler leur ventre ; ils rirent de moi, et je rougis tant que cela me cuisait les joues. Salagnon se leva sans rien dire et m'emmena comme un enfant.

« Ils sont fous, non ? » lui dis-je, aussitôt que les portes de l'ascenseur se furent refermées. La cabine d'un ascenseur n'est pas grande, mais on ne se sent pas inquiet quand elle se referme. La petite pièce est éclairée, munie de miroirs, tapissée de moquette. Quand la porte se referme on ne ressent pas la claustrophobie, on est plutôt rassuré. Les couloirs, par contre, dans la tour où habite Mariani, réveillent la peur du noir : leurs lampes sont cassées, ils serpentent dans l'étage sans fenêtres, on perd vite toute orientation et on erre à tâtons en cherchant les portes. On ne sait pas où l'on va.

« Assez fous, dit-il avec indifférence. Mais j'ai de l'indulgence pour Mariani.

— Mais quand même, des types armés, qui fortifient un appartement…

— Il y en a plein comme ça ; et ça ne dégénère jamais. Mariani les tient, ils rêvent de vivre ce qu'a vécu Mariani, et lui, comme il l'a vécu, il les retient. Quand il sera mort, ils ne sauront plus quoi rêver. Ils se disperseront. Quand le dernier acteur du carnaval colonial sera mort, les GAFFES se dissoudront. On ne se rappellera même pas que cela a été possible.

— Je vous trouve optimiste. Il y a dans une tour d'habitation des fous furieux armés jusqu'aux dents, et vous balayez ça d'un revers de main.

— Ils sont là depuis quinze ans. Ils n'ont pas tiré un seul coup de feu en dehors du club de tir où ils ont une carte officielle, avec leur vrai nom et leur photo. Les dérapages qui ont eu lieu sont de l'ordre de l'accident, ils auraient eu lieu sans eux, et même davantage. »

Sans bruit, sans repères, l'ascenseur nous redescendait sur terre. Le calme de Salagnon m'exaspérait.

« Votre calme m'exaspère.

— Je suis un homme calme.

— Même devant la connerie de ces types, le goût de la guerre, le goût de la mort ?

— La connerie est très partagée, moi-même j'en contiens beaucoup ; la guerre ne m'impressionne plus ; et quant à la mort, eh bien je me fous de la mort. Et Mariani aussi. C'est ce qui me donne cette indulgence pour lui. Ce que je dis tu ne le comprends pas. Tu ne sais rien de la mort, et tu n'imagines pas ce que ça peut être que de s'en foutre. J'ai vu des gens qui se foutaient absolument de leur propre mort, j'ai vécu avec eux. Je suis l'un d'eux.

— Il n'y a que les fous qui n'ont pas peur, et encore. Seulement une certaine sorte de fous.

— Je n'ai pas dit que je n'avais pas peur. Juste que je me foutais de ma propre mort. Je la vois, je sais où elle est, je m'en fous.

— Ce sont des mots.

— Justement non. Cette indifférence je l'ai vécue ; et je l'ai vue chez d'autres. C'était indiscutable et effrayant. Là-bas, j'ai assisté à une charge de légionnaires.

— Une charge ? On chargeait au XXe siècle ?

— Cela veut juste dire avancer sur les types qui vous tirent dessus. J'ai vu ça, j'y étais, mais je me cachais derrière un rocher en baissant la tête, comme on fait tous dans ces cas-là, mais eux ils ont chargé ; c'est-à dire qu'au commandement de leur officier des types se lèvent et avancent. On leur tire dessus, ils savent qu'ils peuvent mourir d'un coup, d'un moment à l'autre, mais ils avancent. Ils ne se pressent même pas : ils marchent l'arme à la hanche et tirent comme à l'exercice. Je l'ai fait, foncer sur l'ennemi qui vous tire dessus, mais dans ces cas-là on hurle et on court ; le cri fait penser à rien et la course fait croire qu'on évite les balles. Eux, non : ils se lèvent, et posément ils avancent. S'ils meurent, tant pis ; ils le savent bien. Certains tombaient, d'autres pas, et ceux-là continuaient. Ce spectacle-là est terrifiant, d'hommes qui se foutent de leur propre mort. La guerre est basée sur la peur et la protection ; alors quand ces types se lèvent et avancent, cela ne peut que terrifier, les règles n'existent plus, on n'est plus dans la guerre. Alors le plus souvent, les types d'en face, ceux qui sont protégés et qui tirent, ils décampaient. Ils étaient pris d'une frousse sacrée et ils s'enfuyaient. Parfois ils restaient et ça se terminait au couteau, à coups de crosse, à coups de pierre. Les légionnaires se foutent autant de la mort des autres que de la leur. Tuer quelqu'un comme on balaie sa chambre, ils peuvent le faire. Ils nettoient la position, disent-ils, et ils en parlent comme de prendre une douche. J'ai vu des types mourir de fatigue pour ne pas ralentir les autres. J'en ai vu rester seuls à l'arrière pour retarder des poursuivants. Et tous savaient ce qu'ils faisaient. Ces types ont regardé le soleil en face, ils en ont eu la rétine brûlée ; ils posaient quelque chose d'eux au sol, comme un sac, et ne bougeaient plus, en toute connaissance de cause. Il m'a été donné de voir ça. Ensuite, plus rien n'avait le même sens, la peur, la mort, l'homme, plus rien. »

Je ne savais pas comment dire. L'ascenseur arriva avec un petit choc élastique, et la porte s'ouvrit. Nous sortîmes dans l'allée où stationnaient des jeunes gens.

Il traversa leur groupe sans aucune modification de son pas, ni ralentir, ni accélérer, et non plus sans courber le dos, ou même le redresser. Il traversa l'entrée encombrée de jeunes gens comme une pièce vide, enjamba les jambes de l'un assis en travers de la porte avec un mot d'excuse polie parfaitement juste, et l'autre s'excusa du même ton, par réflexe, et replia ses genoux.

Ils se foutaient de leur mort, m'avait-il dit ; je ne suis pas sûr de savoir ce qu'exactement cela signifie. Peut-être ont-ils posé quelque chose d'eux par terre, comme il me l'a dit, et enfin cela ne bouge plus. Les jeunes gens nous saluèrent d'un signe de tête, auquel nous répondîmes, et ils n'interrompirent pas leur conversation pour nous.

Lorsque nous sortîmes, il neigeait. Les mains dans les poches de nos manteaux nous prîmes par les rues vides de Voracieux, rues vides de tout, vides de gens, vides de façades, vides de beauté et de vie, rues minables qui sont juste le vaste espace qui reste entre les tours, rues dégradées par l'usage et l'absence d'entretien. Les rues de Voracieux sont désordonnées comme une ville de l'Est : tout est au hasard, rien ne va avec rien. Même l'homme, dans ces rues, n'est pas à sa place. Même le végétal, qui d'habitude va spontanément vers l'équilibre : les mauvaises herbes étaient là où le sol devrait être glabre, et des sentiers de terre nue traversaient les pelouses. La neige qui tombait cette nuit-là redonnait forme. Elle recouvrait tout, et rapprochait tout. Une voiture garée devenait pure masse, de même nature qu'un buisson, qu'un hangar bas où logeait une supérette, qu'un abribus où personne n'attendait, qu'un rebord de trottoir jusqu'au bout de l'avenue. Tout n'était plus que formes recouvertes d'une blancheur de papier, qui assouplissait les angles, unifiait les textures, effaçait les transitions ; les choses apparaissaient dans leur seule présence, bosses harmonieuses sous le même grand drap elles étaient sœurs par-dessous la neige. Étrangement, cacher réunissait. Pour la première fois nous marchâmes dans Voracieux unifié, dans Voracieux silencieux étouffé de blanc, toutes choses rendues à une vie égale par le calme de la neige. Nous allions en silence, les flocons se pressaient sur nos manteaux, ils restaient un instant en équilibre sur la laine, puis s'effondraient sur eux-mêmes, et disparaissaient.

— Que veulent-ils, les GAFFES, finalement ?

— Oh, que des choses simples, que du bon sens : ils veulent tout régler entre hommes. Comme on le fait dans ces petits groupes où la loi ne vient pas. Ils veulent que les forts soient forts, que les faibles soient faibles, ils veulent que la différence soit vue, ils veulent que l'évidence soit un principe de gouvernement. Ils ne veulent pas discuter, parce que l'évidence ne se discute pas. Pour eux l'usage de la force est la seule action qui vaille ; la seule vérité, parce qu'elle ne parle pas. »

Il n'en dit pas plus, cela lui semblait suffire. Nous traversâmes Voracieux calmé par la neige qui recouvre tout. Dans le silence, les dix mille êtres n'étaient plus qu'ondulations d'une même forme blanche. Les objets n'existaient pas, ils n'étaient qu'illusion du blanc, en nous en manteaux sombres, seul mouvement, nous étions deux pinceaux traversant le vide, laissant derrière eux deux traces de neige abîmée.

Lorsque nous arrivâmes en son jardin il s'arrêta de neiger. Les flocons descendaient, moins denses, voletaient plus qu'ils ne chutaient, et les derniers sans qu'on les remarque furent absorbés dans l'air violacé. Ce fut fini.

Il ouvrit son portail qui grinçait, et il regarda devant lui l'étendue qui moulait les buissons, les bordures, le peu de gazon, et quelques objets que l'on ne reconnaissait pas. « Tu vois, au moment où je suis au seuil de mon jardin, la neige s'arrête, et à ce moment le recouvrement est parfait ; jamais il ne sera plus fidèle. Tu veux rester un peu dehors avec moi ? »

Nous restâmes en silence à regarder rien, le jardin d'un pavillon de la banlieue de Lyon, recouvert d'un peu de neige. La lumière des lampadaires lui donnait des reflets mauves. « J'aimerais que cela dure longtemps, mais cela ne dure pas. Tu vois cette perfection ? Déjà elle passe. Dès que la neige cesse de tomber elle commence de s'effondrer, elle se tasse, elle fond, cela disparaît. Le miracle de la présence ne dure que l'instant de l'apparition. C'est affreux, mais il faut jouir de la présence, et n'en attendre rien. »

Nous marchâmes dans les allées, le léger poudrage s'enfonçait sous nos pieds, nos pas s'accompagnaient du bruit délicieux qui tient à la fois du crissement du sable et du tassement des plumes dans un gros édredon. « Tout est parfait, et simple. Regarde les toits comme ils s'achèvent d'une belle courbe, regarde les parterres comme ils se fondent aux allées, regarde le fil à linge comme il est bien souligné : maintenant on le voit. »

Sur le fil entre deux piquets s'était déposée de la neige, en bande étroite et haute d'un seul tenant, bien équilibrée. Cela suivait la courbe d'un seul geste. « La neige trace sans le vouloir un de ces traits comme j'aimerais en tracer. Elle sait, sans rien savoir, suivre le fil à la perfection, elle souligne sans le trahir l'élan de sa courbe, elle montre ce fil mieux qu'il ne peut se montrer lui-même. Si j'avais voulu poser de la neige sur un fil, j'aurais été incapable de faire aussi beau. Je suis incapable de faire en le voulant ce que la neige réalise par son indifférence. La neige dessine en l'air des fils à linge parce qu'elle se fout du fil. Elle tombe, en suivant les lois très simples de la gravité, celles du vent et celles de la température, un peu celle de l'hygrométrie, et elle trace des courbes que je ne peux atteindre avec tout mon savoir de peintre. Je suis jaloux de la neige ; j'aimerais peindre ainsi. »

Les meubles de jardin, une table ronde et deux chaises en métal peint, avaient été élégamment recouverts, par des coussins si exacts que l'on aurait eu bien du mal à les découper et les coudre par l'usage de la mesure. Ces meubles vieillissants, dont la rouille apparaissait dans les écailles de la peinture, étaient devenus sous la neige des chefs-d'œuvre d'harmonie. « Si je pouvais atteindre à cette indifférence, à cette perfection de l'indifférence, je serais alors un grand peintre. Je serais en paix, je peindrais ce qui m'entoure, et je mourrais dans cette même paix. »

Il s'approcha de la table recouverte d'un édredon aux proportions parfaites, modelé par la seule combinaison des forces naturelles. « Regarde comme c'est bien fait, le monde, quand on le laisse faire. Et regarde comme c'est fragile. »

Il racla une poignée de neige, il compacta ce qu'il avait ramassé et me le lança. J'eus le réflexe de me baisser, en réaction à son geste plus qu'à l'évitement du projectile, et quand je me redressai, surpris, la seconde boule de neige m'atteignit en plein front. Cela me poudra les sourcils et aussitôt commença de fondre. Je m'essuyai les yeux et il partit en courant, ramassant des morceaux de neige pour couvrir sa fuite, qu'il tassait à peine avant de me les lancer ; je pris des munitions et le poursuivis, nous courûmes en criant dans le jardin, nous dévastâmes tout le manteau neigeux pour nous le lancer, tassant de moins en moins, ajustant de moins en moins, jetant de moins en moins loin, nous frétillions en riant dans un nuage de poudreuse.

Cela prit fin quand il m'attrapa par-derrière et me glissa une poignée de glaçons pris sur une branche dans le col de mon manteau. Je poussai un cri suraigu, j'étouffai de rire et tombai assis sur le sol froid. Lui debout devant moi essayait de reprendre son souffle. « Je t'ai eu... Je t'ai eu... Mais il faut que l'on s'arrête. Je n'en peux plus. Et puis nous avons lancé toute la neige. »

Nous avions tout dérangé, tout piétiné, nos traces confuses s'entremêlaient, des tas sans forme mêlés de terre rassemblaient ce qui restait.

« Il est temps de rentrer, dit-il.

— C'est dommage pour la neige. »

Je me relevai, et du pied essayai d'en ranger un petit tas ; cela ne ressemblait plus à rien.

« Et on ne peut pas la remettre en place.

— Il faut attendre une nouvelle chute. Elle tombe toujours parfaitement, mais c'est impossible à imiter.

— Il faudrait ne pas y toucher.

— Oui, ne pas bouger, ne pas marcher, juste la regarder, infiniment satisfait de regarder sa perfection. Mais d'elle-même, une fois qu'elle a fini de tomber, elle commence à disparaître. Le temps continue, et le merveilleux moulage se défait. Ce genre de beauté ne supporte pas que l'on vive. Rentrons. »

Nous rentrâmes. Nous secouâmes nos chaussures et suspendîmes nos manteaux.

« Ce sont les enfants qui adorent annoncer qu'il neige. Ils se précipitent, ils le crient, et cela provoque toujours une heureuse animation : les parents sourient et se taisent, l'école peut fermer, le paysage tout entier devient une aire de jeu que l'on peut modeler. Le monde devient moelleux et malléable, on peut tout faire sans penser à rien, on se séchera ensuite. Cela dure le temps que l'on s'en émerveille, cela dure le moment où on le dit. Cela dure le temps d'annoncer qu'il neige, et c'est fini. Ainsi en va-t-il des rêves d'ordre, jeune homme. Allons peindre maintenant. »

Dans le dessin, les traits les plus importants sont ceux que l'on ne fait pas. Ils laissent le vide, et seul le vide laisse la place : le vide permet la circulation du regard, et ainsi de la pensée. Le dessin est constitué de vides habilement disposés, il existe surtout par cette circulation du regard en lui-même. L'encre finalement est à l'extérieur du dessin, l'on peint avec rien.

« Vos paradoxes de Chinois m'exaspèrent.

— Mais toute réalité un peu intéressante ne se dit qu'en paradoxes. Ou se montre par gestes.

— Mais à ce train-là, autant enlever les traits. Une feuille blanche fera l'affaire.

— Oui.

— C'est malin. »

Par la fenêtre le jardin dévasté luisait doucement, d'une lueur marbrée de traces noires irrégulières.

« Un tel dessin serait parfait, mais trop fragile. La vie laisse beaucoup de trace », dit-il.

Je n'insistai pas, je me remis à peindre. Je fis moins de traits que je n'en avais l'habitude, ou l'intention ; et ce n'était pas plus mal. Et les traits qui restaient se traçaient d'eux-mêmes, autour du blanc approfondi. La vie est ce qui reste ; ce que les traces n'ont pas recouvert.

Je revins quand même à la charge ; parce qu'ils m'inquiétaient, les sectaires de la souche avec leurs armes, postés par-dessus les toits.

« Mariani est un type dangereux, non ? Ses gars, ils ont des armes de guerre, ils les pointent sur tout le monde.

— Ils gesticulent. Ils s'amusent entre eux et ils se prennent en photo. Ils aimeraient qu'en les voyant on ressente une peur physique. Mais depuis quinze ans qu'ils gesticulent ils n'ont jamais fait de victime, sinon par des débordements qui auraient eu lieu même sans eux. Les dégâts qu'ils font sont sans mesure avec la quantité d'armes qu'ils possèdent.

— Vous ne les prenez pas au sérieux ?

— Oh non ; mais quand on les écoute on devient horriblement sérieux, et c'est là le plus grave. Ce que les GAFFES disent depuis quinze ans a plus d'effet que leurs muscles un peu gras, que leurs armes de théâtre, que le nerf de bœuf qu'ils transportent dans leur voiture.

— La race ?

— La race c'est du vent. Un drap tendu en travers de la pièce pour un théâtre d'ombres. La lumière s'éteint, on s'assoit, et il ne reste plus que la loupiote qui projette les ombres. Le spectacle commence. On s'extasie, on applaudit, on rigole, on hue les méchants et on encourage les gentils ; on ne s'adresse qu'aux ombres. On ne sait pas ce qui se passe derrière le drap, on croit aux ombres. Derrière sont les vrais acteurs que l'on ne voit pas, derrière le drap se règlent les vrais problèmes qui sont toujours sociaux. Quand j'entends un type comme toi parler de la race avec ce tremblement héroïque dans la voix, j'en conclus que les GAFFES ont gagné.

— Mais je m'oppose à ce qu'ils pensent !

— Lorsqu'on s'oppose, on partage. Ta fermeté les réconforte. La race n'est pas un fait de la nature, elle n'existe que si on en parle. À force de s'agiter les GAFFES ont laissé croire à tout le monde que la race était celui de nos problèmes qui nous importait le plus. Ils brassent du vent et tout le monde croit que le vent existe. Le vent, on le déduit de ses effets, alors on suppose la race par le racisme. Ils ont gagné, tout le monde pense comme eux, pour ou contre, peu leur importe : on croit à nouveau en la division de l'humanité. Je comprends que mon Eurydice soit furieuse, et les haïsse avec tout son enthousiasme de Bab el-

Oued : je l'ai sortie de ce que tu n'imagines pas, et eux ils veulent le reconstruire ici, comme là-bas.

— Mais que veulent-ils ?

— Ils veulent juste vouloir, et que cela soit suivi d'effet. Ils voudraient qu'on laisse libre cours aux hommes forts, ils voudraient un ordre naturel où chacun aurait sa place, et les places se verraient. Là-haut, au dix-huitième étage de la tour de Mariani, ils ont créé un phalanstère, qui est l'image rêvée dans la France de maintenant de ce qu'était la vie là-bas. L'usage de la force était possible, les lois on s'asseyait dessus en rigolant. On faisait ce qu'on avait à faire, en compagnie de types qu'on connaissait. La confiance se donnait en un clin d'œil, il suffisait de lire sur les visages. Les rapports sociaux étaient des rapports de forces, et on les voyait directement.

« Ils rêvent de former une meute, ils voudraient vivre comme un commando de chasse. Leur idéal perdu est celui du groupe de garçons dans la montagne, leurs armes sur le dos, autour d'un capitaine. Cela a existé en certaines circonstances ; mais un pays tout entier n'est pas un camp de scouts. Et il est tragique d'oublier qu'à la fin nous avons perdu. La force ne se donne jamais tort : quand son usage échoue, on croit toujours qu'avec un peu plus de force on aurait réussi. Alors on recommence, plus fort, et on perd encore, avec un peu plus de dégâts. La force ne comprend jamais rien, et ceux qui en ont usé contemplent leur échec avec mélancolie, ils rêvent d'y revenir.

« Là-bas tout était simple, notre vie reposait sur notre force : des types qui ne nous ressemblaient pas cherchaient à nous tuer. Nous aussi. Il nous fallait les vaincre ou leur échapper ; succès ou échec ; notre vie avait la simplicité d'un jeu de dés. La guerre est simple. Tu sais pourquoi la guerre est éternelle ? Parce qu'elle est la forme la plus simple de la réalité. Tout le monde veut la guerre, pour simplifier. Les nœuds où l'on vit, on veut finalement les trancher par l'usage de la force. Avoir un ennemi est le bien le plus précieux, il nous donne un point d'appui. Dans la forêt du Tonkin, nous cherchions l'ennemi pour enfin nous battre.

« Le modèle de résolution de tous les problèmes est la torgnole que l'on retourne au gamin, ou le coup de pied que l'on flanque au chien. Voilà qui soulage. À celui qui dérange, chacun rêve par la force de faire entendre raison, comme à un chien, comme à un enfant. Celui qui ne fait pas ce qu'on dit, il faut le remettre à sa place par la force. Il ne comprend que ça. Là-bas était le règne du bon sens par la torgnole qui est l'acte social le plus évident. Là-bas s'est effondré car on ne peut gouverner les gens en les prenant pour des chiens. Il est tragique d'oublier qu'à la fin nous avons perdu ; il est tragiquement stupide de penser qu'un peu plus de force aurait fait l'affaire. Mariani et ses types sont les orphelins inconsolés de la force, il est tragique de les prendre au sérieux car leur sérieux nous contamine. Ils nous obligent à parler de leurs fantômes, et ainsi nous les faisons réapparaître, et durer.

« Je comprends la colère d'Eurydice. Ce qu'elle voudrait en voyant Mariani c'est lui enfoncer un pieu dans le cœur, qu'il ne revienne plus jamais, qu'il disparaisse avec tous les fantômes qui l'accompagnent. Quand il vient ici, là-bas revient nous hanter, alors que nous passons notre vie à essayer de n'y plus penser. Je comprends la colère d'Eurydice, mais Mariani il m'a porté dans la forêt.

— Et ça suffit ? C'est peu.

— Où trouver plus ? L'amitié vient d'un seul geste, elle se donne tout d'un coup, et ensuite elle roule ; elle ne changera pas de trajectoire à moins qu'un gros choc ne l'en dévie. Le type qui t'a touché l'épaule à un certain moment, celui-là tu l'aimes pour toujours, bien plus que celui avec lequel tu parles chaque matin. Mariani m'a porté dans la forêt, et je sens encore dans ma jambe la douleur des secousses quand ce con trébuchait sur les racines. Il faudrait me couper la jambe pour que je ne le voie plus. J'ai été blessé, et lui a été blessé là où je suis intact. Nous nous voyons comme deux types abîmés qui savent pourquoi.

« Je n'aime pas ses gars, mais je sais pourquoi il traîne avec eux. Les vues politiques des GAFFES sont stupides, simplement stupides. Et je reconnais bien ce genre de stupidité, ils la tiennent de là-bas où jamais on n'a su gouverner. De Gaulle les traitait de braillards, les gens de là-bas, et sa perfidie avait souvent raison. Là-bas on braillait. Le pouvoir était ailleurs, on se reposait sur lui sans qu'il soit là, et quand ça tournait mal on demandait à l'armée. On ne savait pas gouverner, on ne savait même pas ce que c'était : on commandait, et à la moindre contradiction on giflait ; comme on gifle les enfants, comme on bat les chiens ; si le chien se rebiffait, s'il faisait mine de mordre, on appelait l'armée. L'armée c'était moi, Mariani, d'autres types comme ça dont beaucoup sont morts : nous nous efforcions de tuer le chien. Tu parles d'un métier. Mariani y a cru et il n'en guérit pas, et moi je crois que dessiner m'a sauvé. J'étais moins bon militaire mais je sauvais mon âme.

« Tueur de chiens, marmonna-t-il. Et quand les chiens mouraient, ils me regardaient avec des yeux d'hommes, ce qu'ils n'avaient jamais cessé d'être. Tu parles d'une vie. Si j'avais des enfants, je ne sais pas comment je pourrais le leur raconter. Mais je te dis ça, je ne sais pas si tu comprends ; tu comprends rien à la France, comme tout le monde.

— Encore elle, soupirai-je. Encore elle. »

La France m'exaspérait avec son grand F emphatique, le F majuscule comme le prononçait de Gaulle, et maintenant comme plus personne n'ose le prononcer. Cette prononciation du grand F, plus personne n'y comprend rien. J'en ai assez de ce grand F dont je parle depuis que j'ai rencontré Victorien Salagnon. J'en ai assez de cette majuscule de travers, mal conçue, que l'on prononce avec un sifflement de menace, et qui est incapable de trouver toute seule son équilibre : elle penche à droite, elle tombe, ses branches asymétriques l'entraînent ; le F ne tient debout que si on le retient par la force. Je prononce le grand F à tout bout de champ depuis que je connais Victorien Salagnon, je finis par parler de la France majuscule autant que de Gaulle, ce menteur flamboyant, ce romancier génial qui nous fit croire par la seule plume, par le seul verbe, que nous étions vainqueurs alors que nous n'étions plus rien. Par un tour de force littéraire il transforma notre humiliation en héroïsme : qui aurait osé ne pas le croire ? Nous le croyions : il le disait si bien. Cela faisait tant de bien. Nous crûmes très sincèrement nous être battus. Et quand nous vînmes nous asseoir à la table des vainqueurs, nous vînmes avec notre chien pour montrer notre richesse, et nous lui donnâmes un coup de pied pour montrer notre force. Le chien gémit, nous le frappâmes encore, et ensuite il nous mordit.

La France se dit avec une lettre mal faite, aussi encombrante que la croix du Général à Colombey. On a du mal à prononcer le mot, la grandeur emphatique du début empêche de moduler correctement le peuple de minuscules qui la suit. Le grand F expire, le reste du mot se respire mal, comment parler encore ?

Comment dire ?

La France est une façon d'expirer.

Tout le monde ici pousse des soupirs, nous nous reconnaissons entre nous par ces soupirs, et certains las de trop de soupirs s'en vont ailleurs. Je ne les comprends pas ceux qui partent ; ils ont des raisons, je les connais, mais je ne les comprends pas. Je ne sais pas pourquoi tant de Français vont ailleurs, pourquoi ils quittent ce lieu d'ici que je n'imagine pas laisser, je ne sais pas pourquoi ils ont tous envie de partir. Pourtant ils s'en vont en foule, ils déménagent avec une belle évidence, ils sont presque un million et demi, cinq pour cent loin d'ici, cinq pour cent du corps électoral, cinq pour cent de la population active, une part considérable d'entre nous, en fuite.

Jamais je ne pourrais partir ailleurs, jamais je ne pourrais respirer sans cette langue qui est mon souffle. Je ne peux me passer de mon souffle. D'autres le peuvent, semble-t-il, et je ne le comprends pas. Alors je demandai à un expatrié, revenu quelques jours en vacances, juste avant qu'il ne reparte là où il gagnait beaucoup plus d'argent que je n'ose en rêver, je lui demandai : « Tu n'as pas envie de revenir ? » Il ne savait pas. « Tu ne regrettes pas la vie d'ici ? » Car je sais qu'ailleurs on aime la vie d'ici, ils le disent souvent. « Je ne sais pas, me répondit-il, l'œil vague, je ne sais pas si je reviendrai. Mais je sais (et là sa voix se fit ferme, et il me regarda en face) je sais que je serai enterré en France. »

Je ne sus quoi répondre tant j'étais surpris, encore que répondre ne soit pas le mot : je ne sus comment continuer d'en parler. Nous parlâmes d'autres choses, mais depuis j'y pense toujours.

Il vit ailleurs, mais veut être mort en France. J'étais persuadé que le corps mort, frappé d'ataraxie et de surdité, d'anosmie, d'aveuglement, et d'insensibilité générale, était indifférent à la terre où il se dissout. Je le croyais, mais non, le corps mort encore tient à la terre qui l'a nourri, qui l'a vu marcher, qui l'a entendu bredouiller ses premiers mots selon cette façon particulière de moduler le souffle. Bien plus qu'une façon de vivre, la France est une façon d'expirer, une façon de presque mourir, un sifflement désordonné suivi de minuscules sanglots à peine audibles.

La France est une façon de mourir ; la vie en France est un long dimanche qui finit mal.

Cela commence tôt pour un sommeil d'enfant. La fenêtre est brusquement ouverte, les volets poussés, et la lumière vient dedans. On sursaute en plissant les yeux, on voudrait se renfoncer sous le drap maintenant tout froissé par la nuit, qui ne correspond plus à la couverture, mais on nous demande de nous lever. On se lève les yeux bouffis, on avance à petits pas. Les tartines sont taillées dans un large pain, on les trempe, et ce spectacle est un peu dégoûtant. Il faut finir le grand bol que l'on porte à deux mains, et que l'on laisse longuement devant le visage.

Les habits neufs sont étendus sur le lit, ceux que l'on ne met pas souvent, pas assez pour les assouplir et les aimer mais il faut les mettre et veiller à ne pas les froisser ni les salir. Ils ne sont jamais tout à fait de la bonne taille car on ne les use pas et ils durent trop. Les chaussures sont trop étroites d'avoir été si peu portées, leurs bords non assouplis blessent les chevilles, et le tendon derrière, là où se trouent les chaussettes.

On est prêt. La gêne et les douleurs ne se voient pas, l'ensemble vu du dehors est impeccable, on ne peut nous faire aucun reproche. On passe le cirage sur les chaussures, déjà elles font mal, mais peu importe. On marchera peu.

On va à l'église ; on va à l'assemblée — « on » c'est personne en particulier. On va ensemble et cela serait dommage que l'on soit absent. On se lève, on s'assoit, on chante comme tout le monde, très mal, mais il n'est pas d'autre fuite que de n'être pas ensemble, alors on reste, et on chante, mal. Sur le parvis on échange des politesses ; les souliers font mal.

On achète des gâteaux que l'on fait ranger dans un carton rigide, blanc, très net. On tient le carton par le bolduc qui fait boucle au centre, dans un geste délicat. On avancera sans le secouer car dedans cohabitent de petits châteaux de crème, de caramel et de beurre. Ce sera l'achèvement du repas considérable qui déjà mijote.

C'est dimanche, les souliers font mal, on prend place devant l'assiette que l'on nous a désignée. Tout le monde s'assoit devant une assiette, tout le monde a la sienne ; tout le monde s'assoit avec un soupir d'aise mais ce soupir ce peut être aussi un peu de lassitude, de résignation, on ne sait jamais avec les soupirs. Personne ne manque, mais peut-être voudrait-on être ailleurs ; personne ne veut venir mais l'on serait mortifié si l'on ne nous invitait pas. Personne ne souhaite être là, mais l'on redoute d'être exclu ; être là est un ennui mais ne pas y être serait une souffrance. Alors on soupire et l'on mange. Le repas est bon, mais trop long, et trop lourd. On mange beaucoup, beaucoup plus que l'on ne voudrait mais l'on ressent du plaisir, et peu à peu la ceinture serre. La nourriture n'est pas qu'un plaisir elle est aussi matière, elle est un poids. Les souliers font mal. La ceinture s'enfonce dans le ventre, elle gêne le souffle. Déjà, à table, on se sent mal et on cherche de l'air. On est assis avec ces gens-là pour toujours et on se demande pourquoi. Alors on mange. On se le demande. Au moment de répondre, on avale. On ne répond jamais. On mange.

De quoi parle-t-on ? De ce que l'on mange. On le prévoit, on le prépare, on le mange : on en parle toujours, ce que l'on mange occupe la bouche de différentes façons. La bouche, en mangeant, on l'occupe à ne rien dire, on l'occupe pour ne plus pouvoir parler, à combler enfin ce tuyau sans fond ouvert sur dehors, ouvert sur dedans, cette bouche que l'on ne peut boucher, hélas. On s'occupe à la remplir pour se justifier de ne rien dire.

Les souliers font mal, mais sous la table cela ne se voit pas ; cela se sent juste alors c'est sans importance. On dénoue un peu la ceinture, soit discrètement, soit avec un gros rire. Sous la table les souliers font mal.

Ensuite vient la promenade. On la redoute car on ne sait où aller, alors on va en lieu très connu ; on espère marcher car ici on ne respire plus. La promenade se fera à pas hésitants, à pas réticents qui n'avancent pas, comme un dandinement qui trébuche à chaque pas. Rien n'est moins intéressant qu'une promenade du dimanche, tous ensemble. On n'avance pas ; les pas s'écoulent comme les grains paresseux du temps ; on fait semblant d'avancer.

On rentre enfin, faire un peu de sieste, pratiquée sur le dos et fenêtre ouverte. En se jetant sur le lit on jette les souliers, enfin, les souliers qui faisaient mal, on les arrache et on les lance en désordre au pied du lit. On défait le col, on ouvre la ceinture, on se couche sur le dos car le ventre est trop gonflé. Très lentement dehors la chaleur s'apaise.

Le cœur bat un peu trop fort, de cette agitation d'être monté jusqu'à la chambre, d'avoir dénoué trop vite ce qui entravait l'expansion du ventre et du cou, ce qui maintenait les orteils dans leur recroquevillement, de s'être jeté trop fort sur le lit avec un gros soupir. Les grincements du sommier ralentissent, et enfin on peut regarder la chambre silencieuse et le dehors apaisé. Le cou bat un peu trop fort, il pousse avec peine un sang trop sucré qui paresseusement s'écoule, un sang trop gras qui passe mal, qui glisse plus qu'il ne s'écoule. Le cœur est à la peine, il s'épuise en cet effort. Lorsqu'on était debout le sang coulait naturellement vers le bas, la marche lente l'aidait à bouger ; lorsqu'on était assis, à table, il s'échauffait des bavardages, et l'alcool volatil l'allégeait ; mais ainsi couché le sang trop épais s'étale, il fige, il engorge le cœur. Couché sur le dos dans une chambre, on meurt d'engorgement. On meurt sans drame d'immobilisation, d'engluement de sang gras, car dans les vaisseaux à l'horizontale rien ne circule. Le processus est long, chaque organe isolé se débrouillera, ils meurent chacun à leur tour.

Mourir en France est un long dimanche, un arrêt progressif du sang qui ne va plus nulle part ; qui reste où il est. L'origine obscure ne bouge plus, le passé s'immobilise, plus rien ne se meut. On meurt. C'est bien comme ça.

Par la fenêtre ouverte se déploient les splendeurs adoucies du crépuscule. Les parfums floraux se déploient et se mêlent, le ciel que l'on voit tout entier est un grand plateau de cuivre que les oiseaux font vibrer à petits coups de baguettes enrobées de chiffon. Dans la pénombre mauve qui monte ils commencent de chanter. On était bien habillé, on n'a fait sur sa chemise aucune tache, on a tenu sa place sans déchoir, on a pris part à ce festin avec tous les autres. On crève maintenant d'un figement du sang, d'un lourd empâtement des vaisseaux qui bloque la circulation, d'un étouffement qui serre le cœur, et cela empêche de crier. De crier à l'aide. Mais qui viendrait ? Qui viendrait, à l'heure de la sieste ?

La France est une façon de mourir le dimanche après-midi. La France est une façon d'échouer de mourir au dernier moment. Car la porte explose ; des jeunes gens à tête ronde se précipitent dans la pièce ; ils coupent leurs cheveux si court qu'il n'en reste qu'un peu d'ombre autour de leur crâne, leurs épaules tendent leurs vêtements à craquer, leurs muscles saillent, ils portent des objets lourds et se déplacent en courant. Ils se précipitent dans la pièce. Derrière eux vient un homme plus âgé, plus maigre, qui donne des ordres en criant mais ne s'affole jamais. Il rassure car il voit tout, il dirige du doigt et de la voix, les loups autour de lui maîtrisent leur force. Ils se précipitent dans la pièce et l'on se sent mieux ; ils donnent de l'oxygène et l'on respire, ils déplient un lit mécanique, ils y allongent ce corps immobile tout près de mourir et l'emportent en courant. Ils poussent dans le couloir le lit à roulettes, le corps qui étouffe sanglé dessus, ils le portent dans l'escalier, ils l'installent dans la camionnette dont ils n'avaient pas coupé le moteur. Le lit mécanique est adapté à tous ces transports. Ils traversent la ville bien trop vite, la camionnette hurlante prend ses virages penchée, ils brûlent les feux, ils balayent les priorités d'un revers de main orgueilleux, ils ne suivent plus les règles puisqu'il n'est plus temps de suivre les règles.

À l'hôpital ils courent dans les couloirs, ils poussent devant eux le lit à roulettes où repose le corps qui étouffe, ils courent, ils ouvrent les doubles portes d'un coup de pied, ils bousculent ceux qui ne s'écartent pas assez vite, ils arrivent enfin dans la salle stérile où un homme masqué les attend. On ne le reconnaît pas car son visage est caché derrière le masque de tissu, mais on sait qui il est à sa posture : il est si tranquille, si sûr de savoir, que devant lui on ne sait plus ; on se tait. Il tutoie le chef des jeunes gens. Ils se connaissent. Il prend les choses en main. Autour de lui des femmes masquées lui passent des outils brillants. Il tranche l'artère sous le feu d'un projecteur qui ne fait pas d'ombres, il opère, il recoud l'estafilade à petits points, avec la troublante douceur d'un homme qui excelle aux travaux de femme.

On se réveille dans une chambre propre. Les jeunes hommes à tête ronde sont repartis vers d'autres gens qui étouffent. L'homme providentiel qui sait manier la lame et l'aiguille a baissé son masque sur son cou. Il rêve à la fenêtre en fumant une cigarette.

La porte s'ouvre sans bruit et une femme adorable en blouse blanche apporte sur un plateau un repas trop léger. Sur la vaisselle épaisse, ils semblent des jouets, le jambon sans gras, le pain en tranches étroites, le petit tas de purée, la part de gruyère, l'eau morte. Tous les jours la nourriture sera ainsi : transparente jusqu'à la guérison.

Avec leur chef plus maigre et plus âgé qu'eux, les jeunes gens athlétiques sont repartis en opération ; le maître sans visage, à qui ils ramènent des corps presque morts, presque sans vie, les sauve d'un simple geste.

La vie française va ainsi : toujours presque perdue, puis sauvée d'un coup de lame. Étouffée de sang, d'un sang qui s'épaissit jusqu'à ne plus bouger, et sauvée d'un coup, d'une giclée de sang clair qui jaillit de la blessure infligée.

Perdue, puis sauvée ; la France est une façon très douce de presque mourir, et une façon brutale d'être sauvé. Je comprends, sans être capable de l'expliquer, pourquoi il hésitait revenir, celui à qui je le demandais, l'expatrié qui vivait ailleurs sans vouloir revenir ici, et pourquoi il savait pourtant devoir être enterré ici.

Je ne la savais pas, cette mort-là, cette mort délicieuse et lente, et ce sauvetage brutal par des hommes qui se déplacent en courant, le sauvetage d'un coup de lame par un homme qui sait faire, et à qui on vouera une infinie reconnaissance ; je ne m'y attendais pas. Et pourtant, tout ce que l'on m'a raconté en France, tout ce que j'ai fait mien par cette langue qui me traverse, tout ce que je sais et qui fut dit, et écrit, et raconté par cette langue qui est la mienne, me prépare depuis toujours à croire être sauvé par l'usage de la force.

« Tu ne comprends rien à la France, me disait Victorien Salagnon.

— Mais si. Simplement, je ne sais comment le dire. »

Alors je me levais et l'embrassais, je l'embrassais sur ses joues cartonneuses de vieillard, un peu râpeuses de poils blancs qu'il ne coupait plus tout à fait aussi bien, je l'embrassais tendrement et le remerciais, et je rentrais, je rentrais à pied par les rues vides de Voracieux-les-Bredins, dans la neige toute gâchée de traces de pneus et de traces de pas. Quand je passais à côté d'une plaque de neige intacte, pelouses ou trottoirs pas encore empruntés, je la contournais pour ne pas l'abîmer. Je savais bien trop la fragilité de cet ordre blanc, qui de toute façon ne passerait pas la journée.

ROMAN V

La guerre en ce jardin sanglant

Il n'est pas de ville au monde que Salagnon détesta davantage que la ville de Saïgon. La chaleur y est chaque jour horrible, et le bruit. Respirer fait suffoquer, on croit l'air mêlé d'eau chaude, et si on ouvre la fenêtre par laquelle on a cru pouvoir se protéger, on ne s'entend plus parler, ni penser, ni respirer, le vacarme de la rue envahit tout, même l'intérieur du crâne ; et si on la referme, on ne respire plus, un drap mouillé se dépose sur la tête, et il serre. Les premiers jours qu'il était à Saïgon il ouvrit et ferma plusieurs fois la fenêtre de sa chambre d'hôtel puis renonça, et il restait étendu en caleçon sur son lit trempé, il essayait de ne pas mourir. La chaleur est la maladie de ce pays ; il faut s'y faire ou en crever. Il vaut mieux s'y faire et peu à peu elle se retire. On n'y pense plus et elle ne revient que par surprise, quand il faut fermer tous les boutons de sa veste d'uniforme, quand il faut faire un geste trop énergique, quand il faut porter le moindre poids, soulever son sac, monter un escalier ; la chaleur revient alors comme une ondée brutale qui mouille le dos, les bras, le front, et des taches sombres s'épanouissent sur la toile claire de l'uniforme. Il apprit à s'habiller légèrement, à ne rien fermer, à économiser ses actes, à faire des gestes amples de façon que sa peau ne touche pas sa peau.

Il n'aimait pas non plus la rue envahissante, le bruit qui ne laissait jamais en paix, la fourmilière de Saïgon ; car Saïgon lui paraissait une fourmilière où une infinité de gens qui se ressemblent s'agitaient en tous sens, sans qu'il comprenne leurs buts : militaires, femmes discrètes, femmes voyantes, hommes aux vêtements identiques dont il ne savait déchiffrer l'expression, cheveux noirs tous pareils, militaires encore, gens dans tous les sens, pousse-pousse, véhicules à traction humaine, et une activité insensée sur les trottoirs : cuisine, commerce, coiffure, taille des ongles de pied, raccommodage de sandales, et rien : des dizaines d'hommes accroupis vêtus d'habits usés, fumant ou pas, regardaient vaguement l'agitation sans que l'on sache ce qu'ils en pensaient. Des militaires en beaux uniformes blancs passaient allongés dans des pousse-pousse, d'autres s'attablaient aux terrasses de grands cafés, entre eux ou avec des femmes aux très longs cheveux noirs, certains à l'uniforme doré traversaient la foule à l'arrière d'automobiles qui s'ouvraient un passage à coups d'avertisseur, de menaces et de grondements de moteur, et derrière elles l'encombrement se reformait aussitôt. Il détesta Saïgon dès le premier jour, pour le bruit, la chaleur, pour tous les horribles envahissements dont elle était peuplée ; mais quand il fut hors de la ville, à quelques kilomètres dans la campagne, accompagné d'un officier sympathique qui voulait lui montrer les bourgades des alentours, plus calmes, plus reposantes, certaines munies de piscines et de restaurants agréables, quand il fut dans la rizière plate sous des nuages immobiles, il ressentit un tel silence, un tel vide, qu'il se crut mort ; il demanda d'écourter la promenade et de rentrer à Saïgon.

Il préféra Hanoï, car le premier matin où il s'y éveilla, ce fut par le bruit des cloches. Il pleuvait, la lumière était grise, et le froid du matin qui l'entourait lui fit croire qu'il était ailleurs, rentré, peut-être en France mais pas à Lyon, car à Lyon il ne voulait pas qu'on l'attende, il se crut en un autre endroit de France où il aurait été bien, un endroit vert et gris, un endroit imaginaire tiré de lectures. Il se réveilla tout à fait et ne transpira pas en s'habillant. Il avait rendez-vous au bar de l'hôtel, « après la messe », lui avait-on dit, la messe à la cathédrale, au bar du

Grand Hôtel du Tonkin, étrange mélange de province française et de colonie lointaine. À Saïgon la lumière faisait plisser les yeux, d'un jaune clair surexposé parsemé de taches de couleurs ; à Hanoï elle était juste grise, d'un gris sinistre ou d'un beau gris mélancolique selon les jours, emplie de gens qui n'avaient d'habits que noirs. On circulait tout aussi mal dans les rues encombrées de marchandises, de carrioles, de convois, de camions, mais Hanoï travaillait, avec un sérieux dont ailleurs on se moquait un peu ; Hanoï travaillait sans jamais se distraire de son but, et même la guerre ici se livrait sérieusement. Les militaires étaient plus maigres, denses et tendus comme des câbles vibrants, le regard intense dans leurs orbites creusées par la fatigue ; ils allaient sans traîner, pressés, économes, sans rien d'inutile dans leurs gestes, comme si par là à chaque instant ils décidaient de leur vie et de leur mort. Vêtus d'uniformes usés d'une teinte vague, ils ne montraient jamais rien d'extrême-oriental ou de décoratif, ils allaient sans apprêt comme des scouts, des explorateurs, des alpinistes. On aurait pu les croiser dans les Alpes, au milieu du Sahara, dans l'Arctique, traversant seuls des étendues de cailloux ou de glace avec cette même tension dans le regard qui ne varie pas, cette même maigreur avide, cette même économie des gestes, car la justesse permet de survivre, et les erreurs ne le permettent pas. Mais ceci il le connut plus tard, il était déjà un autre ; le premier contact qu'il eut avec l'Indochine fut cet horrible coton trempé d'eau chaude qui remplissait tout Saïgon et qui l'étouffait.

La chaleur qui est la plaie de l'outre-mer avait commencé en Égypte, au moment où le *Pasteur* qui assurait les liaisons avec l'Indochine s'était engagé dans le canal de Suez. Le navire chargé d'hommes suivait au ralenti le sentier d'eau dans le désert. Le vent de mer était tombé, on n'était plus en mer, et il fit si chaud sur le pont qu'il devint dangereux de toucher les pièces métalliques. Dans les entreponts encombrés de jeunes gens qui n'avaient jamais vu l'Afrique, on ne respirait plus, on fondait, et plusieurs soldats s'évanouirent. Le médecin colonial les ranimait brutalement et les engueulait, pour leur faire comprendre : « Et maintenant, c'est chapeau de brousse tout le temps, et comprimés de sel, si vous ne voulez pas y passer bêtement. Ce serait trop con de partir à la guerre et de finir d'un coup de soleil, imaginez le rapport envoyé à vos familles. Si vous mourez là-bas, tâchez de mourir correctement. » À partir de Suez, un voile de mélancolie se déposa sur les jeunes gens entassés dans tous les espaces du bateau ; il leur apparut, seulement maintenant, qu'ils ne reviendraient pas tous.

La nuit on entendait de grosses éclaboussures au ras de la coque. La rumeur se répandit que des légionnaires désertaient. Ils plongeaient, nageaient, remontaient sur le bord du canal et partaient tout mouillés dans le désert obscur, à pied, vers un autre destin dont personne n'aurait de nouvelles. Des sous-officiers faisaient des rondes sur le pont pour les empêcher de sauter. Sur la mer Rouge la brise revint, évitant à tous de mourir écrasés par le soleil direct qui brille en Égypte. Mais à Saïgon la chaleur les attendait, sous une forme différente, étuve, bain de vapeur, cocotte à pression dont le couvercle resterait bien vissé tout le temps de leur séjour.

Au cap Saint-Jacques ils quittèrent le *Pasteur* et remontèrent le Mékong. Le nom l'enchanta, et le verbe ; « remonter le Mékong » : à les prononcer ensemble, verbe et nom, il ressentit le bonheur d'être ailleurs, d'entamer une aventure, sentiment qui s'évapora très vite. Le fleuve tout plat était sans ride ; il luisait comme une tôle que l'on aurait couverte d'huile brune, et dessus glissaient les chalands qui les transportaient, laissant derrière eux un gros bouillon sale. L'horizon rectiligne était très bas, le ciel descendait très bas, il blanchissait aux bords et des nuages blancs nets restaient fixés en l'air sans bouger. Ce qu'il vit était si plat qu'il se demanda comment ils pourraient y prendre pied et rester debout. Dans la benne du chaland les jeunes soldats épuisés de la traversée et de chaleur somnolaient sur leur sac, dans l'odeur douceâtre de vase qui montait du fleuve. Les types à l'arrière, en short, le torse bronzé, surveillaient la rive avec une mitrailleuse soudée sur un axe mobile ; ils ne disaient pas un mot. Le visage fermé, ils n'accordaient pas un regard à ces petits soldats tout neufs, à ce troupeau d'hommes clairs et propres dont ils assuraient la transhumance et dont bientôt manquerait la moitié. Salagnon ignorait encore que dans quelques mois il aurait ce même visage. Le moteur du chaland grondait sur l'eau, les plaques de blindage vibraient sous les hommes, et le bruit continu, énorme, se dissipait tout seul dans la largeur extrême du Mékong, car il ne rencontrait rien, rien de dressé contre quoi rebondir. Serré contre les autres, silencieux comme les autres, le cœur au bord des lèvres comme les autres, il eut pendant toute la remontée jusqu'à Saïgon le sentiment d'un enfer de solitude.

Il fut convoqué par une baderne de Cochinchine qui avait des idées arrêtées sur la conduite de la guerre. Le colonel Duroc recevait dans son bureau, allongé sur un sofa chinois, il servait du champagne qui restait frais tant que les glaçons n'avaient pas fondu. Son uniforme blanc magnifique, avec beaucoup de coutures dorées, le serrait un peu trop, et le ventilateur au-dessus de lui éparpillait sa sueur, et répandait dans la pièce son odeur de graisse cuite et d'eau de Cologne ; à mesure que dehors montait le jour tropical, en fentes éblouissantes à travers les persiennes closes, son odeur s'aggravait. Il lui montra quelque chose de tout petit, qui disparaissait entre ses doigts boudinés.

« Vous savez comment ils disent bonjour, ici ? Ils se demandent l'un à l'autre s'ils ont mangé du riz. Voilà le point exact où nous allons gagner, en appuyant de toutes nos forces là-dessus. »

Il serra ses doigts, ce qui les plissa, mais Salagnon comprit qu'il lui montrait un grain de riz.

« Ici, jeune homme, il faut contrôler le riz ! s'enthousiasma-t-il. Car dans ce pays de famine tout se mesure par le riz : le nombre d'hommes, l'étendue des terres, la valeur des héritages et la durée des voyages. Cet étalon de tout pousse dans la boue du Mékong ; alors si nous contrôlons le riz qui s'échappe du delta, nous étouffons la rébellion, comme si nous privions l'incendie d'oxygène. C'est physique, c'est mathématique, c'est logique, tout ce que vous voulez : en contrôlant le riz, nous gagnons. »

La graisse de son visage estompait ses traits, lui donnant sans qu'il le veuille un air impassible et légèrement réjoui ; plisser les yeux, quelle qu'en soit la cause, lui faisait deux fentes annamites qui lui donnaient l'air de s'y connaître. Le pays était vaste, la population au mieux indifférente, ses soldats peu nombreux et son matériel vétuste, mais il avait des idées bien arrêtées sur la façon de gagner une guerre en Asie. Il vivait là depuis si longtemps qu'il s'y jugeait fondu. « Je ne suis plus tout à fait français, disait-il avec un petit rire, mais assez encore pour utiliser les calculs du deuxième bureau. Subtilité de l'Asie, précision de l'Europe : en mêlant le génie de chaque monde nous ferons de grandes choses. » De la pointe de son crayon il tapotait le rapport posé à côté du seau à champagne, et l'assurance du geste valait démonstration. Les chiffres disaient tout du circuit du riz : telle production dans les terres du delta, telle contenance des jonques et des sampans, telle consommation quotidienne des combattants, telle capacité de transport des coolies, telle vitesse de marche à pied. Si on intègre tout ça, il suffit de saisir un certain pourcentage de ce qui sort du delta pour serrer juste assez le tuyau à riz et étrangler le Viêt-minh. « Et quand ils crèveront de faim ils redescendront de leurs montagnes, ils viendront dans la plaine, et là, nous les écraserons, car nous avons la force. »

Cette merveilleuse baderne s'agitait en exposant son plan, le ventilateur tournait au-dessus de lui et diffusait son odeur humide, une odeur de fleuve d'ici, tiède et parfumé, légèrement écœurante ; derrière lui sur le mur la grande carte de Cochinchine grouillait de traits rouges, qui indiquaient la victoire aussi sûrement qu'une flèche indique son extrémité. Il conclut sa démonstration par un sourire de connivence qui eut un effet horrible : cela plissa tous ses mentons, et il en sortit un supplément de sueur. Mais cet homme avait le pouvoir de distribuer des moyens militaires. Il octroya d'un trait de plume au lieutenant Salagnon quatre hommes et une jonque pour remporter la bataille du riz.

Dehors, Victorien Salagnon plongea dans la résine fondue de la rue, dans l'air bouillant qui collait à tout, chargé d'odeurs actives et térébrantes. Certaines de ces odeurs il ne les avait jamais perçues, il ignorait même qu'elles existaient, à ce point envahissantes et riches qu'elles étaient aussi un goût, un contact, un objet, l'écoulement de matières volages et chantantes à l'intérieur de lui-même. Cela mêlait le végétal et la viande, cela pouvait être l'odeur d'une fleur géante qui aurait des pétales de chair, l'odeur qu'aurait une viande ruisselant de sève et de nectar, on rêve d'y mordre, ou pourrait s'en évanouir, ou vomir, on ne sait comment se comporter. Dans la rue flottaient des parfums d'herbes piquantes, des parfums de viandes sucrées, des parfums de fruits suris, des parfums musqués de poisson qui déclenchaient par contact une appétence qui ressemblait à de la faim ; l'odeur de Saïgon éveillait un désir instinctif, mêlé d'un peu de répulsion instinctive, et l'envie de savoir. Ce devaient être des odeurs de cuisine, car le long de la rue, dans des gargotes environnées de vapeurs, les Annamites mangeaient, assis à des tables écornées, tachées, très usées par trop d'usage et trop peu d'entretien ; les vapeurs autour d'eux provoquaient des écoulements de salive, les manifestations physiques de la faim, alors que tout ce qu'il sentait il ne l'avait encore jamais senti ; ce devait être leur cuisine. Ils mangeaient vite, dans des bols, ils aspiraient des soupes à grand bruit, ils piochaient des filaments et des morceaux à l'aide de baguettes qu'ils maniaient comme des pinceaux ; ils portaient tout prestement à leur bouche, ils buvaient, aspiraient, poussaient l'ensemble avec une cuillère de porcelaine, ils mangeaient comme on se remplit en gardant les yeux baissés, concentrés sur leurs gestes, sans rien dire, sans pause, sans échanger le moindre mot avec leurs deux voisins collés contre leurs épaules ; mais Salagnon savait bien qu'ils remarquaient sa présence, ils le suivaient malgré leur front toujours baissé ; de leurs yeux que l'on croit clos ils suivaient tous ses gestes à travers la vapeur odorante, ils savaient tous exactement où il était, le seul Européen de cette rue où il s'était un peu perdu, tournant au hasard plusieurs fois après le siège de l'armée navale, d'où il sortait, où on lui avait confié quatre hommes et le commandement d'une jonque en bois.

Tous ces Annamites attablés il ne savait pas comment s'adresser à eux, il ne savait pas interpréter leur visage, ils étaient serrés les uns contre les autres, ils baissaient les yeux sur leur bol, ils s'occupaient uniquement de manger, leur conscience réduite au trajet minuscule de la cuillère qui allait du bol tenu contre leurs lèvres à leur bouche toujours ouverte, qui aspirait avec un gargouillement de pompe. Il ne voyait pas comment dire un mot à quelqu'un, comment remarquer quelqu'un, l'isoler, lui parler à lui seul dans cette masse bruyante et pressée d'hommes occupés de manger, et de rien d'autre.

Une tête blonde bien raide dépassait de toutes les têtes aux cheveux noirs, toutes penchées sur leur bol, il s'approcha. Un Européen de grande taille mangeait en gardant le buste droit, un légionnaire en chemisette et tête nue, épaule contre épaule avec les Annamites mais personne en vis-à-vis, place vide où il avait posé son képi blanc. Il mangeait sans se hâter, il vidait ses bols un par un en marquant une pause entre chaque, où il buvait à une petite jarre de terre vernissée. Salagnon ébaucha un salut et s'assit devant lui.

« Je crois que j'ai besoin d'aide. J'aimerais manger, toutes ces choses me font envie, mais je ne sais quoi commander, ni comment faire. »

L'autre continua de mastiquer en gardant le dos droit, il but au goulot de sa petite jarre ; Salagnon insista avec courtoisie mais sans quémander, il était juste curieux, il voulait être guidé et demanda à nouveau au légionnaire comment s'y prendre ; les Annamites autour d'eux continuaient de manger sans relever la tête, leur dos arrondi, avec ce bruit d'aspiration qu'ils se forçaient à produire, eux si propres et discrets en toutes choses, sauf pour ce bruit qu'ils se forçaient à faire en mangeant. Les coutumes ont des mystères insondables. Quand l'un avait fini, il se levait sans relever les yeux et un autre prenait sa place. Le légionnaire désigna son képi sur la table.

« Déjà déjeuner deux », dit-il avec un fort accent.

Il but au goulot de sa jarre et elle fut vide. Salagnon soigneusement déplaça le képi.

« Eh bien déjeunons trois.

— Vous avez argent ?

— Comme un militaire qui sort du bateau avec sa solde. »

L'autre poussa un hurlement terrible. Cela ne fit pas bouger les Annamites occupés par leur soupe mais arriva un homme âgé, habillé de noir comme les autres. Un torchon sale passé dans sa ceinture devait être sa tenue de cuisinier. Le légionnaire lui débita toute une liste de sa voix énorme, et son fort accent s'entendait même en vietnamien. En quelques minutes arrivèrent des plats, des morceaux colorés que la sauce rendait brillants, comme laqués. Des parfums inconnus flottaient autour d'eux comme des nuages de couleurs.

« C'est rapide...

— Ils cuisent vite... Viets cuisent vite », éructa-t-il avec un gros rire en entamant une nouvelle jarre. Salagnon avait la même, il but, c'était fort, mauvais, un peu puant. « Choum ! Alcool de riz. Comme alcool patate mais avec riz. » Ils mangèrent, ils burent, ils furent ivres morts, et quand le vieux cuisinier pas très propre éteignit le feu sous la grosse poêle noire qui était son seul ustensile, Salagnon ne tenait plus debout, il baignait dans une sauce globale, salée, piquante, aigre, sucrée, qui l'engloutissait jusqu'aux narines et luisait sur sa peau inondée de sueur. Quand le légionnaire se leva il faisait presque deux mètres, avec une bedaine dans laquelle un homme normal, bien pelotonné aurait pu tenir ; il était allemand, avait vu toute l'Europe, et se plaisait bien en Indochine, où il faisait un peu chaud, plus chaud qu'en Russie, mais en Russie les Russes étaient pénibles. Son mauvais français râpait les mots et donnait à tout ce qu'il disait une étrange concision qui laissait plus à entendre qu'il ne disait vraiment.

« Viens jouer maintenant.

— Jouer ?

— Chinois jouent tout le temps.

— Chinois ?

— Cholon, ville chinoise. Opium, jeu et beaucoup putes. Mais attention, reste avec moi. Si problème, tu cries : "À moi la Légion !". Toujours marcher, même dans la jungle. Et si pas marcher, fait toujours plaisir à crier. »

Ils allèrent à pied et ce fut long. « Si on prend pousse-pousse, moteur explose », hurlait le légionnaire dans les rues bondées, constellées de petites lueurs, lampes, lanternes et bougies posées sur les trottoirs où bavardaient les Vietnamiens accroupis, en leur langue inconnue et instable, qui ressemblait au son des radios quand on tourne le condensateur, quand elles cherchent une station perdue dans l'éther.

Le légionnaire marchait sans même tituber, il était si massif que ses vacillements d'ivrogne restaient dans l'enveloppe de son corps. Salagnon s'appuyait sur lui, comme à un mur grâce auquel il se dirigerait à tâtons, craignant quand même d'être écrasé s'il venait à tomber.

Ils furent dans une salle illuminée et bruyante où l'on ne s'occupait absolument pas d'eux. Des gens vibraient agglutinés à de grandes tables où des jeunes femmes hautaines manipulaient des cartes et des jetons en parlant le moins possible. Quand le sort était jeté un arc de foudre parcourait l'assistance, tous les Chinois penchés se taisaient, leurs yeux plissés devenus à peine une fente, leurs cheveux encore plus noirs, plus dressés, plus pointus, couronnés d'étincelles bleues ; et quand la carte se retournait, quand la boule s'arrêtait, il y avait un spasme, un cri, un soupir poussé trop fort à la fois rageur et silencieux, et la parole revenait brusquement, toujours aiguë et hurlante, des hommes sortaient d'énormes liasses de billets de leur poche et les agitaient comme un défi, ou un recours, et les jeunes femmes impassibles ramassaient les jetons avec une palette à long manche qu'elles maniaient comme un éventail. On rejouait.

Le légionnaire joua ce qui restait d'argent à Salagnon, et le perdit ; cela les fit beaucoup rire. Ils voulurent changer de salle car derrière une double porte laquée de rouge on semblait jouer plus gros, des hommes plus riches et des femmes plus belles y entraient, en sortaient, cela les attira. Deux types vêtus de noir leur barrèrent le passage en simplement levant la main, deux types maigres dont on voyait chaque muscle et qui portaient chacun un pistolet passé dans la ceinture. Salagnon insista, il avança, et fut bousculé. Il tomba sur les fesses, furieux. « Mais qui commande ici ? » hurla-t-il avec une voix empâtée de choum. Les sbires restèrent devant la porte, les mains croisées devant eux, sans le regarder. « Qui commande ? » Aucun des joueurs ne tournait la tête, ils s'agitaient autour des tables avec des cris suraigus ; le légionnaire le releva et le reconduisit dehors.

« Mais qui commande alors ? C'est la France ici, non ? Hein ? Qui commande ? »

Cela faisait rire le légionnaire.

« Tu parles. Ici, on commande juste au restaurant. Et encore. Ils donnent ce qu'ils veulent. Viêt-minh commande, Chinois commandent ; Français mangent ce qu'on leur donne. »

Il le jeta dans un pousse, donna des instructions menaçantes à l'Annamite et Salagnon fut reconduit à son hôtel.

Au matin, il se réveilla avec mal au crâne, la chemise sale et le portefeuille vide. On lui dit plus tard que c'était peu de chose, que de telles soirées se terminent plutôt à flotter sur un arroyo, nu et égorgé, voire castré. Il ne sut jamais si c'était vrai ou si on se contentait de le raconter ; mais en Indochine jamais personne ne savait rien de vrai. Comme la laque que l'on applique couche à couche pour réaliser une forme, la réalité était l'ensemble des couches du faux, qui à force d'accumulation prenait un aspect de vérité tout à fait suffisant.

On lui donna quatre hommes et une jonque en bois, mais quatre cela comptait les soldats français. La jonque allait avec des marins annamites dont il eut du mal à évaluer le nombre : cinq, ou six, ou sept, ils étaient vêtus à l'identique et restaient longtemps sans bouger, ils disparaissaient sans prévenir pour réapparaître ensuite, mais on ne savait pas lesquels. Il lui fallut un peu de temps pour remarquer qu'ils ne se ressemblaient pas.

« Les Annamites nous sont plutôt fidèles, lui avait-on dit, ils n'aiment pas le Viêt-minh, qui est plutôt tonkinois ; mais méfiez-vous tout de même, ils peuvent être affiliés à des sectes, ou à une organisation criminelle, ou être de simples petits malfrats. Ils peuvent obéir à leur intérêt immédiat, ou à un intérêt lointain que vous ne comprenez pas, ils peuvent même vous rester fidèles. Rien ne pourra jamais vous le dire ; seulement d'être égorgé vous prouverait qu'ils trahissaient, mais ce sera un peu tard. »

Salagnon embarqué sur la mer de Chine apprit à vivre en short avec un chapeau de brousse, il bronza comme les autres, son corps se durcit. La grande voile en éventail se gonflait par sections successives, les membrures du navire grinçaient, il sentait jouer les poutres quand il s'appuyait au bastingage, quand il s'allongeait sur le pont à l'ombre de la voile, et cela lui donnait un peu mal au cœur.

Ils ne quittaient pas la côte des yeux, ils contrôlaient les chalands de riz qui cabotaient entre les localités du delta, ils contrôlaient des villages posés sur le sable, quand il y avait du sable, sinon posés sur des pilotis plongés sur la boue du rivage, juste au-dessus des vagues. Ils trouvaient parfois un vieux fusil à pierre, qu'ils confisquaient comme on confisque un jouet dangereux, et quand un chaland de riz ne possédait pas les autorisations, ils le coulaient. Ils embarquaient les coolies et les posaient au rivage, ou alors quand ils n'en étaient pas trop loin, ils les jetaient à l'eau et les laissaient revenir à la nage, en les encourageant avec de gros rires, penchés par-dessus le bastingage.

Ils vivaient torse nu, ils nouaient un foulard autour de leur tête, ils ne lâchaient plus les sabres d'abattis qu'ils accrochaient à leur ceinture. Debout sur le bastingage, retenus aux drisses de la voile, ils se penchaient au-dessus de l'eau en se faisant une visière de leur main, dans une très belle pose qui ne permettait pas de voir loin mais les amusait beaucoup.

Les villages de la côte étaient faits de paillotes à claire-voie, construites de bambou couvert de chaume, posées sur des piliers maigres dont pas un seul n'était droit. Ils n'y voyaient pas souvent d'hommes, on les disait en mer, à la pêche, ou dans la forêt là-haut à la recherche de bois, ils reviendraient plus tard. Sur la plage, au-dessus de bateaux très fins que l'on tirait le soir, séchaient sur des fils de petits poissons ; ils dégageaient une odeur épouvantable qui faisait tout de même saliver, imprégnant l'air des villages, la nourriture, le riz, et aussi le groupe de marins annamites qui dirigeaient la jonque sans rien dire.

D'un village on leur tira dessus. Ils remontaient le vent, ils passaient au ras de la plage, un coup de feu partit. Ils ripostèrent à la mitrailleuse, ce qui fit s'effondrer une cabane. Ils virèrent de bord, débarquèrent dans l'eau peu profonde, enthousiastes et méfiants. Dans une paillote ils trouvèrent un fusil français, et une caisse de grenades à moitié vide marquée de caractères chinois. Le village était petit, ils le brûlèrent entier. Cela brûlait vite, comme des cagettes remplies de paille, cela ne leur donnait pas l'impression de brûler des maisons, juste des cabanes, ou des meules qui donnent très vite une boule de flammes vives, qui ronflaient et craquaient puis s'effondraient en cendres légères. Et puis les villageois ne pleuraient pas. Ils restaient serrés sur la plage, des femmes, des petits enfants et des gens âgés, manquaient tous les jeunes hommes. Ils baissaient la tête, ils marmonnaient mais à peine, et seules quelques femmes piaillaient sur un ton très aigu. Tout ceci ressemblait si peu à la guerre. Rien de ce qu'ils faisaient ne ressemblait à une exaction, à un tableau d'histoire où les villes brûlent. Ils cassaient juste des cabanes ; un village entier de cabanes. Ils regardaient les flammes, leurs pieds enfoncés dans le sable, les paillotes s'effondraient avec des brasillements de paille, et la fumée se perdait dans le ciel très vaste et très bleu. Ils n'avaient tué personne. Ils rembarquèrent en laissant derrière eux des pieux noircis qui dépassaient de la plage.

Avec les grenades chinoises ils pêchèrent dans un arroyo. Ils ramassèrent à la main le poisson mort qui flottait, et les marins le cuisirent avec un piment si fort qu'ils pleuraient à seulement le sentir, qu'ils hurlèrent à le manger, mais aucun ne voulut rien laisser ; ils se rinçèrent la bouche de vin tiède entre deux bouchées et nettoyèrent le grand plat où ils mangeaient tous ensemble, les quatre soldats en short et le lieutenant Salagnon. Ils s'endormirent malades et ivres et les marins annamites assurèrent la manœuvre sans rien dire, ils les emmenèrent au large où ils vomirent, ils allèrent jusqu'en pleine mer où la brise les dessoûla. En se réveillant, la première pensée de Salagnon fut que ses marins lui étaient fidèles. Il leur sourit un peu bêtement, et il passa le reste de la journée à dissiper en silence son mal de tête.

Ils trouvèrent le Viêt-minh au détour d'une crique. Une file d'hommes vêtus de noir déchargeaient une jonque, chacun portant une caisse verte sur la tête, avec de l'eau jusqu'à la poitrine. Un officier en uniforme clair donnait des ordres sur la plage, un planton à côté de lui prenait des notes sur une écritoire ; les hommes en noir traversaient la plage en portant leur caisse et disparaissaient derrière la dune, comme un mirage dans l'air ondulant de chaleur. Les cinq Français se réjouirent. Ils hissèrent un drapeau noir confectionné avec un pyjama viet et foncèrent sur la jonque amarrée. L'officier les désigna, cria, des soldats coiffés du casque de latanier jaillirent de la dune, se jetèrent dans le sable, et mirent en batterie un fusil mitrailleur. Les balles hachèrent le bastingage, bien en ligne ; ils n'entendirent la rafale qu'après les impacts. Un obus de mortier s'éleva de la jonque et explosa dans l'eau, devant eux. Une autre rafale de fusil mitrailleur déchira l'avant de leur voile, brisant les renforts de bois. Les marins annamites lâchèrent les drisses, se mirent à l'abri du bastingage abîmé. Salagnon posa le sabre d'abattis qui le gênait et prit son revolver dans son étui de toile. Une nouvelle volée de balles s'incrusta dans leur mât, leur jonque trembla, la voile laissée à elle-même faseyait, elle ne les poussait plus, ils allaient sur leur erre, ils allaient s'échouer sur la plage. Les Annamites échangèrent quelques mots. L'un posa une question, Salagnon crut reconnaître une question, bien qu'il soit difficile de le deviner dans une langue à tons. Ils hésitèrent. Salagnon arma son revolver. Ils le regardèrent puis saisirent les drisses, reprirent le gouvernail et virèrent de bord. La voile se gonfla brusquement, la jonque fit un bond, ils s'éloignèrent. « Rien de cassé ? demanda Salagnon. — Tout va bien, mon lieutenant », dirent les autres en se relevant. À la jumelle ils virent les hommes en noir continuer de décharger les caisses. Ils ne se dépêchaient pas davantage, le planton notait tout sur son écritoire, la file d'homme portant des caisses passa jusqu'au dernier derrière la dune. « Je crois que nous ne leur faisons pas peur », soupira celui qui regardait à la jumelle.

Ils virent de loin l'autre jonque appareiller sans hâte et disparaître derrière un repli de côte ; ils jetèrent à l'eau le drapeau noir, les foulards de tête, les fusils du siècle précédent qu'ils avaient confisqués, ils rangèrent les sabres d'abattis dans leur équipement de brousse. Les marins annamites manœuvraient habilement malgré les trous dans la voile. Ils revinrent au port de l'armée navale où l'on ne parlait plus de la bataille du riz. Ils rendirent la jonque.

« C'est pas très sérieux votre histoire de pirates. — C'était l'idée de Duroc, à Saïgon. — Duroc ? Plus là. Renvoyé en France. Rongé de palu, imbibé d'opium, alcoolique au dernier degré. Un crétin à l'ancienne. On vous envoie à Hanoï. La guerre, c'est là-bas. »

À Hanoï, le colonel Josselin de Trambassac affectait le genre noble, gentilhomme aux goûts cisterciens, chevalier de Jérusalem en son krak face à la marée sarrasine ; il travaillait dans un bureau nu, devant une grande carte du Tonkin collée sur une planche, tenant debout sur trois pieds. Des épingles colorées marquaient l'emplacement des postes, une forêt de piquants couvrait la Haute-Région et le Delta. Quand un poste était attaqué il traçait une flèche rouge contre lui, quand un poste tombait il ôtait l'épingle. Les épingles ôtées il ne les réutilisait pas, il les gardait dans une boîte fermée, un plumier de bois de forme allongée. Il savait que déposer une épingle dans ce plumier signifiait déposer au tombeau un jeune lieutenant venu de France, et quelques soldats. Des supplétifs indigènes aussi, mais eux pouvaient s'échapper, disparaître, et revenir à leur vie d'avant, tandis que son lieutenant et ses soldats, eux, ne revenaient pas, une fois leurs corps oubliés quelque part dans la forêt du Tonkin, dans les décombres fumants de leur poste. La dernière attention que l'on pouvait leur porter était de garder l'épingle dans le plumier de bois, qui se remplirait bientôt d'épingles identiques ; et de temps en temps, les compter.

Trambassac ne portait jamais l'uniforme de son rang, il n'apparaissait qu'en treillis léopard, très propre, serré par une ceinture de toile effilochée, les manches retroussées sur ses avant-bras craquelés par le soleil. Son grade n'apparaissait que par les barrettes sur sa poitrine, comme en opération, et aucune tache de sueur ne brunissait ses aisselles, car cet homme maigre ne suait pas. Il recevait dos à la fenêtre éblouissante et on le voyait comme une ombre, une ombre qui parle : assis devant lui, face à la lumière, on ne pouvait rien cacher. Salagnon avait un peu relâché sa pose, car l'autre le lui avait ordonné, et il attendait. L'oncle en retrait dans un fauteuil d'osier ne bougeait pas.

« Vous vous connaissez, je crois. »

Ils acquiescèrent, à peine, Salagnon attendait.

« On m'a parlé de vos aventures de corsaire, Salagnon. C'était stupide, et surtout inefficace. Duroc n'était qu'une baderne de bureau, il traçait des flèches sur une carte, dans une chambre close ; et quand il avait bien colorié ses flèches, il les voyait bouger tant il était imprégné d'opium ; et de whisky entre deux pipes. Mais dans cette équipée idiote, vous avez été débrouillard et vous êtes resté vivant, deux qualités que nous considérons ici au plus haut point. Vous êtes au Tonkin maintenant, et c'est la vraie guerre. Nous avons besoin d'hommes débrouillards qui restent vivants. Ce capitaine qui vous connaît a bien voulu vous recommander. J'écoute toujours ce que disent mes capitaines, car la guerre, c'est eux. »

Ses yeux jaunes luisirent dans l'ombre. Il se tourna vers l'oncle dans son fauteuil d'osier, qui dans l'ombre ne bougeait pas, ni ne disait rien. Il continua.

« Nous ne sommes pas à Koursk, ni à Tobrouk, là où manœuvraient des milliers de chars sur des champs de mines, là où les hommes ne comptaient qu'à partir du million, où ils mouraient en masse par hasard, sous des tapis de bombes. Ici, c'est une guerre de capitaines où l'on meurt au couteau, comme dans la guerre de Cent Ans, la guerre des Xaintrailles et des Rais. Au Tonkin, l'unité de compte c'est le groupe, quelle que soit sa taille, et ce sont plutôt de petits groupes ; et au centre, l'âme du groupe, l'âme collective des hommes, c'est le capitaine qui les emporte et qu'ils suivent aveuglément. C'est le retour à l'ost, lieutenant Salagnon. Le capitaine et ses féaux, quelques preux qui partagent ses aventures, leurs écuyers et leur piétaille. Les machines ici ne comptent guère, elles servent surtout à tomber en panne. Est-ce bien ça, capitaine ?

— Si vous voulez, mon colonel. »

Il demandait toujours l'avis de l'oncle, semblant s'en moquer, et cherchant une approbation qui ne venait jamais ; après un temps, il continuait.

« Je vous propose donc de fonder une compagnie et de partir à la guerre. Recrutez des partisans sur les îles de la baie d'Along. Là-bas ils n'ont pas peur du Viêt-minh, ils n'en n'ont jamais vu. Ils ne savent pas ce que “communiste” veut dire ; alors ils nous soutiennent. Recrutez-les, nous vous armons, et partez en guerre dans la forêt avec eux.

« Nous ne sommes pas d'ici, Salagnon. Le climat, le sol, le relief, rien ne nous convient. C'est pour ça qu'ils nous étrillent, ils connaissent le terrain, ils savent vivre dessus et s'y fondre. Recruter des partisans, ce sera porter le fer chez eux, les battre sur ce terrain qu'ils connaissent à l'aide de gens qui le connaissent autant qu'eux. »

Dans l'ombre, l'osier craqua. Le colonel découvrit lentement ses dents qui brillèrent dans le contre-jour.

« Conneries ! grommela l'oncle. Conneries !

— Le franc-parler est la langue naturelle des capitaines, et nous l'acceptons volontiers. Mais voudriez-vous préciser au lieutenant Salagnon ce que vous voulez dire ?

— Mon colonel, il n'y a que les fascistes pour croire à l'esprit des lieux, à l'enracinement de l'homme dans un sol.

— Moi j'y crois, sans pour autant être… fasciste, comme vous dites.

— Bien sûr que vous y croyez. Votre nom, j'imagine que vous le tenez du Moyen Âge, il doit exister un coin de France qui le porte ; mais ce sol n'émet aucune vapeur qui modifierait l'esprit et renforcerait le corps.

— Si vous le dites….

— Les Tonkinois ne connaissent pas plus la forêt que nous. Ce sont des paysans du delta, ils connaissent leur maison, leur rizière, rien d'autre. Et ces montagnes où vit l'organisation armée, ils ne les connaissent pas plus que nous. Ce qui fait qu'ils nous étrillent, c'est leur nombre, leur rage, et leur habitude de la misère ; et surtout leur obéissance absolue. Quand nous pourrons comme eux rester trois jours entiers dans un trou sur l'ordre de nos supérieurs, en silence dans la boue, à manger en tout et pour tout une boule de riz froid, quand nous pourrons jaillir de ce trou au coup de sifflet pour nous faire tuer s'il le faut, eh bien nous serons comme eux, nous aurons ce que vous appelez la connaissance du terrain, et nous les battrons.

« Et même si c'étaient des hommes de la forêt, je prétends qu'un homme entraîné, motivé, conscient, un type qui a appris d'une façon intensive, vit mieux dans la jungle que celui qui la fréquente depuis l'enfance sans y faire attention. Les Viets ne sont pas des Indiens, ce ne sont pas des chasseurs. Ce sont des paysans cachés dans les bois, aussi perdus et mal à l'aise que nous, aussi fatigués, aussi malades. Je connais la forêt mieux que la plupart d'entre eux parce que je l'ai apprise, en acceptant la faim, le silence et l'obéissance. »

Les yeux de chat — ou de serpent — du colonel étincelèrent.

« Eh bien lieutenant, vous voyez ce qu'il vous reste à faire. Recrutez, éduquez, et revenez-nous avec une compagnie d'hommes entraînés à l'obéissance, à la faim et à la forêt. Si c'est la pénurie qui crée le guerrier, vu les moyens du corps expéditionnaire, c'est quelque chose que nous pouvons vous fournir. »

Il sourit de ses dents qui brillaient, et chassa d'une pichenette l'ombre d'une poussière sur son treillis impeccable. Ce geste valait pour un congé, il signifiait qu'il était temps de rompre. Josselin de Trambassac avait le sens des durées, il sentait toujours quand l'élégance exigeait que l'on arrête, car tout le nécessaire avait été dit. Le reste, chacun devait le savoir ; tout dire était une faute de goût.

Salagnon sortit, suivi de l'oncle qui salua mollement et claqua la porte. Dans le long couloir ils marchèrent en regardant le carrelage, mains dans le dos. Ils croisaient des plantons chargés de dossiers, des officiers bronzés à qui ils envoyaient une esquisse de salut, des boys annamites en vestes blanches qui se rangeaient à leur passage, des prisonniers en pyjama noir qui passaient toute la journée la serpillière. Dans ce couloir bordé de portes identiques marquées d'un numéro, résonnaient des bruits de pas, des raclements de meubles que l'on bouge, un murmure constant de voix, un cliquetis de machines à écrire et des froissements de papier, des éclats de colère et des ordres brefs, et le claquement des chaussures sur les marches de ciment, que les plantons et les officiers montaient et dévalaient toujours quatre à quatre ; dehors, des moteurs démarraient, cela faisait trembler les murs puis ils s'éloignaient. Une ruche, pensa Salagnon, une ruche, le centre de la guerre où tout le monde s'efforce d'être moderne, rapide et sans fioritures. Efficace.

L'oncle lui posa une main rassurante sur l'épaule. « Là où tu vas, ce sera un peu difficile mais pas dangereux. Profites-en. Apprends. J'ai la Jeep. Si tu veux, je t'emmène au train d'Haïphong. »

Salagnon acquiesça ; ce long couloir lui tournait la tête. Le bâtiment moderne résonnait d'échos, les portes s'alignaient à l'infini, toutes pareilles sauf l'étiquette, elles s'ouvraient et se refermaient au passage d'hommes chargés de dossiers, d'énormément de dossiers, écluses réglées du fleuve de papier qui alimentait la guerre. La guerre nécessitait encore plus de papier que de bombes, on pourrait étouffer l'ennemi sous cette masse de papier que l'on utilisait. Il fut reconnaissant que son oncle lui propose de l'emmener.

Il alla chercher le laissez-passer pour le train d'Haïphong mais se trompa de porte. Celle-là était entrouverte et il la poussa ; il resta sur le seuil car dedans il faisait sombre, les volets tirés, et une odeur de pisse ammoniaquée imprégnait cette ombre. Un lieutenant en treillis sale, vareuse ouverte jusqu'au ventre, se précipita sur lui. « T'as rien à foutre ici ! » aboya-t-il, sa main noircie en avant, il frappa sa poitrine, il le repoussa, ses yeux trop ouverts flamboyaient d'une lueur folle. Il referma la porte en la claquant. Salagnon resta là, le nez contre le bois. Il entendait dans la pièce des chocs rythmés, comme si on tapait avec un bâton sur un sac rempli d'eau. « Viens, dit l'oncle. Tu t'es trompé. » Salagnon ne bougeait pas. Il insista : « Hé ! Ne reste pas là ! » Salagnon se tourna vers lui, puis lui parla très lentement. « Je crois que j'ai vu un type tout nu, pendu par les jambes, à l'envers. — Tu as cru. Mais on ne voit pas bien dans les bureaux obscurs. Surtout à travers les portes fermées. Viens. »

Il lui mit la main sur l'épaule et l'entraîna. Dehors, sur le grand terrain nu de la base s'alignaient des chars, des camions bâchés, des canons au fût dressé. Des officiers en Jeep sillonnaient les alignements de matériel, ils sautaient toujours de leur véhicule avant qu'il ne s'arrête, et remontaient toujours d'un bond. La base tourbillonnait, vrombissait, personne ne marchait car ici on court, à la guerre on court, c'est un précepte de l'Asie en guerre, un précepte de l'Occident qui construit les machines, la vitesse est l'une des formes de la force. Des files de soldats ployant sous leurs armes se dirigeaient en trottinant vers des camions bâchés, qui aussitôt pleins démarraient ; des parachutistes au pas de course, avec leurs sacs pendants qui leur battaient les jambes, allaient au loin vers les Dakota au nez rond, porte ouverte, dont les hélices tournaient déjà. Tout le monde courait sur la base, et Salagnon aussi, d'un pas vif derrière son oncle. Toute cette force, pensait-il, notre force : nous ne pourrons plus rien perdre. Au milieu de la grande cour, au bout d'un très haut mât, pendait le drapeau tricolore qu'aucun vent n'agitait. Au pied de ce mât, dans un carré de barbelés, des dizaines d'Annamites accroupis attendaient sans un geste. Ils ne parlaient pas entre eux, ne regardaient rien, ils restaient là. Des soldats armés les gardaient. La roue de la base tournait, et ce carré d'hommes accroupis en était le moyeu vide. Salagnon gagné par l'agitation ne pouvait en détourner son regard. Il vit des officiers portant une cravache de roseau revenir plusieurs fois, faire lever les Annamites par rangées et les mener dans le bâtiment. Les autres ne bougeaient pas, les soldats continuaient leur ronde, l'agitation autour continuait dans une cacophonie rassurante de moteurs, de cris, de claquements de pas coordonnés. La porte de la caserne se refermait sur les petits hommes habillés d'un pyjama noir. Ils marchaient avec une grande économie de gestes. Salagnon ralentissait, fasciné par ce carré immobile ; son oncle revint sur ses pas.

« Laisse. C'est des Viets, des suspects, des gens arrêtés. Ils sont là, ils sont prisonniers.

— Ils vont où ?

— Ne t'en occupe pas. Laisse-les. Cette base ne vaut rien. Une caricature de force. Nous, nous sommes dans la forêt, et nous nous battons. Et proprement, car nous risquons notre peau. Le risque lave notre honneur. Viens, laisse ce qui se passe ici ; tu es avec nous. »

Il l'embarqua dans la Jeep cabossée qu'il conduisait avec brusquerie.

« Ils faisaient quoi, dans le bureau fermé ?

— J'aimerais ne pas te répondre.

— Réponds-moi quand même.

— Ils produisent du renseignement. Le renseignement, ça se produit à l'ombre, comme le champignon ou l'endive.

— Des renseignements sur quoi ?

— Le renseignement, c'est ce qu'un type dit quand on le force à le dire. En Indochine cela ne vaut rien. Je ne sais même pas s'ils ont un mot pour dire "vérité" dans leur langue à tons. Ils disent toujours ce qu'ils doivent dire, en toutes circonstances, c'est pour eux une question de bienséance ; et ici la bienséance est la matière même de la vie. Le renseignement, c'est le cambouis de la guerre, le truc sale qui tache quand on le touche ; et nous dans la forêt, nous n'avons pas besoin de cambouis, juste de sueur.

— Il a l'air propre, Trambassac.

— Trambassac, il n'a que son treillis de propre. Propre et usé à la fois. Tu ne te demandes pas comment il fait ? Il le lave à la machine avec de la pierre ponce. Sinon il se déplace en avion et ne salit rien de plus que ses semelles. C'est de son bureau qu'il nous envoie en opération. Dans ce pays-là, nos vies dépendent de gens très bizarres. Le commandement français est aussi dangereux pour nous que l'oncle Ho et son général Giap. Ne compte que sur toi. Tu tiens ta vie entre tes mains. Tâche d'y faire attention. »

Il embarqua au port d'Haïphong, qui est une ville noircie de fumées, sans beauté ni grâce ; on y travaille comme en Europe, charbonnages, débardage, embarquement de bois et de caoutchouc, débarquement de caisses d'armes, de pièces d'avions et de véhicules. Tout passe par le train blindé du Tonkin qui saute régulièrement sur son trajet. Saboter les voies est l'action la plus simple de la guerre révolutionnaire. On imagine bien la scène vue du ballast, à plat ventre : dérouler les fils, placer le plastic, guetter l'arrivée du convoi. Mais Salagnon se l'imagina d'en haut cette fois-ci, du train, de la plate-forme derrière des sacs de sable où des Sénégalais torse nu manœuvraient de grosses mitrailleuses. Avec un sourire un peu contraint, ils pointaient les gros canons perforés sur tout ce qui pourrait, le long de la voie, cacher un homme ; ils manipulaient de longues bandes de cartouches dont le poids faisait saillir leurs muscles. Cela rassurait Salagnon : les balles grosses comme un doigt pouvaient faire exploser un torse, une tête, un membre, et ils pourraient en envoyer des milliers à la minute. Rien n'explosa, le train roulait au pas, il parvint à Haïphong. Il embarqua. Une jonque chinoise faisait la liaison avec les îles. Des familles voyageaient sur le pont avec des poulets vivants, des sacs de riz et des corbeilles de légumes. Ils accrochèrent des nattes pour faire de l'ombre, et sitôt en mer allumèrent des braseros pour la cuisine.

Salagnon se déchaussa et laissa pendre ses pieds nus le long du bordage ; la jonque construite comme une caisse glissait sur l'eau limpide, on devinait le fond à travers un voile céruléen froissé de vaguelettes, des nuages très blancs flottaient très haut, tourbillons de crème posés sur une tôle bleue ; le navire en bois volait sans efforts, avec des grincements de fauteuil à bascule. Autour d'eux les îlots rocheux sortaient brusquement de la baie, doigts pointés vers le ciel, avertissements entre lesquels le grand navire glissait sans encombre. La traversée fut paisible, le temps merveilleux, une brise de mer dissipait la chaleur, ce furent les heures les plus délicieuses de tout son séjour en Indochine, heures sans crainte où il ne fit rien que regarder le fond à travers l'eau claire, et voir défiler des îlots abrupts où s'accrochaient des arbres en déséquilibre. Assis sur le pont, les jambes passées dans les ajours de la rambarde, il se sentait sur la véranda d'une maison de bois, et le paysage défilait dessus, dessous, autour, pendant qu'en lui, enveloppé du grésillement délicat de l'huile chaude, venaient comme des caresses les merveilleux parfums de la cuisine qu'ils font. Les familles qui voyageaient ne regardaient pas la mer, les gens restaient accroupis en rond et mangeaient, ou bien somnolaient, se regardaient les uns les autres sans trop se parler, s'occupaient des animaux vivants qu'ils transportaient. La jonque a son confort, elle ne fait pas penser à la navigation, on y est loin de la mer. Les Chinois n'aiment pas vraiment la mer, ils s'en accommodent ; s'il faut vivre là, ils le font, et bâtissent des maisons qui flottent. Ils construisent leurs bateaux avec poutres, cloisons, planchers, des fenêtres et des rideaux. S'ils habitent près de l'eau, un fleuve, un port, une baie, leurs bateaux stationnent et sont le prolongement des rues, ils habitent là ; cela flotte et c'est tout. Il traversa la baie d'Along dans une rêverie parfumée.

À Ba Cuc, perdu dans le labyrinthe de la baie, dernier village où flottait un drapeau tricolore, un officier l'accueillit avec une poignée de main fort peu militaire. Il lui remit une caisse blindée contenant la solde des partisans, deux autres contenant fusils et munitions, le salua à nouveau très vite et monta sur la jonque quand elle repartit.

« C'est tout ? hurla Salagnon du ponton.

— On viendra vous chercher, répondit-il en s'éloignant.

— Comment je m'y prends ?

— Vous verrez bien... »

Le reste se perdit dans la distance, le grincement des planches du ponton, le bruit d'éventail de la voile étayée qui se déployait. Salagnon resta assis sur son bagage tandis qu'autour de lui on transbordait des sacs de riz et des cages de poulets vivants. Il était seul sur une île, assis sur une caisse, il ne voyait pas bien où aller.

Il sursauta au claquement de talons ; au salut prononcé avec un fort accent, il ne comprit rien, sinon le mot « lieut'nant », prononcé sans *e*, avec une petite saccade autour du *t*. Un légionnaire d'âge mûr se tenait dans une pose réglementaire, impeccable ; et même excessive. Tout raide, menton levé, il en tremblait, les yeux embrumés, la lèvre mouillée d'un peu de salive ; et le garde-à-vous seul assurait son équilibre.

« Repos », dit-il, mais l'autre resta raide, il préférait.

« Soldat Goranidzé, annonça-t-il, je suis votre ordonnance. Je dois vous conduire dans l'île.

— L'île ?

— Celle que vous commanderez, mon lieutenant. »

Commander une île lui plaisait bien. Goranidzé l'y emmena dans une barque à moteur qui pétaradait, empêchait de parler, et laissait derrière eux un nuage noir qui mettait du temps à se dissiper. Sur un piton rocheux il lui désigna une villa accrochée à la falaise. En béton, faite de lignes horizontales et de grandes fenêtres, elle était récente mais déjà décrépite ; fixée au calcaire elle surplombait l'eau de très haut.

« Votre maison », hurla-t-il.

On y abordait par une plage où des pêcheurs raccommodaient leurs filets étalés au soleil ; ils aidèrent à échouer la barque et déchargèrent les caisses qu'apportaient Salagnon et son ordonnance. On montait à la villa par un sentier dans la falaise, dont certaines parties à pic avaient été taillées en escalier.

« Comme un monastère, souffla derrière lui le soldat Goranidzé un peu rouge. Là où j'étais enfant il y avait monastères accrochés sur la montagne, comme étagères vissées sur les murs.

— Vous étiez où, enfant ?

— Pays qui n'existe plus. Géorgie. Les monastères étaient vides après Révolution, les moines tués ou chassés. Nous y allions jouer, et les murs de toutes les pièces étaient peints ; cela racontait la vie du Christ. »

Là aussi de grandes fresques couvraient les murs, dans le salon vidé de ses meubles et dans les chambres qui donnaient sur la mer.

« Je vous l'avais dit, mon lieutenant. Comme dans monastères.

— Mais je ne crois pas qu'ici cela raconte la vie du Christ.

— Je ne sais pas. Je suis légionnaire depuis trop longtemps pour me souvenir des détails. »

Ils allèrent dans toutes les pièces, cela sentait l'abandon et l'humidité. Dans les chambres, de grands rideaux de tulle gonflaient devant les fenêtres dépourvues de vitres, sales et certains déchirés, montrant la mer bleue par à-coups. Sur les fresques des murs, des femmes plus grandes que nature, de toutes les races de l'Empire, étaient couchées nues dans de l'herbe très verte, sur de grands draps de couleurs chaudes, à l'ombre de palmes et de buissons portant des fleurs. De toutes on voyait le visage, de face, les yeux baissés et elles souriaient.

« Marie-Madeleine, mon lieutenant. Je vous l'avais dit : la vie du Christ. Une par région de l'Empire : il faut ça. »

Ils s'installèrent dans la villa, où l'administrateur colonial qui résidait à la saison chaude ne résidait plus depuis la guerre

Salagnon prit une chambre dont tout un mur ouvert donnait sur le large. Il dormait dans un lit bien plus grand que lui, aussi large que long, dans lequel il pouvait s'allonger dans le sens qui lui plaisait. Le rideau de tulle, gonflé par la brise, s'agitait à peine ; quand il se couchait, dans cette chambre éteinte, il entendait le bruit léger du ressac tout en bas de la falaise. Il menait une vie de roitelet de songes, il rêvait beaucoup, imaginait, ne touchait pas terre.

Les murs de sa chambre étaient peints de femmes que l'humidité commençait à ronger. Mais on distinguait encore, intact, le sourire de chacune sur leurs lèvres sensuelles, gonflées de sèves tropicales ; les femmes de l'Empire se reconnaissent à la splendeur de leur bouche. Au plafond était peint un seul homme, nu, qui enlaçait une femme dans chacun de ses bras ; son état explicite laissait supposer son désir, mais de lui seul on ne distinguait pas le visage, détourné. Couché sur le grand lit, sur le dos et gardant les yeux ouverts, Salagnon le voyait bien, l'homme unique peint sur le plafond. Il aurait voulu qu'Eurydice le rejoigne. Ils auraient vécu prince et princesse de ce château volant. Il lui écrivait, il peignait ce qu'il voyait par le mur vide, le paysage chinois des îlots de la baie jaillissant de l'eau éblouissante. Il lui envoyait ses lettres par la barque à moteur, qui une fois par semaine rejoignait le port où s'arrêtait la jonque. Goranidzé s'occupait de tout, du ravitaillement et du courrier, des repas et de l'entretien du linge, avec cette raideur impeccable dont il ne se départait jamais, et aussi de la réception des notables indigènes qu'il annonçait d'une voix vibrante quand ils se présentaient à la porte. Mais chaque semaine il venait annoncer respectueusement à Salagnon que c'était son jour, en lui apportant la clé. Il se saoulait, tout seul ; puis il dormait dans la chambre qu'il s'était choisie, petite et sans fenêtre, dont il demandait à Salagnon de fermer la porte à clé et de garder la clé tant que l'alcool ne se serait pas dissipé. Il craignait sinon de passer par les fenêtres ou de glisser dans les escaliers, ce qui ici aurait été fatal. Le lendemain Salagnon venait lui ouvrir et il reprenait sa rigueur habituelle sans jamais évoquer les événements de la veille. Il faisait alors ce jour-là le ménage des pièces qu'ils n'utilisaient pas. Le ravitaillement, en plus des armes à distribuer et des soldes, apportait assez de vin pour des saouleries bien réglées. Mais le courrier n'allait que dans un sens, jamais Eurydice ne répondait à ses envois de peintures, à ces paysages d'encre d'îlots dressés, dont jamais elle ne pourrait croire qu'ils représentaient quelque chose que l'on puisse voir ; il aurait voulu qu'elle s'en étonne, et qu'il puisse lui assurer, par retour de courrier, que tout ce qu'il dessinait il le voyait vraiment. Il regrettait de ne pouvoir lui réaffirmer, au moins par lettre, la réalité de ses pensées. Il se dématérialisait.

Il fut facile de recruter des partisans. Dans ces îles peuplées de pêcheurs et de chasseurs d'hirondelles, l'argent ne circulait pas, et on ne voyait d'autres armes que de très vieux fusils chinois qui ne servaient jamais. Le lieutenant Salagnon distribuait des richesses en abondance contre la seule promesse de venir s'exercer un peu chaque matin. Les jeunes pêcheurs venaient en groupes, hésitaient, et l'un d'eux, intimidé sous les rires des autres, signait son engagement ; il mettait une croix au bas d'un formulaire rose, dont le papier gonflé d'humidité parfois se déchirait, car il tenait très mal son crayon. Il emportait alors son fusil, qui passait de main en main, et un paquet de piastres qu'il roulait très serré dans la bourse autour de son cou, avec son tabac. Les formulaires manquèrent rapidement, il leur fit signer de petits carrés de papier vierge qu'il effaçait le soir, car seul le geste comptait, personne ne savait lire sur cette île.

Au matin, il organisait l'exercice sur la plage. Beaucoup manquaient. Il n'avait jamais le compte exact. Ils semblaient ne rien apprendre, ils maniaient leurs armes toujours aussi mal, comme des pétoires dont les détonations les faisaient toujours sursauter, toujours rire. Quand il se fut habitué aux visages et aux liens de parenté, il se rendit compte qu'ils venaient par roulement, un par famille mais pas toujours le même. On envoyait les jeunes gens les moins dégourdis, ceux qui à la pêche gênaient plus qu'autre chose. Cela les occupait sans trop de risques, et ils rapportaient une solde que toute la famille se partageait. Il se rendit au village où il fut reçu dans une longue maison de bois tressé. Dans la pénombre qui sentait la fumée et la sauce de poisson, un vieil homme l'écouta gravement, sans bien comprendre, mais il hochait la tête à chaque fin de phrase, à chaque rupture de rythme de cette langue qu'il ne connaissait pas. Celui qui traduisait parlait mal le français, et quand Salagnon évoquait la guerre, le Viêt-minh, le recrutement de partisans, il traduisait par de longues phrases embrouillées qu'il répétait plusieurs fois, comme s'il n'existait pas de mots pour dire ce dont parlait Salagnon. Le vieil homme acquiesçait toujours, l'air de ne pas comprendre, mais poliment. Puis ses yeux étincelèrent ; il rit, s'adressa directement à Salagnon qui acquiesça avec un grand sourire, un peu au hasard. Il appela dans l'ombre et une jeune fille aux très longs cheveux noirs s'approcha ; elle resta devant eux, les yeux baissés. Elle ne portait qu'un pagne qui drapait ses hanches étroites, et ses petits seins pointaient comme des bourgeons chargés de sève. Le vieil homme lui fit dire qu'il avait enfin compris, et qu'elle pouvait venir vivre avec le lieutenant. Salagnon ferma les yeux, secoua la tête. Les choses n'allaient pas. Personne ne comprenait rien, semblait-il.

Dans sa villa accrochée à la falaise il regardait les peintures qui lentement se dégradaient, ou bien la mer derrière le rideau de tulle qui très lentement ondulait. Cela n'allait pas, mais personne d'autre que lui ne s'en apercevait. Mais quelle importance ? Comment ne pas aimer l'Indochine ? Comment ne pas aimer ces lieux, qu'en France on n'imagine pas ? et aussi ces gens-là, désarmants d'étrangeté ? Comment ne pas aimer ce que l'on y peut vivre ? Il s'endormait bercé par le ressac, et le lendemain reprenait l'exercice. Goranidzé faisait mettre les hommes en rang, leur apprenait à tenir leur fusil bien droit, et à marcher au pas en levant haut la jambe. Il avait été cadet dans une école des officiers du tsar, pas longtemps, juste avant d'être projeté dans une longue suite de guerres embrouillées. Il n'aimait rien tant que l'exercice et les règles, cela au moins ne changerait pas. Vers midi les pêcheurs revenaient, ils tiraient leurs barques sur la plage, les partisans se débandaient en riant pour raconter leur matinée. Goranidzé se mettait à l'ombre et grillait des poissons juste à point, avec des piments et des citrons ; puis ils remontaient faire la sieste. Il était inutile de penser à rien d'autre pour le reste de la journée. Alors Salagnon de sa chambre regardait la baie, et essayait de comprendre comment peindre des îles verticales qui sortent brusquement de la mer. Il vivait accroché à la falaise comme un insecte posé sur un tronc, immobile pendant tout le jour, attendant sa mue.

Quand on les envoya au Tonkin, sa compagnie ne comprenait plus que le quart de ceux qu'il avait engagés. Le pays leur déplut aussitôt. Le delta du fleuve Rouge n'est que de la boue étalée, horizontalement, mais le regard ne portait pas plus loin que la prochaine haie de bambous autour d'un village. On ne voyait rien. On s'y sentait tout à la fois perdu dans le vide et engoncé dans un horizon étroit.

Les familles des pêcheurs de la baie avaient laissé partir les jeunes, les agités, les distraits, ceux qui ne manqueraient pas au village, ceux à qui un peu de changement ferait du bien. Celui qui savait le français servirait d'interprète, et il prenait son engagement comme un voyage. Avec leur chapeau de brousse enfoncé sur les yeux, leur sac trop lourd, leur fusil trop grand, ils semblaient tous déguisés, ils marchaient avec peine, leurs sandales attachées à leur sac car pieds nus ils sentaient mieux le chemin. Ils allaient à pied, pour débusquer le Viêt-minh qui allait aussi à pied. Ils marchaient en file trop serrée derrière Salagnon qui leur hurlait tous les quarts d'heure de garder plus de distances et de se taire. Alors ils s'espaçaient et faisaient silence, puis peu à peu recommençaient de bavarder, et se rapprochaient insensiblement de monsieur l'officier qui les guidait. Habitués aux sables et aux rocs calcaires de la baie, ils dérapaient sur la boue des diguettes et tombaient cul dans l'eau dans la rizière. Ils s'arrêtaient, s'attroupaient, repêchaient avec des blagues celui qui était tombé, et tous riaient, et celui qui s'était couvert de boue encore plus que les autres. Ils se déplaçaient de façon bruyante et inoffensive, jamais ils ne pourraient surprendre personne, ils offraient une cible parfaite sur l'horizon plat. Ils souffraient de la chaleur car aucune brise de mer ne venait tempérer le soleil voilé qui pesait sur cette étendue de boue.

Mais quand ils virent la montagne, ils n'aimèrent pas ça. Des collines triangulaires sortaient d'un coup de la plaine alluviale, elles s'étageaient très haut, mêlées de brumes qui tout en haut se confondaient avec les nuages. Le Viêt-minh vivait là, comme un animal de la forêt, qui viendrait la nuit hanter les villages et dévorer les passants.

On avait construit des postes pour fermer le delta, des postes kilométriques pour surveiller les passages, des tours carrées très hautes pour voir un peu loin, entourées de barrières. Combien étaient-ils là-dedans ? Trois Français, dix supplétifs, ils gardaient un village, surveillaient un pont, assuraient la présence de la France dans le labyrinthe détrempé d'arroyos et de buissons. À l'état-major chacun valait un petit drapeau planté sur la carte ; on l'enlevait quand le poste avait été détruit pendant la nuit.

On les envoya renforcer un poste sensible. Ils s'en approchèrent par le chemin sur la digue, en colonne, bien espacés cette fois-ci, chacun posant ses pieds dans le pas de celui qui marchait devant. Salagnon le leur avait appris car dans les chemins sont creusés des pièges. Des frises de bambou protégeaient le poste, sur plusieurs lignes, ne laissant qu'un accès étroit à la tour de maçonnerie, juste en face d'une meurtrière d'où pointait le tube perforé d'une mitrailleuse. Des pointes acérées du bambou dégoulinait un jus noir. On les enduisait de purin de buffle pour que les blessures qu'elles occasionneraient s'infectent bien. Ils s'arrêtèrent. La porte, sous la meurtrière, était fermée ; on l'avait placée en hauteur, sans prévoir d'escalier. Il fallait une échelle pour monter, une échelle que l'on retirait la nuit et que l'on rangeait à l'intérieur. En dessous, sur des perches, était plantées deux têtes de Vietnamiens, le cou tranché barbouillé de sang noir, leurs yeux clos vrombissant de mouches. Il faisait très chaud dans l'espace dégagé devant le poste, des rizières tout autour montait une humidité pénible, Salagnon n'entendait que le bruit des mouches. Quelques-unes venaient jusqu'à lui et repartaient. Il appela. Dans l'espace plat des plans d'eau écrasés de soleil, il eut l'impression d'avoir une toute petite voix. Il appela plus fort. Quand il eut crié plusieurs fois, le canon de la mitrailleuse bougea ; puis à la meurtrière apparut un visage hirsute et soupçonneux.

« Qui êtes-vous ? » hurla une voix éraillée. Un œil exorbité unique brillait sous les poils blonds.

« Lieutenant Salagnon, et une compagnie de supplétifs de la baie, pour vous soutenir.

— Posez vos armes. »

La mitrailleuse crépita, les coups explosèrent en ligne dans la boue, les éclaboussant tous. Les hommes sursautèrent avec de petits cris, rompirent la colonne, se serrèrent autour de Salagnon.

« Posez vos armes. »

Quand tous les fusils furent jetés à terre, la porte s'ouvrit, l'échelle fut sortie, et descendit en sautillant un Français en short, barbu et torse nu, un revolver sans gaine passé dans sa ceinture. Deux Tonkinois en pyjama noir le suivaient, armés de mitraillettes américaines. Ils restèrent sans bouger à trois mètres derrière lui.

« Qu'est-ce que vous foutez ? demanda Salagnon.

— Moi ? je survis, lieutenant d'opérette. Vous, je n'en suis pas sûr.

— Vous ne voyez donc pas qui je suis ?

— Oh, maintenant si, je vois qui vous êtes. Mais je me méfie par principe.

— Vous vous méfiez de moi ?

— De vous, non ; personne ne se méfierait de vous. Mais un bataillon de Viets précédé d'un Blanc, ce peut être dangereux. On ne compte plus les postes qui se sont fait avoir par le coup du légionnaire. Un déserteur européen, des Viêt-minhs déguisés en supplétifs, on ne se doute de rien ; on ouvre gentiment, on descend l'échelle, et on se fait égorger vite fait. On comprend qu'on a été con en regardant couler son propre sang. Très peu pour moi.

— Rassuré alors ?

— Pour moi, oui. Pour vous, c'est autre chose. Vos types sont pas du Viêt-minh, c'est sûr. S'éparpiller en piaillant à la première rafale, cela les classe clairement dans les amateurs. »

Il désigna du pouce derrière lui les deux Tonkinois tout raides qui ne laissaient rien paraître, tenant leurs mitraillettes prêtes à servir.

« Ceux-là, c'est des Viêt-minhs ralliés, et c'est autre chose. Impassibles sous le feu, obéissant d'un signe du doigt, sans états d'âme.

— Et vous avez confiance ?

— Maintenant on est dans le même bateau. Enfin, pas un bateau, la barque. S'ils repassent de l'autre côté, le commissaire politique les liquide illico ; s'ils laissent tomber la guerre, les villageois les lynchent ; ils le savent. Ils n'ont pas le choix, je n'ai pas le choix, nous sommes le bataillon des sursitaires, unis comme les doigts de la main. Chaque jour où nous survivons est une victoire. Vous montez, lieutenant ? Je vous paie à boire. Avec un ou deux de vos hommes, pas plus. Les autres restent en bas. Je n'ai pas la place. »

Dans le poste il faisait sombre, la lumière n'entrait que par la porte et par une meurtrière sur chaque face ; par chacune pointait une mitrailleuse. Il ne vit les hommes que progressivement, assis contre les murs sans bouger, vêtus de noir, les cheveux noirs, les yeux à peine ouverts, leur arme en travers des genoux. Tous le regardaient et surveillaient chacun de ses gestes. Une odeur d'anis et de dortoir mal aéré flottait dans l'air sombre. Le lieutenant se pencha sur des caisses entassées au centre de la pièce, ramassa un objet et le lança à Salagnon, qui l'attrapa par réflexe ; il crut à un ballon, c'était une tête. Il eut un haut-le-cœur, faillit la lâcher par réflexe, et par réflexe la retint, les yeux ouverts regardaient vers le haut, pas vers lui, cela le rassura. Il trembla, puis se calma.

« Je voulais la mettre dehors avant que vous arriviez, changer celles d'en bas qui puent un peu trop.

— Viêt-minh ?

— Je n'en jurerais pas, mais ça se pourrait bien. »

Il ramassa une casquette ornée d'une étoile jaune, morceau d'obus embouti travaillé à la main.

« Mettez-la-lui. Avec ça c'en est un, c'est sûr. »

Une tête seule, c'est dense, pas très lourd, comme un ballon. On peut la retourner, on pourrait la lancer, mais quand on veut la poser on ne sait pas dans quel sens. La pique pour cela est pratique, on sait où la mettre, et ensuite on peut poser la tête. Le lieutenant hirsute lui tendit un bambou épointé. Salagnon la planta dans l'œsophage ou la trachée, il ne savait pas trop, cela produisit un grincement de caoutchouc trop serré sur du bois, de petites choses cédèrent à l'intérieur du cou. Il le coiffa enfin de la casquette d'officier. Les types assis le long des murs le regardaient sans rien dire.

« Le poste a déjà été pris trois fois. Les types dedans, il n'en restait pas grand-chose, traités à la grenade. Alors je leur montre qui on est, maintenant. Je terrorise. J'ai des pièges autour du poste. Je suis une mine : on m'approche, ratatata ! on me touche, boum ! Allez, vous avez gagné un coup à boire. »

Il reprit la tête au bout de sa pique, il lui tendit comme en échange un verre plein, qui sentait violemment l'anis. Tous les hommes se passèrent des verres remplis d'un liquide laiteux, dont le jaune opalescent parvenait à luire dans l'ombre.

« C'est du pastis authentique, que nous faisons nous-mêmes. Nous le buvons pendant nos moments perdus, et ici, tous nos moments sont perdus. Vous savez que la badiane étoilée, cet arôme si typique de la France, que l'on croit de Marseille, vient en fait d'ici ? À la vôtre. Et vous, vous allez où comme ça, avec vos Pieds Nickelés ?

— Dans la forêt. »

« La forêt, mon lieutenant, pas moyen. Les hommes ne veulent pas.

— Veulent pas quoi ?

— Marcher dans la forêt.

— Je vous ai engagés pour ça.

— Non, pas engagés pour marcher dans la forêt, pas moyen. Engagés pour avoir une arme, et avoir la solde. »

Il dut se mettre en colère. La nuit même, plusieurs partirent. La forêt ne convenait pas aux pêcheurs. Elle ne convient à personne. Quand ils se firent tirer dessus pour la première fois, ce ne fut pas aussi difficile qu'ils auraient pu le croire. Penser que l'on veut votre mort, que l'on s'y acharne, que l'on insiste, n'est insupportable que si l'on y pense, mais on n'y pense pas. Une fureur obscure aveugle les combattants toute la durée de la mitraille. Il n'est plus d'idées ni de sentiments, il n'est plus que courses, trajectoires qui se croisent, fuites, ruées, jeu terrible mais abstrait. Il n'est plus que de tirer, et d'être tiré. Il suffit d'un répit pour penser à nouveau qu'il est insupportable de se faire tirer dessus ; mais il est toujours possible de ne pas penser.

Les pensées trop difficiles, on peut les broyer dans l'œuf, mais elles reviendront ensuite, dans le sommeil, dans le silence des soirs, dans des gestes inattendus, dans des suées brutales qui surprennent car on n'en comprend pas la cause, mais c'est plus tard, heureusement. Sur le moment il est possible de ne pas penser, de vivre en équilibre sur la limite qui sépare un geste du geste suivant.

C'est drôle comme les pensées peuvent se dilater ou s'éteindre, bavarder sans fin ou se réduire à presque rien, à une mécanique qui cliquette, roues dentées qui s'engrènent et progressent par petites secousses, toutes pareilles. La pensée est un travail de calcul qui ne tombe pas toujours juste mais continue toujours. Le nez dans le sol, allongé dans les feuilles, Salagnon pensait à cela ; ce n'était pas le moment, mais il ne pouvait pas bouger. Les coups de départ assourdis partaient presque ensemble, cinq, il les comptait ; les sifflements se confondaient, les obus de mortier tombaient presque ensemble, en ligne, le sol tremblait sous son ventre. Une gerbe de terre et de débris de bois retombait en pluie sur leur dos, les chapeaux de brousse, les sacs ; les petits cailloux sonnaient sur le métal de leurs armes, les fragments d'obus quand ils retombent ne font pas trop mal, mais il ne faut pas les tenir car ils brûlent, et ils coupent. Ils tirent au commandement, en ligne, cinq mortiers. Je ne les croyais pas si organisés, les Annamites. Mais ce sont des Tonkinois ; des pas drôles, de vraies machines, qui font méthodiquement ce qu'ils doivent faire. Ils sont en ligne avec un officier à jumelles qui leur indique chaque geste avec un fanion. Une nouvelle salve partit, retomba, plus proche. La prochaine est pour nous. Les explosions retournèrent le sol en ligne bien droit, un sillon. Cinq mètres entre deux. Vingt secondes entre deux, le temps que la terre retombe, que l'officier voie aux jumelles le résultat, qu'il fasse régler la hausse, et il abat à nouveau son fanion. Les obus tombent cinq mètres plus loin. Ils progressent avec méthode. Ils attendent que ça retombe avant de tirer une nouvelle salve, ils savent leurs cibles alignées à plat ventre, ils veulent les avoir méthodiquement, toutes d'un coup. Dans trois coups, on y passe. La terre tremble, une pluie de cailloux et d'échardes les recouvrit encore. « Au prochain, on fonce au moment où ça pète, fais passer. On fonce tout droit dans les trous devant, on se planque avant que ça retombe. » Le sifflement fendit le ciel, percuta le sol comme des caisses de plomb qui tombent. Ils bondirent à travers l'humus qui retombait, passèrent à travers la poussière, se tapirent dans les trous de terre fraîche. Le cœur agité prêt à rompre, la bouche crissant de débris, ils serraient la crosse de leur arme, retenaient leur chapeau. La prochaine. La salve passa au-dessus d'eux, retourna le sol là où ils étaient couchés auparavant, comme une série de coups de bêche qui les aurait tranchés et enfouis, vers de terre, morts. Ils n'ont rien remarqué. À quoi ça tient.

Cela s'arrêta. Au sifflet une ligne de soldats en casque de latanier sortit de la lisière, arme en travers du ventre, sans précautions. Ils nous croient déchiquetés. On tire, puis on fonce. C'est ça ou ils recommencent. Cela se passa ainsi, avec une férocité extrême. Ils tirèrent ensemble sur la ligne de soldats qui s'effondrèrent comme des quilles, ils bondirent, lancèrent des grenades, foncèrent devant, éclatèrent crâne et torse de types à quatre pattes qui traînaient là, assis, renversés, étripèrent des types debout d'un coup de poignard au ventre, parvinrent aux mortiers alignés, rangés sur une ligne tracée à la chaux sur le sol du sous-bois, tirèrent sur ceux qui fuyaient entre les arbres. L'officier tomba sans lâcher son fanion, les pieds à l'extrémité de la ligne, ses jumelles sur la poitrine. Ils soufflèrent. Dans ces moments trop rapides on ne voit pas les gens. Ce sont des masses qui gênent, des sacs où l'on enfonce la lame, en espérant qu'elle ne se brise pas, des sacs posés debout, dans lesquels on tire, et ils plient, ils tombent, ils ne gênent plus, on continue. Ils se comptèrent. Plusieurs corps restaient allongés là où ils étaient tout au début, atteints par les mortiers ; ils n'avaient pas bougé, ils n'avaient pas compris l'ordre qui passait d'homme couché en homme couché, ou bien avaient agi trop tard. La vie, la mort dépendent de calculs erratiques ; celui-là tomba juste, les suivants on verrait. Plus haut dans la forêt ils entendirent des coups de sifflet prolongés. Ils filèrent.

Cela dura pendant des semaines. Ses pêcheurs tenaient tant bien que mal. Ils furent atteints de maladies que jamais ils n'avaient rencontrées dans la baie. L'effectif fondait lentement. Ils s'aguerrirent. Ils disparurent en quelques secondes une fin d'après-midi. Ils marchaient en file sur une diguette surélevée, le soleil s'inclinait, leurs ombres s'étiraient sur le plan d'eau de la rizière, une chaleur collante montait de la boue, l'air devenait orange. Ils longèrent un village silencieux. Une mitrailleuse cachée dans un bosquet de bambous les faucha presque tous. Salagnon n'eut rien. Le radio, l'interprète et deux hommes, tous ceux qui étaient près de lui survécurent. L'aviation incendia le village à la nuit tombée. À l'aube, avec une autre section qui était venue par la route, ils retournèrent les cendres mais ne retrouvèrent aucun corps ni aucune arme. La compagnie détruite fut administrativement dissoute. Salagnon retourna à Hanoï. La nuit, allongé sur le dos et les yeux grands ouverts, il se demandait pourquoi la rafale avait duré si peu, pourquoi elle s'était arrêtée juste avant lui, pourquoi ils n'avaient pas commencé à tirer sur la tête de la colonne. Survivre l'empêchait de dormir.

« L'espérance de vie d'un jeune officier juste arrivé de France ne dépasse pas le mois. Tous ne meurent pas, mais beaucoup. Mais si on ôte de cette cohorte les morts du premier mois, alors l'espérance de vie de nos officiers augmente d'une façon vertigineuse.

— Dites, Trambassac, vous avez vraiment le temps de faire ces calculs sinistres ?

— Comment espérer faire la guerre sans utiliser de chiffres ? La conclusion de ces calculs, c'est qu'on peut faire confiance aux officiers qui passent le premier mois. On peut leur confier un commandement, ils tiendront, puisqu'ils ont tenu.

— C'est idiot. Venez-vous de démontrer que l'on confie un commandement à ceux qui survivent ? À qui les confierait-on ? Aux morts ? Nous n'avons que les vivants de disponibles. Alors arrêtez vos calculs de probabilité ; la guerre n'est pas probable, elle est certaine. »

On confia à Victorien Salagnon une escouade de Thaïs des montagnes, quarante types qui ne comprenaient rien à l'égalitarisme autoritaire du Viêt-minh, et ne supportaient pas, génération après génération, les Tonkinois de la plaine. Leurs sous-officiers parlaient vaguement français, et en plus du sous-lieutenant Mariani, sorti de l'école militaire et juste arrivé de France, on lui détacha Moreau et Gascard, lieutenant et sous-lieutenant, venus d'il ne savait où. « Ce n'est pas inhabituel, comme encadrement ? » demanda Salagnon. Ils étaient allés boire un verre sous les frangipaniers, la veille de remonter la rivière Noire. « Si. » Cela semblait le faire sourire, Moreau, d'un sourire comme une coupure au rasoir entre des lèvres fines qui l'on voyait à peine, sous une moustache noire rectiligne, coupée au millimètre, même moins, qui brillait de cosmétique. On ne pouvait savoir exactement s'il souriait. Gascard, colosse rougeaud, hochait simplement la tête, vidait son verre et commandait à nouveau. Le soleil se coucha, des lampions accrochés aux branches donnaient une multitude de lumières. Les cheveux plaqués de Moreau brillaient, tranchés d'une raie droite. « C'est beaucoup ; ça fait double usage, surtout. Mais ça se comprend. » Sa voix heureusement était plus chaude qu'on ne la supposait à ce visage trop lisse et trop fin, sinon il aurait fait peur. Il était inquiétant quand il ne disait rien. « Et comment cela se comprend ? — Celui qui commande, c'est vous, la baraka vous donne les galons ; et le petit sorti de l'école, qui a des coups de soleil, on vous le confie pour qu'il apprenne. — Et vous ? — Nous ? On perd nos galons à mesure qu'on les gagne. Gascard par pochardise, et moi par excès de zèle vis-à-vis de l'ennemi, et un peu d'impolitesse vis-à-vis des supérieurs. Par contre, nous sommes increvables. On ne compte plus dans leurs papiers, mais on sait faire, alors on nous met là. Ils disent : "Bon débarras ! Ça fera une bande : un type qui survit, deux coureurs de brousse, un petit nouveau qui apprendra bien quelque chose, et un nombre indéfini d'hommes d'armes. On lâche ça dans la jungle, et messieurs les Viets, garez vos fesses !” Quand la situation est difficile, la superstition ça va aussi bien qu’autre chose. »

Salagnon préféra en rire. Il lui semblait qu’aller dans la montagne avec ces deux-là, avec quarante gaillards en guerre immémoriale contre les paysans des plaines, cela valait une assurance-vie. Ils burent pas mal, le petit Mariani semblait bien se plaire en Indochine, ils rentrèrent à leurs quartiers éméchés, dans l’odeur de lait impalpable des fleurs blanches, et ils passèrent devant les vitrines illuminées du Grand Hôtel du Tonkin. Il y avait là des administrateurs civils, des Annamites de hautes castes, des femmes aux épaules découvertes, des militaires des trois armes en uniforme de parade, et Trambassac en treillis mais avec toutes ses décorations. Cela brillait. On jouait de la musique, on dansait. De très belles femmes à longs cheveux noirs valsaient à tout petits pas, avec cette retenue aristocratique qui déclenchait chez les militaires du Cefeo de grandes amours désespérées. Moreau, ivre mais le pas ferme, bouscula le planton de l’entrée et alla droit sur le bar où les généraux et les colonels, tous brillant de dorures, discutaient à mi-voix une flûte de champagne à la main. Salagnon le suivait, en retrait, inquiet, Gascard et Mariani trois pas derrière.

« Je pars à l’aube, mon colonel, avec des chances raisonnables de me faire tuer. Je n’ai rien touché de l’ordinaire, il puait le réchauffé plusieurs fois, et le quart de rouge que l’on nous sert, il pourrait dégraisser nos armes tant il est acide. »

Les officiers supérieurs se tournaient sans oser intervenir vers cet homme inquiétant, frêle et impeccablement coiffé, visiblement ivre mais à la diction nette. Sa bouche fine sous une moustache étroite inquiétait un peu. Trambassac souriait.

« Mais je vois que vous êtes au champagne. Le foie gras des toasts ne fond pas avec ces chaleurs ? »

La surprise passée les généraux s’apprêtaient à protester, puis à sévir, quelques colonels athlétiques avaient posé leur verre et s’étaient approchés. Trambassac les arrêta d’un geste paternant. « Lieutenant Moreau, vous êtes mon invité, et vous aussi, Salagnon, et les deux autres qui se cachent derrière vous. » Il prit des flûtes pleines sur le plateau que lui présentait un boy, les distribua aux jeunes gens ébahis et en garda une. « Messieurs, dit-il en s'adressant à tous, vous avez devant vous le meilleur de notre armée. À la ville, ils sont des gentilshommes à l'honneur chatouilleux, en campagne ce sont des loups. Demain ils partent, et je plains le général Giap et son armée de gueux. Messieurs, vive l'arme aéroportée, vive l'Empire, vive la France ; vous êtes son glaive, et je suis fier de boire à votre courage. »

Il leva son verre, tous l'imitèrent, burent, il y eut quelques applaudissements. Moreau ne sut pas comment enchaîner. Il rougit, leva son verre, et but. La musique reprit, et le murmure des conversations. On ne s'occupa plus des quatre jeunes lieutenants sans décorations. Trambassac reposa son verre à demi plein sur le plateau d'un boy qui passait et vint taper sur l'épaule de Moreau. « Vous partez à l'aube, mon garçon. Restez encore un moment, profitez, et ne vous couchez pas trop tard. Prenez des forces. »

Il disparut dans la foule chamarrée. Ils ne restèrent pas, Salagnon prit Moreau par le bras et ils ressortirent. L'air chaud du dehors ne les dégrisait pas, mais cela sentait bon les fleurs géantes. Des chauves-souris voletaient sans bruit autour d'eux.

« Tu vois, dit doucement Moreau, je me fais toujours avoir. Il me faudra jusqu'à demain pour me remettre en colère. »

On ne peut le savoir avant d'y avoir été : comment c'est ; et pour cela, il faut y aller ; et là encore, la langue peine. On voit bien alors que l'on ne parle jamais que de choses connues, on ne parle qu'entre gens d'accord, qui savent déjà, et avec eux il est à peine besoin de dire, il suffit d'évoquer. Ce que l'on ne connaît pas, il faut le voir, et ensuite se le dire : ce que l'on ne connaît pas reste toujours un peu lointain, toujours hors d'atteinte malgré les efforts de la langue, qui est surtout faite pour évoquer ce que tout le monde connaît déjà. Salagnon s'enfonça dans la forêt avec trois jeunes officiers et quarante types dont il ne parlait pas la langue.

Vue d'avion, la forêt moutonne ; cela n'est pas déplaisant. Elle adoucit les reliefs de la Haute-Région, elle atténue les calcaires aigus d'un tapis de laine verte, elle défile uniformément sous la carlingue, bien serrée, et d'en haut il semble qu'il ferait bon s'y allonger. Mais si l'on plonge, si on traverse la canopée régulière et dense, on réalise avec horreur qu'elle n'est faite que de haillons mal cousus.

On ne l'imaginait pas si mal faite, la forêt d'Indochine ; on la savait dangereuse, cela se supporte, mais elle offre un cadre minable pour mourir. C'est surtout cela que l'on y fait, mourir, les animaux s'y entre-déchirent avec des raffinements, et les végétaux n'ont pas même le temps de tomber au sol, ils sont dévorés debout, à peine morts, par ceux qui poussent autour, et dessus.

De France on se fait des idées fausses de la forêt vierge, car celle des romans d'aventures est copiée sur les grosses plantes qui poussent à côté de la fenêtre dans les salons surchauffés, et les films de jungle sont tournés dans les jardins botaniques. Cette forêt vue en livres, bien charnue, on lui prête une admirable fertilité ; on lui croit un ordre dans lequel on progresserait au sabre d'abattis, avec au cœur la joie de l'appétit, au ventre la tension de la conquête, tout ruisselant de la bonne sueur de l'effort qu'un bain dans la rivière dissipera. Ce n'est pas du tout ça. Du dedans, la forêt d'Indochine est mal foutue, plutôt maigre, et elle n'est même pas verte. D'avion, c'est moelleux ; de loin, compact ; mais dedans, à pied sous les arbres, quel pauvre désordre ! C'est planté n'importe comment, pas deux arbres pareils côte à côte, chacun à demi étouffé s'appuyant sur l'autre, tous tordus, agrippant toutes les branches qu'ils peuvent atteindre, tous mal plantés dans un sol miteux, trop maigre, pas même entièrement recouvert de feuilles tombées ; ça pousse en tous sens, à toute hauteur, et ce n'est pas vert. Les troncs grisâtres se battent pour rester droits, les branches ocre malade s'entrelacent sans que l'on sache à qui elles appartiennent, les feuillages troués, comme poudrés de gris, peinent à gagner le ciel, des lianes marron tentent d'entraver tout ce qui les dépasse, cela germine avec une hâte qui évoque plus la maladie et la fuite que la croissance harmonieuse du végétal.

On imagine une forêt dense, il s'agit d'un débarras. Le niveau du sol, là où l'on marche, est non pas gorgé de fécondité mais encombré de débris de chute. On se prend les pieds dans les racines qui poussent dès la moitié du tronc, les troncs se couvrent de poils qui durcissent en épines, les épines couvrent la bordure des feuilles, les feuilles deviennent tout autre chose que des feuilles, trop cirées, trop molles, trop grandes, trop gonflées, trop cornues, c'est selon ; le trop est leur seule règle. La chaleur humide dissout l'entendement. Des insectes zizillent en permanence, en petits essaims qui suivent toute source de sang chaud, ou cliquettent sur les feuilles, ou rampent, déguisés en branches. Une diversité phénoménale de vers imprègnent le sol, grouillent, et il bouge. On y est enfermé, dans la forêt d'Indochine, comme dans une cuisine close, portes fermées, fenêtres fermées, aération fermée, et l'on aurait allumé tous les feux pour chauffer à gros bouillons des gamelles d'eau sans mettre de couvercle. La sueur coule dès les premiers pas, les vêtements se détrempent, les gestes fondent dans la gêne ; on dérape sur le sol ramolli. Malgré l'énergie hygrothermique qui fuse de tout, qui jaillit des corps, l'impression dominante que donne la forêt est celle d'une pauvreté maladive.

« Marcher en forêt » n'a un sens sain et joyeux que dans l'Urwald européenne, où les arbres semblables s'alignent sans se gêner, où le sol élastique craque un peu sous les pas, frais et sec, où l'on voit le ciel paraître entre les feuillages, où l'on peut marcher en le regardant sans craindre de trébucher dans d'affreux désordres. « Marcher en forêt » n'a pas ici le même sens, cela évoque d'aller dans une moisissure géante, qui pousse sur de gros amas de vieux légumes. On ne s'y promène pas, on y exerce un métier. Pour certains c'est de saigner les arbres à caoutchouc, d'autres ramassent le miel sauvage, d'autres encore découvrent des gisements de pierres rares, ou coupent de gros tecks qu'il faut traîner jusqu'au fleuve pour les emporter. On s'y égare, on y meurt de maladies, on s'y entretue. Pour Salagnon, son métier est de chercher le Viêt-minh, et de s'en sortir s'il le peut. S'il le peut, sortir de cette moisissure, s'il le peut, se répète-t-il en boucle. Tout ici conspire à rendre la vie fragile et détestable. Il ne regretta pas de faire la majeure partie du trajet en bateau.

Le nom de bateau convient mal au LCT, le Landing Craft for Tanks qui sert à transporter les hommes sur les rivières d'Indochine. On les appelle plutôt chalands, ce sont des caisses de fer à moteur, et ils remontent la rivière brune dans une pétarade molle toujours proche de s'étouffer, un bruit qui a du mal à se propager dans l'air trop épais, trop humide, trop chaud. Peut-être le bruit du moteur n'atteignait-il même pas les rives, et peut-être les enfants qui menaient de gros buffles noirs en laisse ne les entendaient-ils pas ; ils voyaient les machines remonter le fleuve en silence, avec peine, dans un bouillon lent de boue liquide. Les LCT n'avaient pas été construits pour cela. Fabriqués en vitesse, au plus simple, ils devaient poser le matériel lourd sur les îles du Pacifique, on devait pouvoir en perdre sans les regretter. La guerre finie, il en restait plein. Ici le matériel lourd manque ; il tombe en panne, il saute sur les mines, il ne sert à rien contre des hommes cachés. Alors avec les LCT on transportait les soldats sur les rivières, on les chargeait avec leurs bagages et leurs munitions dans les grandes cales à ciel ouvert, et par-dessus on avait posé des toits légers pour les protéger du soleil, tendu des filets sur des perches pour les protéger des grenades jetées de la rive, ou d'un sampan frôlé d'un peu près. Avec leur abri de toile et de bambou, leur cale remplie d'hommes somnolents, leur métal rongé de rouille, leurs parois de tôle cabossée et percée de chapelets d'impacts, ces bateaux américains simples et fonctionnels, comme tout ce qui est américain, prenaient comme tout en Indochine un air tropicalisé, bidonvillesque, un air de fatigue et de bricolage qu'accentuait le martèlement mouillé du diesel ; on s'attendait à chaque instant qu'il s'étouffe, et que tout s'arrête.

Le marin qui commandait le convoi de LCT, que Salagnon appelait capitaine par ignorance des grades de la marine, vint s'accouder avec lui au bordage et ils regardèrent passer l'eau. Elle transportait des touffes d'herbe arrachées, des grappes de jacinthe d'eau, des branches mortes qui lentement dérivaient vers l'aval.

« Ici, voyez-vous, le seul chemin un peu propre, c'est la rivière, dit-il enfin.

— Propre, vous trouvez ? »

Le mot amusait Salagnon, car l'eau brune qui glissait le long des flancs du chaland était si lourde de boue que l'étrave et les hélices ne produisaient pas de mousse ni d'écume ; l'eau chargée de limon s'agitait un peu à leur passage puis redevenait l'étendue lisse, sur laquelle ils glissaient sans la déranger.

« Je suis marin, lieutenant, mais je tiens à garder mes jambes. Et pour cela, dans ce pays, il faudrait ne plus marcher. Je n'ai pas confiance dans le sol. Les routes ici il n'y en a guère, et quand il y en a, on les coupe ; on les barre d'arbres sciés pendant la nuit, on creuse des tranchées en travers, on provoque des éboulements pour les faire disparaître. Même le paysage nous en veut. Quand il pleut, les routes sont de la boue, et quand on met le pied dessus ça saute ; ou bien ça cède, et on passe à travers, le pied dans un trou et au fond du trou il y a des pointes. Moi je ne vais plus sur la terre qu'ils appellent ferme, qui ne l'est pas, je ne me déplace qu'en bateau, sur les rivières. Comme ils n'ont pas de mines flottantes ou de torpilles, c'est propre. »

Les trois LCT en file remontaient la rivière, les hommes somnolaient dans la cale sous leur abri de toile, la tôle vibrait, on sentait le frottement de l'eau épaisse sur le flanc mince des bateaux. Sur cette voie sans ombre le soleil les écrasait, la chaleur les entourait de vapeur où la lumière se réfléchissait, éblouissante. Les digues d'argile cachaient le paysage, il en dépassait des bouquets d'arbres et des toits de chaume regroupés. Des barques attachées ondulaient à leur passage, chargées de femmes accroupies avec du linge, de pêcheurs en guenilles, d'enfants nus qui les regardaient passer puis sautaient dans l'eau en riant. Tout, du sol au ciel, baignait dans le jaunâtre un peu vert, une couleur de drap militaire usé, une couleur d'uniforme d'infanterie coloniale prêt à céder si on tire brusquement dessus. Le martèlement humide des moteurs les accompagnait toujours.

« Le problème de ces rivières, ce sont les rives. En Europe, c'est toujours calme, un peu triste mais apaisant. Ici il y a un tel silence qu'on croit toujours qu'on va se faire tirer dessus. Rien ne se voit mais on est épié. Et ne me demandez pas par qui, j'en sais rien, personne n'en sait rien, personne ne sait jamais rien dans ce sale pays. Je ne supporte pas leur silence ; je ne supporte pas non plus leur bruit, d'ailleurs. Dès qu'ils parlent, ils crient, et quand ils se taisent, leur silence fait peur. Vous avez remarqué ? Alors que leurs villes sont un tel ramdam, leurs campagnes sont un cauchemar de silence. Des fois on se frappe les oreilles pour vérifier qu'elles fonctionnent. Il se passe des choses ici que l'on n'entend pas. Je n'en dors plus ; je crois être sourd, je me réveille en sursaut, mon moteur me rassure, mais j'ai peur qu'il s'arrête ; je vérifie les rives, et toujours rien. Mais je sais qu'ils sont là. Pas moyen de dormir. Il faudrait que les rives soient vraiment loin pour que je dorme en paix. En pleine mer, je crois. Là je dormirais enfin. Enfin. Parce que j'ai accumulé des envies de dormir pour plusieurs années. Je ne sais pas comment je vais rattraper ça. Vous n'imaginez pas ce que je pourrais dormir si j'étais en pleine mer. »

Un choc mou attira leur attention ; ils virent un corps humain, visage dans l'eau, bras et jambes étendus, se heurter sans brutalité à la coque ; puis sans insister, il glissa tout au long du flanc du chaland, il tournoyait, et disparut en aval. Un autre suivit, puis un autre, et puis d'autres encore. Des corps allongés descendaient la rivière, ils flottaient sur le ventre, leur visage immergé jusqu'à produire une angoisse d'étouffement, ou bien sur le dos, leur visage gonflé tourné vers le ciel, l'emplacement des yeux réduit à des fentes. Pivotant lentement sur eux-mêmes, ils descendaient la rivière. « Qu'est-ce que c'est ? — Des gens. » L'un se coinça contre l'avant aplati du LCT, émergea à demi, se cambra, et n'en bougea plus, il remonta la rivière en leur compagnie. Un autre glissa derrière, fut happé par les remous de l'hélice et l'eau devint brunâtre, rouge sang mélangé de boue, et un demi-corps poursuivit sa route, heurta l'autre LCT, et coula. « Mais bon dieu ! Écartez-les ! » Des marins se munirent de gaffes, penchés à l'avant ils repoussèrent les corps loin de la coque, ils les piquaient, les écartaient, ils les relançaient dans le courant pour éviter que le bateau ne les touche.

« Mais écartez-les, bon dieu, écartez-les ! »

Des dizaines de corps descendaient la rivière, une réserve inépuisable de corps s'écoulait par la rivière, les femmes flottaient entourées de leurs cheveux noirs étendus autour d'elles, les enfants pour une fois allaient sans brusqueries, les hommes se ressemblaient tous dans le pyjama noir qui sert d'uniforme à tout le pays. « Écartez-les, bon dieu ! » Le capitaine répétait en hurlant toujours le même ordre, d'une voix qui devenait aiguë, « Écartez-les, bon dieu ! » et ses poings serrés blanchissaient. Salagnon essuya ses lèvres, il avait dû vomir, sans s'en apercevoir, très vite, il restait une écume amère dans sa bouche, quelques gouttes jaillies de son estomac brutalement essoré. « Qui c'est ? — Des villageois. Des gens assassinés par des pillards, des bandits, ces salopards qui hantent la forêt. Des gens qui passaient sur la route, violentés, détroussés, jetés au fleuve. Vous voyez, les routes de ce pays ! Il s'y passe chaque jour des choses horribles. »

Des corps flottants glissaient le long des trois LCT qui remontaient la rivière, seuls, par paquets agglomérés, certains avaient l'uniforme brunâtre, mais on ne pouvait en être sûr, car les vêtements ici se ressemblent, et puis tout était mouillé, gonflé, imprégné d'eau jaune, ils passaient au loin et personne n'allait vérifier. La pétarade molle des diesels continuait, et le ahanement des gaffeurs.

« Je veux vraiment revoir la mer », murmura le capitaine quand le banc macabre fut passé. Il relâcha le bordage de métal et à travers la peau sèche de ses joues Salagnon voyait ses mouvements intérieurs : les muscles de ses mâchoires palpitaient comme un cœur, sa langue frottait maniaquement sur ses dents. Il tourna les talons, s'enferma dans la cabine étroite aménagée à côté des moteurs, et Salagnon ne le vit plus jusqu'à la fin du voyage. Il essayait de dormir, peut-être ; et peut-être y parvenait-il.

Plus haut, ils doublèrent un village incendié. Il fumait encore mais tout avait brûlé, le chaume des toits, les palissades de bambou, les cloisons de bois tressé. Il ne restait que des poutres verticales noircies et des tas fumants, entourés de palmiers étêtés et de cadavres de cochons. Des barques coulées dépassaient de la surface de l'eau.

Une traction avant s'engagea sur la digue, toute noire comme en France, inattendue en ces lieux ; elle roula à petite vitesse dans le même sens que les bateaux, sur le chemin au bord de l'eau que n'empruntaient que les buffles. Ils allèrent un moment de conserve, la traction suivie d'un nuage de poussière, puis elle s'arrêta. Deux hommes en chemisette à fleurs sortirent en traînant un troisième vêtu de noir, qui avait les poignets liés derrière le dos, un Vietnamien à la tignasse épaisse, une lourde mèche en travers des yeux. Ils l'accompagnèrent main sur l'épaule au bord de la rivière, où ils le firent agenouiller. L'un des hommes en chemisette leva un pistolet et l'abattit d'une balle dans l'arrière du crâne. Le Vietnamien bascula en avant et tomba dans la rivière ; du bateau ils entendirent ensuite le coup de feu étouffé. Le corps flottait à plat ventre, il resta au bord puis trouva une veine de courant et commença de dériver, il s'éloigna de la berge et descendit la rivière. L'homme en chemisette à fleurs passa son arme dans son pantalon de toile et leva la main pour saluer les LCT. Les soldats lui répondirent, certains en riant et lançant des hourras que peut-être il put entendre. Ils regagnèrent la traction avant et disparurent le long de la digue.

« La Sûreté », murmura Moreau.

Salagnon le sentait toujours venir car Moreau au réveil se peignait soigneusement, traçait une raie bien nette et appliquait une noisette de brillantine qui fondait à la chaleur. Quand Moreau s'approchait cela sentait le coiffeur.

« Tu as dormi ?

— Somnolé sur mon sac, entre mes Thaïs. Eux ils dorment, ils savent dormir partout ; mais comme des chats. Quand je me suis levé, avec le moins de gestes possibles, aucun bruit — j'étais assez fier de la performance —, j'ai vu que mes deux voisins, sans ouvrir les yeux, avaient serré leur poing sur leur poignard. Même endormis, ils savent. J'ai des progrès à faire.

— Tu les reconnais comment, les types de la Sûreté ?

— La traction, le flingue dans la culotte, la chemise flottante. Ils se montrent, ils sont les notables du crime, ils règnent. Ils chopent des types, ils interrogent, ils flinguent. Ils ne se cachent pas, ils ne craignent rien, jusqu'à ce qu'on les flingue à leur tour. Alors il y a des représailles, et ça continue.

— Et ça sert à quelque chose ?

— Ils sont la police, ils cherchent du renseignement, c'est leur métier. Parce que si on peut traverser ce pays sans voir aucun Viet alors qu'il en grouille, c'est qu'on manque de renseignements. Alors on fait tout pour en avoir. Ils attrapent, ils interrogent, ils mettent en fiches et ils liquident, une vraie industrie. J'en ai rencontré un dans une petite ville du Delta, il avait la même chemisette à fleurs, le même flingue dans la culotte, il se traînait comme une âme en peine, désespéré. Il cherchait du renseignement, comme le veut sa fonction, et puis rien. Il avait interrogé les suspects, les amis des suspects, les relations des amis des suspects, et toujours rien.

— Il ne trouvait pas les Viets ?

— Oh, ça, on n'en sait jamais rien, et lui non plus. On peut toujours interroger des suspects, ils diront toujours quelque chose, qui amènera à d'autres suspects. Le travail ne manque pas, et il porte toujours des fruits, peu importe son utilité. Mais ce qui le désespérait vraiment, ce type qui était la police dans une petite ville du Delta, c'est d'avoir liquidé au moins cent bonshommes et n'avoir reçu ni citation ni avancement. Hanoï faisait comme s'il n'existait pas. Il était amer, il arpentait la rue de la petite ville, allait d'un café à l'autre, découragé, ne sachant plus comment faire, et tous les gens qui le croisaient baissaient les yeux, rebroussaient chemin, descendaient du trottoir pour lui laisser la place, ou bien lui souriaient ; on s'enquérait de sa santé avec beaucoup de courbettes, car plus personne ne savait comment faire, s'il fallait ou non lui adresser la parole pour lui échapper, s'il fallait avoir l'air de rien ou avoir l'air avec lui. Et lui il ne remarquait rien, il traînait dans les rues avec son pistolet dans la culotte en pestant contre les lenteurs de l'Administration qui ne reconnaissait pas son travail. Il n'avait jamais rien trouvé mais il était efficace ; il n'avait jamais trouvé trace du Viêt-minh mais il faisait son boulot ; si un réseau clandestin avait voulu s'installer, il n'aurait pas pu, faute de militants potentiels, qu'il avait liquidés préventivement ; et on ne le reconnaissait pas à sa juste valeur. Il en était mortifié. »

Moreau finit avec un petit rire, de ce rire qu'il avait, pas désagréable mais pas drôle non plus, un rire comme son nez efflanqué, un rire comme sa moustache fine qui redoublait ses lèvres fines, un rire net et sans joie qui glaçait sans que l'on sache pourquoi.

« Finalement, nous ne supportons pas le climat des colonies. Nous moisissons de l'intérieur. Sauf toi, Salagnon. On dirait que sur toi tout passe.

— Je regarde ; alors je me fais à tout.

— Moi aussi je me fais à tout. Mais c'est bien ça qui m'inquiète : je ne m'adapte pas, je mute ; quelque chose d'irréversible. Je ne serai plus jamais pareil.

« Avant de venir ici j'étais instituteur. J'avais autorité sur un groupe de petits garçons remuants. Je les tenais à la trique, au bonnet d'âne, à la gifle s'il le fallait, ou à la mise au piquet, à genoux, sur une règle. Dans ma classe on ne chahutait pas. Ils apprenaient par cœur, ne faisaient pas de fautes, ils levaient le doigt avant de parler, ils ne s'asseyaient qu'à mon ordre, si tout était calme. J'avais appris ces techniques à l'École normale et par observation. La guerre est venue, j'ai changé de métier pour un temps, mais comment pourrais-je revenir maintenant ? Comment pourrais-je être de nouveau devant de petits garçons ? Comment pourrais-je supporter le moindre désordre avec ce que je sais ? J'ai ici autorité sur un peuple entier, j'utilise les mêmes techniques apprises à l'École normale et par observation, mais je les pousse à bout, pour des adultes. Je vois plus grand. Il n'est pas ici de parents à qui je pourrais dénoncer les frasques de leur marmaille pour que le soir ils les punissent. Je fais tout moi-même. Comment pourrais-je revenir devant des petits garçons ? Comment ferais-je pour maintenir l'ordre ? En tuerais-je un dès le premier chahut, par réflexe, comme exemple ? Mènerais-je des interrogatoires poussés pour savoir qui a lancé une boulette imprégnée d'encre ? Il vaut mieux que je reste là. Ici la mort est sans trop d'importance. Ils n'ont pas l'air d'en souffrir. Entre morts, entre futurs morts, nous nous comprenons. Je ne pourrais pas revenir devant une classe de petits garçons, ce serait déplacé. Je ne sais plus faire. Ou plutôt si, je sais trop bien faire, mais je fais en grand. Je suis coincé ici ; je reste ici, en espérant ne jamais rentrer, pour le bien des petits garçons de France. »

L'horizon s'élevait comme un pliage de papier, des collines triangulaires montaient comme si on repliait le sol plat ; la rivière fit des méandres. Ils pénétrèrent dans la forêt ininterrompue. Le courant se faisait plus vif, l'hélice des LCT martelait l'eau avec plus de force, on craignait davantage qu'elle ne s'arrête ; un épais velours vert ourlait les rives, les collines devenaient de plus en plus hautes, plus escarpées, se mêlaient aux nuages qui descendaient bas.

« La forêt c'est pas mieux, grommela le capitaine en sortant de sa cabine. On croit que c'est vide, on croit que c'est propre, on croit qu'on est enfin tranquille… Tu parles ! ça grouille, là-dessous. Une rafale là-dedans, et t'en tues quinze. Et là-bas ! Arrose la rive. »

Le servant de la mitrailleuse arrière fit pivoter l'arme et tira une longue rafale sur les arbres de la rive. Les soldats sursautèrent, et l'acclamèrent. Les grosses balles explosaient sur les branches, des cris de singes retentirent, des oiseaux s'envolèrent. Des débris de feuilles et de bois éclaté tombèrent dans l'eau.

« Voilà, conclut le capitaine. Il n'y en avait pas beaucoup aujourd'hui, mais l'endroit est nettoyé. Vivement qu'on arrive. Vivement que ça s'arrête. »

Il les déposa dans un village en ruine, sur une berge labourée de trous. Les caisses de munitions furent emportées par des prisonniers marqués PIM sur leur dos, en grosses lettres, gardés par des légionnaires qui ne faisaient pas attention à eux. Des sacs de sable empilés aussi soigneusement que des briques entouraient ce qu'il restait des maisons, barraient les rues de retranchement, entouraient les pièces d'artillerie au long tube dressé, toutes tournées vers les collines d'un vert profond où glissaient des lambeaux de brume. Les habitants avaient disparu, il ne restait que des vestiges cassés de la vie courante, des paniers, une sandale, des pots cassés. Des légionnaires casqués veillaient derrière les parapets de sacs pendant que d'autres, à la pelle, continuaient en fouissant de fortifier le village. Ils travaillaient tous en silence, avec le sérieux implacable de la Légion. Ils dénichèrent le commandement dans une église au toit troué. Dans la nef on avait poussé de côté les gravats et les bancs cassés, dégagé l'autel où les officiers avaient pris place ; la sainte table était parfaitement dressée, avec nappe blanche et assiettes de porcelaine à filet bleu, des cierges allumés tout autour donnaient une lumière tremblante qui se reflétait sur les verres propres et les couverts. En uniforme poussiéreux, leur képi blanc impeccable posé à côté d'eux, les officiers étaient servis par un planton en jaquette dont tous les gestes montraient la grande compétence.

« Des camions ? Pour monter vos types ? Vous rigolez ? » dit un colonel la bouche pleine.

Salagnon insista.

« Mais je n'ai pas de camions. Ils sautent sur les mines, mes camions. Attendez le convoi terrestre, il arrivera bien un jour.

— Je dois rejoindre le poste.

— Eh bien allez-y à pied. C'est par là, dit-il en désignant de sa fourchette la fenêtre ogivale. Et maintenant laissez-nous finir. C'est le dîner d'hier que nous n'avons pas pu prendre à cause d'une attaque. Heureusement, il est intact. Notre planton a servi comme maître d'hôtel dans le plus grand établissement de Berlin, avant que les orgues de Staline n'en fassent un tas de sable. Il sert parfaitement, même dans les ruines, on a bien fait de l'emmener. Apportez la suite. »

Le planton, impassible, apporta une viande qui sentait bon la viande, chose rare en Indochine. Alors Moreau s'approcha.

« Mon colonel, je me permets d'insister. »

L'autre, la fourchette déjà plantée dans un morceau saignant, suspendit son geste à mi-chemin entre l'assiette et sa bouche ouverte ; il releva les yeux d'un air mauvais. Mais Moreau avait ceci de particulier, ce petit homme maigre et disgracieux, que lorsqu'il demandait quelque chose de cette voix qui ne crie jamais, qui passe entre ses lèvres fines, on le lui donnait, comme s'il s'agissait d'une question de vie ou de mort. Le colonel en avait vu d'autres, il se foutait bien de ses camions, et il avait très envie de terminer enfin son repas.

« Bon. Je vous prête un camion pour les munitions, mais je n'en ai pas plus. Pour les hommes, c'est à pied. La piste est à peu près sûre. Mais il faudrait que la coloniale arrête de compter sur nous. »

Moreau se tourna vers Salagnon, qui acquiesça ; il était de nature conciliante, au fond, mais n'en était pas très fier. Ils laissèrent le service reprendre, ils sortirent.

« Trambassac n'a pas tort. Ici c'est le capitaine, ses preux, et ses hommes d'armes ; chacun avec sa bande.

— Eh bien voilà la tienne, de bande. »

Mariani et Gascard assis sur des caisses les attendaient, et les quarante supplétifs thaïs accroupis, s'appuyant sur leur fusil qu'ils tenaient comme des lances. Mariani se leva à leur approche, il vint en souriant aux nouvelles ; il s'adressait à Moreau.

Cela leur prit trois jours par la piste. Ils montèrent en file, leur arme en travers des épaules. Ils ruisselèrent vite de sueur de grimper par de fortes pentes en plein soleil. L'ombre au bord, ils ne s'en approchaient pas, c'était la forêt donc une infinité de caches, de pièges, de fils entre les arbres reliés à des mines, de tireurs patients assis entre les branches. Les deux murs verts les oppressaient, alors ils marchaient au milieu, en plein soleil. Et parfois une clairière aux bords brûlés marquait l'effet de l'artillerie à longue portée, ou de l'aviation ; un camion noirci basculé sur le bas-côté, troué de balles, témoignait d'une échauffourée inconnue, dont tous les témoins étaient morts. Heureusement qu'on ne laissait pas traîner les morts car sinon la piste en aurait été semée. On ne laisse pas traîner les morts, on les ramasse, sauf dans la rivière. Sauf dans la rivière, pensait Salagnon en peinant du poids de son sac, du poids de son arme en travers de ses épaules. Mais que signifiaient-ils, ces morts dans la rivière ? On répugne à toucher les corps morts, alors parfois on les laisse, mais pourquoi les jeter à la rivière ? Chaque pas était pénible sur cette mauvaise piste qui montait, et des pensées désagréables venaient avec la fatigue, avec ce découragement que donne l'épuisement des muscles. Le soir ils s'endormirent dans les arbres, suspendus dans des hamacs de corde, la moitié d'entre eux éveillés gardant l'autre moitié endormie.

Au matin, ils continuèrent de marcher sur la piste dans la forêt. Il ne savait pas qu'il pouvait être aussi difficile de lever un pied pour le poser devant l'autre. Son sac plein de pièces métalliques le tirait en arrière, ses armes pesaient, de plus en plus, les muscles de ses cuisses se tendaient comme les câbles d'un pont, il les sentait grincer à chaque oscillation ; le soleil le séchait, l'eau qu'il contenait coulait au dehors, chargée en sel, il se couvrait d'auréoles blanches.

Au soir du troisième jour ils parvinrent à une crête, et le paysage de collines s'ouvrit en contrebas dans un brusque mouvement d'éventail. Une herbe jaune les entourait, brillant d'éclats dorés au soleil du soir, et la piste, en terrain plat, passait au milieu de ces herbes qui arrivaient à l'épaule, comme une tranchée sombre. De cette crête on voyait loin ; les collines se succédaient jusqu'à l'horizon, les premières d'un vert humide de pierre précieuse, et les suivantes dans les tons turquoise, d'un bleuté de plus en plus doux, dilués par la distance jusqu'à ne plus rien peser, jusqu'à se dissoudre dans le ciel blanc. La longue file d'hommes bossus, pliés sous leur sac, s'arrêta pour souffler, et tout ce paysage incroyablement léger s'insuffla en eux, le bleu pâle et le vert tendre les remplirent, et ils repartirent d'un pas vif vers le poste posé sur la crête.

Un sergent indigène fit ouvrir la porte, les accueillit, il s'occupait de tout. Les tirailleurs étaient accroupis dans la cour, aux tours d'angle couvertes de chaume. Salagnon chercha autour de lui un visage européen. « Vos officiers ? — L'adjudant Morcel est enterré là-bas, dit-il. Le sous-lieutenant Rufin est en opérations, il va rentrer. Quant au lieutenant Gasquier, il ne sort plus de sa chambre. Il vous attend. — Vous n'avez plus d'encadrement ? — Si, mon lieutenant, moi. Ici les forces franco-vietnamiennes sont devenues, de fait, vietnamiennes. Mais n'est-ce pas naturel, que les choses finissent par correspondre aux mots ? » finit-il avec un sourire amusé.

Il parlait un français délicat appris au lycée, le même qu'avait appris Salagnon à dix mille kilomètres de là, à peine teinté d'un accent musical.

Le chef de poste les attendait assis à table, la chemise ouverte et le ventre bien calé, il semblait lire un journal ancien. Ses yeux rougis le parcouraient dans un sens puis dans l'autre, sans rien fixer de précis, et il ne se résignait pas à tourner les pages. Quand Salagnon se présenta, il ne le regarda pas, ses yeux continuaient à errer sur le papier comme s'il avait du mal à les lever.

« Vous avez vu ? bredouilla-t-il. Vous avez vu ? Les communistes ! Ils ont encore égorgé un village entier, pour l'exemple. Parce qu'ils refusaient de leur fournir le riz. Et ils maquillent le crime, ils font croire que c'est l'armée, la police, la Sûreté, la

France ! Mais ils nous embrouillent. Ils nous trompent. Ils utilisent des uniformes volés. Et tout le monde sait que la Sûreté est infiltrée. Totalement. Par des communistes de France, qui prennent leurs ordres à Moscou. Et qui zigouillent pour le compte de Pékin. Vous, vous êtes tout neuf ici, lieutenant, alors faut pas vous faire avoir. Méfiez-vous ! » Il le regarda enfin et ses yeux tournoyaient dans leurs orbites. « N'est-ce pas, lieutenant ? Vous ne vous ferez pas avoir ? »

Ses yeux se firent vagues, et il bascula. Il se cogna le front sur la table et il ne bougea plus.

« Aidez-moi, mon lieutenant », murmura le sergent indigène. Ils le prirent par les pieds et les épaules et l'étendirent sur le lit de camp dans le coin de la pièce. Le journal dissimulait un bol de choum, dont il gardait une jarre sous sa chaise. « À cette heure il s'endort, continua le sous-officier, sur le ton que l'on prend dans la chambre d'un bébé qui dort enfin. Normalement jusqu'au matin. Mais parfois il se réveille dans la nuit, et il veut que l'on se rassemble avec l'équipement et les armes. Il veut que l'on parte en colonne dans la forêt traquer le Viet pendant la nuit, pendant qu'il ne se doute de rien. Nous avons le plus grand mal à le dissuader et à le rendormir. Il faut encore le faire boire. Heureusement qu'il rentre, à Hanoï ou en France. Il nous aurait fait tuer sinon. Vous allez le remplacer. Tâchez de tenir plus longtemps. »

Le camion arriva le lendemain avec les caisses de munitions et les vivres ; il ne s'attarda pas et redescendit vers la rivière en emportant Gasquier encore endormi avec son bataillon de tirailleurs. Ils l'avaient bien calé entre des caisses pour qu'il ne tombe pas, et eux suivaient à pied. La poussière retomba sur la piste et Salagnon devint chef de poste, en remplacement du précédent, trop usé, mais encore vivant, sauvé à son corps défendant par les avis raisonnables d'un sous-officier indigène.

Rufin rentra à la fin de l'après-midi, à la tête d'une colonne en loques. Ils avaient marché dans la forêt pendant plusieurs jours, avaient traversé les ruisseaux, s'étaient cachés dans les buissons collants, avaient dormi dans la boue. Allongés dans l'humus, ils avaient attendu ; ruisselant de sueur salée, ils avaient marché. Ils étaient tous ignoblement sales et leurs vêtements raidis de crasse, de sueur, de sang et de pus, marqués de boue ; et leur esprit aussi était en loques, épuisé d'un mélange de fatigue, de trouille, de courage féroce qui confine à la folie, qui permet à lui seul de marcher, courir et s'entretuer dans les bois pendant plusieurs jours.

« Quatre jours et surtout quatre nuits », précisa Rufin en saluant Salagnon. Son beau visage d'enfant blond était creusé mais la mèche qui balayait ses yeux restait vive, et un sourire amusé flottait sur ses lèvres. « Dieu merci, être scout m'a préparé aux longues marches. »

Les hommes voûtés qui rentraient auraient pu s'effondrer au bord de la piste, et en quelques heures ils auraient fondu et disparu, on ne les aurait plus distingués de l'humus. Mais tous ces hommes crasseux comme des clochards portaient des armes rutilantes. Ils gardaient leurs armes comme au premier jour, rectilignes, brillantes, graissées ; le corps épuisé et les vêtements à l'état de chiffons d'atelier, mais leurs armes infatigables, des armes dodues et bien nourries quelle que soit l'heure, quel que soit l'effort. Les pièces de métal qu'ils portaient luisaient comme des yeux de fauves, et la fatigue ne les ternissait pas. Dans leur esprit estompé de fatigue subsistait encore — toute seule, la dernière — la pensée qui émane de la matérialité des armes : la pensée du meurtre, violente et froide. Tout le reste était chair, tissu, et avait pourri, ils l'avaient laissé au bord de la piste et il ne leur restait plus que leur squelette : l'arme et la volonté, le meurtre aux aguets. L'arme, bien plus que le prolongement de la main, ou du regard, est le prolongement de l'os, et l'os donne forme au corps qui sinon serait mou. Sur l'os est accroché le muscle, et ainsi peut se déployer la force. La grande fatigue a cet effet : elle décape la chair et dégage les os. On peut atteindre au même état en travaillant jusqu'à tomber, front contre la table, en marchant en plein soleil, en creusant des trous à la pioche. Chaque fois on sera réduit à ce qui reste, et ce qui reste on peut le considérer le plus beau en l'homme : ce sera l'obstination. La guerre fait ça aussi.

Les hommes allèrent s'étendre et ils s'endormirent tous. Après l'agitation de leur arrivée, un grand silence se fit dans le poste, et le soleil s'inclina.

« Les Viets ? dit Rufin, mais ils sont partout, tout autour, dans la forêt. Ils passent comme ils veulent, ils descendent de la Haute-Région où nous n'allons plus. Mais nous pouvons faire comme eux, nous cacher dans les buissons et ils ne nous verront pas. »

Il s'endormit sur le dos, la tête légèrement penchée, et son beau visage d'ange, très clair, très lisse, très pur, était celui d'un enfant.

En Indochine la nuit ne traîne pas. Quand le soleil se fut couché, ils furent entourés pendant quelques minutes d'un paysage vaporisé par des montagnes de porcelaine qui ne pesaient plus rien ; les crêtes bleutées flottaient sans plus toucher aucun sol ; elles s'estompèrent, disparurent, dissoutes, et la nuit se fit. La nuit est une réduction du visible, l'effacement progressif du lointain, un envahissement par l'eau noire qui sourd du sol. Posés sur leur crête, ils perdaient pied. Ils étaient en l'air, en compagnie des montagnes flottantes. La nuit déferlait comme une meute de chiens noirs qui montaient par les chemins du fond des vals, flairaient les lisières, remontaient les pentes, recouvraient tout et à la fin dévoraient le ciel. La nuit venait d'en bas avec un halètement féroce, avec le désir de mordre, avec l'agitation maniaque d'une bande de dogues.

Quand la nuit fut tombée ils surent qu'ils seraient seuls jusqu'au jour, dans une pièce close dont les portes ne ferment pas, environnés du souffle de ces chiens noirs qui les cherchaient, geignant dans l'obscurité. Personne ne leur viendrait en aide. Ils fermèrent la porte de leur petit château mais elle n'était qu'en bambou. Leur drapeau pendait sans bouger au bout d'une longue perche, et bientôt il disparut, ils ne voyaient pas les étoiles car le ciel était voilé. Ils étaient seuls dans la nuit. Ils firent démarrer le groupe électrogène dont ils comptaient soigneusement les bidons de gasoil ; ils alimentaient en haute tension le réseau de fil de fer qui entrelaçait les bambous dans les fossés ; ils allumèrent les projecteurs aux tours d'angle, faites de troncs et de terre, et la seule lampe au plafond de la casemate. Le reste de l'éclairage était assuré par des lampes à pétrole, et par les lampes à huile des supplétifs accroupis en petits groupes dans les coins de l'enceinte.

Ce qui tombe le soir ce n'est pas la nuit — la nuit remonte des vals grouillants qui entourent le poste, au bas des pentes raides couvertes d'herbes jaunes —, ce qui tombe le soir c'est leur foi en eux-mêmes, leur courage, leur espoir d'aller un jour vivre ailleurs. Quand la nuit vient, ils se voient rester ici pour toujours, ils se voient au dernier soir, au dernier moment qui ne va nulle part, et ensuite se dissoudre dans la terre acide de la forêt d'Indochine, leurs os emportés par les pluies, leurs chairs changées en feuilles et devenues nourriture des singes.

Rufin dormait. Mariani dans la casemate bricolait la radio, il écoutait dans les grésillements des bribes de parole en français, il vérifiait mille fois qu'elle fonctionnait. Gascard assis à côté de lui commençait à boire dès la tombée du jour, avec aisance et sans trop d'attention, comme s'il prenait l'apéritif un doux soir d'été ; quand il buvait trop cela ne se voyait pas, il ne tombait jamais, il ne titubait pas, et le tremblement des lampes cachait le tremblement de ses doigts. Moreau et Salagnon, restés dehors, regardaient l'obscurité accoudés à la rambarde de terre, ils ne voyaient rien et ils parlaient très bas, comme si les chiens noirs qui recouvraient le monde pouvaient les entendre, les flairer de leur présence, et venir.

« Tu sais, chuchota Moreau, nous sommes coincés là. Nous n'avons qu'une alternative : ou bien on attend de se faire écraser un jour ou l'autre, ou égorger dans notre lit, ou la relève ; ou bien on fait comme eux, on se cache dans les buissons, et on va les taquiner la nuit. »

Il se tut. La nuit bougeait comme de l'eau, lourde, odorante et sans fond. La forêt bruissait de craquements et de cris, produisant un brouhaha qui pouvait être tout, des animaux, des mouvements de feuilles, ou bien l'ombre des combattants marchant en colonnes entre les arbres. Salagnon par réflexe adoptait un silence inquiet, un silence de guet, inutile dans l'obscurité confuse, alors qu'il aurait fallu parler, tous, parler français indéfiniment sous la lampe électrique de la casemate, pour se rappeler à soi, pour se souvenir de soi, pour exister encore un tant soit peu à soi, tant ce sentiment de soi menaçait pendant la nuit de s'évaporer. Salagnon sentit que dans les semaines qui viendraient sa santé mentale et sa survie dépendraient du nombre de bidons de gasoil dont ils disposeraient encore. Dans le noir, ici, il se perdrait.

« Alors, tu en penses quoi ?

— Je te laisse faire. »

Au jour, le poste ressemblait à un château fort pour soldats de plomb, de ceux que l'on construit avec de la terre tassée, des cailloux plats et des aiguilles de pin ; ils en avaient tous construit, des châteaux de vacances ou de jeudi après-midi, et maintenant ils habitaient dedans. Le fortin était bâti de bois, de terre et de bambou, et avec le ciment venu par camion on avait construit une casemate où logeaient les Français : leur donjon, qui ne dépassait pas des murs. Ils vivaient en leur château perché, quatre preux et leur piétaille, sur une bosse nue qui commandait une vaste étendue de forêt, bien verte vue d'en haut, coupée des lacets bruns de la rivière. On dit bien « commander » quand une forteresse domine géographiquement le paysage, mais ici le terme pouvait prêter à sourire. Sous les arbres en contrebas une division entière aurait pu passer sans être vue. Salagnon pouvait toujours faire lancer quelques obus dans la forêt. Il pouvait toujours.

Les jours passaient et s'accumulaient, les longs jours tous pareils à surveiller la forêt. La vie militaire est faite de grands vides où l'on ne fait rien, dont on se demande si cela finira, et la question n'est bientôt plus posée. L'attente, la veille, le transport, tout dure, on n'en voit jamais le bout, cela recommence chaque jour. Et puis le temps repart, dans les convulsions brusques d'une attaque, comme s'il se précipitait d'un coup après s'être longuement accumulé. Et là aussi cela dure, ne pas dormir, être attentif, réagir au plus vite, c'est sans fin, sauf la mort. Les militaires rendus à la vie civile savent passer le temps mieux que d'autres, à attendre, assis sans rien faire, immobiles dans le temps qui passe comme s'ils faisaient la planche. Ils supportent mieux que d'autres le vide, mais ce qui leur manque ce sont les spasmes qui font vivre d'un coup tout ce qui s'est accumulé pendant le vide, et qui n'ont plus de raison d'être après la guerre.

Au matin ils s'éveillaient avec joie, rassurés de n'être pas morts pendant la nuit, et ils voyaient apparaître le soleil entre les brumes qui glissaient hors des arbres. Salagnon souvent dessinait. Il avait le temps. Il s'asseyait et s'essayait au lavis, à l'encre, au paysage ; il s'agissait ici de la même chose car toute l'eau contenue dans le sol et dans l'air transformait le pays entier en lavis. Assis dans l'herbe haute ou sur une roche, il peignait à l'encre l'horizon bosselé, la transparence des collines successives, les arbres qui pointaient en noir hors des nuages. Dans la matinée la lumière se faisait plus dure, il diluait moins l'encre. Dans la cour du poste il dessinait les supplétifs thaïs, il les dessinait d'un peu loin, ne gardant que leur posture. Allongés, assis, accroupis, pliés ou debout, ils pouvaient adopter bien plus de poses que ne l'imaginaient les Européens. L'Européen est debout ou couché, sinon il s'assoit ; l'Européen a envers le sol un sentiment de mépris hautain ou de renoncement. Les Thaïs ne semblaient pas haïr ce sur quoi l'on marche, ni en avoir peur, ils pouvaient se mettre n'importe comment, adopter toutes les positions possibles. Il apprit en les dessinant toutes les positions d'un corps. Il essaya aussi de dessiner des arbres, mais aucun s'il l'isolait ne lui plaisait. Ils étaient pour la plupart malingres mais formaient à eux tous une masse terrifiante. Comme les gens, comme les gens d'ici, dont il ne savait pas grand-chose. Il fit le portrait des quatre hommes qui vivaient avec lui. Il dessina des rochers.

Moreau n'allait pas se laisser étouffer ainsi, à se protéger du jour le jour, de la nuit la nuit ; alors le soir il partait dans la forêt avec ses Thaïs. Il pouvait parler de *ses* hommes, le possessif est ici délicieux, cela aurait ravi Trambassac qui semait sur toute la Haute-Région une multitude de petits Duguesclin. Ils s'équipaient et partaient quand la base du soleil effleurait les collines, quand l'herbe entourant le poste devenait de cuivre frémissant, et la forêt à contre-jour d'un vert épais de fond de bouteille, presque noir. Ils allaient en file, avec le bruit que de toute façon font quinze hommes qui marchent ensemble même s'ils se taisent, respiration, froissement de toile, cliquetis de métal, semelles en caoutchouc frottant très doucement le sol. Ils s'éloignaient et le bruissement s'estompait ; ils entraient dans la forêt et en quelques mètres ils disparaissaient entre les branches. En tendant bien l'oreille on pouvait encore les entendre, cela aussi s'effaçait. Le soleil glissait très vite derrière les reliefs, la forêt sombrait dans l'obscurité, il ne restait aucune trace de Moreau et de ses Thaïs. Ils avaient disparu, on ne savait plus rien d'eux, il fallait espérer qu'ils reviennent.

Gascard, lui, se voyait bien rester à étouffer comme ça. La noyade est la mort la plus douce, dit-on bêtement, ce sont des bruits qui courent, comme si on avait essayé. Alors pourquoi pas, surtout si la noyade au pastis est possible. Il s'y employait, c'était doux. Il sentait l'anis étoilé du soir au matin, et le jour n'était pas assez long pour tout évaporer. Salagnon l'engueula, lui ordonna de réduire sa consommation, mais pas trop, pas totalement, car maintenant Gascard était un poisson de pastis, et lui retirer son eau l'étoufferait sûrement.

Le convoi terrestre arriva enfin, au soir, il était attendu depuis la veille mais il avait du retard, toujours du retard car le voyage ne se passe jamais bien, la route coloniale n'est jamais libre, les convoyeurs font toujours autre chose que conduire. Ils entendirent d'abord un grondement assez vague qui remplissait l'horizon, puis ils aperçurent un nuage au-dessus des arbres, poussière brune, nuées de gasoil, cela avançait sur la route coloniale, sur la piste encailloutée qui fait des lacets, et enfin au virage avant la montée au poste ils virent les camions verts qui roulaient en cahotant.

« Quel vacarme ! Les Viets, ils nous entendent de loin. Ils savent où nous sommes ; et nous, non. »

Les camions montèrent en soufflant, si l'on peut dire qu'un camion souffle, mais ceux-là, des GMC à la peinture qui s'écaille, aux gros pneus usés, aux portières cabossées, parfois trouées d'impacts, ils montaient si lentement sur la mauvaise piste qu'on les sentait se dandiner avec peine, avec des raclements de gorge, un souffle rauque, des halètements d'asthmatiques dans leurs gros moteurs. Quand ils s'arrêtèrent devant le poste ce fut un soulagement pour tous, qu'ils se reposent. Ceux qui sortirent étaient torse nu, titubaient, s'épongeaient le front ; ils avaient les yeux rouges qui papillonnaient, on aurait cru qu'ils allaient s'allonger et dormir.

« Deux jours, on a mis. Et il va falloir rentrer. »

Les camions alternaient avec des half-tracks remplis de Marocains. Eux aussi descendaient mais ils ne disaient rien. Ils s'accroupissaient au bord de la piste et attendaient. Leurs visages bruns et maigres disaient la même chose, une grande fatigue, une tension, et aussi une grande colère qui ne s'exprimait pas. Deux jours pour cinquante kilomètres, c'est souvent le cas sur la route coloniale. Le train d'Haïphong ne va pas plus vite, il se traîne sur ses rails, il s'arrête pour réparer et poursuit, au pas.

Ici, les machines encombrent. Mille hommes et femmes portant des sacs iraient plus vite qu'un convoi de vingt camions, coûteraient moins cher, arriveraient plus souvent, seraient moins vulnérables. La vraie machine de guerre c'est l'homme. Les communistes le savent, les communistes asiatiques encore mieux.

« On décharge ! » Le capitaine qui commandait l'escorte de goumiers, un colonial séché par le Maroc mais maintenant ramolli et mouillé par la forêt d'Indochine, vint rejoindre Salagnon, le salua sans cérémonie et se posa à côté de lui, poings sur les hanches pour contempler son convoi éclopé.

« Si vous saviez comme j'en ai marre, lieutenant, d'aller au casse-pipe avec mes gars pour livrer trois caisses dans la jungle. Pour des postes qui ne tiendront pas à la première attaque sérieuse. » Il soupira. « Je ne dis pas ça pour vous, mais quand même. Allez, déchargez vite, que l'on reparte.

— Je vous offre l'apéro, mon capitaine ? »

Le capitaine regarda Salagnon en plissant les yeux, cela formait des rides molles, sa peau était de carton mouillé prêt à se déchirer au premier effort.

« Pourquoi pas. »

Une chaîne s'établit pour décharger les caisses. Salagnon entraîna le capitaine dans la casemate, lui servit un pastis juste un peu plus frais que la température du dehors, c'était tout ce qu'il pouvait faire.

« Si je vous dis que j'en ai marre, c'est qu'on passe tout notre temps à faire autre chose que conduire et escorter. On manie la pelle, la pioche, le treuil. Du boulot de cantonnier en permanence, pour construire au fur et à mesure la route sur laquelle on passe. Ils creusent pour nous empêcher de passer. Des tranchées en travers, qu'ils creusent la nuit, par surprise, c'est impossible à prévoir. La route passe dans la forêt, et hop ! en travers, une tranchée. Très bien faite, perpendiculaire à la route, les bords bien droits et le fond plat, car ce sont de gens soigneux, pas des sauvages. Alors on rebouche. Quand c'est rebouché, on repart. Quelques kilomètres après, ce sont des arbres, sciés bien proprement, en travers. Alors on treuille. On les pousse, on repart. Puis à nouveau une tranchée. On a prévu des outils dans les camions, et on a des prisonniers pour boucher. Des Viets capturés, des miliciens pas nets, des paysans suspects qu'on trouve dans les villages. Ils sont tous habillés du même pyjama noir, ils baissent la tête et ne disent jamais rien ; on les emmène partout où il y a quelque chose à porter ou de la terre à remuer ; on leur dit de faire, et si c'est pas trop compliqué, ils font. Ceux-là, ils étaient tout frais, une colonne viet détruite par un bataillon de paras qui cherchaient autre chose qu'ils n'avaient toujours pas trouvé. Alors ils nous les avaient confiés pour les descendre sur le delta. Mais c'est un emmerdement, il faut les surveiller, parmi eux il y a des types futés, des commissaires politiques que l'on est infoutu de reconnaître, c'est dangereux pour nous. Alors la première tranchée, ils l'ont rebouchée, mais à la troisième j'ai senti que ça allait mal finir. Des tranchées si proches, ça sentait l'attaque, et une attaque avec des types dans le dos à surveiller, ça allait être coton. Alors je les ai fait descendre dans la tranchée, fusiller, et on a rebouché. Le convoi est passé dessus, problème résolu. » Il finit son verre, le claqua sur la table. « Camions plus légers, ennuis évités. Pas de problèmes pour les comptes : ils savent même pas combien ils nous en ont donné, et à l'arrivée ils ne savent même pas qu'on leur en amenait. Et puis les suspects ne manquent pas, on sait plus où les mettre. Toute l'Indochine est peuplée de suspects. »

Salagnon le resservit. Il but la moitié d'un trait, resta les yeux dans le vague, rêveur.

« Tiens, à propos de convois, vous savez que le Viêt-minh a attaqué le BMC ?

— Le bordel militaire ?

— Eh oui, le bordel itinérant. Vous allez me dire : normal. Ils passent des mois dans la forêt. Avec des cadres tonkinois pas très portés sur la chose. Alors forcément, ils craquent. Il y en a un qui finit par lancer l'idée : "Hé, les gars ! (il imite l'accent vietnamien) bordel y passe. Allons faire embuscade et tirer coup."

« Voilà qui aurait été drôle, mais ça ne s'est pas passé comme ça. Le BMC, c'est cinq camions de putes qui vont d'une garnison à l'autre, des petites Annamites et quelques Françaises, avec une mère maquerelle comme colonel. Les camions sont aménagés avec de petits lits, de petits rideaux à trou-trous, une issue d'un côté et une autre de l'autre, pour tirer son coup à la chaîne sans se gêner et sans traîner. Pour escorter tout ça, quatre camions de Sénégalais. Pas facile de choisir qui escorte le BMC. Les Marocains ça les choque, le cul c'est caché chez eux, sauf en rezzou ; mais là on égorge après, ou bien on emporte et on épouse. Les Annamites, ça les choque, c'est des romantiques traditionnels qui aiment se tenir la main en silence. Et puis voir des compatriotes dans cette situation, ça blesse leur honneur national, qui est tout neuf, donc sensible. La Légion ça les intéresse pas, ils se déplacent en phalange, entre garçons, pour le choc. Il y a la coloniale, mais ils font les malins, ils taquinent les putes, ils la ramènent, alors la sécurité avec eux, c'est pas garanti. Restent les Sénégalais : eux, ils s'entendent bien avec les putes, ils leur font de grands sourires, et les petites Annamites c'est pas leur format. Alors on met tout ça en camions et on fait le tour des garnisons de la jungle. Mais cette fois ça a mal tourné. Le Viêt-minh leur est tombé dessus, avec un régiment entier, équipé comme s'ils allaient prendre Hanoï.

— Pour donner l'assaut à un bordel ?

— Eh oui. C'est ce qu'ils visaient, sans erreur. D'abord fusées à charges creuses dans la cabine des camions, et il n'est plus rien resté des conducteurs ; puis salves de mortier entre les ridelles des half-tracks d'escorte, mitraillage de ceux qui sautent et cherchent à fuir. En quelques minutes tous y sont passés.

— Même les putes ?

— Surtout les putes. Quand une colonne de secours est arrivée, ils ont retrouvé les camions incendiés au milieu de la route et tous les morts allongés sur le bas-côté. Allongés parallèlement, les Sénégalais, leurs officiers, les putes, la mère maquerelle. Ils les avaient allongés dans le même sens, les bras le long du corps, un tous les dix mètres. Ils avaient dû mesurer, ils sont rigoureux ces gens, c'était parfaitement régulier. Il y avait une centaine de morts, ça formait un kilomètre de cadavres rangés. Tu t'imagines ? Un kilomètre de cadavres rangés comme dans un lit, c'est interminable. Et autour des carcasses fumantes des camions, des débris roses, les colifichets, oreillers, lingerie, dessous, rideaux des cabines spéciales.

— Ils s'étaient… servis avant de partir ?

— Sexuellement, ils n'avaient touché à rien. Le médecin les a examinées et il est formel. Mais ils ont décapité les putes annamites et posé la tête sur leur ventre ; le spectacle était glaçant. Vingt filles cou coupé, la tête sur le ventre, maquillage intact, rouge à lèvres, les yeux ouverts. Et planté à côté d'elles un drapeau viet tout neuf. C'était un signe : on ne baise pas avec le corps expéditionnaire. On le combat. Un régiment entier pour dire ça. Quand la nouvelle s'est répandue, ça a mis un certain froid dans tous les bordels d'Indochine, jusqu'à Saïgon. Un certain nombre de congaïs n'ont pas demandé leur reste et sont rentrées au village. Le corps expéditionnaire était touché aux couilles. »

Ils finirent leur verre en silence, communièrent dans une juste considération de l'absurdité du monde.

« La guerre révolutionnaire est une guerre de signes, dit enfin Salagnon.

— Là, lieutenant, c'est trop compliqué pour moi. Je vois juste qu'on est dans un pays de fous, et survivre ici c'est un boulot à plein temps. Pas le temps de réfléchir, comme tous les planqués à l'abri dans leurs postes. Moi je suis dans le camion, et je rebouche les tranchées. Allez, merci pour le verre. Votre ravitaillement doit être déchargé. Je repars.»

Salagnon les regarda redescendre sur la route coloniale. Jamais le terme « bringuebalant » fut mieux adapté, pensa-t-il ; ils avançaient en tremblotant sur les cailloux, et ça faisait des bruits métalliques, des hoquets de moteur. Ils descendaient la piste comme une file d'éléphants fatigués ; et pas ceux d'Hannibal, pas des éléphants de guerre, plutôt des éléphants de cirque à la retraite que l'on aurait engagés pour le portage, mais qui un jour se coucheraient au bord de la piste et resteraient là.

Dans la cour du poste, les Thaïs rangeaient les caisses de munitions, les armes de rechange, des rouleaux de barbelés, un projecteur, tout ce qu'il faut pour survivre. Les postes n'existaient que par les convois qui les ravitaillent, et les convois n'existaient que par la route qui leur permettait d'avancer. Le corps expéditionnaire n'est pas dans des casemates, il s'étale sur des centaines de kilomètres de routes, il se répand comme le sang, dans une infinité de capillaires très fins et fragiles, qui se rompent au moindre choc, et le sang coule et se perd.

Ce convoi qui vient de s'engloutir dans la forêt, peut-être n'arrivera-t-il pas, ou peut-être arrivera-t-il, ou peut-être à moitié. Il sera peut-être décimé d'une volée d'obus de mortier, ou de rafales de fusils-mitrailleurs dont les balles trouent les cabines comme du papier plié. Les camions basculent, flambent, les chauffeurs tués s'affaissent sur leur volant, les tirailleurs aplatis sur la route cherchent à riposter sans rien voir et tout s'arrête. Quand les convois arrivent, ceux qui les conduisent tiennent à peine debout, ils voudraient s'endormir aussitôt, et ils repartent quand même.

Chaque convoi occasionne des pertes, des dégâts. Le corps expéditionnaire s'épuise lentement, il perd son sang goutte à goutte. Quand la piste devient impraticable, on renonce aux postes, ils sont déclarés abandonnés, effacés sur la carte du commandement, et ceux qui les occupaient doivent rentrer. Comme ils peuvent. La zone française se rétrécit. Au Tonkin elle se résume au delta, et encore, pas entier. Tout autour se dressent les postes kilométriques, des tours régulièrement espacées qui tentent de garder les routes. Les postes sont nombreux, chacun n'est occupé que par très peu d'hommes, qui hésitent à sortir. On cherche à tenir de l'eau dans une passoire, on essaie de réduire les trous pour perdre un peu moins d'eau ; bien sûr on n'y parvient pas.

Ils firent du béton. Ils avaient reçu par le convoi de quoi monter quatre murs. Ils remirent en état la petite bétonnière de campagne que l'on trouve dans tous les postes — la machine paraît modeste, c'est l'instrument principal de la présence française en Indochine — et ils la firent tourner. Gascard torse nu se mit devant, occupa de lui-même le poste pénible où il fallait enfourner l'eau, le sable, le ciment dans un nuage de poussière qui fait grincer les dents. Torse nu en plein soleil, il brassa les ingrédients jusqu'à être poudré de blanc, blanc raviné de sueur, mais dents serrées il ne disait rien, il poussait juste des soupirs d'effort, on pouvait croire que cela lui faisait du bien. Ils portèrent le béton par seaux jusqu'à des moules faits de planches. Ils firent sur une des tours d'angle en bois et en terre un petit cube muni de meurtrières. Ils installèrent dedans une grosse mitrailleuse américaine sur affût. Ils firent par-dessus un toit pentu, avec des tôles ondulées qu'avaient apportées les camions.

« Ça a de la gueule, non ? s'exclama Mariani. Avec ça, on mitraille en gardant le poil sec. Tactactactac ! On laboure les fossés, pas un n'approche. Ils ne s'y frotteront pas.

— Vu la qualité du béton, ça ne résistera pas à un coup au but, dit Moreau, qui n'avait pas touché un seau, regardant juste de loin.

— Un coup au but de quoi ? Les Viets n'ont pas d'artillerie. Et s'ils avaient des canons chinois, tu crois qu'ils pourraient les passer dans la forêt ? Les trucs à roues, ça ne passe pas. Tu en dis quoi, Salagnon ?

— Je ne sais pas. Mais nous avons bien fait. Les travaux de force, ça dessoûle Gascard. Et puis dedans on sera plus au sec que dans un truc en terre.

— Moi, je ne mets pas un pied dedans », dit Moreau.

Tout le monde le regarda. Le pistolet mitrailleur à portée de main, la raie bien faite, il sentait tranquillement le coiffeur dans la chaleur de l'après-midi.

« Comme tu veux », dit enfin Salagnon.

Les pluies vinrent après une longue préparation. Les nuées ventrues comme des jonques de guerre s'accumulaient au-dessus de la mer de Chine. Les nuages balançaient lentement leurs flancs peints de noir laqué, ils avançaient comme de gros navires, ils jetaient en dessous d'eux une ombre épaisse. Les collines prenaient à leur passage des couleurs d'émeraude approfondie, verre liquide épais de plus en plus visqueux. Les nuages lançaient des bordées de grondements, en se heurtant peut-être, ou pour semer la terreur à leur passage. Des roulements de gros tambours rebondissaient de val en val, plus forts, plus proches, et un rideau de pluie tomba d'un seul coup, d'énormes masses d'eau tiède rebondirent sur les murs de bois tressé, glissèrent sur les toits de feuilles, ravinèrent le sol d'argile en mille ruisseaux rougeâtres qui filaient vers le bas. Salagnon et Moreau avaient entendu le tonnerre les suivre, et le rideau de pluie s'abattre sur les arbres ; ils coururent sur le chemin boueux, poursuivis par ce bruit qui allait plus vite qu'eux, mitraillage des branches, tonnerre du ciel, ils coururent jusqu'au village bâti sur la pente. « Bâti » est un grand mot pour des cases de bambou avec un toit de feuilles sèches ; il faudrait dire « posé » ou, mieux, « planté » ; comme des buissons, comme des plantes potagères dans lesquelles on habiterait. Dans une ouverture de la forêt, de grandes cases végétales poussaient sans ordre sur un sol maigre parsemé de feuilles mortes. En contrebas, les rizières en terrasses allaient jusqu'à un ruisseau entre de grosses pierres. La route coloniale passait le long du village, la rivière brune à trois jours de marche.

Dans ce village des montagnes tout semble précaire, provisoire, l'homme n'y est que de passage, la forêt attend, le ciel s'en moque ; les habitants sont les acteurs d'un théâtre ambulant installé pour la soirée, ils marchent très droit, sont très propres, parlent peu, et leurs vêtements sont étrangement somptueux dans cette clairière de la forêt.

Salagnon et Moreau couraient sur le chemin et la pluie déjà noyait les sommets, les nuées remplissaient le ciel, l'eau descendait la pente plus rapidement qu'ils ne pouvaient courir, dénudant les cailloux ronds, décapant une fange rougeâtre qui dévalait la pente, le chemin fuyait avec eux, les dépassait, devenait entre leurs jambes, sous leurs pieds, un torrent rouge. Ils manquaient de glisser, ils furent rattrapés par l'averse. Le bord de leur chapeau de brousse se ramollit aussitôt, se rabattit sur leurs joues. Ils bondirent sous la véranda de la grande maison, la grande case ornée au milieu de toutes les autres. On les attendait, des messieurs assis en demi-cercle regardaient la pluie tomber. Ils s'ébrouèrent en riant, ôtèrent leur chapeau et leur chemise, les tordirent et restèrent torse nu, tête nue. Les notables, sans rien dire, les regardaient faire. Le chef du village — ils l'appelaient ainsi faute de savoir traduire le terme qui disait sa fonction — se leva et vint leur serrer la main sans cérémonie. Il avait vu les villes, il parlait français, il savait qu'en France, là-bas où était la force, ce qui lui paraissait d'une grande impolitesse était signe de modernité, donc de suprême politesse. Alors il s'adaptait, il parlait à chacun le langage qu'il voulait entendre. Il serrait la main un peu mollement, comme il l'avait vu faire en ville, il tâchait d'imiter ce geste qui ne lui convenait pas. Il était le chef, il menait le village, et c'était aussi difficile que de mener une barque à travers des rapides. On pouvait à chaque instant couler, et lui ne pourrait être sauvé. Les deux Français vinrent s'asseoir avec les vieux messieurs impassibles sous l'avancée de toit, ils regardèrent le rideau de pluie, et une vapeur glacée venait jusqu'à eux ; une vieille femme courbée vint leur verser dans des bols un alcool trouble qui ne sentait pas très bon mais leur procura beaucoup de chaleur. L'eau sur la pente coulait continûment dans le même sens, cela formait une rivière, un canal, cela traçait comme une rue dans le village. De l'autre côté on avait construit une case sans murs ; un simple plancher surélevé, avec un toit de chaume sur des piliers de bois. Les matériaux semblaient neufs, la construction rigoureuse, tous les angles droits. Des enfants assis suivaient la classe, un instituteur debout en pantalon de ville et chemise blanche montrait une carte de l'Asie avec une baguette de bambou. Il désignait des points et les enfants les nommaient, ils récitaient leur leçon tous en chœur avec ce piaillement de poussins des langues à tons dites par de petites voix.

« Nos enfants apprennent à lire, à compter, à connaître le monde, dit le chef en souriant. Je suis allé à Hanoï. J'ai vu que le monde changeait. Nous vivons pacifiquement. Ce qui se passe dans le Delta, ce n'est pas nous, c'est loin pour nous, des jours et des jours de marche. C'est loin de ce que nous sommes. Mais j'ai vu que le monde changeait. J'ai œuvré pour que le village construise cette école, et accueille un maître. Nous comptons sur vous pour maintenir le calme dans la forêt. »

Moreau et Salagnon acquiescèrent, on remplit leur bol, ils burent, ils étaient ivres.

« Nous comptons sur vous, répéta-t-il. Pour que nous puissions continuer à vivre paisiblement. Et changer comme le monde change, mais pas plus vite, juste au bon rythme. Nous comptons sur vous. »

Embrumés par l'alcool, enveloppés du bruit de la pluie qui rebondissait sur les chaumes, du glouglou des cascades qui s'écoulaient autour d'eux, des cataractes qui se fracassaient sur les flaques, ravinaient le sol, ils acquiescèrent encore, oscillant de la tête au rythme de la récitation des enfants, un sourire bouddhique flottant sur leurs lèvres.

Quand la pluie eut cessé, ils remontèrent au poste.

« Le Viêt-minh est ici, dit Moreau.

— Comment tu le sais ?

— L'école. L'instituteur, les enfants, la carte d'Asie, les notables qui se taisent et le chef qui nous parle ; sa façon de dire.

— L'école, c'est plutôt bien, non ?

— En France, oui. Mais qu'est-ce que tu veux qu'ils apprennent, ici, si ce n'est le droit à l'indépendance ? Ils feraient mieux de tout ignorer.

— L'ignorance sauve du communisme ?

— Oui. Nous devrions nous méfier, interroger, liquider peut-être.

— Et nous n'allons pas le faire ?

— Ce serait régner sur des morts. Il le sait, ce fourbe. Il joue sa peau lui aussi. Il est entre le Viêt-minh et nous, il a deux façons de mourir, deux récifs où couler sa barque. Il doit exister une voie de survie, mais si étroite qu'on y passe à peine. Peut-être pouvons-nous l'aider. Nous ne sommes pas là pour ça, mais j'en ai assez parfois de notre mission. J'aimerais que ces gens vivent en paix avec nous, plutôt que d'avoir à me méfier toujours. Ce doit être l'alcool. Je ne sais pas ce qu'ils y mettent. J'ai envie de faire comme eux : m'asseoir et regarder la pluie. »

Partout au monde, le soir qui vient est une heure qui rend triste. Dans leur poste de la Haute-Région, le soir, ils respiraient mal, ils sentaient peser la nuit avec un serrement de cœur, mais c'est normal, le manque progressif de lumière agit comme un manque progressif d'oxygène. Tout manque d'air, peu à peu : leurs poumons, leurs gestes, leurs pensées. Les lumières s'atténuent, elles vivotent, les poitrines se soulèvent avec peine, les cœurs s'affolent.

Le monde n'était présent que par radio. L'état-major communiquait des tendances vagues. Il faut colmater. Le Viet passe comme chez lui. Il faut étanchéifier. Il ne faut pas qu'il touche au Delta. Il faut lui rendre la montagne inconfortable. Il faut aller au contact. Il faut lancer des groupes mobiles ; faire de chaque poste une base d'où partent d'incessants coups de main. La radio grésillante, le soir sous la lampe unique de la casemate, leur donnait des conseils.

Le soir, Moreau partait avec ses Thaïs. Salagnon gardait le poste ; il avait du mal à dormir. Dans la casemate, sous cette lampe unique, il dessinait. Le groupe électrogène ronflait doucement et envoyait du courant dans les fils du fossé. Il peignait à l'encre, il pensait à Eurydice, il lui racontait sans un mot ce qu'il croyait voir dans la Haute-Région du Tonkin. Il peignait les collines, l'étrange brouillard, l'intense lumière quand il se dissipait, il peignait les paillotes et des bambous, les gens si droits et le vent dans les herbes jaunes autour du poste. Il peignait la beauté d'Eurydice répandue sur tout le paysage, dans la moindre lumière, dans toutes les ombres, dans la moindre lueur verte à travers le feuillage. Il peignait la nuit en n'y voyant guère, il peignait l'image d'Eurydice superposée à tout, et Moreau le retrouvait au matin endormi à côté d'une pile de feuilles gondolées d'humidité. Il en déchirait et en brûlait la moitié, et empaquetait le reste avec soin. Il le confiait aux convois terrestres qui leur apportaient munitions et vivres, il les adressait à Alger, il ne savait pas si cela arrivait vraiment. Moreau le regardait faire, le regardait choisir, en déchirer une partie, en empaqueter une autre. « Tu fais des progrès, disait-il. Et puis ça t'occupe les mains. C'est important, ça, de s'occuper les mains quand on n'a rien à faire. Moi je n'ai qu'un couteau. » Et pendant que Salagnon triait ses dessins, Moreau aiguisait son poignard, qu'il rangeait dans un fourreau de cuir huilé.

Cela n'allait pas fort dans le poste en sursis. Les journées traînaient en longueur, ils savaient bien leur fragilité : leur forteresse commandait un département de forêt, et se montrait toute seule sur sa bosse, là où personne ne pourrait leur venir en aide. Les Thaïs regardaient le temps passer accroupis sur leurs talons, bavardaient de leurs voix piaillantes, fumaient lentement, jouaient à des jeux de hasard qui les amenaient à de longues disputes mystérieuses où ils se levaient et partaient furieux, suivies de réconciliations inattendues, et à de nouveaux jeux, de nouveaux longs silences à attendre que le soleil se couche. Moreau somnolait dans un hamac qu'il avait planté dans la cour, mais il guettait tous les mouvements entre ses cils jamais fermés ; et plusieurs fois par jour il inspectait les armes, les fossés, la porte ; rien ne lui échappait. Salagnon dessinait dans le plus grand silence, et même intérieurement ne prononçait aucune parole. Mariani lisait de petits livres qu'il avait emportés, il revenait tellement sur chaque page qu'il devait les connaître bien mieux que ses propres pensées. Gascard se chargeait des travaux physiques avec une escouade de Thaïs, il coupait des bambous, les épointait d'un magistral coup de sabre d'abattis et confectionnait des pièges disséminés aux alentours du poste ; quand il s'arrêtait, il s'asseyait, buvait un coup et ne se relevait plus jusqu'au soir. Rufin écrivait des lettres, sur un bon papier dont il avait une réserve, il écrivait assis à la table de la casemate, dans une posture d'écolier qui permet de suivre les lignes. Il écrivait à sa mère, en France, d'une écriture impersonnelle de petit garçon, il lui racontait être dans un bureau à Saïgon, chargé du ravitaillement. Il l'avait bien occupé, ce bureau, mais il s'en était enfui, il en avait claqué la porte pour courir la nuit dans la forêt, et voulait juste que sa mère ne le sache pas.

Le temps ne passait pas très vite. Il savait bien que l'armée entière du Viêt-minh pouvait s'en prendre à eux. Ils espéraient passer inaperçus. Ils auraient bien construit une autre tour en béton mais le convoi terrestre ne leur avait plus apporté de ciment.

Un soir enfin Salagnon partit avec Moreau. Ils se glissèrent entre les arbres, discernant à peine dans la nuit l'arrière du sac de celui qui allait devant. Rufin ouvrait la marche car il voyait dans l'obscurité et connaissait d'infimes sentiers de bêtes que même le jour on pouvait perdre ; Moreau marchait derrière pour que personne ne s'égare, et entre eux deux Salagnon et les Thaïs portaient des explosifs. Ils posèrent longtemps un pied après l'autre sans se voir avancer, sentant à la fatigue qui les engourdissait la lente accumulation de la distance. Ils débouchèrent dans une étendue un peu moins sombre dont ils ne voyaient pas les limites ; ils sentaient à un peu d'aise, ils sentaient à moins d'oppression, qu'ils étaient sortis du couvert des arbres. « On attend le matin », murmura Rufin à son oreille. Ils se couchèrent tous. Salagnon somnola vaguement. Il vit la nuit se dissiper, les détails apparaître, une lueur métallique baigner une grande étendue d'herbes hautes. Une piste la traversait. À plat ventre, il regardait entre les brins sous son nez comme entre de petits troncs. Les Thaïs ne bougeaient pas, à leur habitude. Moreau non plus. Rufin dormait. Salagnon avait du mal à s'y faire, l'herbe le grattait, il sentait venir des insectes en colonnes entre ses jambes, sous ses bras, sur son ventre, qui aussi vite disparaissaient ; ce devait être la sueur qui le démangeait, la crainte de bouger, et la crainte de rester immobile en même temps, la peur de se faire prendre pour une souche par des insectes xylophages, la crainte de remuer les graminées et de se faire voir ; le contact des végétaux vivants sur la peau est désagréable, les petites feuilles tranchent, les inflorescences chatouillent, les racines gênent, le terreau remue et englue. Après avoir fait la guerre on peut détester la nature. Le jour se levait, la chaleur commença de peser, et des démangeaisons lui parcouraient la peau, qui se trempait de sueur.

« En voilà un. Là, regarde. Ici c'est bien, on reconnaît l'ennemi à sa tête. »

Un jeune garçon franchit la lisière, s'engagea sur la piste. Il s'arrêta. Il regardait de droite et de gauche, se méfiait. L'aspect de la piste, bordée d'herbes hautes qui bougeaient, devait lui déplaire. Il était vietnamien, cela se voyait de loin, sa chevelure noire coiffée avec une raie bien droite, ses yeux effilés d'un trait qui regardaient sans frémir, qui lui donnaient l'air d'un oiseau guetteur. Il devait avoir dix-sept ans. Il serrait quelque chose contre sa poitrine qu'il cachait entre ses mains, il s'y accrochait. Il avait l'air d'un lycéen perdu dans les bois.

« Ce qu'il tient, c'est une grenade. Elle est dégoupillée. S'il la lâche, elle pète, et le régiment qui vient derrière lui nous tombe dessus. »

Le jeune garçon se décida. Il quitta la piste, et marcha dans l'herbe. Il avançait difficilement. Les Thaïs sans bouger s'enfoncèrent davantage dans le sol. Ils connaissaient Moreau. Le jeune garçon progressait, il se frayait d'une main un passage, et l'autre il la gardait serrée contre sa poitrine. De temps à autre il s'arrêtait, il regardait par-dessus l'herbe, écoutait, et continuait. Il allait droit sur eux. Il était à quelques mètres. Tapis à plat ventre, ils le voyaient arriver. Les tiges fines les cachaient à peine. Ils se dissimulaient derrière des brins d'herbe. Il était vêtu d'une chemise blanche froissée, salie, tachée de brun et de vert, qui sortait à moitié de son short. Ses cheveux noirs étaient encore bien coupés, la raie encore visible. Il ne devait pas vivre dans la forêt depuis très longtemps. Moreau tira son poignard qui glissa sans bruit hors de l'étui huilé, juste le frottement de la langue d'un reptile. Le jeune garçon s'immobilisa, il ouvrit la bouche. Il devinait, bien sûr, mais voulait croire à la présence d'un petit animal qui glisse. Ses mains s'abaissèrent et s'ouvrirent très lentement. Moreau jaillit de l'herbe, Salagnon derrière lui par réflexe, comme si des fils les reliaient membre à membre. Moreau se rua sur le jeune garçon, s'abattit sur lui ; Salagnon attrapa la grenade au vol et la tint bien fort, cuillère coincée. Le poignard trouva aussitôt la gorge qui n'offre pas de résistance au fil de la lame, le sang coula par saccades de la carotide ouverte, gicla avec un chuintement musical, la main de Moreau sur la bouche du garçon déjà mort l'empêchait d'émettre le moindre gémissement. Salagnon tenait la grenade en tremblant, ne savait pas quoi en faire, ne comprenait pas exactement ce qui s'était passé. Il aurait pu vomir, ou rire, fondre en larmes, et il n'en faisait rien. Moreau essuya sa lame, avec soin car sinon elle rouille, et avec précaution car elle coupe la chair mieux qu'un rasoir. Il tendit à Salagnon un petit anneau métallique.

« Regoupille-la. Tu ne vas pas la tenir pour le restant de tes jours. Il n'avait que ça : une grenade dégoupillée. Pour lui, c'était quitte ou double. Les régiments en marche sont entourés de voltigeurs. S'ils tombent sur nous, ils se font tuer, ils se font sauter, ou nous balancent la grenade et essaient de filer. C'est une épreuve pour ceux qui arrivent au maquis, ou une punition infligée par le commissaire politique à ceux qui ne sont pas dans la ligne. Ceux qui survivent, on les intègre. On doit avoir quelques minutes avant l'arrivée des autres. »

La grenade s'incrusta pour toujours dans la mémoire de Salagnon ; il la regoupilla avec des doigts tremblants. Son poids, la densité de son métal épais, le vert précis de sa peinture, le caractère chinois gravé en gros, il se souviendrait de tout. Les Thaïs traînèrent le corps hors de vue, et sous la direction de Rufin qui savait faire, placèrent les charges sur le sentier, en deux lignes alternées, déroulèrent les fils.

« On se replace », dit Moreau.

Il tapa sur l'épaule de Salagnon qui bougea enfin. Ils firent plusieurs groupes, entourèrent le sentier comme les dents d'un piège. Ils s'allongèrent à nouveau, disposèrent des grenades devant eux, le canon des FM dépassant de l'herbe.

Le régiment viet sortit de la forêt ; deux files d'hommes, leur arme en travers du ventre, le casque couvert de feuilles. Ils marchaient d'un pas égal, à distance égale les uns des autres, sans bruit. Au centre de la piste, entre les soldats, des coolies avançaient courbés sous d'énormes charges. Ils passèrent entre les mines. Rufin se pencha sur son fusil-mitrailleur ; Moreau abaissa son doigt, et le sergent thaï rejoignit les fils.

Au-dessus des forêts du Tonkin le ciel est souvent voilé, l'ébullition permanente du végétal l'alimente en brouillards, en nuées, en vapeurs qui empêchent de le voir bleu le jour, et de voir les étoiles la nuit. Mais une nuit tout le ciel se découvrit et les étoiles apparurent. Appuyé au rempart de terre, la tête calée sur un sac de sable Salagnon les regarda. Il pensa à Eurydice qui ne devait pas souvent regarder les étoiles. Parce que Alger était toujours éclairée. Parce qu'à Alger on ne regardait jamais en l'air. Parce qu'à Alger on parlait en s'activant, on ne restait pas la nuit ainsi tout seul, pendant des heures à regarder le ciel. Toujours quelque chose à faire, à Alger, toujours quelque chose à dire, toujours quelqu'un à voir. Tout le contraire d'ici. Moreau le rejoignit.

« Tu as vu les étoiles ?

— Regarde la forêt plutôt. »

Moreau désigna ce qui serpentait entre les arbres. On devinait des lueurs à travers le couvercle de la canopée, mais comme celle-ci brillait sous la lune, cela se voyait difficilement. Mais si on regardait longtemps, assez longtemps, on distinguait une ligne continue.

« Qu'est-ce que c'est ?

— Un régiment viet qui va dans le delta. Ils marchent en silence, sans lumière. Pour ne pas se perdre ils posent des lanternes sur le sentier, des lanternes cachées qui n'éclairent pas vers le haut mais vers le bas, juste le sentier, pour que les combattants posent leurs pieds. Ils passent à travers nos lignes, une division entière, et on ne s'aperçoit de rien.

— On laisse faire ?

— Tu as vu combien nous sommes ? L'artillerie est trop loin. Les avions la nuit ne servent à rien. S'ils captent un appel qui vient de nous, ils nous écrasent. Nous ne sommes pas les plus forts alors il vaut mieux faire semblant de dormir. Ils vont passer par le village. Les notables ne vont pas être à la fête. Le chef joue sa tête.

— Alors on ne fait rien ?

— Rien. »

Ils se turent. Une ligne luminescente traversait le paysage, visible d'eux seuls.

« On va y passer, mon vieux, on va y passer. Un jour ou l'autre. »

Au matin une colonne de fumée montait du village. Avec le soleil qui se levait apparut une file d'avions qui venaient du delta. Ils avançaient dans un ronronnement très doux, des DC3 au nez rond qui semèrent une file de parachutes. Les corolles descendirent dans le ciel rose, telles des marguerites intimidées, et une à une s'effacèrent dans la vallée, comme aspirées brusquement par l'ombre. Un fracas d'artillerie résonna sur le flanc des collines ; des pans de forêt brûlèrent. Cela décrût, et dans l'après-midi la radio, fort et clair, les appela.

« Vous êtes toujours là ? Le groupe mobile a repris le village. Entrez en contact avec lui.

— Reprendre le village ? On avait perdu quelque chose ? » grommela Moreau.

Ils descendirent. Une armée entière s'étendait sur la route coloniale. Des camions chargés d'hommes gravissaient la pente au pas, des chars garés sur le bord, tourelle braquée vers les collines enfumées, tiraient. Les parachutistes restaient à part, couchés dans l'herbe, ils regardaient en s'échangeant des cigarettes cette débauche de matériel. La grande maison brûlait, le toit de l'école béait, un cratère bordé d'échardes trouait le plancher.

Au milieu du village une tente avait été dressée, avec des tables pour les cartes et les radios, des antennes souples oscillant par-dessus. Des officiers s'agitaient sous l'abri, murmurant aux appareils, ne s'adressant aux ordonnances que par phrases courtes, lançant des mots vifs aussitôt suivis d'action. Salagnon se présenta à un colonel, casque radio sur la tête, qui l'écouta à peine. « C'est vous les types du poste ? La région est totalement poreuse, le village infesté. Vous avez fait quoi ? Joué à colin-maillard ? Désolé de vous le dire, mais à ce jeu-là, ce sont les Viets qui gagnent. » Et il se mit à donner des instructions de tir dans son micro, des suites de chiffres qu'il lisait sur une carte. Salagnon haussa les épaules et sortit de la tente. Il vint s'asseoir auprès de Moreau ; ils restèrent adossés à une paillote, les Thaïs accroupis en ligne à côté d'eux, et ils regardèrent passer les camions, les canons sur leur affût, les chars qui faisaient trembler le sol à leur passage.

L'Allemand se planta devant eux. Toujours élégant, juste amaigri, il portait un uniforme de la Légion avec des galons de sergent.

« Salagnon ? C'était vous, dans le poste ? Vous l'avez échappé belle. Une division entière est passée cette nuit. Ils ont dû vous oublier. »

Deux légionnaires le suivaient, blonds comme des caricatures. Ils tenaient leur arme à la hanche, la bride sur l'épaule, et leur doigt restait sur la détente. Il leur parla en allemand et ils se disposèrent derrière lui, pieds écartés, bien campés comme en faction, surveillant les alentours avec une attention qui glaçait. Salagnon se leva. S'il avait imaginé cette situation si improbable, il en aurait été gêné. Mais à sa grande surprise, cela fut très simple, et il n'eut aucune hésitation à lui serrer la main.

« L'Europe s'agrandit, n'est-ce pas ? Ses frontières reculent : hier la Volga, aujourd'hui la rivière Noire. On s'éloigne de plus en plus de chez soi.

— L'Europe est une idée, pas un continent. J'en suis le gardien, même si là-bas on ne le sait pas.

— En tout cas vous faites des dégâts considérables partout où vous passez, dit Salagnon en désignant la maison commune qui brûlait encore, et l'école éventrée.

— Oh, la maison ce n'est pas nous. C'est la division viet, cette nuit. Quand ils sont arrivés, ils ont rassemblé tout le monde. Ils font ça dans les villages où ils passent : grande cérémonie à la lueur des torches, commissaires politiques derrière une table, et les suspects qui passent un par un. Ils doivent devant le peuple et devant le Parti faire leur autocritique, répondre du moindre soupçon, prouver leur conscience politique. Ils ont fait siéger le tribunal révolutionnaire et ont condamné ce type pour collaboration avec les Français. Il a été fusillé, et sa maison brûlée. Vous n'avez rien remarqué ? Vous étiez dans le poste là-haut. Vous n'avez pas su le protéger. Quant à l'école, si on peut appeler ça une école, c'est un obus malheureux. Notre artillerie est à vingt kilomètres et à cette distance les obus n'arrivent pas toujours où il faut. Nous visions le tribunal, installé là où est notre tente. Les photos aériennes nous indiquaient l'endroit. À notre arrivée tout brûlait, tous avaient fui, nous avons passé la matinée à les rattraper.

— Je regrette pour l'école.

— Oh, moi aussi. Les écoles sont une bonne chose. Mais ici rien n'est innocent ; l'instituteur était du Viêt-minh.

— Vous le savez par photos aériennes ?

— Le renseignement, mon vieux. Bien plus efficace que de jouer à cache-cache avec vos copains dans votre petit château. Venez voir. »

Salagnon et Moreau le suivirent, les Thaïs aussi, en retrait. Ils allèrent entre les paillotes, là où les villageois étaient accroupis, gardés par des légionnaires.

« Ma section, dit l'Allemand. Nous sommes spécialisés dans la recherche et la destruction. Nous apprenons ce qu'il faut savoir, nous trouvons l'ennemi et nous le liquidons. Ce matin nous avons rassemblé tout le monde. Nous avons vite repéré les suspects : ceux qui ont l'air intelligent, ceux qui ont l'air d'avoir quelque chose à cacher, ceux qui ont peur. C'est une technique, cela s'apprend ; avec un peu de pratique, cela se sent, et on a vite des résultats. Nous n'avons pas encore retrouvé l'instituteur, mais ça ne va pas tarder. »

Un Vietnamien à genoux avait le visage tuméfié. L'Allemand se planta devant lui. Ses sbires blonds, l'arme à la hanche, le doigt toujours sur la détente, l'encadraient ; ils contrôlaient l'espace vide autour de lui de leurs yeux froids, cela faisait comme une scène, et tous pouvaient voir ce qui se passait. L'Allemand reprit l'interrogatoire. Les Vietnamiens baissaient la tête, se serraient les uns contre les autres, accroupis en une masse tremblante. Les légionnaires tout autour s'en foutaient. L'Allemand hurlait des questions, sans jamais perdre le contrôle, dans un français élégamment déformé par l'accent. Et le Vietnamien à genoux, le visage ensanglanté, répondait dans un français monosyllabique et plaintif, difficilement compréhensible, il ne formait aucune phrase complète et crachait des mucosités rouges. L'un des sbires le frappa et il s'effondra, il poursuivit à coups de pied sans que ses traits ne se crispent ; les grosses sculptures de ses semelles écrasaient le visage de l'homme à terre, et l'autre sbire regardait autour, son arme prête. À chaque coup le Vietnamien à terre tressautait, du sang jaillissait de sa bouche et de son nez. L'Allemand continuait, hurlant des questions mais sans se fâcher, il travaillait. Moreau regardait la scène avec mépris, mais sans rien dire. Les Thaïs accroupis attendaient avec indifférence, ce qui arrivait aux Vietnamiens ne les concernait pas. Les femmes serraient leurs enfants, cachaient leur visage, piaillaient d'un ton si aigu que l'on ne savait si elles disaient quelque chose ou bien pleuraient ; les rares hommes ne bougeaient pas, ils savaient que leur tour viendrait. Salagnon écoutait. L'Allemand interrogeait en français, et le Vietnamien répondait en français. D'aucun des deux ce n'était la langue, mais le français dans la jungle du Tonkin était la langue internationale de l'interrogatoire poussé. Ceci troublait Salagnon bien plus que la violence physique, qui ne l'atteignait plus. Le sang et la mort l'indifféraient maintenant, mais pas l'usage de sa langue maternelle pour dire une telle violence. Cela aussi passerait, et les mots pour dire cette violence disparaîtraient. Il l'espérait, ce jour-là, où ces mots on ne les emploierait plus, où se ferait enfin le silence.

L'Allemand lança un ordre bref en désignant une femme ; deux soldats allèrent dans le groupe des Vietnamiens accroupis et la relevèrent. Elle sanglotait, cachée derrière ses cheveux en désordre. Il repassa au français : « C'est elle, ta femme ? Tu sais ce qui va lui arriver ? » Un des sbires la tenait. L'autre lui arracha sa tunique, et apparurent de petits seins pointus, de petits bombements de peau claire. « Tu sais ce que nous pouvons faire avec elle ? Oh, pas la tuer, pas lui faire mal, juste chahuter un peu. Alors ? — Dessous l'école », dit l'autre dans un murmure.

L'Allemand fit un geste, deux soldats partirent en courant et revinrent en traînant l'instituteur. « Une cache, sous l'école. — Eh bien voilà. »

L'Allemand fit le geste de balayer d'un revers de main, et les sbires relevèrent le Vietnamien interrogé, qu'ils soutinrent sans brusquerie ; ils l'emmenèrent avec l'instituteur vers la lisière, à l'écart. Il alluma une cigarette et revint vers Salagnon.

« Qu'allez-vous en faire ?

— Oh, les liquider.

— Vous n'interrogez pas l'instituteur ?

— Pour quoi faire ? Il a été identifié, et trouvé ; c'était lui le problème. C'était aussi le chef du village qui jouait double jeu, mais les Viets l'ont eu avant nous. Voilà, village nettoyé. *Vietfrei.*

— Vous êtes sûr que l'instituteur était le responsable viet ?

— L'autre l'a dénoncé, non ? Et dans la situation où il était, on ne ment pas, croyez-moi.

— Vous auriez liquidé deux types au hasard, ç'aurait été pareil.

— Cela n'a aucune importance, jeune Salagnon. La culpabilité personnelle n'a aucune importance. La terreur est un état général. Quand elle est bien menée, bien implacable, sans répit et sans faiblesse, alors les résistances s'effondrent. Il faut faire savoir que n'importe quoi peut arriver à n'importe qui, et alors plus personne ne fera plus rien. Croyez-en mon expérience. »

Les camions continuaient de gravir la route coloniale, s'enfonçaient dans la forêt avec leur chargement de soldats. D'autres descendirent, emportant les parachutistes vers Hanoï, pour d'autres aventures. Deux chasseurs arrivèrent en volant très bas, avec un bruit de moustiques pressés. Ils frôlèrent la cime des arbres, ils virèrent sur l'aile, ensemble, et lâchèrent sous eux un bidon qui descendit en tournoyant. Ils firent demi-tour, disparurent, et derrière eux la forêt s'embrassa, se consuma très vite dans une grosse flamme ronde tachée de noir.

« Ils passent la forêt au napalm, pour griller ceux qui restent, sourit l'Allemand. Il doit y en avoir encore, de la division qui est passée devant vous. L'affaire n'est pas finie.

— Viens », dit Moreau.

Il entraîna Salagnon et ils remontèrent vers le poste, suivis par les Thaïs qui ne disaient rien.

« Tu crois qu'ils s'en foutent ? demanda Salagnon.

— Ils sont thaïs, les villageois sont vietnamiens ; ils s'en moquent. Et puis les Asiatiques ont une perception de la violence différente de la nôtre, un seuil de tolérance bien plus élevé.

— Tu crois ?

— Tu as vu comme ils supportent tout ?

— Ils n'ont pas bien le choix…

— Le problème ce sont nos états d'âme. Ce type que tu connais, cet Allemand, ce qu'il fait, il le fait sans états d'âme. Il nous faudrait un peu moins d'âme, une âme sans états pour faire comme eux. C'est comme ça qu'il fait, le Viêt-minh, et c'est pour ça qu'il gagne. Mais patience, il n'a qu'un peu d'avance, juste quelques années ; quelques mois peut-être. Avec ce que nous avons fait aujourd'hui, nous serons bientôt comme lui ; comme eux. Et alors là nous verrons.

— Mais nous n'avons rien fait, nous.

— Tu as tout regardé, Victorien. Dans ce domaine, il n'y a presque pas de différence entre voir et faire. Juste un peu de temps. J'en sais quelque chose : j'ai tout appris sur le tas, en regardant. Et maintenant je me vois mal revenir en France. »

Dans la nuit voilée on ne voyait pas grand-chose. L'attaque du poste fut brutale. Les ombres glissaient dans les herbes hautes, leurs sandales à semelle de pneu ne faisaient aucun bruit. Un coup de clairon réveilla tout le monde. Ils hurlèrent ensemble et coururent, les premiers grésillèrent sur les fils qui entrelaçaient les bambous épointés. L'électricité crachotait avec des étincelles bleues, on les voyait crier, bouche ouverte, dents blanches, yeux élargis. Salagnon dormait en short, il enfila ses chaussures sans les lacer, tomba du lit, prit son arme qui traînait dessous et sortit en courant de la casemate. Dans le fossé les ombres du Viêtminh s'entassaient sur les chevaux de frise. Les pièges de Gascard fonctionnaient, des corps réduits à leur silhouette basculaient, s'effondraient brusquement, hurlaient le pied dans un trou garni de pointes. Les mitrailleuses des tours astiquaient la base des murs d'un tir continu, leur lueur et celle des grenades donnaient à l'instant de leur mort un visage à ceux qui tombaient. Salagnon n'avait rien à dire, aucun ordre à donner, on ne pouvait rien entendre qui soit dit. Chacun, tout seul, savait ce qu'il faisait, faisait tout ce qu'il pouvait. Et ensuite on verrait. Il rejoignit deux Thaïs en haut du mur de terre, adossés au parapet, le dos à l'assaut, à côté d'une caisse ouverte. Ils prenaient une grenade, la dégoupillaient, la lançaient par-dessus leur épaule comme l'enveloppe d'une graine de tournesol, sans regarder. Elle explosait au bas du mur avec une grosse lueur et une secousse qui ébranlait la terre battue. Ils continuaient. Salagnon risqua un œil. Un tapis de corps d'où émergeaient des pointes de bambou comblait le fossé, l'électricité avait fini par se couper, la première vague avait fait fondre les fils, un nouveau bataillon montait à l'assaut, se servant du précédent comme échelle. Il entendit des balles siffler à son oreille. Il s'assit avec les Thaïs devant la caisse ouverte, et comme eux entreprit d'écosser les grenades et de les lancer par-dessus son épaule, sans rien voir. Un trait de flamme traversa la nuit, une fusée à charge creuse percuta le cube de béton qu'ils avaient construit et explosa à l'intérieur. Le bloc de béton carbonisé se fendit et bascula, la tour de terre s'effondra à moitié. Deux Thaïs courbés montèrent en courant sur la ruine, portant un FM, ils s'allongèrent. L'un tirait, précis et buté, l'autre le tenait par l'épaule et lui désignait les cibles, il lui passait les chargeurs qu'il prenait dans une grosse musette. Le clairon sonna, très clair, et les ombres se retirèrent, laissant des taches sombres par terre. « Halte au feu ! » hurla Moreau, quelque part sur un mur. Dans le silence, Salagnon sentit qu'il avait mal à l'intérieur des oreilles. Il se releva et retrouva Moreau, en caleçons et pieds nus, le visage noirci de poudre, les yeux brillants. Des Thaïs étendus ici et là ne se relevaient pas. Il ne savait pas leur nom ; il se rendit compte qu'après avoir vécu si longtemps près d'eux il ne les reconnaissait pas. Il ne pourrait savoir s'il en manquait qu'en les comptant.

« Ils s'en vont.

— Ils vont revenir.

— Ils y étaient presque.

— Pas tout à fait. Alors maintenant, ils discutent. Un truc de communistes. Ils analysent la première attaque, ils débattent, et après ils attaqueront selon un meilleur angle, et ça marchera. C'est lent mais c'est efficace. On ne tiendra pas, mais on a un peu de temps. On file.

— On file ?

— On se glisse dans la nuit, dans la forêt, on retrouve le groupement mobile le long de la rivière.

— On n'y arrivera pas.

— Là ils discutent. À la prochaine attaque on y passe. Personne ne viendra nous chercher.

— Essayons la radio. »

Ils se précipitèrent dans la casemate, appelèrent. Avec beaucoup de grésillement la radio répondit enfin. « Le groupement mobile est accroché. Nous sommes fixés sur la rivière. Évacuez le poste. Nous évacuons la région. »

Ils se rassemblèrent. Mariani réveilla Gascard qui cuvait encore et n'avait pas bien compris la cause du vacarme. Deux gifles, la tête dans l'eau, et l'explication de ce qui allait suivre le dessaoulèrent. Filer, ça l'intéressait. Il se tint droit, voulut porter les musettes pleines de grenades. Rufin se coiffa avant de partir. Les Thaïs étaient accroupis en silence, avec juste leurs armes.

« On y va. »

Ils coururent dans les bois en silence, un type tous les deux mètres. Ils couraient, juste chargés d'un sac, de leur arme et de munitions. Les Viets se regroupaient du côté de la tour effondrée, mais ils ne le savaient pas ; ils passèrent par chance du côté où les Viets n'étaient pas. Une faible escouade gardait ce chemin, ils la passèrent au sabre d'abattis, sans bruit, laissant des corps ouverts et ensanglantés au bord du chemin, ils dévalèrent la pente et filèrent dans les bois, en silence, ils ne voyaient que celui qui allait devant, et entendaient celui qui allait derrière. Ils couraient, juste chargés d'armes.

Derrière ils entendirent le clairon encore, puis des tirs, un silence, puis une grosse déflagration et une lueur au loin. Les munitions du poste explosaient, Moreau avait piégé la casemate.

Ils déposèrent en travers du chemin des grenades reliées à un fil, tous les kilomètres, et la grenade explosait quand on heurtait le fil. Quand ils entendirent la première grenade, ils surent qu'ils étaient poursuivis. Ils évitèrent le village, évitèrent la route, passèrent à travers bois pour gagner la rivière. Les explosions étouffées derrière eux montraient qu'on les suivait méthodiquement ; le commissaire politique rangeait sa section après chaque grenade, désignait un chef de file, et ils repartaient.

Ils fuyaient au pas de course, ils couraient entre les arbres, sectionnant les branches qui gênaient, marquant le passage, foulant les feuilles et la boue, ils dévalaient les collines abruptes et parfois glissaient, se rattrapaient à un tronc, ou à celui qu'ils dépassaient, et ils tombaient ensemble. Quand le jour se leva ils étaient exténués, et perdus. Des bancs de brouillard s'accrochaient aux feuillages, leurs vêtements étaient raidis de boue, imprégnés d'eau glacée, mais eux ruisselaient de sueur tiède. Ils continuèrent de courir, gênés pas les végétaux désordonnés, certains mous, certains coupants, certains solides et fibreux comme des ficelles, gênés par le sol décomposé qui cédait sous leurs pieds, gênés par les brides de leur sac qui leur sciaient les épaules, comprimant leur poitrine, leur cou battait douloureusement. Ils s'arrêtèrent. La colonne étirée mit du temps à se rassembler. Ils s'assirent, s'appuyèrent contre des arbres, contre des rochers qui dépassaient du sol. Ils mangèrent sans y penser des boules de riz froid. Il recommença de pleuvoir. Ils ne pouvaient rien faire pour s'en protéger, alors ils ne firent rien. Les cheveux denses des Thaïs collaient à leur visage comme des coulées de goudron.

L'explosion sourde des grenades retentissait très loin ; l'écho rebondissait entre les collines, leur parvenait de plusieurs directions. Ils ne pouvaient en évaluer la distance.

« Il faut un point d'arrêt. Une arrière-garde pour les retarder. Un de nous et quatre hommes, dit Moreau.

— Je reste, dit Rufin.

— Bien. »

Rufin adossé à son sac en avait marre. Il ferma les yeux, il était fatigué. Rester là lui permettrait d'arrêter de courir. La fatigue réduit à presque rien l'horizon temporel. Rester là, c'était ne plus courir. Après on verrait. On leur donna toutes les grenades, les explosifs, la radio. Ils placèrent un FM à l'abri d'un rocher, un autre en face, là où ceux qui viendraient se mettraient à couvert quand le premier tirerait.

« On y va. »

Ils continuèrent de courir selon la pente, vers la route coloniale et la rivière. Il s'arrêta de pleuvoir, mais les arbres s'égouttaient à leur passage, au moindre choc. Les Viets continuaient d'avancer à leur suite, l'un devant qui serrait les dents, et bientôt le chemin miné explosait sous lui. Le premier de la colonne se sacrifiait pour Doc Lap, pour l'indépendance, le seul mot que Salagnon savait lire dans les slogans tracés sur les murs. Le sacrifice était une arme de guerre, le commissaire politique était celui qui la maniait, et les sacrifiés coupaient les barbelés sous les mitrailleuses, se jetaient contre les murs, explosaient pour ouvrir les portes, absorbaient de leur chair les volées de balles. Salagnon ne comprenait pas exactement cette obéissance poussée à bout ; intellectuellement il ne comprenait pas ; mais en courant dans les bois, embarrassé de son arme, les bras et les jambes brûlant de griffures et d'hématomes, épuisé, abruti de fatigue, il savait bien qu'il aurait fait tout ce qu'on lui aurait ordonné ; contre les autres, ou contre lui-même. Il le savait bien.

En une nuit les petits postes de la Haute-Région furent balayés, une brèche s'ouvrit sur la carte, les divisions du général Giap se déversaient sur le delta. Ils fuyaient. Quand ils parvinrent à la route coloniale, un char basculé fumait, écoutille ouverte. Des carcasses de camions noircis avaient été abandonnées, des objets divers jonchaient le sol, mais aucun corps. Ils se cachèrent dans de grandes herbes sur le bas-côté, méfiants, mais rester couchés et ne plus bouger leur faisait craindre de s'endormir.

« On y va ? souffla Salagnon. Derrière ils ne vont pas tarder.

— Attends. »

Moreau hésitait. Un coup de sifflet à roulette déchira l'air imprégné d'eau. Le silence se fit dans la forêt, les animaux se turent, il n'y eut plus de cris, plus de craquement de branches, plus de froissement de feuilles, plus de pépiement d'oiseaux et de crissement d'insectes, tout ce que l'on finit par ne plus entendre mais qui est toujours là : quand cela s'arrête, cela saisit, on s'attend au pire. Sur la piste apparut un homme qui poussait un vélo. Derrière lui, des hommes allaient au pas en poussant chacun un vélo. Les vélos ressemblaient à de petits chevaux asiatiques, ventrus et aux pattes courtes. D'énormes sacs pendaient du cadre, dissimulant les roues. Par-dessus en équilibre tenaient des caisses d'armes peintes en vert avec des caractères chinois au pochoir. Des chapelets d'obus de mortier reliés par des cordes de paille descendaient le long de leurs flancs. Chaque vélo penchait, guidé par un homme en pyjama noir qui le contrôlait à l'aide d'une canne de bambou ligaturée au guidon. Ils avançaient lentement, en file et sans bruit, encadrés de soldats en uniforme brun, casqués de feuilles, leur fusils en travers de la poitrine, qui inspectaient le ciel. « Des vélos », murmura Moreau. On lui avait parlé du rapport du Renseignement qui calculait les capacités de transport du Viêt-minh. Il ne dispose pas de camions, ni de routes, les animaux de trait sont rares, les éléphants ne sont que dans les forêts du Cambodge ; tout est donc porté à dos d'homme. Un coolie porte dix-huit kilos dans la forêt, il doit emporter sa ration, il ne peut rien porter de plus. Le Renseignement calculait l'autonomie des troupes ennemies à partir de chiffres indiscutables. Pas de camions, pas de routes, dix-huit kilos pas plus, et il doit porter sa ration. Dans la forêt on ne trouve rien, rien de plus que ce qu'on apporte. Les troupes du Viêt-minh ne peuvent donc se concentrer plus de quelques jours puisqu'elles n'ont rien à manger. Faute de camions, faute de routes, faute de disposer d'autre chose que de petits hommes qui ne portent pas très lourd. On pouvait donc tenir plus longtemps qu'eux, grâce à des camions acheminant par les routes une infinité de boîtes de sardines. Mais là devant eux, pour le prix d'un vélo Manufrance acheté à Hanoï, peut-être volé dans un entrepôt d'Haïphong, chaque homme portait seul et sans peine trois cents kilos dans la forêt. Les soldats de l'escorte inspectaient le ciel, la piste, les bas-côtés. « Ils vont nous voir. » Moreau hésitait. La fatigue l'avait émoussé. Survivre c'est prendre la bonne décision, un peu au hasard, et cela demande d'être tendu comme une corde. Sans cette tension le hasard est moins favorable. Le bourdonnement des avions occupa le ciel, sans direction précise, pas plus fort qu'une mouche dans une pièce. Un soldat de l'escorte porta à ses lèvres le sifflet à roulette pendu à son cou. Le signal suraigu déchira l'air. Les vélos tournèrent ensemble et disparurent entre les arbres. Le bourdonnement des avions s'accentuait. Sur la piste ne restait rien. Le silence des animaux ne se percevait pas d'en haut. Les deux avions passèrent à basse altitude, les bidons spéciaux accrochés sous leurs ailes. Ils s'éloignèrent. « On y va. » Restant courbés, ils s'enfoncèrent dans la forêt. Ils coururent entre les arbres, loin de la route coloniale, vers la rivière où peut-être on les attendait encore. Derrière eux le sifflet retentit à nouveau, étouffé par la distance et les feuillages. Ils coururent dans les bois, ils suivaient la pente, ils filaient vers la rivière. Quand le souffle commença de leur manquer, ils continuèrent d'un pas vif. En file ils produisaient un martèlement sur le sol, un bruit continu de halètements, de semelles épaisses contre le sol, de frottements sur les feuilles molles, d'entrechoquements des mousquetons de fer. Ils ruisselaient de sueur. La chair de leur visage fondait dans la fatigue. On ne distinguait plus que les os, les rides d'effort comme un système de câbles, la bouche qu'ils ne pouvaient plus fermer, les yeux grands ouverts des Européens qui ahanaient, et ceux, réduits à des fentes, des Thaïs qui couraient à petits pas. Ils entendirent un grondement continu, rendu diffus par la distance, par la végétation, par les arbres emmêlés. Des bombes et des obus explosaient quelque part, plus loin, du côté vers lequel ils se dirigeaient.

Ils tombèrent sur les Viets par hasard, mais cela devait arriver. Ils étaient nombreux à parcourir en secret ces forêts désertes. Les soldats du Viêt-minh étaient assis par terre, adossés aux arbres. Ils avaient posé leurs fusils chinois en faisceau, ils parlaient en riant, certains fumaient, certains buvaient dans des jarres entourées de paille, certains torse nu s'étiraient ; ils étaient tous très jeunes, ils faisaient la pause, ils bavardaient ensemble. Au milieu du cercle, un gros vélo Manufrance couché sur ses sacs ressemblait à un mulet malade.

Le moment où ils les virent ne dura pas, mais la pensée va vite ; et en quelques secondes leur jeunesse frappa Salagnon, leur délicatesse et leur élégance, et cet air joyeux qu'ils avaient lorsqu'ils s'asseyaient ensemble sans cérémonie. Ces jeunes garçons venaient ici échapper à toutes les pesanteurs, villageoises, féodales, coloniales, qui accablaient les gens du Vietnam. Une fois dans la forêt, quand ils posaient leurs armes, ils pouvaient se sentir libres et sourire d'aise. Ces pensées venaient à Salagnon tandis qu'ils dévalait la pente une arme à la main, elles venaient froissées en boule, sans se déployer, mais elles avaient force d'évidence : les jeunes Vietnamiens en guerre avaient plus de jeunesse et d'aisance, plus de plaisir d'être ensemble que les soldats du corps expéditionnaire français d'Extrême-Orient, usés de fatigue et d'inquiétude, qui s'épaulaient au bord de la rupture, qui se soutenaient dans le naufrage. Mais peut-être cela tenait-il à la différence des visages, et ceux des autres il les interprétait mal.

Un coolie s'occupait de la roue arrière du vélo couché. Il regonflait le pneu avec une pompe à main et les autres, sans rien faire pour l'aider, profitant de la pause, l'encourageaient en riant. Jusqu'au dernier moment ils ne se virent pas. La bande armée des Français dévalait la pente en regardant leurs pieds ; les Vietnamiens suivaient les gestes du coolie qui actionnait à petits gestes la pompe à main. Ils se virent au dernier moment et personne ne sut ce qu'il faisait, ils agirent tous par réflexe. Moreau portait un FM en bandoulière ; il avait sa main sur la poignée pour que l'arme ne ballotte pas, il tira en courant, et plusieurs Viets assis s'effondrèrent. Les autres essayèrent de se lever et furent tués, ils essayèrent de prendre leurs fusils et furent tués, ils essayèrent de fuir et furent tués, le faisceau de fusils s'effondra, le coolie à genoux devant son vélo se redressa, sa pompe à main encore reliée au pneu, et il s'effondra, le torse percé d'une seule balle. Un Viet qui s'était éloigné, qui avait défait sa ceinture derrière un buisson, prit une grenade qui y était attachée. Un Thaï l'abattit, il lâcha la grenade, qui roula dans la pente. Salagnon ressentit un coup énorme à la cuisse, un coup à la hanche qui lui faucha les jambes, il tomba. Le silence se fit. Cela avait duré quelques secondes, le temps de descendre une pente en courant. Le dire est déjà le dilater. Salagnon essaya de se relever, sa jambe pesait comme une poutre accrochée à sa hanche. Son pantalon était mouillé, tout chaud. Il ne voyait rien que le feuillage au-dessus de lui, qui cachait le ciel. Mariani se pencha. « Tu es amoché, murmura-t-il. Tu peux marcher ? — Non. » Il s'occupa de sa jambe, ouvrit le pantalon au poignard, pansa la cuisse très serré, l'aida à s'asseoir. Moreau était étendu à plat ventre, les Thaïs en cercle autour de lui, immobiles. « Tué sur le coup, souffla Mariani. — Lui ? — Un éclat ; ça coupe comme une lame. Toi, tu l'as eu dans la cuisse. Une chance. Lui, c'est la gorge. Couic ! » Il fit le geste de se passer le pouce sous le menton, d'un côté à l'autre. Tout le sang de Moreau s'était répandu, formait une grande tache de terre sombre autour de son cou. Ils coupèrent des gaules souples, les ébranchèrent au sabre, firent des civières avec des chemises prises sur les morts. « Le vélo, dit Salagnon. — Quoi, le vélo ? — On le prend. — Tu es fou, on ne va pas s'encombrer d'un vélo ! — On le prend. On ne nous croira jamais si on dit qu'on a vu des vélos dans la jungle. — C'est sûr. Mais on s'en moque, non ? — Un type tout seul avec un vélo il porte trois cents kilos dans la jungle. On le prend. On leur apporte. On leur montre. — D'accord. D'accord. »

Salagnon fut brancardé par Mariani et Gascard. Les Thaïs portaient le corps de Moreau. Ils laissèrent les Vietnamiens là où ils étaient tombés. Les Thaïs saluèrent les corps en joignant leur main à leur front et ils s'en allèrent. Ils continuèrent de dévaler la pente, un peu moins vite. Deux hommes portaient le vélo démonté, débarrassé de ses sacs, l'un les deux roues, l'autre le cadre. Les Thaïs qui portaient Moreau allaient du pas souple des porteurs de palanche, et le cadavre à peine secoué ne protestait pas ; mais Gascard et Mariani portaient les brancards comme on tient une brouette, à bout de bras tendus, et cela tressautait. À cause des secousses la jambe de Salagnon continuait de saigner, empoissant la civière, s'égouttant au sol. Chaque pas résonnait dans son os qui semblait grossir, vouloir déchirer la peau, sortir à l'air libre ; il s'empêchait de hurler, il serrait les lèvres et derrière ses dents tremblaient, chacune de ses expirations faisait le bruit plaintif d'un gémissement.

Leurs mains prises, les deux porteurs devenaient maladroits, ils dérapaient sur les débris qui jonchaient le sol, ils heurtaient les troncs de leurs épaules, ils avançaient par à-coups, et les chocs sur sa jambe devenaient insupportables. Il agonisait d'injures Mariani qui portait devant, le seul visible quand de douleur il redressait le cou. Il lui hurlait les pires grossièretés à chaque trébuchement, à chaque choc, et ses outrances répétées se terminaient en gargouillements, en plaintes étranglées, car il fermait la bouche pour ne pas crier trop fort, en soupirs sonores qui sortaient par son nez, par sa gorge, par la vibration directe de sa poitrine. Mariani soufflait, ahanait, il avançait quand même et le haïssait comme jamais on ne hait personne, sauf à désirer le tuer de suite, à vouloir l'étrangler lentement, les yeux dans les yeux, par vengeance longuement calculée. Salagnon gardait les yeux ouverts, il voyait la cime des arbres s'agiter comme prise de grand vent alors que rien ne remuait l'air épais et trop chaud qui les étouffait de sueur. Il sentait dans sa jambe chacun des pas de ses brancardiers, chacun des cailloux qu'ils heurtaient, chacune des racines sur lesquelles ils trébuchaient, chacune des feuilles molles qui tapissaient le sol et sur lesquelles ils glissaient ; tout cela résonnait dans son os blessé, dans sa colonne vertébrale, dans son crâne ; il enregistrait pour toujours un chemin de douleur dans la forêt du Tonkin, il se rappellerait chaque pas, il se souviendrait de chaque détail du relief de cette partie de la Haute-Région. Ils fuyaient, poursuivis par un régiment viêt-minh inexorable qui les aurait rattrapés comme la mer qui monte s'ils s'étaient arrêtés pour souffler. Ils continuaient. Salagnon s'évanouit enfin.

Le village était un peu plus en ruine, et mieux fortifié. Les bâtisses en dur se réduisaient à des pans de murs troués. Seule l'église, solidement bâtie, tenait encore, une moitié de toit intacte au-dessus de l'autel. Des sacs de sable entassés dissimulaient des trous d'homme, des tranchées, des emplacements d'artillerie dont les tubes avaient une inclinaison faible, pour frapper plus près.

Salagnon reprit conscience allongé dans l'église. Des traits de lumière passaient par les trous des murs, ce qui renforçait la pénombre où il reposait. On l'avait laissé sur le brancard empoissé de sang. Un peu de sève coulait encore des jeunes gaules coupées au sabre. On avait découpé avec soin son pantalon, on avait nettoyé et pansé sa cuisse, il ne s'était aperçu de rien. La douleur avait disparu, sa cuisse battait simplement comme un cœur. On avait dû lui donner de la morphine. D'autres blessés allongés dormaient dans l'ombre, parallèlement à lui, respirant régulièrement. Dans l'abside intacte il devinait d'autres corps. Ils étaient nombreux dans si peu d'espace. Il les voyait mal ; il ne comprenait pas leur disposition. Quand ses yeux se furent habitués à l'ombre il comprit comment on avait rangé les morts. On les avait empilés comme des bûches. Sur la dernière couche, sur le dos, il reconnut Moreau. Sa gorge était noire, et sa bouche fine enfin détendue, presque souriante. Les Thaïs avaient dû le recoiffer avant de rendre le corps car sa raie était bien nette, et sa petite moustache parfaitement luisante.

« Ça impressionne, non ? »

L'Allemand était accroupi près de lui, il ne l'avait pas entendu venir, il était peut-être là depuis un moment à le regarder dormir. Il désigna l'abside.

« Nous faisions comme ça à Stalingrad. Les morts étaient trop nombreux pour que nous les enterrions, et nous n'avions pas la force ni le temps de creuser le sol gelé, il était dur comme du verre. Mais nous n'allions pas les laisser là où ils tombaient, au moins au début, alors nous les ramassions, et nous les rangions. Comme ici. Mais les corps gelés ont plus de tenue. Ils attendaient sans bouger que nous ayons fini de nous battre. Ceux-là s'aplatissent un peu. »

Salagnon n'arrivait pas à compter les cadavres entassés à côté de lui. Ils se fondaient lentement les uns dans les autres. Ils émettaient parfois de petits soupirs, et s'affaissaient un peu plus. Cela ne sentait pas très bon. Mais le sol non plus ne sentait pas très bon, ni son brancard, ni même l'air tout entier, qui sentait la poudre, le brûlé, le caoutchouc et l'essence.

« Nous ne les avons jamais enterrés, le printemps n'est pas venu, et je ne sais pas ce que les Russes en ont fait. Mais ceux-là, nous allons tenter de les ramener, continua l'Allemand. Et vous aussi. Rassurez-vous, pour vous ce sera vivant, si nous le pouvons.

— Quand ?

— Quand on peut. Partir est toujours difficile. Ils ne veulent pas nous laisser aller. Ils nous attaquent tous les jours, nous faisons face. Si nous partons, ils nous tireront dans le dos et ce sera un massacre. Alors nous restons. Ils nous attaqueront encore aujourd'hui, et cette nuit, et demain, sans faire attention à leurs pertes. Ils veulent montrer qu'ils nous battent. Nous voulons montrer que nous savons mener à bien une évacuation. C'est Dunkerque, mon vieux, mais un Dunkerque qu'il faudrait voir comme une réussite. Voilà qui doit vous rappeler quelque chose.

— J'étais un peu jeune.

— On a dû vous raconter. Ici, dans la situation où nous sommes, une retraite bien menée vaut une victoire. Les survivants d'une fuite peuvent être décorés comme des vainqueurs.

— Mais vous, qu'est-ce que vous faites là ?

— Auprès de vous ? Je prends de vos nouvelles. Je vous aime bien, jeune Salagnon.

— Je veux dire en Indochine.

— Je me bats, comme vous.

— Vous êtes allemand.

— Et alors ? Vous n'êtes pas plus indochinois que je ne le suis, que je sache. Vous faites la guerre. Je fais la guerre. Peut-on faire autre chose une fois que l'on a appris ça ? Comment pourrais-je vivre en paix maintenant, et avec qui ? En Allemagne, tous les gens que je connaissais sont morts en une seule nuit. Les lieux où j'ai vécu ont disparu la même nuit. Que reste-t-il en Allemagne de ce que je connaissais ? Pour quoi revenir ? Pour reconstruire, faire de l'industrie, du commerce ? Devenir employé de bureau, avec une serviette et un petit chapeau ? Aller chaque matin au bureau après avoir sillonné l'Europe en bras de chemise, en vainqueur ? Ce serait finir ma vie d'une bien horrible façon. Je n'ai personne à qui raconter ce que j'ai vécu. Alors je veux mourir comme j'ai vécu, en vainqueur.

— Si vous mourez là, vous serez enterré dans la jungle, voire laissé par terre, dans un coin que personne ne connaîtra.

— Et alors ? Qui me connaît encore, à part ceux qui font la guerre avec moi ? Ceux qui pouvaient se souvenir de mon nom sont morts en une seule nuit, je vous l'ai dit, ils ont disparu dans les flammes d'un bombardement au phosphore. Il n'est rien resté de leur corps, rien d'humain, juste des cendres, des os entourés d'une membrane séchée, et des flaques de graisse que l'on a nettoyées au matin à l'eau chaude. Vous saviez que chaque homme contient quinze kilos de graisse ? On l'ignore quand on vit, c'est quand elle fond et qu'elle coule que l'on s'en rend compte. Ce qui reste du corps, le sac séché flottant sur une flaque d'huile, est beaucoup plus petit, bien plus léger qu'un corps. On ne le reconnaît pas. On ne sait même pas que c'est humain. Alors je reste ici.

— Vous n'allez pas me faire le coup de la victime. Les pires saloperies, c'est vous qui les avez faites, non ?

— Je ne suis pas une victime, monsieur Salagnon. Et c'est pour cela que je suis en Indochine, et non pas comptable dans un bureau reconstruit de Francfort. Je viens finir ma vie en vainqueur. Dormez, maintenant. »

Salagnon passa une nuit horrible où il trembla de froid. Sa cuisse blessée grossissait jusqu'à l'étouffer, puis elle se dégonflait d'un coup et il perdait l'équilibre. Le tas de morts luisait dans l'obscurité, et plusieurs fois Moreau bougea et essaya de lui adresser la parole. Poliment, il regardait le tas des morts qui heure après heure s'affaissait un peu plus, s'apprêtant à répondre s'il lui avait posé clairement une question.

Le matin, un grand drapeau rouge orné d'une étoile d'or se leva. Il fut agité à la lisière de la forêt et un clairon sonna. Une nuée de soldats casqués de feuilles fonça sur les barbelés enroulés, sur les sacs de sable dissimulant les tranchées, sur les trous munis de mines, sur les piques, les pièges, sur les armes qui tiraient jusqu'à en faire rougir leurs canons. Ils étaient si nombreux qu'ils absorbaient le métal qu'on leur lançait, qu'ils marchaient toujours, qu'ils résistaient au feu. Sous Salagnon couché le sol en tremblait. Ce tremblement était douloureux, pénétrait par sa jambe, remontait jusqu'à son crâne. L'effet de la morphine se dissipait ; personne ne pensait à lui en donner.

On mourait beaucoup aux abords de ce village. Les défenses se remplissaient de corps abîmés, découpés, brûlés. L'armée du Viêt-minh mourait massivement et avançait toujours ; la Légion mourait homme par homme et ne reculait pas. Ils furent si proches que les canons se turent. On lançait des grenades à la main. Des hommes se retrouvaient face à face, s'attrapaient par la chemise et s'ouvraient le ventre au couteau.

Les chars amphibies sortirent de la rivière, crapauds-buffles noirs et luisants, précédés de flammes et suivis de fumée pétaradante. Ruisselant, ils grimpèrent la rive bourbeuse et contre-attaquèrent. De petits avions au vrombissement serré passèrent au-dessus des arbres, et derrière la forêt flamba, avec tous les hommes qu'elle contenait. Des barges armées remontèrent la rivière, leur cale vide. On évacua les trous fortifiés, on détruisit le matériel, on laissa les obus et les grenades en les piégeant. « Et mon vélo ? demanda Salagnon quand on le transporta. — Quoi votre vélo ? — Le vélo que j'avais rapporté. Je l'avais piqué aux Viets. — Ils font du vélo dans la jungle, les Viets ? — Ils transportent du riz. Il faut montrer le vélo à Hanoï. — Vous croyez qu'on va s'encombrer d'un vélo ? Vous voulez rentrer à bicyclette, Salagnon ? » Les hommes montaient à bord sans courir, chargeaient les blessés et les morts. Des obus tombaient au hasard, parfois dans l'eau, parfois sur les berges où ils soulevaient des gerbes de boue. Une barge fut touchée, un obus dévasta la cale, et ses occupants avec. Elle dériva en brûlant sur le cours lent de la rivière. Gascard disparut dans un tourbillon d'eau brune ensanglantée. Salagnon allongé sur le métal vibrant n'était plus que douleur.

À l'hôpital militaire il se réveilla dans une grande salle où on alignait les blessés sur des lits parallèles. Les hommes amaigris restaient allongés sur des draps propres, ils rêvassaient en regardant le ventilateur du plafond, ils soupiraient, et parfois changeaient de position en essayant de ne pas arracher leur perfusion et de ne pas appuyer sur leurs pansements. Une lumière douce venait des grandes fenêtres laissées ouvertes, que l'on voilait de rideaux blancs qui flottaient à peine. Ils agitaient des ombres légères sur les murs, sur les peintures pâlies, rongées par l'humidité coloniale ; cette tranquille déliquescence soignait leur corps mieux que tous les médicaments. Certains mouraient comme on s'éteint.

Au bout de la rangée de lits, très loin de la fenêtre, un homme que l'on avait amputé d'une jambe n'arrivait pas à dormir. Il se plaignait en allemand, à mi-voix, il répétait toujours les mêmes mots d'une voix d'enfant. Un grand type à l'autre bout de la rangée repoussa son drap, se leva d'un coup, et parcourut tous les lits en boitant, s'appuyant en grimaçant sur leur armature de fer. Arrivé devant le lit du geigneur, il se redressa, tout raide dans son pyjama, et l'engueula en allemand. L'autre baissa la tête, acquiesça en l'appelant Obersturmführer, et il se tut. L'officier revint à son lit en grimaçant toujours et se recoucha. Il n'y eut plus dans la grande salle que des respirations paisibles, le vol des mouches, et le grincement du grand ventilateur au plafond qui n'allait pas très vite. Salagnon se rendormit.

Et ensuite ? Pendant que Victorien Salagnon guérissait de sa blessure, au dehors la guerre continuait. À toute heure des colonnes motorisées traversaient Hanoi, allaient dans tous les coins du delta, revenaient de la Haute-Région. Les camions déchargeaient leurs blessés dans la cour de l'hôpital, des éclopés mal pansés que des soldats portaient sur des civières, que les infirmières soutenaient jusqu'à un lit vide pour les moins abîmés. Ils s'affaissaient sur le lit avec un soupir, flairaient les draps propres et souvent s'endormaient aussitôt, sauf ceux qui souffraient trop de leurs blessures encroûtées ; alors le médecin passait, distribuait de la morphine, calmait les douleurs. Cette étrange machine qu'est l'hélicoptère apportait sur le toit les plus gravement atteints, l'uniforme méconnaissable, le corps noirci, leurs chairs tellement tuméfiées qu'on devait les emporter par les airs. Des avions passaient au-dessus d'Hanoï, des chasseurs chargés de bidons spéciaux, des Dakota en file ronronnante remplis de parachutistes. Certains revenaient en tirant derrière eux une lourde fumée noire qui rendait leur équilibre incertain.

Mariani venait le voir, il s'était sorti intact de l'évacuation. Il lui apportait des journaux, il commentait les nouvelles.

« Une violente contre-offensive des troupes franco-vietnamiennes, lisait-il, a permis d'arrêter la progression de l'ennemi dans la Haute-Région. On a dû évacuer une ligne de postes pour renforcer la défense du Delta. L'essentiel tient bon. Nous voilà rassurés. Tu sais qui c'est ?

— Qui ?

— Les troupes franco-vietnamiennes.

— C'est peut-être nous. Dis, Mariani, on ne se mélangerait pas un peu ? Nous sommes l'armée française, et nous menons une guerre de partisans contre l'armée régulière d'un mouvement qui mène une guérilla contre nous, qui luttons pour la protection du peuple vietnamien, qui lutte pour son indépendance.

— Pour se battre, on sait faire. Pour ce qui est du pourquoi, j'espère qu'à Paris ils savent. »

Cela les faisait rire. Ils avaient du plaisir à rire ensemble.

« On a retrouvé Rufin ?

— On a capté son dernier message. J'ai tanné le type des transmissions jusqu'à ce qu'il me donne la transcription exacte. Il ne disait pas grand-chose. "Les Viets sont à quelques mètres. Salut à tous." Et puis plus rien, le silence, m'a dit le type des transmissions, en fait ce bruit de la radio quand elle ne transmet rien, comme un crépitement de sable dans une boîte en métal.

— Tu crois qu'il a pu filer ?

— Il savait tout faire. Mais s'il a filé, il traîne dans la jungle depuis ce temps-là.

— Ce serait bien son genre. L'ange de la guerre menant sa guérilla tout seul, ici et là dans la forêt.

— On peut rêver. »

Ils évoquèrent Moreau, qui n'avait pas eu la mort héroïque qu'il méritait. D'un autre côté, on meurt toujours vite fait. À la guerre, on meurt à la sauvette. Quand on le raconte avec lyrisme, c'est un pieux mensonge, c'est pour en dire quelque chose ; on invente, on dilate, on met en scène. En vrai, on meurt à la cloche de bois, en vitesse, en silence ; et après aussi c'est le silence.

Son oncle vint voir Salagnon. Examina lui-même sa blessure, demanda l'avis du médecin.

« Tu dois nous revenir en forme, lui dit-il avant de partir. J'ai des projets pour toi. »

Il se reposait ; il passa son temps à se promener dans cet hôpital tropical, dans ce grand jardin sous les arbres, dans ce sauna de la Terre qu'est l'Indochine coloniale. « Je me mets à mollir », disait-il en riant à ceux qui de temps à autre venaient le voir, comme on met à mollir les biscuits de mer dans les navires qui traversent l'océan, pour les rendre à nouveau comestibles.

Il se mettait à mollir, pour mieux cicatriser, comme le faisaient les soldats abîmés, mais l'opium ne lui disait rien. Il fallait pour en prendre se coucher et cela faisait dormir ; lui, préférait s'asseoir, car ainsi il pouvait voir, et peindre. Les gestes du pinceau lui suffisaient à réduire la pesanteur, à se libérer de la douleur, et à flotter. Il allait dehors, dans les rues de Hanoï, il mangeait dans les gargotes de trottoir des soupes pleines de morceaux flottants. Il s'asseyait au milieu du peuple des rues et restait longtemps, à regarder, il s'asseyait dans les maisons de thé sous un arbre, deux tables et quelques tabourets, où un type maigre en short passe, avec une bouilloire cabossée, remplir d'eau chaude toujours le même bol, toujours les mêmes feuilles de thé qui, peu à peu délavées, ne sentent plus rien.

Il prenait son temps, il se contentait de regarder, et il dessinait les gens dans les rues, et les enfants qui couraient en bandes ; les femmes aussi il se contentait de les dessiner. Il leur trouvait une grande beauté, mais une beauté propre au dessin. Il ne s'approchait pas suffisamment d'elles pour les voir autrement que d'un trait. Elles étaient lignes pures de tissu flottant, linge sur la corde, et leurs longs cheveux noirs comme une coulée d'encre laissée par le pinceau. Les femmes d'Indochine marchaient avec grâce, s'asseyaient avec grâce, tenaient avec grâce leur grand chapeau conique de paille tressée. Il en dessina beaucoup et n'en aborda aucune. On le moqua de sa timidité. Il finit par suggérer, sans trop de détails, qu'il était fiancé à une Française d'Alger. On ne le moqua plus, mais on loua son courage avec des sourires entendus. Complice, on évoquait le tempérament de feu des Méditerranéennes, leur jalousie tragique, leur agressivité sexuelle incomparable. Les femmes asiatiques continuaient de passer au loin dans un froissement de voile, hautaines, gracieuses, affectant d'être inaccessibles, et vérifiant discrètement autour d'elles l'effet produit. Elles ont l'air froides, comme ça, disait-on. Mais quand on a franchi cette barrière, quand on a trouvé le déclic, là, alors… Cela voulait tout dire. De n'en dire pas plus lui convenait.

Le fantôme d'Eurydice lui revenait dans tous ses moments d'oisiveté. Il lui écrivit encore. Il s'ennuyait. Il ne croisait que des gens qu'il ne souhaitait pas côtoyer. L'armée changeait. On recrutait des jeunes gens en France, il se sentait vieux. Il vint par bateau une armée de crétins qui voulaient la solde, l'aventure, ou l'oubli ; ils s'engageaient pour un métier, car en France ils n'en trouvaient pas. Pendant ces semaines où il se soigna en marchant dans Hanoï il apprit l'art chinois du pinceau. Il n'est pourtant en ce domaine rien à apprendre : il n'est qu'à pratiquer. Ce qu'il apprit dans Hanoï, c'est l'existence d'un art du pinceau ; et cela vaut pour apprendre.

Avant de rencontrer son maître, il avait beaucoup peint pour occuper ses doigts, donner un but à ses promenades, voir mieux ce qu'il avait devant les yeux. Il envoyait à Eurydice des forêts, des fleuves très larges, des collines pointues emmêlées de brumes. « Je te dessine la forêt comme un velours énorme, comme un sofa profond, lui écrivait-il. Mais ne t'y trompe pas. Mon dessin est faux. Il reste en dehors, il s'adresse à ceux — les bienheureux — qui ne mettront jamais les pieds dans la jungle. Ce n'est pas si consistant, pas si profond, pas si dense, c'est même pauvre en son aspect, très désordonné dans sa composition. Mais si je la dessinais ainsi, personne ne croirait qu'il s'agit de la jungle, on me penserait mélancolique. On trouverait mon dessin faux. Alors je le dessine faux, pour qu'on le croie vrai. »

Assis, adossé à un tronc de la grande avenue bordée de frangipaniers, il esquissait au pinceau ce qui se voyait des belles demeures entre les arbres. Son regard allait de la feuille aux façades coloniales, cherchait un détail, son pinceau se suspendait un instant au-dessus du pot d'encre posé à côté de lui. Sa concentration était telle que les enfants accroupis autour de lui n'osaient lui parler. Par le dessin il accomplissait ce miracle de ralentir et de rendre silencieux une bande d'enfants asiatiques. À mi-voix, de leurs monosyllabes d'oiseaux, ils s'apostrophaient en se montrant un détail du dessin, ils le pointaient du doigt dans la rue, puis riaient derrière leur main de voir la réalité ainsi transformée.

Un homme tout vêtu de blanc, qui descendait l'avenue en balançant une canne, s'arrêta derrière Salagnon et regarda son croquis. Il portait un panama souple, et s'appuyait mais à peine, juste pour l'élégance, sur sa canne de bambou verni.

« Vous vous interrompez trop souvent, jeune homme. Je comprends que vous vouliez vérifier si cela que vous avez tracé est vrai, mais pour que votre peinture vive, autant que vous, autant que ces arbres que vous voulez peindre, il faut que vous n'interrompiez pas votre souffle. Vous devez vous laisser guider par l'unique trait de pinceau. »

Salagnon resta coi ; pinceau en l'air, il observait cet étrange Annamite si bien habillé, qui venait de lui parler sans formule de politesse, sans baisser les yeux, dans un français bien plus raffiné que le sien, avec un accent imperceptible. Les petits enfants s'étaient relevés, un peu gênés, et n'osaient plus bouger devant cet homme si aristocratique qui parlait à un Français sans obséquiosité.

« L'unique trait de pinceau ?

— Oui, jeune homme.

— C'est un truc chinois ?

— C'est l'art du pinceau, exprimé de la façon la plus simple.
— Vous peignez, monsieur ?
— Parfois.
— Vous savez faire ces peintures chinoises que j'ai vues, avec des montagnes, des nuages, et de tout petits personnages ? »

L'homme si élégant sourit avec bienveillance, ce qui ouvrit un fin réseau de ridules sur tout son visage. Il devait être très vieux. Il ne le montrait pas.

« Venez demain à cette adresse. Dans l'après-midi. Je vous montrerai. »

Il lui donna une carte de visite écrite en chinois, en vietnamien et en français, ornée du sceau rouge dont les peintres là-bas signent leurs œuvres.

Salagnon apprit à le connaître. Il alla le voir souvent. Le vieil homme plaquait ses cheveux noirs en arrière, ce qui lui faisait une coiffure d'Argentin, et il ne portait que des costumes clairs, toujours ornés d'une fleur fraîche. Le veston ouvert, main gauche dans la poche, il l'accueillait avec familiarité, il lui serrait la main avec une légèreté de dilettante, une distance amusée envers tous les usages. « Venez, jeune homme, venez ! » Et il lui ouvrait d'un geste les vastes pièces de sa maison, toutes vides, dont les peintures rongées par l'affreux climat prenaient des tons pastel au bord des larmes. Il parlait dans un français parfait, où l'accent n'était qu'un phrasé original, à peine définissable, comme une légère préciosité qu'il maintiendrait par amusement. Il usait de tournures académiques que l'on n'entend qu'à Paris, en certains lieux, et de mots choisis qu'il employait toujours dans leur exacte définition. Salagnon s'étonnait d'une telle science de sa langue maternelle, que lui-même ne possédait pas. Il le lui fit remarquer, cela le fit sourire le vieil homme.

« Vous savez, mon jeune ami, les meilleures incarnations des valeurs françaises, ce sont les gens dits de couleur. Cette France dont on parle, avec sa grandeur, son humanisme hautain, sa clarté de pensée et son culte de la langue, eh bien cette France-là vous la trouverez à l'état pur aux Antilles, et chez les Africains, les Arabes et les Indochinois. Les Français blancs, nés là-bas, dans ce que l'on appelle la France étroite, nous voient toujours avec stupéfaction incarner à ce point ces valeurs-là dont ils ont entendu parler à l'école, qui sont pour eux des utopies inaccessibles, et qui sont notre vie. Nous incarnons la France sans reste, sans débordement, à la perfection. Nous autres indigènes cultivés sommes la gloire et la justification de l'Empire, sa réussite, et cela entraînera sa chute.

— Pourquoi sa chute ?

— Comment voulez-vous être ce que l'on appelle indigène, tout en étant à ce point français ? Il faut choisir. L'un et l'autre, c'est le feu et l'eau enfermés dans le même bocal. Il faudra que l'un l'emporte, et vite. Mais venez donc voir mes peintures. »

Dans la plus grande pièce de sa maison ancienne, dont le plafond noircissait aux angles, dont le plâtre s'écaillait un peu partout, ne restaient comme meubles qu'un gros fauteuil de rotin et une armoire laquée de rouge, fermée d'un anneau de fer. Il en sortit des rouleaux enveloppés d'un étui de soie, fermés de liens. Il fit asseoir Salagnon dans le fauteuil, balaya le sol d'une petite brosse, et posa les rouleaux à ses pieds. Il en dénoua les liens, les déhoussa et, penché avec grâce, les déroula lentement par terre.

« C'est ainsi qu'on regarde les peintures de la tradition chinoise. Il ne convient pas de les accrocher aux murs une fois pour toutes, il faut les dérouler comme se déroule un chemin. On voit alors apparaître le temps. Dans le temps de les regarder se rejoint le temps de les concevoir et le temps de les avoir faites. Quand personne ne les regarde, il faut les laisser non pas ouvertes mais roulées, à l'abri des regards, à l'abri d'elles-mêmes. On ne les déroule que devant quelqu'un qui saura en apprécier le dévoilement. Elles ont été conçues ainsi, comme se conçoit le chemin. »

Il déroula aux pieds de Salagnon un grand paysage avec des gestes mesurés, guettant la survenue des sentiments sur le visage du jeune homme. Salagnon avait l'impression de lentement lever la tête. Des montagnes trop longues émergeaient des nuages, des bambous dressaient leurs tiges, des arbres laissaient aller leurs branches, d'où pendaient des racines aériennes d'orchidées, des eaux tombaient d'un plan à l'autre, un chemin étroit entre des rocs aigus grimpait dans la montagne, entre des pins tordus qui s'accrochaient tant qu'ils pouvaient, davantage enracinés dans les brumes que dans la roche.

« Et vous n'utilisez que de l'encre, souffla Salagnon émerveillé.

— A-t-on besoin d'autre chose ? Pour peindre, pour écrire, pour vivre ? L'encre suffit à tout, jeune homme. Et il n'est besoin que d'un seul pinceau, d'un bâton d'encre pressée que l'on dilue, et d'une pierre creusée pour la contenir. Un peu d'eau aussi. Ce matériel de toute une vie tient dans une poche ; ou si l'on n'en possède pas, dans un sac pendu à l'épaule. On peut marcher sans encombre avec le matériel d'un peintre chinois : c'est l'homme en chemin qui peint. Avec ses pieds, ses jambes, ses épaules, son souffle, avec sa vie entière à chaque pas. L'homme est pinceau, et sa vie en est l'encre. Les traces de ses pas laissent des peintures. »

Il en déroula plusieurs.

« Celles-ci sont chinoises, très anciennes. Celles-là sont de moi. Mais je ne peins plus guère. »

Salagnon s'accroupit tout près, il suivait les rouleaux à quatre pattes, il avait l'impression de n'y comprendre rien. Il ne s'agissait pas exactement de tableaux, ni exactement de l'acte de voir, pas non plus de comprendre. Une profusion de petits signes, tout à la fois convenus et figuratifs, s'agitaient à l'infini et cela provoquait une exaltation de l'âme, une bouffée de désir pour le monde, un élan vers la vie entière. Comme s'il voyait de la musique.

« Vous parlez de l'homme qui peint, mais je ne vois personne. Pas de silhouette, pas de personnage. Vous arrive-t-il de faire des portraits ?

— Pas d'hommes ? Jeune homme, vous vous méprenez, et vous me surprenez. Tout, ici, est l'homme.

— Tout ? Je n'en vois qu'un. »

Salagnon désigna une petite figure enveloppée d'une robe à plis, difficile à distinguer, en train de gravir le premier tiers du sentier, une figure grande comme l'ongle du petit doigt, prête à disparaître derrière une colline. L'autre sourit d'un air patient.

« Vous montrez une certaine naïveté, mon jeune ami. Cela m'amuse, mais ne m'étonne pas. Vous cumulez trois naïvetés : celle de la jeunesse, celle du soldat, celle de l'Européen. Permettez-moi de sourire, à vos dépens mais avec bienveillance, de vous voir posséder ainsi autant de fraîcheur : ce sera le privilège de mon âge. Ce n'est pas parce que vous ne distinguez aucun corps humain que cette peinture tout entière ne montre pas l'homme. Vous faut-il voir l'homme pour conclure à la présence de l'homme ? Ce serait trivial, n'est-ce pas ?

« Dans ce pays, il n'est rien qui ne soit humain. Le peuple est tout, lieutenant Salagnon. Regardez autour de vous : tout est l'homme, même le paysage ; surtout le paysage. Le peuple est la totalité du réel. Sinon, le pays ne serait que de la boue, sans fermeté, sans existence, emportée par le fleuve Rouge, ramenée par les vagues, diluée par la mousson. Toute terre ferme est ici due au travail de l'homme. Un moment d'inattention, une interruption du labeur perpétuel, et tout revient à la boue, tombe dans le fleuve. Il n'existe rien d'autre que l'homme : la terre, la richesse, la beauté. Le peuple est tout. Pas étonnant que le communisme soit ici si bien compris : dire un peu de marxisme, dire que seules les structures sociales sont réelles, est ici une banalité. Alors la guerre s'exerce sur l'homme : le champ de bataille est l'homme, les munitions sont l'homme, les distances et les quantités s'expriment en pas d'homme et en charge d'homme. Massacre, terreur, torture ne sont que la façon dont la guerre va sur l'homme. »

Il réenroula ses peintures, les rehoussa, refit avec soin les liens de soie.

« Si vous le souhaitez, revenez me voir. Je vous enseignerai l'art du pinceau, puisque vous semblez l'ignorer. Vous avez un certain talent, je l'ai vu à l'œuvre, mais l'art est un état plus subtil que le talent. Il se situe au-delà. Pour se transformer en art, le talent doit prendre conscience de lui-même, et de ses limites, et être aimanté d'un but, qui l'oriente dans une direction indiscutable. Sinon, le talent s'agite ; il bavarde. Revenez me voir, cela me ferait plaisir. Je peux vous indiquer le chemin. »

Pendant toute sa convalescence Salagnon retourna chez le vieil homme, qui l'accueillait avec la même élégance, la même souplesse de gestes, la même légèreté précise en tous ses mots. Il lui montrait ses rouleaux, lui racontait les circonstances de leur peinture, lui donnait des conseils sous une forme tout à la fois simple et mystérieuse. Salagnon crut en leur amitié. Il s'en ouvrit à son oncle, avec enthousiasme.

« Il me reçoit chez lui, j'y suis toujours attendu. J'entre comme chez moi, et il me montre ses peintures qu'il tient cachées dans des armoires, et nous passons des heures à en parler.

— Fais attention à toi, Victorien.

— Pourquoi me méfierais-je d'un vieil homme, tout heureux de me montrer ce que sa civilisation fait de mieux ? »

L'emphase fit rire son oncle.

« Tu te trompes du tout au tout.

— Sur quoi ?

— Sur tout. L'amitié, la civilisation, le plaisir.

— Il m'accueille.

— Il s'encanaille. Et cela l'amuse. Il est un noble annamite ; et un noble annamite c'est encore plus arrogant qu'un noble de France. Les aristos de chez nous on les a raccourcis, ils se tiennent un peu à carreau ; pas ici. Pour eux le mot "égalité" est intraduisible, l'idée même les fait sourire comme une vulgarité d'Européens. Ici, les nobles sont des dieux, et leurs paysans des chiens. Cela les amuse que les Français affectent de ne pas le voir. Eux le savent. S'il te fait l'honneur de te recevoir pour parler de son passe-temps d'oisif, c'est juste que cela l'amuse, cela le délasse de relations plus relevées. Il te considère probablement comme un jeune chien affectueux qui l'aurait suivi dans la rue.

Fréquenter sans cérémonie un officier français, c'est aussi affecter une modernité qui doit le servir, d'une façon ou d'une autre. Je connais un peu ce type. Il est apparenté à ce crétin de Bao Daï, celui dont on veut faire l'empereur d'une Indochine d'où nous serions partis sans tout à fait la quitter. Celui-là et ses semblables, les nobles d'Annam, l'alliance de la France les indiffère. Ils comptent les siècles comme toi les heures. La présence de la France n'est qu'un rhume de l'Histoire. Nous passons, ils se mouchent, ils restent ; ils en profitent pour apprendre d'autres langues, lire d'autres livres, s'enrichir d'autres façons. Vas-y, apprends à peindre, mais ne crois pas trop à l'amitié. Ni au dialogue. Il te méprise, mais tu l'amuses ; il te fait jouer un rôle dans une pièce dont tu ignores tout. Profite, apprends, mais méfie-toi. Comme lui se méfie toujours. »

Quand Salagnon arrivait, un vieux domestique, bien plus vieux que son maître, très sec et courbé, lui ouvrait la porte et le précédait dans les pièces vides. Le vieil homme l'attendait debout, avec un fin sourire, les yeux souvent dilatés mais la main droite bien ferme pour le saluer à la française. Salagnon s'aperçut qu'il ne se servait que de la main droite pour saluer, pour peindre, pour nouer ses rouleaux, pour porter à ses lèvres le petit bol de thé. La gauche, il ne s'en servait jamais, il la gardait dans la poche de son élégant costume clair, il la dissimulait sous la table quand il était assis, et il la serrait entre ses genoux. Elle tremblait.

« Ah, vous voilà ! disait-il invariablement. Je pensais à vous. » Et il désignait un nouveau rouleau fermé, posé sur la longue table qu'il avait fait installer dans la plus grande de ses pièces. Un second fauteuil de rotin avait été ajouté au premier, et une table basse entre les deux où étaient disposés les outils de la peinture. Au moment où ils s'installaient pour peindre, un autre domestique apportait une théière brûlante, un très jeune homme maigre aux gestes de chat. Il ne levait jamais son regard sauvage, ses yeux baissés allaient par saccades, furieux, de droite et de gauche. Son maître le regardait venir avec un sourire indulgent, et il ne disait jamais rien quand il servait maladroitement le thé, renversant toujours un peu d'eau chaude à côté du bol. Le maître le remerciait d'une voix douce et le très jeune homme s'en retournait brusquement, lançant autour de lui des regards mauvais mais brefs.

Après un soupir du maître commençait l'enseignement de l'art du pinceau. Ils ouvraient le rouleau ancien et le déroulaient, ils appréciaient ensemble l'apparition du paysage. De sa main droite le vieil homme dévidait le panneau de soie à un rythme régulier, et de la gauche un peu tremblante il désignait certaines traces sans insister, sa main malhabile dansait au-dessus de la peinture qui grandissait, soulignant le rythme flou du souffle, suivant par des tremblements la respiration de l'encre, qui sortait vive et fraîche du rouleau où elle était habituellement serrée. Parfois la table ne suffisait pas à la longueur de la peinture, alors ils s'y reprenaient à plusieurs fois, réenroulaient la base pendant que le sommet continuait d'apparaître. Ils marchaient ensemble sur un chemin d'encre, il lui indiquait les détails, à mi-mots, à mi-gestes, et Salagnon appréciait par de petits grognements, des hochements de tête ; il lui semblait maintenant comprendre cette musique silencieuse des traces. Il apprenait.

Il fit son encre, longuement, en frottant un bâton compact sur une pierre creuse, dans une goutte d'eau, et ces petits gestes répétés le préparaient à peindre. Il peignit sur un papier très absorbant où l'on ne pouvait faire qu'un seul trait, un seul passage figé sans retour, une seule trace, définitive. « Chaque trace doit être juste, jeune homme. Mais si elle ne l'est pas, peu importe. Faites alors que les suivantes la rendent juste. »

Salagnon tenait entre ses doigts l'irrémédiable. Au début, cela le figeait ; puis cela le libéra. Plus n'était besoin de revenir sur les traces passées, sans recours, elles étaient faites. Mais les suivantes pouvaient en améliorer la justesse. Le temps allait ; plutôt que de s'en inquiéter, il suffisait de s'y inscrire fermement. Il disait au vieil homme ce qu'au fur de l'enseignement il comprenait, et lui l'écoutait avec le même sourire patient. « Comprenez, jeune homme, comprenez. Il est toujours bien de comprendre. Mais peignez. L'unique trait de pinceau est le chemin unique de la vie. Il vous faut l'emprunter vous-même, pour vivre par vous-même. »

Cela eut une fin, un jour, à l'heure habituelle, où Salagnon se présenta à la porte, et celle-ci était entrouverte. Il tira la cloche qui servait à appeler les domestiques mais on ne vint pas. Il entra. Il traversa tout seul les grandes pièces vides jusqu'à la salle d'apparat consacrée à peindre. L'armoire laquée de rouge, les fauteuils, la table, s'élevaient dans la lumière poussiéreuse de l'après-midi comme des temples abandonnés dans la forêt. Le vieux domestique gisait en travers de la porte. Un trou s'ouvrait dans son crâne, entre les yeux, mais il n'en sortait presque aucun sang. Son vieux corps sec ne devait presque plus en contenir. Son maître était à sa table à peindre, le front sur un rouleau ancien définitivement gâché. Sa nuque disparaissait dans une bouillie sanglante, les instruments de peinture étaient renversés, l'encre mêlée au sang formait sur la table une flaque luisante d'un rouge très profond. Elle semblait dure ; Salagnon n'osa pas la toucher.

On ne retrouva pas le jeune domestique.

« C'est lui, affirma Salagnon devant son oncle.

— Ou pas.

— Il n'aurait pas fui.

— Ici, quoi que l'on ait fait, on fuit. Surtout un jeune homme dont les soutiens ont disparu. Si la police l'avait interrogé, il aurait été coupable. Ils savent très bien faire. Avec eux on avoue ; tout. Notre police coloniale est la meilleure du monde. Elle trouve systématiquement les coupables. Toute personne arrêtée est coupable, et finit par avouer. Donc le moindre témoin fuit ; et ainsi devient coupable. C'est imparable. En Indochine on n'a que l'embarras du choix pour trouver un coupable ; il suffit de le ramasser, la rue en est pleine. Toi-même pourrais l'être.

— C'est à cause de moi qu'il est mort ?

— Possible. Mais ne te surestime pas. Un noble annamite a de nombreuses raisons de mourir. Tout le monde peut y avoir intérêt. D'autres aristocrates, pour faire un exemple, décourager les occidentalisations trop voyantes ; le Viêt-minh, pour creuser le fossé colonial, le faire croire irrémédiable ; les commerçants chinois, qui trafiquent l'opium et tiennent les maisons de jeu, avec la bénédiction de Bao Daï, la nôtre, celle du Viêt-minh, car tout le monde passe à la caisse ; nos services, pour brouiller les pistes et faire croire que ce sont les autres, et qu'ensuite ils s'entretuent. Et puis ce peut être son jeune boy, pour des raisons personnelles. Mais lui-même pourrait être à son tour manipulé par tous ceux dont je viens de te faire la liste. Et eux-mêmes, manipulés par les autres, ainsi à l'infini. Tu as remarqué qu'en Indochine on meurt très vite, pour des raisons imprécises. Mais si les raisons sont floues, on meurt toujours nettement ; c'est même la seule chose nette en ce foutu pays. On en vient à l'aimer.

— L'Indochine ?

— La mort. »

Salagnon dessinait dehors. Autour de lui le nombre d'enfants était inimaginable, ils braillaient, ils piaillaient, ils sautaient dans la rivière en contrebas, ils couraient pieds nus sur la route en terre. Des camions passèrent à la file, soulevant de la poussière, crachant du gasoil noir, précédés de deux motos qui allaient avec un grondement de basse d'opéra, leurs pilotes bien droits avec de grosses lunettes et des casques de cuir. Les gamins les suivirent en courant, ils se déplaçaient toujours en bandes et en courant, leurs petits pieds nus claquant sur la terre, ils se moquaient des soldats assis à l'arrière des camions, des soldats fatigués qui leur faisaient quelques signes de la main. Puis le convoi accéléra avec des cliquetis de métal, des grognements de moteur, répandit derrière lui un nuage de poussière de terre jaune et les gamins s'égaillèrent comme des étourneaux innombrables, se rassemblant à nouveau, courant dans de nouvelles directions, et plongeant tous dans la rivière. Les enfants ici sont en nombre inimaginable, bien plus qu'en France, on croirait qu'ils jaillissent du sol trop fertile, qu'ils poussent et se multiplient comme les jacinthes d'eau sur les lacs immobiles. Heureusement qu'ici on meurt vite, car le lac serait recouvert ; heureusement qu'ils se multiplient aussi vite, car l'on meurt tant que tout serait dépeuplé. Comme dans la jungle, tout pousse et s'effondre, mort et vie en même temps, d'un même geste. Salagnon dessinait des enfants qui jouent autour de l'eau. Il les dessinait d'un pinceau épuré, sans ombre, d'un trait vibrant, ils bougeaient tout le temps, au-dessus du trait horizontal de la surface de l'eau. À mesure que dans ce pays il s'enfonçait dans la mort et dans le sang, il envoyait à Eurydice des dessins de plus en plus délicats.

Quand le soleil rouge disparaissait à l'ouest, Hanoï s'agitait. Salagnon allait manger, il se fit encore ce soir-là servir une soupe — jamais dans sa vie il ne mangea autant de soupes. Dans leur grand bol elles étaient tout un monde flottant dans un bouillon parfumé, comme l'Indochine flotte dans l'eau de ses fleuves et dans les parfums de chairs et de fleurs. On posa le bol devant lui où parmi les légumes en cubes, les nouilles transparentes et la viande en lamelles, était une patte de poulet toutes griffes dehors. Il remercia de cette attention : on le connaissait. Autour de lui les Tonkinois mangeaient vite avec des bruits d'aspiration, des soldats français commandaient de nouvelles bières, et des officiers de l'air, qui avaient posé leur belle casquette à ailes dorées sur la table, bavardaient entre eux et riaient des récits que lançait chacun, l'un après l'autre. Ils l'avaient invité à les rejoindre, entre officiers, mais il avait décliné en montrant son pinceau et un carnet ouvert sur une page blanche. Ils avaient salué d'un air compréhensif, s'en étaient retournés à leur conversation. Salagnon préférait manger seul. Dehors l'agitation ne faiblissait pas, dedans les Tonkinois se relayaient pour manger, toujours très vite, et les Français traînaient à table, pour boire et bavarder. Une dame mûre permanentée apportait les plats, les yeux fardés de bleu et la bouche bien rouge. Elle houspillait sans cesse la jeune fille qui faisait le service du bar en robe fendue, sans un mot, qui se tortillait comme une anguille pour éviter les soldats et eux essayaient de l'attraper en riant. Elle apportait des bières à table sans jamais ralentir, et Salagnon ne savait pas si la patronne lui ordonnait d'échapper aux mains des soldats ou de s'y laisser prendre.

La lumière s'éteignit. Le ventilateur qui tournait en grinçant s'arrêta. Cela déclencha une traînée d'applaudissements, de rires et des cris faussement effrayés, tous prononcés par des voix françaises. Dehors le ciel luisait encore, et les lampes à pétrole accrochées aux échoppes de la rue donnaient des lueurs tremblantes. Des coups de feu claquèrent. Sans un mot, les Tonkinois sortirent tous ensemble. Les deux femmes disparurent, on ne les entendit plus, et les Français restèrent seuls dans la gargote. Ils se turent et commencèrent à se lever, on voyait leurs silhouettes et les flammes orange des lampes du dehors se reflétaient sur leur visage. Salagnon avait été surpris le bol entre les mains, en train de boire, quand la lumière s'était éteinte. Il n'osa continuer de peur d'avaler dans la pénombre la patte de poulet avec ses griffes. Les yeux s'habituèrent. Un mouvement de foule enfla dans la rue. Il y eut un bruit de course, des cris, des coups de feu. Un jeune Vietnamien ébouriffé jaillit dans la salle. Les flammes tremblotantes l'éclairaient de rouge, il brandissait un pistolet et fouillait l'ombre du regard. Il repéra les chemises blanches ornées de dorures et tira sur les officiers de l'air en criant : « Criminels ! Criminels ! » avec un fort accent. Ils tombèrent, touchés, ou bien se jetèrent au sol. Il restait dans l'encadrement de la porte, pistolet brandi. Il se tourna vers Salagnon assis, son bol de soupe entre les mains. Il s'avança, pistolet pointé, vociférant quelque chose en vietnamien. Ce fut là sa chance, qu'il parle au lieu de tirer. À deux mètres devant Salagnon il s'arrêta, les yeux fixes, il crispa les doigts, il leva son arme, il visait un point juste entre les yeux de Salagnon qui tenait des deux mains son bol de soupe sans trop savoir où regarder, son bol et la patte qui flottait, les yeux, la main qui le menaçait, le canon noir, et le

Vietnamien s'effondra dans le fracas d'une rafale de mitraillette. Il tomba face contre la table, qui s'écroula. Salagnon se leva par réflexe, sauva son bol de soupe qu'il tenait toujours à deux mains et perdit son flacon d'encre qui se brisa. La lumière revint, et le ventilateur repartit avec son grincement régulier.

Dans l'entrée, deux parachutistes armés pivotaient lentement, leur corps maigre arqué autour de leur mitraillette. Ils exploraient la salle de leurs yeux de chasseurs. L'un d'eux retourna du pied le Vietnamien abattu.

« Vous avez de la chance, mon lieutenant. Un peu plus, il vous en collait une à bout portant.

— Oui, je crois. Merci.

— Plus de chance que nos pilotes en tout cas. Ceux-là, sans leurs ailes, ils ont bien du mal. »

L'un des officiers de l'air se relevait, sa chemise tachée de sang, et se penchait sur les autres, encore à terre. Le parachutiste fouillait le Vietnamien d'une main habile ; il lui retira son pendentif, un bouddha d'argent de la taille d'un ongle, retenu par un lacet de cuir. Il se tourna vers Salagnon et le lui lança.

« Tenez, mon lieutenant. Avec ça il aurait dû être immortel. Mais c'est à vous qu'il a porté chance. Gardez-le. »

Le lien était taché de sang, mais déjà sec. Ne sachant où le mettre, Salagnon se le passa au cou. Il finit sa soupe. Il laissa la patte de poulet, griffes ouvertes, au fond du bol. Les deux femmes ne réapparurent pas. Ils partirent tous ensemble, en emportant les morts et les blessés.

COMMENTAIRES VI

Je la voyais depuis toujours, mais jamais je n'aurais osé lui parler

« Et ensuite ?

— Rien. Les choses allèrent d'elles-mêmes leur cours sinistre. Je survécus à tout ; ce fut le principal événement digne d'être rapporté. Quelque chose me protégeait. On mourait autour de moi, je survivais. Le petit bouddha qui ne me quittait pas devait absorber toute la chance disponible autour de moi et me la communiquer ; ceux qui s'approchaient de moi mouraient, et pas moi.

Regarde, me dit-il. Je l'ai encore. »

Il défit plusieurs boutons de sa chemise et me le montra. Je me penchai, il me montra sa poitrine maigre semblable à une plaine asséchée qui s'érode, où autrefois coulaient des rivières. Des poils gris la couvraient à peine, la chair s'en retirait, la peau se repliait sur les os qu'elle moulait mollement de petits plis ; cela formait un réseau fossile, celui des rivières de Mars où aucun liquide ne coule plus, mais dessous, en profondeur, coule peut-être encore un peu de sang.

Au bout d'un lacet de cuir que je ne lui avais jamais remarqué pendait un petit bouddha d'argent. Il était assis en lotus, ses genoux pointaient sous sa robe à plis, il levait une main ouverte ; et avec beaucoup d'attention on pouvait deviner un sourire. Il fermait les yeux.

« Vous le portez toujours ?

— Je ne l'ai jamais quitté. Je l'ai laissé comme au premier jour. Regarde. »

Il me montra des encroûtements de rouille là où la statuette faisait des plis : le cou, les jambes repliées.

« Je ne l'ai jamais nettoyé. L'argent ne rouille pas, c'est le sang de l'autre. Je garde avec moi le souvenir du jour de ma mort. Je n'aurais pas dû survivre à ce moment-là, tout le reste de ma vie m'a été donné en plus. Je le garde contre moi, c'est un monument aux morts que j'emporte, à la mémoire de ceux qui n'ont pas eu de chance, et à la santé de ceux qui en ont eu. Comme trophée, je l'aurais nettoyé ; mais c'est un ex-voto, alors je le laisse comme il était. »

Le lacet de cuir luisait, ciré par des décennies de sueur. Il n'avait pas dû le changer non plus, ce devait être le cuir d'un buffle noir qui pâturait en Indochine dans les profondeurs du siècle précédent. Peut-être cela lui avait-il donné une odeur, mais je ne m'approchais pas suffisamment pour le savoir. Il le remit contre sa poitrine et se reboutonna.

« Il doit me servir de cœur, ce petit bonhomme avec ses yeux fermés. Je n'ai jamais osé m'en éloigner, le poser trop longtemps, j'avais peur que quelque chose s'arrête et que ce soit vraiment fini. Il est fait de juste assez de métal pour couler une balle, une balle d'argent que l'on utilise contre les loups-garous, les vampires, les êtres maléfiques que l'on ne tue pas par les moyens habituels. Alors je l'ai ramassée, cette balle qui ne m'a pas eu, cette balle qui avait un billet à mon nom, et tant que je la tiens bien cachée, tant que je la serre contre moi, elle ne m'atteindra pas. Personne n'a vu ce bouddha, sinon Eurydice qui m'a vu nu, sinon mes potes parachutistes qui m'ont vu en calecif, ou sous la douche, mais ils sont morts à l'heure qu'il est, et puis toi. De toute cette histoire, je ne garde que cette mort que je n'ai pas eue.

— Vous n'avez rien rapporté, rien gardé ? des objets exotiques qui vous feraient des souvenirs ?

— Rien. À part un talisman et des blessures. Il ne me reste rien de ces vingt ans de ma vie ; à part des peintures, j'en ai fait tant, et j'essaye de m'en débarrasser. La chaleur qu'il faisait là-bas m'a guéri de l'exotisme. Et pourtant c'était un sacré bazar que l'Indochine, tout le monde y vidait son grenier, on trouvait de tout : armes américaines, sabres d'officiers japonais, sandales de Viêt-minh en pneus Michelin, objets chinois antiques, meubles français cassés, tout ce qu'on y avait amené se tropicalisait. Je n'ai rien gardé. J'ai tout laissé, perdu au fur et à mesure ; on me l'a aussi pris, détruit ou confisqué, et ce qui pouvait rester, ce qui reste dans le grenier d'un vieux militaire, comme un béret ou un insigne, une médaille, parfois une arme, je l'ai jeté. Il ne me reste aucun souvenir. Ici, rien n'a plus à voir avec ça. »

Entourés que nous étions de tous les objets imbéciles qui décoraient la pièce, qui ne montraient que leur idiotie, qui affirmaient très visiblement n'être liés à rien d'autre qu'à eux-mêmes, je le croyais aisément.

« Il ne me reste que ça, le bouddha d'argent que je viens de te montrer ; et puis le pinceau que j'utilise encore, je l'avais acheté à Hanoï sur les conseils de celui qui fut mon maître. Et puis une photo. Une seule.

— Pourquoi celle-là ?

— Je ne sais pas. Le petit bouddha, je ne le quittais pas, il n'a jamais été plus loin qu'à portée de main depuis cinquante ans ; le pinceau, je l'utilise encore ; mais la photo j'ignore pourquoi je l'ai toujours. Peut-être ne doit-elle sa survie qu'au hasard, car il faut bien que quelque chose reste. Sur la masse d'objets que j'ai manipulés pendant vingt ans, il y en a qui échappent, on les retrouve un jour, et on se demande pourquoi.

« J'aurais pu prendre la décision de la déchirer, de la jeter, mais je n'en ai jamais eu le cœur. Cette photo, je l'ai gardée, elle a surmonté toutes les formes de disparition et elle est encore là, comme un vestige banal dont on se demande comment il a pu passer les siècles alors que tout le reste autour a disparu, une trace dans le sable, une sandale abîmée, un jouet d'enfant en terre cuite. Il y a une forme de hasard archéologique qui fait que certains vestiges, sans qu'il y ait de raison, restent. »

Il me montra une photo de petite taille, moitié moins grande qu'une carte postale, bordée de blanc et dentelée comme on le faisait alors. Dans cette petite surface se serraient des gens debout, face à l'appareil, autour d'une grosse machine à chenilles. On n'y voyait pas grand-chose, à cause de la taille des silhouettes et des gris peu contrastés. On économisait le papier photo et les produits chimiques, et les laborantins des petites villes d'Indochine étaient des amateurs, qui travaillaient trop vite.

« N'y voir rien a contribué à ce que je la garde. Je me promettais toujours de reconnaître ceux qui étaient là, et de compter ceux qui restaient. À force d'attendre, cela a tendu vers zéro ; il ne reste plus que moi, je crois. Et puis peut-être la machine, une grosse carcasse qui rouille dans la forêt. Tu m'as trouvé ? »

On avait du mal à distinguer les visages, ils n'étaient qu'une tache grise, où un fonçage infime figurait les yeux, et un point blanc le sourire. J'avais du mal à reconnaître l'engin, sa tourelle n'était pas celle que l'on voit aux chars, il ne semblait en dépasser qu'un tuyau court. Derrière on devinait des frondaisons confuses.

« La forêt du Tonkin ; on disait parfois la jongle, mais cette prononciation a disparu. Tu me trouves ? »

Je le reconnus enfin à sa grande taille, sa sveltesse, et à sa façon triomphante de porter sa tête, à sa posture d'enseigne plantée dans le sol.

« Là ?

— Oui. La seule image de moi pendant vingt ans, et on me reconnaît à peine.

— Vous étiez où ?

— À ce moment-là ? Partout. Nous étions la Réserve générale. Nous allions où cela n'allait pas. On m'y avait affecté après ma convalescence. On avait besoin d'hommes en forme, d'hommes chanceux, d'immortels. Nous ne nous déplacions qu'en courant, nous sautions sur l'ennemi. On nous appelait : nous venions.

« J'ai appris à sauter d'un avion. Nous ne sautions pas beaucoup, nous allions surtout à pied, mais sauter est un geste intense.

Nous étions livides, muets, en ligne dans la carlingue du Dakota qui vibrait et nous n'entendions plus rien d'autre que le moteur. Nous attendions devant la porte ouverte sur rien par où s'engouffraient d'horribles courants d'air, le vacarme des hélices, le défilement de différentes sortes de vert, en dessous. Et un par un nous sautions au signal, sur l'ennemi qui est en bas, nous sautions sur son dos, lèvres retroussées, dents ruisselantes, griffes tendues, les yeux rouges. Nous nous jetions dans l'atroce mêlée, nous nous précipitions sur eux après un vol rapide, une chute où nous n'étions rien qu'un corps nu dans le vide, les joues vibrantes, le ventre serré de peur et du désir d'en découdre.

« Ce n'était pas rien que d'être parachutiste. Nous étions des athlètes, des hoplites, des bersekers. Il nous fallait ne pas dormir, sauter la nuit, marcher des jours et des jours, courir sans jamais ralentir, nous battre, porter des armes horriblement lourdes et les tenir propres, et toujours avoir le bras assez ferme pour enfoncer un poignard dans un ventre, ou porter le blessé qui devait être porté.

« Nous embarquions dans de gros avions fatigués avec un paquet de soie replié dans le dos, nous volions sans dire un mot et, arrivés au-dessus de la forêt, des marécages, d'étendues d'herbe à éléphant, que l'on voit d'en haut comme des nuances de vert mais qui sont autant de mondes différents, qui portent autant de souffrances particulières, de dangers spéciaux, différentes sortes de mort, nous sautions. Nous sautions sur l'ennemi caché dans l'herbe, sous les arbres, dans la boue ; nous sautions sur le dos de l'ennemi pour sauver l'ami pris au piège, prêt à succomber, dans son poste assiégé, dans sa colonne attaquée, qui nous avait appelés. Nous ne nous occupions de rien d'autre : sauver ; venir très vite, nous battre, nous sauver nous-mêmes ensuite. Nous restions propres, nous avions la conscience nette. Si cette guerre avait l'air sale, c'était juste la boue : nous la faisions dans un pays humide. Les risques que nous prenions purifiaient tout. Nous sauvions des vies, en quelque sorte. Nous n'étions occupés que de ça. Sauver ; nous sauver ; et entre-temps courir. Nous étions des machines magnifiques, félins et manœuvriers, nous étions l'infanterie légère aéroportée, maigre et athlétique, nous mourions facilement. Ainsi nous restions propres, nous, les belles machines de l'armée française, les plus beaux hommes de guerre qui furent jamais. »

Il se tut.

« Tu vois, reprit-il, il y a chez les fascistes, en plus de la simple brutalité, qui est à la portée de tous, une sorte de romantisme mortuaire qui leur fait dire adieu à toute vie au moment où elle est le plus forte, une joie sombre qui leur fait par exaltation mépriser la vie, la leur comme celle des autres. Il y a chez les fascistes un devenir-machine mélancolique qui s'exprime dans le moindre geste, le moindre mot, qui se voit dans leurs yeux — ils ont un éclat métallique. Pour cela, nous étions fascistes. Du moins nous affections de l'être. Nous apprenions à sauter pour cette raison-là : pour trier, reconnaître les meilleurs d'entre nous, rejeter ceux qui tourneraient casaque au moment du choc, pour ne garder que ceux qui se moquent de leur propre mort. Ne garder que ceux qui la regardent droit dans les yeux, et avancent.

« Nous ne faisions rien d'autre que de nous battre, nous étions des soldats perdus, et nous perdre nous protégeait du mal. Moi, je voyais un peu davantage, à cause de l'encre. L'encre me cachait, l'encre me permettait de m'éloigner un peu, de voir un peu mieux. Pratiquer l'encre c'était m'asseoir, me taire, et voir en silence. Notre étroitesse de vue nous donnait une incroyable cohésion, dont nous fûmes ensuite orphelins. Nous vivions une utopie de garçons, épaule contre épaule ; dans la mêlée il n'y avait que l'épaule du voisin, comme dans la phalange. Nous aurions voulu toujours vivre ainsi, et que tous vivent comme ça. La camaraderie sanglante nous paraissait tout résoudre. »

Il se tut encore.

« Cet engin à chenille, le relançai-je, on vous parachutait avec ?

— C'est arrivé. On nous parachutait des armes lourdes en pièces détachées, pour établir dans la forêt des camps retranchés, pour attirer les Viets et qu'ils s'empalent sur nos pointes. Nous servions d'appâts. Ils ne voulaient rien davantage que détruire les bataillons parachutistes ; nous ne voulions rien de plus que détruire leurs divisions régulières, les seules qui étaient à notre taille. À un contre cinq en leur faveur, nous considérions l'affrontement comme égal. Nous jouions à cache-cache. On nous envoyait parfois du ciel ces grosses machines. On les déplantait du sol, on les remontait, elles tombaient en panne. Dans ce fichu pays rien d'autre que nous ne fonctionnait ; l'homme nu, qui tient une arme dans sa main.

— La forme de la tourelle est bizarre.

— C'est un char lance-flammes. Un char américain récupéré de la guerre du Pacifique, qui servait aux assauts sur la plage ; avec ça ils brûlaient les bunkers en troncs de cocotier que les Japonais avaient construits sur toutes les îles. C'était facile à faire, des troncs fibreux, du sable, des blocs de corail biens durs, et ça résistait aux balles et aux bombes. Pour les détruire, il fallait lancer des flammes liquides par les meurtrières, et brûler tout à l'intérieur. Alors ils pouvaient avancer.

— Vous faisiez pareil ?

— Le Viêt-minh n'avait pas de bunkers ; ou alors si bien cachés que nous ne les trouvions pas ; ou alors dans des endroits où les chars n'allaient pas.

— À quoi servait votre char alors ? Vous posez autour comme s'il était votre éléphant préféré.

— Il servait à nous transporter sur son dos, et à brûler les villages. C'est tout. »

Ce fut moi qui me tus, cette fois.

On avait jeté sur l'Indochine une étrange armée, qui avait pour seule mission de se débrouiller. Une armée disparate commandée par des aristocrates d'antan et des résistants égarés, une armée faite de débris de plusieurs nations d'Europe, faite de jeunes gens romantiques et bien instruits, d'un ramassis de zéros, de crétins, et de salauds, avec beaucoup de types normaux qui se retrouvaient dans une situation si anormale qu'ils devenaient alors ce qu'ils n'auraient jamais eu l'occasion de devenir. Et tous posaient pour la photo, autour de la machine, et souriaient au photographe. Ils étaient l'armée hétéroclite, l'armée de Darius, l'armée de l'Empire, on aurait pu l'employer à mille usages. Mais la machine avait un mode d'emploi clair : incendier. Et ici il n'était à incendier que les villages et leurs maisons de paille et de bois, avec tout ce qu'il y avait dedans. L'outil même empêchait que cela tourne autrement.

La maison brûla et tous ceux qui étaient dedans. Comme il s'agissait de paille tout cela brûlait bien. Les feuilles séchées qui faisaient le toit flambaient, le feu prenait au mur de vannerie, cela embrasa enfin les piliers de bois et le plancher, cela fit un ronflement énorme qui mit fin à tous les cris. Ces gens-là crient toujours avec leur langue qui n'est que cris, qui semble imitée des bruits de la forêt, ils criaient et le ronflement de l'incendie recouvrit leurs cris, et quand le feu se calma, qu'il ne resta que les piliers noircis et le plancher fumant, il n'y avait qu'un grand silence, des craquements, des braises, et une odeur répugnante de graisse brûlée, de viande carbonisée, qui plana au-dessus de la clairière pendant des jours.

« Vous avez fait ça ?

— Oui. Les morts nous en voyions tellement, en tas, des tas de morts enchevêtrés. Nous les enterrions au bulldozer quand l'affaire était finie, la reprise d'un village ou l'accrochage avec un régiment viet. Nous ne les voyions plus ; ils nous importunaient par l'odeur, et nous essayions de nous en protéger en enterrant tout. Les morts n'étaient qu'un élément du problème, tuer n'était qu'une façon de faire. Nous avions la force, alors par son usage nous faisions des dégâts. Nous tentions de survivre dans un pays qui se dérobe : nous ne nous appuyions sur rien si ce n'est les uns sur les autres. La végétation était urticante, le sol meuble, les gens fuyants. Ils ne nous ressemblaient pas, nous ne savions rien. Nous pratiquions pour survivre une éthique de jungle : rester ensemble, faire attention où nous mettions les pieds, nous ouvrir un chemin au sabre d'abattis, ne pas dormir, tirer dès que nous entendions la présence de fauves. À ce prix-là, on sort de la jungle. Mais ce qu'il aurait fallu, c'était ne pas y aller.

— Tout ce sang, murmurai-je.

— Oui. Ce fut bien un problème, le sang. J'en ai eu sous les ongles, pendant des jours dans la forêt, un sang qui n'était pas le mien. Quand je prenais enfin une douche, l'eau était marron, puis rouge. Une eau sale et sanglante coulait de moi. Puis c'était de l'eau claire. J'étais propre.

— Une douche, et voilà ?

— Au moins une douche, pour continuer à vivre. J'ai survécu à tout ; et ça n'a pas été facile. Tu as remarqué que ce sont les survivants qui racontent les guerres ? On croit à les entendre que l'on peut s'en sortir, qu'une providence vous protège et qu'on voit la mort du dehors s'abattre sur les autres. On en arrive à croire que mourir est un accident rare. Dans les endroits que j'ai fréquentés on mourait facilement. L'Indochine où j'ai vécu était un musée des façons d'en finir : on mourait d'une balle dans la tête, d'une rafale en travers du corps, d'une jambe arrachée par une mine, d'un éclat d'obus qui faisait une estafilade par où l'on se vidait, haché menu par un coup de mortier au but, écrasé dans la ferraille d'un véhicule renversé, brûlé dans son abri par un projectile perforant, percé d'un piège empoisonné, ou plus simplement — même si c'est mystérieux — de fatigue et de chaleur. J'ai survécu à tout, mais cela n'a pas été facile. Au fond je n'y suis pas pour grand-chose. J'ai juste échappé à tout ; je suis là. Je crois que l'encre m'y a aidé. Elle me dissimulait.

« Mais maintenant c'est la fin. Même si je n'y crois pas vraiment, je vais bientôt disparaître. Tout ceci que je te raconte je ne l'ai raconté à personne. Ceux qui l'ont vécu n'en ont pas besoin, et ceux qui ne l'ont pas vécu ne veulent pas l'entendre ; et à Eurydice j'ai raconté par les gestes. J'ai peint pour elle. Je lui ai montré comme c'était beau, sans rien ajouter, et je déployais autour d'elle une encre noire pour qu'elle ne se doute de rien.

— Alors pourquoi moi ?

— Parce que c'est la fin. Et toi, tu vois à travers l'encre. »

Je n'étais pas sûr d'avoir compris ce qu'il me disait. Je n'osais le lui demander. Debout, il regardait dehors, il me tournait le dos, il ne devait apercevoir par la fenêtre que les pavillons de Voracieux-les-Bredins encadrés de tours, dans la lumière grisâtre d'un hiver interminable.

« La mort », dit-il.

Et il le dit de cette voix française, cette voix d'église et de palais, cette voix dont j'imagine qu'elle fut celle de Bossuet, vibrante comme une hanche de basson à l'intérieur de son nez, qui donne quand il parle avec force une note désaccentuée mais terrible ; la note de l'état des choses que l'on affirme, auquel on ne peut rien, mais que l'on clame. Car il faut continuer de vivre.

« La mort ! Enfin qu'elle vienne ! Je suis las de cette immortalité. Je commence à trouver cette solitude pesante. Mais ne le dis pas à Eurydice. Elle compte sur moi. »

J'ai fait le chemin à pied pour revenir jusqu'à Lyon, un chemin que personne n'a prévu à l'usage d'un piéton. Je serrais les poings dans les poches de mon manteau, je m'enroulais autour de mes dents serrées, j'avançais.

Il n'a pas été prévu que l'on puisse marcher dans Voracieux-les-Bredins, personne ne le fait. Les programmes immobiliers sont limités par un flou sur lequel on trébuche, et au-delà on ne pense rien. Je marchais crispé, cela faisait comme un rythme, petit tambour de mon cœur, tambour de mon pas, grand tambour des grands immeubles posés là, un par un le long de ma route. Je traversais des aires et des voies conçues pour des flux, et je devais enjamber des murets obliques, descendre des bandes de terre où s'enfoncent les chaussures, où les grosses rudérales velues mouillent le pantalon, je devais suivre de petits sentiers éboulés pleins de déchets entre des espaces mal jointoyés. Sur le plan on fait le tour en voiture, c'est aisé, mais à l'échelle des corps les espaces conglutinent mollement par la sueur des pas, les gens passent quand même, s'écoulent par des sentes que le plan n'avait pas prévu. On n'a jamais pensé que quelqu'un à pied puisse aller d'un lieu à l'autre. À Voracieux-les-Bredins rien ne va ensemble, on l'a conçu ainsi.

En traversant cette ville par des sentiers de mulet, je vis l'affiche des GAFFES collée par dizaines sur toutes les étendues de mur. L'urbanisme vite fait laisse une multitude de murs aveugles, de grands tableaux gris où il n'est que d'écrire ; ils y invitent, ils s'ornent de peintures à la bombe et d'affiches que la pluie peu à peu décolle. Celle des GAFFES était bleue avec le visage de De Gaulle si reconnaissable, par son nez, son képi, sa petite moustache du temps de Londres, la raideur arrogante de sa nuque. Une longue citation éclatait en blanc, qu'il fallait lire.

> *C'est très bien qu'il y ait des Français jaunes, des Français noirs, des Français bruns. Ils montrent que la France est ouverte à toutes les races et qu'elle a une vocation universelle. Mais à condition qu'ils restent une petite minorité. Sinon, la France ne serait plus la France. Nous sommes quand même avant tout un peuple européen de race blanche, de culture grecque et latine et de religion chrétienne.*

C'était tout, signé des GAFFES par leur sigle. On placarde ces mots-là dont on laisse à penser qu'il les aurait écrits, le romancier. On n'y ajoute rien, on les placarde partout sur les murs aveugles de Voracieux-les-Bredins. Cela semble suffire ; on se comprend. Voracieux est le lieu où fermentent nos idées noires. On placarde un texte, on le superpose à un visage tel qu'il était dans sa période héroïque, et cela suffirait. On ne précise aucune référence. Je connais ce texte : le Romancier ne l'a jamais écrit. Il l'a dit, juste, on le publia dans des propos rapportés. Cela commence par : « Il ne faut pas se payer de mots. » Et pourtant, cela paie, il le sait. On l'imagine face à son interlocuteur qui prend des notes, il s'échauffe, il se lance : « Qu'on ne se raconte pas d'histoires ! Les musulmans, vous êtes allés les voir ? Vous les avez regardés avec leurs turbans et leurs djellabas ? Vous voyez bien que ce ne sont pas des Français. Ceux qui prônent l'intégration ont une cervelle de colibri, même s'ils sont très savants. Essayez d'intégrer de l'huile et du vinaigre. Agitez la bouteille. Au bout d'un moment, ils se sépareront de nouveau. Les Arabes sont des Arabes, les Français sont des Français. Vous croyez que le corps français peut absorber dix millions de musulmans, qui demain seront vingt millions et après-demain quarante ? Si nous faisions l'intégration, si tous les Arabes et les Berbères d'Algérie étaient considérés comme français, comment les empêcheriez-vous de venir s'installer en métropole, alors que le niveau de vie y est tellement plus élevé ? Mon village ne s'appellerait plus Colombey-les-Deux-Églises, mais Colombey-les-Deux-Mosquées. »

On l'entend bien, sa voix, quand il prononce ces paroles. On l'entend bien parce qu'on la connaît, sa voix nasillarde, son enthousiasme d'ironiste, sa verve qui utilise tous les niveaux de langue pour frapper, séduire, faire sourire, embrouiller les perspectives et emporter le morceau. Il utilise en maître les moyens de la rhétorique. Il s'écoute toujours avec plaisir. Mais une fois le sourire dissipé, si on a pris soin de noter, on reste interdit de tant d'approximation, de mauvaise foi, d'aveuglement méprisant ; et de virtuosité littéraire. Ce qui semble être une vision claire, qui retrouverait le fonds solide du bon sens, n'est qu'un propos de bistrot, lancé pour arracher l'acquiescement de qui écoute, emmêler la pensée, garder la parole. Le Romancier quand il parle n'est qu'un homme animé des motivations les plus banales. On n'est pas grand homme en toutes circonstances, ni tous les jours.

Mais lisez donc ! Burnous, turbans ! À quoi cela rime-t-il ? Voyez donc qui habite Alger, Oran, cela dissemble-t-il tant ? Colibri ? coup de génie ! on s'attend à moineau, et il fait dans l'exotique chantant, on en sourit, et de sourire on a déjà perdu la main Huile et vinaigre ? mais qui donc est huile, qui donc est vinaigre, et pourquoi ces deux liquides immiscibles, alors que l'homme par définition se mélange infiniment ? Arabes et Français ? comme si l'on pouvait comparer deux catégories dont les définitions ne sont en rien équivalentes, comme si elles étaient fondées en nature, l'une et l'autre, définitivement. Il fait sourire, il est plein d'esprit, car le génie français se caractérise par l'esprit. Qu'est-ce que l'esprit ? C'est tous les avantages de la croyance sans les inconvénients de la crédulité. C'est agir selon les lois strictes de la bêtise, en affectant de n'être pas dupe. C'est charmant, c'est souvent drôle, mais on peut trouver ceci pire que la bêtise, car en riant on croit qu'on y échappe, mais on n'en réchappe pas. L'esprit, c'est juste une façon de dissimuler l'ignorance. Quarante millions, dit-il, quarante millions d'autres, autant que nous, conçus bien plus vite que nous ne concevons nous-même, un attentat permanent à la bombe démographique ; n'est-ce pas la crainte perpétuelle qui s'exprime là, la crainte de toujours, que l'autre, l'autre, l'autre, ait la vraie puissance, la seule : sexuelle ?

Il se paie largement de mots, le Romancier. Il utilise ceux qui brillent et nous les lance, on les recueille comme un trésor et c'est de la fausse monnaie. Si on parle de ressemblance, on est toujours entendu, tant la ressemblance est notre premier mode de pensée. La race est une pensée inconsistante, qui repose sur notre avidité éperdue de ressemblance ; et qui aspire à des justifications théoriques qu'elle ne trouvera pas, car elles n'existent pas. Mais cela indiffère, l'important est de laisser entendre. La race c'est un pet du corps social, la manifestation muette d'un corps malade de sa digestion ; la race, c'est pour amuser la galerie, pour occuper les gens avec leur identité, ce truc indéfinissable que l'on s'efforce de définir ; on n'y parvient pas, alors cela occupe. Le but des GAFFES n'est pas d'opérer un tri des citoyens selon leur pigmentation, le but des GAFFES c'est l'illégalité. Ce dont ils rêvent, c'est l'usage stupide et sans frein de la force, de façon que les plus dignes soient enfin sans entraves. Et derrière, dessous, dans l'obscurité des coulisses, pendant que le public applaudit au petit guignol racial, se jouent les vraies questions, qui sont toujours sociales. C'est comme ça qu'ils se firent avoir, sans se douter de rien, ceux qui crurent dur comme fer, jusqu'au bout, au code couleur de la colonie. Les pieds-noirs furent en petit ce que la France est maintenant, la France entière, la France affolée, contaminée en sa langue même par la pourriture coloniale. Nous sentons bien qu'il nous manque quelque chose. Les Français la cherchent, les GAFFES affectent de la chercher, nous la cherchons, notre force perdue ; nous voudrions tellement l'exercer.

Je marchais, replié. Je ne savais pas bien où j'étais. J'allais vaguement vers l'ouest, je voyais au loin les monts du Lyonnais et le Pilat, heureusement qu'il y a ici des montagnes pour savoir où l'on va. Dans la vaste banlieue, je ne sais pas où je suis, je ne sais pas quand on est. C'est l'avantage et l'inconvénient de vivre seul, de ne travailler que peu, d'être ainsi tout à soi. On est renvoyé à soi ; et soi n'est rien.

J'arrivai dans un lieu clôturé où une meute d'enfants s'activait autour de jeux qui se balancent et qui se grimpent. Ce devait donc être vers cinq heures, et ce bâtiment tout plat avec sa grande porte devait être une école. Les enfants obéissent à des migrations régulières. Je vins m'asseoir auprès d'eux, sur un banc que les mères avaient laissé libre. Assis poings serrés dans les poches, col relevé, je n'amenais visiblement pas d'enfant. On me surveilla. Les enfants enveloppés de doudounes grimpaient aux échelles devant les toboggans, ils se poursuivaient, sautaient sur des balançoires à ressort, toujours hurlant, et aucun ne se faisait mal. La vitalité des enfants les protège de tout. Quand ils tombent, l'impact est faible, ils se relèvent aussitôt ; alors que moi si je tombais, je me briserais.

Qu'ils s'agitent m'exaspérait, et qu'ils produisent autour de moi tant de vacarme. Je ne leur ressemble pas. Ils sont innombrables, toujours en mouvement, les enfants de Voracieux-les-Bredins, noirs et bruns sous leur bonnet, par-dessus leur écharpe, plusieurs nuances de noir et de brun, dont aucune qui soit la mienne, si claire. Ils font les cabrioles les plus dangereuses, il ne leur arrive rien, leur vitalité les protège, ils reprennent leur forme après chaque chute. Ils sont le ciment qui prolifère et répare de lui-même la maison commune toute fissurée. Ce n'est pas la bonne teinte. Eh bien, disons que l'on repeint la maison. Nous avons surtout besoin d'un toit, et qu'il ne s'effondre pas, pour nous protéger et nous contenir. La teinte des murs ne change rien à la solidité du toit. Il faut juste qu'il tienne.

En quoi me ressemblaient-ils, ces enfants noirs et bruns qui s'agitaient en hurlant sur des balançoires à ressort ? En quoi me ressemblent-ils ceux-là qui sont mon avenir à moi, enveloppé dans un manteau d'hiver et assis sur un banc ? En rien *visiblement*, mais nous avons bu au même lait de la langue. Nous sommes frères de langue, et ce qui se dit en cette langue nous l'avons entendu ensemble ; ce qui se murmure en cette langue nous l'avons compris, tous, avant même de l'entendre. Même dans l'invective, nous nous comprenons. Elle est merveilleuse cette expression qui dit : nous nous comprenons. Elle décrit un entrelacement intime où chacun est une partie de l'autre, figure impossible à représenter mais qui est évidente du point de vue du langage : nous sommes entrelacés par la compréhension intime de la langue. Même l'affrontement ne détruit pas ce lien. Essayez de vous engueuler avec un étranger : ce n'est jamais plus que de se heurter à une pierre. Ce n'est qu'avec l'un des siens que l'on peut vraiment se battre, et s'entre-tuer ; entre soi.

Je ne connais rien aux enfants. J'avais passé des mois à peindre avec un homme qui me relatait de telles choses que je devais rentrer à pied pour sécher. Il aurait fallu que je me lave après l'avoir entendu, j'aurais préféré ne rien entendre. Mais ne rien entendre ne fait pas disparaître : ce qui est là agit dans le silence, comme une gravitation.

J'ai été un enfant aussi, même s'il m'est difficile maintenant de m'en souvenir. J'ai crié aussi, sans autre raison que ma vitalité, je me suis aussi agité sans but, je me suis amusé, ce qui est l'acte essentiel de l'enfance avec son étrange forme pronominale. Mais assis comme je le suis maintenant, les poings serrés, les épaules courbées, le col de mon manteau d'hiver qui dissimule mon menton baissé, il m'est difficile de m'en souvenir. Je suis bloqué à ce moment-là du temps, assis sur un banc, dans la banlieue sans direction. Voilà l'échec, voilà le malheur : être bloqué à ce moment-là du temps. Être effrayé de ce qui a été fait, avoir peur de ce qui se prépare, être agacé par ce qui s'agite, et rester là ; et penser que là est tout.

Un petit garçon qui courait — ils ne se déplacent tous qu'en courant — s'arrêta devant moi. Il me regardait, son petit nez dépassait de son écharpe, des boucles noires s'échappaient de son bonnet, ses yeux noirs brillaient avec une grande douceur. De sa main engoncée dans une moufle il abaissa son écharpe, dégagea sa petite bouche d'où sortirent des vapeurs blanches, son haleine d'enfant dans l'air froid.

« Pourquoi tu es triste ?

— Je pense à la mort. À tous les morts laissés derrière nous. »

Il me regardait, il hocha la tête, bouche ouverte, et les vapeurs de son souffle l'environnaient.

« Tu ne peux pas vivre si tu ne penses pas à la mort. »

Et il repartit en courant, jouer, hurler avec les autres sur des balançoires à ressort, courir en rond tous ensemble sur les tapis en caoutchouc qui rendent toutes les chutes anodines.

Merde. Il ne doit pas avoir plus de quatre ans et il vient me dire ça. Je ne suis pas sûr qu'il l'ait voulu, je ne suis pas sûr qu'il comprenne ce qu'il dit, mais il l'a dit, il l'a prononcé devant moi. L'enfant ne parle peut-être pas, mais il dit ; la parole passe à travers l'enfant sans qu'il s'en aperçoive. Par les vertus de la langue, nous nous comprenons. Entrelacés.

Alors je me levai et repartis. Je ne serrais plus les poings, quelque chose du temps s'était remis en marche. Je revins à pied jusque chez moi, les lumières s'allumaient à mon passage, les rues étaient ici mieux tracées, les façades mieux alignées, j'étais à Lyon, dans une ville comme mes pensées qui enfin s'ordonnaient. J'allais tranquillement vers le centre.

J'ai été enfant moi aussi ; et comme bien d'autres de cette époque-là, j'habitais sur une étagère. On rangeait les gens dans des parcs, sur de grandes étagères de béton clair, d'étroits immeubles hauts et très longs. Sur la structure orthogonale les appartements s'alignaient comme des livres, ils donnaient des deux côtés de la barre, des fenêtres sur la face avant, des balcons sur la face arrière, comme les alvéoles d'une gaufre. Par le balcon ouvert sur l'arrière, chacun montrait ce qu'il voulait. De la pelouse centrale, de l'étendue du parking, on voyait tous les étages, les balcons qui laissaient deviner quelque chose, comme le titre des livres que l'on voit sur leur dos quand ils sont alignés sur l'étagère. On pouvait s'accouder, regarder passer ; étendre le linge bien plus longtemps qu'il ne faut ; s'apostropher ; s'engueuler à propos des enfants ; s'asseoir ; s'asseoir et lire ; sortir une chaise, une toute petite table et faire quelques travaux ; des travaux ménagers, le tri des légumes, le reprisage des chaussettes, des travaux à façon pour de petites industries. Nous vivions toutes classes mêlées sous le regard les uns des autres. Chacun regardait avec amusement la vie des balcons, mais cultivait un désir de fuite. Chacun aspirait à s'enrichir assez pour acheter sa maison, la faire construire et vivre seul. Cela arriva pour beaucoup. Mais dans ces années-là où j'étais enfant, nous vivions encore ensemble, classes mêlées, dans un âge d'or des cités après leur construction. Elles étaient neuves, nous avions assez d'espace. De ma hauteur d'enfant, de la pelouse centrale plantée d'un cyprès où nous jouions, je voyais s'élever autour de moi les étagères de l'expérience humaine ; là se rangeaient tous les âges, toutes les conditions de richesse — de modeste à moyenne —, toutes les configurations familiales. Je les voyais en contre-plongée, de ma taille d'enfant, tous ensemble dans la cabine de l'ascenseur social. Mais déjà tous pensaient à acheter et faire construire, à vivre seuls dans un bout de paysage isolé d'une haie de thuyas.

Nous jouions. Les aires bitumées entre les voitures se prêtaient au patin à roulettes. Nous jouions au hockey de ville avec une balle de ping-pong et une crosse faite de deux planches clouées. Nous fixions à nos vélos des languettes de carton pour imiter le bruit des mobylettes. Nous jouions dans les débris des chantiers jamais finis, chantiers toujours en cours qui laissaient des tas de terre entamés, des tas de sable posés sur des bâches, des tas de grandes planches encroûtées de ciment, des échafaudages sur lesquels nous grimpions par les cordes de chanvre qui servaient à monter des seaux, et les longues planches élastiques quand nous sautions nous projetaient en l'air. Oh combien a-t-on construit dans ces années-là ! Nous étions nous-mêmes constructions en cours. On ne faisait que ça : construire ; raser ; reconstruire ; creuser et recouvrir ; modifier. Les magnats du BTP étaient maîtres du monde, maîtres tout-puissants du paysage, de l'habitat, de la pensée. Si l'on compare ce qui était et ce que l'on voit maintenant, on ne reconnaît rien. Des immeubles s'élevaient partout pour loger tous ces gens qui venaient vivre là. On les construisait vite, on les finissait vite, on posait le toit au plus vite. Dans ces immeubles on ne prévoyait pas de greniers, juste des caves. Il n'y avait pas de pensée claire, aucun souvenir que l'on aurait gardé, juste des terreurs enfouies. Nous jouions dans le réseau des caves enterrées, dans les couloirs de moellons bruts, sur le sol de terre battue souple et froide comme la peau des morts, dans les couloirs éclairés d'ampoules nues protégées d'une grille, dont la lumière crue semblait ne pas aller loin, s'arrêtait vite, lumière effrayée par l'ombre, n'osant éclairer les coins, les laissant noirs. Nous jouions à des jeux de guerre dans la cave, ni très violents, ni très sexuels ; nous étions des enfants. Nous nous glissions dans l'ombre et tirions avec des mitraillettes en plastique qui produisaient des cliquetis, et des pistolets de polyéthylène mou dont nous imitions le bruit supposé en gonflant les joues chacun à notre façon. Je me souviens avoir été capturé dans la cave, et avoir fait semblant d'être attaché, et l'on a fait semblant de m'interroger, on a fait semblant de me torturer en me demandant de parler, on, c'est-à-dire le jeu, et j'ai pris une vraie gifle qui a claqué sur ma joue.

Nous avons brusquement arrêté de jouer, rougissant ; nous étions tous très excités, fiévreux, la respiration accélérée, le front tout chaud. Cela allait trop loin. Ma joue brûlante montrait que cela allait trop loin. Nous avons bredouillé que le jeu était fini, qu'il fallait rentrer. Nous sommes tous remontés chez nous, à l'air libre ; nous sommes remontés dans les étagères.

Nous étions enfants, nous ne savions rien dire, ni de la violence ni de l'amour, nous faisions sans savoir. Nous n'avions pas la parole. Nous agissions.

Un soir d'été nous nous acharnâmes à dessiner à la craie de grands cœurs fléchés sur le sol de bitume. Nous les faisions roses, entrelacés, entourés de dentelle, et nous écrivions au centre tous les prénoms qui nous passaient par la tête, nous gribouillions tour à tour, avec acharnement, avec un joyeux acharnement qui cassait nos craies, avec l'impression délicieuse d'écrire des gros mots mais gentils, et si l'un de nos parents était arrivé, nous nous serions égaillés en rougissant et en gloussant, les mains pleines de poussière de craie, incapables d'expliquer ni notre joie ni notre gêne. Nous fîmes ces dessins un soir d'été juste sous un balcon du premier, à un mètre du sol, où un tout jeune couple venait d'emménager. La nuée de gamins traçait devant leur balcon des cœurs entrelacés, le ciel très lentement passait du rose au violet, l'air était doux, heureux, et ils nous regardaient faire tous les deux enlacés, sa tête à elle sur son épaule à lui ; ils souriaient sans rien dire et la lumière bleue du soir s'épaississait lentement.

Nous faisions, faisions avec acharnement ; nous partagions avec nos aînés la passion des travaux publics, et organisions tous les jours des chantiers miniatures. Nous labourions la terre meuble pour obtenir des terrains plats de jeux de billes, des pistes de course de cyclistes en plomb, pour que circulent aisément nos petites autos Majorette. Nous commencions avec les petits bulldozers à lame de métal qui faisaient partie de nos jouets, puis très vite cela ne suffisait plus. Nous creusions avec des bâtons cassés, avec des pelles de plage, avec les petits râteaux et petits seaux en plastique que nous emmenions à la mer, partout où il y avait du sable à creuser. Ici nous creusâmes la terre où étaient bâties nos maisons ; et très vite l'odeur commença de se répandre.

Les trois barres de la cité avaient été construites sur un terrain en pente, que l'on avait remblayé en trois lieux pour planter les grandes étagères où s'alignaient les appartements. Le parking formait un plan incliné bien lisse qui arrangeait nos jeux de patins, et la route qui sortait de là pour aller en ville faisait une petite côte, bordée d'un mur de ciment à dessus plat, qui faisait au moins deux mètres à son extrémité la plus distale — ce qui nous était hors d'atteinte — et se fondait dans l'horizontale à son autre bord, là où nous habitions. Ce mur de ciment parfaitement régulier jouait un grand rôle en nos jeux. Il était une merveilleuse autostrade, l'endroit le plus roulant de toute la cité, adapté aux minuscules trafics des Majorette. Tous les jours des petits garçons, nombreux, faisaient rouler leurs autos et camions avec un vrombissement de lèvres, allant et venant, faisant demi-tour au bout, là où le mur se fondait dans le goudron du sol, puis là où il était trop haut pour que nous puissions continuer de pousser la voiture sur son sommet. Les plus grands faisaient demi-tour un peu plus loin.

Ce mur, construit à flanc de pente, soutenait un talus terreux pas encore paysagé, qui était la terre vierge de tous nos chantiers. L'herbe ne parvenait pas à s'y maintenir car nous creusions sans cesse, des routes, des garages, des pistes d'atterrissage le long de l'autostrade où s'écoulait le trafic continu des miniatures, qui ne s'interrompait qu'aux heures des repas et du goûter. Un jour d'effervescence, un soir d'été où la nuit hésitait à choir, nous creusâmes davantage, nous fûmes très nombreux avec pelles, seaux, bâtons, à vouloir faire un trou. L'odeur nous excitait. Plus nous creusions, plus cela puait. Une nuée d'enfants s'agitait sur le talus de terre, au-dessus du mur où stationnaient maintenant les petites autos immobiles, car plus personne ne pensait à les faire rouler. Les plus grands, les plus délurés creusaient, défonçaient la terre mêlée de racines, évacuaient les déblais d'un air important, certains s'improvisaient contremaîtres et organisaient des rotations de seaux. La plupart ne touchaient à rien, ils allaient et venaient, surexcités, le nez froncé, à pousser des cris de dégoût, et à les répéter en tremblant de tous leurs membres. L'odeur sortait du sol, comme une nappe méphitique que l'on aurait percée et qui se répandrait, lourde, collante, plus intense là où l'on creusait. Nous trouvâmes des dents. Des dents visiblement humaines exactement pareilles à celles que nous avions dans la bouche. Et ensuite des fragments d'os. Un adulte amusé nous regardait faire ; un autre regardait par la fenêtre de sa cuisine. L'odeur ignoble ne les atteignait pas ; elle restait au sol. Ils ne nous prenaient pas au sérieux, croyant à un jeu alors que nous n'avions plus l'impression de jouer. L'odeur ignoble nous prouvait que nous touchions à la réalité. Cela puait tant que nous étions sûrs de faire quelque chose de vrai. Les fragments d'os et de dents se multipliaient. Un grand s'en saisit, en emporta chez lui et revint. « Mon père dit que c'est une tombe. Il m'a dit qu'avant c'était un cimetière. On a construit par-dessus. Il m'a dit que c'était dégueulasse et qu'il fallait reboucher ; ne plus toucher. »

Le soir venait enfin, le groupe lentement se défaisait, la puanteur nous montait jusqu'aux genoux, nous la sentions en nous accroupissant. Nous n'étions plus que quelques-uns, indécis. La puanteur ne se dissolvait pas dans la fraîcheur du soir. Du pied, nous rebouchâmes. « Venez vous laver les mains, les enfants. C'est dégueulasse tout ça. » L'adulte qui nous observait en souriant était resté jusqu'au bout. Il s'était approché, s'était accroupi, suivait nos gestes sans rien dire, souriant toujours. Il ne nous parla qu'au moment où nous commençâmes à partir. « Venez, j'habite juste là, au rez-de-chaussée. Il faut vous laver les mains, c'est dégueulasse. » Il avait un sourire permanent et une voix enfantine, un peu aiguë, qui créait un lien avec nous, ce qui nous inquiétait un peu. Il insista. Nous fûmes trois à le suivre. Il habitait le rez-de-chaussée, la première porte dès que l'on entrait. Tous ses volets étaient clos. Cela ne sentait pas très bon à l'intérieur. Il ferma la porte derrière nous, elle claqua avec un petit roulement métallique, il parlait sans cesse. « Cette odeur c'est horrible, je la reconnais, on la reconnaît toujours quand on l'a sentie une fois, c'est celle des fosses, des fosses quand on les ouvre, après. Il faut vous laver les mains. À fond. Tout de suite. Et même le visage. C'est vraiment dégueulasse, la terre qui pue, les morceaux dedans, les os ; ça provoque des maladies. »

Nous traversâmes un salon mal éclairé, encombré d'objets difficiles à identifier, une étagère vitrée qui luisait, un fusil accroché au mur, un poignard dans sa gaine pendu à un clou, sous un morceau de cuir absurdement épinglé sur le papier peint.

La salle de bains était toute petite, à trois devant le lavabo nous nous gênions, la lumière crue au-dessus des miroirs nous effrayait, nous le voyions sourire au-dessus de nos têtes et ses lèvres se tordre en parlant, découvrant ses dents sales qui ne nous plaisaient pas. Dans la salle de bains toute petite il nous effleurait pour nous passer le savon, nous ouvrir le robinet. Nous étouffions. Nous nous lavâmes vite, nous étions impatients de partir. « Nous devons rentrer, il fait nuit, dit enfin celui qui osa l'interrompre. — Déjà ? Enfin, si vous voulez. » Nous repassâmes dans le salon obscur, serrés les uns contre les autres comme si nous battions en retraite. Il décrocha le fusil du mur et il me le tendit. « Tu veux le tenir ? C'est un vrai, qui a servi. Un fusil de guerre. » Aucun d'entre nous ne tendit les mains, nous gardions nos mains le long de notre corps, nous essayions que rien ne dépasse. « Mon père ne veut pas que je touche des armes, dit l'un d'entre nous. — Dommage. Il a tort. » Il raccrocha l'arme en soupirant. Il caressa le morceau de cuir épinglé au mur. Il décrocha le poignard, le sortit de son fourreau, regarda la lame encroûtée et le rangea aussi. Nous nous dirigeâmes vers la porte. Il l'ouvrit l'étagère vitrée et en sortit un objet noir qu'il nous tendit encore. « Tenez. » Il approcha. « Tenez. Prenez-le dans vos mains. Dites-moi ce que c'est. » Sans le prendre, nous reconnûmes un os. Un gros os de cuisse, cassé, avec son extrémité bulbeuse si reconnaissable, entouré de viande toute sèche qui semblait carbonisée. « Tenez. Tenez. — C'est quoi ? Un bout de grillade ? Votre chien n'en a pas voulu ? » Son geste resta en suspens, il se tut, regarda fixement. « Vous n'avez pas de chien ? — Un chien ? Oh si, j'avais un chien. Mais ils l'ont tué. Ils l'ont égorgé, mon chien. » Sa voix changeait et cela nous fit peur dans le salon noir. Le morceau de cuir absurdement fixé au mur reflétait une lueur rosâtre désagréable. Nous tournâmes les talons, nous précipitâmes vers la porte. Elle était fermée mais ce n'était que le verrou. « Au revoir monsieur, merci monsieur ! » Ce n'était que le verrou, il suffisait de le tourner, et nous fûmes dehors. L'air était mauve, les lampadaires allumés, le parking vide, et jamais je n'eus autant qu'à ce moment-là le sentiment de vastes espaces, de champ libre, l'impression de grand air. Sans nous regarder nous nous dispersâmes, nous filâmes chacun vers le bâtiment où nous habitions. Je dévalai le talus terreux, la terre que nous avions remise en place cédait sous mes pieds, je m'enfonçais. Nous l'avions retournée, elle était pleine d'os et de dents. Je sautai le mur de ciment, je retrouvai l'asphalte ; je courus. Je montai l'escalier trois par trois, les pas les plus longs que pouvaient mes petites jambes. Je rentrai.

Nous ne creusâmes jamais plus si profond, nous restions en surface, nous nous contentâmes de travaux superficiels le long de la petite autostrade. Les plus grandes excavations nous les pratiquâmes en d'autres lieux, loin. J'ai grandi sur un cimetière caché ; quand on creusait le sol, il puait. On me le confirma plus tard : nous habitions sur un cimetière abandonné. Les gens d'âge mûr s'en souvenaient. On avait remblayé, construit. Il ne restait que le grand cyprès de la pelouse centrale, autour duquel nous jouions sans rien savoir.

Je me demande maintenant, dans les étagères où nous vivions, s'il était des assassins. Je ne peux l'affirmer, mais les statistiques répondent. Tous les hommes entre vingt-cinq ans et trente-cinq ans à l'époque de cette cité heureuse, tous les amis de mes parents ont eu l'occasion de l'être. Tous. L'occasion. Deux millions et demi d'anciens soldats, deux millions d'Algériens expatriés, un million de pieds-noirs chassés, un dixième de la population de ce qui maintenant est la France, marquée directement de la flétrissure coloniale, et c'est contagieux, par le contact et par la parole. Parmi les pères de mes copains, parmi les amis de mes parents, il devait en être qui en étaient entachés, et par les vertus secrètes de la langue, tous en étaient salis. On ne prononçait le mot « Algérien » qu'après une hésitation infime, mais sensible à l'oreille, car l'oreille perçoit les plus petites modulations. On ne savait comment les appeler, alors on faisait des mines, on préférait ne rien dire. On ne les voyait pas ; on ne voyait qu'eux. Il n'était pas de mot qui leur convienne, alors ils allaient sans nom, ils nous hantaient, mot juste sur le bout de la langue, et la langue par mille tentatives essayait de le retrouver. Même « Algérien », qui semble neutre, puisqu'il désigne les citoyens de la République algérienne, ne convenait pas car il en désigna d'autres. Le français est une prise de guerre, disait un écrivain qui écrivait en cette langue, et il avait bien raison, mais leur nom d'Algérien l'est aussi, une dépouille arrachée dont on voit encore le sang, les caillots séchés encore accrochés au cuir, ils habitent un nom comme certains habitent dans le centre d'Alger dans les appartements vidés de leurs habitants. On ne sait plus que dire. Le mot d'« Arabe » est sali par ceux qui le disent, « Indigène » n'a plus de sens qu'ethnologique, « musulman » met en évidence ce qui n'a pas à l'être, on utilisa toute la kyrielle des gros mots rapportés de là-bas, on inventa le mot « gris » pour désigner ceux que l'on ne qualifie pas, on recommanda le terme de « Maghrébins », que l'on disait sans y croire comme le nom des fleurs en latin. La pourriture coloniale rongeait notre langue ; lorsque nous entreprenions de la creuser, elle sentait.

Les fenêtres du rez-de-chaussée restèrent closes, autant que je m'en souvienne, et jamais je ne revis l'homme à la voix enfantine, dont nous ne sûmes jamais en quoi il pouvait se changer, car nous fuîmes. Avec mes parents ensuite j'allai habiter la campagne, un bout de paysage découpé par une haie ; seuls. Perchés sur une éminence, derrière des murs de feuilles, nous pouvions voir venir.

Dans cette cavalcade horrifique qui dura vingt ans, vingt ans sans interruption de la même chose, la fonction de chaque guerre était d'éponger la précédente. Pour faire table rase à l'issue du festin de sang, il fallait passer l'éponge, que la table soit nette, que l'on puisse à nouveau servir et manger ensemble. Vingt ans durant, les guerres se succédèrent, et chacune épongeait la précédente, les assassins de chacune disparaissaient dans la suivante. Car cela en produisait, des assassins, chacune de ces guerres, à partir de gens qui n'auraient jamais battu leur chien, ou ne rêvaient même pas de le battre, et on leur livrait une multitude d'hommes nus et attachés, on les faisait régner sur des troupeaux d'hommes amputés par le fait colonial, des masses dont on ne connaissait pas le nombre, et dont on pouvait abattre une partie pour préserver le reste, comme on le fait dans les troupeaux pour prévenir les épizooties. Ceux-là qui avaient pris le goût du sang disparaissaient dans la guerre suivante. Les sanguinaires et les fous, ceux que la guerre a utilisés, et surtout ceux que la guerre a produits, tous ceux qui n'auraient jamais pensé blesser quelqu'un et qui pourtant se baignaient de sang, tout ce stock d'hommes de guerre, eh bien, on l'écoulait comme des surplus, comme les surplus d'armes que l'on a trop fabriquées, et cela se retrouvait dans les guerres sales de basse intensité, les attentats crapuleux ou terroristes, chez les voyous. Mais le reste ? Où donc est passé le surplus humain de la toute dernière de nos guerres ?

Vu mon âge, peut-être les ai-je côtoyés dans mon enfance, à l'école, dans la rue, dans les escaliers de mon immeuble. Des adultes qui étaient les parents de mes amis, les amis de mes parents, tous gens adorables qui m'embrassaient, me soulevaient du sol, me tenaient sur leurs genoux, me servaient à table, peut-être avec ces mêmes mains avaient-ils tiré, égorgé, noyé, actionné les pinces électriques qui faisaient hurler. Peut-être les oreilles qui écoutaient nos voix d'enfants avaient-elles entendu les hurlements ignobles, quand le cri de l'homme lui fait dégringoler toute l'évolution, cri d'enfant, de chien, de singe, de reptile, soupir de poisson étouffé et enfin éclatement visqueux du ver que l'on écrase ; peut-être ai-je vécu dans un cauchemar où moi seul dormais. J'ai vécu entre des fantômes, je ne les entendais pas, chacun replié sur sa douleur. Où étaient-ils, ceux-là à qui l'on avait appris à faire cela ? Lorsque nous arrêtâmes enfin de nous battre, comment fîmes-nous pour éponger les assassins de la toute dernière de nos guerres ? On nettoya vaguement, ils rentrèrent chez eux. La violence est une fonction naturelle, personne n'en est dépourvu, elle est enfermée dedans ; mais si on lui lâche la bride, elle se répand, et quand on ouvre la boîte où était le ressort, on ne peut plus le replier pour la refermer. Que sont devenus tous ceux dont les mains sont tachées de sang ? Il devait en être autour de moi, rangés en silence sur les étagères de béton où j'ai passé mon enfance. Ceux que la violence a marqués gênent, car ils sont si nombreux, et il n'y eut rien pour les éponger sauf les mouvements de ressentiment national.

« Moi ? me dit Victorien Salagnon. Moi, je dessine, pour Eurydice. Cela m'épargne le ressentiment. »

Et il m'enseignait à peindre. J'allais le voir, régulièrement. Il m'enseignait l'art du pinceau, qu'il possédait spontanément et dont il avait entrevu l'immensité auprès d'un maître. Dans son pavillon à la décoration affreuse il m'enseignait l'art le plus subtil, si subtil qu'il est à peine besoin d'un support ; il suffit du souffle.

J'allais à Voracieux en métro, en bus, j'allais au bout de la ligne, c'était loin ; j'avais tout mon temps. Je regardais défiler le paysage urbain, les tours et les barres, les pavillons anciens, les grands arbres laissés là par hasard, les petits arbres plantés en ligne, les hangars clos qui sont la forme moderne de l'usine, et les centres commerciaux entourés d'un parking si grand que les gens à pied de l'autre côté on les distingue à peine. En silence derrière la vitre du bus j'allais apprendre à peindre. Le paysage changeait, la banlieue est sans cesse rebâtie, rien ne s'y conserve sinon par oubli. Je rêvais, je pensais à l'art de peindre, je regardais les formes flotter sur les vitres du bus. Alors j'aperçus des policiers municipaux bien découplés, les hanches ceintes d'armes incapacitantes. Ils allaient en groupes le long des larges avenues, ils stationnaient autour d'un véhicule rapide rayé de bleu, muni d'un gyrophare, ils étaient de faction bras croisés, armes pendantes, à l'angle des centres commerciaux. Cela me fit un choc ; je le compris à cette seule image : la violence se répand mais garde toujours la même forme. Il s'agit toujours, en petit ou en grand, du même art de la guerre.

Jadis, nous confiions en totalité notre violence à notre État et le policier municipal faisait sourire. Il descendait du garde champêtre, avec une simple réduction de la moustache, et ne portait pas de tambour. La police municipale, ce fut longtemps des messieurs à mobylette qui s'arrêtaient furieux et disaient que non, il ne fallait pas se garer là ; et ils repartaient, leur casque posé trop haut sur le crâne, dans un nuage huileux de mélange, le carburant malodorant de ces engins-là. Ce fut aussi des dames mûres, qui tournaient dans les rues en uniforme peu seyant, à la recherche des mal-garés ; elles sermonnaient les ados qui l'été plongeaient dans la Saône, en affirmant qu'elles n'iraient pas les chercher, et elles s'engueulaient avec les commerçantes pour des histoires de propreté du trottoir, de balayures laissées là, de seaux d'eau jetés trop loin. Puis cela se perfectionna, comme tout. On engagea un autre type d'hommes. Ils furent plus nombreux. Ils n'eurent pas d'armes à feu mais des outils de contention dont on leur apprit à se servir. Ils étaient bâtis en force, ils ressemblaient aux hommes de guerre.

Après les élections, je les vis apparaître, ils allaient par groupes dans Voracieux. Ils avaient même carrure et même coupe que les policiers nationaux. Ils portaient à la ceinture des bâtons de police à poignée latérale. Ils en imposaient. Je les vis par la vitre du bus, je n'en avais jamais vu avant, je me suis demandé combien la France, en plus de sa police d'État, compte de policiers locaux, de surveillants, de vigiles, tous en chaussures montantes, pantalons serrés aux chevilles, blouson de couleur bleutée. La rue se militarise, comme la rue l'était là-bas.

Cette nouvelle forme de police apparut dans Voracieux, car elle est notre avenir. Les villes-centres sont des conservatoires, les villes-bords sont l'application de ce qui est arrivé depuis. Je vis les athlétiques sergents de ville par la fenêtre du bus qui m'emmenait peindre. En traversant le quartier des tours, je les vis visser une plaque sur un mur. La plaque bien visible portait sur fond blanc une lettre noire, suivie d'un point et d'un chiffre plus petit. Ils l'incrustaient dans le béton dense près de l'entrée, avec une grosse perceuse dont j'entendais le vacarme malgré la distance, malgré la vitre, malgré le brouhaha du bus bondé où l'on mettait toujours la radio, je ne sais pourquoi. J'en vis d'autres de ces plaques, sur toutes les tours du quartier des tours, chacune marquée d'une lettre différente, une lettre noire visible de loin. D'autres avaient été fixées aux panneaux indicateurs des carrefours et marquaient les rues. Je me suis demandé pourquoi les policiers municipaux se chargeaient de besognes d'équipement. Mais je n'y ai pas pensé davantage.

Quand j'arrivai chez Salagnon, Mariani était là, portant une veste désastreuse à carreaux verts, et toujours ses lunettes semi-transparentes qui floutaient son regard. Il était ravi, parlait avec de grands gestes et riait entre deux phrases.

« Viens voir, petit gars, toi qui t'intéresses à ces choses-là sans oser t'en mêler. Nous avons fait un pas dans le sens de la résolution de nos problèmes. Enfin, on nous écoute. Le nouveau maire nous a reçus avec certains de mes gars, ceux qui ont un peu d'instruction. Malgré tout, c'est toujours moi qui parle, et à moi que l'on répond. Il nous a reçus, comme il nous l'avait promis avant d'être élu ; mais il ne l'a pas ébruité car on ne nous aime pas. On nous en veut de dire le vrai, de crier ce que tout le monde préfère garder caché, c'est-à-dire notre humiliation nationale. Ils préfèrent baisser la tête, les gens, faire fortune et attendre que ça passe, ou bien filer, loin, une fois fortune faite. Alors quand nous essayons de la leur relever, la tête, ça leur fait mal, elle est coincée en position basse, ils nous en veulent. Mais le maire connaît nos idées. Il reste discret car on ne nous aime pas ; il reste discret mais il nous comprend.

— Il vous comprend ?

— C'est exactement ce qu'il nous a dit. Il nous a reçu dans son bureau, moi et mes gars, nous a serré la main à tous, nous a fait asseoir, et nous étions face à lui comme dans une réunion de travail. C'est ce qu'il nous a dit : "Je vous ai compris. Je sais ce qui s'est passé ici."

— Authentique ?

— Authentique. Mot pour mot. Et il a continué sur le même ton : "Je sais ce que vous avez voulu faire. Et je veux changer bien des choses ici."

— Je me demande où il va chercher tout ça, gloussa Salagnon.

— Va savoir. Il doit avoir de drôles de lectures. Ou alors face à nous il a été frappé par l'inspiration, il a eu la vision de son rôle dans l'Histoire, et les Anciens ont parlé à travers lui.

— Ou alors il se moque.

— Non. Trop ambitieux ; tout au premier degré. Il nous a demandé notre avis pour tenir Voracieux. Utiliser au mieux les forces de police pour contrôler les populations. Il m'a nommé conseiller pour les affaires de sécurité.

— Toi ?

— J'ai des références, quand même. Mais c'est un poste fantôme. On ne nous aime pas, on nous méprise, alors que nous révélons le rêve de beaucoup de gens. Je conseillerai la police municipale, et mes conseils ne tomberont pas dans l'oreille d'un sourd. Nous appliquerons nos idées.

— C'est vous, les nouvelles carrures, les patrouilles, et les plaques sur les tours ?

— C'est moi. Repérage, contrôle, collecte d'informations, et action. Ces lieux où la police ne va plus, nous allons les reconquérir, et les pacifier. Comme là-bas. Nous avons la force. »

Sa voix chevrotait un peu, d'âge et de joie, mais je savais bien qu'on allait l'écouter. L'Histoire qui s'était arrêtée redémarrait de l'endroit où nous l'avions laissée. Les fantômes nous inspiraient : les problèmes, nous essayons de les confondre avec ceux d'avant, et de les résoudre comme nous avions échoué à résoudre ceux d'avant. Nous aimons tellement la force, tellement, depuis que nous l'avons perdue. Un peu plus de force nous sauvera, croyons-nous toujours, toujours un peu plus de force que celle dont nous disposons. Et nous échouerons encore.

Comme nous ne savons plus qui nous sommes, nous allons nous débarrasser de ceux qui ne nous ressemblent pas. Nous saurons alors qui nous sommes, puisque nous serons entre ressemblants. Ce sera nous. Ce « nous » qui restera, ce sera ceux qui se seront débarrassés de ceux qui ne leur ressemblent pas. Le sang nous unira. Le sang unit toujours, il colle ; le sang qui coule unit, le sang versé ensemble, le sang des autres que nous avons versé ensemble ; il nous figera dans un gros caillot immobile qui fera bloc.

La force et la ressemblance sont deux idées stupides d'une incroyable rémanence ; on n'arrive pas à s'en défaire. Elles sont deux croyances aux vertus physiques de notre monde, deux idées d'une telle simplicité qu'un enfant peut les comprendre ; et quand un homme qui possède la force est animé d'idées d'enfant, il fait d'effroyables ravages. La ressemblance et la force sont les idées les plus immédiates que l'on puisse concevoir, elles sont si évidentes que chacun les invente sans qu'on les lui enseigne. On peut construire sur ces fondations un monument intellectuel, un mouvement d'idées, un projet de gouvernement qui aura de l'allure, qui *tombera sous le sens* (l'expression est un présage), mais si absurde et si faux qu'à la moindre application il s'effondrera, écrasant dans sa chute des victimes par milliers. Mais on n'en tirera aucune leçon, la force et la ressemblance n'évoluent jamais. On pense après l'échec, en comptant les morts, qu'il aurait juste suffi d'un peu plus de force ; qu'il aurait juste suffi d'avoir mesuré avec un peu plus de précision les ressemblances. Les idées stupides sont immortelles tant elles vivent au plus près de notre cœur. Ce sont des idées d'enfant : les enfants rêvent toujours de plus de force, et ils cherchent à qui ils ressemblent.

« Ce sont des idées d'enfant », dis-je enfin tout haut.

Mariani s'arrêta, il arrêta d'arpenter le salon lamentable de Salagnon et me regarda fixement. Il tenait sa bière à la main et un peu de mousse perlait à sa moustache, oui sa moustache, il portait une moustache grise, ornement que plus personne ne porte, que tout le monde rase, je ne sais pourquoi mais je le comprends bien. Ses yeux fatigués me fixaient derrière les verres colorés qui leur donnaient une teinte de crépuscule. Il me regardait bouche ouverte sur des dents dont on ne savait pas lesquelles étaient vraies. Sa veste criarde allait merveilleusement mal avec les affreux tissus d'ameublement.

« Il faut bien leur montrer.

— Mais ça fait combien de temps que vous leur montrez et que cela échoue ?

— On ne va pas se laisser tondre ; comme… comme là-bas.

— Mais par qui ?

— Tu le sais bien, tu refuses de voir les différences. Et refuser de voir mène à se faire tondre. Tu n'es pas idiot pourtant, et pas aveugle ; tu éduques ton œil avec les leçons de coloriage de Salagnon : tu la vois bien, la différence.

— Donner à la ressemblance des vertus est une idée d'enfant. La ressemblance ne prouve rien, rien d'autre que ce qu'on croyait avant même de la trouver. N'importe qui ressemble à tout le monde, ou à personne, selon ce que l'on cherche.

— Elle existe, ouvre les yeux. Regarde.

— Je ne vois rien d'autre que des gens divers, qui peuvent parler d'une seule voix, et dire "nous".

— Salagnon, ton gars est aveugle. Il faut arrêter les cours de peinture. Apprends-lui la musique. »

La conversation réjouissait Salagnon mais il n'intervenait pas.

« Puisque tu parles de musique, le taquina-t-il, et que tu prononces mon nom, as-tu remarqué que de nous trois, et même quatre en ajoutant Eurydice qui ne va pas tarder, je suis le seul dont le nom se dit avec des syllabes qui appartiennent au français classique ? Le petit ne dit pas que des bêtises.

— Tu ne va pas t'y mettre aussi ! Si je suis le seul à garder le cap, on va tous se faire tondre ; et quand je dis tondre, ils savent faire bien pire avec une tondeuse, ou avec n'importe quel objet tranchant. On ne pourra plus sortir sans prendre un coup de couteau.

— Mais personne n'a de couteau ! » m'exclamai-je.

Personne n'a de couteau. Des cutters, des armes à feu, des bombes à chlore, mais pas de couteau. Plus personne ne sait s'en servir, sinon à table, ni ne sait l'exhiber dans la rue. Mais on parle toujours de prendre un coup de couteau. Ils en avaient, les mauvais garçons d'antan, les garçons d'outre-mer, comme signe de virilité. C'est bien cela dont on parle : d'une agression sexuelle ancienne. Celui qui perd, on la lui coupe. Celui qui s'égare dans le territoire de l'autre, on la lui met. À ce jeu-là, nous étions assez forts. Nos militaires présentaient bien.

« Peu importe, c'est une image. Les images frappent, et restent, et nous servent.

— Et vous allez refaire ce que vous avez fait là-bas ?

— Et qu'est-ce que tu aurais fait, toi, là-bas ?

— Je n'y étais pas.

— La belle excuse. Et si tu y avais été ? Tu as vu ce qu'ils pouvaient te faire ? Nous défendions les gens comme toi. Nous contenions la terreur.

— En semant la terreur.

— Tu sais ce qu'ils faisaient aux nôtres ? Et aux gens comme toi ? À ceux qui avaient ce visage-là et ces vêtements-là ? Le ventre ouvert et rempli de cailloux. Étranglés par leurs intestins. Nous étions seuls face à cette violence. Certains, bien cachés, bien épargnés des giclures de sang, osèrent dire que la situation coloniale générait cette violence. Mais quelle que soit la situation on ne peut faire violence à ce point, sauf à n'être pas humains. Nous étions devant la sauvagerie, et seuls.

— Dans la colonie, ils n'étaient pas humains, pas tout à fait ; pas officiellement.

— Dans ma compagnie j'avais des Viets, des Arabes, et un Malgache égaré là. Nous étions frères d'armes.

— La guerre est la part plus simple de la vie. On y fraternise facilement. Mais ensuite, hors de la guerre, tout se complique. On comprend que certains ne veuillent pas en sortir.

— Qu'est-ce que tu aurais fait, toi, devant la terrasse de café jonchée de victimes et de gravats, de gens qui gémissent, de gamines à qui il manque une jambe, couvertes de leur sang et de leurs larmes, et des éclats de verre qui les ont déchirées ? Qu'aurais-tu fait, sachant que cela allait recommencer ? À la hache, à la bombe, à la serpette à vigne, au bâton. Qu'aurais-tu fait face à ceux que l'on découpait vifs pour la seule raison de leur ressemblance ? Nous avons fait ce que nous devions faire. La seule chose.

— Vous avez étendu la terreur.

— Oui. On nous l'a demandé. Nous l'avons fait. Nous avons étendu la terreur pour l'éteindre. Qu'aurais-tu fait à ce moment-là ? Et ce moment-là, c'est-à-dire les pieds dans le sang, les chaussures maculées, les semelles crissant sur les débris de verre, marchant sur les lambeaux de chair qui saignent encore, en écoutant geindre ceux que l'on a découpé vifs. Qu'aurais-tu fait ?

— Vous avez échoué.

— C'est un détail.

— C'est l'essentiel.

— Nous y étions presque. On ne nous a pas soutenus jusqu'au bout. Une décision prise pour des raisons absurdes a salopé des années de travail. »

Je regardais Salagnon et je voyais bien que cela ne lui convenait pas ; que rien ne lui convenait, ni Mariani, ni moi. Il se levait, rangeait les bières, allait à la fenêtre, revenait, et traînait la jambe, elle tournait mal sur sa hanche blessée et cette gêne revenait en ces moments où rien ne lui convenait. Je voyais que ça n'allait pas sur son visage dont je connaissais les traits. Je voyais son tourment ; j'aurais voulu demander pourquoi, mais j'étais pris dans cette diatribe où nous cherchions à avoir le dernier mot, que l'autre se taise ; et ensuite chacun des mots de celui qui s'est tu sera méprisable. Occupé à faire taire, je n'essayais pas de l'entendre, et je ne lui demandais rien.

« Les guerres sont simples quand on les raconte, soupira Salagnon. Sauf celles-là que nous avons faites. Elles sont si confuses que chacun essaie de s'en sortir en donnant un petit roman plaintif, que personne ne raconte de la même façon. Si les guerres servent à fonder une identité, nous nous sommes vraiment ratés. Ces guerres que nous avons faites, elles ont détruit le plaisir d'être ensemble, et quand nous les racontons, maintenant, elles hâtent encore notre décomposition. Nous n'y comprenons rien. Il n'y a rien en elles dont nous puissions être fiers ; cela nous manque. Et ne rien dire ne permet pas de vivre.

— Qu'aurais-tu fait ? m'apostropha encore Mariani. Te serais-tu caché pour ne pas avoir à t'en mêler ? Aurais-tu filé ? Aurais-tu prétexté être malade pour ne pas agir ? Te serais-tu planqué ? Mais où ? Sous ton lit ? Comment celui qui se cache peut-il avoir raison ? Comment celui qui n'est pas là peut-il être ? »

Il n'avait pas tort, Mariani, en dépit de ce ton de provocation. Notre seule gloire c'était l'école buissonnière. Participer, d'une façon ou d'une autre, revenait à cautionner ; vivre même, c'était cautionner ; alors nous nous efforçions de vivre moins, de n'être presque pas là, comme si nous avions un mot d'excuse.

Je ne sais pas où nous aurions dû être en ces moments où nous n'étions pas là. Comment faire, on le comprend et on l'essaie par le cinéma. Le cinéma est une fenêtre sur l'âge adulte par laquelle on regarde cloué sur un fauteuil. On y apprend comment conduire une voiture en cas de poursuite, comment brandir une arme, comment embrasser sans maladresse une femme sublime ; toutes choses que l'on ne fera pas mais qui comptent pour nous. C'est pour ça que l'on aime les fictions : elles proposent des solutions à des situations qui dans la vie sont inextricables ; mais discerner les bonnes solutions des mauvaises permet de vivre. Le cinéma donne l'occasion de plusieurs vies. On voit, par la fenêtre hors d'atteinte, ce que l'on doit rejeter et ce qui doit nous être un modèle. Les fictions proposent comment faire, et les films que tout le monde a vus exposent les solutions les plus communes. Quand on s'assoit dans la salle on se tait, on voit ensemble ce qui a été, ce qui aurait pu être ; ensemble. Nous voyons dans les Grands Films français comment survivre à ne pas avoir été là. Aucune des solutions ne convient, bien sûr, car il n'est pas de solution à l'absence ; chacune des solutions est scandaleuse, mais toutes furent utilisées, toutes exposent un alibi auquel on peut croire ; ce sont nos mots d'excuse.

Bien avant de le voir j'avais entendu parler des *Visiteurs du soir*. Le film est patrimonial, on lui prête des qualités esthétiques, des vertus morales, un sens historique. Il fut tourné en 1942. Le scénario est un conte médiéval. Je me suis demandé par réflexe de cinéphile, en m'installant dans la salle, quel lien j'allais bien pouvoir trouver entre 1942 et un conte médiéval. On a des réflexes académiques, on imagine un lien entre un film et l'époque où il a été tourné. Mais cette fois pas de risque ! me dis-je en me carrant dans mon fauteuil. Mais ce film-là racontait nos bas-fonds de 1942. Le diable survint, il voulait la peau d'un couple d'amoureux, leur âme sûrement, il voulait les détruire. Et eux se changeaient en pierre devant lui furieux : il ne pouvait plus leur arracher leur âme. Leur corps ne bougeait pas, leur cœur battait toujours, ils attendaient que ça passe. Eh oui, me dis-je machinalement, regardant enfin *Les Visiteurs du soir* : voilà bien une solution française au problème du mal : ne rien faire et n'en penser pas moins, faire la statue et le mal ne peut plus rien. Et nous non plus.

Il convient de ne rien dire de précis sur les moments délicats de notre histoire ; nous n'y étions pas. On a ses raisons. Où étions-nous ? De Gaulle le raconte dans ses *Mémoires* : nous étions à Londres, puis partout. Il satisfait à lui tout seul notre goût de l'héroïsme.

On peut aussi prétendre avoir agi, mais seul. On a ses raisons. Là est le film le plus méphitique de notre cinéma, et comme tel il fut plébiscité. Il raconte par le menu l'usage privé de la force, et en invente la justification. Le personnage principal du *Vieux fusil* file le parfait amour avec sa très belle épouse, et ne demande rien d'autre. L'Histoire il s'en moque, il possède un château, en ruine, il est français. Les Allemands passent, avec lesquels il avait des rapports distants mais corrects. Ils tuent sa femme d'horrible façon, la caméra s'y attarde. Alors il décide de tous les tuer, de façon atroce. La caméra ne perd rien de l'ingéniosité sadique de toutes les mises à mort. Le film pratique l'extorsion : puisque la belle épouse a été si cruellement mise à mort, elle si belle qui n'avait rien à voir avec ça, elle qui menait une vie paisible dans un château campagnard, elle que l'on a bien vue brûlée vive, dans le détail, le spectateur assistera à toutes les mises à mort suivantes, dans le détail, et il sera autorisé à en jouir, il sera forcé d'en jouir. Il lui sera interdit, sous peine d'être complice du premier meurtre, de ne pas jouir des meurtres suivants. Les spectateurs, les yeux ouverts dans l'obscurité de la salle, sont forcés à la violence ; ils sont rendus complices de la violence faite aux coupables par la violence faite à l'épouse que l'on a complaisamment détaillée. La violence soude, à la sortie les spectateurs étaient complices. Ce film en son temps fut considéré comme le préféré des Français. J'en vomis. À la fin, quand tous les méchants désignés sont morts, quand le personnage reste seul dans son château nettoyé, des résistants arrivent, avec leur croix de Lorraine, leur traction avant, leur béret. Ils lui demandent ce qui s'est passé, s'il a besoin d'aide. Il répond qu'il n'a besoin de rien. Il ne s'est rien passé. Les résistants repartent. Les spectateurs sourient, pensent qu'ils ont un côté absurdement *fonctionnaire*, ces résistants qui s'enrôlent dans un mouvement collectif. On reste avec l'homme seul qui avait ses raisons. On est couvert de sang.

Je ne sais pas comment faire. Il n'est pas de douche pour ce sang-là, il n'est pas de nettoyage possible, à moins d'affecter de n'être pas là. Je ne peux pas faire que cela n'ait pas été : l'humiliation, la disparition, et la rédemption par le massacre, et le silence malaisé qui s'en est suivi, dans lequel j'ai grandi, où pesait un interdit sur la force, et sur toute considération à propos du sang. Il convenait de n'en pas parler ; de mépriser en silence. De ne pas supporter la couleur militaire, de se réjouir de l'insuccès permanent de nos armées, de faire de ces têtes à cheveux ras l'incarnation évidente de la bêtise brutale. La violence était bien là, juste là, hors de nous. C'était pas nous. Nous craignions la force comme la peste ; nous en rêvions, en des songeries honteuses.

Dans les décombres mentaux qui jonchaient le sol à l'issue de la guerre de vingt ans, il n'était plus que des victimes qui ne voulaient rien savoir sinon leur propre douleur. Les victimes cherchaient entre les gravats la trace de leur bourreau, car une telle souffrance ne peut advenir sans bourreau. Ces violences, il fallait bien que quelqu'un les exerçât, quelqu'un qui fût foncièrement mauvais, et l'est encore, car d'une telle ignominie on ne guérit pas : elle est dans le sang. Le corps social se fragmenta en une infinité d'associations de victimes, chacune désignant son bourreau, chacune ayant subi ; chacun passait par là en toute innocence, et cela, les autres, lui étaient tombés dessus.

Il est trop de violences, trop de victimes, trop de bourreaux, l'ensemble est confus, l'Histoire ne tient pas debout ; la nation est une ruine. Si la nation est volonté, et fierté, la nôtre est brisée par l'humiliation. Si la nation est souvenirs communs, la nôtre se décompose en souvenirs partiels. Si la nation est volonté de vie en commun, la nôtre se délite à mesure que se bâtissent les quartiers et les lotissements, que se multiplient les sous-groupes qui ne se mélangent plus. Nous mourons à petit feu de ne plus vouloir vivre ensemble.

« Tous innocents, tous victimes après ces guerres, comme l'est Porquigny, racontait Salagnon. Je suis repassé à Porquigny, une seule fois. On se souvient du massacre, on ne se souvient même que de ça. On vient en bus et des panneaux indiquent les lieux que l'on peut visiter. Un petit musée a été aménagé, on le visite, on y trouve des armes allemandes, des shorts de Chantiers de Jeunesse, des éclats d'obus, même une maquette du train blindé, rebaptisé Train de l'enfer. On peut voir, intacte, la robe d'été tachée de sang de la jeune femme que j'ai vue morte. Dans le village on a gardé un pan de mur plein de trous de balles, il est recouvert d'une vitre pour qu'il ne se dégrade pas. Si on avait pu conserver le sang et les mouches, on les aurait conservés. Les rues du village s'appellent rue des Martyrs, rue des Innocents-Assassinés. Devant la mairie est une plaque de calcaire où sont gravés tous les noms des morts, en lettres de vingt centimètres.

La dernière ligne est dorée à la feuille et dit : Passant, Souviens-toi. Comme si on risquait d'oublier, dans ce village ; comme si on allait oublier de les faire, ses devoirs de mémoire. On a toujours été forts, en France, pour faire ses devoirs.

« À côté de la plaque on a érigé une statue de bronze où l'on voit des innocents anguleux, visiblement victimes, sans qu'aucun bourreau ne soit représenté. Ils sont hagards, ne comprennent pas ce qui leur arrive. Pour qu'on n'oublie pas, la place devant la mairie s'appelle place du 20-août-1944. Soit place du Jour-du-Massacre, place du Jour-de-Notre-Mort. Mais il ne s'est pas passé que ça à Porquigny ! Pourquoi ne pas l'appeler autrement, cette place, pourquoi avoir choisi le malheur et la mort pour l'éternité ? Pourquoi ne pas l'avoir appelée place de la Liberté, place de la Dignité-Retrouvée, place de l'Arrivée-à-Temps-des-Zouaves-Portés, place des 120-Soldats-Allemands-Que-Nous-Avons-Tués, place du Train-Blindé-Finalement-Détruit ?

« À Sencey par contre, pas de traces. On y trouve une place de la Mairie, une rue de la République, un monument aux morts de 1914. On a vissé à la base, là où il restait de la place, une plaque où figurent les sept morts de 44. Mais ceux-ci moururent les armes à la main, alors que ceux de Porquigny furent attachés et sacrifiés, assassinés en masse le long d'un mur. On préfère se souvenir des victimes innocentes, et ainsi croire à la guerre comme intempérie : la France fut violée, elle n'y est pour rien. Elle n'a pas compris, elle ne comprend toujours pas ; la violence nous est donc autorisée. La France geint et menace, et quand elle se redresse, c'est pour frapper son chien. Faites vos devoirs de mémoire, ils vous donneront droit à la violence légitime.

— Salagnon, soupira Mariani, tu parles trop, tu creuses, tu creuses, mais tu vas où ? Tu devrais être avec nous.

— Eurydice ne va pas tarder.

— Vous la craignez ? demandai-je amusé. Ah ! elle est belle, l'infanterie légère aéroportée !

— Si le problème se résolvait à coups de poing, je n'hésiterais pas une seconde, mais Eurydice ne se résout pas. Quand elle m'aperçoit, elle détourne la tête ; quand je suis chez elle, elle tourne dans sa maison en serrant les dents, elle fait la gueule, elle claque les portes ; et au bout d'un moment elle explose.

— Elle vous engueule ?

— Je ne crois pas que ce soit personnel, mais c'est moi qui prends. Elle en veut à tous.

— Tous ceux qui ont trempé dans l'affaire, elle les voue aux gémonies, ajouta Salagnon. Et elle a du coffre ! Un beau coffre modelé par des siècles de tragédie méditerranéenne, par des siècles d'expression de la douleur, grecque, juive, arabe ; elle sait faire, ça porte loin.

— Moi, je préfère ne pas rester. Ce qu'elle me dit me blesse, et au fond je ne lui donne pas tort.

— Elle vous reproche quoi ?

— Nous devions la protéger, nous ne l'avons pas fait. »

Mariani s'interrompit ; il avait l'air fatigué, vieux, derrière ses lunettes crépusculaires qui lui donnaient un regard en demi-teintes. Il se tourna vers Salagnon, qui poursuivit.

« Nous avons semé la terreur, et nous avons récolté le pire ; tout ce qu'elle connaissait, ce qu'elle aimait, s'est effondré dans les flammes et l'égorgement. Tout a disparu. Elle souffre comme les princesses de Troie, dispersées sans descendance dans des palais qui ne sont pas les leurs, toute leur vie d'avant anéantie par le massacre et l'incendie. Et on lui refuse la mémoire. On lui refuse de se plaindre, on lui refuse de comprendre, alors elle hurle comme les pleureuses aux enterrements des assassinés, elle en appelle à la vengeance.

— Quand elle me voit, je lui rappelle cela : la disparition d'une bonne part d'elle-même, et le silence dont on les recouvre, elle et les siens. Ils gênent. Toute leur rancœur, toutes leurs douleurs sont enfermées dans une bouteille thermos, ma présence fait sauter le bouchon, et tout sort, intact. Tu ne peux pas imaginer comme ça pue, cette mélasse laissée telle quelle. J'aimerais lui dire que je la comprends, que je partage, mais elle ne veut pas. Elle veut me mettre la tête dedans, et m'en faire bouffer. Et j'en bouffe. Les pieds-noirs, c'est notre mauvaise conscience, ils sont notre échec encore vivant. Nous voudrions bien qu'ils disparaissent, mais ils restent. On entend encore leurs brailleries et leurs outrances verbales. Leur accent en voie de disparition, on l'entend toujours, comme le ricanement de fantômes.

— Mais c'est clos, non ? Ils ont été rapatriés.

— C'est le mot qui me fait sourire. Parce que rapatriés, on l'a tous été. Le rapatriement a dépassé nos espérances. Tout ce que nous avions envoyé là-bas, nous l'avons ramené. Appliqué aux gens le mot était absurde, on l'a dit et redit : comment rapatrier ceux qui n'avaient jamais vu la France ? Comme si être français pouvait être une nature ; cela démontre bien d'ailleurs que ça ne l'est pas. Ce ne sont pas les gens que nous avons rapatriés, c'est l'esprit des frontières qui avait été envoyé là-bas, l'esprit de violence de la conquête, l'illégalisme du pionnier, c'est l'usage de la force exercée entre soi. Tout ça est revenu. »

Maintenant je les devine, les bateaux de 62, je les devine apparaître sur une mer de midi comme une tôle bleue, brûlante, l'air blanc se gondolant au-dessus d'elle jusqu'à un ciel sans nuages, déformant la silhouette des bateaux qui avancent très lentement, à peine visibles quand on regarde la mer les yeux plissés, cette mer chaude et cruelle. Je les devine apparaître dans la nuit parsemée de lumières, les bateaux de 62 en rotations épuisées, vibrant de colères et de pleurs, chargés de gens serrés qui remplissent les ponts, les entreponts et les cabines, des soldats, des réfugiés, des assassins et des innocents, des appelés qui rentrent et des immigrés qui partent, et entre eux, entre eux qui remplissent à ras bord les bateaux de 62, sont les fantômes que l'on rapatrie, contenus entre les gens, par un certain usage de la langue. Entre les gens assis, les allongés, les roulés en boule, les accoudés au bastingage, ceux qui arpentaient les ponts, ceux qui ne lâchaient pas leur valise et ceux qui allaient sans rien, tout secoués de colères et de pleurs, entres les gens transportés hâtivement par les bateaux de 62, les fantômes ne dormaient pas. Ils veillèrent durant toute la traversée, ils étaient cohérents et simples, et aussitôt qu'ils eurent abordé les rivages de la France étroite, telle qu'elle serait maintenant, dès qu'ils eurent débarqué sur les quais de Marseille encombrés de gens perdus, ils prospérèrent.

Les fantômes sont faits de langue, uniquement de langue, on les figure cachés d'un drap mais c'est métaphore pour dire le texte, ou l'écran où l'on projette ; ceux-là étaient faits de façons de dire dont nous oublions l'origine, ils étaient tissés de certains mots, de certains sous-entendus, de connotations invisibles à certains pronoms, d'une certaine façon de regarder la loi, d'une certaine façon de vouloir user de la force. Le rapatriement a réussi au-delà de toute mesure. Les fantômes rapatriés par les bateaux de 62 se trouvèrent bien à l'aise, se fondirent dans la France générale, nous les adoptâmes ; il ne fut plus possible de nous en défaire. Ils sont notre mauvaise conscience. Pour ces fantômes qui nous hantent, ici est comme là-bas.

« Je dois filer, dit Mariani.

— Tu vois qu'avec le petit on peut parler.

— Oui mais ça me fatigue.

— Vous aussi, elle vous engueule ? demandai-je à Salagnon.

— Moi ? non. Mais je ne me retourne jamais. Je peins pour elle, juste pour elle, je crache de l'encre, cela produit un nuage qui me cache. Nous habitons là, nous ne laissons rien paraître, et si Mariani ne revenait pas nous serions loin de tout ça. Mais je ne vais pas lui interdire de venir, je ne vais pas me passer de le voir. Alors je jongle avec les présences, les absences, j'essaie qu'ils ne se croisent pas.

— Je file », dit Mariani.

Nous restâmes tous les deux, Salagnon et moi. En silence. Le moment de lui demander quel était son tourment arrivait peut-être, mais je ne le fis pas.

« Tu veux peindre ? » me demanda-t-il enfin.

J'acceptai avec empressement. Nous nous assîmes autour de la table de faux noyer, bien large, où il avait disposé les outils de la peinture, le papier blanc qui absorbe sans recours, les pinceaux chinois suspendus à un petit portique, les pierres creusées qui contiennent un peu d'eau, les bâtons d'encre pressée qu'il faudra dissoudre à petits gestes. Je m'attablai comme à un festin, un peu de sueur humidifiait mes paumes, lubrifiait mes doigts comme s'ils étaient autant de langues. J'avais faim.

« Qu'allons-nous peindre ? » lui demandai-je, regardant autour de moi, ne trouvant rien qui en vaille l'encre, rien qui vaille le geste de pinceau pour le décrire. Cela le fit sourire, mes yeux interrogateurs, mon attente, mon regard d'élève l'amusaient. « Rien, répondit-il. Peins. »

Dans son petit pavillon à la décoration affreuse, il m'enseigna qu'il n'est pas besoin de sujet ; qu'il suffit de peindre. Je lui fus très reconnaissant de m'apprendre que n'importe quoi valait pour tout. Avant qu'il me l'apprenne je me demandais toujours quoi peindre ; sans réponse, je cherchais un sujet qui me convienne, sans succès, la recherche du sujet me pesait jusqu'à m'écraser ; je ne peignais pas. Je le lui dis, il en sourit ; c'était sans importance. « Peins des arbres, peins des rochers, dit-il, vrais, ou imaginaires ; il en est une infinité ; tous pareils, tous différents. Il suffit d'en choisir un et de peindre, et même pas choisir, juste décider de le peindre, et s'ouvre aussitôt un monde infini de peinture. Tout peut faire sujet. Les Chinois peignent depuis des siècles les mêmes rochers qui n'existent pas, la même eau qui tombe sans être de l'eau, les quatre mêmes plantes qui ne sont que des signes, les mêmes nuages qui sont surtout disparition de l'encre ; la vie de la peinture est non pas le sujet mais la trace de ce que vit le pinceau. »

Je lui suis reconnaissant de m'avoir enseigné cela, il me le dit en passant. Juste après nous fîmes l'encre, et nous laissâmes de très belles traces d'un noir absolu, qui figurèrent des arbres. Cet enseignement me soulage : il n'est que l'encre, et le souffle ; il n'est que le passage de la vie à travers les mains, qui laisse des traces. Il m'apprit cela, qui ne dure pas quand on le dit mais que l'on met longtemps à comprendre ; il m'apprit cela de bien plus important que tous les secrets d'atelier, bien plus fondamental que les savoirs techniques, qui de toute façon manqueront, trahiront ; il est inutile de choisir un sujet : juste peindre. Oh ! comme cela me soulageait ! Le sujet n'a pas d'importance.

« Peins ; simplement. N'importe quoi. Peins juste, disait-il. Mets-toi devant un arbre, imagine-le, peins sa vie ; prends un caillou, peins son être. Considère un homme ; peins sa présence. Juste cela : la présence unique. Même le désert plat est plein de cailloux, il permet de peindre. Regarder autour de soi suffit à commencer. »

L'infinité des ressources me soulagea : il suffit d'être là, et d'accomplir. Il m'apprit à voir le fleuve de sang, sans plus frémir, et à le peindre, à ressentir le fleuve d'encre en moi sans trembler, et lui permettre de s'écouler au travers de moi. Je pus voir, comprendre, peindre. Juste peindre.

J'allais là où passent beaucoup de gens. J'allais à la gare dessiner n'importe qui. J'allais m'asseoir dans une des coques en plastique alignées qui servent de sièges d'attente, et je contemplais le tourbillon qui s'écoule dans les conduites. La grande gare de Lyon est un pôle multimodal, un assemblage de gros tuyaux où les gens passent. Les gens il en vient toujours. Je m'installais là pour dessiner ceux qui passent, pour dessiner n'importe qui, je ne les choisissais pas, je ne les reverrais jamais. La grande gare est le lieu parfait pour peindre ce qui vient.

Je mis longtemps à comprendre ce que faisait l'homme assis à côté de moi. Comme moi il regardait ceux qui passent, et il cochait des cases sur un feuillet imprimé, fixé sur une planchette posée sur ses genoux. Je ne savais pas ce qu'il cochait, je n'arrivais pas à lire l'intitulé des items, je ne comprenais pas ce qu'il comptait. Je le vis suivre des yeux les policiers qui arpentaient la gare. Les jeunes gens athlétiques allaient et venaient parmi la foule. Ils étaient plusieurs groupes, matraque battant leur cuisse, pinces à la ceinture, la visière cassée de leur casquette montrant la direction de leur regard. De temps à autre ils contrôlaient. Ils faisaient poser des bagages, montrer le billet, ils faisaient lever les bras et fouillaient les poches. Ils demandaient des papiers, ils parlaient parfois dans un talkie, n'arrêtaient personne. L'homme à côté de moi cochait alors.

« Vous comptez quoi ?

— Les contrôles. Pour savoir qui ils contrôlent.

— Et alors ?

— Ils ne contrôlent pas tout le monde. Le différenciateur est l'appartenance ethnique.

— Comment faites-vous pour en juger ?

— À l'œil, comme eux.

— Pas très précis.

— Mais réel. L'appartenance ethnique est indéfinissable mais effective : elle ne peut se définir mais elle déclenche des actes qui sont mesurables. Les Arabes sont contrôlés huit fois plus, les Noirs quatre fois plus. Sans que personne ne soit arrêté d'ailleurs. Il ne s'agit que de contrôle. »

Le traitement n'est pas égal ; ou alors, prétendre qu'il est égal revient à dire qu'ils sont huit fois plus nombreux. Comme là-bas. Là-bas revient encore. Ils n'ont pas de nom mais on les reconnaît aussitôt. Ils sont là, autour, dans l'ombre, si nombreux. Le souvenir étouffé de là-bas hante même les chiffres.

Et puis je la vis, elle, traverser la gare en tirant derrière elle une valise à roulettes, marchant avec cette souplesse de hanches que j'aimais chez elle, que je ressentais dans mes hanches, dans mes mains, quand je la voyais marcher. Je me levai, saluai le sociologue qui continuait de cocher, je la suivis. Je n'allai pas loin. Elle prit un taxi et disparut. Il faudrait enfin, me dis-je, que je la rencontre ; il faudrait que je m'adresse à elle et que je lui parle.

Comment imaginer, dans un état social aussi désagrégé que le mien, que je puisse encore avoir une activité amoureuse ? Comment comprendre que des femmes, encore, acceptent que je les prenne dans mes bras ? Je ne sais pas. Nous sommes encore des cavaliers scythes. Nous devons nos femmes à la force de nos chevaux, à la puissance de nos arcs, à la rapidité de notre course. Celles qui se récrieraient devraient s'intéresser aux statistiques. Les statistiques semblent ne rien dire ; mais elles montrent comment nous agissons, sans même le savoir. La dégradation sociale mène à la solitude. L'intégration sociale favorise les liens. Comment se fait-il, au vu de mon état social si dégradé, que certaines acceptent encore de m'embrasser ? Je ne sais pas. Elles sont l'oxygène ; je suis la flamme. Je regarde les femmes, je ne pense à rien d'autre, comme si ma vie en dépendait : sans elles j'étoufferais. Je leur parle d'elles, précipitamment, et elles sont l'histoire que je leur raconte. Cela leur tient chaud, cela me fait de l'air. C'est ça, c'est exactement ça, me disent-elles, à mesure que je leur raconte ce qu'elles me disent. La flamme brille. Et puis elles étouffent. Elles manquent, de leur air. Je les laisse haletantes, je suis presque éteint.

Mais elle, je ne sais pourquoi, me faisait crépiter ; je n'étais plus flamme de bougie, mais fournaise capable de tout fondre, n'attendant que davantage d'oxygène pour bondir en un grand brasier devant elle.

Je la voyais souvent, seulement dans la rue. De loin je l'apercevais toujours. Il me semblait que la partie sensible de mon être, l'œil, la rétine, la part de cervelle qui voit, tout ce qui est sensible en moi flairait sa présence où qu'elle soit, et au milieu des flots de voitures, des nuages de gaz, des scooters, des vélos, des grands autobus qui cachaient la vue, des piétons qui allaient en tous sens, au milieu de tout ça, je la voyais aussitôt. Sur ma rétine avide sa trace était prête ; il me suffisait d'un indice infime, et au milieu de mille piétons en mouvement, parmi des centaines de voitures qui glissaient en des orbes contradictoires, je la voyais. Je ne voyais qu'elle. J'étais capable d'extraire sa présence avec une sensibilité de piège à photons. Je la voyais souvent. Elle devait habiter près de chez moi. J'ignorais tout d'elle, si ce n'est son mouvement, et son apparence.

Elle avançait dans la rue d'une démarche vive, utilisant cette propriété de la marche qui est le rebond. Je la voyais souvent. Elle traversait les rues où je me traînais avec l'élasticité d'une balle qui bondit, tout en courbes élégantes, sans jamais perdre de sa puissance, puissance contenue en sa forme, contenue en sa matière, et qui rejaillissait au contact du sol, et la propulsait encore. Dans la rue vrombissante et bondée, je savais sa présence à partir de presque rien, j'appréhendais sa démarche dansante qui traversait la foule, je ne voyais entre tous que son mouvement. Et je voyais de très loin sa chevelure. Tous ses cheveux étaient gris sauf certains, entièrement blancs. Et cela donnait à ses apparitions brusques une étrange clarté. Ses cheveux dansaient autour de sa nuque avec la même vivacité que son pas, il n'y avait rien en eux de terne, ils étaient vivants et gonflés, éclatants, mais gris mêlé de blanc. Autour de son visage ils formaient une parure de plumes, de duvet blanc, un nuage vivant posé avec la précision de la neige sur les branches épurées d'un arbre, avec perfection, équilibre, évidence. Sa belle bouche bien dessinée, aux lèvres pleines, elle la peignait de rouge. J'ignorais son âge. Ces signes contradictoires me troublaient confusément. Infiniment. Elle n'avait aucun âge, elle avait le mien, que j'ignorerais si de temps à autre je n'en faisais le compte. Mais cette ignorance de l'âge, du mien, du sien, est non pas un néant, mais une durée, le tranquille écoulement du temps de soi. Elle était tous les âges ensemble, comme le sont les vrais gens, le passé qu'elle porte, le présent qu'elle danse, le futur dont elle ne se soucie pas.

Je la connaissais comme mon âme sans jamais lui avoir parlé. La vie urbaine nous faisait nous croiser, quelques fois l'an, mais l'émotion que j'en éprouvais me faisait croire que c'était chaque jour. La première fois que je la vis, cela ne dura que de brèves secondes. Le temps qu'une voiture à vitesse moyenne longe la vitrine d'un magasin. J'avais encore une voiture alors, que je passais beaucoup de temps à ranger, à traîner de feu en feu, à mettre en file derrière les autres et je me traînais ainsi dans les rues pas beaucoup plus vite que les gens à pied. Je la vis quelques secondes, mais cette image de la première fois s'imprima en mon œil comme le pied d'un marcheur sur l'argile fraîche. Cela ne dure que le temps d'un pas, mais les moindres détails de son pied sont inscrits ; et si cela sèche : pour longtemps. Si cela cuit, pour toujours.

J'avais encore une épouse, nous rentrions en voiture par les rues déjà noires et je la vis brusquement dans la vitrine illuminée d'une pâtisserie que je connaissais. Elle était debout dans la lumière des néons blancs. Je me souviens de ses couleurs : le violet de ses yeux bordés de noir, le rouge de ses lèvres, sa peau ocellée de petites éphélides, le brun scintillant de son blouson de vieux cuir, et autour de son visage le gris et le blanc mêlé, la neige étincelante posée à la perfection sur ses gestes, sur sa beauté, sur la plénitude de ses traits. De ces quelques secondes j'eus le souffle coupé. Une vie entière m'était donnée, pliée et repliée comme un petit mot, papier serré dans l'espace de quelques secondes. Ces quelques secondes devant une vitrine éclairée de néons eurent une densité prodigieuse, un poids qui déforma mon âme toute la soirée, et la nuit suivante, et le lendemain.

J'aurais dû, imaginai-je, arrêter la voiture au milieu de la rue, la laisser là, portes ouvertes, entrer dans la pâtisserie et me jeter à ses pieds, dût-elle en rire. Je lui aurais offert un chou énorme débordant de crème légère, toute blanche. Et pendant que je l'aurais regardée, muet, cherchant mes mots, pendant qu'elle aurait goûté la crème vaporeuse du bout de sa langue, ma voiture laissée portes ouvertes au milieu de la rue étroite aurait bloqué la circulation. D'autres voitures se seraient empilées derrière, bloquant cette rue, puis les adjacentes, puis le quartier entier et la moitié de Lyon. Alignées sans espoir d'avancer sur les ponts et les quais, elles auraient toutes klaxonné furieusement, interminablement, plus personne ne pouvant rien faire d'autre que geindre fort pendant que je cherchais mes mots, accompagnant d'un colossal concert de cors la timidité de ma première déclaration.

Je ne l'ai pas fait, je n'y ai pas pensé tout de suite, l'ébranlement avait été tel qu'il avait figé mon esprit. Mon corps tout seul avait continué de conduire, était rentré chez lui après avoir rangé la voiture ; mon corps tout seul s'était déshabillé et couché, avait dormi en fermant par habitude mes paupières de chair, mais à leur abri mon âme ne dormait plus, elle cherchait ses mots.

Je la voyais sans qu'elle le sache, selon un rythme qui me laissait croire que je vivais un peu avec elle. Je connaissais sa garde-robe. Je reconnaissais de loin son parapluie, je remarquais quand elle portait un nouveau sac. Je ne faisais rien d'autre que de me tourner vers elle. Je ne fis rien, je ne lui dis rien. Je ne la suivis jamais. J'effaçais de ma mémoire, avec une habilité de censeur, le visage des hommes qui parfois l'accompagnaient. Ils changeaient, je crois ; sans que je susse jamais rien de leurs liens. Lorsque je revins à Lyon après avoir changé ma vie, je la croisai à nouveau, elle passait en ces mêmes rues où je l'avais croisée si souvent, permanente comme l'esprit du lieu.

Il est des gens qui pensent que ce qui doit arriver arrive, moi je n'en sais rien. Mais l'occasion avait frappé tant de fois à ma porte, avec tant d'insistance, de constance, et je n'avais jamais répondu, jamais ouvert, que je voulus enfin lui parler. Je m'étais installé dans un grand café vide, et elle était là, à quelques tables de moi, je ne m'en étonnais même pas. Un homme lui parlait, elle l'écoutait avec une distance amusée. Il partit brusquement, blessé, offusqué, et elle ne se départit pas de son léger sourire qui la rendait si lumineuse, et consciente de cette lumière, et amusée de ce qui émanait d'elle. Je le vis s'éloigner avec soulagement. Nous fûmes seuls dans cette salle du café vide à part nous, sur des banquettes distantes, dos aux glaces, reconnaissants envers ce silence qui s'était enfin fait. Nous regardâmes tous les deux cet homme s'éloigner avec des gestes d'énervement et quand il eut franchi la porte nous nous regardâmes, tous les deux dans la salle vide, multipliés par le reflet des glaces et nous nous sourîmes. La salle pouvait contenir cinquante personnes, nous n'étions que deux, dehors il faisait sombre et nous n'y voyions rien, que la lueur orangée des lampadaires et des silhouettes pressées ; je me levai et allai m'asseoir devant elle. Elle garda ce sourire très beau sur ses lèvres pleines, elle attendit que je lui parle.

« Vous savez, commençai-je, sans encore savoir quoi. Vous savez, j'ai depuis des années une histoire avec vous.

— Et je ne m'aperçois de rien ?

— Mais moi je me souviens de tout. Voulez-vous que je vous raconte cette vie que nous menons ensemble ?

— Racontez toujours. Je vous dirai ensuite si elle me plaît, cette vie où je ne suis pas.

— Vous y êtes.

— À mon insu.

— Sait-on toujours ce que l'on fait ? Ce que l'on sait, ce ne sont que quelques arbres autour de la clairière dans la forêt obscure. Ce que nous vivons vraiment est toujours plus vaste.

— Racontez toujours.

— Je ne sais pas comment commencer. Je n'ai jamais abordé personne ainsi. Je n'ai jamais non plus vécu si longtemps avec quelqu'un sans qu'il le sache. J'ai toujours attendu que quelque chose qui ne dépendait pas de moi me relie à celle que je désire, que quelque chose qui était déjà là, hors de moi, m'autorise à prendre la main de celle que je souhaiterais pourtant accompagner. Mais je ne sais rien de vous, nous nous croisons par hasard, cela me soulage infiniment. Ce hasard répété crée une histoire. À partir de combien de rencontres commence une histoire ? Il me faut vous la raconter. »

Je les lui dis, ces rencontres, je commençai par la première où je fus ébloui de sa couleur. Elle m'écoutait. Elle me dit son nom. Elle m'accorda de la revoir. Elle m'embrassa sur la joue avec un sourire qui me fit fondre. Je rentrai chez moi. J'aspirais à lui écrire.

Je rentrai chez moi presque en courant. Je grimpai cet escalier qui me parut trop long. Je bataillai avec la serrure qui résistait. Mes clés tombèrent. Je tremblais d'énervement. Je finis par ouvrir, je refermai en claquant, j'arrachai ma veste, mes chaussures, je me mis à la table de bois qui me servait à tout, dont je savais bien qu'elle servirait un jour à écrire. Enfin, j'entrepris de lui écrire. Je savais bien que lui parler ne suffirait pas à la retenir. Seules des feuilles enduites de verbes pourraient la retenir un peu. Je les écrivis. Je lui écrivis. J'écrivis des lettres de plusieurs pages qui pesaient lourd dans l'enveloppe. Il ne s'agissait pas de lettres enflammées. Je lui décrivais une histoire, mon histoire, la sienne. Je lui racontais chacun de mes pas dans Lyon, je lui racontais sa présence qui luisait comme une phosphorescence, sur les objets que je rencontrais dans les rues. Je décrivais Lyon avec elle, moi marchant, sa présence autour de moi comme un gaz luminescent. J'écrivis dans une sorte de fièvre, dans une exaltation déraisonnable, mais ce que j'écrivais avait la douceur d'un portrait, un portrait souriant mêlé à un grand paysage en arrière-plan. Le portrait ressemblait à ce que je voyais d'elle, et elle me regardait, le paysage en arrière-plan était la ville où nous vivions ensemble, peint entièrement de couleurs qui étaient les siennes. Elle voulut bien me revoir. Elle avait lu mes lettres, elle en avait aimé la lecture, j'en fus soulagé. « Tout ça pour moi ? sourit-elle très doucement. — Ce n'est que le début, lui dis-je. La moindre des choses. » Elle soupira, et cet air qu'elle me donnait, oxygène, fit vrombir ma flamme.

Mais je souhaitais surtout la peindre, car cela aurait été plus simple de la montrer, elle, d'un geste. J'admirais son apparence, le mouvement fluide qui en permanence émanait d'elle, j'admirais son corps qui s'inscrivait dans le tracé d'une amande, dans la forme que je pouvais voir en posant à plat mes deux mains ouvertes, jointes par l'extrémité des doigts.

Je pourrais, je crois, tracer sa forme d'un unique trait de pinceau. La contempler m'emplissait l'âme. Il convient par politesse de préférer l'être à la forme, mais l'être ne se voit pas, sinon par le corps. Son corps me réjouissait l'âme par voie anagogique et je désirais ardemment la peindre, car ce serait la montrer, la désigner, affirmer sa présence et ainsi la rejoindre.

J'aimais la courbe que l'on devait décrire pour la parcourir tout entière, de ses pieds effleurant le sol jusqu'au nuage de duvet argenté qui auréolait son visage, j'aimais l'arrondi de son épaule qui appelait l'arrondi de mon bras, j'aimais par-dessus tout dans son visage la ligne vive de son nez, la ligne sans réplique qui organisait la beauté de ses traits. Le nez est le prodige de la face humaine, il est l'idée qui organise d'un seul trait tous les détails qui se dispersent, les yeux, les sourcils, les lèvres, jusqu'aux oreilles délicates. Il est des idées molles et des idées grossières, des idées ridicules et des idées sans intérêt, des idées amusantes, des idées trop vite épuisées, et d'autres qui s'imposent et restent toujours. La contribution méditerranéenne à la beauté universelle des femmes est l'arrogance de leur nez, tracé sans repentir, d'un geste de matador ; ce qui doit pouvoir se traduire en toutes les langues qui entourent cette mer qui fut la nôtre.

Je l'admirais, admirais son apparence, et je désirais plus que tout inscrire son corps dans cette forme en amande que décrivent deux mains ouvertes posées à plat, jointes par l'extrémité de leurs doigts. Ce que je fis.

ROMAN VI

Guerre trifide, hexagonale, dodécaédrique ; monstre autophage

On ne quitte pas Alger comme ça. On ne franchit pas la mer si facilement. On ne peut le faire de soi-même : il faut trouver une place. On ne peut quitter Alger par ses propres moyens, à pied, en marchant dans la campagne, en se glissant entre les buissons. Non. On ne peut pas. Il n'y a pas de buissons, ni de campagne, juste de l'eau, la mer infranchissable ; on ne peut quitter Alger à moins de trouver une place dans un bateau, ou un avion. De la balustrade au-dessus du port on peut regarder la mer et l'horizon. Mais pour au-delà, il faut un bateau, il faut un billet, il faut un tampon.

Victorien Salagnon resta des jours à attendre que son bateau s'en aille. Quand il regardait la mer il sentait derrière son dos tout le pays lui peser. La masse bruyante et sanglante d'Alger grondait derrière lui, glissait comme un glacier jusque dans l'eau, et lui se concentrait sur la mer et son horizon plat, qu'il voulait franchir ; il voulait partir.

Au petit matin gris du dernier été, quelques parachutistes coloniaux arrivèrent en Jeep sur le boulevard de la République qui surplombe le port. Ce boulevard n'a qu'une façade, l'autre est la mer. Ils s'arrêtèrent et descendirent de leur Jeep en s'étirant, ils allèrent jusqu'à la balustrade à pas tranquilles et s'accoudèrent. Ils regardaient la mer grise qui rosissait.

Quand une Jeep chargée d'hommes en léopard s'arrête n'importe où sur le trottoir, on s'éloigne ; ils sautent, ils courent, ils s'engouffrent dans un immeuble, ils montent les escaliers quatre à quatre, ils ouvrent les portes d'un coup de pied, et redescendent avec des types qui essaient de les suivre sans trébucher. Mais ce jour-là au petit matin gris, le dernier été où ils furent là, ils descendirent sans hâte et s'étirèrent. Ils allaient chacun avec des gestes lents, les mains laissées dans leur poche, les cinq parachutistes coloniaux vêtus de treillis léopard aux manches retroussées, comme si chacun était seul ; ils allaient sans rien dire, marchant d'un pas nonchalant et fatigué. Ils vinrent jusqu'à la balustrade au-dessus du port et s'accoudèrent à quelques mètres les uns des autres. Une fumée lourde stagnait dans les rues. De temps en temps une explosion ébranlait l'air, des vitres tombaient sur le sol avec un bruit clair. Des flammes vrombissaient par les fenêtres crevées de bâtiments. Ils regardaient la mer qui devenait rougeâtre.

Accoudés, ils restèrent là à profiter de la fraîcheur qui n'existe que le matin, regardant vaguement au loin, rêvant d'être au-delà de l'horizon au plus vite, muets, fatigués au plus profond d'eux-mêmes comme après une longue nuit sans dormir, plusieurs nuits sans dormir, des années de nuits sans dormir, souffrant d'une horrible gueule de bois devant Alger dévasté.

Tout cela n'avait servi à rien. Le sang n'avait servi à rien. Il avait été répandu en vain et maintenant il ne s'arrêtait plus de couler, le sang dévalait en cascade les rues en pente d'Alger, des flots de sang se jetaient dans la mer et s'étalaient en nappes pourrissantes. Au matin, dès que la lumière se levait, la mer devenait rougeâtre. Les parachutistes coloniaux accoudés à la balustrade au-dessus du port la regardaient rougir, s'assombrir, devenir mare de sang. Derrière eux les flammes vrombissaient par les fenêtres cassées de tous les bâtiments que l'on avait détruits pendant la nuit, des fumées noires rampaient dans les rues, des cris venaient de partout, des bruits de passions brutes, haine, colère, peur, douleur, et des sirènes traversaient la ville, sirènes miraculeuses des derniers services de secours qui fonctionnaient encore, on ne sait pourquoi. Puis le soleil se levait correctement, la mer devenait bleue, la chaleur commençait, les parachutistes coloniaux regagnèrent leur Jeep garée sur le trottoir dont les passants s'éloignaient avec crainte. Ils ne regrettaient rien mais ne savaient pas à qui le dire. Tout ceci n'avait servi à rien.

Ils partirent enfin, dans un énorme bateau. Ils avaient fait leur paquetage, tout entassé dans le sac cylindrique peu pratique mais facile à porter, ils avaient traversé la ville dans des camions bâchés d'où ils ne voyaient pas grand-chose. Ils préféraient ne pas voir grand-chose. Alger brûlait ; ses murs s'effritaient sous les impacts de balles ; des flaques de sang caillaient sur les trottoirs. Des voitures portières ouvertes restaient immobiles en travers des rues, des meubles cassés se consumaient devant les portes, des vitrines béaient devant des monticules d'éclats de verre, mais personne ne se servait. Ils montèrent par la passerelle du bateau, bien en ligne régulière comme ils savaient le faire, et ils eurent l'impression de le faire pour la dernière fois. Ils eurent l'impression que tout cela n'avait servi à rien, et qu'ils ne servaient à rien ; qu'ils ne serviraient plus.

Quand ils partirent quand le bateau se détacha du quai, beaucoup s'enfermèrent dans l'entrepont pour ne rien voir, s'assourdir du bruit des machines et dormir enfin ; d'autres restèrent sur le pont et regardèrent Alger qui s'éloignait, le port, la jetée, la Casbah comme une calotte gelée qui fond d'où coulait tout ce sang, et l'agitation sur le port, la foule sur le front de mer. Alger s'éloignait, et arrivait jusqu'à eux le hurlement des harkis que l'on égorge. C'est ce qu'ils se dirent, les harkis que l'on égorge, mais pour garder en eux-mêmes une certaine courtoisie, un certain tact. Mais ils le savaient bien, ils avaient vécu dans ce pays de sang, ils le savaient bien que les cris qui s'élevaient de la foule agitée du front de mer étaient ceux de harkis que l'on démembre, que l'on émascule et brûle tout vifs, et qui voient dans un brouillard de larmes sanglantes, leurs larmes et leur sang, les bateaux partir. Ils se dirent, ceux qui partent, que ces hurlements qu'ils entendent sont ceux des harkis que l'on égorge, ils se le disent pour gentiment se rassurer, pour ne pas évoquer d'autres images, plus atroces, qui les empêcheraient pour toujours de dormir. Mais ils savent bien. De loin, cela ne change rien. L'homme n'est qu'une certaine capacité de cri : une fois atteinte, cela ne changera pas, qu'on l'égorge ou qu'on lui arrache sa chair pièce à pièce avec des outils de menuisier. Les parachutistes coloniaux sur le pont du bateau qui voyaient Alger s'éloigner préféraient, par politesse, penser qu'on les égorge, ces hommes qui hurlaient ; que ce soit vite fait, pour eux, et pour eux aussi.

Quand le bateau fut au milieu de la Méditerranée, se dirigeant vers la France sur le rythme étouffé du martèlement des machines, Victorien Salagnon sur le pont, en pleine nuit, pleura, la seule et unique fois de sa vie, il se vida d'un coup de toutes les larmes accumulées pendant trop longtemps. Il pleura son humanité qui le quittait, et sa virilité qu'il n'avait su entièrement conquérir, et qu'il n'avait su garder. Quand le jour se leva il vit Marseille ensoleillé. Il était épuisé et les yeux secs.

Cela avait bien commencé pourtant. Ils étaient arrivés dans Alger en plein hiver, dans cet hiver cruel de la Méditerranée où le soleil se cache derrière un vent gris et net comme une lame d'acier. Ils avaient défilé dans les rues de la ville européenne, Josselin de Trambassac en tête, merveilleusement raide, merveilleusement précis dans chacun de ses gestes, merveilleusement fort. Il défila dans les rues à la tête de ses hommes, le capitaine Salagnon, dans les rues de la ville européenne qui ressemble à Lyon, à Marseille, et peuplée de Français qui les acclamaient. Ils allaient au pas, toute la division de parachutistes coloniaux, le treillis propre, les manches retroussées, mâchoires serrées avec des sourires de statues, corps maigres et entraînés, allant tous du même pas. Ils allaient gagner cette fois-ci. Ils entraient en ville, ils pouvaient faire ce qu'ils voulaient pour gagner ; ils pouvaient faire ce qu'ils voulaient si à la fin ils gagnaient.

Ce jour de janvier dans un soleil d'hiver ils étaient entrés dans Alger, ils étaient allés ensemble dans les rues sous l'acclamation de la foule européenne, souples, légers et invincibles, vierges de tout scrupule, aguerris par la guerre la plus atroce que l'on puisse vivre. Ils avaient survécu, ils survivaient à tout, ils allaient gagner. Ils étaient eux tous une machine de guerre sans états d'âme, et Salagnon était un des pilotes de cette machine, chef de meute, centurion, guide de jeunes gens qui s'en remettaient à lui, et le long des rues la population française d'Alger les acclamait. La population française ; car y en avait-il une autre ? On ne la voyait pas.

Des bombes explosaient dans Alger. Souvent. Tout pouvait exploser : un siège dans un bar, un sac laissé par terre, un arrêt de bus. Quand on entendait une bombe au loin, on sursautait d'abord mais cela soulageait quelques minutes. On soupirait. Puis le cœur recommençait de se serrer, une autre pouvait exploser ici ; et l'on continuait dans la rue à marcher comme si un gouffre pouvait s'ouvrir, comme si le sol à chaque instant pouvait manquer. On s'éloignait d'un Arabe qui portait un sac ; on évitait de croiser des femmes entourées d'un voile blanc qui pouvait dissimuler ; on aurait voulu qu'ils ne bougent plus, eux, les abattre peut-être, tous, que plus rien n'arrive. On ressentait un trouble désagréable devant ceux dont on ne savait pas d'un coup d'œil juger des traits ou de la tenue. On changeait de trottoir sur la bonne mine des passants. Il semblait que la ressemblance pouvait sauver la vie. On ne savait que faire, on les avait appelés pour ça. Eux, ils sauraient, les loups maigres revenus d'Indochine ; ils avaient survécu, on s'en remettait à leur force.

Ils s'installèrent dans une grande villa mauresque au-dessus d'Alger. Elle comprenait un vaste sous-sol, de petites pièces à fenêtres grillagées, des combles qu'ils divisèrent en chambres bien fermées, une grande pièce d'apparat qui servait autrefois de salle de bal, où Josselin de Trambassac rassembla ses officiers qui l'écoutèrent debout, mains croisées dans le dos, dans la position de repos réglementaire qui n'est en aucun cas celle de l'abandon. Une bombe très loin explosa.

« Vous êtes des parachutistes, messieurs, des hommes de guerre. Je sais ce que vous valez. Mais la guerre change. Il ne s'agit plus de sauter d'un avion, ni de courir dans la forêt, il s'agit de savoir. À l'époque d'Azincourt, user d'un arc, tuer de loin sans risques, était incompatible avec l'honneur du chevalier. La chevalerie de France s'est fait égorger par des gueux armés d'arcs en bois. Vous êtes la nouvelle chevalerie de France, vous pouvez refuser d'employer les armes de la guerre moderne, mais vous serez alors égorgés.

« Nous avons la force ; on nous a confié la mission de vaincre. Nous pourrions comme des aviateurs américains raser la partie d'Alger qui abrite nos ennemis. Mais cela ne servirait à rien. Ils survivraient sous les décombres, ils attendraient l'accalmie et, multipliés, reviendraient à l'assaut. Ceux qui nous combattent ne se cachent pas mais nous ne savons pas qui ils sont. On peut les croiser et ils nous saluent, on peut leur parler sans qu'ils nous agressent, mais ils attendent. Ils se cachent derrière les visages, à l'intérieur des corps. Il faut débusquer l'ennemi sous les visages. Vous les retrouverez. Vous interrogerez durement les vrais coupables, avec les moyens bien connus qui nous répugnent. Mais vous gagnerez. Avez-vous conscience de qui vous êtes ? Alors nous ne pouvons perdre. »

Il termina son allocution sur un petit rire. Une ombre de sourire passa sur le visage de ses hommes souples et tranchants. Tous saluèrent en claquant les talons et regagnèrent les bureaux improvisés avec des tables d'école dans tous les coins de la grande villa mauresque. Dans la pièce d'apparat Josselin de Trambassac fit installer un organigramme, où des cases vides se reliaient les unes aux autres en pyramide par des flèches. Chaque case était un nom, chacune n'en connaissait que trois autres.

« C'est le camp ennemi, son ordre de bataille, dit-il. Il vous faudra mettre un nom dans chaque case, et les arrêter tous. C'est tout. Lorsque tout sera rempli, l'armée dévoilée s'évanouira. »

Cela plut à Mariani. Il ne lisait plus beaucoup, sa merveilleuse intelligence livresque s'appliqua à remplir le grand tableau. Il usait des hommes comme de mots. Il notait des noms, il effaçait, il travaillait au crayon et à la gomme. Et dans le réel, comme un écho sanglant de la pensée synoptique exposée sur le tableau blanc, on appréhendait des corps, on les manipulait, on en extrayait le nom et ensuite on les jetait.

Comment trouver des gens ? L'homme est *zôon politikon*, il ne vit jamais seul, toujours quelqu'un est connu d'autres gens. Il fallait pêcher au harpon, dans l'eau boueuse plonger l'arme au hasard et voir ce qui remonterait. Chaque prise en amènerait d'autres. Le capitaine Salagnon avec deux hommes armés se rendit au siège de la police urbaine. Il demanda le fichier de surveillance de la population arabe. Le fonctionnaire en bras de chemise ne voulut pas le lui donner. « Ce sont des pièces confidentielles, qui appartiennent à la police. — Vous me le donnez ou je le prends », dit Salagnon. Il portait son pistolet dans un étui de ceinture en toile, gardait ses mains croisées derrière son dos, les deux hommes avec lui tenaient leur pistolet mitrailleur à la hanche. L'homme en chemise lui désigna une étagère, et ils repartirent avec des caisses de bois brun remplies de fiches.

On trouvait là le nom et l'adresse de personnes que la police avait un jour remarquées. Ils avaient été truands, agitateurs, syndicalistes, ils avaient fait montre un jour ou l'autre de nationalisme, de volonté d'agir ou d'esprit de rebellion. Toutes les fiches étaient rédigées au conditionnel, car on manquait d'indicateurs, on manquait de policiers, on utilisait le ouï-dire. Tout le ferment de l'agitation de l'Alger arabe tenait dans ces boîtes.

Ils ramenèrent à la villa mauresque les gens mentionnés dans les fiches, pour leur demander pourquoi les bombes explosaient ; qui les posaient. S'ils ne savaient pas, on leur demandait le nom de quelqu'un qui saurait, et on allait le chercher, et on recommençait. Les parachutistes étaient là pour savoir, ils s'y employaient. Ils interrogeaient sans relâche. Dans la jungle du corps ils traquaient, ils tendaient des embuscades, cherchaient l'ennemi. Quand il résistait, ils le détruisaient. Une partie de ceux par qui on avait appris quelque chose, on ne les revoyait plus.

Jour et nuit un intense trafic de Jeep bourdonnait autour de la villa. On amenait des hommes, habillés, en pyjama, ahuris, terrorisés, menottés, rarement blessés ou tuméfiés, poussés par les parachutistes qui ne se déplaçaient qu'en courant. Il fallait faire vite. Lorsqu'un nom était donné dans le sous-sol de la villa mauresque, des Jeep partaient chargées de quatre parachutistes en tenue léopard ; elles descendaient à toute vitesse les rampes en lacet, s'arrêtaient devant le porche d'un immeuble, et ils sautaient à terre avant même qu'elles ne stoppent, ils entraient en courant, montaient les escaliers en courant, et revenaient avec un homme ou deux qu'ils chargeaient dans la voiture, dont le moteur n'avait pas été coupé. Ils remontaient à la villa mauresque, assis comme à l'aller, mais un homme ou deux accroupis à leurs pieds dont on ne voyait que le dos. Là, ils essayaient de savoir pourquoi les bombes explosaient, ils insistaient, jusqu'à ce qu'une autre Jeep sorte en faisant crisser ses roues, chargée de quatre parachutistes en tenue léopard qui au bout d'une heure revenaient, ramenant d'autres hommes, de qui on cherchait à apprendre encore, à n'importe quel prix. Et ainsi de suite. Quand un nom était donné, dans l'heure l'homme qui le portait était amené en Jeep, par quatre hommes en léopard, et à son tour on l'interrogeait dans le même sous-sol où son nom avait été prononcé. Le verbe agissait sur la matière, on ne parlait que français. Au matin des officiers remontaient du sous-sol de la villa avec un crayon, un carnet de notes un peu froissé, parfois sali. Ils allaient dans la pièce d'apparat où le soleil levant par les baies vitrées faisait briller le grand tableau synoptique. Ils s'arrêtaient sur le seuil de cette grande pièce, éblouis par la lumière, l'espace vide entre les murs, le silence du matin. Ils s'étiraient, regardaient le ciel qui devenait rose, puis s'approchaient de l'organigramme et remplissaient certaines cases en recopiant les pages de leurs carnets. Salagnon chaque jour voyait le tableau se remplir, case après case, avec la régularité d'un procédé d'impression. Quand il serait plein, c'en serait fini.

Josselin de Trambassac suivait l'évolution de son tableau avec autant d'attention qu'un maréchal d'Empire devant une carte piquée d'épingles. Il était là au matin quand on le remplissait, et aux hommes qui remontaient du sous-sol il demandait avant toute chose de lui présenter leurs mains. Ceux dont les mains avaient été souillées par le travail de la nuit, il les renvoyait à gestes agacés vers les robinets de l'office. Ils devaient se les laver et les sécher avec soin. Seules les mains propres pouvaient approcher l'organigramme et contribuer à le remplir. Josselin de Trambassac ne supportait pas qu'il puisse être taché. Il l'aurait fait sinon entièrement recopier.

La villa était entourée d'un jardin poussiéreux où poussaient des palmiers. L'ombre en était dilacérée et mouvante, personne ne s'y promenait, personne ne s'occupait de ramasser les palmes mortes qui encombraient les allées. Les volets à claire-voie restaient mi-clos comme des paupières de chat. Ils ne voyaient des jours d'Alger que l'éblouissement du dehors, des rayures de lumière dans l'ombre et le mouvement des palmes. Ils n'ouvraient jamais. Dedans cela puait de diverses façons, cela puait la sueur, le tabac, la cuisine mal faite, les chiottes et autre chose encore. Parfois un peu de vent venait de la mer tout en bas, très peu. Les cigales crissaient mais sans odeur de pinède. Ils étaient en ville, ils travaillaient.

C'est Mariani qui le premier eut l'idée de mettre de la musique, des disques à fond sur un gros tourne-disque pendant qu'ils travaillaient au sous-sol. Au-delà du jardin la villa donnait sur la rue, des gens passaient, et dans les étages de la villa on entendait le travail de la cave. Cela dérangeait en permanence. On mit de la musique à certaines heures, avec un volume de surprise-partie. Ceux qui passaient devant la villa entendaient les chansons, le disque entier d'une chanteuse à la mode. À plein volume. Mais les bruits à peine perceptibles quand ils se mêlent à la musique causent de petites dysharmonies, à peine audibles, juste sensibles par le désagrément inexplicable qu'elles provoquent. À ceux qui les entendaient à ce moment-là en passant devant la villa mauresque, la variété franco-méditerranéenne que l'on y entendait provoquait d'étranges malaises.

Quand le capitaine Mariani entre dans son bureau, avec ses lunettes noires de pilote cerclées d'un fil d'or, le suspect sur sa chaise serre inconsciemment les jambes.

Mariani souriant s'appuie d'une fesse sur la table de travail vierge de tout papier, de tout crayon. Ici on travaille d'homme à homme. Autour de lui ses chiens de sang obéissent au moindre de ses gestes. Devant lui sur une chaise un jeune Arabe aux vêtements déchirés est attaché par les poignets. Des hématomes sur le visage lui font faire une grimace un peu ridicule.

« Qu'est-ce que tu fais ?

— Je n'ai rien fait, monsieur l'officier.

— Ne me raconte pas d'histoires. Qu'est-ce que tu fais ?

— Je suis étudiant en médecine. Je n'ai rien fait.

— Étudiant en médecine ? Tu profites de la France, et tu ne l'aides pas.

— Je n'ai rien fait, monsieur l'officier.

— Ton frère a disparu.

— Je sais bien.

— Tu sais où il est.

— Je ne sais pas.

— Vous êtes tous frères, n'est-ce pas ?

— Non, juste avec mon frère.

— Alors, où il est ?

— Je ne sais pas.

— Ton frère est au maquis.

— Je ne sais pas. Il a disparu une nuit. Je ne sais rien. On est venu le chercher.

— Comment faire confiance à un homme dont le frère est au maquis ?

— Je ne suis pas mon frère.

— Mais tu es son frère. Tu lui ressembles. Tu as de lui en toi, et lui est au maquis. Alors comment te faire confiance ? Nous voulons que tu nous dises où il est. Qui l'a contacté ? Nous voulons savoir comment on va au maquis.

— Je ne sais rien de tout ça. Je suis étudiant en médecine.

— Tu dois nous dire où est ton frère. Vous vous ressemblez. Tu sais : c'est marqué sur ton visage. On peut superposer le visage de ton frère au tien. Comment pourrais-tu ne pas savoir ? »

L'autre secoue la tête. Il en pleurerait de désespoir, plus que de douleur et de peur.

« Je ne sais rien du tout. Je suis étudiant en médecine. Je m'occupe de mes études.

— Oui, mais tu es le frère de ton frère. Et il est au maquis. Tu sais un peu, ce qui en toi lui ressemble sait où il est. Et ceci tu nous le caches. Tu devras nous le dire. »

Mariani s'assoit, mains ouvertes il désigne l'homme à ses chiens. Ils le prennent sous les bras, l'emportent. Il reste assis à sa table de travail, impassible, il ne quitte pas ses lunettes noires cerclées d'un fil d'or. Les volets à claire-voie mettent des barres de lumière sur la table vide. Il attend qu'ils reviennent, il attend le prochain, et les autres qui se succèdent dans son bureau, ils diront ce qu'ils savent, ils diront tout. Ceci est un travail.

Salagnon toujours en descendant retenait sa respiration, puis en bas respirait avec un haut-le-cœur et s'habituait. Les mauvaises odeurs ne durent jamais, juste quelques inspirations, on ne sent pas ce qui dure. Des bruits confus passaient les portes fermées, résonnaient sous les voûtes, s'emmêlaient en un vacarme de hall de gare comprimé dans le volume d'une cave. On avait conservé du vin ici, ils avaient vidé ce qui restait, installé l'électricité, pendu des ampoules nues aux voûtes, avaient descendu avec peine des tables métalliques et des baignoires par l'étroit escalier. Les parachutistes qui restaient là avaient l'uniforme sale, la vareuse ouverte jusqu'au ventre, le pantalon et les manches trempés. Ils passaient dans le couloir en refermant toujours soigneusement la porte, ils avaient les traits tirés et les yeux comme sortis de la tête, avec des pupilles ouvertes qui faisaient peur comme une bouche de puits. Trambassac ne voulait pas les voir comme ça. Il exigeait que ses hommes soient propres, rasés, pleins d'allant ; un paquet de lessive par tenue, conseillait-il, et devant lui on parlait clairement, on se déplaçait avec économie, on savait à chaque instant ce que l'on devait faire. À la presse il montrait ses hommes impeccables, souples et dangereux, dont l'œil clair voyait tout, radiographiait Alger, débusquait l'ennemi derrière les visages, le traquait à travers les labyrinthes du corps. Mais certains restaient pendant des jours à errer dans les carceri qui s'enfonçaient sous la villa mauresque, et ils faisaient peur, même aux officiers parachutistes qui restaient à la surface, qui faisaient tourner la noria de Jeep, appréhendant les suspects, remplissant le grand tableau synoptique. Ceux-là, on ne les montrait pas à Trambassac ; et il ne demandait pas à les voir.

Certains que l'on amenait ici menottés, traînés et poussés par des parachutistes armés, se liquéfiaient rien qu'à sentir l'odeur humide de la cave, rien qu'à se refléter dans le regard des lémures qu'ils croisaient dans le couloir, couverts d'une sueur grasse, l'uniforme ouvert, trempés sur le devant. D'autres relevaient la tête, et on refermait soigneusement la porte derrière eux. Ils se retrouvaient à quelques-uns dans une petite cave, sous l'ampoule nue, un officier à carnet qui posait des questions, très peu de questions, et deux ou trois autres, sales et peu bavards, aux allures de mécaniciens auto fatigués. Le brouhaha du sous-sol entrecoupé de cris ruisselait le long des murs, au milieu de la petite cave étaient des outils, une bassine, du matériel de transmission, une baignoire pleine dont la présence pouvait surprendre. L'eau qui remplissait la baignoire n'était plus de l'eau, c'était un liquide mêlé, qui luisait salement sous l'ampoule nue pendue à la voûte. Cela commençait. On posait des questions. Cela se passait en français. Ceux que l'on remontait, parfois on devait les porter. Ceux-là on ne les rendait pas.

Quand Salagnon remontait avec le carnet où l'on notait des noms, il se disait très confusément que s'ils allaient assez vite pour prendre ceux qui fabriquaient des bombes, prendre ceux qui les posaient, une bombe peut-être n'exploserait pas dans un bus. Ils se disaient tous à peu près la même chose, sauf les lémures du sous-sol dont plus personne ne savait ce qu'ils pensaient quand ils répétaient inlassablement les mêmes questions à des noyés qui ne répondaient pas car ils crachaient de l'eau, à des électrocutés dont les mâchoires tétanisées ne laissaient plus passer aucun son. Trambassac s'expliquait à la presse avec beaucoup de clarté. « Nous devons agir, vite, et sans états d'âme. Quand on vous amène quelqu'un qui vient de poser vingt bombes qui peuvent exploser d'un moment à l'autre et qu'il ne veut pas parler, quand il ne veut pas dire où il les a mises, et quand elles vont exploser, il faut employer des moyens exceptionnels pour l'y contraindre. Si nous prenons le terroriste dont nous savons qu'il a caché une bombe et que nous l'interrogeons vite, nous éviterons de nouvelles victimes. Nous devons obtenir très vite ces renseignements. Par tous les moyens. C'est celui qui s'y refuse qui est le criminel, car il a sur les mains le sang de dizaines de victimes dont la mort aurait pu être évitée. »

Vu comme ça, c'est impeccable. Le raisonnement est sans faille, on peut le répéter. Les raisonnements sont toujours sans failles car ils sont construits ainsi, sauf par des maladroits. La raison a raison, car c'est son principe. En effet, quand on attrape un terroriste dont on sait qu'il a posé des bombes, il convient de le presser de questions. Presser, compresser, oppresser, pressurer, peu importe. Il faut que ça aille vite. Vu comme ça, c'est imparable. Sauf qu'ils ne prirent jamais personne dont ils savaient qu'il avait posé vingt bombes. Ils arrêtèrent vingt-quatre mille personnes et d'aucun ils ne savaient ce qu'il venait de faire. Ils les emportaient dans la villa mauresque et ils le leur demandaient. Ce que ces personnes avaient fait, c'est l'interrogatoire qui l'établissait.

Trambassac prétendait à qui voulait l'entendre qu'ils arrêtaient des coupables et les interrogeaient non pas pour établir leur culpabilité mais pour limiter leurs méfaits. Or ils n'arrêtaient pas des coupables : ils les construisaient, par l'arrestation et l'interrogatoire. Certains l'étaient auparavant, par hasard, d'autres non. Beaucoup disparaissaient, coupables ou pas. Ils lancèrent des filets et attrapèrent tous les poissons. Point n'était besoin de connaître le coupable pour agir. Il suffisait d'un nom, et ils s'occupaient de tout.

Ce jour-là Trambassac eut du génie. Ce qu'il dit à la presse qui lui posait des questions, la raison qu'il donna de ce qui se passait dans la villa mauresque, on le répétera durant un demi-siècle plus ou moins sous la même forme, c'est la marque des grandes créations littéraires que de marquer les esprits, d'être régulièrement citées, légèrement déformées sans que l'on ne sache plus qui pour la première fois les écrivit — en l'occurrence c'est Josselin de Trambassac.

Ils virent Teitgen descendre au sous-sol, avec un autre civil qui était commissaire de police, de cette police urbaine déchargée de ses pouvoirs. Ils portaient la liasse d'assignation à résidence, les papiers administratifs, les formulaires nominatifs à signer. Ils portaient aussi un album photo. Ils le montrèrent à tous ceux qu'ils croisaient, ils le montrèrent à Trambassac, il contenait des photos horribles de corps mutilés pris dans des camps allemands.

« Cela, nous l'avons vécu personnellement, et nous le retrouvons ici.

— Moi aussi, je l'ai vécu, Teitgen. Mais laissez-moi vous montrer ce qui se passe ici. »

Il brandit la une de *L'Écho d'Alger* où l'on voyait en pleine page, heureusement en noir et blanc, la dévastation de L'Otomatic, les consommateurs déchirés gisant dans les débris de la vitrine.

« Voilà ceux qu'on cherche : ceux qui ont fait ça. On fera tout pour les trouver, et qu'ils arrêtent. Tout.

— On ne peut pas tout faire.

— Nous devons gagner. Si nous ne gagnons pas, vous avez raison, cela n'aura été qu'une boucherie inutile. Si nous ramenons la paix, cela aura juste été le prix à payer.

— Nous perdons déjà quelque chose.

— Vous pensez à quoi ? La loi ? Vous ne trouvez pas la loi un peu ridicule de nos jours ? Elle n'est pas faite pour les temps de guerre, elle gère le train-train quotidien. Mais vos papiers, je veux bien vous les signer à la chaîne.

— Que nous soyons dans l'illégalité est sans importance, Trambassac, je suis bien d'accord avec vous. Mais nous n'en sommes plus là. Nous nous engageons dans l'anonymat et l'irresponsabilité, cela nous conduit aux crimes de guerre. Sur mes papiers, comme vous dites, sur chacun de mes papiers, je veux le nom d'un type et une signature lisible.

— Laissez-moi travailler, Teitgen. Parmi mes gars, ceux qui ne veulent pas le faire, ils ne le font pas. Mais ceux qui ne laissent pas leur fardeau à d'autres, eh bien ils le portent.

— Même ceux qui ne le font pas seront salis. Cela va se répandre sur nous tous. Jusqu'en France.

— Laissez-moi, Teitgen, j'ai à travailler. »

Ils étaient en opération, dans les cages d'escalier, dans les corridors, dans les chambres à coucher. Ils prenaient d'assaut les portes, ils faisaient sauter les serrures, ils tendaient des embuscades en travers des couloirs, ils bloquaient les issues, fenêtres, toits, arrière-cours. Ils travaillaient, nuit et jour. Les sous-sols de la villa mauresque ne désemplissaient plus. On ne voyait pas le jour. La température ne variait jamais, chaude et humide dans une lumière d'ampoule nue. Salagnon tombait de sommeil. Il dormait de temps à autre. Quand il remontait il était surpris du jour toujours changeant dans la pièce d'apparat. Il fallait aller vite, trouver des noms, des lieux, coxer les suspects avant qu'ils ne se carapatent. Ils avaient écrit des noms sur les murs, barré en rouge ceux qu'ils avaient arrêtés, accroché des photos d'identité des dirigeants encore cachés, ils les voyaient chaque jour, ils vivaient avec eux, ils connaissaient leur visage, ils les auraient reconnus s'ils les avaient croisés dans la rue. Ils pourraient les reconnaître dans la foule où ils se cachaient. Ils se cachaient.

L'ennemi se cachait derrière des faux plafonds, de fausses cloisons, l'ennemi se cachait dans les appartements, se cachait dans la foule, il se cachait derrière les visages. Il fallait l'extraire. Défoncer les cloisons. Explorer les corps à tâtons. Détruire l'abri des visages. Nuit et jour ils travaillaient. Dehors des bombes explosaient. Des gens qui leur avaient parlé étaient égorgés. Il fallait aller plus vite encore. La noria des Jeep amenait un flot continu d'hommes apeurés dans les sous-sols de la villa mauresque. Teitgen voulait qu'on les compte, qu'on prenne leur nom à l'entrée. On le fit. Il insistait, il persistait, ce petit homme un peu crapaud derrière ses grosses lunettes, suant dans ses costumes tropicalisés, avec un peu de graisse et peu de cheveux, le seul civil ici, si différent des loups athlétiques qui arrachaient des noms, appréhendaient des hommes après une brève course dans les escaliers. Mais il avait une obstination de fer, Teitgen. Il fallait lui signer des papiers, il revenait chaque jour, vingt-quatre mille furent signés. Et quand on relâchait un homme, il vérifiait. Il comparait les listes. Il en manquait. Il demandait. On lui répondait qu'ils avaient disparu.

« On peut pas les rendre comme ça, disait Mariani devant ceux qui étaient trop abîmés. Ils sont foutus de toute façon. » Salagnon conduisit un camion bâché plein de ceux que l'on ne rendrait pas. Il conduisit de nuit jusqu'au-delà de Zéralda. Il arrêta le camion près d'une fosse éclairée de projecteurs. Les chiens de Mariani étaient là. Ils descendirent le chargement. Leurs bras ballaient le long du corps, certains tenaient un pistolet, d'autres un poignard. Salagnon entendit des coups de feu et après, le bruit mou de la chute de quelque chose de mou sur du mou, comme un sac tombant sur des sacs. Parfois le bruit de chute venait sans rien avant, sans coup de feu, juste un gargouillis liquide qui ne faisait même pas sursauter, et c'était encore plus horrible, de n'en pas ressentir le moindre tressaillement.

Il demanda à Trambassac de ne plus avoir à le faire, de ne plus conduire les camions vers Zéralda, ni vers le port, ni vers l'hélicoptère qui partait en pleine nuit faire un tour au-dessus de la mer.

« OK, Salagnon. Si vous ne voulez pas le faire, ne le faites pas. Quelqu'un d'autre le fera. » Il se tut un moment. « Mais il y a un truc que j'aimerais que vous fassiez.

— Quoi, mon colonel ?

— Peindre mes gars.

— C'est le moment de peindre ?

— Le moment ou jamais. Prenez un moment de temps en temps. Faites le portrait de mes gars, de vos potes. Vous peignez vite, je crois, pas besoin de pose. Ils ont besoin de se voir. De se voir plus beaux qu'ils ne sont en ce moment. Parce que sinon avec ce que nous faisons là, nous allons les perdre. Rendez-leur un peu d'humanité. Vous savez faire ça, non ? »

Il obéit, il fit cette chose étrange que de peindre le portrait de parachutistes coloniaux qui travaillaient jour et nuit jusqu'à s'effondrer ivres de fatigue, qui réfléchissaient le moins possible, qui fuyaient les miroirs, il peignit le portrait héroïque d'hommes qui ne pensaient pas plus loin que le projet d'attraper le prochain suspect.

Quand l'exaltation retombait autour du type recouvert de sang, de bave et de vomissures, dans le silence éploré qui succède aux plus grandes tensions, ils voyaient bien ce qui était devant eux : un corps excrémentiel dont l'odeur les envahissait tous. « On va pas remettre ça dans le circuit », disait Mariani. Et il évacuait tout. Ils étaient entre eux. Peu leur importait de savoir qui avait fait ceci ou cela, qui avait fait plus ou moins, qui avait touché ou qui avait regardé. Tous étaient pareils, celui qui n'avait fait que voir ou qu'entendre comme les autres. Ils rejetaient avec mépris ceux qui feignaient de ne rien savoir, ceux qui affectaient de ne pas se mêler. Ceux-là, ils auraient voulu leur plonger la tête dans le sang, ou bien les réexpédier en France. Que Salagnon les peigne, ils n'y tenaient pas. Ils préféraient être tous ensemble, ou vraiment seuls. Quand ils se couchaient, ils s'enroulaient dans leur drap et se tournaient vers le mur. Allongés sous le drap ils ne bougeaient plus, endormis ou pas. Quand ils étaient ensemble ils préféraient rire très fort, brailler, parler cru, et boire tout ce qu'ils pouvaient jusqu'à tomber et vomir. Et voilà que Salagnon leur demandait de rester sans bouger devant lui, sans rien dire. Ils n'y tenaient pas mais Salagnon était des leurs, alors ils acceptèrent, un par un. Il fit d'eux de grands portraits à l'encre qui les montraient secs, solides, tendus, avec la conscience de la vie vacillante en eux-mêmes, avec la conscience de la mort autour d'eux, mais ils tenaient, et gardaient les yeux ouverts. Sans le lui dire ils appréciaient ce romantisme noir. Ils acceptaient de poser en silence devant Salagnon, qui ne leur parlait pas mais les peignait. Trambassac exposa plusieurs de ses portraits dans son bureau. Il recevait les colonels, les généraux, les hauts fonctionnaires, les représentants du gouvernement général sous l'œil noir de ses parachutistes peints. Et il s'y référait toujours. Il les désignait, les montrait du doigt en parlant. « Ce sont eux dont on parle. Ceux qui vous défendent. Regardez-les bien. » Ces portraits d'où émanait une allure sombre et folle participait du chantage à l'héroïsme qui chaque jour ou presque avait lieu dans son bureau. La grande faucheuse à Alger en 1957 était une moissonneuse mécanisée, et les portraits de Salagnon en étaient une pièce, comme la carrosserie de métal peint, qui contribue à tout tenir ensemble, qui contribuait à ce que cela tienne. Cela tint. « Ils sont tous coupables, mais ils le sont pour vous. Alors ils se serrent les coudes, ils tiennent ensemble. Peu importe ce qu'ils font. Ils le font ensemble. Cela seul compte. Celui qui lâche ? Qu'il s'en aille. On ne lui en voudra pas, mais qu'il disparaisse. »

Les civils n'entraient plus qu'à contrecœur dans ce bureau où ils venaient chercher les résultats. Trambassac les attendait dans son treillis impeccable et derrière lui les héros impassibles regardaient les nouveaux venus ; il exposait ses résultats, des résultats magnifiques, impressionnants, le nombre des terroristes éliminés, la liste des bombes saisies. Il exposait des organigrammes merveilleusement clairs. Teitgen lui demandait des comptes, il apportait ses listes d'assignation. Derrière ses grosses lunettes il ne frémissait pas, il faisait des additions et montrait les résultats à Trambassac. « Si je compte bien, mon colonel, dans votre calcul il manque deux cent vingt bonshommes. Que sont-ils devenus ?

— Eh bien, ils ont disparu vos bonshommes !

— Où ?

— Lorsqu'on vous le demandera, vous direz que c'est signé Trambassac. »

Teitgen ne tremblait pas, ni de peur, ni de dégoût, il ne se décourageait jamais. Derrière ses grosses lunettes il regardait tout en face, le colonel devant lui, la nécropole d'encre disposée le long des murs, les comptes qui étaient la trace des morts. Il était le seul à tenir le compte des gens. Il finit par démissionner, il s'en expliqua publiquement. On pouvait le trouver ridicule avec son allure et ses papiers à remplir. Il ressemblait à une grenouille qui demande des comptes à une assemblée de loups, mais une grenouille animée d'une énergie surnaturelle, dont les paroles ne sont pas les siennes mais l'expression de ce qui doit être. Pendant toute la bataille d'Alger il occupa la place d'un dieu-grenouille posté à l'entrée des Enfers : il pesait les âmes, et notait tout sur le Livre des Morts. On peut s'en moquer, de ce petit homme qui souffrait de la chaleur, qui regardait à travers de grosses lunettes, qui s'occupait des papiers à remplir alors que d'autres avaient du sang jusqu'aux coudes, mais on peut l'admirer comme on admire les dieux zoomorphes d'Égypte, et lui rendre un culte discret.

« Mariani ne va pas très bien. Parlez-lui. Je le mets en congé d'autorité pendant trois jours. Vous aussi. Rattrapez-le, je ne sais pas où il glisse. Quand on passe la limite, nul ne sait pas où ça va. »

Les rues d'Alger sont plus agréables que celle de Saïgon, la chaleur y est sèche, on peut se mettre à l'abri du soleil, les cafés s'ouvrent sur la rue comme des grottes ombreuses, pleines d'agitation et de bavardage, s'attabler sur le trottoir permet de regarder ceux qui passent. Mariani et Salagnon s'assirent à une table ;

en uniforme, ils pouvaient être abattus, mais ils se montraient. Mariani enleva les lunettes noires qu'il gardait toujours. Ses yeux étaient rouges et troubles, battus d'insomnie.

« Tu as mauvaise mine.

— Je suis épuisé. »

Ils regardèrent passer la foule du soir dans la rue de la Lyre.

« Tous ces ratons m'insupportent. Ils nous haïssent. Ils ne montrent aucune expression quand ils nous croisent, juste la servilité ; mais des assassins se cachent derrière ces visages. Et toi, Salagnon, tu nous lâches. Tu fais tes trucs, des trucs d'écolier ou de jeune fille. En Indo tu gribouillais aussi, mais tu savais faire autre chose.

— Je n'aime pas ça, Mariani.

— Et alors ? Moi aussi je préférerais courir dans les montagnes, mais l'ennemi est là. On y est presque, on les tient. Tu es avec nous ou pas ?

— Je veux bien courser des types. Mais qu'ils soient en pyjama, ça me gêne. Et au-delà, ce qu'on fait quand on les ramène, je ne peux plus.

— Je ne te reconnais plus, Salagnon.

— Moi non plus, Mariani. »

Ils se turent. Ils regardaient passer les gens, buvaient l'anisette à petites gorgées, en reprirent. Salagnon ne savait pas identifier de pensées sur le visage de Mariani, qui bougeait comme un linge au vent. Il se raffermit soudain.

« On me demande de dératiser, alors je m'exécute ; ou pour être plus précis, j'exécute les autres », ricana-t-il. Son visage était ferme et dur maintenant, il ne regardait plus personne, pas même Salagnon. « Je suis bien ici, poursuivit-il. Je ne voudrais pas avoir à partir. Je suis chez moi.

— Il nous faudra rentrer, de toute façon. Et nous avons changé. Qu'allons-nous devenir en France ?

— Eh bien la France changera. »

Il était venu à Alger parce qu'on avait décidé à Paris qu'il serait bien que lui et ses pareils soient là. On avait décidé d'employer la force, et personne n'en avait davantage que ces loups hâves entraînés dans la jungle. Ils étaient venus lentement par bateau, avaient traversé la mer de janvier bleu très pâle, ils avaient vu Alger grossir sur l'horizon. Il avait pris pied sur le quai en prenant soin de ne pas penser à Eurydice. Ses tâches nuit et jour ne lui permettaient plus de lui écrire, mais assommé de fatigues et d'horreurs, englué du sang d'autres que lui, en silence, presque à l'insu de lui-même, il y pensait toujours.

Il ne le cherchait pas, ce fut Salomon qui le trouva, ils tombèrent nez à nez au seuil de la villa mauresque. Le soleil se levait à peine, Salomon Kaloyannis montait les marches encombrées de palmes mortes et de sable que personne ne pensait à balayer, coiffé d'un feutre noir, portant une mallette de médecin ; Salagnon sortait au petit trot, mitraillette à l'épaule, le moteur de la Jeep qui l'attendait grondant au bas des marches. Ils s'arrêtèrent tous deux, surpris de trouver l'autre là, en cet endroit que chacun croyait être seul à connaître, où chacun croyait être absolument seul, que chacun croyait devoir parcourir seul jusqu'au bout, quel qu'en soit le but.

Le moteur de la Jeep grondait, les trois autres parachutistes déjà installés, les pieds sur le tableau de bord, les jambes par-dessus la portière, accrochés aux ridelles, pistolets-mitrailleurs à l'épaule. Salagnon avait l'adresse et les noms griffonnés dans sa poche de poitrine.

« Viens me voir, Victorien. Et viens voir Eurydice, cela lui fera plaisir.

— Elle est mariée ? » demanda Salagnon ; ce fut ce qui lui traversa l'esprit, ce fut cela la seule chose qu'il pensa à dire sur l'escalier de la villa mauresque, il n'y avait jamais pensé avant.

« Oui. À un type qui la faisait rire, puis à force l'ennuie. Elle s'ennuie de toi, je crois.

— De moi ?

— Oui. Il est revenu le temps des traîneurs de sabre. À moins qu'on n'en soit jamais sorti. Viens me voir un jour que tu pourras. »

Il entra dans la villa mauresque en traînant sa mallette, Salagnon bondit dans la Jeep qui démarra aussitôt. Ils descendirent la rampe vers Alger au risque de s'éjecter à chaque lacet. « Plus vite, plus vite », murmurait le capitaine Salagnon en s'accrochant au pare-brise, goûtant avec bonheur le soleil clair qui montait, qui éclairait en bas la rade d'Alger, les immeubles blancs et les bateaux à quai.

Les douze ans passés avaient marqué Salomon Kaloyannis, surtout ces douze ans-là.

« Chaque année comme une grosse pierre dans mon paquetage, lui dit-il. Et chaque année une plus grosse. Les ans me pèsent, je me courbe, ces pierres que je ramasse me tirent vers le bas, regarde mon dos, même pas capable de me tenir droit. Regarde ma bouche, ses plis plongent, et quand j'arrive à en retrousser les commissures, ça ressemble de moins en moins à un sourire. Je ne fais plus rire, Victorien, et je ne trouve plus rien de drôle autour de moi, c'est comme une rouille qui m'envahit, ou une lampe qui s'éteint. J'en ai conscience, j'essaie de me rallumer, mais je n'y puis rien.

« Ce que je fais à la villa ? Je mesure la douleur. Je dis aux types du sous-sol s'ils doivent arrêter un moment, ou s'ils peuvent continuer. S'il s'agit d'un simple évanouissement ou d'une mort certaine. C'est la guerre, Victorien. J'ai été médecin militaire, je suis allé jusqu'en Allemagne, je sais lire les signes de quelqu'un qui va mourir. Pourquoi moi ? Pourquoi, petit médecin de Bab el-Oued, je viens jusqu'à la villa avec ma petite mallette ? Pourquoi je vais aider à faire ce que jamais plus tard vous n'oserez raconter à vos enfants ? J'ai peur de leur violence, Victorien. Je les ai vus couper des nez, des oreilles, des langues. Je les ai vus égorger, éventrer, éviscérer. Pas comme une façon de parler, non, vraiment, comme une façon de faire. J'ai vu des jeunes gens que je connaissais de vue devenir assassins et se justifier. J'ai eu peur de ce déchaînement, Victorien. J'ai eu peur qu'il nous emporte tous. J'en ai d'autant plus peur que je sais bien que la source d'égorgeurs est inépuisable car l'injustice dans la colonie est flagrante. C'est juste la peur qui les empêchait de nous assassiner. Ils s'assassinaient entre eux. Mais maintenant ils n'ont plus peur, la peur est de notre côté. J'ai eu peur, Victorien. Et maintenant ils mettent des bombes, partout, qui explosent n'importe où, qui peuvent atteindre ce que j'ai de plus cher. Je sais bien qu'il faut davantage de justice, mais les bombes ne permettent pas de changer, les bombes nous figent dans la terreur. Je préfère de loin la vie de ma fille à toute justice, Victorien. Je suis venu m'abriter derrière votre force. Vous êtes devenus les meilleurs soldats du monde. Vous ferez que ça s'arrête ; sinon personne n'y pourra parvenir. »

Il se tut. Il leva son verre, Salagnon l'imita, et ils burent l'anisette. Ils chipotèrent quelques carottes au vinaigre et des graines de lupin. Une foule passait dans les deux sens, montait des Trois Horloges et allait à la Bouzaréah.

« Mais quand même, je crois que vous exagérez », dit-il doucement.

Il la vit. Et pourtant les rues de Bab el-Oued regorgent de monde, elles regorgent de belles femmes brunes en robe à petites fleurs, si légères qu'elles leur flottent autour des hanches, qu'elles se soulèvent à chacun de leurs pas, et elles avancent comme le vent dans l'herbe en ouvrant autour d'elles un sillage de parfum et de regards. Il la vit, petite silhouette venant vers eux assis, grandissant tout doucement en son œil, tout près de son esprit le plus intime. Il savait que c'était elle, rien ne le prouvait, il l'avait simplement su au moment même où elle était apparue au loin dans la foule, et cette silhouette à peine visible, celle-là, juste celle-là, il la suivait des yeux. Mon souvenir est merveilleux et elle arrive, pensait-t-il à toute vitesse, en mots confus, en pensées embrouillées, je me souviens d'une extrême beauté qui m'éblouissait, qui m'éblouissait tant que je la distinguais à peine, les yeux brûlés, visage brûlé, corps en feu, et elle arrive, elle va être devant moi, et je vais me rendre compte qu'elle n'est qu'une femme au visage marqué par douze ans de plus, douze ans sans la voir, une femme banale, une femme de chair épaissie, une femme dont je trouverai le visage harmonieux mais vieilli, manifestant en tous ses plis le poids un peu dégoûtant de la chair réelle. Il vit venir ses hanches, il vit l'éclat de son regard, il vit ses lèvres s'entrouvrir en un sourire radieux à lui adressé, et elle l'embrassa. Il était ébloui, il ne voyait que son sourire à lui adressé, un sourire flottant dans un nimbe de lumière, un miracle s'accomplissait, il trouvait sa beauté parfaite, sans reste et sans défaut.

« Tu as à peine changé, Victorien. Juste un peu plus fort, un peu plus beau. Juste comme j'osais à peine souhaiter que tu sois. »

Cérémonieusement il s'était levé, il tira une chaise et la fit asseoir à côté de lui. Leurs jambes se frôlaient comme s'ils ne s'étaient jamais éloignés et que chacun contenait en lui la forme de l'autre. Elle me va comme un vêtement que j'aurais longtemps porté, pensait-il, toujours confusément, son visage m'éblouit, brille de beauté et je n'arrive pas vraiment à en voir la chair. Elle m'émeut, simplement. Elle est exactement telle qu'en mon âme. Et quand elle me regarde avec ce sourire-là, j'en soupire de soulagement, je reviens chez moi. Elle occupe exactement le volume de mon âme ; ou alors mon âme est son vêtement, et je l'habille exactement. Sa beauté que j'ai devinée de loin a agi comme un pressentiment. Eurydice, mon âme, me revoici devant toi.

Eurydice prenait place dans la place à ses mesures qu'était le cœur de Victorien. Tout en elle, ses yeux, sa voix et son visage, tout son corps, rayonnait de cette même lumière qui l'avait éclairé douze ans auparavant et douze ans durant. « Comme elle m'éblouit », murmura-t-il, bredouillement à peine articulé que seul Salomon entendit. Tout se précipitait, tout, il s'en étranglait, les mots ne venaient pas, il ne pouvait rien articuler. Heureusement Salomon fit les frais de la conversation, radieux, sa volubilité retrouvée.

Il bavardait de tout et de rien, s'exclamait, s'esclaffait, saluait des connaissances de passage, taquinait sa fille, qui ne répondait rien, elle dévorait des yeux le beau Victorien, elle scrutait son visage mûri passé au sable du temps, il le voyait bien, il la laissait à ses contemplations, il questionnait le capitaine Salagnon à propos de ses voyages, de ses aventures, de ses exploits, et Victorien lui répondait mal, de façon confuse, il parlait de jungle, d'arroyos et de fuite nocturne dans la forêt détrempée. Il dévidait des souvenirs, il les désignait comme on envoie une série de cartes postales, il ne pouvait faire mieux que de montrer sa collection, car les ressources de son âme étaient occupées à lire le visage d'Eurydice, et effleurer ses jambes sous la table, ces jambes dont il se rappelait la peau, la courbe et le poids bien mieux que si elles avaient été les siennes.

Le mari d'Eurydice arriva, salua chaleureusement tout le monde, il s'installa ; il se mêla aussitôt à la conversation, il y était brillant, partenaire parfait pour Salomon. Il était un bel homme théâtral, brun et bouclé, sa chemise blanche éclatante ouverte sur son torse bruni, il égalait Salomon par la virtuosité, il distribuait sans compter un flot de paroles intelligentes et drôles, mais qui étourdissaient plutôt qu'elles ne convainquaient, disaient, ou même charmaient. Il convenait, à l'entendre, de réagir avec excès et de rire souvent. Salomon excellait à ce sport, Salagnon fut vite distancé, rapidement essoufflé et il se contenta de regarder.

Il était très beau, cet homme brun qui se nourrissait de soleil, qui usait de la langue comme d'un instrument de musique à danser. Mais au moment même où Victorien l'avait vu, au moment où l'autre s'était arrêté devant la table, où il s'était penché vers eux, sa main tendue, sourire éclatant, il s'était demandé ce qu'Eurydice faisait avec lui. Ce que l'homme faisait avec elle, il le savait bien. Eurydice était le précieux trésor de Salomon Kaloyannis, une splendeur que l'on ne pouvait que désirer ; mais lui n'était pas à la hauteur. Victorien se l'était dit très distinctement au moment où il lui serrait la main, avec un beau sourire ferme d'officier parachutiste. En lui-même, il l'écarta d'un revers de main. Il n'est pas à sa place, se disait-il simplement, il n'est pas à sa place à cette place qui est la mienne. Mais dans la longue conversation qui s'ensuivit, ponctuée de blagues et d'exclamations, de saluts aux passants et de rires, dans cette pièce de théâtre pataouète qui se jouait dehors près des Trois Horloges, Salagnon ne disait pas grand-chose. Il n'en avait pas le temps ; il n'en avait pas la rapidité, il ne savait pas glisser un trait d'esprit au moment où les autres reprenaient leur souffle, il ne savait pas mettre en scène de petits riens avec beaucoup de vacarme. Pendant que le père et le mari jouaient, il regardait Eurydice, et Eurydice lentement se sentait rougir.

Elle se souvenait des lettres, des dessins, de toute cette conversation sans réponse qu'il avait menée pendant douze ans, et les poils très doux de son pinceau chargé d'encre caressaient son âme, faisaient frémir sa peau. Dans cet étrange Alger où la parole était un art de rue, la peinture n'avait rien de visuel ; elle était silencieuse, lente, et tactile.

Quand ils se séparèrent, le mari salua virilement Victorien et l'invita à venir les voir ; Eurydice acquiesça, gênée. Ils s'éloignèrent tous les deux, beau couple. Il l'entendit dire, sa voix portait bien, et lui avait l'oreille fine, éduquée par la jungle, ou bien le mari voulait être entendu : « Ils font les matamores, ces types, c'est le mot, matamores, avec leur rapière et leur accoutrement. Ils paradent avec leurs drôles de casquettes et leurs pantalons serrés, mais quand tu les as entre quatre yeux, ils ne te décrochent pas un mot. »

Il passa son bras autour des épaules d'Eurydice aussi silencieuse qu'une pierre et ils disparurent dans la foule de Bab el-Oued. Victorien les suivit du regard jusqu'à ce qu'il ne voie plus rien, n'entende plus rien, et resta dans cette pose sans bouger, les yeux fixés sur le point où ils avaient été engloutis dans la forêt humaine d'Alger.

« Elle est belle, hein, ma fille ! » lui lança Salomon en lui frappant la cuisse, avec un enthousiasme si charmant qu'il lui arracha un sourire.

Son oncle l'attendit devant la villa, dans une Jeep garée sur le trottoir, il fumait en regardant dans le vague, à demi allongé sur le siège, le bras pendant par-dessus la porte. Salagnon sortit enfin, l'embrassa sans un mot et monta à côté de lui. L'oncle jeta sa cigarette par-dessus son épaule, d'une pichenette, et démarra sans rien dire. Il l'emmena dans un petit café sur les hauteurs devant lequel s'ouvrait la baie d'Alger. Des pins ombrageaient la terrasse, des rocs de calcaire sec affleuraient entre les arbres, même en hiver on était au bord de la Méditerranée. Le patron, un gros pied-noir au bagout trop typique pour n'être pas un peu forcé, offrait des tournées d'anisette aux parachutistes qui fréquentaient son établissement. Ceint d'un tablier qui lui serrait le ventre, il contournait le bar, venait servir lui-même, et distribuait des encouragements à haute voix, en tapant des doigts joints sur la table, à plat, pour bien se faire entendre. « Il faut leur montrer, aux ratons. La force, ils connaissent que ça. Tu baisses la garde, ils te giflent ; tu tends l'autre joue, ils t'égorgent. Tu tourne le dos, ils te mettent un coup de couteau, et tu l'as pas vu venir. Mais tu les regardes droit dans les yeux, ils bougent pas. Figés, comme des troncs. Capables de rester une journée entière sans bouger. Je me demande ce qu'ils ont dans le sang. Quelque chose de froid et visqueux sûrement. Comme les lézards. »

Il posait l'anisette sur la table, un peu de kémia suivant l'heure, « À votre santé, messieurs, c'est pour moi » ; et il retournait vers son bar, essuyait des verres en écoutant une radio qui débitait à mi-voix des chansons sirupeuses et interminables.

Salagnon et son oncle restaient en silence devant la baie qui s'étendait à leurs pieds. L'eau d'hiver était d'un bleu pâle uni, les immeubles blancs se serraient à son bord, si calmes.

« Ils disent toujours ça, dit enfin l'oncle. Qu'ils les connaissent parce qu'ils sont allés à l'école ensemble. C'est pour ça que c'est si atroce. C'est exactement pour ça.

— Pourquoi pour ça ?

— Les pieds-noirs ne comprennent pas la violence qui leur est faite. Ils s'entendaient si bien, croient-ils. Mais étrangement tous les Arabes comprennent la violence qui est faite. Alors soit ils sont d'espèces différentes, soit ils vivent dans deux mondes séparés. Avoir été à la même école pour ensuite vivre dans des mondes séparés est explosif. On n'apprend pas impunément la liberté, l'égalité et la fraternité à des gens à qui on les refuse. »

Ils burent, regardant l'horizon parfaitement net, le soleil d'hiver leur chauffait le visage et les avant-bras qui dépassaient des manches de leur vareuse toujours retroussées.

« Tu fais quoi ? demanda enfin Salagnon.

— Comme toi, j'imagine. Mais ailleurs. »

Il n'en dit pas plus. Les traits de son oncle étaient tirés. Son teint un peu maladif, trop pâle, les coins de sa bouche retombaient, s'enfonçaient dans ses joues, nouant peu à peu ses lèvres.

« Si nous ne parvenons à rien, si nous devions un jour partir, alors cela n'aura été qu'un crime, souffla-t-il, à peine audible. On nous haïra. »

Le silence revint ; il pesait sur Salagnon. Il chercha autour de lui quelques détails qui puissent détourner la conversation, la relancer vers ailleurs. Les pins bougeaient doucement, la Méditerranée bien lisse s'étendait jusqu'à l'horizon, les gros immeubles blancs en contrebas, comme des blocs de plâtre, se serraient pour former des ruelles ombreuses.

« Tu apprends toujours ton *Odyssée* ? » demanda-t-il.

Le visage de l'oncle se détendit, il sourit même.

« J'avance. Tu sais, j'ai lu une chose très étrange. Ulysse est allé au pays des morts pour demander à Tirésias le devin comment ça finirait. Il offre un sacrifice aux morts et Tirésias vient, avide de boire.

> *Allons ! écarte-toi de la fosse ! détourne la pointe de ton glaive : que je boive le sang et te dise le vrai !*

« Ensuite, il lui explique comment cela finira : dix ans de guerre, dix ans d'aventures violentes pour rentrer, où ses compagnons mourront sans gloire un par un, et un massacre pour finir. Vingt ans d'un carnage auquel Ulysse seul survivra. Tirésias, qui était la voix des morts, qui avait bu le sang du sacrifice pour dire la vérité, lui indique aussi comment il pourra en sortir, comment il pourra vivre, après la guerre.

Il faudrait repartir avec ta bonne rame à l'épaule et marcher, tant et tant qu'à la fin tu rencontres des gens qui ignorent la mer [...] le jour qu'en te croisant, un autre voyageur demanderait pourquoi, sur ta brillante épaule, est cette pelle à grains, c'est là qu'il te faudrait planter ta bonne rame et faire à Poséidon le parfait sacrifice d'un bélier, d'un taureau et d'un verrat de taille à couvrir une truie ; tu reviendrais ensuite offrir en ton logis la complète série des saintes hécatombes à tous les Immortels, puis la mer t'enverrait la plus douce des morts ; tu ne succomberais qu'à l'heureuse vieillesse, ayant autour de toi des peuples fortunés...

« Quand personne ne reconnaîtra plus les instruments de la guerre, ce sera fini. »

Tout en bas sur la mer miroir du ciel un navire blanc venait vers Alger. Il grossissait tout doucement, brillait au soleil d'hiver, laissait derrière lui un sillage vite refermé, dérangeant à peine une mer d'huile bleue impassible. Il devait contenir des voyageurs, des gens qui rentraient, des fonctionnaires de France, et des appelés, d'innombrables appelés venant faire ici ce qu'ils n'imaginaient pas qu'ils pourraient faire. Certains ne reviendraient pas, d'autres reviendraient couverts de sang, tous seraient touchés.

« Tu penses que cela finira un jour ?

— Ulysse a mis vingt ans à rentrer chez lui. Vingt ans, c'est le temps habituel du remboursement d'une dette. Nous n'avons pas tout à fait fini. »

Ils continuaient. Ils pressaient Alger jusqu'à en extraire la moindre goutte de rébellion. Ils jetaient au fur et à mesure les peaux sèches qui leur restaient entre les mains. Ils traçaient sur les maisons de grands chiffres au goudron. Ils connaissaient chacun, chaque maison était une fiche où ils inscrivaient les noms. Ils interrogeaient les maçons car eux pouvaient construire des caches, ils interrogeaient les droguistes car eux pouvaient fournir les produits qui explosent, ils interrogeaient les horlogers car eux pouvaient fabriquer le mécanisme des bombes ; ils interrogeaient ceux qui sortaient à une heure inappropriée, ils interrogeaient ceux qui n'étaient pas chez eux à une heure où ils auraient dû y être en bons pères de famille, et aussi ceux qui étaient chez d'autres sans que des raisons familiales ne le leur imposent. Le moindre écart à la fiche demandait éclaircissement. Quatre parachutistes dans une Jeep allaient chercher celui qui pourrait leur donner des explications. Dans le sous-sol de la villa mauresque on lui posait des questions.

Ils fouillaient sous les visages, ils traquaient dans la jungle du corps, ils pourchassaient l'ennemi dedans l'autre attaché devant eux. La question médiévale à l'aide d'instruments était le seul moyen d'intervention dans cette guerre intérieure, cette guerre de trahison, cette guerre qui ne se voyait pas car située au dedans de chacun. Ils utilisaient les indices à leur portée, ils catégorisaient les visages, ils croyaient en la vérité de la souffrance. Ils pressaient de questions. À force de presser, il n'y eut plus rien ; des peaux mortes qu'ils jetaient. Ils dévastaient faute de gagner ; dans cette guerre du dedans on pouvait à peine se battre. La bataille qu'ils livrèrent fut un événement tout à la fois cognitif, éthique, militaire, l'on y créa de prodigieuses nouveautés, de toutes nouvelles techniques de police, un bafouement inédit du droit et de l'homme, une utilisation du bon sens à un niveau encore jamais atteint, et ce fut un succès éclatant ; qui prépara l'échec de tout.

Cela prit fin quand plus aucune bombe n'explosa dans Alger. Il n'y eut plus aucun bruit dans les caves de la villa mauresque, juste une odeur fétide qui stagnait comme un gaz lourd incapable de s'échapper. Tous les agitateurs avaient été éliminés, ou s'étaient enfuis. Tous ceux qui pouvaient articuler une opposition avaient été réduits au silence. Ne restait qu'une haine muette, partagée, battant comme un cœur sourd dans les ruelles pacifiées. En marchant dans la ville arabe on pouvait l'entendre, mais personne n'y allait. On renvoya alors les parachutistes dans le bled traquer les hors-la-loi qui y vivaient en bandes. La tâche des parachutistes était de détruire les maquis. À Alger, on avait vidé l'eau, le poisson n'y vivait plus.

On lui confia des jeunes gens venus de France, des garçons mineurs qui sortaient juste de l'école, qui sortaient juste de leurs familles, qui descendaient du bateau en portant un gros sac vert ; ils montaient dans des camions conduits par des parachutistes peu bavards, en uniforme moulant et les manches retroussées, et ils traversaient Alger assis en rang à l'arrière du camion, leurs gros sacs verts encombrants serrés entre leurs jambes. Ils n'avaient pour la plupart jamais vu aucune ville de cette sorte, agitée, balnéaire, pouilleuse, une ville bondée, les rues pleines d'habits étranges qui se frôlaient sans se voir, et de militaires, des militaires partout, en uniformes divers, armés, en patrouille, en sentinelle, de passage, à pied, en Jeep, dans des véhicules blindés légers, dans des camions poussiéreux. S'ils venaient un beau jour où le soleil illuminait les façades blanches, cela avait de l'allure, et la tension malsaine qui tombait de ce ciel de tôle peinte, brûlant et bleu, les électrisait. Les camions franchissaient l'entrée fortifiée de la caserne, barrée de chevaux de frise et de sacs de sable, et s'arrêtaient sur la place d'armes. À côté du mât où tout en haut flottait le drapeau, longiligne et droit, sa belle tête plantée tout au bout de la pique de son corps, attendait le capitaine Salagnon en tenue léopard, jambes écartées, mains croisées derrière le dos, béret rouge légèrement incliné ; et eux tous sur le camion ne savaient pas encore ce que signifiait la couleur de ces bérets. Ils allaient l'apprendre, avec beaucoup d'autres choses. Mais étrangement la couleur des bérets et la couleur des uniformes seraient parmi les choses les plus importantes qu'ils apprendraient ici, il leur faudrait ne pas confondre les bleus, les verts, les rouges, les noirs, et ne pas éprouver les mêmes sentiments envers ceux qui portaient telle couleur, ou telle autre. On les faisait descendre, on commençait de crier, on les faisait s'aligner au garde-à-vous, le paquetage à leurs pieds. Le menton redressé, ils attendaient, face au capitaine Salagnon planté devant le drapeau.

Les jeunes gens venaient de France et n'avaient jamais été si loin, ils étaient tous volontaires. Sur leur visage lisse on devinait à peine ce qu'ils étaient. Ils avaient fait leurs classes en France, avaient appris à tirer et à sauter et à porter – sauter juste pour voir s'ils le pouvaient car jamais ils ne le feraient ; ils ne sauteraient pas plus haut que du rebord de l'hélicoptère, à peine posé, pales tournantes. Dans leur regard clair où se disputaient une naïveté et une dureté toutes deux issues de l'enfance, ils se donnaient l'air, en alimentant une petite flamme, de vouloir en découdre. Quand l'immobilité enfin durait, quand le silence se faisait enfin pesant, Salagnon s'adressait à eux, d'une voix forte et nette. Toujours on leur parlerait ainsi, fortement pour qu'ils entendent, nettement pour qu'ils comprennent. « Messieurs, je vais faire de vous des parachutistes. Cela se mérite ; ce sera dur. Vous serez des hommes de guerre et vous imposerez le respect ; vous souffrirez plus que vous n'avez jamais souffert. On vous admirera, et on vous détestera. Mais ceux qui me suivront, jamais je ne les laisserai en arrière. C'est tout ce que je peux vous promettre. »

Et pour cela il tenait parole. Ils n'en attendaient pas plus ; ils venaient pour ça.

La première fois qu'ils se retrouvèrent ce fut dans un petit hôtel de la rue de la Lyre. Salagnon était venu à l'avance ; allongé sur le lit, il l'attendait. Cela ne lui convenait pas, le papier peint terne, les meubles démodés et de couleur trop sombre, la glace qui reflétait la moitié de lui en le déformant, les rideaux ternes, les bruits de la rue en permanence. Cela ne lui conviendrait pas plus, à elle. Il songea à se lever, à demander une autre chambre, mais elle frappa, entra, aussitôt le rejoignit sans qu'il eût même le temps de se redresser. Ce fut un ajustement, elle se serra contre lui, elle enfouit son visage contre son cou, son oreille, murmura son nom et autre chose qu'il ne comprit pas. Elle se redressa et le regarda très intensément.

« J'ai attendu ce moment-là, Victorien. Plus la situation empirait, plus je rêvais que l'on vous envoie ici. Que l'on envoie le petit Victorien qui s'était aguerri, qui viendrait nous sauver, moi tout particulièrement, qui viendrait nous sauver de tout ça, de ces violences atroces, de ces imbécillités, de ces trahisons, de cet ennui sans fin.

— Tu ne m'as rien dit.

— Je ne le savais pas exactement. Je le découvre en te le disant, mais je l'ai toujours senti. Quand j'ai lu dans le journal qu'on vous envoyait ici, mon cœur a bondi de joie. Mon souhait qui n'était pas dit se réalisait. Tout cela, toute cette guerre, toute cette violence et tous ces moments d'horreur nous mènent à ce moment-là, celui-là où nous sommes. Nous étions si loin, nous sommes nés si éloignés l'un de l'autre qu'il nous a fallu deux guerres pour nous rejoindre. J'espérais secrètement que la situation empire, que tu viendrais vite. Ils ne savent pas pourquoi ils se battent, les autres, je suis la seule à le savoir : ils se battent pour nous, pour que nous puissions nous retrouver. »

Elle l'embrassa. Il ne pensait plus à l'aspect de la chambre. Elle n'existait plus vraiment. Ils restèrent la journée entière, et la nuit, mais se quittèrent le lendemain. À six heures le capitaine Salagnon monta dans le véhicule de tête, suivi d'une colonne de camions chargés d'hommes ; ils partaient en opérations.

Il lui écrivit une courte lettre, où il esquissait d'un trait de pinceau la courbe de sa hanche, telle qu'il s'en souvenait ; il mentionna l'adresse de son cantonnement, pour qu'elle puisse lui répondre. Eurydice emprunta la 2 CV de son père et vint le voir. Elle avait revêtu un haïk blanc qu'elle tenait serré entre ses dents. Elle laissa derrière elle un sillage de stupéfaction et d'amusement. Il est peu courant qu'une femme en haïk blanc conduise dans la campagne à tombeau ouvert. Elle ne passa pas inaperçue : quelqu'un se déguise et se cache, pensait-on à son passage. On ne sait pas qui ; mais on sait qu'elle se cache, car elle n'est pas du tout ce qu'elle prétend être. Fantomatique et surexcitée, elle débarqua au cantonnement du régiment parachutiste. Elle demanda le capitaine Salagnon au planton interloqué. Elle se déhoussait de son haïk en parlant, elle força la porte, elle tomba dans les bras de Victorien surpris qui lui dit qu'elle était folle, imprudente, sur la route il pouvait tout lui arriver.

« Je suis cachée, personne ne me voit, dit-elle en riant.

— C'est la guerre, Eurydice, on ne joue pas.

— Je suis là.

— Ton mari ?

— Il n'existe pas. »

La réponse lui convenait.

Une brève pluie avait lavé la profondeur de l'air. Cela avait séché vite et nettoyé les lointains, le ciel, l'horizon, de toutes les poussières ocre qui flottaient ici et le voilaient. Le paysage s'étendait comme une lessive faite, éclatant, dans toutes les directions sous un ciel bleu pur. Ils partirent avec la 2 CV de Salomon, sur la route caillouteuse vers le petit col d'Om Saada. Il savait trouver là-bas des arbres, de l'ombre, de maigres étendues d'herbe où ils pourraient s'étendre. Il avait montré à Eurydice le carnet de dessins qu'il emportait, et sans le lui dire glissé un pistolet dans sa gaine sous le siège avant. Ils avaient roulé lentement, bavardant et riant de tout, les fenêtres à rabat ouvertes pour laisser passer l'air désordonné qui sentait le caillou chaud, l'herbe aromatique grillée, les troncs de pin enduits de résine. La route irrégulière maltraitait les suspensions trop souples de la 2 CV, elle se balançait par à-coups comme une légère nacelle montée sur ressorts. Ils se heurtaient l'un à l'autre en riant, se rattrapant à la cuisse ou au bras, tentaient parfois de s'embrasser mais ils risquaient de se donner un coup de tête, et ce risque si bête les faisait rire. Eurydice conduisait, il se laissait conduire avec bonheur, regardait tout, le paysage, la clarté de l'air, il la regardait elle qui conduisait avec une attention touchante, et oubliait l'arme glissée sous son siège. Du col d'Om Saada ils prirent une petite piste qui les emmena au bord de la forêt de pins tordus. Un pré d'herbe rase les accueillit. Au printemps les végétaux pensent pouvoir vaincre la caillasse, et des coussins d'un beau vert vif, des fleurs à tige courte, des pans de pelouse partaient à la conquête du monde. On en reparlerait l'été, mais ce jour-là, la force vitale saisonnière ne doutait de rien. Ils laissèrent la voiture, s'assirent à l'ombre des pins dont les plus basses branches, larges comme la cuisse, serpentaient au sol. Elle avait apporté le haïk, elle l'étendit sur l'herbe comme un drap blanc et ils s'allongèrent dessus. Autour d'eux, en contrebas comme le sol de leur chambre, un tapis de collines ondulait jusqu'à l'horizon, vertes et or, sous un ciel uniforme et bleu ; on ne voyait ni route ni village, car ils sont pierre sur pierre, trop rares et trop petits, toute construction humaine trop discrète pour être vue d'ici. L'air tiède s'agitait, leurs poumons vibraient comme des voiles que l'on hisse, s'emplissaient du paysage. L'Algérie heureuse s'étendait devant eux.

Cette journée ils la passèrent à cela : bavarder gaiement, s'embrasser jusqu'en avoir mal à la langue, faire l'amour fesses nues au soleil, et dans ce paysage immense où ils étaient seuls, vider le panier de victuailles qu'ils avaient apporté, dessiner un peu, s'endormir dans les bras l'un de l'autre, chassant par de brusques spasmes une mouche importune, unique, qui voletait autour d'eux. Ils n'en revenaient pas que douze ans aient pu les séparer. Douze ans, c'est long, un tunnel, les souvenirs situés au bout auraient dû s'estomper dans la brume des lointains, ils auraient dû avoir changé. Mais non. Les douze ans avaient juste été une page : cela prend du temps de lire une page, puis de lire l'autre si l'on suit les lignes ; mais la page précédente est juste derrière la fine feuille de papier ; ailleurs, mais tout contre.

Le soir fut vigoureux, un gros soleil repeignit tout couleur de cuivre. Leur peau, l'un contre l'autre, fondait l'une en l'autre. Le sexe de Victorien ne connaissait pas de fatigue, juste un peu de courbatures. Il aurait pu rester éternellement tout droit à rentrer et sortir, plonger en Eurydice comme dans une eau délicieuse, et cela le faisait rire, comme on rit à la piscine, peau tiédie, éclaboussée d'eau fraîche, heureux d'une liberté sans limite.

« Il faut nous arrêter et rentrer, lui murmura-t-il à l'oreille.

— Monsieur l'officier sonne le couvre-feu ?
— Monsieur l'officier sait ce qu'il fait, dans ce pays-là. Viens. »
La voiture ne démarra pas. Penchée au bord de la piste, toute poussiéreuse, elle n'émit qu'un halètement catarrheux quand Salagnon mit le contact. Il fouilla dans le moteur, tâta les fils, cela ne fit rien. Le soleil s'était caché, l'air bleuissait.
« Nous sommes coincés.
— Rentrons à pied. Ce n'est pas si loin. »
Il secoua la tête.
« Pour nous, prendre la route de nuit est trop dangereux.
— Nous ?
— Deux Européens dont un officier tout seul. La région n'est pas pacifiée, Eurydice.
— Tu le savais avant de venir ? »
Il ne répondit pas. Il sortit de sous le siège le pistolet et en passa l'étui à sa ceinture. Il prit le haïk et ce qui restait de victuailles.
« Qu'allons-nous faire ?
— Attendre cachés, dormir un peu. Et à l'aube aller à la rencontre de ceux qui viendront nous chercher.
— On nous retrouvera ?
— Oui, sourit-il. Vivants et sauvés si nous avons un peu de chance ; ou morts, et très maltraités, si nous rencontrons le grand méchant loup de ces bois. »
Ils s'installèrent sur de l'herbe, entre deux rochers qui faisaient une ombre épaisse. Allongés ils voyaient le ciel bien noir avec bien plus d'étoiles qu'ils n'en avaient jamais vu, sauf peut-être en France un certain soir où ils avaient été ensemble. Ils voyaient de grosses étoiles, des moyennes et une poussière infinie de toutes petites qui faisait briller l'ombre. L'air sentait le pin.
« Retour au départ, dit Eurydice en lui étreignant la main.
— Nouveau départ », dit Victorien, l'attirant contre lui.

Il savait ne pas dormir. Il savait s'assoupir à peine, réduire son activité mentale et physique au minimum, comme s'il hibernait, mais rester sensible aux bruits soudains, aux voix, aux déplacements de cailloux, aux craquements de branches. Eurydice dormait sur son épaule. Son bras gauche l'entourait, sa main droite restait sur l'arme, étui ouvert, et le métal en était devenu tiède.

Entre deux assoupissements il entendit que l'on chuchotait. Les murmures allaient et venaient selon les légers souffles de la nuit, s'éloignaient puis se rapprochaient, il crut reconnaître de l'arabe, plusieurs voix qui se répondaient, il ne savait s'il s'agissait de djounnouds ou de djinns, sa main glissa sur l'arme tiède, posa doucement son index sur la détente. Eurydice dormait, une mèche sur l'œil, tout contre lui. Il veillait sur elle. Elle soupira doucement. Elle respirait contre son cou, souriait. Il sentait son sexe gonfler. Ce n'est pas le moment, pensa-t-il, mais cela ne fait pas de bruit. Les murmures s'évanouirent.

Très lentement la nuit se fit moins obscure. Il fut réveillé par l'Alouette, l'hélicoptère à bulle de plexiglas qui voletait très haut pour éviter les tirs. Le bruit lointain des pales brassait l'air pur du matin, le soleil rose brillait sur la coquille transparente, au sol ils étaient encore dans l'ombre. Salagnon se dressa sur un gros rocher et fit de grands gestes. L'Alouette répondit par de petits cercles et repartit. Victorien revint s'accroupir devant Eurydice enroulée dans le haïk froissé, taché de terre et de vert. Elle le regardait de ces yeux intenses qui le transformaient aussitôt en un seul cœur qui battait violemment.

« Bonne nouvelle. Ils vont nous retrouver vivants. »

Elle ouvrit le voile, elle lui apparut telle qu'elle avait dormi, attendrie et légèrement froissée, lui souriant, et ce sourire-là à lui seul adressé flottait en l'air et dardait sur lui un faisceau d'éblouissement, qui ne lui permettait plus que de voir cela : ce sourire flottant, pour lui.

« Viens près de moi. Le temps qu'ils arrivent. »

Ils entendirent approcher les moteurs, de très loin. Sur la piste cahotait une Jeep, un half-track muni d'une mitrailleuse et deux camions. Ils les attendirent près de la 2 CV, recoiffés, défroissés au mieux. Salagnon avait remis son arme à la ceinture.

« Tout ça pour nous ? demanda-t-il au lieutenant soulagé qui sautait de la Jeep en le saluant.

— La région n'est pas sûre, mon capitaine.

— Je sais. C'est moi qui mets les petits drapeaux sur la carte.

— Permettez-moi de le répéter : ce n'est pas prudent de partir seul. Mon capitaine.

— Mais je ne suis pas seul. »

Le lieutenant se tut et regarda Eurydice. Elle lui rendit son regard, enveloppée du haïk comme d'un châle.

« Vous êtes le capitaine Salagnon qui passe à travers tout, soupira-t-il. Vous verrez comme un jour cette immortalité vous pèsera. »

Il alla diriger le remorquage de la 2 CV.

Ce type a dix ans de moins que moi, pensa Salagnon, et il sait ce qu'il fait. Nous éduquons une génération d'ingénieurs de la guerre. Que vont-ils faire, après ?

« En montant vers le poste…

— Le bordj, capitaine, le bordj, coupa Chambol. Je tiens à ce terme. En arabe il désigne la tour, et c'est un mot très fort en leur langue. Un mot noble qui affirme un signal dans le désert.

— Eh bien en montant vers votre… bordj, nous avons vu le long des routes des cadavres d'ânes. Plusieurs, en différents états de décomposition.

— C'est la zone interdite, capitaine.

— Elle est interdite aux ânes ?

— Elle a été vidée de sa population, interdite à tout passage. Nous veillons à ce que plus personne n'y vienne, à ce que plus aucun trafic n'alimente les hors-la-loi. Qu'ils aient faim, sortent du bois et viennent se battre. La règle est simple, capitaine, c'est elle qui nous permet de tenir le pays : la zone est interdite, donc toute personne vue ici est hors-la-loi.

— Mais les ânes ?

— Les ânes en Algérie sont un moyen de transport. Donc dans la zone l'âne est un convoi ennemi. »

Salagnon rêveur regardait le colonel Chambol lui parler sérieusement.

« Au cours d'embuscades, nous avons tué beaucoup d'ânes, ils portaient des olives ou du blé. On peut prendre ça comme une erreur, mais c'est une erreur : nous affamons la rébellion.

— Vous les avez vus, les combattants ?

— Les hors-la-loi ? Jamais. Ils ne doivent pas avoir assez faim pour sortir du bois. Mais nous les attendons. La victoire ira à celui qui aura la patience d'attendre.

— Ou alors ils ne sont pas là.

— Alors là je vous arrête. Nous avons intercepté un âne qui transportait des armes. Celles qui l'accompagnaient portaient des chaussures d'hommes, cela avait éveillé nos soupçons. Nous les avons abattues immédiatement. Quand nous avons inspecté les corps, c'étaient en effet des hommes, et dans ses couffins, sous les sacs de semoule, l'âne transportait deux fusils. Cet âne mort justifie tous les autres, capitaine. Nous sommes sur la bonne voie.

— J'imagine que vous continuez à traquer les ânes.

— Nous continuerons. Nous ne céderons pas. La fermeté de caractère est la plus grande qualité de l'homme. Elle passe largement avant l'intelligence.

— Je le vois bien. La vérité est un long chemin jonché d'ânes morts.

— Que voulez-vous dire, capitaine ?

— Rien, mon colonel. J'essaie de trouver un sens à tout ça.

— Et vous en trouvez ?

— Non. Les dégâts vont continuer, je crois », sourit-il.

Chambol le regardait sans comprendre, sans sourire.

« Vous êtes là pour quoi exactement, capitaine Salagnon ? demanda-t-il enfin.

— Pour intercepter une katiba qui apporte vraiment des armes.

— Et vous pensez que nous ne sommes pas capables de lui barrer la route ?

— Cent vingt hommes bien entraînés, mon colonel, armés

comme nous, et aux aguets. Au minimum nous ne serons pas de trop.

— Comme vous voudrez. Mais vous auriez pu vous éviter le déplacement. »

Salagnon ne prit pas la peine de répondre. Les parachutistes s'installèrent dans le bureau de Chambol, firent de la place, installèrent un PC radio, montèrent un tableau noir, déployèrent des cartes ; ils se regroupèrent autour de Salagnon debout, qui au milieu de l'agitation ne donnait aucune instruction, il attendait que tout se mette en place. Chambol bras croisés bouillait dans un coin ; visiblement, très visiblement, il désapprouvait.

« Vignier, Herboteau ?

— Oui, mon capitaine.

— Si vous étiez eux, vous passeriez où ? »

Les deux jeunes lieutenants se penchèrent sur la carte. Avec beaucoup de sérieux ils l'étudièrent, ils montraient par des gestes leur concentration, l'un frottant l'arête de son nez, l'autre manipulant sa lèvre entre le pouce et l'index, puis l'un et l'autre posèrent le doigt sur les reliefs finement dessinés de la carte, ici et là, tout en marmonnant, comme hésitants ; ils montraient qu'ils réfléchissaient, ils montraient qu'ils allaient à cette question faire une réponse bien pesée. Seuls, ils n'en auraient pas tant fait, mais ils réfléchissaient sous l'œil de Salagnon.

À part l'uniforme ils ne se ressemblaient pas. Rien ne différait plus que Vignier et Herboteau : l'un massif et l'autre filiforme, l'un bavard et rigolard, l'autre pâlichon et sec de parole, l'un fils d'ouvrier de Denain, l'autre fils de bourgeois de Bordeaux, l'un méritant, l'autre héritier, et par miracle ils s'entendaient merveilleusement, ils se comprenaient à mi-mot, ils ne se déplaçaient jamais l'un sans l'autre. Ils n'avaient d'autre point commun que d'être lieutenants parachutistes. Il y a un miroir de foire posé entre eux deux, rigolaient les autres, ils font les mêmes gestes en même temps, l'un en petit gros, l'autre en grand sec.

Salagnon aimait bien ces gamins qui dès qu'il leur posait une question essayaient de répondre avec le plus grand sérieux. Il les avait éduqués, aimait-il à penser, il leur avait appris le cache-cache de la guerre.

« Là, mon capitaine, dit Vignier en suivant du doigt une vallée étroite.

— Ou bien là, ajouta Herboteau en suivant une autre vallée.

— Deux, c'est trop. Faut choisir.

— Qu'est-ce que vous voulez deviner ce qu'ils pensent, ces types-là ? » grommela Chambol.

Il leur avait prêté son bureau, mais ne supportait pas que les parachutistes s'en servent comme s'il n'était pas là. Les cartes s'étalaient sur sa grande table, ils l'avaient débarrassée sans ménagements, ils regardaient des photos aériennes de la région avec des lunettes stéréoscopiques. Comme si on pouvait connaître les reliefs sans monter dessus. Alors qu'il suffisait de lui demander. C'était lui, Chambol, le point central du réseau de postes qui couvraient la région, et ils affectaient de l'ignorer, ces types en treillis de clown, qui refusaient par bravade de porter le casque lourd, tout ça pour exhiber leur ridicule casquette trop petite, sur un crâne dont on voyait les os.

« Ils disparaissent comme ils veulent, on ne les retrouve jamais.

— Malgré vos postes ?

— C'est bien la preuve qu'ils disparaissent.

— Ou alors que vos postes ne voient rien ; et ne servent à rien.

— Nous contrôlons la région.

— Sauf votre respect, mon colonel, vous ne contrôlez rien du tout. Et c'est pour cela que nous sommes là.

— Ils connaissent le terrain. Ils s'y fondent comme du beurre sur une tartine chaude. Vous ne trouverez rien. »

La comparaison tomba à plat. Salagnon le fixait en silence. Les deux lieutenants relevèrent la tête, attendirent. Les plantons qui s'occupaient de la radio ralentirent leurs gestes, ceux à côté du tableau noir se raidirent dans un presque garde-à-vous qui rend invisible.

« Cela n'a aucun sens de connaître le terrain, mon colonel. On le dit toujours, mais cela ne veut rien dire.

— Ils sont chez eux, ils connaissent le terrain, ils disparaissent à nos yeux comme ils le souhaitent.

— Il s'agit de cent vingt hommes transportant des caisses d'armes et de munitions. Un convoi d'ânes, mon colonel. Cela ne se cache pas derrière un caillou. Là où ça passe, on le voit.

— Ils connaissent le terrain, vous dis-je.

— Aucun de ces types n'est d'ici. La moitié a grandi en ville, comme vous et moi, les autres viennent d'ailleurs. On ne connaît que les alentours de chez soi ; et encore, si on se promène. Ce ne sont pas des bergers que l'on cherche, mais une armée de types formés selon les règles, compétents et prudents, qui savent comment faire pour se déplacer discrètement. Vos types dans les postes, ils ne vont jamais se promener, et la nuit ils dorment. Ils ne connaissent rien de là où ils vivent, ils attendent de repartir.

— Ce sont des Arabes et nous sommes en Algérie.

— Rien ne prédispose un Arabe à connaître l'Algérie, mon colonel. L'Arabe qui vit en Algérie apprend à la connaître, comme tout le monde. »

Chambol leva les yeux au ciel d'un air excédé.

« Vous n'y connaissez rien, Salagnon. Vous ne connaissez ni ce pays ni ce peuple.

— Mais je sais ce que c'est que de traverser une région quand on est une bande armée. Je suis moi-même une bande armée. Le monde est le même pour tous, mon colonel. » Il se tourna vers ses lieutenants. « Messieurs ?

— Là ! dirent-ils en chœur, posant tous un doigt sur l'une des vallées.

— C'est idiot, dit Chambol. En passant par là, on traverse la route, et on est à portée de l'un des postes.

— Oui, mais c'est le chemin le plus court, et sous la forêt pour une bonne partie.

— Et la route, le poste ?

— Ils sont cent vingt, bien armés, capables de passer en force ; et ils parient que le poste ne les gênera pas.

— Et pourquoi ?

— Vous le dites vous-même : les postes ne les voient pas. Ils ferment les yeux, ou regardent ailleurs. Ils ne gardent pas la région, ils se gardent eux-mêmes. Les postes servent juste à immobiliser nos hommes. À les saupoudrer sur tout le pays comme autant de cibles. Leur principale occupation est de survivre.

— Ridicule.

— Je n'aurais pas dit autrement. Et comment nous placerons-nous ? »

Ils tracèrent le dispositif sur le tableau noir, positions d'attente, lieux de récupération, drop-zones, sous l'œil goguenard de Chambol.

« Bonne souricière, messieurs. Nous vous attendons pour dîner, quand vous en aurez marre d'avoir attendu. »

Les parachutistes sont allongés contre les grosses pierres. Ils se cachent le long de la crête contre des blocs de calcaire qui brûlent si on touche leur surface ensoleillée. Ils dominent le val sec, où l'hiver — mais y a-t-il un hiver ici ? on l'oublie chaque été — coule un gros ruisseau dont il ne reste qu'un filet d'eau, des trous de terre brune où poussent des lauriers-roses, des graminées dont les inflorescences sèches brillent au soleil, et des arbres, des arbres le long du ruisseau qui forment une petite forêt, une forêt dure de bois dense, de branches tordues, de feuilles vernissées, qui remonte tout le val et forme un long couvert propre à la dissimulation. Sous eux, une route empierrée remonte de la vallée, franchit le ruisseau par un pont peut-être romain, bien trop large pour l'eau qui coule, mais il faut prévoir les débordements qui arrivent aux orages, et la route remonte l'autre pente, en face, franchit l'autre crête. Une seconde section est là, cachée aussi dans le chaos de grosses pierres, les buissons gris qui font un réseau d'ombres cassées sur le sol. On ne les voit pas, même à la jumelle. Les tenues camouflées poussiéreuses se fondent dans la caillasse qui recouvre tout, la pente du val, la contre-pente qui remonte, et au-delà d'autres collines sèches à l'infini. Leur tenue bariolée les fait disparaître. Les couleurs en sont délavées, les plis sont marqués par l'usure, le tissu s'effiloche, parfois cède, leur harnachement de toile verte s'ébrèche. Ils portent des vêtements de travail. Même leurs armes sont rayées et cabossées comme les outils s'adaptent à la main qui s'en sert souvent. Les blocs de pierre contre lesquels ils s'allongent les protègent des regards, mais pas de la chaleur. Tels des lézards sur un mur allongé ils ne bougent pas, les yeux réduits à des fentes. Ils guettent, ils somnolent parfois, ils sont là depuis la nuit, ils ont senti le soleil monter sur leur dos pendant tout le jour. Ils ont vu le ciel devenir violet, puis rose, puis d'un beau bleu comme l'été en France, et enfin presque blanc pour le reste de la journée, toutes les couleurs d'une plaque de métal que l'on chauffe lentement jusqu'à l'excès. Ils transpirent sans bouger.

En ne bougeant vraiment pas, pensait Salagnon pendant ces longues heures, je ne transpirerais peut-être plus ; ou bien je ne le sentirais pas. Le corps ne s'habitue pas, mais on peut s'en foutre. La chaleur me poursuit ; toute ma vie d'homme s'est faite dans la transpiration. Mais ici, au moins, je baigne dans mon propre jus. En Indochine, c'est l'atmosphère tout entière qui m'empoisonnait. L'air m'oppressait. Cela m'engluait, je cuisais dans la vapeur, dans la sueur puante de tous que l'on mettait en commun. Ici, je ne m'englue que de moi-même. Tant mieux.

Ils guettaient l'abord de la forêt sombre, de ce couvert de feuilles poussiéreuses qui grésillait. Ils avaient prévu qu'une colonne de cent vingt hommes armés allait en sortir, puis traverser la route à découvert. Ils les attendaient. Cent vingt hommes : une armée entière à l'échelle de cette guerre-là. Le plus souvent on ne voit rien. On ratisse et on ne trouve pas ; on les sait cachés. Une Jeep était attaquée sur une route déserte, comme si les cailloux et les buissons s'en étaient pris à elle, et on en retrouvait les passagers sur le bord, découpés. Cela valait pour une bataille. On en était réduit à envahir le village de pierre le plus proche de l'attaque, à interroger ceux que l'on attrapait. Ils ne comprenaient pas les questions et on ne comprenait pas les réponses. Cela correspondait à une contre-offensive. Alors cent vingt hommes armés, ils les attendaient avec soulagement. Se battre vaut mieux que toujours craindre que l'on vous surprenne. Les jeunes gens allongés entre les pierres essayaient de ne pas s'évanouir d'insolation, de maîtriser les battements de leur cœur, et d'entretenir dans chacun de leurs muscles une petite lueur comme une veilleuse, prête à s'embraser quand la colonne de cent vingt hommes armés sortirait du couvert des arbres.

Salagnon avait installé la radio sous un mimosa maigre, l'antenne se confondait avec les branches, on ne devinait rien, ce qui aurait pu briller de métallique avait été terni de peinture verte, granuleuse et usée par le sable. À trente kilomètres de là deux hélicoptères attendaient, leurs pilotes tout équipés assis à leur ombre, prêts à déposer une section là où il le faudrait, puis à repartir placer les hommes ici et là. Trambassac ne jurait plus que par l'hélicoptère. Sur la carte il plantait de petits drapeaux précis. Il les épinglait sur les reliefs représentés par des courbes de niveau. Par radio on l'informait quand on y était. Il construisait des nasses de petites épingles, il jouait aux dames sur la carte, il confinait l'ennemi ; il lui coupait le passage ; il l'attendait au tournant ; il l'entourait d'épingles. Et là-bas, dans la chaleur entre les pierres, au centre d'un horizon qui faisait tout le tour, on s'affrontait en rampant dans les cailloux. Il pointait un doigt ; on transportait les hommes là où sur la carte son doigt s'était posé.

Deux Siko H 34 pouvaient poser une section n'importe où. Trente gars ce n'est pas beaucoup, mais avec du punch, de la précision, des armes automatiques bien approvisionnées, ils portaient le coup fatal. Les quinze gars portés par chaque hélicoptère savaient pouvoir compter les uns sur les autres. Un bataillon constitué de jeunes gens qui se connaissent et s'estiment est invincible, car aucun n'osera tourner les talons devant ses amis, aucun n'abandonnera ceux avec qui il combat, ceux avec qui il vit, car il s'abandonnerait lui-même.

Les yeux mi-clos sous sa casquette Salagnon attendait que quelque chose bouge. Sur un petit carnet à pages blanches qu'il serrait dans sa poche il griffonnait le val sec, il en faisait le relevé à petits coups de crayon puis l'ombrait, creusant les détails. Ensuite il tournait la page et dessinait encore la même chose. Ce val où ils guettaient, il le dessina jusqu'à en connaître tous les creux, chaque arbre ; aucun des buissons secs qui poussaient là depuis des siècles ne lui échappa. Il se dit qu'en passant rapidement d'un dessin à l'autre on pourrait repérer ce qui bouge, les voir venir. Le radio à côté de lui, adossé au tronc, somnolait sous sa visière baissée.

Vignier se glissa entre les pierres sans en déplacer une seule et apparut d'un coup devant lui. Salagnon sursauta, mais le jeune homme calma son cœur en lui effleurant l'avant-bras du doigt, et le porta à ses lèvres.

« Regardez, mon capitaine, murmura-t-il. Dans l'axe du ruisseau, près du pont. »

Machinalement, Salagnon prit ses jumelles.

« Non, reprit Vignier à mi-voix. Ne prenez pas le risque d'envoyer un reflet. Ils sont là. »

Il posa les jumelles, regarda en plissant les yeux. Des silhouettes précautionneuses sortaient des arbres denses. L'ombre sous les troncs contournés les avait dissimulés jusqu'au dernier moment. Ils avançaient en file. Des ânes chargés de caisses les accompagnaient. Un bruit de moteurs se fit entendre sur la route. Une trombe de poussière venait vers eux, lentement, avec le gros bruit de camions militaires. Salagnon cette fois oublia les précautions, prit les jumelles, se leva. Une Jeep précédait des camions d'hommes. Ils remontaient de la vallée, ils venaient par la route droit sur le pont.

« Merde. Ce con de Chambol ! »

Le premier obus de mortier, tiré du lit du ruisseau, frappa la route devant la Jeep. Elle dérapa et s'arrêta sur le bas-côté. Un autre frappa le moteur d'un camion qui s'enflamma. Les hommes sautèrent, s'égaillèrent, s'aplatirent, les balles autour d'eux éclataient les cailloux.

« Les cons, les cons ! hurla Salagnon. On y va ! »

La souricière, soigneusement mise en place pendant des heures, se déclencha à contretemps. Les obus de mortier explosèrent dans le lit du ruisseau, les fusils mitrailleurs dissimulés entre les pierres commencèrent à tirer, ils saturaient l'air de crépitements et d'éclats. Les sections cachées avançaient en rampant, et quand les hommes de la katiba refluèrent, elles se mirent debout et coururent à l'assaut. Plusieurs des ânes s'effondrèrent avec des grincements de sirène, les âniers hésitèrent et les laissèrent couchés sous leurs caisses, ils filèrent tous à l'abri des arbres. Un feu nourri en partit, rafales, coups répétés de fusil, et les paras se jetèrent au sol, on ne pouvait distinguer le réflexe acquis de l'effet d'une blessure.

« C'est n'importe quoi, grommelait Salagnon. N'importe quoi ! »

Il appela Trambassac, commanda de fermer le bout du val, de fermer le piège, de poser les sections prévues par hélicoptère aux endroits prévus. Les parachutistes progressaient, de pierre en pierre, ils atteignirent le lit du ruisseau. Pour ceux de la route cela allait mieux. Ils se redressèrent prudemment. Des coups de feu se déclenchaient au loin, bien ordonnés, comme dans un exercice de tir. La katiba remontait le val et tombait sur les points d'appui disséminés sur les crêtes. Deux hélicoptères traversèrent le ciel à grand bruit.

« Ça marche quand même plus ou moins, mais quel gâchis. »

Dans le lit sec du ruisseau gisaient des types morts dans l'uniforme élimé de l'ALN, qui essayait de faire armée régulière mais n'y arrivait pas tout à fait. Des blessés allongés s'efforçaient de ne pas faire de gestes brusques, fixaient en silence les parachutistes armés qui allaient de corps en corps. Parmi les hommes gisaient aussi des ânes écroulés sous leurs pesantes caisses d'armes, certains relevaient la tête et gueule grande ouverte braillaient avec ce grincement énorme qui est celui des ânes. Tous souffraient des blessures horribles que font les grosses balles et les éclats d'obus, ils perdaient leurs tripes, leur pelage gluait de sang. Un sergent allait d'un âne à l'autre avec son arme de poing, il les approchait doucement, posait le canon avec égard sur leur front et tirait une seule balle, puis se relevait, s'éloignait quand ils avaient cessé de braire, que les spasmes de leurs pattes avaient cessé. Il abattit les ânes blessés les uns après les autres jusqu'à ce que le silence se fasse. À chaque coup de feu les blessés immobiles tressautaient. Les hors-la-loi étaient en uniforme et portaient des armes de guerre. Ils furent rassemblés. Ceux qui avaient par trop l'allure militaire furent emmenés à part. On ne les ramènerait pas. Ceux qui étaient visiblement passés dans l'armée française seraient considérés comme déserteurs. Ceux que l'on gardait, on leur attacha les mains, on leur ordonna de s'asseoir près des paras l'arme à la hanche. Sur un officier on trouva des cartes, des papiers, des formulaires.

Vignier était couché sur la pente. La balle l'avait frappé dans le front, juste là où la peau fait des plis quand les sourcils se froncent. Il avait dû mourir tout de suite, frappé en l'air, et tomber mort. Herboteau resta un moment à le regarder en silence. Puis il sortit un mouchoir de sa poche, l'humecta de sa langue et nettoya le sang autour du trou bien rond découpé dans son crâne.

« C'est mieux comme ça. Au moins il sera mort propre. »

Il se releva et rangea son mouchoir avec soin. Il reprit son arme, demanda l'autorisation de poursuivre la katiba, et s'éloigna, suivi de ses gars. On se battait encore au loin, en amont du ruisseau, dans les bois difficilement pénétrables.

Chambol en tombant de la Jeep s'était foulé la cheville. Il s'approcha en sautillant. Les types des camions se rassemblèrent, clopin-clopant, s'amassèrent sans ordre autour de leurs véhicules. Ils étaient jeunes, avaient des visages lisses de gamins, leur tenue d'infanterie bien trop large leur donnait l'air d'avoir chipé dans un placard des déguisements pas à leur taille. C'étaient des appelés, tout neufs. Ils avaient eu très peur. Salagnon hésita entre les gifler et les consoler. Ils tenaient maladroitement leur arme. Sur leur crâne, le casque lourd semblait penché, mal mis, trop grand. Les paras s'habillent bien pour aller se battre. Cela change tout, l'air de rien. Quand ils furent tous rassemblés, il vit qu'ils n'avaient pour leur dire quoi faire, en tout et pour tout, que deux sergents. L'un sentait l'alcool et l'autre avait l'air fatigué, il devait vivre dans ce pays qui use depuis des décennies, depuis bien avant la guerre. Ils feraient mieux de rester à l'abri dans leur poste, plutôt que d'en sortir bêtement et de se faire tirer par surprise. Il avisa Chambol, qui grimaçait de douleur en posant son pied par terre.

« Qu'est-ce que vous foutiez là ?

— Nous allions renforcer un de nos postes.

— Comme ça, un poste au pif dans votre réseau à la con ?

— Un informateur nous a appris que le poste allait être attaqué. Nous allions les y attendre. Qu'ils trouvent des gens prévenus. Nous pensions les prendre de vitesse.

— Vous croyez vos informateurs ?

— C'est un ancien combattant, de toute confiance.

— Regardez autour de vous, par terre, ces types morts, tués par nous. Il y a là des anciens combattants. Vous ne pouvez avoir confiance en personne ici. Sauf mes gars. Vous êtes un con, Chambol.

— Je vous ferai casser, Salagnon.

— Et si je ne suis plus là pour vous sauver la peau, vous ferez quoi ? Vous resterez caché dans vos postes à la con ? Il leur faudra combien de temps pour venir vous chercher ? Faites-les casser, les paras irrespectueux, et les fells viendront vous couper les couilles dans votre lit. Sans même que vos sentinelles s'en aperçoivent. Et elles y passeront aussi, sans s'en rendre compte avant de sentir le froid du couteau, au vu des bras cassés que vous trimballez dans vos camions, encadrés par les épaves qui vous servent de sous-offs.

— Je vous interdis…

— Vous ne m'interdisez rien, mon colonel. Et maintenant, rentrez comme vous pouvez. J'ai autre chose à faire. »

Quand le soir vint, on lui amena Ahmed Ben Tobbal. Il le reconnut à sa moustache énorme, très noire, qui l'avait tant impressionné quand lui-même ne se rasait pas encore. Il la portait toujours, fournie et violente, sur un visage amaigri mais plus intense. Le soir venait, on n'entendait plus aucun des bruits de la guerre et un peu de fraîcheur tombait du ciel. Cela sentait les arbres résineux, les plantes succulentes qui se soulagent en soupirant d'épais parfums, les cailloux chauffés qui diffusent une odeur de silex. Les paras rentraient en traînant un peu les pieds, accompagnant des prisonniers aux mains liées, guidant des ânes qui portaient des caisses sur chacun de leurs flancs, et deux des leurs en travers. Quand on amena le prisonnier au capitaine Salagnon moulé de tissu léopard, enseigne romaine plantée dans le sol au milieu des morts, les traits marqués par trente-six heures sans sommeil, il le reconnut et cela le fit sourire.

« Si tu étais tombé entre mes mains, petit Victorien, je ne t'aurais pas fait du bien, dit Ben Tobbal.

— Nous ne tombons pas entre vos mains, Ahmed, pas nous.

— Cela arrive, capitaine, cela arrive.

— Mais ce n'est pas arrivé.

— Non. C'est donc la fin pour moi. Et assez vite, je pense, ajouta-t-il avec un sourire qui détendit tous ses traits, comme s'il poussait un soupir de soulagement, comme s'il allait s'étirer et s'endormir après une longue marche, un sourire qui n'était destiné à personne, et pour lequel on pouvait éprouver de l'amitié.

— Je ne le laisserai pas faire. »

Il haussa les épaules.

« Cela te dépasse, capitaine. Tes gars ne m'ont pas mis une balle dans la tête parce que j'étais le chef de la colonne. Ils m'ont ramené. Je sais bien à qui vous allez me donner. Et si vous me relâchiez, on me liquiderait de l'autre côté. D'avoir perdu ma katiba et de m'être fait prendre, cela m'a sali, et chez nous le nettoyage est simple : par le sang. Tu as remarqué que dans ce pays le nettoyage se fait toujours par le sang ? À grand sang, comme on dit à grande eau. Ici l'eau manque, mais pas le sang. » Cela le fit rire. Il s'accroupit, une détente l'envahissait, comme une légère ivresse. « Donc je le vois bien, mon avenir, il est court, même si tu es gentil de m'écouter, petit Victorien. Le docteur Kaloyannis t'aimait beaucoup, il aurait voulu que tu maries sa fille. Mais les choses ont changé, je ne sais pourquoi. Le bon docteur est devenu un homme apeuré, la belle Eurydice est mariée à un type qui ne la mérite pas, d'infirmier je suis devenu coupeur de gorges, et toi, petit Victorien, qui dessinais si joliment, te voilà homme de guerre plein d'orgueil, à quelques heures ou quelques jours de mon exécution. Tout a mal tourné, et tout ira de plus en plus mal, jusqu'à ce que tout le monde tue tout le monde. Je ne suis pas mécontent que cela s'arrête. Des années à battre la campagne, à vous filer entre les doigts, à ne croiser des gens que pour éventuellement les tuer, tu n'imagines pas combien cela fatigue. Je ne suis pas mécontent que cela s'arrête.

— Ben Tobbal, tu es juste prisonnier. »

Cela le fit sourire encore ; accroupi, il regardait d'en bas le capitaine parachutiste penché vers lui avec sollicitude.

« Tu te souviens de ton copain là-bas en France ? Il a été le seul Français qui ait jamais demandé mon nom. Aux autres un prénom suffit pour désigner un Arabe. Et on me tutoie parce qu'on dit que dans ma langue on tutoie, mais aucun de ceux qui le disent ne parle ma langue ; ils en savent des choses sur nous, les Françaouis. Ils ne parlent pas arabe mais reconnaissent toujours l'Arabe. »

Herboteau, fermé, scrutait Ben Tobbal, et ses doigts se crispaient en des mouvements nerveux comme s'il se contenait.

« On en fait quoi, mon capitaine ? demanda-t-il sans le quitter des yeux.

— On l'évacue. On l'interroge, il est prisonnier. »

Herboteau soupira.

« C'est comme ça, lieutenant, insista Salagnon. Pour une fois qu'on livre une bataille plutôt que de s'égorger dans les coins, on va suivre les lois de la guerre.

— Quelles lois ? grogna Herboteau.
— Les lois. »
Il défit sa gourde et la passa au prisonnier accroupi ; Ahmed but avec un soupir, essuya sa moustache.
« Merci.
— On va venir te chercher. »
L'hélicoptère se posa quelques minutes pour embarquer les blessés, le corps des morts et ce prisonnier-là. Mariani, qui ne quittait pas ses lunettes de soleil malgré le soir, voûté sous le vent des pales, reçut la serviette de cuir usé, la petite serviette de comptable qui contenait tous les papiers du FLN, des formulaires, des listes, des cartes.
« Cela devrait suffire », dit-il en regardant Ben Tobbal aller vers l'hélicoptère.
Les mains attachées, il montait avec maladresse. Il fit un petit salut à Salagnon, comme un clin d'œil, un geste d'impuissance, et disparut dans l'habitacle.
« Tu en prends soin, dit Salagnon.
— Pas de problème », répondit Mariani en tapotant la serviette, et il monta dans l'appareil qui décolla à grand bruit.
Un vent frais descendit des crêtes, le ciel violet s'assombrissait, l'hélicoptère s'éleva jusqu'à capter un reflet rose, un dernier rayon de soleil qui restait à cette altitude ; il prit la direction d'Alger. Le soleil dut se coucher, et sur le ciel de couleur parme ils virent une silhouette tomber de l'appareil, tournoyer en l'air, et disparaître entre les collines obscures. L'hélicoptère ne dévia pas de sa route et disparut dans l'air noir. On ne l'entendit plus.
« Vous saviez que ça allait se passer comme ça ? demanda Herboteau.
— Avec Mariani, on pouvait s'y attendre. On rentre maintenant. »
Les camions étaient venus les chercher. Pleins phares, ils éclairaient la route caillouteuse déserte. Les doigts d'Herboteau avaient cessé de se crisper. Dans la cabine secouée, il n'arrivait

pas à dormir comme le faisaient quand même les autres, épuisés, sur le plateau muni de bancs. Il somnolait et une nausée l'empêchait de fermer les yeux. Secoué par la route, il finit par vomir par la fenêtre, en se faisant engueuler par le conducteur, qui ne s'arrêta pas pour autant.

« Vous êtes malade, Herboteau ? demanda Salagnon quand ils furent arrivés.

— Oui mon capitaine. Mais rien que je ne puisse maîtriser.

— Ça ira ?

— Oui.

— Très bien ; dormez. »

Ils allaient dormir. Ils étaient épuisés de veilles et de marches, d'attente, du déchaînement brusque du combat qui les animait d'un coup, leur permettait d'extraordinaires prouesses qui les laissaient pantelants, rêvant de plages, de bière fraîche, de lits. Ils s'usaient. Il leur paraissait long le couloir de leur cantonnement, mal éclairé de loupiotes bas voltage, ils n'en voyaient pas le fond, ils le parcouraient en traînant les pieds, leurs semelles poussiéreuses de caoutchouc usé sur le lino élimé, ils allaient dans le couloir d'un pas mécanique vers le sommeil. Elle n'était pas fringante la troupe qui rentrait, les yeux rouges, le treillis raidi de crasse, la peau collante de sueur fauve, ils allaient en troupeau hésitant vers leur chambrée, vers le lit de fer où ils s'enrouleraient dans un drap et ne bougeraient plus. Et cette fois-ci ils rentraient presque tous, ils n'avaient pas le poids des morts à traîner, juste trois, et eux, leur propre chair fatiguée, leur âme trop lavée de sang, brillant dans le noir. Tout s'était bien passé au fond, ils avaient pu surprendre, n'avaient pas été surpris, ils rentraient presque tous. Au fond. Le pauvre éclairage du cantonnement ne les différenciait pas, accentuait les bosses de leur crâne, les ombres profondes de leurs traits, figurant des rictus autour de leurs lèvres crispées ; leurs yeux au fond de leur trou, sans reflets, ne se voyaient plus. Ils étaient fatigués, ils ne s'aimaient pas, ils tenaient ensemble en se serrant les coudes, s'appuyant épaule contre épaule. Ils veulent dormir, pensait Salagnon, juste dormir. Je les vois rentrer dans cette lumière jaunâtre où tourbillonnent des insectes, je les vois traîner les pieds, penser à dormir dans ce couloir sinistre du cantonnement, ce troupeau qui se sent fort, ils ont l'air de morts vivants et moi je suis leur chef. Il fait nuit, le matin va venir, nous rentrons au caveau et je refermerai la dalle derrière eux, nous pourrons passer le jour. Je continue de vivre alors que je ne devrais pas, c'est l'origine de la sueur forte qui m'entoure comme des vapeurs de tombeau, j'ai été tué en Indochine, à bout portant par surprise en mangeant une patte de poulet, je ne devrais pas être là. Je continue quand même. Nous tous continuons, nous ne devrions pas être là ; ce que nous vivons, ce que nous faisons, personne n'y résiste, personne ne peut en être indemne, mais nous continuons quand même, nous sommes l'armée zombie qui se répand sur la Terre et sème la destruction. Rassasiés, nous rentrons au tombeau pour passer le jour ; la nuit prochaine nous sortirons à nouveau, flairant le sang. Combien de temps cela durera-t-il ? Jusqu'à ce que nous tombions en poussière, comme les morts séchés que l'on trouve au désert, qui, si on les bouge trop, ne deviennent plus qu'un peu de sable. Il fallait vider l'eau, toute l'eau, cela avait été décidé ainsi. Le sol devait être sec, pour qu'aucun poisson ne survive ; ne reste que la poussière. Nous l'avons fait : et à la fin de la nuit nous rentrons au caveau pour passer le jour.

« À l'épreuve des balles, dit-il. J'ai testé. À dix mètres peut-être pas, mais là, de toute façon, on verra bien ; ce que j'ai vérifié, c'est que ça arrête une rafale de FM à cinquante mètres. Une balle peut passer, mais j'ai mes chances. » Le conducteur tapota la plaque de tôle qu'il avait vissée sur la portière, et l'autre comme un pare-soleil qui recouvrait le haut du pare-brise. « Je préférerais des vitres blindées, poursuivit-il, mais je ne suis pas chef d'État. Le verre blindé, on n'en trouve pas dans les ateliers du commun. »

Il était venu chercher Salagnon et ses gars après deux jours d'embûches. Salagnon dans la cabine se laissait refroidir par le vent du soir qui passait par la vitre ouverte, il était incrusté de sable et de sueur séchée qui faisait des cristaux blancs sur son visage et son treillis aux couleurs éteintes.

« Je suis chaudronnier et méthodique », lui dit le conducteur, sans quitter la route des yeux. Il lui fallait surveiller les trous, le camion cahotait, ce que l'on appelle ici une route est une piste de cailloux plus ou moins concassés, écrasés, et qui partent en masse lors des orages d'été, et s'effondrent sans prévenir, rampent vers les ravins lors des longues pluies d'automne.

« Et cela vous aide ? demanda Salagnon distraitement, les yeux perdus dans le paysage.

— C'est que ma place est bien plus risquée que la vôtre.

— Vous croyez ?

— Les statistiques, mon capitaine. Les conducteurs meurent plus que les officiers parachutistes. Par contre, nous mourons le cul sur notre banquette, couchés sur le volant, dans le camion qui brûle ; et vous les bras en croix, dehors, une balle dans le front et face au ciel.

— Les bonnes fois, sourit Salagnon.

— C'est une image. Mais dans les embuscades on vise les conducteurs ; ça arrête le camion, toute la colonne derrière, et on arrose tout ça bien immobile au FM. Le premier qui trinque, c'est moi, le type au volant. Des fois quand je conduis, la tête me brûle de la savoir si exposée.

— D'où le blindage ?

— J'en aurais bien mis plus mais je dois voir la route. Mais pour m'avoir, il leur faut maintenant une arme de bonne qualité, et qu'ils visent bien. Je deviens une cible moins facile, moins à leur portée ; ils tâcheront de viser un autre type, dans un autre camion. Sur le papier, j'en réchappe.

— Vous êtes méthodique, rit Salagnon.

— Et chaudronnier. Vous irez voir, c'est du cousu main. De la tôle de dix ajustée comme du papier découpé. De la belle ouvrage, mon capitaine. »

Ils dépassèrent Chambol au bord de la piste, debout sur sa

Jeep à l'arrêt. Il se tenait au pare-brise, regardait le village en contrebas, la lumière penchée du soir sculptait son visage, lui donnait un masque de statue martiale. Il ne bougeait pas.

« Qu'est-ce qu'il fait là, ce con ? »

Salagnon le salua d'un mouvement des doigts, auquel l'autre répondit d'un imperceptible mouvement de menton. Deux half-tracks bloquaient l'entrée du village. De jeunes bidasses désœuvrés restaient plantés çà et là, leur casque lourd penché, tenant leur fusil comme des balais, enfantins dans leur culotte trop large. Le soleil regagnait l'horizon, les poussières en suspension attrapaient des reflets de cuivre, les jeunes visages des soldats reflétaient cette hébétude. Ils restaient là où ils étaient posés, ils ne savaient que faire. Salagnon descendit. Dans l'air épais du soir, chauffé par un soleil bas qui faisait cligner des yeux, il entendit les mouches. Elles faisaient résonner l'ambre épaisse où ils étaient tous figés, les soldats qui tenaient mal leur fusil, qui restaient immobiles et se taisaient. Les tireurs des half-tracks gardaient les mains sur les poignées de tir des mitrailleuses, ils regardaient droit devant eux et ne bougeaient pas davantage. Il entendit crier ; quelqu'un criait en français, trop fort pour ses cordes vocales, il ne comprenait pas ce qu'il disait. Plusieurs corps étaient allongés sur la caillasse entre les maisons. De là venait le grondement des mouches. Le mur de boue au-dessus d'eux était percé d'une rangée de trous irréguliers ; les balles de mitrailleuses passaient à travers sans problème, arrachant des morceaux de terre sèche. Un sergent hurlait après un Arabe couché, un vieux type tétanisé qui marmonnait entre ses gencives où manquaient des dents. Plusieurs bidasses regardaient la scène en spectateurs, certains les mains dans les poches, aucun ne disait rien ni n'osait esquisser un geste. Le sergent bourrait le vieux type de coups de pied en hurlant au-delà des possibilités de ses cordes vocales. Salagnon finit par comprendre :

« Où est-il ? Où est-il ?

— Sergent, vous cherchez quelque chose ? »

Le sergent se redressa, l'œil brillant, un peu de mousse au coin des lèvres à force de hurler sans reprendre son souffle.

« Je cherche le salaud qui nous a donné ce faux renseignement. J'ai perdu quatre hommes dans l'affaire, quatre gamins, et je veux le retrouver, ce salaud.

— Il sait quelque chose ?

— Ils savent tous. Mais ils ne disent rien. Ils se couvrent les uns les autres. Mais je trouverai. Il va me le dire. Ce salaud va payer. Si je dois raser le village pour qu'ils payent, je raserai. Il faut leur montrer. On ne laisse rien passer.

— Laissez ce type. Il ne sait rien. Il ne comprend même pas vos questions.

— Il ne sait rien ? Eh bien arrêtons tout de suite, vous avez raison. »

Il prit son pistolet réglementaire dans son étui de ceinture et d'un seul geste le pointa sur le vieil homme et tira. Le sang de son crâne éclaboussa les chaussures du soldat le plus proche, qui eut un sursaut, les yeux ronds, et ses doigts crispés sur son fusil se serrèrent, le coup partit, dans le sol, soulevant de la poussière, le secouant, et il rougit comme pris en faute, il marmonna des excuses. Salagnon s'approcha d'un pas, l'autre le regardait venir, l'œil vague, il sentait vraiment l'alcool. Il le frappa du poing sous le menton. Le sergent s'effondra, et à terre ne bougea plus.

« Dégagez la piste. Poussez vos caisses à roulettes sur le côté. »

Les half-tracks s'exécutèrent dans un nuage de gasoil, les soldats s'écartèrent. Salagnon réintégra son camion. Ils traversèrent lentement le village, en évitant les nids-de-poule, et les grosses pierres en travers du chemin. Le bruit constant des mouches s'accordait avec celui des gros moteurs. Le sergent était toujours à terre. Les soldats hébétés ne bougeaient pas, leur fusil pointé au sol, les yeux clignant dans le soleil du soir. Les corps allongés plongeaient dans l'ombre.

« C'est juste un peu de rangement à faire, grommela Salagnon. Ils se débrouilleront bien sans nous.

— Ils n'ont pas l'air très dégourdis, nota le conducteur.

— On leur demande de faire des choses horribles, encadrés

par des cons, sous la direction d'un colonel d'opérette, et ceci pour rien de très clair. Ils nous haïront pour ça, longtemps. »

En 58 le Romancier revint à la tête de l'État. Il était *écrivain militaire*, au sens de ce personnage de l'Empire ou du Grand Siècle, du genre à tracer de grandes offensives au crayon rouge sur des cartes, à bousculer des maîtresses dans chacun de ses cantonnements, à connaître son armée sur les routes comme on connaît sa meute de chiens courants, du genre qui obéit ostensiblement à la volonté du prince mais ne suit en campagne aucun autre avis que le sien, du genre qui écrit des lettres brillantes à la veille des batailles et de gros volumes de *Mémoires* sur la fin de ses jours. Mais lui qui revint à la tête de l'État ne dirigea jamais aucune guerre, n'afficha jamais aucune maîtresse et ne trouva aucun prince à qui obéir.

En 58 les militaires mirent le Romancier au sommet de l'État, où il n'est de place que pour un seul. Il est étrange de penser qu'en cette place faite pour un prince on installa un militaire. Il est étrange que l'on se vouât à un militaire qui ne combattait pas, dont la seule flamboyance était verbale, qui se construisit lui-même avec acharnement par un extraordinaire génie littéraire. Son œuvre, grandiose, ne tint pas toute dans ses livres ; elle était surtout dans ses discours comme autant de pièces de théâtre, dans ses allocutions comme autant d'oracles, et dans l'extraordinaire fourmillement des anecdotes que l'on rapporte, dont la plupart sont apocryphes car il n'aurait jamais eu le temps de toutes les dire, mais elles font aussi partie de l'œuvre. Il avait du souffle, le grand général sans soldats qui manœuvrait les mots, il avait le souffle romanesque. Il en usa dans ses livres, et dans l'esprit même de ceux qui le lisaient. L'esprit des Français constitua l'œuvre du romancier : il les réécrivit, les Français furent son grand roman. On le lit encore. Il avait de l'esprit, qui est la façon française d'user du verbe, avec lui, et contre lui.

Les militaires, embarrassés de la plume, le placèrent à la tête de l'État ; on le chargea d'écrire l'Histoire. Il en avait déjà écrit le premier tome : on le chargea d'écrire la suite. Il aurait dans ce roman à cinquante millions de personnages la place du narrateur omniscient. La réalité sera faite tout entière de ce qu'il aura dit ; ce qu'il n'a pas dit n'existera pas, ce qu'il suggérera à mi-mots sera. La puissance narrative de cet homme était admirable. On lui prêta l'omnipotence du verbe créateur, on eut avec lui de ces rapports peu connus qu'entretiennent les personnages d'un roman avec leur écrivain. D'habitude ils se taisent, ils ne sont que les mots d'un autre, ils n'ont aucune autonomie. Le narrateur seul a la parole, il dit le vrai, il dit les critères du vrai, il laisse entendre le vrai, et ce qui reste, ce qui reste hors des catégories de ce qu'il narre, ne sera que bruits, plaintes, éructations et borborygmes voués à s'éteindre. Les personnages sont habités d'une douleur d'être si peu, qui les fait mourir à grand bruit, déchirés.

D'hélicoptère il voyait les commandos de chasse battre la campagne, il les voyait marcher en longues files égrenées dans les solitudes de la zone interdite, il voyait d'en haut sur les rochers clairs la ligne pointillée de silhouettes sombres, massives, sacs trop lourds, bidons d'eau, armes en travers des épaules. Ils parcouraient la zone sans rien laisser passer, ils traquaient ce qui restait des katibas détruites, ils cherchaient pour les tuer les petits groupes d'hommes affamés portant des armes tchèques, qui marchaient la nuit et passaient la journée dans des grottes. Les commandos de chasse marchaient beaucoup, pour le plus souvent ne rien trouver, mais leurs muscles devenaient des câbles durs, leur peau brunissait, leur âme devenait imperméable au sang, leur esprit reconnaissait l'ennemi à son visage, à son nom, au grain de sa voix. Salagnon survolait la zone en hélicoptère, il se posait juste au bon endroit, quand il fallait frapper un coup de masse pour que saute le verrou. Avec ses hommes de belle prestance ils formaient des masses, ils donnaient l'assaut à une grotte, ils interceptaient une bande plus forte encadrée d'officiers formés en Europe de l'Est. « Nous sommes des troupes de choc, disait Trambassac aux autres officiers qu'il traitait en badernes ; nous allons au contact ; nous allons et nous emportons. » Ils allaient par rotations d'hélicoptères, ils étaient vainqueurs, toujours ; ils repartaient en camions. Et cela ne changeait rien. Ils vidaient la campagne, une bonne part de la population était rassemblée dans des camps fermés, ils exposaient après chaque opération les corps inertes des hors-la-loi abattus, ils en tenaient le compte, et cela ne changeait rien. À Alger l'hostilité générale rongeait l'Algérie française. La terreur technique avait répandu la peur, poussière fine qui blanchissait tout, odeur persistante dont on ne pouvait se défaire, boue collante partout répandue dont on ne pourrait plus se nettoyer. La terreur rationnelle produisait de la peur, comme un déchet industriel, comme une pollution, comme la fumée grasse crachée par une usine, et le ciel, le sol, les corps en étaient imprégnés. Salagnon et ses hommes continuaient de frapper fort, ici et là, cela ne changeait rien, la peur imprégnait les pierres sur lesquelles on marchait, l'air que l'on respirait, poudrait la peau et l'âme, épaississait le sang, engorgeait le cœur. On en mourait d'empêtrement, de coagulation, d'embarras général de la circulation.

« Cela ne peut pas finir. Je n'ai plus d'Arabes à qui parler, disait Salomon. Ils sont morts, en fuite, ou bien ils se taisent et désapprouvent, et me regardent d'un air craintif ; on ne me répond même plus quand je parle. Ils m'évitent. Quand je marche dans la rue, j'ai impression d'être une pierre au milieu d'un ruisseau. L'eau m'évite, fait le tour, elle me mouille à peine, continue de couler en dehors de moi, et le caillou que je suis crève de ne pouvoir s'imprégner, crève d'être étanche, et de voir tout autour l'eau couler sans faire attention à moi. Je ne suis plus qu'une pierre, Victorien, et je suis malheureux comme le sont les pierres. »

« Il prétend te connaître », dit Mariani.

Il reconnut Brioude malgré son œil bouffi, son visage tuméfié, ses vêtements froissés avec des taches sur le devant, son col déchiré avec un bouton qui pendait à un seul fil, prêt à tomber ; il le reconnut, Brioude assis par terre contre le mur, un peu de travers, les mains attachées derrière le dos. Un jeune Arabe à côté de lui, exactement dans le même état, portait étrangement au revers de son veston élimé une petite croix latine en argent.

« Le père Brioude, continua Mariani, prêtre catholique, c'est sûr, et ancien combattant, prétend-il. L'autre dit s'appeler Sébastien Bouali, et être séminariste.

— Libanais ?

— Musulman d'Algérie. Converti. La ficelle est un peu grosse. »

Quand Mariani l'avait fait appeler, Salagnon était descendu dans le frigo, au sous-sol de la villa mauresque, dans cette cave nue où on les faisait attendre. Quelques heures au frigo suffisaient parfois, car ils entendaient les cris à travers les murs et ils sentaient le remugle qui stagnait, ils voyaient passer les types costauds en vareuse ouverte dont ils ne parvenaient pas à saisir les yeux, perdus au fond de leurs orbites comme des puits sous le pauvre éclairage. Les mettre au frigo parfois suffisait à ce que la terreur les liquéfie ; parfois non. On les emmenait alors dans les autres caves du sous-sol de la villa mauresque, là où l'on posait les questions, jusqu'à ce qu'ils disent, ou en crèvent.

Brioude n'avait pas beaucoup changé, plus impérieux encore malgré un œil qu'il n'arrivait pas à ouvrir, plus impatient, plus exaspéré encore des obstacles que le monde s'obstinait à dresser autour de lui. Salagnon s'accroupit, lui parla tout doucement.

« Qu'est-ce que tu fous là ?

— J'aide, mon vieux. J'aide.

— Vous savez au moins qui vous aidez, mon père ? demanda sèchement Mariani.

— Parfaitement, mon fils, dit-il avec un sourire qui incurva ses lèvres fines, ironique.

— Vous aidez des égorgeurs, qui font exploser des bombes dans les rues pour tuer au hasard. Vous savez qui c'est, le FLN ?

— Je le sais.

— Alors comment un Français comme vous peut-il les soutenir ? Et même les comprendre ? Vous seriez communiste, encore ; mais là : prêtre !

— Je sais qui ils sont. Un affreux mélange que nous avons composé nous-mêmes. Mais quels qu'ils soient, les Algériens ont raison de vouloir nous mettre dehors.

— Les Algériens, ce sont les Français d'ici ; et ici c'est la France. »

Salagnon se releva.

« Qu'est-ce qu'il a fait ?

— Je ne sais pas encore. On le soupçonne d'être agent de liaison pour le FLN.

— Laisse tomber.

— Tu rigoles ? On le tient, on ne va pas le lâcher. Il va nous donner pas mal d'informations.

— Laisse. Renvoie-le en France avec ce qu'il sait, qui est sûrement peu de chose, et intact. Il a déjà été assez secoué comme ça. Il a combattu avec moi pendant la guerre. On ne va pas se déchirer à ce point. »

Ils le relevèrent, ils lui enlevèrent les menottes et Brioude massa ses poignets rougis avec soulagement.

« Et lui ? »

Tous trois debout ils regardèrent le jeune Arabe contre le mur, qui les suivait des yeux sans rien dire.

« Son prénom et sa petite croix, c'est une couverture ?

— Il est vraiment catholique et baptisé. Il a choisi son prénom au moment du baptême, parce que l'ancien était celui du prophète, qu'il veut laisser en dehors de ça. Il s'est converti pour devenir prêtre. Il veut connaître Dieu, et il a trouvé les études islamiques imbéciles. Assis à quarante gamins à répéter le Coran sans le comprendre, devant un type maniaque qui joue du bâton à la moindre erreur, ça mène juste à la soumission, mais la soumission au bâton, pas à Dieu. L'Amour et l'Incarnation lui ont paru plus proches de ce qu'il ressentait. Il n'est plus musulman, mais catholique. Je réponds de lui, vous pouvez le détacher et le renvoyer en France avec moi.

— Il va rester avec nous.
— Il ne sait rien.
— Nous allons nous en assurer nous-mêmes.
— Il n'est plus musulman, vous dis-je ! Rien ne s'oppose plus à ce qu'il soit un Français, comme vous et moi.
— Vous ne savez pas exactement ce qu'est l'Algérie, mon père. Il restera Musulman, c'est-à-dire sujet français ; pas citoyen. Arabe, indigène, si vous voulez.
— Il s'est converti.
— On ne quitte pas le statut de Musulman en se convertissant. Il peut être catholique s'il veut, ça le regarde, mais il reste Musulman. Ce n'est pas un adjectif. On ne change pas de nature.
— La religion n'est pas une nature !
— En Algérie, si. Et la nature donne des droits, et en enlève. »
Le jeune homme accroupi contre le mur ne bougeait ni ne protestait. Il suivait la discussion d'un air attristé, découragé. La terreur viendrait plus tard.
« Allez-y, mon père ; ils savent ce qu'ils font. Ce qu'ils disent semble absurde, mais ici, ils ont raison. »

« C'est une guerre de capitaines », lui avait murmuré son oncle.
Les broussailles sèches jetées dans le feu flamboyèrent brusquement, et les éclairèrent tous. Il ne voyait même plus l'uniforme, il ne partageait sa vie qu'avec des gens qui portaient l'uniforme. Il ne voyait que les visages et les mains de ses compagnons, les visages dégagés des cheveux, les mains et les avant-bras dégagés des manches que tous portaient retroussées. Les grandes flammes de broussailles faisaient danser des ombres nettes sur les jeunes gens autour de lui. Il pensa à l'encre. Les flammes retombèrent. Les branches épaisses et les racines denses qu'ils avaient entassées dessous produiraient un feu tranquille et durable. Ils revirent les étoiles. Des langues de brise venues de loin apportaient des odeurs de buissons aromatiques et de pierres qui refroidissent. L'air sentait les grands espaces ; ils passaient la nuit dans la montagne.

« Ce sont nos hommes. Ils nous suivent, nous allons où bon nous semble. Nous sommes les capitaines. Notre vie et notre mort dépendent de nous. Ce n'est pas là ce que tu souhaitais ?

— Si. »

Un disque de braise leur chauffait le visage. De petites flammes bleues dansaient sur les tronçons de branches noires. Le bois dense brûlait calmement en produisant une chaleur qui rayonnait dans la nuit.

« Victorien, tu es avec nous ?

— Pour quoi précisément ?

— Prendre le pouvoir, tuer de Gaulle s'il le faut, garder la France dans toute son étendue, préserver ce que nous avons fait. Gagner.

— C'est un peu tard. Il y a eu tellement de morts. Tous ceux avec qui nous pouvions parler sont morts.

— Le FLN n'est pas le peuple. Il se maintient par la terreur. Il faut ne rien laisser passer, l'extraire lentement.

— Je suis fatigué de tous les morts, et de ceux à venir.

— Tu ne peux pas arrêter maintenant. Pas maintenant.

— Ils n'ont pas tort de vouloir nous chasser.

— Pourquoi faudrait-il que nous partions ? Alger, c'est nous qui l'avons fait.

— Oui. Mais à un prix qui est une plaie en nous-mêmes. La colonie est un ver qui ronge la République. Le ver nous ronge de ce côté-ci de la mer, et quand nous rentrerons, quand tout ceux qui ont vu ce qui s'est passé ici rentreront, la pourriture coloniale passera la mer avec eux. Il faut amputer. De Gaulle veut amputer.

— C'est une lâcheté, Victorien, de partir, et de laisser tout le monde se débrouiller. De Gaulle n'est qu'un calembour incarné. Il n'est la France que comme un jeu de mots, une manifestation de l'esprit français. Il décide de nous briser, alors que nous étions tout près de nous reconquérir. Viens avec nous, Victorien, au nom de ce que tu voulais être.

— Je ne crois pas que ce soit ça que je voulais.

— Fais-le pour Eurydice. Si nous partons, elle ne sera plus rien.

— Je la protégerai. Moi-même. »

L'oncle soupira, et se tut longtemps. « Comme tu veux, Victorien. » Un par un ils s'endormirent autour du cercle de braise, dans leur sac de couchage militaire. Des sentinelles veillaient sur eux, couchées dans les rochers.

Les opérations duraient plusieurs semaines puis ils rentraient à Alger. Ils tenaient soigneusement le compte des jours passés pour ne pas s'y perdre, le compte précis des semaines de soleil comme un liquide brûlant, de pierrailles à odeur de four, des fusillades dans la poussière, des embûches derrière les buissons, des mauvaises nuits sous les étoiles froides toutes présentes dans le ciel noir, des lampées d'eau tiède au goût de métal et des sardines à l'huile mangées à même la boîte. Ils rentraient à Alger en camion. Ils somnolaient à l'arrière serrés sur les bancs, Salagnon à l'avant dans la cabine, tête contre la vitre. Ils ne rentraient pas tous, ils savaient exactement combien d'entre eux manquaient. Ils savaient combien de kilomètres ils avaient parcouru à pied, et combien en hélicoptère ; ils savaient le nombre de balles qu'ils avaient tirées, cela avait été compté par l'intendance. Ils ne savaient pas exactement le nombre de hors-la-loi qu'ils avaient tués. Ils avaient tué du monde, il ne savait pas qui exactement. Les combattants, les sympathisants des combattants, les mécontents qui n'osaient pas en venir aux mains, et les innocents qui passaient là, ils se ressemblaient tous. Tous morts. Mais peuvent-ils être innocents ceux qui croient l'être, alors qu'ils sont tous apparentés ? Si la colonie crée la violence, ils sont tous, par le sang, dans la colonie. Ils ne savaient pas qui ils avaient tué, des combattants sûrement, des villageois parfois, des bergers sur les chemins ; ils avaient compté le nombre de corps laissés à la pierraille, dans les buissons, dans les villages, ils avaient augmenté ce chiffre du nombre des corps qu'ils avaient vu tomber, disparus et emportés, et ceci donnait donc une somme, qu'ils enregistraient.

Tout corps tombé était celui d'un hors-la-loi. Les morts, tous, avaient quelque chose à se reprocher. Le châtiment était la marque de la culpabilité.

Ils rentraient à Alger en camion sans se précipiter, les chauffeurs pour une fois respectaient les limites de vitesse, observaient les priorités, essayaient de ne point trop cahoter, évitaient les trous de la route car ils portaient une cargaison d'hommes que l'on envoyait se reposer. Ils allaient à petite allure dans les rues d'Alger, cédant le passage, s'arrêtant aux feux. Les filles d'Alger leur faisaient de petits signes, les filles brunes au regard intense, très noir, avec des lèvres très rouges qui sourient beaucoup et qui bavardent, les filles vêtues de robes à fleurs qui dansent sur leur corps, découvrant leurs jambes à chacun de leur pas, celles-là. Les autres ne comptaient pas. Alger compte un million d'habitants dont la moitié ont la parole. Les autres se taisent de par leur naissance. Ils n'ont pas la parole car ils ne maîtrisent pas cette langue en quoi se dit la pensée, le pouvoir et la force. Quand ils la maîtrisent, car ils veulent à toute force partager la langue de la puissance, on les félicite. Et on traque la moindre inflexion, le moindre idiotisme, la moindre impropriété. On trouvera, on trouve la faute quand on la cherche, dût-elle être une légère modulation inhabituelle. On sourit. On les félicite de cette maîtrise, mais ils ne partageront pas. Ils n'en sont pas, c'est bien visible. On multipliera les contrôles ; on trouvera une trace. Sur leur corps, sur leur âme, sur leur visage, dans le grain de leur voix. On les remerciera de cette maîtrise de la langue, mais ils n'auront toujours pas le droit complet à la parole. C'est sans fin. Il nous faudrait quelque chose que l'on soit fiers d'avoir fait ensemble, pensait Salagnon. Quelque chose qui soit bien. Ce sont des mots enfantins, mais l'on ne vibre qu'à des mots enfantins.

Du refus de plier nous pouvons être fiers. On racontera ça, le sursaut qui a sauvé l'honneur. Sur le reste on jettera un voile pudique. Et ce voile, drap posé dessus les cadavres, dessus ce que l'on devine être des cadavres défigurés, nous étouffera. Mais pour l'instant les jeunes filles d'Alger, celles qui vont les cheveux libres, la jambe bronzée, le regard hardi, nous font des signes ; à nous, les guerriers en camion qui descendent des montagnes, maigres et brunis comme des bergers, baignés de sueur qui cristallise, tachés de sang noirci, mal rasés, dégageant une odeur de fauves fatigués, de peur surmontée mais vécue, de poudre, de graisse d'armes et de gasoil ; elles nous font de petits signes auxquels nous répondons à peine. Les autres ne comptent pas. Les parachutistes somnolent sur les bancs du camion, leur tête penchée ballottant sur l'épaule du voisin, cuisses ouvertes, leurs armes bien graissées posées à leurs pieds. Ils ne sont pas tous revenus. Ils apparaissent pour ce qu'ils sont : des garçons de dix-neuf ans serrés les uns contre les autres. L'un d'eux les conduit ; Salagnon, qui a dépassé cet âge, est dans la cabine et indique la direction d'un geste. Il leur dit où aller. Ils le suivent, les yeux fermés.

Les gros GMC ne pouvaient rouler dans les ruelles de la Casbah entrecoupées d'escaliers. Ils l'auraient fait sinon, ils auraient fait passer de gros camions chargés d'hommes à travers le quartier arabe, grondant de leur gros moteur, puant le gasoil, car il n'est aucun territoire qui doive être hors-la-loi : il fallait montrer dans cette guerre, il fallait leur montrer. Mais dans les ruelles montueuses les camions à larges roues ne pouvaient passer, alors ils longeaient le quartier des maisons blanches, grouillant d'hommes, bondé comme le sont les fourmilières, ils passaient par les rues en contrebas, Randon et Marengo, avant de traverser Bab el-Oued, pour montrer encore.

Les camions ralentirent, les gens marchaient sur la chaussée, ils étaient innombrables. C'est eux ! se dit brusquement Salagnon. Et tout à coup réveillé il se redressa. Eux ! La bêtise de cette exclamation le ravit : voilà qui était simple ! Les hommes derrière se redressèrent aussi, comme des chiens chasseurs aux aguets, ils ne dormaient plus. *Eux*. Les camions allaient au pas dans la rue bondée, frôlant les passants qui ne les regardaient pas, leurs yeux laissés à la hauteur des grands pneus poussiéreux des GMC, juste attentifs à ne pas se faire écraser les pieds. Eux. Ils sont si nombreux, pensa-t-il, un fleuve, et nous sommes des pierres impénétrables, ils sont si nombreux qu'ils vont nous engloutir.

Éreinté par des semaines d'opérations dans la montagne, bercé depuis des heures par le doux grondement de la colonne de camions, il fut atteint en entrant dans Alger de phobie démographique. La foule, peut-être, l'étroitesse des rues, peut-être, l'intoxication par les gaz noirâtres des gros moteurs dans les rues confinées ; peut-être. La phobie démographique l'atteignit par un dégoût brusque face au chiffre de la fécondité. C'est une forme de folie que d'être atteint de dégoût devant un chiffre, mais dans le domaine de la race tout est folie. Les mesures sont folles.

Les Arabes ne relevaient pas les yeux, ne les détournaient pas, ils ne regardaient pas ; ils nous rejettent, pensa Salagnon. Ils attendent juste que nous partions. Et nous partirons, à moins de les briser tous, ce que nous ne pourrons pas. Huit contre un, et tant d'enfants. Un fleuve immense et nous ne sommes que quelques grosses pierres. L'eau arrive toujours à ses fins. Nous partirons un jour ou l'autre à cause de leur patience à endurer.

Eux ; et nous, à nous voir sans nous regarder. Eux en contrebas, nous sur de gros camions, nos regards pas en face, chacun regardant autre chose, mais en contact ininterrompu. Nous d'autant plus nous, d'autant plus fermement nous qu'ils sont eux ; et eux d'autant plus eux qu'ils nous rejettent. Je n'en connais pas un seul depuis le temps que je suis là, pensait Salagnon. Pas un seul à qui j'ai parlé sans attendre la réponse que je voulais entendre, pas un qui m'ait adressé la parole sans trembler de ce que j'allais faire. Je n'ai jamais parlé à aucun d'entre eux, et ce n'est pas une question de langue. Le français, je l'ai utilisé pour faire taire. Je pose des questions ; leurs réponses sont contraintes. Les mots entre nous étaient des fils de fer, et pendant des dizaines d'années encore, quand on utilisera les mots qui furent utilisés alors, on s'électrocutera à leur contact. Prononcer ces mots figera la mâchoire dans un spasme galvanique, on ne pourra plus parler.

Mais il voyait leur visage quand ils frôlaient son camion qui allait au pas ; il savait lire les visages car il en avait tant peint. Ils nous rejettent, pensait-il, je le vois, ils attendent que nous partions. Ils sont fiers de nous rejeter, ensemble, fermement. Nous partirons un jour, à cause de ce qu'ils endurent ensemble, et sont fiers d'endurer. Nous affectons de ne rien comprendre à ce qui se passe. Si nous admettions que nous sommes semblables, nous les comprendrions aussitôt. Nous partageons des désirs semblables, les valeurs mêmes du FLN sont françaises et s'expriment en cette langue. Les ordres de mission, les comptes, les rapports, tous les papiers ensanglantés saisis sur des officiers morts sont rédigés en français. La Méditerranée brillant au soleil est un miroir. Nous sommes, de part et d'autre, reflets tremblants les uns des autres, et la séparation est horriblement douloureuse et sanglante ; comme des frères proches nous nous entre-tuons à la moindre discorde. La violence la plus extrême est un acte réflexe devant les miroirs légèrement inexacts.

Le camion de tête s'immobilisa, la foule coagulait dans la rue en contrebas du quartier arabe, il n'avançait plus. Il fit gronder son moteur, retentir la note grave et puissante de son avertisseur, et les gens s'écartèrent lentement, lentement car ils étaient épaule contre épaule. Ils sont si nombreux qu'ils vont nous engloutir, pensa Salagnon, huit contre un et tellement d'enfants. Le gouvernement de France ne veut pas du droit de vote car cela enverrait cent députés d'ici à l'Assemblée. Les Européens d'ici ne veulent pas d'égalité car ils seraient engloutis. Huit contre, et tant d'enfants.

Nous avons la force. Si l'on nous donne un point d'appui, nous pourrons soulever le monde. Le point d'appui est juste un tout petit mot : « eux ». Avec « eux », nous pouvons user de la force. Chacun, dans cette guerre en miroir, dans cette tuerie dans une galerie de miroirs, chacun s'appuie sur l'autre. « Nous » se définit par « eux » ; sans eux nous ne sommes pas. Eux se cons tituent grâce à nous ; sans nous ils ne seraient pas. Tout le monde a le plus grand intérêt à ce que nous n'ayons rien de commun. Eux sont différents. Différents par quoi ? Par la langue, et la religion. La langue ? L'état naturel de l'humanité est d'en parler au moins deux. La religion ? Est-elle de tant d'importance ? Pour eux, oui ; disons-nous. L'autre est toujours irrationnel ; s'il est un fanatique, c'est lui.

L'islam nous sépare. Mais qui y croit ? Qui croit à la religion ? elle ressemble à ces frontières dans les jungles, qui furent tracées un jour sur une carte, et que l'on s'accorde à ne pas toucher, et que l'on finit par croire naturelles. La France tient à l'islam comme à une barrière d'espèce, une barrière qui passe pour naturelle entre les citoyens et les sujets. Rien dans la République ne peut justifier que vivent sur le même sol des citoyens et des sujets. La religion y pourvoira, comme un caractère inné, transmissible, attaché à la nature de certains, qui les rendra inadaptés pour toujours à toute citoyenneté démocratique.

Le FLN tient à l'islam comme caractère presque physique, héritable, qui permet de rendre incompatible le sujet colonial et la France, laissant comme avenir l'indépendance pleine et entière d'une nation nouvelle, islamique et ne parlant qu'arabe.

De quoi a-t-on peur ? De la puissance de l'autre, de la perte de contrôle, de l'affrontement des fécondités. On applique le levier de la force sur le petit mot « eux », auquel on tient plus qu'à tout. L'islam occupe tout le paysage d'un commun accord. Des gens que cela indifférait sont contraints de ne plus penser qu'à ça ; ceux qui ne voudraient pas y penser sont éliminés. Chacun est prié de choisir sa place de chaque côté de la limite, limite de papier, que l'on pense maintenant naturelle. Il suffirait d'ôter la petite pierre sur laquelle on pose le levier, ôter *eux*, n'utiliser plus qu'un *nous* de plus grande taille. Tant qu'il s'agit de *eux et nous*, ils ont raison de vouloir que nous partions. Nous ne restons qu'en piétinant les principes que nous inventâmes et qui nous fondent. C'est en nous que les tensions sont le plus fortes, c'est nous que les contradictions détruisent, elles nous déchirent de l'intérieur, et nous partirons, avant que la douleur que nous leur infligeons ne leur fasse lâcher prise. Nous partirons, car nous continuons d'employer ce mot là : *eux*.

Combien de temps cela va-t-il durer ?

Eurydice radieuse s'était logée dans un appartement minuscule, une pièce au sixième étage dont le balcon donnait sur la rue. Appuyée à la balustrade de fer noir, elle regardait l'agitation d'en haut, de très haut, un sourire heureux sur les lèvres. Victorien venait la rejoindre, il montait les six étages en courant et la serrait contre lui. Leurs cœurs précipités s'accordaient, il était hors d'haleine et cela le faisait rire, un rire entrecoupé d'inspirations profondes, lui qui pourtant courait, marchait dans la montagne, avait des jambes et une endurance à toute épreuve. Quand il avait repris son souffle, assez pour que sa bouche soit soulagée de la tâche de respirer, ils s'embrassaient longtemps. Elle travaillait comme infirmière à Hussein-Dey, parfois le jour, parfois la nuit, elle rentrait alors au matin et s'endormait dans l'animation de la rue qui montait le long des façades, passait le balcon, franchissait les volets entrouverts et venait la bercer dans son lit. Sans la réveiller il se glissait contre elle ; elle ouvrait les yeux dans ses bras.

Elle passait de longues heures d'un temps déréglé à regarder dehors, regarder le plafond au-dessus de son lit, et trouver dans ce temps sans rien la matière d'un bonheur immense. Elle lisait les lettres de Victorien, scrutait les dessins qu'il lui envoyait, cherchant dans les traits, dans les touches, dans tous les effets de l'encre la moindre trace du moindre de ses gestes. Maintenant elle lui répondait. Il venait de façon irrégulière, quand sa bande armée rentrait se reposer, réparer ses plaies, combler ses trous, quelques jours en ville comme une cale sèche où ils pensaient à autre chose avant de repartir. Ils ne rentraient jamais tous. Il montait les six étages en courant, parfois en uniforme de sortie, repassé, propre, rasé, et parfois encore tout imprégné de sueur et de poussière, sa Jeep garée n'importe comment sur le trottoir, laissée là, gênant tout le monde, mais son allure et son uniforme fatigué lui permettaient dans Alger de faire comme il voulait. On le saluait même en descendant du trottoir pour contourner sa Jeep. Il prenait une douche et se glissait contre elle, son vit dressé en permanence.

« Et ton mari ?

— Il s'en moque. Il passe son temps avec des copains à lui, ils se réunissent beaucoup. Il s'est engueulé avec mon père parce qu'il le trouve mou. Je crois qu'il n'a vu aucun inconvénient à ce que je déménage. Avec d'autres gars, ils manipulent des armes, ils parlent fort. Ils ont fortifié notre appartement. Je n'y ai plus aucune place. Ils veulent faire de Bab el-Oued une forteresse, un Budapest inexpugnable d'où personne ne pourrait les chasser. Ils veulent faire la peau aux Arabes. Tant que je ne m'affiche pas avec toi, ce que je fais l'indiffère ; et si quelqu'un le chambre, il le tue. S'il te rencontre avec moi, il te tue. »

Elle le dit avec un sourire étrange et l'embrassa.

« Il n'y va pas par quatre chemins, sourit-il.

— L'Algérie est en train de mourir, Victorien. Il y a tellement d'armes, chacun en veut. Ce que l'on pensait tout bas, ce que l'on se contentait de dire, on le fait maintenant. Tu n'imagines pas combien à l'hôpital je suis heureuse de voir une crise d'appendicite, un accouchement, une fracture du bras dans une chute de bicyclette, tous ces problèmes que soignent les autres hôpitaux ; parce que dans celui-là arrivent jour et nuit des gens blessés par balles, au couteau, brûlés par des explosions. Dans les couloirs il y a des policiers armés, des militaires en faction devant les chambres pour que l'on ne vienne pas mitrailler, égorger, enlever les blessés, finir le travail. Je rêve d'une épidémie simple, d'une grippe saisonnière, je rêve d'être infirmière en temps de paix pour soigner les bobos et réconforter des vieux qui perdent un peu la tête. Prends-moi dans tes bras, embrasse-moi, viens en moi, Victorien. »

Ils restaient très longtemps l'un contre l'autre, essoufflés, trempés de sueur, les yeux clos. Un peu d'air venait parfois de la mer, se glissait par la fenêtre et leur caressait la peau. Passaient par là des odeurs de fleurs et de viande grillée. Par le volet entrouvert ils entendaient le brouhaha de la rue, et parfois une explosion ébranlait l'air chaud. Cela ne les faisait pas sursauter.

Son oncle vint le chercher.

« C'est le moment, Victorien, de savoir ce que l'on veut. Et ce que je veux, moi, c'est garder ce que nous avons gagné. Nous avons sauvé l'honneur. Il faut le garder. »

Ils allèrent voir Trambassac. Des types en armes allaient dans les couloirs, par groupes, avec des bérets de couleurs différentes, et quand les groupes se croisaient ils se dévisageaient sans savoir exactement quoi faire. Ils évaluaient les bérets, jugeaient des insignes et passaient leur chemin, en jetant des regards méfiants par-dessus leur épaule, l'index droit passé dans le pontet de l'arme. Le coup d'État était général, chacun était putschiste à son compte. Trambassac restait derrière son bureau, assis. Il avait rangé tous ses dossiers, débarrassé ses affaires, il n'avait laissé que les peintures au mur ; sinon tout était prêt pour un déménagement. Il attendait.

« Qu'allez-vous faire, mon colonel ?

— Obéir au gouvernement, messieurs.

— Lequel ?

— Quel qu'il soit. Remplacez-le, j'obéirai encore. Mais ne comptez pas sur moi pour le changer. Moi, j'obéis. On m'a demandé de reconquérir, pour certaines raisons ; j'ai reconquis. On me demande d'abandonner pour d'autres raisons, voire pour les mêmes ; j'abandonne. Ordre et contrordre, marche et contremarche, c'est la routine militaire.

— On nous demande de renoncer, mon colonel, de renoncer à ce que nous avons gagné.

— L'esprit militaire ne s'arrête pas à ces détails. Nous sommes gens d'action ; nous faisons. Défaire, c'est toujours faire. En avant, marche ! En arrière toute ! J'obéis. Mon rôle c'est de maintenir tout ça. » D'un geste il engloba son uniforme, le bureau et au mur les dessins encadrés de Salagnon. « Peu importe ce que je fais. Je dois maintenir. »

Les paras d'encre noire les regardaient fixement comme une garde d'honneur que rien ne troublerait ; chacun avait un nom, plusieurs étaient morts ; Trambassac les gardait précieusement. « Je maintiens ceci, dit-il. Je suis fier de ces hommes. J'obéis. Faites ce que vous devez, messieurs. »

L'oncle se leva brusquement, et sortit furieux.

« Et toi ? Victorien ?

— Je ne veux pas le pouvoir.

— Moi non plus. Juste le respect de ce que nous avons fait. On va y arriver. On doit y arriver. Je vais y arriver. Sinon je ne me remettrai jamais de cette humiliation qui dure depuis vingt ans. Et tous ces types morts autour de moi auront été tués pour rien.

— Moi aussi je suis entouré de morts. J'ai l'impression que mon contact tue. Cela va trop loin. Il faut que j'arrête. J'aurais dû déjà arrêter.

— Arrêter maintenant c'est tout perdre. Perdre tout ce qui a eu lieu avant.

— C'est déjà perdu.

— Tu es avec nous ?

— Fais sans moi. »

Peindre sauvait sa vie et son âme. Il resta plusieurs jours sans rien faire d'autre. Peindre permet d'atteindre cet état merveilleux où la langue s'éteint. Dans le silence des gestes, il n'était plus que ce qui était là. Il peignit Eurydice. Il peignit Alger. Il dormait dans ses quartiers pour que l'on sache où il était. Dans la confusion qui suivit le coup de force on vint l'arrêter. Quatre hommes en civil déboulèrent dans sa chambre, se disposèrent en arc de cercle autour de lui, pour ne pas se gêner et dégager les axes de tir, ne pas laisser d'angle mort ; d'une voix ferme mais légèrement inquiète ils lui demandèrent de les suivre. Il se leva sans gestes brusques, laissant ses mains visibles ; il nettoya ses pinceaux et les suivit. Son oncle avait disparu, il l'apprit en Espagne, en fuite. Des types en civil l'interrogèrent longuement mais sans le toucher. Il fut mis à l'isolement. On lui accorda de garder un carnet et un crayon. Il pouvait rester longtemps comme ça, réduit à une feuille blanche devant lui de la taille d'une main.

On le relâcha. On n'avait pas arrêté tout le monde. Qui alors garderait la prison ? Il rejoignit son bataillon, restructuré, et dont on avait changé le nom.

Les forces en présence se multipliaient. Les hommes de guerre comme lui n'étaient plus les seuls à avoir des armes. Les jeunes appelés à peine sortis de leurs familles avaient des armes. Les policiers en uniforme avaient des armes. Les divers services de police avaient des armes. Des hommes en civil venus de France avaient des armes. Les Européens d'Alger, brouillons et furieux, avaient des armes. Les Arabes, radieux et disciplinés, avaient des armes. Des fusillades sporadiques éclataient d'heure en heure. Des explosions sourdes secouaient les vitres. Des ambulances sillonnaient Alger, ramenant les blessés à Hussein-Dey. On s'entretuait dans les chambres. On avait arrêté les opérations, on ne perquisitionnait plus, on restait en vie. D'autres se battaient, se tendaient des embuscades dans les cafés, faisaient sauter des villas, jetaient des corps mutilés dans la mer. Trambassac se morfondait dans son bureau, son bel outil inutile.

On les rapatria. Ils traversèrent la mer en bateau. Salagnon fut affecté en Allemagne. Il y était encore, sourit-il, mais quel détour ! On l'avait cantonné sur une base en compagnie d'un régiment de chars. Les hélicoptères alignés sur le ciment propre ne volaient pas. Les grosses maisons d'Allemagne, toutes neuves, ne servaient qu'à habiter, tout y était fonctionnel, les rues ne permettaient pas de vivre. Le ciel toujours couvert ressemblait à un chapiteau de toile grise, ballonné d'une incroyable quantité d'eau prête à tomber, et qui toujours suintait.

Quand là-bas la guerre fut finie il démissionna. Il n'y en aurait plus d'autre avant longtemps, et il ne se voyait pas manœuvrer des chars à l'aveugle contre d'autres chars. Il contacta Mariani. Il avait mis fin à son contrat et ne savait que faire. En juillet ils prirent l'avion pour Alger.

Avec leur ressemblance à tous deux, leur carrure et leurs crânes rasés, leurs gestes nets et leurs yeux aux aguets, leur chemise colorée par-dessus leur pantalon, ils avaient l'air d'agents secrets en mission secrète, qui seraient déguisés en agent secret en mission secrète.

Sur les sièges alignés dans la carlingue il n'y avait qu'eux. L'hôtesse vint bavarder un moment puis se déchaussa et s'assoupit sur une ligne de fauteuils vide. Personne n'allait plus à Alger, mais l'avion repartirait archiplein, on se battrait pour y monter. De très loin par-dessus la mer ils virent les colonnes de fumée noire. L'avion pivota pour se mettre dans l'alignement des pistes et ils virent par le hublot monter vers eux la fumée des incendies par-dessus les rues blanches qu'ils connaissaient si bien. Ils avaient chacun un petit sac de voyage et un pistolet glissé dans la ceinture de leur pantalon, sous la chemise flottante. On ne les contrôla pas, plus personne ne contrôlait rien, leur duo gémellaire, leur carrure et leur coupe d'hommes de guerre, leur petit sac pourtant suspect, tout paraissait normal. On les laissait passer, on s'écartait sur leur passage, on les saluait, les militaires, des policiers armés jusqu'aux dents, les agents civils. Les bâtiments de l'aéroport étaient bondés de familles effondrées sur des valises en tas. Les enfants, les vieillards, tous étaient là avec trop de bagages, les hommes allaient et venaient, transpirant dans leur chemise blanche auréolée sous les bras, beaucoup de femmes pleuraient à petit sanglot. Ils étaient tous européens. Des employés arabes traversaient parfois la foule pour les besoins du ménage, du service, des bagages ; ils essayaient de ne heurter personne, regardaient où ils posaient leurs pieds, étaient suivis de regards de haine. Les Européens d'Alger attendaient des avions. Les avions arrivaient vides et repartaient sans délai, les emportaient en France par centaines. On ne vendait même plus de billets. On montait dans l'avion par un mélange de culot, de soudoiement et de menaces.

Partout, des traces de balles étaient visibles sur les murs, isolées ou en chapelets de trous. Les cafés incendiés étaient fermés de planches. La plupart des boutiques avaient baissé leurs rideaux de fer, mais certains étaient déchirés, tordus, ouverts à la pince. Des objets divers jonchaient la rue. Des meubles entassés, lits, tables, commodes, brûlaient. Ils virent un homme ouvrir la porte de sa voiture, poser un bidon d'essence sur le siège avant d'y mettre le feu. Il la regarda brûler, et les gens hébétés qui passaient autour, évitant les débris des maisons sur le trottoir, n'y jetaient qu'un œil distrait. Un lit bascula d'une fenêtre et s'écrasa au sol. Sur tous les murs un peu dégagés tonitruaient des inscriptions baveuses en grosses lettres blanches : OAS était partout. Une femme serrant son haïk autour d'elle traversa la rue à la hâte. Un scooter monté par deux jeunes gens zigzagua sur la chaussée, évitant les débris de verre, les voitures percées de balles. Ils arrivèrent derrière la femme qui se pressait sans rien regarder autour d'elle, le passager brandit un pistolet et lui tira deux fois dans la tête ; elle tomba, son haïk ensanglanté, et ils continuèrent de descendre la rue sur leur scooter de leur allure zigzagante. Les gens enjambaient la femme morte comme s'il s'agissait d'un débris. Ils en virent deux autres dans la même rue, étendues dans leur sang. Une famille tout entière sortit d'un immeuble, chargée de beaucoup trop de bagages, l'homme corpulent traînait deux valises, la femme de gros sacs en bandoulière, les quatre enfants et la grand-mère portant ce qu'ils pouvaient. Il les houspillait en transpirant, ils firent quelques dizaines de mètres. Ils furent arrêtés par de jeunes gens en chemise blanche qui leur indiquèrent de revenir sur leurs pas. Il s'ensuivit une altercation, le ton monta, il se fit de grands gestes, l'homme reprit ses valises, une dans chaque main et fit un pas en avant. L'un des jeunes gens sortit un pistolet de sa ceinture et abattit le petit homme corpulent d'une seule balle. « On ne part pas ! » hurlèrent-ils en s'éloignant, à l'attention des fenêtres ouvertes, des balcons d'où l'on se penchait pour voir. « On reste ! » Et tous dans la rue approuvaient vaguement, baissaient la tête, s'éloignaient du mort. Mariani et Salagnon ne s'arrêtaient à rien. Ils traversaient Bab el-Oued pour ramener Eurydice. Son petit appartement était vide. Ils la trouvèrent chez son père.

Salomon hagard restait chez lui. Il avait fermé les volets, il vivait dans la pénombre, il avait vissé des plaques de tôle sur chaque fenêtre qui les bloquaient jusqu'à mi-hauteur. Victorien les toqua de l'index, elles résonnaient avec souplesse.

« Tu as trouvé ça où, Salomon ?

— Ce sont des couvercles de gazinières.

— Tu crois que cela va te protéger ?

— Victorien, on tire dans la rue. On tire sur les gens, on se fait tuer en passant devant sa fenêtre. Je ne sais même pas qui tire. Ils ne savent même pas sur qui ils tirent. Ils tirent sur la foi d'un visage, et ici on se ressemble quand même beaucoup. Je me protège. Je ne veux pas mourir par hasard.

— Salomon, une tôle pareille, une balle ne s'aperçoit même pas qu'elle la traverse. Tu ne te protèges pas, et tu ne vois plus rien. Tu cloues juste ton cercueil avec toi dedans. Il faut partir. On t'emmène. »

Quand les deux hommes étaient entrés dans l'appartement obscurci qui commençait de sentir la cave, avec leurs larges épaules, leurs gestes précis, leurs yeux méfiants, Eurydice s'était glissée dans les bras de Salagnon, infiniment soulagée.

« Je viens te chercher », souffla-t-il à son oreille, envahi d'un coup de l'odeur prenante de ses cheveux.

Elle avait acquiescé du menton sur son épaule, sans rien dire car si elle avait ouvert la bouche pour parler, elle aurait sangloté. Une strounga ébranla les vitres, toute proche, Eurydice sursauta sans ouvrir les yeux, Salomon rentra un peu plus la tête dans les épaules. Il restait debout au milieu de chez lui, les yeux fermés, ne bougeait pas.

« Bon, Kaloyannis, on y va, dit Mariani.

— Mais où ?

— En France.

— Qu'est-ce que vous voulez que j'aille faire en France ?

— C'est le pays dont vous avez le passeport. Ici, vu les tôles que vous mettez aux fenêtres, ce n'est plus chez vous.

— On part, papa », dit Eurydice.

Elle alla chercher deux valises déjà prêtes. On frappa à coups redoublés. Mariani alla ouvrir. Un type surexcité déboula dans la pièce, sa chemise blanche largement ouverte luisait dans la pénombre. Il s'arrêta net devant Eurydice.

« C'est quoi ces valises ?

— Je pars.

— C'est qui ? demanda Mariani.

— Son mari.

— C'est toi, Salagnon, qui l'emmènes ? » aboya-t-il.

Il sortit une arme de sa ceinture. Il parlait en gesticulant, le doigt sur la détente.

« Il n'est pas question que tu partes. Vous, si. Vous retournez en France. Vous n'avez pas été capables de mater les crouilles, alors au revoir, on s'en charge. Eurydice est ma femme, elle reste à la maison. Le docteur Kaloyannis, il est un peu youpin, un peu grec, mais il est d'ici. Il ne bouge pas ou je lui mets une balle. » Il était très beau, le mari d'Eurydice. Il parlait avec fougue, ses lourds cheveux noirs glissaient sur son front, un peu de salive moussait à la commissure de ses belles lèvres. Il pointait son arme en parlant. « Kaloyannis, si tu touches cette valise, je te flingue. Et toi, Salagnon, para de mes deux, traître et abandonneur, tu débarrasses le plancher avec ton coulo en chemise à fleurs avant que je m'énerve. Tu nous laisses régler ça entre nous. »

L'arme pointait sur le front de Salagnon, l'index tremblait sur la détente. Mariani leva le bras comme à l'exercice et lui tira une balle à la base du crâne. Le sang gicla sur la tôle vissée à la fenêtre et il tomba, tout mou.

« T'es con, Mariani, s'il avait eu un spasme, il m'en collait une.

— On ne maîtrise pas toujours tout ; mais ça s'est bien passé. »

Eurydice se mordait les lèvres et les suivit. Ils prirent Salomon par l'épaule et il vint docilement. Une strounga ébranla l'air, un nuage de poussière blanche se leva au bout de la rue. Des débris jonchaient le trottoir, une boutique flambait, des meubles cassés attendaient qu'on les brûle. Plusieurs voitures, portes ouvertes, pare-brise étoilé de fissures, s'étaient mises en travers ; dans l'une d'elles le conducteur ensanglanté était couché sur le volant. Un Arabe élégant inspectait la 2 CV garée le long du trottoir.

« Docteur Kaloyannis, heureux de vous voir. »

Il se redressa. La crosse d'un pistolet dépassait de sa ceinture. Il souriait, très à l'aise.

« Vous tombez bien. Je viens d'acheter la boutique des Ramirez. Pour pas grand-chose, mais bien plus que si on la leur avait prise. J'envisageais également d'acheter votre voiture. »

Ils posèrent les valises dans le coffre.

« J'y tiens, docteur Kaloyannis.

— Il ne vend pas, grogna Mariani.

— Je peux prendre, et je vous offre de payer », sourit-il.

Les coups de feu se succédèrent très vite, mais dans le chaos de la rue on ne les remarqua pas. Mariani avait tiré dans la poitrine, l'autre tituba et s'effondra, la main à moitié hors de sa poche, tenant quelques billets froissés.

« Mariani, tu ne vas pas tuer tout le monde.

— M'en fous, les morts. J'en ai tellement vu. Ceux qui m'empêchent, je les écarte. Venez, maintenant. »

Ils traversèrent Alger qui s'effondrait, Salagnon conduisait, Mariani coude à la fenêtre tapotait la crosse de son arme. Sur la banquette arrière Eurydice tenait la main de son père. Sur la route de l'aéroport ils furent arrêtés par un barrage de gardes mobiles. Les hommes ne lâchaient pas la poignée de leur pistolet mitrailleur tenu en bandoulière, ils transpiraient sous leur casque noir. Un peu en retrait un groupe d'Arabes en uniformes neufs attendaient, assis sur le capot d'une Jeep.

« C'est quoi ça ?

— L'armée du FLN. Ce soir on s'en va. Ils prennent notre place, et plus personne ne passe. En fait on n'en sait rien. On s'en fout. Qu'ils se débrouillent entre eux. »

Salomon ouvrit la portière et sortit.

« Papa, tu vas où ? s'étrangla Eurydice.

— La France c'est trop loin, grommela-t-il. Je veux rester ici. Je veux être chez moi. Je vais voir avec eux. »

Il se dirigea vers les hommes du FLN, leur parla. Une conversation s'engagea. Salomon s'animait, les Arabes souriaient largement, ils posèrent la main sur son épaule. Ils le firent monter dans la Jeep, à l'arrière, l'un d'eux à côté de lui. Ils parlaient mais de la 2 CV on ne distinguait pas ce qu'ils disaient, Salomon avait l'air inquiet, les Arabes souriaient, maintenant une main sur son épaule.

« Vous y allez ? demanda le garde mobile agacé.

— Eurydice ? » Salagnon au volant ne se retourna pas, il lui demanda, simplement, sans la regarder, les mains sur le volant, prêt à tout.

« Fais comme tu veux, Victorien. »

Sans vérifier son visage dans le rétroviseur, se contentant de la fermeté du son de sa voix, il redémarra, il franchit le barrage. Des voitures de toutes sortes s'entassaient sans ordre sur les bas-côtés de la route. L'aéroport était bondé. Il arrivait du monde sans cesse. Un cordon de soldats empêchait d'accéder aux pistes. Les deux hommes encadrant Eurydice fendirent la foule. Les gens se pressaient, hurlaient, brandissaient des billets, les soldats épaule contre épaule barraient le passage. Les avions décollaient les uns à la suite des autres. Victorien avisa l'officier, lui glissa quelques mots à l'oreille. Au bout de quelques minutes une Jeep arriva, Trambassac descendit. Ils franchirent le cordon.

« Pas chouette, votre dernière mission, mon colonel.

— J'obéis. Celle-là, j'imagine que vous ne la dessinerez pas.

— Non. »

Il leur trouva une place dans un petit avion officiel, qui transportait des hauts fonctionnaires du gouvernement général, qui quittaient leur bureau avec des serviettes pleines de documents ; ils rentraient, ils ne s'occupèrent absolument pas d'eux.

L'avion décolla, pivota sur l'aile au-dessus d'Alger et prit la direction du nord. Des larmes coulaient doucement des yeux d'Eurydice, sans secousses. Comme si elle se vidait par de petits trous. Alors Victorien la prit dans ses bras, ils fermèrent tous les deux les yeux, et firent tout le voyage ainsi.

Mariani ne pouvait se détacher du hublot, il regarda tant qu'il put l'effondrement de tout dans les fumées d'essence, il pestait de ce gâchis. Quand il ne vit plus rien, quand il fut au-dessus de la mer, sa colère l'empêcha de fermer les yeux ; et il voyait devant lui, en permanence, sa colère fratricide lui faire des reproches. Il ne savait que répondre.

COMMENTAIRES VII

Nous regardions sans le comprendre le paseo des morts

Écrire n'est pas mon fort ; j'aurais voulu montrer, par la peinture s'il le faut, et que cela suffise. Mais la médiocrité de mes talents fit que je me retrouvai être le narrateur. Cela n'intéresserait personne, cette narration de menus événements, mais je m'obstinai à retracer en français un peu de la vie de ceux qui le parlent, je m'entêtai à raconter l'histoire d'une communauté de gens qui peuvent se parler car ils partagent la même langue, mais qui échouent à se parler car ils trébuchent sur des mots morts. Il est des mots que l'on ne prononce plus, mais ils restent, et nous parlons avec des grumeaux de sang dans la bouche, cela embarrasse les mouvements de notre langue, nous risquons de nous étrangler alors nous finissons par nous taire.

C'est là une conséquence banale des périodes violentes de l'Histoire : certains mots en usage explosent de l'intérieur, engorgés du sang qui caille, victimes d'une thrombose de la circulation du sens. Ces mots-là, qui meurent d'avoir été utilisés, on ne peut plus les employer sans se tacher les mains. Mais comme ils sont toujours là, on les évite, on en fait le tour l'air de rien, mais faire le tour se voit ; on emploie des périphrases et un jour on trébuche, car on oublie que l'on ne pouvait pas les dire. On emploie ces mots engorgés de sang et ils giclent, on éclabousse l'entourage des caillots qu'ils contiennent, on tache la chemise de ceux qui nous entendent, ils se récrient, ils reculent, ils protestent, on s'excuse. On ne se comprend pas. On a employé par inadvertance un mot mort, qui traînait là. On aurait pu ne pas l'employer mais on l'a dit. On voulait l'employer mais on ne peut plus ; il s'est chargé d'Histoire, qui est de sang. Il reste là, ce mot malade de coagulation, malade de l'arrêt de ce qui en lui bougeait, il reste là, dangereux, comme une menace d'infarctus de la conversation.

Écrire n'est pas mon fort, mais, j'écris pour lui, qui ne peut rien raconter à personne, pour qu'il m'apprenne à peindre ; et j'écris aussi pour elle, pour lui dire ce qu'elle est, et qu'elle veuille bien que ceci que je raconte, elle-même, m'ouvre ses bras.

Écrire n'est pas mon fort, mais, poussé par la nécessité et le manque de moyens, je m'y efforce alors que je ne voudrais que peindre, montrer du doigt en silence et que cela suffise. Cela ne suffit pas. Je veux continuer d'entendre parler, j'appréhende que ma langue ne s'éteigne, je veux l'entendre, je veux reconstituer ma langue abîmée, je veux la retrouver tout entière avec tous ceux qui vivent d'elle et la font vivre, car elle est le seul pays.

Nous perdons des mots à mesure de l'effilochement de l'Empire, et cela revient à perdre une part des terres où nous habitions, cela revient à réduire l'étendue du « nous ». Il est des morceaux pourris en notre langue, une part malsaine de mots immobilisés, du sens coagulé. La langue pourrit comme la pomme là où elle a reçu un choc. Cela date du temps où le français, langue de l'Empire, langue de la Méditerranée, langue des villes grouillantes, des déserts et des jungles, du temps où le français, d'un bout à l'autre du monde, était la langue internationale de l'interrogatoire.

J'essaye de raconter de lui ce qu'il n'a jamais dit. J'essaye de dire d'elle ce qu'elle n'ose imaginer. J'aurais préféré montrer ; j'aurais préféré peindre ; mais il s'agit de verbe, qui circule en nous et entre nous et menace de se bloquer, et le verbe ne se voit pas. Alors je narre, pour éviter l'accident qui nous laisserait coagulés, paralysés, très vite nauséabonds, nous tous, nous deux, moi-même.

J'écris pour toi, mon cœur. J'écris pour que tu continues de battre tout contre moi, pour que le sang continue de glisser sous ta peau, sous la mienne, dans des conduits souples gainés de soie. Je t'écris, mon cœur, pour que rien ne s'arrête, pour que le souffle ne s'interrompe pas. Je dois pour t'écrire, pour te maintenir en vie, pour te garder souple, chaude, circulante, utiliser toutes les ressources de la langue, tous ces verbes tremblants et presque flous, la totalité de ces noms comme un trésor de pierreries, comme un coffre énorme, chacun reflétant une lueur par ses facettes polies par l'usage. J'ai besoin de tout pour t'écrire, mon cœur, pour construire un miroir de verbe où tu te mires, miroir mouvant que je tiens entre mes mains serrées, et tu t'y regardes, et tu ne t'éloignes pas.

Je réfléchis, je construis un miroir, je ne fais que refléter. J'examine chaque détail de ton apparence, chaque détail épiphanique de ton corps qui tous font écho dans le réel du battement du sang à l'intérieur de toi, mon cœur, du glissement rythmé du sang dans tes vaisseaux gainés de soie, résonance dans la grotte rouge où j'entre, oh ! grotte de velours ! où je reste, et défaille.

Et plus que tout j'aime en toi le mélange des temps, cet état de présence que tu as pour moi et qui m'est un cadeau perpétuel, ces marques qui te sculptent et sont autant de parts de ta vie achevées, et d'autres en cours, et d'autres à venir, j'aime cette vitalité à l'œuvre comme le sang qui s'écoule, qui est l'évidente promesse que rien ne s'arrête, que l'après viendra, comme maintenant, comme un présent perpétuel qui me serait fait.

J'aime, plus que tout, les aspérités de ton apparence ; elles me montrent que la vie passe depuis toujours et pour toujours, et que dans cet écoulement, dans ce mouvement même, elle est possible. Oh mon cœur ! tu palpites tout contre moi comme le rythme même du temps, j'aime la chair de tes lèvres qui sourient quand je te parle, qui acceptent et délivrent des caresses que ne peuvent pas les mains ; j'aime le duvet frissonnant de ta chevelure, gris, blanc, nuage de duvet de cygne autour de tes traits, j'aime l'alourdissement de tes seins qui s'épanouissent comme une argile douce prend la forme, lentement, de ce qui la contient ; j'aime l'élargissement de tes hanches qui te donnent cette courbe très pure de l'amande, courbe des mains jointes, pouce contre pouce, index contre index, forme exacte de féminité immémoriale, forme de la fertilité. Tu es fertile, le verbe pousse tout autour de toi ; j'entends le temps glisser en toi, mon cœur, le temps sans début ni fin, comme le sang, comme le fleuve, comme le verbe qui nous traverse.

Que tu aies mon âge, mon cœur, exactement mon âge, fait partie de l'amour que j'ai pour toi. Les hommes de mon âge s'efforcent de rêver à quelque chose qui n'a pas d'existence, ils rêvent d'un point immobile dans le cours du temps, un caillou posé dans le fleuve, une pierre qui dépasserait et serait toujours sèche, et qui ne bougerait pas, jamais. Les hommes de mon âge rêvent de coagulation et de mort, que tout s'arrête enfin, ils rêvent de femmes très jeunes sans aucune marque du temps et qui auraient toute l'éternité devant elles. Mais l'éternité ne bouge pas.

Tu n'imagines pas ce qu'avec toi je possède. Ces ridules au coin de tes yeux que parfois tu regrettes, que tu envisages de cacher et qu'aussitôt j'embrasse, m'offrent la durée tout entière. Je le dois à Salagnon. Je lui suis reconnaissant de m'avoir rendu le temps tout entier, de m'avoir enseigné — sans qu'il le sache peut-être, mais il me l'a montré — comment le saisir, comment me glisser en lui sans le troubler, et flotter en paix sur sa surface irréversible ; au même rythme, exactement au même rythme. Le mystère, dis-je à ton oreille, le mystère, dis-je tout doucement, moi couché contre toi, le mystère est que je n'ai pas eu à me battre pour t'atteindre. Les trésors sont gardés, mais toi je t'ai trouvée sans me battre. « Parce que je t'attendais », soufflas-tu. Et cette réponse-là m'expliquait tout ; elle me suffisait.

Je l'emmenais au cinéma ; je tiens beaucoup au cinéma. Parmi tous les modes de narration, c'est celui qui montre le plus, c'est celui auquel on accède le plus facilement car il s'agit juste de voir ; c'est le plus répandu parmi nous. On voit les mêmes films, on les voit ensemble, les récits du cinéma sont partagés entre tous.

Je l'emmenais au cinéma en la tenant par la main, nous nous asseyions dans les gros fauteuils rouges et nous levions les yeux ensemble, vers ces visages immenses et lumineux qui parlaient pour nous. On se tait dans la salle de cinéma. Le cinéma raconte des histoires fausses qui se déroulent en pleine lumière, devant nous assis bougeant à peine, silhouettes obscures alignées, bouches bées devant ces grands visages éclairés, beaucoup plus grands, et qui parlent.

Les histoires captivent, mais il en est trop, on les oublie au fur et à mesure. Cela ne sert de rien que d'en accumuler encore, on peut se demander pourquoi on se presse, pourquoi on vient voir, encore et encore, des histoires fausses. Mais par ailleurs le cinéma est un procédé d'enregistrement.

La caméra dont on se sert, la petite chambre, capte et garde dans son intérieur l'image de ce qui s'est déroulé devant elle. Dans le cinéma du XXe siècle on devait arranger les lieux, et faire jouer des gens dans la petite chambre. Ce que l'on filmait, travesti de fiction, avait existé. Alors nous dans la salle, les yeux grands ouverts et levés, la bouche muette, nous voyions devant nous en grand, en pleine lumière, parler les morts dans leur éternelle jeunesse, réapparaître intacts les lieux disparus, se dresser à nouveau les villes maintenant détruites, et certains visages murmurer leur amour à d'autres visages dont il ne reste que poussière.

Le cinéma changera, il deviendra une région mineure du dessin animé, n'aura plus besoin d'aucun lieu réel ni d'aucun visage vivant, on peindra directement sur l'écran, l'histoire même se déroulera sur l'écran, mais alors elle ne nous concernera plus. J'ai aimé passionnément ce balbutiement des techniques, cette machine à histoires qui fut contemporaine des trains à vapeur, des moteurs à explosion, des téléphones à fils, cette machine physique qui imposait de faire jouer des gens en des lieux ; et ceci que nous voyions sur l'écran illuminé, seule lumière dans la salle obscure à part nos yeux brillants alignés, à part la boîte verte qui indique la direction des issues de secours, ceci que nous voyions avait eu lieu vraiment. L'écran que nous regardions sans rien dire était une fenêtre sur le passé disparu, une fenêtre ouverte dans le mur du temps qui se refermait ensuite quand la lumière dans la salle revenait. Penchés à la fenêtre, interdits de sortir, assis sur ordre et en ligne dans l'obscurité, nous regardions sans le comprendre le paseo des morts.

Je l'emmenais, elle me faisait confiance pour choisir, j'avais tant vécu devant la lanterne magique que je savais bien ce qui nous procurerait le plus de bonheur. Alors j'allai voir avec elle *La Bataille d'Alger* de Gillo Pontecorvo.

Ce film était une légende car personne ne l'avait vu. On l'avait interdit, on en parlait à mi-mots, il était une légende de gauche. « Un film magnifique, disait-on. Magnifique par les gens, les acteurs qui sont parfois les vrais protagonistes... Il n'y a presque pas de reconstitution... On a vraiment l'impression d'y être... C'est un grand film, qui a été interdit longtemps... en France, bien entendu », disait-on.

Quand il fut enfin visible, je désirais l'emmener, je le lui expliquai. « Le vieux type que je vois, il m'apprend à peindre. En échange il me parle de la guerre. — Laquelle ? — Celle qui a duré vingt ans. Il l'a vue de bout en bout, alors je voudrais moi aussi voir ce film dont on parle ; je voudrais voir ce que l'on a filmé, pour comprendre ce qu'il me dit. »

Nous vîmes enfin cette légende de gauche, ce film interdit longtemps, scénarisé par le chef de la zone autonome d'Alger, qui jouait son propre rôle. Je le vis, et je fus étonné que l'on ait cru devoir l'interdire. On la sait bien, la violence. On sait bien que quand Faulques et Graziani disaient obtenir des informations par une paire de claques, c'était faux. On sait bien que « paire de claques » était une métonymie, la part visible que l'on peut admettre de la masse obscure des sévices dont on ne dira rien. On le sait. Le film l'évoque mais ne s'y attarde pas. La torture est une technique fastidieuse, longue, qui ne convient pas au cinéma. Les paras interrogent les suspects : ils travaillent. Ils chassent l'information dans le corps où elle est cachée, sans sadisme ni racisme ; le film ne montre aucun débordement. Ils traquent les membres du FLN, ils les trouvent, ils les arrêtent ou les tuent. Ces techniciens militaires n'éprouvent pas de haine, leur professionnalisme peut faire peur, mais ils font la guerre, et ils tâchent de la gagner ; à la fin ils la perdent.

Les Algériens, eux, ont la noblesse d'un peuple soviétique ; chacun dans le film est un *exemplum* marxiste, que le cinéaste filme à la façon d'un statuaire. Il montre les figures du peuple en gros plans au milieu des scènes de rue, individus sans nom au milieu d'une foule de leurs semblables, joyeux quand il le faut, en colère quand il le faut, toujours dignes, et chacun des portraits indique ce qu'il convient de ressentir à leur apparition.

Le film est d'une clarté admirable. Les héros algériens meurent, mais le peuple anonyme les remplacera ; l'agitation de la rue est irrépressible, les techniciens de la guerre ne peuvent rien contre le sens de l'Histoire. On montrera le film à tous les petits Algériens, ils apprendront leur geste héroïque, ils seront fiers d'appartenir à ce peuple obstiné, ils souhaiteront ressembler à ces beaux portraits immobiles tirés de la foule, dans ce noir et blanc grenu des fictions de gauche qui voudraient passer pour des documentaires. Le colonel Mathieu — on reconnaît bien de qui il s'agit — est remarquable d'intelligence. Sans haine il conçoit et exécute un plan parfait. Yacef Saadi est prodigieux d'héroïsme bravache. Ali La Pointe, le tueur, a le romantisme du lumpenprolétariat, et il meurt à la fin car on ne saurait quoi en faire : il est provisoire. Tout est bien ficelé, tout est clair, rien n'est dans l'ombre. J'ai bien compris ce film. Personne n'est mauvais, il est juste un sens à l'Histoire auquel on ne s'oppose pas. Je ne comprenais pas que l'on ait cru devoir l'interdire. Ce fut tellement plus sordide.

Cela fut bien plus sordide que le film n'ose se montrer, le FLN coupait des nez et des lèvres et des couilles au sécateur, les parachutistes électrocutaient des types englués dans leur merde, les pieds baignant dans leur pisse. Tout le monde y avait droit, les coupables, les suspects, les innocents. Mais il n'y avait pas d'innocents, il n'y avait que des actes. Le moulin broyeur hachait les gens sans leur demander leur nom. On tuait machinalement, on mourait par hasard. La race, cette affectation approximative à un groupe, lue sur les visages, faisait mourir. On trahissait, on liquidait, on ne savait pas vraiment qui appartenait à quoi, on assassinait sur la foi de ressemblances, la duplicité était le moteur inépuisable qui mouvait la guerre, moteur à explosion, moteur électrique, associé à une violence que l'on essaiera de ne pas décrire.

Mais oublions. C'est la paix des braves maintenant, Trinquier le paranoïaque et Saadi l'histrion peuvent bavarder à la télévision. Le peuple uni ne sera jamais vaincu. Tout est clair dans *La Bataille d'Alger* de Gillo Pontecorvo. Mais il me paraissait étrange, ce film simple. Quelque chose d'invisible dans les lieux qu'il montrait me laissait une inquiétude que je ne comprenais pas. Je savais qu'il avait été tourné dans Alger même, avec les gens qui vivent là, ceux que l'on appelle maintenant les Algériens, alors que ce nom auparavant en désignait d'autres. Les lieux me paraissaient vides. Les Européens étaient à leur balcon comme des marionnettes sur un castelet. Le stade que l'on voit lors d'un attentat était cadré serré, comme dans un film historique où l'on évite les lignes électriques ou le passage des avions. Une Jeep pleine de soldats filait dans une rue vide, portes fermées, boutiques fermées, avec quelques Européens au balcon posés comme des géraniums, très peu, et tout raides. Le décor de ce récit bien clair me procurait un trouble dont j'avais à peine conscience. Je n'y pensais pas vraiment ; et à la fin je vis les chars.

De chars, il n'y en avait qu'un, entouré de gardes mobiles dans le virage au-dessous de Climat de France. Tout seul il figurait *les chars*, qui sont dans le légendaire de gauche la figure du maintien de l'ordre, la figure de l'écrasement du peuple. Dans les dernières scènes de *La Bataille d'Alger* de Gillo Pontecorvo, on voit l'appareil répressif de l'État préfasciste français tenter de mettre au pas le peuple algérien — je n'ajoute pas « progressiste » à « peuple », ce serait pléonastique — et malgré toutes ses ressources techniques n'y point parvenir. La vitalité populaire avait raison de l'outil répressif. Sous les murs de Climat de France, entre des gardes mobiles vêtus de noir apparaissait un char. J'éclatai de rire.

Je fus le seul à rire, et tout contre moi elle fut étonnée, mais je pressai sa main avec tant d'amour qu'elle sourit à son tour et se serra un peu plus contre moi.

Je connaissais ce char qui venait d'apparaître dans le virage en dessous de Climat de France. J'avais lu, enfant, l'Encyclopédie Larousse, la version illustrée de planches en couleurs, et j'aimais plus que tout la page *Uniformes*, la page *Avions*, la page *Blindés*. Ce char à l'écran n'était pas français mais russe. Il s'appelait ISU-122, char lourd chasseur de chars. On le reconnaît à son canon bas, inséré dans une tourelle fixe qui lui fait deux épaules renfrognées, et aux bidons à l'arrière, qui contiennent je ne sais quoi, peut-être rien. Je m'y connaissais en blindés, j'en avais couvert les marges de mes cahiers d'école, j'avais dessiné celui-là avec son canon bas et ses bidons arrière. Pontecorvo avait tourné sur place, à Alger, avec les gens mêmes qui avaient vécu cela. Dans le légendaire de gauche c'était bien là une preuve d'authenticité. Mais tourner à Alger en 1965 un film qui se déroule en 1956 est un mensonge. En 1965, la ville de 1956 n'existait plus. Comment trouver des Européens à Alger en 1965 ? Il fallait les faire revenir d'on ne sait où, les placer sur les balcons comme autant des plantes en pots, et cadrer serré le stade qu'ils ne pouvaient remplir. Comment tourner en 1965 dans la ville européenne d'Alger sinon en la vidant de ses nouveaux habitants, en refermant les boutiques laissées en 1962, et en espérant que cela ne se remarque pas, en barrant ses rues pour que la foule des nouveaux habitants n'y apparaisse pas ? Comment trouver des parachutistes et des gardes mobiles en 1965 sinon en déguisant des militaires et des policiers algériens ? Comment trouver un char français à Alger en 1965 sinon en utilisant un char de l'ALN, fourni par l'URSS, et en espérant que personne ne le reconnaisse ? Il en était beaucoup de ces chars dans les rues d'Alger en 1965, puisque l'ALN prenait le pouvoir. L'armée était là avec ses troupes régulières et ses chars, il suffisait qu'ils se déguisent pour tourner. Pontecorvo était à Alger en 1965, cinéaste officiel du coup d'État. Il était un sale type, les cinéphiles le savaient. Il avait quelques années auparavant déclenché un travelling dans un autre film, et c'était une question de morale. Il avait décidé un travelling qui démarrait au moment où une jeune femme dans un camp de concentration se suicidait, elle se jetait sur les barbelés, et au moment du choc, au moment de sa mort fictive sur les barbelés fictivement électrifiés, il lançait le travelling pour la recadrer, pour en faire un tableau de la souffrance. Passe encore que l'acte soit improbable selon les déportés eux-mêmes ; mais il est des règles morales au cinéma. L'homme qui décide de recadrer un cadavre en contre-plongée n'a droit qu'au plus profond mépris.

Au moment même du coup d'État Pontecorvo mettait l'Histoire en boîte, il offrait à la République militaire algérienne le fondement de son mythe. *La Bataille d'Alger* est exactement le film officiel des accords d'Évian : l'accord entre les deux appareils politico-militaires, celui qui part, celui qui le remplace. Voilà pourquoi les parachutistes dans ce film sont de bonne compagnie. Saadi le déchiqueteur de passants et Trinquier l'électrocuteur général signent la paix des braves. Dans une mêlée confuse où tant d'adversaires furent aux prises, trois, six, douze, seuls ces deux-là gardent à la fin la parole. Ils se partagent le butin, et font disparaître les autres. Voilà quel était mon trouble, je le comprenais enfin : la ville européenne d'Alger était vide, trop vide pour une ville méditerranéenne. Elle venait d'être vidée. Ceux qui l'habitaient venaient d'être effacés.

Trinquier et Saadi peuvent bavarder en vieux camarades, ils se mettent d'accord pour n'évoquer qu'un seul peuple algérien, un peuple uni, radieux de son identité retrouvée, qui n'existe pas ;

ils se mettent d'accord pour ne rien dire d'un peuple pied-noir évacué en quelques semaines. Ceux-là gênaient, leur existence même était une gêne ; on leur dénia le droit à l'Histoire. Quand les empires se transforment en nations, il faut effacer ceux dont on ne peut inventer l'appartenance.

Voilà donc les seuls méchants du film, ceux qui n'ont droit à aucun portrait, ceux que l'on ne voit que de loin, qui ne sont que braillards, racistes et mesquins, lyncheurs d'enfants, lyncheurs de vieillards, cabots jappant et lâches qui n'auront plus droit à l'existence. Ils ont tort d'être, le film insiste, l'Histoire les laisse sur ses berges, en cadavres abandonnés déjà pourrissants. Le char qui monte à Climat de France clôt l'Histoire, et son déguisement montre ce qui se passe. Le char faux français mais vrai soviétique, entouré de figurants déguisés en Français qui sont de vrais militaires algériens, réprime de véritables Algériens qui jouent des Algériens. Mais eux sont les vrais réprimés. Dans les rues alentour sont garés les chars de l'ALN, qui contrôlent la capitale et prennent le pouvoir. Cette image, le char dans le virage sous Climat de France, on pourrait l'afficher, photogramme agrandi, et ce serait un tableau : *Tombeau pour le peuple algérien tout entier*. Peuple algérien disparu pour une part, réprimé pour l'autre part, deux fois sur la même image. L'armée des frontières s'emparait du pouvoir, Gillo Pontecorvo tournait *La Bataille d'Alger* dans Alger vidé, ils écrivaient l'Histoire. Dans cette guerre qui divisait jusqu'à l'intérieur des individus, dont la trahison infinie fut le moteur, deux parties parlèrent clairement pour tous, l'une pour la France, l'autre pour l'Algérie. Et c'est là mentir.

Le cinéma est une fiction ; il est par ailleurs un procédé d'enregistrement. Le char avait été là, les rues vides avaient été là, la nuée de figurants déguisés avait été là : le réel s'était fixé sur la pellicule et restait. Quand l'écran s'éteignit et que la salle bourdonnante se ralluma, quand les lumières se furent inversées, je me levai d'un coup, raide et furieux, et elle s'inquiéta de ma colère dont elle ne comprenait pas la cause. J'aurais voulu lui expliquer pourquoi une image m'agitait ainsi, mais je ne savais pas comment le dire en quelques mots. Il aurait fallu commencer par le Grand Larousse illustré, expliquer pourquoi je m'y connaissais en chars par goût de petit garçon, et lui redire toute la vie de Salagnon comme il me l'avait racontée, et comme je l'avais comprise, et lui dire ce que nous vivons ici depuis quarante ans. Les gens quittaient la salle d'un air pénétré, ils avaient le sentiment d'avoir enfin vu un film interdit, qui disait le vrai puisqu'on avait tenté de le cacher. Personne sans doute dans cette salle ne voyait le mensonge sur l'écran, car personne sans doute ne connaissait les chars.

Elle m'accompagnait, silencieuse et confiante. Nous sortîmes du cinéma, nous fûmes dans le vacarme de l'après-midi, dans la rue piétonne et sa chaleur, où la foule allait dans les deux sens. « Je t'emmène à Voracieux, lui dis-je. Tu verras cet homme qui m'apprend à peindre. » Nous prîmes le métro jusqu'au bout de la ligne, puis le bus. Elle était assise contre moi, la tête sur mon épaule, interrogative mais sans rien demander. « Il m'apprend à essayer de te peindre, dis-je alors que nous roulions entre les tours. Je n'y arrive pas très bien mais je ne désire rien de plus fort. » Elle m'embrassa doucement. Je pensais à l'horrible image qui verrouillait ce film, qui le faisait choir d'un coup dans le mensonge alors que chaque détail était vrai, cette image du char sous Climat de France comme un lapsus qui montre en voulant cacher, qui tente de dire ce que l'on estime vrai mais manifeste ce qui est vraiment, par l'obstination d'un détail impossible à cacher.

Quand nous fûmes assis dans son salon si laid, je m'en ouvris à Salagnon. Il rit.

« Mais je sais bien ce que tu dis. Je vis avec une pied-noir depuis si longtemps ».

Et très doucement il caressa la joue d'Eurydice assise contre lui, qui lui sourit d'un sourire si doux que toutes les ridules qui marquaient sa peau de soie froissée s'évanouirent. Il ne resta que son visage si beau, éclatant. Elle n'eut d'autre âge que celui de son sourire : quelques secondes.

« Cela ne se voit pas, ce que vous avez vécu. Il n'en reste aucune trace. »

J'englobais d'un grand geste cette décoration impersonnelle qui nous entourait d'une façon oppressante.

« C'est l'absence de traces qui est la trace.

— Arrêtez avec vos propos chinois. Ce sont des trompe-l'œil pour faire croire à des profondeurs. Parlez vraiment.

— Il devrait y avoir des traces, mais il n'y en a pas. J'ai ramené Eurydice. Si je veux qu'elle reste à mon côté, il faut que nous ne nous retournions pas ; jamais. Sinon elle disparaîtrait dans le trou d'amertume qu'ont laissé les pieds-noirs en partant. Je ne dois pas me retourner, juste la sortir de l'enfer, et rester avec elle ; ne plus jamais parler d'avant.

— Qu'avez-vous fait, depuis ; depuis que vous êtes là ensemble ?

— Rien. Tu ne t'es jamais demandé ce que font l'homme et la femme qui se sont rencontrés pendant un film d'action ? Ce qu'ils font, après le film ? Eh bien, rien. Le film s'arrête, la lumière s'éteint, on rentre à la maison. J'ai fait un petit jardin, que tu as vu, où il ne pousse pas grand-chose.

— Vous n'avez pas eu d'enfant ?

— Aucun. Quand on a vécu ceci, soit on en a beaucoup, et on ne pense qu'à eux, soit on n'en a pas, et on ne pense qu'à nous. Nous nous aimions assez, je crois, pour ne penser qu'à nous. »

Ils se turent tous les deux ; ils se taisaient ensemble, et cela était plus intime encore que de parler ensemble. Je ne les interrompis pas.

Par la porte ouverte je voyais un couloir, et au bout, sur le mur, un couteau pendu à un clou oscillait, à je ne sais quel courant d'air car je ne sentais rien, les fenêtres étaient closes. Sa gaine de cuir tout usée émettait une lueur rouge sombre, la couleur du cuir brut à peine teint, la couleur du soir qui maintenant tombait autour de nous, la couleur d'une lame gonflée de rouille ; la couleur d'un encroûtement de sang, qui entourerait la lame et la dissimulerait entièrement. On ne voyait pas la lame, gainée de cuir, gainée de rouille, gainée de sang séché, on voyait une émanation rougeâtre qui oscillait au bout d'un lien suspendu à un clou. Le sang bouge de lui-même, inlassablement, il émet une sombre lueur, une chaleur douce qui nous maintient en vie.

« La peinture m'a aidé, dit-il enfin, aidé à ne pas me retourner. Pour peindre, je dois être là, rien d'autre ; grâce à la peinture ma vie se contente d'une feuille. Je peux te donner l'art du pinceau si tu viens encore me voir, c'est un art modeste, juste à la mesure de ce que peuvent les mains, une touffe de poils serrés, une goutte d'eau. L'art du pinceau, si tu le pratiques pour ce qu'il est, te permet de vivre sans orgueil. Il te permet juste de t'assurer que tout est là, devant toi, et que tu as bien vu. Le monde existe et c'est bien comme ça, même s'il est d'une cruauté que l'on n'imaginait pas, et d'une grande indifférence. »

Il se tut encore. Je ne l'interrompis pas. Je n'entendais plus que nos respirations, la mienne, la sienne, et la respiration des deux vieillards assis devant nous, cet homme grand et maigre et cette femme à la peau finement fripée, leur respiration un peu sifflante, un peu grumeleuse, irrégulière d'être tant passée par leurs bronches usées, polies par des années de souffle. Assise à côté de moi, mon cœur, elle n'avait pas dit un mot. Elle avait regardé Salagnon sans rien perdre de ce qu'il disait, elle fixait sans détourner les yeux le vieillard qui m'apprenait ce dont j'ignorais tout, et qui en échange m'enseignait un art dont je voulais me servir avec elle. La lumière du soir passait par la fenêtre voilée de mousseline. Ses cheveux touffus parsemés de blanc l'auréolaient de duvet de cygne. Ses lèvres fermes brillaient d'un rouge profond, ses yeux diffusaient une lueur que je croyais violette, trois taches couleur de sang au cœur d'un nuage de plumes. Je ne savais ce que tu pensais alors, mon cœur ; mais si tu avais su ce que je pensais à l'instant, nous tous immobiles, si tu avais su ce que je pensais de toi sans interruption, tu serais venue te blottir dans mes bras et tu y serais restée toujours. J'étais sûr que par la porte ouverte, au bout de ce couloir, le couteau pendu à un clou, dans sa gaine, bougeait.

Salagnon changea de position avec une grimace. Il étendit sa jambe.

« La hanche, murmura-t-il. La hanche me fait souffrir à certains moments. Je ne sens rien pendant des années, et puis cela revient. »

Je voudrais le lui demander, ce qui exactement le fait souffrir. Peut-être, si je demandais à cet homme quel est son tourment, le guérirais-je de sa blessure. Le cœur battant je m'avançai sur mon fauteuil de velours rêche, inconfortable et terne. Elle me regardait, mon cœur, elle sentait que j'allais lui parler, elle me soutenait de ses yeux, de ses lèvres, de ces trois lueurs intenses, rouges, auréolées d'un duvet de cygne. Je m'avançai, mais je baissai les yeux, et je pris machinalement un petit objet lourd qui traînait sur la table basse. Je l'avais toujours vu à la même place, dans une coupelle, ce qui n'étonnait pas car chez Salagnon tout était comme vissé, avec une science de la déco que l'on ne voit que dans les catalogues ou les séries télé. Cet objet dense, je l'avais toujours vu, je ne m'étais jamais demandé ce que c'était, car ce qui est toujours là on ne le voit pas. Je m'étais avancé en hésitant jusqu'au bord de mon fauteuil, il était à portée de main juste devant moi, je l'avais pris. Il pesait, ramassé et métallique, fait de pièces refermées dans un manche de bakélite. Je n'avais jamais su ce que c'était. Ce soir-là j'osai lui demander :

« Qu'est-ce que c'est, cet objet toujours là ? Un couteau suisse ? Un souvenir ? Alors que vous ne gardez rien ?

— Ouvre-le. »

Je dépliai les pièces de métal avec un peu de peine. Elles pivotaient sur leur axe grippé, une lame courte et tranchante, banale, et une pointe de section carrée, longue comme le doigt, bien solide.

« C'est bien un couteau suisse, dis-je. Mais sans ouvre-boîte, sans lame à tartiner, sans tournevis. Vous vous en servez pour quoi ? Pour ramasser les champignons ? »

Il sourit avec bonheur.

« Tu ne sais pas ce que c'est ?

— Non.

— Tu n'as jamais rien vu de semblable ?

— Jamais.

— C'est un couteau à énuquer ; pour tuer quelqu'un en silence, en lui enfonçant la pointe dans le petit creux de la nuque, juste sous le crâne. Avec une main ferme cela rentre sans peine. L'autre main lui tient la bouche, il meurt instantanément, sans que personne ne s'en aperçoive. Ce couteau a été conçu dans ce but, il ne peut servir qu'à ça, tuer les sentinelles sans qu'elles crient. J'ai appris à m'en servir, j'ai formé d'autres à s'en servir, nous le portions replié dans une poche quand nous étions dans la jungle. Celui-là c'est le mien. »

Je reposai l'objet sur la table, sans le heurter, n'osant pas le refermer.

« Je suis heureux que tu ne le reconnaisses pas.

— Je ne savais même pas que cela existait.

— Nous avions des outils pour la guerre. Je viens d'un monde dont on n'a plus idée. On se tuait au couteau, on s'éclaboussait du sang des autres, on s'essuyait machinalement. Maintenant quand ça saigne, c'est soi ; on ne touche plus au sang des autres. On ne s'approche plus, on broie à distance, on utilise des machines. C'est fini, ce métier où l'on sentait l'odeur de l'autre, et la chaleur de l'autre, et la peur de l'autre se mêler à notre peur au moment de le tuer. Je vois maintenant des publicités pour l'armée. On peut s'engager, faire carrière, c'est un métier qui vise à protéger les gens, sauver des vies, se dépasser soi-même. Nous, nous ne sauvions d'autres vies que les nôtres ; nous protégions quand nous le pouvions, et nous essayions juste de courir plus vite que la mort. Je peux enfin disparaître si tu ne reconnais pas les outils de la guerre. Tu n'imagines pas combien ton ignorance me fait plaisir. »

Je contemplais l'objet ouvert sur la table ; je savais maintenant son usage simple, suggéré par sa forme.

« Mon ignorance vous fait plaisir ?

— Oui. Elle me soulage, comme si la prophétie de mon oncle

s'accomplissait : nous allons pouvoir en finir. La dernière fois que je l'ai vu, c'était en prison. Cela a duré quelques minutes, on m'avait fait entrer dans sa cellule, on nous a laissés seuls, on ne m'a pas regardé en face au moment de tourner les clés et de pousser les portes. Il était condamné à mort, à l'isolement, mais il y avait la loi et il y avait la fidélité. On m'a fait entrer pour que je le voie une dernière fois, on m'a dit de faire vite et de ne jamais rien dire. Il regrettait de ne plus avoir avec lui son exemplaire de l'*Odyssée*. Il savait le poème par cœur à ce moment-là, il en avait enfin fini avec la tâche de l'apprendre, mais il aurait voulu le sentir à portée de main, comme pendant les vingt ans qui venaient de s'achever. Là, à la prison, nous n'avions pas grand-chose à dire sur les événements, un haussement d'épaules suffisait à exprimer l'effondrement de tout, ou bien il aurait fallu une vie entière de récriminations ; alors il m'a parlé de l'*Odyssée*, et de sa fin. À la fin, Ulysse et Pénélope ont le "bonheur de retrouver leur couche et ses droits d'autrefois". Et, lorsqu'ils ont joui des plaisirs de l'amour, ils s'adonnent aux plaisirs de la parole. Mais cela ne s'achève pas ainsi. Ulysse doit repartir avec sur l'épaule la rame bien polie d'un navire. Quand il parviendra dans un lieu où on lui demandera pourquoi il a sur l'épaule une pelle à grains, quand il sera assez loin pour qu'on n'ait plus idée de ce qu'est la rame d'un navire, il pourra s'arrêter, planter la rame dans le sol comme un arbre, et rentrer chez lui mourir de vieillesse, paisiblement.

« Mon oncle s'attristait de ne pas connaître cette fin d'apaisement et d'oubli, quand les outils ne seraient plus reconnus. À ce moment-là, tout le monde tuait tout le monde. Tout le monde avait appris à tuer et s'attendait à l'être. Les armes circulaient dans Alger, tout le monde en avait, tout le monde s'en servait. Alger était un chaos, un labyrinthe de sang, on s'entretuait dans les rues, dans les appartements, on torturait dans les caves, on jetait des cadavres à la mer, on les enterrait dans les jardins. Et tous ceux qui fuyaient en France apportaient des armes dans leurs pauvres bagages, emportaient le souvenir terrifié de toutes les armes qu'ils avaient vues. Ils les reconnaîtraient leur vie durant, ils n'oublieraient rien, cela ferait autour de leur cœur une cage trop étroite qui l'empêcherait de battre. Nous ne retrouverons la paix que quand tout le monde aura oublié cette guerre de vingt ans où l'on enseignait le piège, le meurtre, et la douleur infligée, comme autant de techniques de bricolage. Mon oncle savait qu'il ne connaîtrait pas cette paix, il n'en aurait pas le temps. Il avait fini d'apprendre son livre, et il savait que c'était la fin. Nous nous sommes dit adieu et je suis sorti de sa cellule, on a fermé la porte et on m'a raccompagné sans me regarder.

« Mon oncle a été fusillé le lendemain pour haute trahison, complot contre la République, tentative d'assassinat du chef de l'État. Tentative, a-t-on précisé, car ils l'ont raté, ils ont tout raté. Je m'étonne encore que des types aussi efficaces en d'autres circonstances aient pu agir avec un tel amateurisme. Dans cette insurrection de la fin, la seule chose qu'ils ont su faire a été de tuer des gens au hasard. Ils n'ont su qu'augmenter la terreur générale, désigner des coupables plus ou moins au hasard et les flinguer ; ils se sont mêlés de politique et n'ont su accomplir que l'acte politique le plus primaire et le plus stupide, faire l'usage le plus imbécile de la force : le coup de pied au chien, la balle dans la tête du premier venu. Dans le désespoir de la fin on tuait des gens qui passaient par là. Ils ont obtenu l'ignominie, le gâchis, leur mort et celle des autres. On ne détourne pas le fleuve du temps en lui lançant des cailloux, on ne le ralentit même pas ; ils ne comprenaient plus rien. »

Il se redressa un peu, grimaça, tint sa hanche. Eurydice pleine de sollicitude passa sa main fine et tavelée sur sa cuisse. Il fallait que je lui demande maintenant. Il m'avait appris à peindre et raconté son histoire ; je connaissais les modulations de son souffle et le grain de sa voix. Il fallait que je lui demande quel était ce tourment qui le suivait partout, où qu'il aille, ce tourment qui lui vrillait la hanche depuis tant d'années, cette blessure persistante que personne ne veut plus connaître dans ce monde où lui ne vivait presque plus, et où moi je vivrais encore.

« Monsieur Salagnon, lui demandai-je enfin, vous avez torturé ? »

Elle me regardait, mon cœur, à côté de moi. Elle retenait son souffle. Au bout du couloir le couteau oscillait pendu à un clou, il luisait d'une couleur rouge qui pouvait être du cuir, la lumière du soir, ou du sang séché. Salomon me sourit. Qu'il sourie à ce moment-là était la pire réponse qu'il puisse faire. Tu frémissais à côté de moi, mon cœur, tes yeux, tes lèvres, trois taches dans une auréole de duvet de cygne.

« Ce n'est pas le pire que nous ayons fait.

— Mais quoi de pire ? » me récriai-je, d'un cri aigu.

Il haussa les épaules, il me parlait avec douceur, il était patient.

« Maintenant que cette guerre est finie, celle qui a duré vingt ans et a occupé ma vie, on ne parle plus que de la torture. On cherche à savoir si elle a existé, ou bien on la nie ; on cherche à savoir si l'on a exagéré, ou pas, on désigne qui l'aurait pratiquée, ou pas. On ne pense plus qu'à ça. Ce n'est pas le problème. Cela ne l'était pas.

— Je vous parle de torture ; et vous me dites que c'est un détail ?

— Je ne parle pas de détail. Je dis que ce n'est pas le pire que nous ayons fait.

— Mais alors, quoi ? quoi le pire ?

— Nous avons manqué à l'humanité. Nous l'avons séparée, alors qu'elle n'a aucune raison de l'être. Nous avons créé un monde où selon la forme du visage, selon la façon de prononcer le nom, selon la manière de moduler une langue qui nous était commune, on était sujet ou citoyen. Chacun consigné à sa place, cette place s'héritait, et elle se lisait sur les visages. Ce monde, nous avons accepté de le défendre, il n'y a pas de saloperie que nous n'ayons faite pour le maintenir. Du moment que nous avions admis l'immense violence de la conquête, faire ceci ou cela n'était plus que des états d'âme. Il ne fallait pas venir ; je suis venu. Nous nous sommes tous comportés comme des bouchers, nous tous, les douze adversaires dans cette atroce mêlée. Chacun était viande à maltraiter pour tous les autres, nous découpions, nous frappions avec n'importe quelle arme jusqu'à réduire les autres en charogne. Nous essayions parfois d'être chevaleresques, mais cela ne durait pas plus que d'en avoir l'idée. Que l'autre soit ignoble garantissait notre raison ; notre survie dépendait de notre séparation, et de leur abaissement. Alors nous détections les accents, nous riions des noms, nous placions les visages en catégories auxquelles nous affections des actes simples : arrestation, soupçon, liquidation. En gros, nous simplifiions : eux, et nous. »

Salagnon s'agitait. Il ne pouvait pas vraiment s'arrêter, parce que ce qu'il disait lui était apparu année après année, et il n'avait jamais eu personne à qui le dire. Non pas que l'on n'en dise rien, au contraire, cette guerre tout le monde la raconte, mais cela produit un vacarme de plaintes et de haines auquel on ne comprend rien. Les places de victimes et de bourreaux s'y échangent en permanence parmi les douze protagonistes de l'atroce mêlée, et dans le groupe social où j'ai grandi, on avait admis sans y regarder de près que Salagnon et ses semblables avaient été les pires. Le prétendu silence autour de la guerre de vingt ans fut un tohu-bohu, une ronde sans fin dont tout le monde se mêlait, et qui tournait, et qui évitait toujours le centre du problème. Si là-bas était chez nous, qui étaient ceux qui vivaient là-bas ? Et s'ils vivent ici, qui sont-ils maintenant ? Et nous, alors ?

Victorien et Eurydice, âgés de bien plus d'un siècle à eux deux, restaient serrés l'un contre l'autre, frêles et ridés, deux souvenirs du XXe siècle dont nous entendions, elle et moi, elle à côté de moi, la respiration un peu sifflante, courants d'air dans des papiers qui s'envolent.

« La pourriture coloniale nous rongeait. Nous nous sommes tous comportés de façon inhumaine car la situation était impossible. Il n'est que dans nos bandes armées que nous nous comportions avec un peu du respect que chacun doit à l'homme pour rester un homme. Nous nous serrions les coudes, il n'y avait plus d'humanité générale, simplement des camarades ou de la viande adverse. En prenant le pouvoir, nous voulions cela : organiser la France comme un camp de scouts, sur le modèle des compagnies sanglantes qui erraient dans la campagne en suivant leur capitaine. Nous imaginions une république de copains, qui serait féodale et fraternelle, et qui suivrait l'avis du plus digne. Cela nous paraissait égalitaire, souhaitable, exaltant, comme quand nous étions tous ensemble à nettoyer nos armes autour d'un feu dans la montagne. Nous étions naïfs et forts, nous prenions un pays entier pour une compagnie de garçons battant la campagne. Nous avions été l'honneur de la France en ces temps où l'honneur se mesurait à la capacité de meurtre, et je ne comprends pas exactement où tout a disparu.

« Nous étions des aigles ; mais tout le monde l'ignorait car nous étions vêtus de camouflage, à quatre pattes dans les buissons, ou couchés derrière des cailloux. Et nos adversaires n'étaient pas à notre hauteur. Non pas par leur courage, mais par leur aspect. Qu'ils nous vainquent, et on s'extasiait que de petits hommes pauvres puissent nous vaincre ; que nous les vainquions, et l'on se moquait de notre tableau de chasse trop facile, fait de petits hommes pauvres, mal habillés, mal armés, allongés côte à côte devant nous en uniforme. Nous étions des aigles, mais n'avons pas eu la chance d'être foudroyés comme l'aigle allemand, l'aigle de la Chancellerie qui bascule broyé sous les bombes, et s'écrase au sol. Nous avons été des aigles englués, comme des oiseaux de mer dont le plumage craint l'huile ; quand l'huile noire se répand sur l'eau, ils se rabougrissent, ils finissent d'une mort ignominieuse, où l'étouffement le dispute au ridicule. Le sang versé a coagulé, nous dedans ; cela nous donne un aspect atroce.

« Et pourtant, nous avons sauvé l'honneur. Nous nous sommes relevés, nous avons retrouvé la force dont nous avions manqué ; mais nous l'avons appliquée ensuite à des causes confuses, et finalement ignobles. Nous avions la force, nous l'avons perdue, nous ne savons pas exactement où. Le pays nous en garde rancune, cette guerre de vingt ans n'a fait que des perdants, qui s’invectivent à voix basse d’un ton fielleux. Nous ne savons plus qui nous sommes.

— Tu exagères, Victorien, dit Eurydice d’une toute petite voix. Ce n’était pas si mal, la vie là-bas. Les grands colons étaient rares, nous étions pour la plupart de petites gens. Nous nous croisions peu mais nous nous entendions bien. Nous vivions entre nous, et eux entre nous.

— Eurydice, l’interrompis-je, vous entendez ce que vous dites ?

— Ce n’est pas ce que je voulais dire, rougit-elle.

— Mais si ! On dit toujours ce que l’on veut dire.

— On se trompe parfois. Les mots sortent tout seuls.

— C’est qu’ils étaient là ; comme une pierre sous le sable qui fait dévier la roue, et on sort de la route. Vous avez dit ce qui était, Eurydice : vous entre vous, et eux entre vous, tout le temps, jour et nuit, eux qui vous obsèdent et vous détruisent, qui détruisent votre vie par leur présence, car vous avez détruit leur vie, par votre présence, et ils n’ont plus nulle part où aller.

— Tu exagères. Nous nous entendions bien.

— Je sais. Tous les pieds-noirs le disent : ils s’entendaient bien avec leur femme de ménage. Je comprends ce que dit Victorien, maintenant : le drame de l’Algérie n’est pas la torture, mais de bien s’entendre ou non avec sa femme de ménage.

— Je ne l’aurais pas dit comme ça, dit-il amusé, mais c’est bien ce que je pense.

— On peut toujours débattre de la colonie, continuai-je, et cela pendant longtemps. On choisira un camp, ou l’autre, on se jettera à la tête les réalisations et les injustices, on équilibrera les travaux publics avec un décompte minutieux des violences. La conclusion que chacun en tirera sera la confirmation de sa première idée : l’échec tragique d’une bonne cause, ou l’ignominie persistante d’une faute originelle. À ceux qui récusent leur droit à l’existence, les habitants de la colonie répondent toujours qu’ils s’entendaient bien. Ils ne peuvent pas plus : la colonie permet au mieux de s’entendre avec sa femme de ménage, que l’on appelle par son prénom, ce qu'elle n'osera jamais faire à moins de le faire précéder de "madame". Quand elle va bien, la colonie permet à des gens très humains, très respectueux, habités des meilleurs sentiments du monde, de regarder avec gentillesse un petit peuple coloré auquel ils ne se mélangent pas. La colonie permet juste un paternalisme affectueux, assuré par le plus simple des critères : la ressemblance héréditaire. Voilà à quoi l'on parvient quand tout le monde y met du sien : bien s'entendre avec sa femme de ménage, et les enfants l'adorent, mais on l'appellera toujours par son prénom.

« Comment vouliez-vous faire vivre trois départements français avec leur préfecture, leurs postes, leurs écoles, trois départements comme ici avec leurs monuments aux morts, leurs cafés remplis à l'heure de l'apéritif, leurs rues ombragées de platanes pour jouer aux boules, comment voulez-vous faire vivre ces trois départements avec dedans huit millions d'invisibles qui essaient de ne pas faire trop de bruit pour ne pas déranger ? Huit millions de bergers, de cireurs de chaussures, de femmes de ménage, qui n'ont pas de nom, et pas de lieu, huit millions de pharmaciens, d'avocats et d'étudiants aussi, mais qui n'ont pas davantage où aller, et qui seront les premiers à subir la violence quand il s'agira de bien séparer ce qui est nous de ce qui est eux. Camus, qui s'y connaissait, donne l'image parfaite de l'Arabe : il est toujours là dans le décor, sans rien dire. Quoi que l'on fasse on tombe dessus, il est là et finit par gêner ; il obsède comme une nuée de phosphènes dont on ne se débarrasse pas, il trouble la vision ; on finit par tirer. On est finalement condamné parce qu'on ne se repent pas, on chassait les phosphènes d'un geste de la main, mais l'opprobre général est un soulagement. On a fait ce que chacun désirait, et il faut payer maintenant, mais cela a été fait. La violence de la situation est telle qu'il faut des sacrifices humains réguliers pour apaiser la tension qui sinon nous détruirait tous.

— J'ai bien eu raison de te raconter ce que je t'ai raconté », dit Salagnon.

Eurydice me regardait avec un tremblement des lèvres. Elle voulait me répondre, mais ne savait pas exactement quoi. Ceci pouvait être une atteinte, encore une, à son droit d'être.

« Ne vous méprenez pas, Eurydice. Je vous connais à peine, mais je tiens à votre existence. Vous êtes là, et on a toujours raison d'être. Je trouve tragique que l'Algérie française ait disparue. Je ne dis pas "injuste", ni "dommage", mais "tragique". Elle existait, fut créée, quelque chose fut créé où l'on vivait, et il n'en reste rien. Qu'elle fût fondée sur la violence, sur l'injustice de la séparation des races, sur un prix humain ignoble payé chaque jour, ne la diminue en rien, car l'être n'est pas une catégorie morale. L'Algérie française était ; elle n'est plus. C'est tragique pour un million de personnes effacées de l'Histoire sans avoir le droit de dire leur tristesse. C'est tragique pour soixante-quatorze députés qui se levèrent à l'Assemblée et sortirent pour n'y plus revenir car ils ne représentaient plus rien. C'est tragique pour le million d'Algériens qui vivaient en France, que l'on appelait Musulmans pour les différencier de ceux, Français, qui vivent en Algérie, et à qui on retira la nationalité française car un autre pays s'était créé au loin. La confusion des noms était totale. On renomma. Tout devint clair. Mais on ne savait plus de quoi on parlait. Et les jeunes gens d'ici, qui ressemblent à ceux de là-bas, à qui on n'accorde pas ici l'être plein et entier du fait d'un héritage confus, veulent qu'on les appelle musulmans, comme là-bas auparavant, mais sans majuscule ; cela leur donnerait une dignité en remplacement de celle qu'on leur refuse. La confusion est totale. La guerre est proche, elle nous soulagerait. La guerre soulage car elle est simple.

— Une simplicité que je ne souhaite plus, marmonna Salagnon.

— Alors il faut réécrire l'Histoire, l'écrire volontairement avant qu'elle ne se gribouille d'elle-même. On peut gloser sur de Gaulle, on peut débattre de ses talents d'écrivain, s'étonner de ses capacités de mentir-vrai quand il travestit ce qui gêne et passe sous silence ce qui dérange ; on peut sourire quand il compose avec l'Histoire au nom de valeurs plus hautes, au nom de valeurs romanesques, au nom de la construction de ses personnages, lui-même en premier lieu, on peut ; mais il a écrit. Son invention permettait de vivre. Nous pouvions être fiers d'être de ses personnages, il nous a composés dans ce but, être fiers d'avoir vécu ce qu'il a dit, même si nous soupçonnions qu'au-delà des pages qu'il nous assignait existait un autre monde. Il faut réécrire, maintenant, il faut agrandir le passé. À quoi bon remâcher quelques saisons des années quarante ? À quoi rime cette identité nationale catholique, cette identité de petites villes le dimanche ? À rien, plus rien, tout a disparu ; il faut agrandir.

« Nous nous sommes brisés en ne reconnaissant pas l'humanité pleine de ceux qui faisaient partie de nous. On a ri de n'avoir pas osé nommer "guerre" ce que l'on évoquait comme "les événements". On a cru que parler de "guerre" marquerait la fin de l'hypocrisie. Mais dire "guerre" renvoie là-bas à l'étranger, alors que ces violences avaient bien lieu entre nous. Nous nous comprenions si bien ; on ne s'entretue bien qu'entre semblables.

« Les violences au sein de l'Empire nous ont brisés ; les contrôles maniaques aux frontières de la nation nous brisent encore. Nous avons inventé la nation universelle, concept un peu absurde mais merveilleux par son absurdité même, car des hommes nés à l'autre bout du monde pouvaient en faire partie. Qu'est-ce qu'être français ? Le désir de l'être, et la narration de ce désir en français, récit entier qui ne cache rien de ce qui fut, ni l'horreur, ni la vie qui advint quand même.

— Le désir ? dit Salagnon. Cela suffirait ?

— Cela vous a bien suffi. Lui seul rapproche. Et tous les voiles noirs qui le cachent sont haïssables. »

Elle me regardait, mon cœur, alors que je parlais, je savais qu'elle me regardait pendant tout ce que je disais, alors quand j'eus fini, je me tournai lentement vers elle et je vis ces trois lueurs intenses dans un nuage de duvet de cygne, je vis ses yeux qui brillaient dans la lumière du soir, et ses lèvres pleines qui me souriaient. Je posai ma main sur la sienne qui venait à ma rencontre, et nos deux mains si bien appariées se serrèrent et se tinrent sans plus se lâcher.

Nous nous levâmes enfin, et nous saluâmes avec affection Victorien et Eurydice qui nous avaient accueillis chez eux, et nous partîmes. Ils nous accompagnèrent jusqu'à la porte, ils restèrent en haut des trois marches, sous la marquise de verre toute rouge de la lueur du soir. Pendant que nous traversions leur jardin sec où ne poussait pas grand-chose, tous les deux ils nous suivaient des yeux en souriant, son bras à lui passé par-dessus son épaule, et elle nichée contre lui, bien serrée. Au moment d'ouvrir le portail pour en sortir, je me retournai pour les saluer de la main, et je vis qu'Eurydice sur son épaule, souriante, pleurait de tout ce que nous avions dit.

Nous rentrâmes ; nous prîmes le bus vers l'ouest, nous traversâmes à nouveau Voracieux-les-Bredins, mais dans le bon sens, dans le sens de l'urbanité, vers la ville-centre. Le soleil en ses derniers instants plongeait au bout de l'avenue, dans l'alignement exact de la tranchée de ciment bondée de voitures, de camions et de bus, tous lents, tous puants, tous grondants, tous crachant leurs fumées, et ils vaporisaient un gros nuage de cuivre sale et chaud. Lyon n'est pas si grand mais nous sommes nombreux à vivre là, serrés, dans le chaudron urbain qui mijote, et dedans les courants humains se déplacent comme des coulées organiques, s'étalent dans les rues, s'enroulent autour des bouches de métro qui les aspirent en lents tourbillons infiniment plastiques. Nous avons de la chance de disposer d'un grand chaudron urbain où tout se mélange. Les gens montaient et descendaient du bus, ils empruntaient notre moyen de transport, et j'ose user du possessif seulement parce que nous y avions trouvé place quelques arrêts auparavant. Ils sont si nombreux, les gens, bien que Lyon ne soit pas très grand, nous sommes si serrés dans le bus qui brandigole dans l'avenue de cuivre sale, nous partageons le même plancher qui vibre, nous aspirons le même air chaud, épaule contre épaule, et en chacun d'entre nous, dans cette boîte en fer qui nous transporte, qui roule au pas sur l'avenue orientée vers le couchant, qui traverse lentement le nuage de cuivre éblouissant, en chacun d'entre nous vibre la langue en silence selon la tonalité propre au français. Chacun, je peux le comprendre sans effort, ce qu'il dit j'en saisis le sens avant même d'en identifier les mots. Nous sommes serrés les uns contre les autres et je les comprends tous.

Il faisait chaud dans le bus qui allait vers l'ouest, enveloppé des gaz que le soleil en ses derniers instants illuminait de cuivre rouge ; nous étions assis, mon cœur, car nous étions montés avant les autres, nous mijotions assis dans la gamelle de cuivre avec tous les autres qui montaient, descendaient, empruntaient comme nous le moyen de transport, nous étions tous dans le chaudron urbain posé là, aux bords du Rhône et de la Saône, nous avons de la chance qu'il soit posé là car en lui se crée la richesse, infinie richesse issue du chaudron magique, chaudron jamais vidé d'où il sort davantage que ce qu'on y met ; en lui tout se mélange, tout se recrée, nous nous mélangeons, la précieuse soupe mijote et change, toujours diverse, toujours riche, et la cuiller en bois qui la brasse est le vit. Le sexe nous rapproche et nous unit ; les voiles que l'on tend pour dissimuler cette vérité-là sont haïssables.

Ceci devrait suffire.

Je ne t'ai pas quittée des yeux de tout le trajet du retour ; je ne me lassais pas de la beauté de ton visage, de l'harmonie des courbes de ton corps. Tu le savais bien que je te regardais, et tu me laissais faire en affectant de suivre ce qui se déroulait par la fenêtre, avec un léger sourire sur tes lèvres rouges, frémissantes, toujours au bord de me parler, et ce sourire pendant que je te regardais était, dans le domaine des signes, l'équivalent de m'embrasser en permanence.

Quand nous fûmes dans le tunnel du métro les vitres qui ne donnaient sur rien se firent miroirs, et je me vis te voir, sur ce miroir noir où se détachaient ton parfait visage auréolé d'un blanc duvet de cygne, et tes yeux que je voyais violets, et ta bouche rouge source de bonheur, et la splendide arrogance de ton nez qui est le cadeau de la Méditerranée à la beauté universelle des femmes.

Quand nous fûmes chez elle elle me fit du thé, du thé vert qui sentait la menthe, très fort, très sucré, dense comme de l'essence, et cela brûla aussitôt dans mes veines. Je voulais être plus proche d'elle encore, je voulais la déshabiller et la peindre, et jouir avec elle et le montrer et narrer cela. Ensemble. Allongés chez elle sur des coussins qu'elle dispose sur un canapé bas, nous bûmes ce thé qui m'enflammait, nous parlâmes un long moment mais nos cœurs battaient trop fort pour que nous entendions bien ce que nous disions. Elle me raconta que dans les familles qui s'installent ici en venant d'ailleurs, les traces d'ailleurs disparaissent progressivement, par étapes. Le désir de rentrer se dissout, puis les gestes et les postures qui prenaient sens ailleurs, puis la langue ; pas tant les mots — les mots restent encore un peu comme autant de cailloux par terre, de débris au sol d'un grand bâtiment cassé dont on a perdu le plan —, pas tant les mots que la compréhension intime de la langue. À la fin, chez les enfants et petits-enfants de ceux-là qui s'installèrent ici, ne restent que des bouffées d'odeurs disparues, le goût de certaines musiques car on les entendait avant de savoir parler, certains prénoms qui peuvent être autant d'ici que de là-bas selon la façon dont on les prononce, et des préférences culinaires, certaines boissons à certains moments du jour, ou un grand plat de fête que l'on prépare rarement mais dont on parle beaucoup. Je buvais en l'écoutant ce thé qu'elle me faisait, qui sentait la menthe, qu'elle sucrait beaucoup, ce thé que je buvais brûlant comme une essence enflammée, un pétrole épais sur ma langue, et à sa surface dansaient des flammes, et des langues de feu coulaient jusqu'à mon cœur, consumaient mon âme, flambaient en mon esprit, brillaient sur ma peau, et elle, s'animant, brillait aussi. Nous brillions tous les deux car un peu de sueur nous enveloppait, une sueur odorante qui nous attirait, qui favoriserait nos mouvements, nous pourrions glisser, l'un contre l'autre, sans aucun heurt, sans aucune fatigue, indéfiniment.

Je posais ma main sur sa cuisse et la laissais ainsi, pour sentir sa chaleur, pour sentir la chaleur liquide circuler sous sa peau. Cela provoquait, sous la peau de l'extrémité de mes doigts, le fourmillement du désir d'elle et du désir de l'encre. Je ne sais pas s'il s'agit de sa peau, je ne sais pas s'il s'agit de mes doigts ; je ne sais pas davantage s'il s'agit d'un fourmillement, même s'il s'agit bien de l'encre. Mais un trouble physique m'agitait. Et quand au-dedans de moi j'hallucinais de la prendre dans mes bras, ou quand j'hallucinais de prendre entre mes doigts le pinceau chargé d'encre, mon trouble se calmait. La voir m'agitait ; penser à la prendre dans mes bras, ou la peindre, me calmait. Comme si devant elle j'étouffais de trop d'intensité, j'étouffais de trop de vie, comme si devant elle ma flamme étouffait de manquer d'air ; et quand dans ma pensée mes bras la serraient contre moi, quand dans ma pensée je commençais de la peindre, j'avais de l'air ; je respirais enfin ; je brûlais davantage. On peut trouver étrange que l'encre se mêle aux désirs ; mais la peinture n'est-ce pas cela, seulement cela ? Le désir, la matière et la vision mêlés, dans le corps de celui qui l'a faite, et dans le corps de celui qui la voit ?

Peindre avec l'encre procure un sentiment particulier. L'encre diluée est trop fluide, le moindre geste l'influence, un souffle la trouble ; comme la respiration de celui qui boit froisse la surface de son bol. J'ai appris. J'utilise les colères que je ne parvenais pas à dire et qui faisaient de ma vie une suite d'accidents. Je peins avec maladresse mais avec force. Ce que je peins ne ressemble pas. Avec mes pauvres moyens, avec un liquide noir étalé au pinceau, ma peinture aurait bien du mal à imiter ce que je vois. Mais la peinture d'encre ne représente pas, elle est. Dans chacun de ses traits on aperçoit l'ombre de la chose peinte et aussi la trace du pinceau furieux qui l'a peinte. Dans la parole aussi la chose dite se confond avec la vibration de l'air que l'on produit. Ce qu'on entend n'a rien à voir, mais vraiment rien à voir, avec ce que l'on veut dire, mais aussitôt la chose dite apparaît. On n'explique pas un tel miracle, on passe les premières années de sa vie à le maîtriser, et le miracle revient toujours. Comme la parole, la peinture d'encre est verbe incarné, elle apparaît dans le temps de dire, selon ce rythme tremblant qu'ont les images mentales d'apparaître. La peinture d'encre apparaît dans le faisceau de la conscience, et elle montre, accordée aux battements permanents de nos cœurs.

Les Chinois qui justifient tout ont sûrement un mythe d'invention de la peinture ; sûrement, mais je ne vais pas me mettre à chercher. Il serait question d'un maître calligraphe, qui irait un matin dans la montagne ; il serait suivi de son serviteur qui porte tout, pose des questions idiotes, et recueille les réponses. Il s'installerait en un lieu agréable où l'on peut atteindre à de nobles pensées. Derrière lui s'élèverait la montagne, à son pied s'écoulerait un torrent brutal. Des pins s'accrocheraient au roc, un cerisier noterait le printemps, de vives orchidées tomberaient des branches, des bambous s'agiteraient dans un frottement de feuilles. Le serviteur aurait installé un paravent de soie autour de son maître, ils seraient au matin, le jour encore indécis, et dans l'air froid chacune des paroles du maître s'accompagnerait de volutes de buée. Au fil du pinceau il improviserait des poèmes à propos du vent, à propos des mouvements de l'air, des ondulations de l'herbe, des figures variables de l'eau. Il les dirait à haute voix au moment de les noter à l'encre, et la buée modulée par ses paroles irait se perdre derrière lui, absorbé par la soie du paravent qui le protège. Au soir il poserait son pinceau et se lèverait. Son serviteur rangerait tout, la théière, le coussin de méditation, le papier à écrire couvert de poèmes, la pierre à encre où il aurait broyé les nombreux bâtons noirs à la résine de pin. Dans son empressement d'homme simple, il trébucherait, renverserait la pierre à encre encore pleine et aspergerait les panneaux du paravent. Le tissu précieux boirait l'encre, avidement ; mais là où la buée des paroles aurait imprégné la soie, l'encre ne prendrait pas. Le serviteur confus ne saurait que faire, contemplant sans oser rien dire le paravent ruiné, attendant la réprimande. Mais le maître verrait. Les traînées d'encre brossées sur les panneaux de soie ménageraient des blancs subtils là où il aurait parlé, entre de grands éclaboussements noirs là où il s'était tu. Il en ressentirait une émotion si forte qu'il en tituberait. Une journée entière de pensées élevées seraient là, intactes, recueillies dans leur exactitude, préservées bien mieux que la calligraphie ne peut le faire. Alors il déchirerait tous les poèmes qu'il aurait écrits et jetterait les débris de papier dans le cours du torrent. Pourquoi écrire ? puisque la moindre pensée était là, montrée à tous dans son exactitude, sans qu'il soit besoin de lire. Il rentrerait avec le soir, apaisé, son serviteur à peine rassuré trottinant derrière lui en portant tout ce qui devait être porté.

La peinture d'encre tend à être la trace avant-dernière du souffle, l'ébranlement léger de l'air au moment du murmure, juste avant qu'il ne s'éteigne. Je veux ceci : garder mouvement de la parole avant qu'elle ne s'arrête, conserver trace du souffle au moment où il s'évanouit. L'encre me convient.

Je te sentais vibrante tout contre moi, mon cœur ; plus que tout je désirais te peindre ; plus que tout je désirais t'approcher, et entendre en toi, et résonner en moi, le battement constant de la présence.

Tu me laissas au matin, mon cœur, et tu me murmuras en m'embrassant que tu reviendrais bientôt, très bientôt, alors je restai chez toi à t'attendre. Tout seul chez toi, sans même m'habiller, j'allais d'une pièce à l'autre, ce n'était pas grand, une pièce où nous avions dormi et une pièce dont la fenêtre ouverte donnait sur la Saône ; j'allais de l'une à l'autre, je m'imprégnais de toi sans que tu sois là, je t'attendais avec la patience infinie de celui qui sait que tu viendras. Je passais du temps à la fenêtre, je regardais le pont qui traversait la rivière en trois arches, et quand l'eau si lisse de la Saône parvenait aux piles de pierre, sa surface s'en plissait paresseusement, comme plissent les draps d'un lit quand dessous quelqu'un dort. Je regardais les mouettes flotter sur la rivière, elles essayaient de dormir sur l'eau, et pour cela devaient se livrer à un lent manège pour ne pas disparaître au loin, ce qui montre bien l'impossibilité du repos quand le temps continue de couler. Elles se posent sur l'eau, replient leurs ailes, et le courant les emporte. Quand elles ont descendu plusieurs centaines de mètres au fil si lent de la Saône, en tournoyant comme des canards en plastique, elles s'ébrouent, elles s'envolent, elles remontent le courant sur les centaines de mètres qu'elles ont descendus, et elles se posent à nouveau, et s'écoulent à nouveau avec l'eau. Peut-être peuvent-elles dormir entre deux envols pour rattraper le temps. Elles ne flottent jamais deux fois sur la même eau, mais dorment toujours au même endroit. Je m'accoudais à la fenêtre, prenais le soleil du matin, regardais passer les mouettes et les gens dans la rue. Tu n'imagines pas ce qu'avec toi je possède. Le temps rétabli ; le flot qui à nouveau s'écoule.

Je vis une femme voilée de noir entrer dans l'immeuble ; je ne distinguai rien d'elle, sinon une ombre qui avance. Quelques minutes après elle sortit, elle disparut au coin de la rue. Elle revint avec un cabas chargé, que je ne l'avais pas vue emporter vide. Elle ressortit aussitôt ; mais sans le cabas. Elle portait un sac. Machinalement je regardai ses chaussures. Elle disparut au même coin de rue, d'où elle réapparut presque aussitôt, mais sans le sac ; elle entra dans l'immeuble. Je me penchai davantage pour la voir entrer.

« Quel trafic, hein ? »

Sur la façade à ma droite, un homme d'âge mûr en tricot de corps prenait le soleil du matin, accoudé aux balustres de fer forgé de sa fenêtre ouverte. Il regardait comme moi les mouettes sur la Saône et les gens dans la rue.

« En effet. Elle n'arrête pas.

— *Elles* n'arrêtent pas. Au pluriel, jeune homme, au pluriel. Elles sont plusieurs. Cette femme emballée qui s'agite depuis un moment, eh bien ce sont plusieurs femmes. Elles habitent dans le grand appartement du premier.

— Ensemble ? »

Il me regarda d'un air apitoyé. Il se pencha par-dessus sa balustrade de fer écaillé, pour me parler à mi-voix.

« Le type du premier, avec la barbe, il vit avec toutes. Il est polygame.

— Officiellement ? On ne peut pas se marier plusieurs fois, à moins d'une erreur...

— Mais c'est tout comme. Il vit avec toutes, on ne sait même pas combien. Il est polygame.

— Ce sont peut-être ses sœurs, sa mère, ses cousines...

— Vous êtes d'une naïveté qui confine à la bêtise ! Ou à la fascination. Ce sont ses femmes, vous dis-je, épousées à leur manière, comme ils veulent, ils ne suivent pas les règles. Chacune prétend être seule, elles touchent des aides pour ça, des aides indues. Nous avons fait des pétitions, des lettres à qui de droit, pour qu'ils soient expulsés.

— Expulsés ?

— De l'immeuble ; et de la France, tant qu'à faire. C'est insupportable ces coutumes. »

Le polygame apparut dans la rue, barbu en effet, souriant, coiffé d'une calotte de dentelle, vêtu d'une gandoura blanche ; à un pas derrière marchait une ombre flottante.

« Le voilà », s'étrangla le voisin.

Avant d'entrer il regarda en l'air et nous vit. Il nous sourit d'un air étrange ; narquois. Il ouvrit la porte à l'ombre aux bords flous qui l'accompagnait, lui céda le passage, nous regarda à nouveau avec le même sourire moqueur, et entra. Le voisin à côté de moi sur la façade, accoudé comme moi à sa fenêtre, s'étrangla, bredouilla des « foutre tous dehors », avec des bruits liquides parce qu'il bavait un peu, de rage.

« Vous avez vu comme il se moque ? Quand les GAFFES seront au pouvoir, ils iront rigoler ailleurs. Les petits sourires en coin, fini. Ce sera dehors pour tout le monde.

— Vous voyez les GAFFES au pouvoir ?

— Oui. Le plus tôt possible. Dans les GAFFES il y a des types qui voient les choses et qui osent les dire

— Comme Mariani ? Vous trouvez qu'il voit clair, Mariani ?

— Vous connaissez Mariani ?

— Oui, un peu. Et pour ce qui est de voir et de dire, j'ai bien peur que ce soit n'importe quoi.

— Je m'en moque. Je sais juste qu'il tape du poing sur la table. On a besoin de ça : de types qui tapent du poing sur la table. Pour montrer qu'on ne rigole pas.

— Ça, pour pas rigoler, il ne rigole pas. C'est même dommage.

— Faut leur montrer. Connaissent que ça. On ne va tout de même pas supporter ça.

— Ça ?

— Ça. »

Ressortit le voisin du bas avec deux ombres flottantes de même taille, impossibles à distinguer, il marchait très droit, tout en blanc, et elles derrière. Au bout de quelques pas, il leva la tête, nous regarda à nouveau, moi et le voisin à la fenêtre, avec cet œil moqueur ; son sourire s'élargit, il s'arrêta et posément nous tira la langue, puis il disparut au coin de la rue encadré de ses deux ombres.

« Vous voyez ! Ce que je disais. Il est polygame, je vous dis, sous notre toit ; et il nous nargue.

— Ça fait envie, non ? »

Il me regarda avec les yeux vrillés, s'étrangla, et brutalement ferma sa fenêtre. Je restai seul à regarder la Saône, tout nu au soleil du matin ; je t'attendais chez toi, mon cœur.

Salagnon me l'avait dit : avec « eux », cela tourne toujours à la rivalité, à qui se la coupe, à qui se l'électrocute, à qui baisera qui. Nous nous désirons trop pour nous séparer, nous nous ressemblons trop pour nous éloigner. Si les GAFFES étaient au pouvoir, qui mettrions-nous dehors ? Ceux qui ont l'air ? Et qui serait « nous », qui mettrait dehors ? Ceux qui se sentent unis par le sang ? Mais quel sang ? Le sang versé ? Mais le sang de qui ?

Là-bas, me disait Salagnon, nous avions tenté de maintenir une limite ignoble. Nous nous sommes obstinés, nous y avons mêlé tout le monde, pour que cela nous concerne tous. Là-bas, on nous a lâché la bride, nous avions carte blanche, et nous avons compromis tout le monde ; nous avons veillé à ce que chacun arrache un morceau de la victime. Nous. Voilà que depuis un moment je parle comme Salagnon. Voilà que je me glisse dans la forme grammaticale du récit de Salagnon. Mais comment faire autrement ? Nous avons impliqué tout le monde. Nous. Je ne peux pas dire qui était « nous » au départ, mais c'est devenu tout le monde. Tout le monde a du sang jusqu'aux coudes, tout le monde a la tête dans la baignoire de sang jusqu'à plus soif, jusqu'à ne plus respirer, jusqu'à vomir. Nous nous plongions mutuellement la tête dans la baignoire de sang. Et puis au coup de sifflet, nous avons fait comme des collégiens pris en faute, nous avons fait les cent pas en sifflotant, mains dans le dos, regardant ailleurs ; nous avons fait comme si de rien n'était ; comme si c'étaient eux qui avaient commencé. Chacun a fait semblant de rentrer chez soi parce qu'on ne savait plus trop qui on était, on ne savait plus trop maintenant ce qu'était « chez soi ». La France étroite nous contenait, serrés les uns contre les autres, nous ne disions rien, essayant de ne pas regarder qui était là ; et qui n'était plus là. La France sortait de l'Histoire, nous décidâmes de ne plus nous occuper de rien.

Quand les GAFFES apparurent et commencèrent d'accaparer l'attention, nous les doux idiots de la classe moyenne nous les prîmes pour un groupuscule fasciste. Nous pouvions rejouer les scènes fondatrices, nous pouvions « entrer en résistance » comme à longueur de pages le racontait le Romancier. Nous manifestâmes. Nous les prîmes pour l'ennemi, alors qu'ils donnaient un spectacle de pétomane pour détourner l'attention. Ils jouaient de la race, mais la race n'est qu'un pet, du vent, de sales manières liées à une mauvaise digestion, un bavardage incohérent qui dissimule ce que nous ne voulons pas voir, tant cela est affreux car cela nous concerne tous, doux idiots de la classe moyenne. Nous voulûmes prendre les GAFFES pour un groupuscule raciste, alors qu'ils sont bien pires : un parti illégaliste, un parti de l'entre-soi et de l'usage de la force, dont la colonie fut l'utopie réalisée. La vie réelle de la colonie, faite de fausse bonhommie et de vraies gifles, d'arrangements entre hommes et d'illégalisme appliqué à tous, est le vrai programme des GAFFES, parti fantôme revenu dans les bateaux de 62.

Mais qui sommes-nous donc ? cela ne se demande pas. L'identité se croit, se fait, voire se regrette, mais elle ne se dit pas. Dès que l'on ouvre la bouche pour la dire, on aligne les âneries ; il n'est pas un mot à son propos qui ne déraisonne ; si l'on insiste, on emprunte les formes du délire. La séparation des races, parfaitement irrationnelle, parfaitement illégale, n'a aucun critère pour la dire, mais tout le monde la pratique. C'est tragique : on la sent et on ne peut la dire. Le pet ne signifie rien. Il n'est que le roman pour dire l'identité, et il ment. On y pense, et on pense en vain, car l'identité d'elle-même tend à l'idiotie ; elle est idiote, toujours, car elle veut être, elle-même, par elle-même ; elle veut être d'elle-même, l'idiote. Cela ne mène à rien.

Si on écoute la rumeur, on pourrait croire que l'identité d'ici serait berrichonne ; une identité de terre grasse et de forêts humides, identité d'automnes et de pluies, de bourgeons pâlis et de chapeaux de feutre, de tas de fumier derrière la ferme et de clochers d'ardoise qui menacent de percer le ciel. On pourrait croire que dans l'identité d'ici la Méditerranée n'entre pour aucune part. N'est-ce pas incroyablement faux et bête de se réduire au royaume de Bourges ? Puisqu'elle est là, la Méditerranée ! La Méditerranée sous toutes ses formes, la Méditerranée vue de loin, la Méditerranée juste à nos pieds, la Méditerranée vue du nord, la Méditerranée vue du sud, et aussi la Méditerranée vue de côté, vue de partout et dite en français. Notre Mer. La rumeur nous réduit au royaume de Bourges, mais j'entends des voix qui parlent en français, avec des phrasés divers, des accents étranges, mais en français, je comprends tout spontanément. L'identité est parfaitement imaginaire. L'identité n'est qu'un choix d'identification, effectué par chacun. La croire incarnée, dans la chair ou dans le sol, c'est entrer dans ces folies qui font croire à l'existence, en dehors de soi, de ce qui agite l'âme.

Nous ressentons les troubles. Nous ne savons pas qui exactement, mais quelqu'un les provoque. Nous sommes très serrés dans la France étroite, sans savoir exactement qui, sans oser regarder, sans rien dire. Nous nous sommes mis hors de l'Histoire, en suivant les sages préceptes du Romancier. Il ne devrait rien se passer ; et pourtant. Nous cherchons qui, parmi nous, enfermés dans la France étroite, provoque ainsi des troubles. C'est un mystère de chambre close, le coupable doit être là. Nous tournons autour de la race sans oser le dire. Nous en venons à tenir les différences de religion pour des différences de nature. La race est un pet, l'air de la France étroite devient irrespirable ; les troubles continuent. L'origine des violences est tellement plus simple, tellement plus française, mais on répugne à voir nue cette vérité-là. On préfère assister aux spectacles des pétomanes, et dans la salle s'écharper entre adversaires et partisans des pets. Il est ici un goût profond pour la querelle littéraire qui tourne en échauffourée.

L'origine des troubles, ici comme là-bas, n'est que le manque de considération, et aussi que l'inégale répartition des richesses ne fasse pas scandale. Cette raison est parfaitement française, et cette guerre là-bas fut française de bout en bout. Eux nous ressemblaient trop pour continuer de vivre dans la place que nous leur laissions. L'émeute qui vient se fera de même au nom des valeurs de la république, valeurs un peu dissoutes, rongées qu'elles sont par la prise en compte de la lignée, par l'inégalité illégale, mais valeurs toujours souhaitées par ceux qui, plus que toute chose, veulent vivre ici. Ici comme là-bas se fait la guerre entre nous qui nous ressemblons tant, et nous cherchons furieusement tout ce qui pourrait nous séparer. Le classement des visages est une opération militaire, la dissimulation des corps est un acte de guerre, un refus explicite de toute paix qui ne soit pas l'élimination de l'autre. Le champ de bataille des guerres civiles est l'aspect du corps, et tout l'art de la guerre consiste en sa maltraitance.

Je vis Mariani à la une du *Progrès*, mais je fus peut-être le seul, car la photo n'avait pas l'intention de le montrer. *Le Progrès* est le journal de Lyon, il affirme à qui veut le lire, sur des affiches, en petit sur sa manchette, en gros sur des bus : « si c'est vrai c'est dans le progrès. » Mariani était dans le progrès, en première page, dans le coin d'une grande photo qui montrait la police de Voracieux-les-Bredins. Ils posaient, fiers et athlétiques dans leur uniforme militarisé, les hanches barrées d'une ceinture d'armes, le pantalon serré à la cheville par les bottes de saut lacées. Mains sur les hanches, ils montraient leur force. L'article citait largement les discours, qui étaient autant de dithyrambes à la force retrouvée. « Contre la délinquance et les incivilités, une nouvelle police. Rendre coup pour coup. Reprendre pied en ces lieux sous les immeubles où la police ne va plus, où le soir venu l'état de droit n'existe plus, revenir dans les allées, dans les garages, dans les montées d'escalier, les portes et les entrées, dans les squares et les bancs publics, qui sont le soir venu, et maintenant le jour, le territoire d'ombres agressives flottant dans de permanentes vapeurs de haschich. Trafic. Violence. Insécurité. Loi ancestrale des caïds à l'ombre des tours. Il faut frapper fort, brandir la puissance publique. Rassurer les vrais citoyens. »

La photo ne montrait pas Mariani : elle montrait en pleine page du *Progrès* la nouvelle police de Voracieux-les-Bredins, la police municipale forgée par la volonté, équipée pour le choc ; mais Mariani était là, en petit, dans les gens qui faisaient foule autour du groupe des hommes en bleu, autour des athlètes de l'ordre qui posaient pour montrer la force, je le reconnaissais. Il assistait à la présentation de la police d'intervention ; pour la première fois en France, municipale. On ne voyait pas son visage, on ne citait pas son nom, personne ne savait qui il était, mais je le savais bien, son rôle. J'avais reconnu dans la foule en civil ses lunettes crépusculaires, ses moustaches hors d'âge, sa veste horrible à carreaux, et il riait. La photographie avait enregistré son rire à peine visible dans la foule, mais je connaissais son rôle. Il le savait bien son rôle, il riait silencieusement dans la foule qui entourait la police.

J'achetai le journal, je l'emportai avec moi, je le montrai à Salagnon qui retrouva aussitôt Mariani dans la foule serrée autour des hommes forts, de ces hommes que la France semble produire en abondance et lance sans réfléchir dans la mêlée. Combien y a-t-il ici de services de police militarisés, privés, municipaux, étatiques, combien d'hommes en uniforme de mieux en mieux entraînés pour le choc ? Combien d'hommes forts, en France, dont la force est prête, et mal dirigée ?

Le gardien de la paix avec son bâton blanc, son embonpoint, sa pèlerine roulée autour du bras pour parer les coups, fait partie d'un passé que l'on ne comprend même plus : comment faisait-on pour maintenir l'ordre sans armes incapacitantes, sans armes offensives, avec des messieurs un peu enveloppés qui ne savaient pas courir et à peine se battre ? On n'y croit même pas. Les compagnies républicaines de sécurité, trop équipées, trop entraînées, trop efficaces, s'occupent de tout, de tâches diverses, d'émeutes et d'injures, ils sillonnent la France en minibus blindés, éteignant comme des départs de feu le début de troubles, intervenant partout, déclenchant autant de feux qu'ils en éteignent, on les appelle après, trop tard, ils viennent pour sauver comme venait la réserve générale, quand déjà on a un pied dans le chaos. Oh ! Mais comme ils savent faire ! Trois par trois derrière leurs boucliers de polycarbonate, l'un supporte le choc, l'autre le soutient, le troisième tient le tonfa et s'apprête à jaillir en contre-attaque, attraper le contrevenant, le traîner vers l'arrière. Ils savent se battre mieux que personne, ils savent manœuvrer, on les appelle ; ils viennent, ils voient, ils savent vaincre. Ils se déplacent dans toute la France comme les légions. Ils éteignent le feu, et le feu se rallume aux endroits qu'ils quittent. Ils sont l'élite, la police de choc, ils sont trop peu nombreux. S'ils se concentrent, ils perdent du terrain ; s'ils se dispersent, ils perdent de leur force. Alors il leur faut s'entraîner davantage, être plus rapides, frapper encore plus fort.

« Ils sont aussi beaux que nous l'étions, soupira Salagnon, ils ont autant de force que nous en avions, et cela non plus ne servira tout autant à rien. Ils sont aussi peu nombreux que nous l'étions, et ceux qu'ils chassent leur échapperont toujours, dans la jungle des escaliers et des caves, car il en est une réserve infinie, ils en produisent autant qu'ils en attrapent, les attraper en produit. Ils vivront l'échec, comme nous l'avons vécu, le même échec désespérant et amer, car nous avions la force. »

Il y eut des violences. Au départ pas grand-chose, un braquage, un casino, braquage d'un établissement qui s'attend à l'être, braqué, et qui prend des mesures contre cette intempérie, pas une boulangerie. Un type s'était fait bandit. Il voulait prendre l'argent là où on l'entassait, il ne tenait pas à travailler pour l'obtenir goutte à goutte. Cela s'explique sans peine en logique libérale, sans se fâcher, sans morale : il ne s'agit que de l'appréciation par un acteur économique rationnel du bilan des pertes et des gains. Cela tourna mal. Après une poursuite et des coups de feu, le bandit fut mort. On aurait pu en rester là, mais on signala son lignage ; d'un commun accord, de toutes parts, on parla de son lignage. Il suffisait de dire son prénom et son nom, cela désignait sa parentèle. De ce bandit mort, étendu sur la dalle d'une cité avec une balle dans le corps, on fit l'un d'eux ; d'un problème qui ressort surtout de la microéconomie, on fit un soubresaut de l'Histoire. Pour cela, tous étaient d'accord. Voilà ce que l'on pensa : eux, ils viennent ; ils viennent les armes à la main reprendre les richesses accumulées dans la ville-centre.

C'est qu'elle n'est pas si claire la répartition des richesses dans le monde où nous vivons : rien ne se relie aux efforts que l'on y fait. Ce que l'on a gagné, on peut alors demander si on ne l'a pas volé ; et ce que l'on n'a pas, on peut s'imaginer avoir à le reprendre. Et quand on reconnaît les pauvres à leur visage, à la prononciation de leur nom, alors on craint qu'une parentèle veuille reprendre ce qu'une autre lui aurait pris. On peut croire qu'une certaine forme de visage, qui paraît valoir pour une parenté, veuille demander réparation. Cela tend à se régler par les armes, mais cela pourrait se régler par le sexe. Le sexe, en trois générations, flouterait les visages et emmêlerait les parentés, ne laisserait que la langue intacte, mais on préfère les armes. On recouvre les femmes de bâches noires, on les range à l'intérieur, on les cache, et on exhibe des armes. Les armes donnent la jouissance immédiate de la force. Les effets du sexe se font trop attendre.

Il y eut des violences. Cela commença par pas grand-chose. Un braquage, dans un monde où un homme peut montrer ostensiblement que sa fortune vaut celle de mille autres, de cent mille autres ; dans un monde où l'argent s'affiche comme une moquerie, où les distances pour aller se servir ne sont pas si grandes, où les armes ne s'achètent pas bien cher. Le braquage est une solution simple, une activité rationnelle et réalisable, on en fait des films. Mais dans notre monde est un autre élément : on reconnaît les lignées aux visages. Tout problème social se double aussitôt d'un problème ethnique, qui se redouble d'un malaise historique. Les violences flambent, il suffit d'une étincelle. L'émeute couve ; l'émeute plaît, l'émeute viendra.

Cela commença par pas grand-chose : un braquage. Un homme s'était fait bandit, il voulait se servir, il fut tué. S'il ne s'était s'agi que d'argent, on n'en aurait plus parlé. Mais on signala son lignage. Le braquage suivi d'une poursuite déclencha l'état de siège. Il y eut des violences : plusieurs nuits d'agitation et d'insomnie, de lueurs d'incendie sur les hautes parois des tours, de poubelles qui flambent, de voitures qui brûlent et qui explosent quand la chaleur vient lécher leur réservoir ; il y eut plusieurs nuits de cailloux qui volent sur les pompiers venus éteindre les flammes, de boulons qui s'abattent sur les policiers venus protéger les pompiers, rétablir la situation, dissoudre le thrombus qui menace la ville d'étouffement ; les jets d'objets crépitaient dans la nuit éclairée de feux d'essence, sur les boucliers levés et les casques, en un martèlement dangereux de grêlons d'acier ; et il y eut des coups de feu, plusieurs dans la nuit tirés avec une maladresse insigne, des coups de feu qui ne tuèrent personne, blessèrent à peine, moins qu'un boulon lancé à la fronde qui aurait brisé un crâne, cassé une main, mais un coup de feu c'est autre chose. Ils n'étaient pas là pour ça, le jeunes gens venus en colonne blindée, ils n'étaient pas là pour être la cible ; ils étaient athlétiques et efficaces, entraînés, mais civils. Ils appréhendèrent, perquisitionnèrent, ils fouillèrent sans égards, jetèrent au sol et passèrent des menottes en plastique, relevèrent en prenant sous les aisselles et fourrèrent dans les fourgons aux vitres protégées de grillage. Ils faisaient ça parfaitement, ils sortaient de l'entraînement, ces jeunes gens ; la plupart des hommes qui interviennent dans ces villes de l'extérieur sont très jeunes, ils débutent, ils connaissent les outils, les procédures, les techniques, mais moins l'homme. Ils arrivent en colonne blindée dans le fracas des incendies et des jets de pierre, ils font des prisonniers, ils font des dégâts et repartent. Ils pacifient. Nous avons la force. Nos réflexes nationaux sont tendus comme des pièges à loups.

Dans les jours qui suivirent six jeunes gens furent arrêtés sur dénonciation, tous le lendemain furent relâchés, pas de preuve, dossier vide, dénonciation anonyme. L'émeute enfla ; l'émeute plaît. Des policiers militarisés sortaient de leur minibus blindé en scaphandre d'intervention, se protégeaient des boulons et des pierres, arrêtaient ceux qui ne couraient pas assez vite. L'émeute continuait. Il est inutile d'être si fort. L'usage de la force est absurde car la nature du monde est liquide ; plus on cogne, plus il durcit, plus on le frappe fort, plus il résiste, et si l'on frappe encore davantage, on s'y écrase. Notre force même produit la résistance. On peut, bien sûr, rêver de tout détruire. C'est l'aboutissement rêvé de la force.

Accumuler l'argent crée un bandit, abattre un bandit déclenche une émeute, réprimer l'émeute frappe si profondément le pays que l'on croit être deux, deux pays dans le même espace luttant à mort pour se séparer. Nous sommes si imbriqués que nous cherchons n'importe quoi qui nous sépare. On décréta le couvre-feu. On exhuma une ordonnance de là-bas, l'employer était un jet d'essence sur le feu des troubles. On accusa des bandits étrangers de pousser à l'émeute, mais ceux que l'on attrapait dans les poursuites de la nuit n'était ni étrangers ni bandits, juste déçus. À ceux-là on avait fait la promesse d'être semblables, la loi leur donnait l'assurance d'être semblables, et ils ne le sont pas. Car à les voir, on sait bien la dissemblance. On attrapait sur la foi de leur visage des jeunes gens banals, instruits, voulant à toute force participer à la France, et ils vivaient en ses bords pour des raisons mal formulées dont nous ne parvenons pas à nous défaire. Nous ne savons pas quel nom leur donner. Nous ne savons pas qui nous sommes. Ceci, il faudra bien que quelqu'un l'écrive.

Quand ils m'invitèrent à la pêche, j'eus un moment de surprise. Cela les fit rire.

« Cela t'étonne, la pêche ? Nous sommes quand même des papis. Alors nous avons aussi des activités de papis. Nous restons au milieu de la rivière, nous attendons sans bouger que le poisson vienne. Cela nous soulage du temps qui passe, cela nous console du temps passé ; et le temps à venir, on s'en moque : il vient si lentement quand on est dans la barque qu'il pourrait ne pas arriver. Viens avec nous. »

Mariani fit mettre son Zodiac sur le Rhône par deux de ses gars, sur une plage de galets où le 4 x 4 et la remorque pouvaient s'approcher de l'eau verte et de ses petites vagues. Nous montâmes sur la barque de caoutchouc, nous chargeâmes des paniers en plastique, des lignes, de quoi boire et manger pour un jour, et même un peu plus. Nous nous assîmes sur le boudin gonflé, tout l'équipement était d'un vert militaire, il se levait un soleil frais mais net, nous ôtâmes nos parkas imperméables. La lumière douce réchauffait tout ce qu'elle touchait. Mariani lança le moteur et nous laissâmes les deux gars sur le bord, avec le 4 x 4 et la remorque. Ils nous regardèrent nous éloigner mains dans les poches, donnant de petits coups de pied dans les galets ronds.

« Ils restent là ?

— Ils nous attendront. Ils savent qu'à la guerre surtout on attend, comme nous faisions dans les trous de la jungle, ou couchés derrière les cailloux brûlants. Ils s'entraînent. »

Nous descendîmes le Rhône bordé de forêts galeries. Les immeubles aux lignes nettes s'élevaient en blanc au-dessus des arbres. Sous le feuillage en surplomb au-dessus de l'eau s'avançaient des grèves de galets. Des messieurs venaient jusqu'au bord et restaient debout. Ils ôtaient leur manteau, ouvraient leur chemise, certain se mettaient torse nu. Les yeux mi-clos, ils se laissaient teindre en rose et or par le soleil doux. Ils formaient une étrange assemblée de plagistes, à demi dévêtus et silencieux. Mariani accéléra brusquement. Nous nous accrochâmes au boudin, le Zodiac fila, cambré, laissant derrière lui un sillage comme une tranchée dans l'eau. Il frôla la plage, vira sec, et une grosse vague aspergea les messieurs plantés là, qui se débandèrent. « Poules mouillées ! » hurla-t-il en se tournant vers eux ; et cela le fit rire.

« Arrête, Mariani, dit Salagnon.

— Je ne les supporte pas, grommela-t-il.

— C'est illégal, sourit Salagnon.

— M'en fous de la légalité. »

Il revint vers le milieu du fleuve et conduisit tout droit, dévalant le courant dans un hurlement de moteur, le Zodiac rebondissait sur l'eau devenue dure.

« De qui parlez-vous exactement ?

— Si tu ne sais pas, c'est que tu n'as pas besoin de savoir, comme pour beaucoup de choses. »

Ils rirent tous les deux. Nous traversâmes Lyon au ras de l'eau, Mariani gouvernait en tenant fermement le moteur, les jambes bien calées sur le fond, Salagnon et moi accrochés à des filins. Le bateau de caoutchouc grondait, poussé à fond, nous filions sans heurts, nous franchissions l'espace sans résistance, nous étions forts et libres, nous allions fondre sur nos proies les poissons aussi vivement que des martins-pêcheurs. Nous franchîmes le confluent, nous remontâmes les eaux plus calmes de la Saône sur plusieurs kilomètres. Nous nous arrêtâmes sur la rivière immobile entre deux lignes d'arbres. De grandes maisons de pierre dorée nous regardaient de leur air ancien, si calme ; de grandes propriétés bourgeoises s'alanguissaient au bout de leurs pelouses. Nous pêchâmes. Très longuement, en silence, chacun selon sa ligne. Nous appâtions, Salagnon plonqua. Je ne sais pas quel est le terme mais il battit l'eau d'un tuyau vide qui faisait à chaque coup un plonk très sonore qui résonnait dans l'eau. Cela attirait les poissons, tous ceux qui engourdis rampaient sur la vase. Ils se réveillaient, remontaient, et mordaient à l'hameçon sans y penser. Nous pêchions chacun, nous bavardions paresseusement, de peu de choses. Un soupir de satisfaction pouvait tout dire. Eux s'entendaient bien, ils avaient l'air de toujours se comprendre, ils riaient d'un seul mot prononcé d'une certaine façon. Ce qu'ils échangeaient était sibyllin, allusif, et je ne le comprenais pas parce que les racines de ma langue ne plongeaient pas dans une telle profondeur de temps. Alors je leur posais des questions, explicitement, sur ce qui avait été. Ils me répondirent, puis nous continuâmes de pêcher. Nous mangeâmes, nous bûmes. La lumière douce nous tenait chaud sans jamais nous cuire. Le volume de nos prises était ridicule. Mais nous vidâmes toutes les bouteilles que nous avions apportées.

« Et l'Allemand, qu'est-il devenu ?

— Il est mort là-bas, avec le reste. Le matériel, les gens, tout était de seconde main, et cela ne tenait pas ; cela disparaissait vite. Nous avons fait une guerre de brocanteurs avec les surplus d'autres aventures, avec des armes américaines, des soldats fugitifs d'autres armées, des uniformes anglais retaillés, avec des résistants désœuvrés et des officiers à particule rêvant de bravoure : tout était du matériel d'occasion dont ailleurs on n'avait plus l'usage. Lui est mort dans sa merde, là où son destin l'emmenait. Il était à Diên Biên Phu, il tenait une tranchée avec ses légionnaires teutoniques, il a résisté aux mortiers et aux assauts, il a été pris avec les autres quand le retranchement est tombé. Ils l'ont emmené dans la jungle, il est mort de dysenterie dans un de leurs camps. On mourait très vite dans ces camps improvisés, à peine gardés, on mourait de faiblesse, de dénutrition, d'abandon. On prenait les maladies tropicales, on mangeait du riz et des feuilles, avec parfois un poisson sec.

— Vous avez été prisonniers ?

— Mariani, oui. Pas moi. Il a été pris à Diên Biên Phu lui aussi, mais il a survécu. Le petit jeune des débuts avait durci, il était devenu un furieux, cela aide à ne pas sombrer. J'ai assisté à son retour, quand on nous rendait les prisonniers, pas beaucoup, des squelettes : il marchait derrière Bigeard et Langlais, maigre et les yeux fous, mais le béret bien vissé sur la tête, incliné comme à la parade ; et tous ensemble ils marchaient au pas alors qu'ils étaient près de tomber, lui pieds nus sur le sentier en terre, devant les officiers viêt-minhs qui ne laissaient rien paraître. Il voulait leur montrer.

— J'avais la forme quand j'ai été pris. L'Allemand aussi, mais il était nulle part depuis trop longtemps. Il en avait marre, je crois, il a laissé tomber. Les types qui restaient seuls à attendre, sans rien pour les tenir, mouraient vite. Moi j'étais nourri par la colère.

— Et vous, Salagnon ?

— Moi ? J'ai failli en être. J'étais volontaire pour les rejoindre. Nous avons été un certain nombre à demander de rejoindre la bataille, juste avant la fin. Avec une inconséquence splendide, on nous l'a accordé. J'étais prévu dans la dernière rotation, nous étions sur la piste, parachute sur le dos et casque sur la tête, la moitié d'entre nous n'avait jamais sauté. Nous grimpions dans la carlingue quand le moteur s'est arrêté. La panne. Nous avons dû redescendre. Le temps que l'on répare, Diên Biên Phu était tombé. Je l'ai longtemps regretté.

– Regretté ? De ne pas avoir été prisonnier, ou tué ?

— Tu sais, parmi toutes les conneries suicidaires que nous avons faites, c'est bien la plus énorme. Mais c'est la seule dont nous puissions ne pas avoir honte. Nous savions que le retranchement allait tomber, l'aviation n'y pouvait rien, la colonne de secours n'arriverait pas, mais par dizaines nous sous sommes portés volontaires pour aller là-bas, pour ne pas les laisser tomber. Cela n'avait aucun sens : Diên Biên Phu était perdu, sans recours, et des types se levaient, rejoignaient les bases aériennes, et demandaient à y aller. Des types qui n'avaient jamais sauté en parachute demandaient juste qu'on leur dise comment faire. Le commandement, enivré de ces vapeurs de bravoure, autorisait cette connerie finale, fournissait des parachutes et des avions, et venait nous voir partir au garde-à-vous. Il ne nous restait plus grand-chose après des années de guerre, que ça : dans ce pays-là nous avions perdu toutes les qualités humaines, il ne nous restait plus rien de l'intelligence et de la compassion, il ne nous restait que la *furia francese*, poussée à bout. Les officiers supérieurs, avec leur képi doré et toutes leurs décorations, venaient au bord de la piste, ils s'alignaient en silence et ils saluaient les avions qui décollaient, pleins de types qui avaient pris un aller simple pour les camps de la jungle. Nous voulions mourir ensemble, cela aurait tout effacé. Mais hélas nous avons survécu. Nous sommes revenus changés, l'âme froissée de plis affreux, impossibles à redresser. Les Viets nous ont juste mis dans la forêt, nous nourrissant peu, nous surveillant à peine, et nous nous regardions fondre et mourir. Nous avons appris que l'âme la plus ferme peut se détruire d'elle-même quand elle se morfond. »

Il se tut un moment parce que sa ligne frétillait. Il la remonta un peu vite et l'hameçon réapparut tout nu. Le poisson avait mangé l'appât, et était retourné se coucher sur le fond de vase, sans que nous l'ayons vu. Il soupira, réappâta, et continua tranquillement.

« Bien sûr que nous nous sommes jetés dans la gueule du loup, mais c'était pour lui faire sa fête. Il fallait que cela finisse ; nous cherchions le choc, nous le provoquâmes. Il eut lieu et nous perdîmes. Tout reposait sur un bluff, un coup unique qui déciderait de tout. Nous sommes allés dans la montagne loin d'Hanoï, pour servir d'appâts. Il fallait nous montrer assez faibles pour qu'ils viennent, et être assez forts pour qu'une fois venus nous les détruisions. Mais nous n'étions pas aussi forts que nous l'avions pensé, et eux bien plus forts que nous l'estimions. Ils avaient des bicyclettes qu'ils poussaient dans la jungle, je les ai vues mais personne n'a jamais voulu me croire ; mon histoire de vélo faisait beaucoup rire. Et pendant que nos avions avaient tant de mal à nous aider, aveuglés de brumes et gênés de nuages, leurs vélos passaient sur les sentiers des montagnes, leur apportant le riz et les munitions qui les rendaient inépuisables. Nous n'avions pas tant de force. Nous n'étions qu'une armée de brocanteurs, nous n'avions pas beaucoup de moyens, pas assez de machines, alors nous avons lancé là-bas ce que nous avions de meilleur : nous, les belles machines humaines, l'infanterie légère aéroportée ; nous sommes descendus du ciel dans des tranchées de boue, comme à Verdun, pour y être ensevelis jusqu'au dernier. Nous avons été pris, nous avons laissé tomber, nous sommes partis. Beaux joueurs, quand même. Mais je n'y étais pas. J'ai survécu. Il aurait mieux valu que nous perdions tout ; la suite n'aurait pas eu lieu, nous serions restés propres, nettoyés par notre mort. C'est ce que je regrette. C'est absurde. »

La lumière devenait plus dense, traversant les maisons de pierre dorée sculptées dans un miel translucide, le soir s'annonçait.

« Et votre père ?

— Mon père, je ne l'ai plus revu après 44. J'ai appris sa mort quand j'étais dans la Haute-Région, par une lettre de ma mère qui avait mis des mois à venir, toute gondolée, les bords usés par les frottements, l'encre délavée sur des lignes entières comme si elle avait pleuré en écrivant, mais je savais bien que c'était le climat des jungles où j'étais. Un truc brusque au cœur, je crois. Cela ne m'a pas fait grand-chose qu'il meure. Ma mère, je l'ai revue après l'Algérie, toute petite et amaigrie, et elle ne se souvenait de rien.

Elle a vécu quelque mois dans un hospice où elle restait assise sans rien dire, sans expression, les yeux un peu exorbités et vagues ; son cerveau dégradé ne gardait rien, elle est morte sans le savoir. Je n'avais jamais cherché à les revoir. J'en avais peur.

— Peur ? Vous ?

— Jamais voulu me retourner, jamais voulu regarder en arrière. Pour aller où ? Retrouver ceux dont j'ai provoqué la mort ? J'allais. Mais le père, hélas, est programmatique ; celui dont on porte le sang a déjà tracé l'ornière où l'on s'écoulera. On la suit sans savoir ; on croit seulement l'emprunter et on n'en sort pas ; à moins d'entreprendre à grands frais des travaux de terrassement. Je lui ressemble, nos visages se superposent ; j'avais peur en le regardant d'apercevoir ma fin. Ce cirque dont il a vécu me dégoûtait : jouer avec les règles, jouer sur les mots, se justifier, tout cela je n'ai pas voulu l'apprendre. Il m'a fallu trois guerres pour m'éloigner de l'ornière, et je ne sais pas si je suis allé assez loin. Je crois que la peinture m'a sauvé. Sans elle, comme Mariani j'aurais commandé à un monde tout petit, fenêtres fermées, où règne le rêve de la force.

— Ton monde n'est pas bien grand non plus, grommela Mariani. Une feuille de papier ! Je n'en voudrais pas.

— Je voulais juste ne pas être là où l'on m'emmenait.

— C'est pour ça que vous avez mené une vie d'aventures ? Une vie dont vous pourriez être fier ?

— Je ne suis fier de rien, si ce n'est d'être en vie. J'ai fait ce que j'ai fait ; et rien ne peut faire que cela ne soit pas. Je ne sais pas vraiment ce que j'ai vécu. Il y a des choses que l'on ne peut pas dire soi-même.

— Salagnon n'est pas un aventurier, intervint Mariani. C'est juste un type qui a mal aux fesses.

— Quoi ?

— Quand il est trop assis, il veut se dégourdir les jambes. En d'autres temps, du sport et quelques voyages lui auraient suffi. Il aurait pu être alpiniste ou ethnologue, mais il a été adulte pendant ce court moment où sans penser à mal on pouvait manipuler des armes. Avant, c'était minable, et après, ce fut honteux ; du moins en France. Né plus tôt ou plus tard, il aurait eu une tout autre vie. Il aurait peut-être été peintre, vraiment peintre, et je ne m'en serais pas moqué, j'aurais admiré ses goûts délicats.

— Et vous ?

— Oh, moi... à un moment donné, j'ai ressenti le besoin d'en découdre. Peut-être quand nous courions dans les bois avec les Viets au cul. Depuis, je suis en colère. »

Salagnon lui tapota gentiment le bras.

« Elle te rend con, mais tu lui dois la vie, à ta colère.

— C'est pourquoi je ne la soigne pas. »

Nous pêchâmes. Nous descendions très lentement la Saône, le soir tombait. L'émeute vint. Il y eut des sirènes, des incendies s'allumèrent qui se reflétaient sur l'eau immobile. Mariani nous laissait dériver sans moteur, nous allions au fil du courant très lent, je descendais la rivière rougeoyante en compagnie de deux papis pêcheurs. Nous entendions le coup étouffé des départs de grenades, et le craquement plus net de leur impact.

« Ce bruit, Mariani, tu te souviens ? Le pouf ! du coup de départ, on baissait la tête, on tenait notre casque et on attendait que ça tombe.

— Tu vois, cela a fini par venir. Je ne suis pas mécontent d'avoir raison. Cela m'apaise. L'émeute vient.

— Cela n'ira nulle part. Quelques voitures brûlées, rien d'autre, un problème d'assureurs.

— Tu sais ce qui serait bien ? C'est que l'on chavire et que l'on se noie cette nuit. Comme ça, nous pourrions disparaître sans nous être disputés. Sans que l'un d'entre nous ait raison et l'autre tort. Ce serait mieux. C'est une bonne nuit pour nous réconcilier à jamais.

— Ne déconne pas, Mariani. Il y a le petit avec nous.

— Il sait sûrement nager.

— On ne lui a pas raconté tout ça pour qu'il disparaisse avec nous.

— Déposons-le. »

J'avais rendez-vous avec elle, de toute façon. Ils me laissèrent sur le quai, le Zodiac repartit à petite vitesse, s'éloigna sur le flot rouge, disparut derrière un pont. Elle habitait sur la Saône, les fenêtres de sa chambre donnaient sur l'eau. L'horizon rougeoyait.

Je te rejoignis, mon cœur, tu m'attendais. L'eau luisante de la Saône tremblotait dans la nuit, elle se repliait pour passer sous les ponts et ensuite se déployait à nouveau, miroir noir ; son courant si puissant et si lent l'emportait vers le sud. Depuis que je te connais, mon cœur, je suis le cours de cette eau, et sur sa peau noire et visqueuse, sur sa peau impénétrable glissaient les lueurs rouges des incendies, glissait le bruit des sirènes, glissaient les lueurs de l'émeute, tout glissait mais sans y pénétrer.

Je me déshabillai pour m'approcher de toi, mais je voulais te peindre. Tu étais étendue sur le lit au ras du sol, les bras croisés derrière la nuque, tes yeux brillants auréolés de duvet de cygne, et tu me regardais venir près de toi. Tu montrais tes formes pleines. Nous n'avions allumé aucune lampe, la lumière de dehors nous suffisait. Je versai l'encre dans un bol, un bol à cet usage encroûté d'encre sèche comme autant de couches de laque, comme autant de peaux, comme autant de mues. Je tiens l'encre à la main quand je peins, car peindre c'est comme boire, et je vois ainsi ce que prend mon pinceau, je vois mon pinceau prendre l'encre dans le bol, la boire, je contrôle ce qu'il boit et je peins. L'encre dans le bol s'évapore, elle s'épaissit, il faut peindre sans traîner. Les premiers traits ont la fluidité d'un souffle humide, un baiser qui s'approche, mais ensuite le poids de l'encre augmente, elle colle davantage, elle englue les poils du pinceau, elle pèse, on le sent dans les doigts et dans le bras et dans l'épaule, les traits se font graves, et enfin, visqueuse comme une huile minérale, épaisse comme un bitume recouvrant le fond du bol, elle donne à la dernière trace un poids effrayant d'eau de puits. Sachant cela, je te peignis avec d'abord une grâce légère puis je gagnai en gravité. Je peignis tes formes pleines, je peignis ton visage à la ligne pure, le geste arrogant de ton nez, la masse arrondie de tes seins posés comme deux dunes en équilibre, je peignis tes mains reposées, tes jambes étendues, ton nombril comme un point d'eau sur la courbe de ton ventre. Les reflets de la Saône tremblotaient au plafond, sur les murs, brillaient dans tes yeux qui me regardaient te peindre ; les reflets rouges de l'émeute qui hurlait dehors tremblaient sur la surface luisante de mon encre, juste sur la surface, sans que rien n'y puisse pénétrer. Mon encre s'épaississait. Je te peignis, toi qui me regardais, avec une encre qui lentement devenait plus grave. Mon pinceau plongeait dans le bol et ne prenait rien des lueurs rouges qui glissaient sur la surface de l'encre, et sur le papier il n'en laissait rien, juste le trait de tes formes magnifiques. J'achevai. J'avais figuré ton incroyable chevelure en ne touchant à rien, j'avais laissé le papier intact. Je rinçai le pinceau, qu'il ne sèche pas, qu'il puisse continuer de servir, encore et encore, que je puisse te peindre toujours.

Je te rejoignis. J'étais nu, j'avais peint ainsi, mon sexe ne me gênait pas ; il reposait sur ma cuisse et je le sentais battre. Et quand je m'allongeai près de toi, il se déroula et gonfla et devint dur. Ce contraste entre tes cheveux gris et blanc, duvet de cygne, et ta bouche vive et ton corps plein, m'émouvait au-delà de toute mesure. J'allai vers toi, je te pris dans mes bras, tu m'accueillis, j'entrai en toi.

Dehors l'émeute continuait. On entendait des cris, des courses éperdues, des chocs, des sirènes et des explosions. Les reflets rouges de la Saône tremblaient au plafond. Le fleuve épais, sans jamais s'arrêter, continuait sa course. Le flot de sang s'écoule. Les comptes s'apurent. Un fleuve obscur rougi par l'incendie traversait tout doucement la ville. Ce flot indifférent et ininterrompu me sauvait. J'aimais que la Saône ressemble au sang. J'étais reconnaissant à Victorien Salagnon de m'avoir appris à le voir et de ne pas le craindre. Je me gonflais tout entier, mon membre également, j'étais plein, et je venais en toi. Enfin, j'étais bien.

Composition Nord Compo.
Impression CPI Firmin-Didot
à Mesnil-sur-l'Estrée, le 2 novembre 2011.
1er dépôt légal : juin 2011.
Dépôt légal : novembre 2011.
Numéro d'imprimeur : 108235.

ISBN 978-2-07-013458-8/Imprimé en France.

[illegible]

Composition Nord Compo.
Impression CPI Firmin-Didot
à Mesnil-sur-l'Estrée, le 2 novembre 2011.
1er dépôt légal : juin 2011.
Dépôt légal : novembre 2011.
Numéro d'imprimeur : 108233.

ISBN 978-2-07-013458-8/Imprimé en France.

240472